U0924452

日瓦戈医生

[苏]帕斯捷尔纳克◎著　姚利锁　史燕燕◎译

長江出版傳媒 | 长江文艺出版社

图书在版编目（CIP）数据

日瓦戈医生 /（苏）帕斯捷尔纳克著；姚利锁，史燕燕译. -- 武汉：长江文艺出版社，2018.5（2024.1 重印）
（世界文学名著名译典藏）
ISBN 978-7-5702-0310-9

Ⅰ. ①日… Ⅱ. ①帕… ②姚… ③史… Ⅲ. ①长篇小说－苏联 Ⅳ. ①I512.45

中国版本图书馆 CIP 数据核字（2018）第 062073 号

责任编辑：钱梦洁　　　　责任校对：毛季慧
封面设计：刘　垒　　　　责任印制：邱　莉　王光兴

出版：长江出版传媒 | 长江文艺出版社
地址：武汉市雄楚大街 268 号　　邮编：430070
发行：长江文艺出版社
电话：027—87679360
http://www.cjlap.com
印刷：长沙鸿发印务实业有限公司

开本：880 毫米×1230 毫米　1/32　　印张：17.25
版次：2018 年 5 月第 1 版　　2024 年 1 月第 2 次印刷
字数：448 千字

定价：52.00 元

导读

至今，人们仍然认为帕斯捷尔纳克的小说《日瓦戈医生》是世界文学中最神秘的作品之一，当 1958 年的诺贝尔文学奖颁发给这位苏联作家时，对突然到来的殊荣，作家表示：“无比激动。激动。光荣。惶恐。羞愧。”其实，在帕斯捷尔纳克的有生之年，这部小说除了耗尽作家毕生精力并未给他带来任何荣光。

帕斯捷尔纳克于 1890 年出生于俄罗斯一个犹太知识分子家庭。“帕斯捷尔纳克”意为“瞬间幸福的刺痛”——这是一个颇具诗意又很有寓意的名字。父亲列昂尼德·帕斯捷尔纳克是知名画家，为托尔斯泰的《战争与和平》《复活》做过大量素描插图，父亲的画作深得托尔斯泰赞赏。他经常举办画展，家中常有画家、作家造访；母亲是一位钢琴演奏家，除了外出演艺，母亲也在家中给人授课。帕斯捷尔纳克就成长在这样一个艺术氛围浓厚的家庭。家庭环境的熏陶使得帕斯捷尔纳克从小就表现出对大自然、哲学、音乐、文学艺术的热爱。帕斯捷尔纳克是以诗人的身份登上文坛的。第一次世界大战前后，诗人已经发表了许多诗集。最初的诗歌受到马雅可夫斯基和未来派影响，如《云雾中的双子星座》(1914)，《生活，我的姐妹》(1917)。19 世纪 20 年代后期，苏联涌现出各种倾向的文学团体，帕斯捷尔纳克逐渐疏远了带有乌托邦意味的未来派，也反感那些一味粉饰现实的歌手，逐渐表现出独行于世的创作立场，他的孤芳自赏遭到苏联文坛主流的抨击，高尔基评价他的诗作装腔作势，晦涩难懂。1932 年，苏联最大的文学团体“俄罗斯无产阶级作家协会”宣布解散，这也从一个侧面证明了帕斯捷尔纳克坚守自由人格的明智。

随着30年代的到来，苏联政治气候严峻，文化界氛围压抑，帕斯捷尔纳克在他自传体随笔《安全保证书》中把这称为“诗人的最后一年”。帕斯捷尔纳克不仅在创作中感到局促和焦虑，在家庭中，自私的妻子也让他无法忍受，这是他爱上第二任妻子尼古拉耶夫娜的理由。

在目睹了两次世界大战、国内战争、卫国战争，以及新旧体制脱胎换骨的变革之后，在历经复杂的重大历史时代的变迁之后，帕斯捷尔纳克有一种想表达的愿望，于是从1948年开始，他用将近8年的时间，完成了一部对苏联长达半个世纪的历史反思的长篇巨著，这就是《日瓦戈医生》。1956年帕斯捷尔纳克把小说手稿寄给当时主流文学刊物《新世界》编辑部，很快，作者收到一封措辞严厉的退稿信：“您的小说精神是仇视社会主义……小说中表明作者的一系列反动观点，即对我国的看法，首先是对十月革命后头十年的看法，说明十月革命是个错误，支持十月革命的那部分知识分子参加革命是场无可挽回的灾难，而以后所发生的一切都是罪恶。”《新世界》是苏联作协下属的大型文学月刊，在赫鲁晓夫文化“解冻”政策背景下，属于“自由”派倾向的杂志，帕斯捷尔纳克收到这样的批评无疑在国内出版界被判了死刑。于是，作者把书稿交给了法国杰奎琳·德普吕艾雅尔女士，并秘密授权其出版意大利语版。1957年11月，小说在米兰以意大利语出版，随后，英文本和法文本出版，半年内发展到23种语言译本，小说在世界范围内传播速度之快、反响之强烈令人始料不及。《日瓦戈医生》很快在西方世界引起热议，1958年10月23日，瑞典科学院因作者“在现代抒情诗方面的杰出成就，以及对俄国古典文学传统的发扬”而授予帕斯捷尔纳克诺贝尔文学奖。英美文学界称之为“一部不朽的史诗”，在西方掀起“日瓦戈热”的同时，苏联官方恼羞成怒，苏共中央委员会通过了《关于鲍·帕斯捷尔纳克诽谤性长篇小说的特别决议》，“认定诺贝尔文学奖授予帕斯捷尔纳克的长篇小说是向我国发起的敌对行为，是国际反动势力用来点燃起冷战的武器……”接着，作者被苏联作协开除，然后是规劝作者拒绝领奖，“如果帕斯捷尔纳克想要离开这个国家，苏联政府不会加以阻拦”。热爱故土、眷恋家乡和亲人的帕斯捷尔纳克不愿意被驱逐出境，虽然他很迷茫，他总认为“诺贝尔奖带给我的喜悦不是孤单的，它涉及我作为其中的一部分社会。”但他还是选择了放弃诺贝尔奖。官方虽然没有对帕斯捷尔纳克采取更为极端的措施，但是作家心爱的恋人奥·伊文斯卡娅却因作者创作牵连先后两次入狱。两年后，帕斯捷尔纳克患肺癌去世，四千民众自发地为这位俄罗斯伟大的诗人送行。1982 年起，苏联政府逐渐为帕斯捷尔纳克恢复名誉。1988 年，奥·伊文斯卡娅也得到平反昭雪，她通过《时间的俘虏：与鲍里斯·帕斯捷尔纳克在一起的岁月》回忆了她对作家的爱恋和崇拜。1988 年，《新世界》正式发表了《日瓦戈医生》，这也是小说首次在俄国出版。1989 年，作家的长子替父亲领取了瑞典科学院颁发的诺贝尔奖章和证书。2005 年俄罗斯作家、诗人德米特里·贝科夫撰写的《帕斯捷尔纳克传》出版，印数已突破 60 万册，表明了今天的俄罗斯人对文学家的热情，虽然它迟到了半个世纪。

《日瓦戈医生》是一部带有强烈自传色彩的小说。描写了十月革命前后一系列重大历史事件：从 1905 年的俄国革命直到苏联社会主义时期，小说塑造了 60 多位人物，是一部反映苏联 20 世纪上半叶五十年风云动荡的史诗性的作品。

曾经的苏联学界对日瓦戈医生的诟病之一就是说他“面目不清”，其实就是抱怨这个形象没有明确的阶级立场，却又倾注了作家的精神寄托。其实在那战火纷飞的沙场，也有游击队员跑到了白军队伍，也有白军俘虏成了红军；一个家庭里，可能哥哥是红军，而弟弟参加了白军。敌我的界限没有那么泾渭分明，人为划清敌我的界限往往就是手足相残，父子为仇。小说真实再现了俄国知识分子在动荡时代的生活处境以及战乱所带来的灾难。

急剧动荡的时代贯穿了医生日瓦戈短短的一生。他不是激进分子，但不代表他没有思想，他尊重个人价值和个性自由；他不喊口号，不代表他不关心时局，第一次世界大战时他应征入伍，作为军医，他忘我工作，救死扶伤；他不发表演讲，不意味着他没参加革命，在乌拉尔山区，他被游击队裹挟着做了三年的战地医生，丢失了亲人和家庭。作为医生，日瓦戈竭尽医生职责，他医治游击队伤员，他也竭力挽救白军伤员，“敌人越来越近，医生能看清他们的脸。他们当中医生一个也不认识，但他觉得有一半脸孔他都熟悉，曾经见过。他们使他想起过去的中学同学……”在医生眼里，没有敌人只有病人，他精心护理不省人事的白军谢廖扎并放走了他。这是对人类的宽容博爱精神。作为一个普通人，他更关心的是家人的平安，当游击队首领高谈阔论时，日瓦戈医生心中思念的是妻子冬妮娅；他希望有安定的工作，渴望宁静温暖的个人生活，身边有自己爱的人。作为诗人，他在瓦雷金诺的荒野，依然唱着“生活，我的姐妹”，他和心爱的人拉拉一起面对绝境，笑谈未来。

日瓦戈医生有着自己的精神追求，有着面对苦难的勇气，这是坚韧的俄罗斯民族精神，是人类独立自由精神的代表。也是帕斯捷尔纳克人道主义思想在日瓦戈医生身上的体现。

浙江工业大学教授　北师大比较文学博士

褚蓓娟

小说主要人物

尤里·安德烈耶维奇·日瓦戈（孩童时叫：尤拉；亲昵小名：尤罗奇卡）是浪子安德烈·日瓦戈和玛丽亚·尼古拉耶芙娜·日瓦戈的儿子。他同父异母的弟弟叶夫格拉夫·安德烈耶维奇·日瓦戈是他的父亲和斯托尔布诺娃—恩里奇公主所生的儿子。尼古拉·尼古拉耶维奇·韦杰尼亚平（舅舅科利亚）是他妈妈的弟弟。

安东宁娜·亚历山德罗芙娜·格罗梅科（东尼娜）是化学教授亚历山大·亚历山德罗维奇·格罗梅科和他的妻子安娜·伊万诺夫娜的女儿，安娜·伊万诺夫娜的父亲伊万·埃内斯托维奇·克鲁格是位铁矿场主和地主。因为年幼，尤里·安德烈耶维奇·日瓦戈和律师的儿子米沙·戈登与格罗梅科家人一起住。

拉里莎·费奥多罗芙娜·吉莎尔（拉拉）是阿马利娅·卡尔洛夫娜·吉莎尔的女儿，卡尔洛夫娜·吉莎尔是俄罗斯格调的法国女人，丧偶。罗季翁（罗迪亚）是她的弟弟。

维克托·伊波利托维奇·科马罗夫斯基是安德烈·日瓦戈的律师，也是吉莎尔夫人的情人和顾问。

拉夫连季·米哈伊洛维奇·科洛格里沃夫是个富足的实业家；他的妻子，塞拉菲玛·菲利波芙娜；他们的女儿，纳迪娅和莉帕。

帕维尔·帕夫洛维奇·安季波夫（帕沙，帕申卡）是铁路工人帕维尔·费拉蓬托维奇·安季波夫的儿子。父亲被流放西伯利亚后，他和季韦尔辛一家一起住（库普里扬·萨韦列耶维奇和他妈妈，玛尔法·加夫里洛夫娜），季韦尔辛家是铁路工人，革命家庭。

奥西普·吉马泽特金诺维奇·加里乌林（尤苏普卡），是季韦尔辛家租户（房屋）看门人吉马泽特金的儿子，他信奉伊斯兰教。

目录

Contents

第一部分

第二部分

第一部分

Part One

第一章　五点钟的快车

1

他们继续前行，唱着《长眠不朽》，歌声一停，他们的脚步、马匹以及阵阵微风仿佛继续唱着这支不朽之歌。

路旁的行人为送葬的队伍让开了路，数着花圈，在胸前画着十字。出于好奇，一些人也加入到出殡的行列中，并问道：“给谁送葬?”——“日瓦戈。”有人回答说。——“哦，原来是他。”“不是他，是他妻子。”“一回事，愿她的灵魂安息，送葬队伍真庞大。”

最后时刻一点一点地流逝，无法挽回。“上帝创造了这个宇宙及其万事万物，创造了大千世界以及世上的一切。”牧师一边诵吟，一边画着十字往玛丽亚·尼古拉耶芙娜的遗体上撒了一小把土。人们唱起《安魂曲》，随后，大家慌乱地忙碌起来，盖上棺材，用钉子钉牢，放入墓穴。四把铁锹飞快地填着墓坑，泥土像雨点似的落到棺盖上，堆起了一个坟墩，一个十岁的男孩爬了上去。由于隆重的葬礼，人们感到恍惚和神智混乱。基于这种情况，大家都认为这个男孩可能要在母亲坟头说几句话。

他抬起头，利用坟头有利地形，心不在焉地向秋天光秃秃的景色和修道院的穹顶看了一看，那张鼻子扁平的脸变得扭曲难看。他伸直脖颈。如果一头狼崽也这样仰起头，谁都知道它马上要嚎叫。男孩双手掩着脸，突然抽泣起来。狂风肆虐，夹杂着阵阵冰冷的雨点，无情地抽打着他的手和脸。一个衣袖紧绷、衣领尺寸恰好的黑衣男子走到坟前。这是死者的弟弟，依然哭泣的男孩的舅父，名叫尼古拉·尼古拉耶维奇·韦杰尼亚平。他先前做过牧师，后应他本人要求而辞去牧师职务。他走到男孩跟前，领着孩子，走出墓地。

2

他们在修道院过夜，看在朋友的情分上，尼古拉舅父拿到一间单间小房。当晚正值圣贞女祈祷节前夕。第二天，他们就要去南方位于伏尔加河畔的省城，因为尼古拉舅父为一家当地进步报社工作。车票已买好，房间里放着打好的行李。车站就在附近，他们能够听到火车转轨发出的汽笛声在远处哀鸣。

那天晚上，天气异常寒冷。房间有两扇落地窗户，窗外是闲置菜园的一角，远处是一条大路，路面有结了冰的水坑，再远处是教堂墓地的一隅，白天早些时候，玛丽亚·尼古拉耶芙娜就埋在那儿。墙的周围长有低矮的洋槐和几圃萎缩了、冻得发青的白菜，除此之外，菜园里别无他物。阵风吹来，光秃的洋槐猛烈地摇晃着，横着倒在菜园小道。

夜里，敲击窗户的声音惊醒了尤拉。小屋黑暗、神秘，光亮忽隐忽现。尤拉穿着衬衣跑到窗前，将脸紧紧贴在冰冷的玻璃上。

窗外，根本看不见道路、墓地以及菜园，天空中唯有暴风雪在翻腾。仿佛暴风雪看到了尤拉，也意识到它自己的恫吓力，在空中咆哮、哀嚎，尽其所能吸引尤拉的注意。风雪不断地翻滚，犹如一段一段展开的白色织锦飘落而下，笼罩着大地。暴风雪充斥着整个世界，无与伦比。

尤拉从窗格上爬下来，第一个念头就是要穿好衣服，到外面去做点什么。他担心窗外菜园的白菜被雪埋住，没人能挖出来；他害怕在荒野里的风雪湮没了母亲，而母亲无助地下沉，越陷越深，深埋地下。

他又一次哭了，舅父醒了，给他讲耶稣基督安慰他。舅父打着呵欠，伫立窗前，沉思起来。这时，天已放亮，他们开始穿衣服。

3

母亲健在时，尤拉并不知道父亲早就遗弃了他们，一个人在西伯利亚过着孤寂的生活，将家里的钱财挥霍一空。尤拉常听人说，父亲在圣彼得堡做生意，又听说，他通常在伊尔比特某个大集市做买卖。

他的母亲一直被病魔缠身。当确诊患有肺结核，母亲就开始到法国南部和意大利北部进行治疗，尤拉曾两度陪母亲一起去。其余时间，当母亲前去治病，他常常被托付给不同的陌生人家来照料。他习惯了这样变化不定的生活，习惯了这种混乱的、太多的、连续不断的变化。

对于家里没有父亲相伴，他认为是很自然的事。

他能够记得幼年时，许许多多的事情都以他家的姓氏命名而被知晓，曾有过日瓦戈工厂、日瓦戈银行、日瓦戈大楼、日瓦戈领带别针，甚至还有一种日瓦戈松软蛋糕，它是用酵母发酵，在朗姆酒和糖浆中浸渍过而制成的一种蛋糕。曾几何时，在莫斯科，只要你向雪橇夫说“日瓦戈”，仿佛你就是在说：“送我去廷巴克图!”他就把你带到一个优美无比的王国。你到了一个广袤、恬静的公园。乌鸦在低垂的云杉树枝上，白霜零零星星地落下，它们的叫声就像干枝断裂所发出的噼啪声，回荡不绝。从新建的房屋后面，几条纯种狗蹿出，越过大道，跑出那片空地。继续前行，暮色降临，华灯初上。

突然，所有一切都消失不见了。他家沦为了穷人。

4

1903 年夏天的一天，尤拉和舅父坐着一辆四轮马车，驶过田野，他们去见伊万·伊万诺维奇·沃斯科博伊尼科夫，他是位教师、普及教科书的编者，住在科洛格里沃夫领地的杜普梁卡，在那里他经营着丝绸制造厂，同时，他还是一位著名的艺术赞助者。

正赶上喀山圣母节，也是收割大忙的时候。可能恰逢正午休息，或是因为过节，田野里不见一个人影。没有收割完的庄稼地，在太阳的照射下，就像是犯人只剃半边头的阴阳脑袋。小鸟在田野上空盘旋。天气炎热，田野寂静无声，只有长着沉甸甸麦穗的麦秆直直地挺立着。

远处，麦地的麦茬上堆起了整齐的麦垛，如果你目不转睛地看过去，它们就像在移动，像土地丈量者写着什么，沿着地平线在走着。

“这些地是谁的?”尼古拉·尼古拉耶维奇问帕维尔，帕维尔给出版商打零工，他斜坐在马车的驾座上，隆起双肩，跷着二郎腿，很明显，驾车并非他的固定职业。“这些地是地主的还是农民的?”

“这些地是地主的。”帕维尔正抽着烟，过了一会用鞭鞘指着另一边说，“那些地才是农民的！——驾。”他不时地朝马吆喝着，紧盯着马尾和马后臀，好像工程师密切注视着他的气压表。这两匹马和天下所有的马一样，驾辕的马天生憨厚，老实地拉车跑着；而右边拉偏套的马，拱起它的头，像一只天鹅，似乎不谙驾车技艺，是个十足的懒惰者，想着到一定时候，奔腾跳跃，系着的响铃叮当作响。

尼古拉·尼古拉耶维奇随身带着由沃斯科博伊尼科夫写的关于论述土地问题书的样稿。由于出版审查制度越来越严，出版商要求作者修改此书。

“这里的老百姓失去控制了。”尼古拉·尼古拉耶维奇告诉帕维尔，“附近乡里一个生意人喉咙被割了，县里的种马场也被烧了。不知你怎么看这事？你们村里人怎么说?”

但是，很明显，帕维尔的看法甚至比出版审查员的观点还要悲观，审查员一直想要沃斯科博伊尼科夫减少对土地问题的热情。“怎么说？农民们被宠坏了——对他们太好了。这对我们没什么好处。给农民行动自由，天晓得，我们立刻就会相互斗得你死我活——驾！又来了！”

这是尤拉第二次随舅父一起去杜普梁卡。他以为他记得这条路。每当田野沿路向两旁延伸，绕着森林形成一条狭窄的边沿，他想他记得这个地方，大路应在这里向右转，拐过弯去，六英里长的科洛格里沃夫庄园的全景就呈现在眼前，还有那条河在远处闪闪发亮，以及河那边的铁路。然而，他每次都记错了。田野绵延不断，和树林交错相连。一片片林间交错的田野令他心驰神往，心旷神怡，令他遐想，憧憬未来。

没有一部能使尼古拉·尼古拉耶维奇日后成名的作品问世。尽管他的想法日臻成熟，但他不知道如何表达得更加贴切。不久，在当代作家、大学教授以及革命的哲学家中，他有了自己的一席之地。他分享他们思想体系上的东西，但除了一些专业术语，他与他们毫无任何共同之处。无一例外，他们都信奉某些教条，满足于咬文嚼字，不求甚解。然而，尼古拉神父曾担任过神职，体验过托尔斯泰主义和革命的理想主义，并且不停地继续探索。他充满热情，追求有灵感、易理解的思想，能够给人指明种种不同道路的思想，这种思想就像横空闪电或像滚滚雷鸣，即便是小孩和目不识丁者均可谈及他渴求新的东西。

尤拉喜欢和舅父在一起，因为舅父能使他想起他的母亲。像母亲一样，舅父也崇尚自由，容易接受新事物。像母亲一样，怀有崇高的情感，他平等对待所有的人。像母亲一样，他具有一眼就能看穿事情实质的天赋，具有一看到这些事情就能表达出自己思想的天赋。

尤拉很高兴舅父带他去杜普梁卡。那是个很美的地方，杜普梁卡使他想起了母亲，母亲酷爱大自然，经常带他到乡下散步。

尤拉也期盼再次见到大他两岁的尼卡·杜多罗夫，尽管尼卡可能看不起他。尼卡寄宿在沃斯科博伊尼科夫家，是一名上学的男生。每次见面握手，尼卡总是握住手用力往下拉，头垂得很低，头发披下来遮住了前额，挡住了半边面孔。

5

“贫困问题的关键在于——” 尼古拉·尼古拉耶维奇读着修改过的手稿。

“我认为最好改用‘实质’。” 伊万·伊万诺维奇一边说一边在校样上做改动。他们在一个用玻璃封住的阳台上工作，阳台半明半暗。洒水壶和园林工具乱放一起，一件雨衣乱搭在一把破了的椅背上，一双沾着干泥巴高至臀部的长筒橡胶靴伫立在墙角，高高的靴筒倒弯在地上。

“另一方面，死亡与出生的统计表明——” 尼古拉·尼古拉耶维奇口述着。

“插入‘年度统计’。” 伊万·伊万诺维奇说着并记了下来。

阳台上通风，几块花岗石块压在纸页上作为书镇，避免让风吹乱书页。

修改完书稿后，尼古拉·尼古拉耶维奇立刻想起身回家。“待会儿有雷阵雨，我们该回去了。”“根本没有雨，你们别走。我们这就喝茶。”

“天黑以前我必须赶回城里去。”

“说什么也没用，我不会听的。”

从花园里飘进一股茶炊的炭烟味，使人闻不到花园里烟草和天芥菜花的味道。仆人端出了奶油块、浆果和干酪饼。此时，他们听说帕维尔到河里去洗澡了，把马也牵去了。尼古拉·尼古拉耶维奇也只好留了下来。“趁他们准备茶点，我们也到河边去。”伊万·伊万诺维奇说道。

凭着与科洛格里沃夫的友谊，伊万·伊万诺维奇住了管家住房的两间屋子。带有小花园的这幢小房子位于花园中一个被遗忘的角落，紧挨着杂草丛生的废旧车道，除了前往沟里倒垃圾的车经过这里，再无其他往来的车辆。科洛格里沃夫是个百万富翁，他思想进步，支持革命。他和妻子在国外，只有两个女儿，娜迪娅和莉帕，以及她们的家庭女教师和为数不多的仆人住在庄园。

茂盛的黑刺李长成一道稠密的树篱，将管家房子和花园同整个花园、人造池塘、草地和主人的住宅隔开。伊万·伊万诺维奇和尼古拉·尼古拉耶维奇沿着这道开满鲜花的树篱旁边漫步，每隔一会儿，成群的麻雀从树篱飞出。有许多麻雀的黑刺李，以及麻雀的叽叽喳喳声，使树篱就像一条潺潺流水的管道。

他们走过温室、园丁的住房和一座大理石建筑物的废墟。谈论着科学和文学方面新的人才。

“是的，有不乏才干之人，”尼古拉·尼古拉耶维奇说道，“不过，目前盛行各种各样的小组和社团。任何群体或社团都是平庸之辈的栖身地，无论他们崇尚的是索洛维约夫、康德，还是马克思。只有独立探索的人在寻求真理，他们回避任何社团，因为社团那些人所关心的并非真理。世界上有多少事情值得我们忠诚？的确非常少。我认为人应该忠诚于永恒，永恒是生命的另一种表达，一种更为强烈的表达。人必须忠实于永恒——忠实于基督！啊，关于这一点，你嗤之以鼻，可怜的家伙。如同以往，你一点都听不进去。”

“嗯。”伊万·伊万诺维奇支吾了一声。伊万·伊万诺维奇头发金黄，稀疏，焦躁不安，活像一条鳗鱼，刻意蓄着的滑稽的山羊胡须使他看起来像林肯时代的美国人：他总是手抓弄胡须，不时用嘴轻啄它。“我没说什么。你知道，我对这些事的看法非常不同。但是，既然我们说到这儿了，告诉我，他们是怎么免去你的牧师职位的。我敢说，你害怕了？他们没有革你出教门，是吗？”

“你在转移话题。可是，为什么没有……革我出教门？是的，他们再没有那样做。但这事挺讨厌，影响蛮大的。比如，相当长的时间内不得担任公务员，不允许去莫斯科或圣彼得堡。但这些都无所谓。刚才我在说，必须忠实于基督。我解释一下。你不理解的是一个无神论者可以不必知道上帝是否存在，或为什么存在，然而，要知道人不是活在自然状态，而是活在历史中。正如我们现在所知，历史开始于基督，基督福音就是历史的基础。那么，什么是历史？历史就是几个世纪以来有关死亡之谜的系统研究，是如何战胜死亡的不断探究。这就是为什么人类发现了数字的无穷大和电磁波，为什么人类创作了交响乐。那么，没有一定的信仰，是做不到这一点的。没有精神装备，就不可能有所发现。而这一精神装备基本的要素就是福音。福音是什么？首先，爱邻舍，它是人生命力至高无上的表现形式。一旦它深入人心，人们就精力充沛，为此而献身。其次，是现代人两个基本人生目标——如没有这两个目标，真叫人无法理解——个性自由和献出生命。注意，这是最新潮的观点。从这点来讲，古代人没有历史，有的只是血腥、兽性、残忍和长着麻子脸的卡利古拉皇帝（罗马帝国第三位皇帝）。他没有想到每个奴役者是何等的无能。有的只是自诩为青铜纪念碑和大理石纪念柱般死亡后的永恒。直到基督降临之后，人才可以自由呼吸。直到聆听基督福音后，人们才开始真正的未来生活。人不再像狗一样穷困潦倒而死——而是在自己家中寿终正寝，载入史册，而探究战胜死亡的工作正在全力进行中；他死在自己为之献身的这份工作中。噢哟，我非常激动，不是吗？但是，我也许在对墙壁说话。"

"这是玄学，我的老兄。医生禁止我谈玄学，我的胃口消受不了。"

"哦，你真是没治了，我们不谈这个了。天哪，多美的景色，你这个幸运的家伙。我恐怕你也是身在福中不知福，住在这儿反而视美景而不见。"

河面像一面抛光的金属片，反射刺目的阳光，看上去令人目眩。突然，水面出现条条波浪，一个大渡轮满载着手推车、马匹、庄稼汉们和他们的女人驶向彼岸。

"想想看，刚过五点，"伊万·伊万诺维奇说道，"就有从塞兹兰开来的快车，它五点零五分经过这里。"

远处平原上，一列整洁的、黄蓝色小火车从右向左驶过平原，因为距离遥远，火车显得格外的小。突然，他们注意到列车停了下来。火车机头升起一股股白色蒸汽，随即传来一阵汽笛长鸣。"好奇怪，"沃斯科博伊尼科夫说，"有点不对劲，火车没有理由在那片沼泽地停下来，准是发生什么事了。走，我们回家喝茶去。"

6

尼卡既不在花园，也没在屋里。尤拉猜对了，他是在故意躲避，因为自己让他们厌烦。

而且，尤拉比他小，也说不到一起。舅父和伊万·伊万诺维奇到阳台上工作了，留下尤拉一个人漫无目的地在房子附近转悠。

这地方是多么的诱人！金黄鹂以三种清脆的声音不停在鸣叫，每次停顿足够长时间，好让这恰似悲泣伤感的啼声，余音缭绕，传遍整个乡村。在空中，浓郁的香味仿佛迷了路，纹丝不动，由于闷热，聚集在花坛上方。使人回忆起法国东南部海港昂蒂布和意大利西北部港口波迪吉拉。尤拉左瞧瞧，右看看。梦幻般的，他听到了妈妈来自天国的声音，妈妈的声音随着悦耳的鸟啼和嗡嗡的蜂鸣回荡在草地上空。他时不时突然有种错觉，好像妈妈在呼唤他，召唤他。

他朝一条沟壑走去，沿着光秃的灌木林边缘，钻进到覆盖着桤木丛的沟底。那儿到处是倒下的树枝，凌乱不堪，既潮湿又阴暗。几乎没什么花草，杉叶藻锯齿状的茎秆看起来很像他那本带有插图的《圣经》里面的拐杖，上面镶嵌着埃及人的饰品。

尤拉越发地感到孤独，他想哭。双膝跪地，突然痛哭起来。

“全能的上帝，我神圣的守护者，”尤拉祷告着，“请引领我坚定地跟主走，告诉妈妈，我一切都好，不要让她牵挂。我的主啊，请带我妈妈进入天国，让她看见真理之路，并且告诉妈妈，我在这儿很好，让她不要牵挂。主啊，请接纳我妈妈，带她进入天堂，让她见到光耀如星辰的圣徒们的圣容。妈妈做人非常好，她不可能是罪人。上帝啊，发发慈悲吧，不要让她受苦。妈妈！”——在心碎断肠的痛苦中，他呼唤着妈妈，仿佛她是上帝身边一位守护圣徒，突然，他再也承受不了，昏倒在地。

他昏厥时间不长，恢复意识后，听到舅父在上边叫他。尤拉回应着，开始向上爬去。这时，他忽然想起，还没有为自己那杳无音信的父亲祈祷，而玛丽亚·尼古拉耶芙娜曾教过他如何为父亲祷告。

一阵昏迷后，他感到轻松愉快，心旷神怡，他不愿失去这种感觉。他想，如果其他时间再为父亲祈祷，应该不会有什么大碍吧。仿佛他在对自己讲，“让他等一等。”对于自己的父亲，尤拉没有任何印象。

7

米沙·戈登随父亲一起乘坐火车前往莫斯科，他们在二等车厢，父亲在戈伦伯格做律师。米沙是个十一岁的男孩，沉思的面孔上长着一对乌黑的大眼睛。他是体操学校二年级学生。他的父亲，格里戈里·奥西波维奇·戈登前往莫斯科到一家新单位供职。母亲和姐妹们已经提前到达莫斯科，布置他们的新居。

男孩和父亲在火车上已经过了三天。

由田野、大草原、城市和村庄所勾勒出的俄罗斯在太阳的照耀下，如同石灰石般惨白，在灼热的尘雾中，从眼前飞驰而过。公路上行驶着一队队马车，吃力地前行，拐向铁道路口。

从飞驰的列车上望去，马车仿佛是静止的，马匹好像在原地踏步。

每到一个大站，乘客们便急忙跳下火车，奔向小卖部，西斜的太阳从车站花园的树林后边照得车轮下面通亮，照着乘客们匆匆跑动的脚步。

在这个世界，分别看每个人所做的每一件事情，都是处心积虑、目标明确，然而如果汇聚所有事情于一起，自然而然地，所做的事情全都融入到了生活的主流中。人们工作、奋斗，从事的每件事情均受自己的愿望驱使。然而，如果更高、终极意义上的自由不能引导和掌控这些愿望，摆脱个人愿望的纠缠，那么，这些愿望也不会有什么积极作用。这种自由来自这样的观点，人类生活彼此息息相关；来自这样一种信念，人类生活彼此相互变换；来自一种幸福的感觉，那就是所有的事情不仅仅发生在埋有死者的大地上，而且也发生在另外的某个地方，这地方有人称它为天国，有人称它为历史，也有人给它取别的名字。

对于这条普遍规律，米沙的情况是个例外，他闷闷不乐，甚至感到痛苦。忧虑一直伴随着他，安全感也没能使他摆脱忧虑，变得尊贵。他知道自己身上继承有这种特质，所以，不自然地、神经质般的留意自己身上有无这种特质的征兆。这使他痛苦，使他感到羞耻。

从能够记事的时候起，他从未停止过思考，为什么有的人四肢发达，与其他人并无二致，言语、习惯也与常人无异，却与常人迥然不同，得不到人们的喜欢，更得不到人们的爱戴。他无法理解这样的情形，如果生来低人一等，即便努力，也不可能改善自己的处境。做犹太人意味着什么？他们生存的目的是什么？这个只会带来痛苦的无能为力的名称，能得到什么报偿或者公正的解释？

当米沙请父亲回答这个问题时，父亲说他设想的问题太荒谬，这样推理不对，但父亲也没能给出让米沙认为是深刻合理的看法，使他无言地向这一不可避免的事态低头。

因此，除了父母，米沙渐渐蔑视所有的成年人，他们将此问题搞得一团糟，又不能解释清楚。他确信，等他长大成人，他一定会将这个迷惑搞个一清二楚。

比如，就拿刚刚发生的事来说，没有一个人敢说，当那个精神病患者冲到外面站台时，他的父亲就不应该去追他；当精神病患者像跳水选手从跳板跳入游泳池一样，用力推开格里戈里·奥西波维奇，拉开车门，头向下跳离列车时，列车就不应该停下来。

但是，正因为是他的父亲，扳了紧急制动闸，就是因为他们，列车看起来仿佛停了好长时间，说不清，道不明。

没人知道列车延误的真正缘由。有人说是突然停车损坏了气动刹车装置；也有人说是因为列车停在一个坡道上，没有一个冲力机车就启动不了。第三个声音传说因为自杀者地位显赫，与死者随行的律师坚持要让最近的科洛格里沃夫车站的官员来做调查。难怪助理工程师爬上电话线杆：铁路线检查的手摇车正向这里赶来。

虽然用了古龙水除味，但车厢里依然可以闻到厕所散发的臭味，还可以闻到一股用脏兮兮蜡纸包着炸鸡肉的味道。几位两鬓灰白，来自圣彼得堡的女士，叽叽喳喳、高傲地谈论着，脸上的化妆加之煤烟使她们像浓妆艳抹的吉卜赛女郎，可是，她们全然不顾，依然往脸上扑粉，用手绢擦着手指。她们走过戈登火车包厢时，挤过狭窄的过道，也不会忘记理理披肩，担心外表失色。她们噘起嘴唇仿佛对米沙嘘声说："不是我们敏感，我们可不是一般人，我们是知识分子。我们受够了。"

路基旁的草地上躺着自杀者的尸体，一条干渍的血印流过死者的前额，看起来像一个取消符号划过脸庞。血迹好像不是从他体内流出的，倒像是外来的什么东西，像一片膏药，一块飞溅的泥浆，或像一片湿桦树叶。

好奇的旁观者和同情者一帮一帮围观着死者。他的朋友，随同一起的旅伴，那个身体矮胖、神态傲慢的律师，像一头纯种牲畜，身上裹着湿湿的衬衫，愠怒地，毫无表情地站在那里看着他。他热得几乎晕倒，用帽子不停地扇风取凉。对别人的问题，他都是耸耸肩，气呼呼地，身子都不转一下，回答道："他是个酒鬼。这还不清楚？酒精中毒后一阵震颤性谵妄，他就死了。"

一个消瘦的妇人，身着毛料连衣裙，披着一条带花边的头巾，三番两次走到死者身旁。

她是寡妇季韦尔辛娜，两个儿子是工程师，她和两个儿媳妇乘坐三等车厢旅行。两个媳妇头巾裹得很低，盖住了前额，一声不吭跟在婆婆身后，就像修女紧跟着她们的修道院院长，围观的人群为她们让开了道。

季韦尔辛娜的丈夫在一次火车事故中烧伤身亡。距死者几步远的地方，透过人群夹缝，她可以看见尸体，她叹息着，好像在比较着这两起事故。"每个人都有各自的命运，"她仿佛在说，"有些人死亡是主的旨意——瞧他发生的事——在家很富足，不好好享受，偏跑出来送死。"

所有乘客都跑过来看尸体，但唯恐别人偷了他们的东西，又急匆匆返回车厢。

他们跳到路基上，摘几朵野花，或者散散步，活动活动腿脚。

他们有一种感觉，觉得正是因为这场事故，这个地方才得以存在，如果没有这一不幸发生，那么，似乎道旁丘陵与沼泽交错的草地，宽阔的河流，以及对岸斜坡上那高高的教堂和漂亮的房屋也就不存在了。甚至连那傍晚羞怯的太阳仿佛也是这里独有的特色。太阳的光线照着事故发生现场，战战兢兢的，好像附近牛群中的一头牛也过来溜达片刻，不时看看人群。

对这场突如其来的事故，米沙感到非常震惊，因悲痛和惊骇而失声恸哭。在漫长的旅途中，自杀者曾几次到过他们的车厢，同米沙的父亲谈话，一连谈论好几小时。他曾说，因为他具有崇高的道德礼仪，追求和平，领悟人生，因而对许多事情得以释怀。他曾问戈登许多有关法律方面的事情，诸如汇票、契约授权处理、破产和伪造等事宜。“是这样吗？”他对戈登的回答有点惊奇，“法律能像你说的那样仁慈吗？我的律师可不那么看，他的看法要悲观得多。”

这个紧张兮兮的人一安静下来，他的旅行伙伴就从头等车厢过来拉他去车厢的餐厅喝香槟酒。这位伙伴是一个体格粗壮、傲慢自大、脸刮得干干净净、穿着考究的律师，现在正俯身站在死者身旁，一点都不惊讶。他的委托人常常情绪激动，不知怎么地，这恰恰对他有好处，这一点让人难以理解。

米沙的父亲说死者是位著名的百万富翁，名叫日瓦戈，他性情温厚，到处挥霍，对自己的行为不大负责。他来到他们的车厢，毫不顾忌米沙的存在，大谈他和米沙年龄相同的儿子和已故的妻子；继而又谈到他的第二个家，而这个家如同第一个家一样被抛弃。谈到这儿他又突然想起别的什么事，脸色惊恐而苍白，他的故事也就此断了主线。

对米沙，他表现出无法解释的爱怜，这也许是他对另一个人的情感寄托。他送给米沙许多礼物，一到大的车站，就跳下车，跑到头等车旅客候车室的书店，那里也同样出售玩具和当地的纪念品。

他不停地喝酒，并抱怨说他已有三个月没睡觉了，然而，只要宿醉过后，神志清醒，哪怕短暂一瞬，他就得忍受一般人无法想象的痛苦和折磨。

最后，他跑到他们车厢来，抓住戈登的手，想要告诉戈登什么，却又没说出口，随即冲到车门的平台，跳下了火车。

米沙坐在那，查看着小木盒里从乌拉尔山采来的矿石，这是死者送给他的最后礼物。突然，起了一阵骚动，另一条轨道上驶来了一辆手摇车。车上跳下来一个医生和两名警察，还有一位帽子上带有徽章的地方法官。冷冰冰的声音，例行公事般的问着问题，做着笔录。两名警察和卫兵笨拙地将尸体拖上筑堤，碎石沙土在他们脚下打滑，不住地向低洼处滚去。

一个农妇放声痛哭。乘客回到各自的车厢，汽笛又响了。列车继续前行。

8

“又是那个讨厌的家伙！”尼卡苦思冥想，环顾房间，寻思着跑出去的办法。此时传来说话声，客人已到门外，没有了退路。房间里有两张床，一张是尼卡的，一张是沃斯科博伊尼科夫的。来不及思考，尼卡一下子钻到第一张床下。

他听见他们喊他的名字，在别的房间里找他，他们奇怪到处都找不到他。最后，他们来到了卧室。

“唉，真的就找不到他了，”尼古拉·尼古拉耶维奇说道，“你先进去，尤拉，也许待会儿就能找到你的朋友，你们就可以一起玩了。”他们坐下来谈论圣彼得堡和莫斯科大学生的骚乱，尼卡在床下受煎熬长达二十分钟，真是滑稽可笑，有失脸面。后来，他们终于去阳台了。尼卡轻轻地打开窗户，跳了出去，跑进花园。

前一天夜里，他没有睡着，所以感觉身体不适。尼卡已十四岁了，让他感到不悦的是还被人当成小孩看待。他整整一夜没有合眼，黎明时从屋里出来。太阳已经升起，花园里，阳光透过带露的树叶，洒下一圈圈斑驳、长长的树影，树影并不暗，呈深灰色，湿湿的感觉。清晨，缕缕清香，仿佛来自布满潮湿树影的园子，沁人心脾，缕缕阳光就像少女纤细的手指。突然，一条银带般晶莹透亮的露珠，像断线的珠子，在离他不远处流过。它不停地流动，并没有渗进土里。紧接着，它猛地一动，出人预料转了方向，消失不见了。原来是一条青草蛇。尼卡不寒而栗。

尼卡很奇怪，高兴时，他会高声地自言自语，像她妈妈一样，喜欢高谈阔论，喜欢谈论富有哲理的事情。

“活着多么美妙，”他暗自思忖，“可是为什么会常常伴有伤害？当然，是有上帝存在。不过，如果真的有上帝存在的话，那么，上帝应该就是我。”他从树梢到树根上下打量着一棵微微摇曳的杨树，湿漉漉的树叶就像一片片锡箔纸。“我命令它停止摇动。”他拼命地用吃奶的劲克制自己，憋住气，不出声，用尽其意志之力：“请静止不动。”这棵杨树立刻纹丝不动。尼卡开心地笑了，随即跑到河里去沐浴。

他的父亲杰缅季·杜多罗夫是个恐怖分子，被判绞刑，但被沙皇暂时特赦，现强制服苦役。他母亲是埃里斯托夫家族的格鲁吉亚公主，是个被宠坏的漂亮女人。她依然年轻，总是迷恋这样或那样的事情——同情反叛分子，支持叛乱活动，主张极端学说，吹捧著名演员，帮助不幸的失败者。

她疼爱尼卡，把他的名字，因诺肯季，改成很多听起来傻里傻气并且愚蠢的昵称，比如什么“伊诺切克”或“诺亲卡”，她还把他带到梯弗里斯给她家人显摆。在那里，尼卡印象最深的是庭院里的一棵枝叶蔓生的大树。树干粗壮，生长在热带，树叶像大象的耳朵，足以遮住南方炙烤的太阳。尼卡不能苟同他们的说法，他们说这棵树是植物，不是动物。

这个男孩随他父亲糟糕的姓氏不好，所以伊万·伊万诺维奇希望尼卡能够随他母亲的姓氏，如果他母亲同意，伊万·伊万诺维奇准备请求沙皇允许尼卡换成母亲的姓氏。他躺在床上，对整个世界愤愤不平，想到其他许多类似这样的事情。沃斯科博伊尼科夫认为他是谁，怎么能这样野蛮干涉他的生活？他要教训他。

那个娜迪娅！就因为她十五岁了，就有权利对他嗤之以鼻，像对小孩一样和他讲话吗？他会给她点颜色看看！“我恨死她了，”他不止一遍地自言自语道，“我会杀了她。我带她去划船，把她淹死。”

他的妈妈也非常精明。当然，离开时，她向他和沃斯科博伊尼科夫撒了谎。在高加索附近，她哪儿都没去，就在最近的转轨站，换车向北前往圣彼得堡，现在正在和学生们一起向警察射击，可他却活活烂在这个鬼地方。然而，他比其他人都聪明，他会杀死娜迪娅，退学，跑去西伯利亚找父亲，进行反抗。

池塘四周长满了睡莲。小船驶入睡莲，船儿过处，沙沙作响；船驶过的地方，才显露出池塘的水，仿佛西瓜汁从裂缝中渗出来一样。

尼卡和娜迪娅在采摘着睡莲。两人同时抓住了一枝结实的、坚韧的茎秆；茎秆将两人绞到一起，他们的头相撞，小船像被带钩的篙子钩住似的，向岸边移去。那儿莲茎更短，更加缠结；朵朵白花艳丽，花心放着红光，看起来犹如带血斑的蛋黄，随着水波，时而隐到水里，时而漂浮水面。

娜迪娅和尼卡继续采花，小船被压得越来越倾斜，两人几乎一起攀附在倾斜的船舷上。

“我讨厌上学，”尼卡说，“是时候开始我自己的生活了——是时候步入社会挣钱谋生了。”

“我正要问你怎么解含有平方根的方程式。我的代数不好，差点就补考了。”

尼卡听出她话里有话。不用说，这是提醒他还是个小孩子呢。平方根的方程式！尼卡压根还没尝过代数是什么滋味呢。

他丝毫没有表现出受侮辱的样子，满不在乎地问了一句，但随后立刻就觉得太蠢了：

“长大以后，你要嫁给什么样的人?”

“噢，早着哪，还没想过。可能谁也不嫁。”

“请你别以为我对这事感兴趣。”

“那为什么要问呢?”

“你是傻瓜。”

他们发生了争执。尼卡想起了早晨他曾经十分厌恶女人的心情。他警告娜迪娅说，如果没完没了地叫嚷，就淹死她。

“你试试看。”娜迪娅回应说。他一把拦腰将她抱住，两人扭在一起，失去重心，结果一齐跌进了水里。

两个人都会游泳，不过睡莲缠手缠脚，而且还够不到底。最后，他们总算踩着陷脚的淤泥，蹚水走到岸边。水像小溪一样从两个人的脚下和口袋里流出来。尼卡感觉非常疲惫。

如果这事发生在不久以前，比如说今年春天，他们一定会这样浑身湿透地叫嚷、嘲骂或是哈哈大笑起来。

然而，现在他们都一言不发，还没喘过气来，因为刚才发生的荒唐事而感到压抑。娜迪娅还在默默地生着闷气。而尼卡手脚和两肋像是被棍子打了似的浑身酸痛。

最后，娜迪娅又以大人的口吻说了声：“神经病!”尼卡也像个成人似的说：“请原谅!”

两个人向住宅方向走去，仿佛是两只水桶，在身后留下一道湿漉漉的印迹。他们穿过一片有蛇出没的土坡，离尼卡早晨见到蛇的地方不远。

尼卡想起了夜间自己肉体那种奇怪的亢奋，想起了黎明时刻自己那种无所不能的力量，这种力量能使一切顺从他的意愿。现在他该做什么呢？尼卡在想。此刻，他最大的愿望又是什么呢？他觉得最想要的是和娜迪娅再次一起滚到水里，而他将竭尽所能搞清楚这个愿望是否能够实现。

第二章　不同世界来的姑娘

1

日俄战争还没结束，此时，俄罗斯国内其他突发事件使得对日战争黯然失色。革命洪流席卷俄罗斯，一浪高过一浪。

就在这个时候，阿马利娅·卡尔洛夫娜·吉莎尔，一位比利时工程师的遗孀、具有俄罗斯格调的法国女人，带着两个孩子，儿子罗季翁和女儿拉里莎，从乌拉尔来到莫斯科。她把儿子送进陆军学院，将女儿送去学习体操，在那里，娜佳·科洛格里沃娃正好和她女儿同学。

吉莎尔太太的丈夫给她留下一些积蓄和债券，这些债券曾经上涨，目前却在下跌。为了财产不受损失，为了有事可做，吉莎尔太太买了一家小作坊，这就是列维茨卡妮继承人的缝纫作坊，作坊的信誉以及店里的老顾客、女裁缝师和学徒们都归属吉莎尔太太旗下。

她这么做是听从了她丈夫的朋友科马罗夫斯基律师的忠告。现在，她常从他那儿得到法律咨询和帮助。科马罗夫斯基是个冷血的商人，他对俄罗斯商界了如指掌。吉莎尔太太也正是通过和他电信咨询，才做了这次举家迁居的决定。科马罗夫斯基亲自驱车到车站迎接，开车送他们去莫斯科另一端的黑山旅店，在这里，科马罗夫斯基提前为吉莎尔太太一家定好了房间。他还建议罗迪亚上陆军学院，拉拉去的学校也是他为她选择的。他漫不经心地和男孩聊着天，目光却一直注视着女孩，让女孩满脸羞涩，不好意思。

2

邻接作坊是一套三居室的房子，搬进这套房子之前，他们一家人在黑山旅店住了约一个月。

这里是莫斯科最破烂不堪的地方，住着穷困潦倒的贫民，廉价的酒吧里都是出租马车车夫，街上到处都是地痞和流氓以及下等妓院。

孩子们对于脏乱不堪的屋子、臭虫以及破旧的家具一点也不感到惊奇。自从父亲死后，母亲一直生活窘迫，整日惶恐不安。对于他们家已破产之类的话，罗迪亚和拉拉早已听厌了。他们心里明白，他们和街头流浪的孩子不同，但对于有钱人，他们就像孤儿院长大的孩子，内心总感到恐惧不安。

他们的母亲就是活生生的例子，整日忧虑担心。吉莎尔夫人体态丰满，金发碧眼，大约三十五岁，她时常感到阵阵心悸、阵阵糊涂。她胆小如鼠，惧怕男人。正是这一原因，出于惧怕和糊涂，她才委身于一个接一个的男人。

在“黑山”，她家住的房间是二十三号，隔壁二十四号从一开始就住着一位大提琴手特什克维奇。他对人友善，秃顶，戴假发时常出汗。每逢他要说服别人，两手就像祈祷似的合起来放到胸前，在音乐会上演奏的时候，头向后仰着，兴奋地转动着眼睛。他不常在家，往往一连几天都留在大剧院或者音乐学院。作为邻居，两家常常相互帮忙，关系彼此亲近起来。

由于孩子们在家，科马罗夫斯基每次来访都让吉莎尔夫人感觉很尴尬，于是特什克维奇走的时候，就把自己房门的钥匙留给她使用。对他这种自我奉献精神，吉莎尔夫人很快也就习以为常，甚至有几次为了躲避自己的恩人，她噙着泪水来敲房门以寻求他的保护。

3

小作坊是一层平房，离特维尔街拐角不远。附近是布列斯特铁路干线，铁道旁边就是机车修理厂、仓库和职工宿舍。

奥莉娅·杰明娜就住在这里的宿舍。这个聪颖的女孩在吉莎尔夫人的裁缝店上班，她的叔叔在铁路货运场干活。

她是个学徒，很聪明，得到前任老板的赏识，如今又得到新老板娘的青睐。奥莉娅·杰明娜非常喜欢拉拉·吉莎尔。

自从列维茨卡妮死后，缝纫店里一切都保持着原来的样子，从未改变。在那些面带倦容的女工脚踏或手摇之下，缝纫机飞快地转动着。有些女人坐在椅子上默默地缝纫，时不时抬起拿着针的手，针上穿着长长的线。地板上碎布头随处可见。由于缝纫机的嗒嗒声和窗拱下面笼子里的金丝雀的啼叫声，说话时必须抬高嗓门，否则，大家会听不到你说什么。这只金丝雀叫基里尔·莫杰斯托维奇。（至于为什么叫这个名字，先前的主人显然把这个秘密带到坟墓里去了，无人知晓。）

在接待室里，顾客们像画中的人物似的围在一张桌子旁边，桌子上放了许多杂志。她们有站着、坐着或是半倚半坐的姿势，模仿着画片上的样子，翻看着服装式样。在另一张桌子经理坐的椅子上，坐着吉莎尔夫人的助手、高级裁剪师费季索娃·西兰季耶夫娜·费季索娃。她瘦骨嶙峋，松弛的脸颊长了许多疣。

她牙齿发黄，嘴上叼着装有香烟的烟嘴，眯缝着有点微黄色的眼睛，鼻子和嘴里冒着缕缕烟雾，同时往本子上记着那些订货人提供的尺码、发票、号码、住址以及做工要求。

如何经营裁缝店，吉莎尔夫人没有经验。她还没有真正进入裁缝店主人的角色。不过大家都很诚实，费季索娃也很可靠。可是，这些日子特别让人操心。吉莎尔夫人害怕考虑未来。许多事情都不顺，这让她感到有点绝望。

科马罗夫斯基是这里的常客。有时当他穿过作坊去找吉莎尔夫人的时候，吓得作坊里那些在换衣服的漂亮女人们都躲到了屏风后面，她们和他嬉戏、放肆地跟他开着玩笑；女裁缝师在他背后用瞧不起和讥讽的口气说："又来了。""阿马利娅的心肝儿。""老色鬼!""色狼!"

更让人愤恨的是他的那条狗——杰克；有时候他带它过来，狗一股脑向前跑，尽管他奋力想拖住它，然而无奈被狗拽着趺趺撞撞、摇摇晃晃跟着走，就像让人牵着的一个盲人。

有一年春天，拉拉的脚被杰克咬了，袜子也撕破了。

"我一定要把它弄死，这鬼东西。"杰明娜凑近拉拉的耳朵，用沙哑的声调说。

"是的，这狗的确让人害怕。可是你怎么做，傻瓜?"

"小声点，我来告诉你。复活节的时候不是要准备石头鸡蛋吗。放在你妈妈衣柜抽屉里的……"

"对，是用大理石和玻璃做的。"

"是呀，你低点声，我悄悄跟你说。给石头鸡蛋涂抹上猪油，这条肮脏的畜生这么一吞，保证噎死这魔鬼!"

拉拉笑着，有点羡慕地打量着面前的奥莉娅：这女孩子生活穷困，普通工人家的孩子。这样的孩子都早熟。不过，她是多么天真无邪。石头鸡蛋，杰克——亏她想得出来。"可是，为什么?"她继续想着，"为什么要让我看到这一切，要为这一切感到痛心呢?"

4

"妈妈是他的……用什么字……他是妈妈的……都是不好的字儿，我用不来。为什么他总是用那种眼神看我？我毕竟是她的女儿呀。"

尽管只有十六岁，拉拉已经完全发育成熟。看上去像是十八岁或者更大一些。她很有主见，性格开朗，长得非常漂亮。

她和罗迪亚都认识到，生活就要靠自己奋力拼搏，否则，什么也得不到。和那些无所事事、游手好闲者不同，他们没有闲暇时间来满足他们的好奇，也不会去空想那些不属于他们考虑的事情。仅仅浮华是肮脏的。而拉拉是这世界上最纯洁的。

姐弟两个都清楚所有事情的价值所在，非常珍惜他们到目前所取得的成绩。如果你取得进步，人们自然也会认为你做得很棒。拉拉在学校功课优秀，不是因为她有爱学习的观念，而是因为成绩优秀的学生可以拿到奖学金。同样，在家里她也擅长做些洗洗涮涮之类的家务活，在作坊里帮帮忙，替妈妈跑跑腿等事情。她干活默不作声，动作轻柔优美，她的声音、身材、灰色眼睛以及漂亮的头发，所有的特点在她身上是那么的协调、统一。

七月中旬的一个星期天。每逢假日，就可以多睡一会儿。拉拉仰面躺在床上，双手向后交叉在枕头上。

作坊里非常安静。朝向院子的窗户敞开着。拉拉听到远处四轮马车声，是马车从鹅卵石铺的大道转走上铁轨马车轨道发出的隆隆响声。“我再睡一会儿。”拉拉这样想着。闹市的喧哗声犹如催眠曲使她昏昏欲睡。

通过左肩和右脚大趾头这两个支撑点，拉拉能够感觉出自己的身材和躺在床上的体态。一切的一切就是她自己本身、她的灵魂和内在品质，同她的身躯完美地融为一体，急切地憧憬着未来。

“我该睡了。”拉拉想着，脑海里浮现出客车大街向阳的一面，因为此时，许多车辆停放在打扫得干净的车棚里、雕花玻璃的灯笼、填充玩具熊和富足的生活。沿街向远处下行，龙骑兵正在兹纳敏斯基兵营操场上训练，战马绕圈踱着小步走着，骑手装上马鞍并驱马穿行、一会儿慢步、一会儿小跑、一会儿又快跑。许多带着孩子的保姆和奶娘，围在兵营的篱墙外面看得目瞪口呆。

“再沿街继续往下走，”拉拉想，“就该到彼得罗夫卡大街了。天哪，拉拉，真是异想天开！我只不过是给你看我的房子，我们相距很近。”

科马罗夫斯基有个朋友住在客车大街上，那朋友为小女儿奥莉卡庆祝命名日。所以大人们有了开心的机会，又跳舞，又喝香槟。科马罗夫斯基邀请了妈妈，可她身体不适，没能去。妈妈说：“带拉拉去吧。您不是常告诫我要照看好拉拉。那么，这回就让您好好地照看她吧。”他真就这样做了，开什么玩笑！

所有这一切始于这首华尔兹舞曲。多么疯狂的事情！你只管随着舞曲不停地旋转，什么都不用去想。只要乐声继续，纯粹的永恒就像小说中的生命转瞬即逝。但舞曲一停，你就会有一种震惊的感觉，仿佛被人浇了一盆冷水或者赤身裸体被人撞见。当然，你允许别人亲近跳舞的原因是表示你已经长大成人。

她没能想象到他的舞跳得如此好。多么熟练的双手，以及手贴在你腰部的那种自信！不过，她是决不会再让任何人像那样吻她的。她绝不可能想到，另一个人的嘴唇长时间贴在你自己的嘴唇上，感觉是那么的厚颜无耻。

她必须停止，彻底地停止这荒谬的行为。停止玩这样羞羞答答，敷衍傻笑，眉目低垂的荒唐游戏，否则一定会招致不幸。可怕的魔咒隐隐约约靠近，再进一步，你将会跌入万丈深渊。干吗还想舞会的事，那充满着邪恶。她必须拒绝跳舞，假装说没学过跳舞，或者说腿弄伤了。

5

那年秋天，莫斯科铁路网发生了动乱。莫斯科到喀山铁路线发生了罢工。莫斯科到布列斯特线路也有望加入罢工。罢工已定，但罢工委员会还没给出具体的罢工的日期。这条线路，人尽皆知，马上就要罢工，只是需要一个罢工的借口，才好开始。

十月初，一个寒冷、阴云密布的早晨。发薪水的日子到了。财务部门好久没有动静。随后看到一个男徒工抱着薪资单和一堆准备扣除部分薪水的人员记录簿去了办公室。出纳员开始分发薪水了。在车站、车间、机务段、货栈、动力机棚和那几幢木质结构的管理大楼中间的空地，来领薪水的列车员、扳道工、钳工和他们的助手，还有停车场的那些女清洁工，排成了浩浩荡荡的队伍。

小镇空气里弥漫着早冬的气味，有被踩烂的枫叶气味，还有机车煤烟的味道以及车站自助餐厅地下室刚刚出炉的黑面包的香味。列车进进出出。随着信号旗的卷起和展开，列车被分流，对接和断开。车头的汽笛声、巡守员嘟嘟的喇叭声、扳道员的口哨声融汇一起。烟雾绵延不断，像凭借了梯子直上云霄。机车在那里升火待发，灼热的蒸汽炙烤着寒冷的冬云。

担任段长的富夫雷金和车站区域的养路工长帕维尔·费拉蓬托维奇·安季波夫，沿着轨道边踱来踱去。安季波夫对养护工作非常厌烦，一直抱怨修理车间给他的备用配件不合格，钢的韧性不够，铁轨的挠曲性不过关。安季波夫认为，铁轨经不住严寒，会断裂的。管理处对他的抱怨置之不理。准是有人从合同中捞到了油水。

富夫雷金穿着昂贵的皮大衣，大衣有铁路制服管道系统的标志。他敞着扣子，里面是一套新的哔叽尼西装。他踩在路堤上，非常谨慎。低头饶有兴致地欣赏着自己的西装衣领、笔挺的裤子和考究的皮鞋。对安季波夫的话，他只是一只耳朵进，一只耳朵出。富夫雷金想的是自己的事，不停地掏出表来看，急着要离开。

“好的，好的，老兄，”他不耐烦地打断了安季波夫，“你说的危险只是在某一个主干线上车次多的那一段区间才可能会有。可是看看你现有的东西。岔线、又是铁路终端。至于交通，这里至多来一些整理空矿车的一些转线机车。还能来什么车？你一定是发疯了！还谈什么铁轨，在这里换上木质轨道也没问题！”

富夫雷金看了看表，合上表盖，凝视着远处朝铁路方向来的道路。只见路的转弯处向这边驶来一辆长途轻便马车。这是富夫雷金家的车辆。他妻子专程来接他。车夫在道边吆喝马停车，声音像女人的尖嗓子，就像保姆斥责惶恐的孩子，马好像害怕火车。车厢角落里一位漂亮的女士随便地倚在靠枕上。

“好啦，老兄，回头再谈，”段长说着挥了一下手，“现在顾不上考虑你所说的。我还有比这更重要的事呢。”夫妇两个便坐车离开了。

6

三四个小时后，已近黄昏。远处路旁的田野里，出现了先前看不到的一双人影，像是一下子从地底下冒出来的，不时回头张望，并快步离去。

“走快点，”季韦尔辛说，“我倒不是怕密探跟踪。这个会开得没完没了，那些人慢慢腾腾，他们从地窖一出来就会赶上咱们。我可不愿见到他们。你如果将事情像那样拖来拖去，要这个委员会还有什么用？练习射击，钻地洞。你倒是真不错，还支持那样做。”

“达里娅得了伤寒，我得把她送去医院。只要还没住进院，我没心思做任何事情。”

“听说今天发工资了，顺路去一趟财务室。今天要不是发饷的日子，我会吐你们这帮家伙一脸，向天发誓，我会的。我将亲自结束这一切，一分钟也不等。”

“那我倒要听听，你有什么法子？”

“没什么新奇的，到锅炉房把汽笛一拉，就成了。”

两个人道了别，向不同方向走去。

跨过铁路，季韦尔辛向城里走去。迎面遇到从财务室领工资的人。一路碰到许多人。看这阵势，季韦尔辛估计，车站区域几乎所有的工人都领到了工资。

天色暗了下来。办公室的灯都亮了。在外面的广场上，聚集了一些无所事事的工人。车道上停着富夫雷金的马车，他的妻子依然坐在车里，还是先前的那个姿势，似乎从早晨起就不曾移动过。她在等到财务室去领钱的丈夫。

骤然间下起了雨夹雪。车夫从座位上下来，支起皮车篷。他一只脚撑住车厢的后帮，一边用力拖动坚硬的篷架，坐在车里的富夫雷金的妻子却在观赏雨雪，这裹着无数银色小珠子的雨雪在办公室灯光辉映下闪烁飘下。她的眼睛凝固在广场工人上方的天空，一眨也不眨，带着期望的眼神，像是在暗示，如有需要，她的目光可以像透过雾气或雨雪一样，穿透这群人。

季韦尔辛看到她的神色，这种神情令他生厌。他没有和她打招呼，径直走过车子，决定过一会儿再去领钱，免得在财务室见到她丈夫。他横跨广场到灯光较暗的一边。向修配车间走去，这里黑色转车台的轨道呈扇形从修配厂到机务段散开。

“季韦尔辛！库普里扬!”黑暗中有好几个人喊他的名字。修配厂外边站了一群人。厂房里有人在叫喊，还有一个男孩在哭。“库普里扬·萨韦列耶维奇，到里面帮孩子说说情吧。”人群里有个女人这么说。

和平时一样，老工长彼得·胡多列耶夫又拿他小学徒尤苏普卡来出气。

胡多列耶夫原来并不这么折磨徒弟，不大发酒疯。曾几何时，他是一名血气方刚的年轻的技工，吸引了莫斯科市郊作坊商人和牧师家姑娘们羡慕的目光。但他钟爱的姑娘玛尔法那年刚刚从教区女修道院学校毕业，拒绝了他的求爱，嫁给了他的同伴，机车修理工萨韦列·尼基季奇·季韦尔辛的父亲。

在萨韦列·尼基季奇惨死五年以后（在1881年耸人听闻的撞车事故中被活活烧死），胡多列耶夫再次向她求婚，玛尔法·加夫里洛芙娜又一次拒绝了他。从此，胡多列耶夫沉溺于喝酒，变得非常粗暴，并认为他所有的不幸都是这个世界造成的，他要向这个不公的世界报复。

尤苏普卡是季韦尔辛所住院落的看门人吉马泽特金的儿子。季韦尔辛总是庇护着这个孩子，这点引发了胡多列耶夫的原有的愤恨。

“你这个亚细亚兔崽子，锉刀是这样拿的吗?”胡多列耶夫吼叫着，拽住尤苏普卡的头发，使劲打他的脖子，“你这个斜眼鞑靼鬼，铸件能这样拆吗?”

“哎哟，我下次不敢了，大爷！哎哟，我下次不敢了。疼啊！”

“告诉他一千遍了，调准心轴，然后再拧紧卡盘，可是他根本不听。自己做自己的，差一点闹坏主轴，狗杂种。”

“大爷，我没动主轴，真的，我碰都没碰主轴。”

“干吗虐待一个孩子?”季韦尔辛从人堆当中挤进去问道。

“关你屁事。”胡多列耶夫回应道。

“我问你，为什么欺压一个孩子?”

“告诉你趁早走开，少管闲事。揍死他也活该，下流坯，差点把主轴给我弄坏了。福星保佑他还活着，这个斜眼鬼。我只不过拧拧他的耳朵、揪揪他的头发而已。”

“那还要怎么样，是不是还要把他脑袋揪下来。像你这样一位老工头，应该为自己感到害臊。活了这大把年纪了，还那么不明事理。”

“我告诉你，趁你身子骨架还完整，滚开，滚开。否则我也揍扁你。你还来教训我？你这个软蛋，是人在铁轨上日出来的，就在你爹鼻子底下。这瞒不了我，你妈是个烂货，破鞋！”

接下来发生的事很快就结束。两个人都顺手从放着沉重的工具和铁锭的车床凳上抄起了家伙。要不是这时候人们冲进来把他们分开，两个人准会置对方于死地。胡多列耶夫和季韦尔辛站在原地，低着头，前额几乎撞在一起，脸色煞白，瞪着充血的眼睛，气愤至极。两人都不作声。大家从后面紧紧抓住他们俩。但他们不停扭动身子试图挣脱、拖曳着他们的伙伴。衣服领钩、扣子都挣脱了，夹克和衬衫滑落，光着膀子。周围狼藉一片，骂声连连。

“凿子！把他的凿子夺了。”“这会把脑袋伤到的！”“消消气，彼得大叔，不然把手给你扭脱臼！”“干吗还跟他们废话？把他们拉开，锁起来，不就结了。”

突然，以一股超人的力气，季韦尔辛挣脱了抓着自己的人，并甩掉所有人向门口冲去。人们刚要追过去，但看他已没有了那股发疯的劲头，就由他去了。他砰的一声关上门，头也不回地径直向前走去。渐渐消失在潮湿的秋夜。“人家好意想帮他们，可他们却以刀子相见。”他喃喃自语，跨步向前走，不知去哪里。

这世界真是卑鄙、虚伪，一位养尊处优的女士目不转睛地盯着这群工人，她是那么傲慢。而一个醉鬼在欺辱自己的同事，还扬扬自得。他对这个世界比以往任何时候都更加憎恨。他走得飞快，膨胀的脑袋里想的全是这个世界应是他所想象的理性、和谐，仿佛他的步伐可以加快这一时期的到来。他知道，过去几天他们的各种努力，铁路上的混乱，集会上的演说以及尚未举行、但也没有取消罢工的决定，都是摆在他们面前这条漫长道路上不同的任务。

但现在他兴奋得急不可耐地想要一口气跑完全程。他大步向前走着，并不知道要往哪里去，然而他的脚却知道该把他带向哪里。

直到很晚季韦尔辛才获悉罢工委员会关于罢工的决定，即在他和安季波夫从地窖里出来以后的那天晚上，会议决定当晚罢工。委员们当场决定，派谁到哪里和让哪些人出来参加。机车修理厂里响起了哨音，开始是沙哑的，随后逐渐变得嘹亮，好像是从季韦尔辛心里发出的一样。此时，人群已经从车库和货运站涌出。不久，锅炉房的人听见季韦尔辛的哨声而放下手中的工作也加入到罢工行列。

多年以来，季韦尔辛都以为，那天晚上是他一个人让整条铁路停止了工作和运行。只是后来在审讯过程中，当他被指控串通参与罢工，并没有煽动指示罢工的罪名时，他才知道了真相。

人们纷纷跑出来问："大家都上哪儿去？信号有什么用？"黑暗中有人回答说：

"你又不是聋子，没听见吗，这是警报，得救火！""哪里着火了？""当然是着火了，否则为什么拉汽笛。"

门砰砰作响，又冲出一群人。又传来一些说话声。"着火了？别听蠢话。这是罢工，懂不懂？让他们叫这些蠢货干这些脏活，我们走吧，小伙子们。"

越来越多的人加入了人群。铁路工人罢工了。

7

季韦尔辛两天后回到家，因没有刮脸且睡眠不足而显得非常憔悴。他感到刺骨的寒冷。严寒在前天夜里突然降临，往年这个时候从没有这么冷，而季韦尔辛穿的还是秋天的衣服。在大门口他碰见了看门人吉马泽特金。

"谢谢你，季韦尔辛先生，"他操着不大流利的俄语，喋喋不休地说，"你保护了尤苏普卡，没让他受伤害，我要为你祷告。"

"你疯了，吉马泽特金，你还称我为先生？干吗这么客气。有话快说吧，你瞧这天冷的。"

"怎么能让你挨冻呢，你会暖和的，库普里扬·萨韦列耶维奇。昨天我和你妈妈玛尔法·加芙里洛芙娜从货运站搬了一棚子木柴。全是桦木，又干又好的柴火。"

“谢谢，吉马泽特金。你如果还有别的事要告诉我，就请快讲吧，我都要冻僵了。”

“我告诉你，别在家过夜了，萨韦列耶维奇。得躲一躲。警察来过，问谁来过咱们家。我说没有别的什么人来过，只有来和我聊天解闷的朋友，他们都是铁路上的人，别无其他陌生者，绝对没有。”

未婚的季韦尔辛和他母亲、已婚的弟弟一起住，房子是隔壁圣三一教堂的房产。这栋房子的房客还有教士和两家合作社，或是协会，和街头小贩，其中一个是肉贩子，另一个则是菜贩子，其余的住户大多数是莫斯科至布列斯特这条线上的铁路工人。

房子是石砌的，一条木质结构的走廊从四面围住一个肮脏、零乱的院子。同走廊相连的几条通到楼上去的又脏又滑的木头楼梯，散发着一股猫尿和白菜酸臭味。平台上是厕所和门上带锁的储藏室。

季韦尔辛的弟弟应征入伍上前线打仗，在瓦房沟战场上负了伤，目前正在克拉斯诺亚尔斯克的陆军医院疗伤康复。他的妻子带着两个女儿前去医院探望，并带他回家。（季韦尔辛世世代代都是铁路工人，出行可以使用俄罗斯全境的铁路家属免费车票。）目前家里只住有季韦尔辛和母亲两人，非常安静。

他们住在二楼，在外面的平台上有一只盛水木桶，送水人定期给木桶注满水。季韦尔辛走上楼时，发现水桶的盖子被推到一边，结冰的水面上有一只铁制杯子。“一定是普罗夫来过。”季韦尔辛思忖着，笑了笑，“真是个喝不够的无底洞，一肚子的火气。”普罗夫·阿法纳西耶维奇·索科洛夫是圣歌作者，是季韦尔辛妈妈的亲戚。

季韦尔辛猛地把杯子从冰面上掀下来，盖好水桶，拉了一下门铃。一股厨房的热气和喷鼻的香味迎面袭来。

“妈妈，炉子烧得好旺。这里真暖和，真好。”

母亲一下子扑过来搂住他的脖子，哭了起来。他抚摸着她的头，过了一会儿，轻轻松了手。

“没有什么风险，也没有取胜，妈妈，”他轻声说道，“从莫斯科到华沙的铁路都瘫痪了。”

“知道，正因如此我才哭呢。他们在追查你。库普林卡，是不是到外面躲一躲？”

“您那位好心的朋友，彼得，真叫我伤脑筋。”季韦尔辛原本想逗她高兴。不过她没理会，还一本正经地说：“拿他开涮真是作孽，库普林卡。你该安慰安慰他。他真是个不幸的人啊，现在完全是一个醉鬼。”

“安季波夫给抓走了。他们半夜里来，到处搜查，翻得七零八乱，早晨把他带走了。他妻子达里娅患有伤寒，还在医院里。家里只剩帕沙和他的姑姑两个人，帕沙还是个孩子，在文科中学读书，而姑姑是个聋子。他们还要被驱逐出去。我想把这孩子接到咱们家来。普罗夫来这干什么？”

“你怎么知道他来过？”

“我看见水桶的盖子没盖，还有那只杯子。普罗夫是个喝不够的家伙，准是他。”

“你眼睛真厉害，库普林卡。是的，就是普罗夫，普罗夫·阿法纳西耶维奇跑来借木柴。我给了他一些。我在谈什么，我真傻，把木柴给人。可当时我脑子一片空白，你知道他告诉我什么吗？沙皇签署了一份公告，一切都发生了变化，人人均享有平等对待，农民拥有土地，我们和贵族一样平等！他说，实际已经签了，就等宣布了。主教会议也有什么东西呈送教堂礼拜仪式，谢主祈祷文或什么东西。他告诉了我是什么，可我忘了。”

8

帕沙·安季波夫搬去和季韦尔辛一家住在一起，他的爸爸曾经作为罢工组织者的一员而被捕。帕沙是个干净整洁的男孩儿，有着一张五官端正的脸庞，一头红色头发从中间分开。他总是用小梳子把头发梳得顺滑，时不时地整理一下上衣和腰带上的校服扣。帕沙非常有幽默感，观察敏锐，而且他能形象地模仿所听到、看到的每件事物。

十月十七日公告发布不久，几个革命组织就提倡进行一次大规模的示威游行。游行从特维尔门到小镇另一端的卡卢加门。但是就像有太多厨师反而搞坏了简单的清汤一样，发起者开始争执不休，然后一个接一个地宣布退出。可当得知在约定好的早晨无论如何人们都要聚集之后，他们匆忙派出各自的代表领头示威。

不管季韦尔辛多么努力地劝阻她，他的母亲还是带着快乐的、好交际的帕沙一同前往参加游行。

这是干燥寒冷的十一月的一天，寂静的铅灰色的天空飘着一片片雪花，它们飘落在地上之前缓慢而迟疑地在空中盘旋，就好像蓬松的灰色尘土。

街上的人们蜂拥而至，只见一排排的脸孔，身上裹着冬天大棉衣，头戴羊皮帽。人群中有男女学员、老人、小孩儿，也有身穿制服的铁路工人，脚蹬长筒靴子、身穿皮夹克的电车厂和电话局的工人，还有女孩子和男学生。

有一段时间，他们唱着《马赛曲》《华沙工人歌》和《你们已英勇牺牲》。可是在队伍最前面一直倒着走的，边唱边用他的帽子当作指挥棒指挥的那个男子，突然转身戴上了他的帽子，去听他周围其他几个带队的在谈论什么。歌声乱糟糟的，没人唱了。这时只听到无数踏在结冰路面上嘎吱嘎吱的脚步声。

领头人收到支持者的消息说，沿着街道更远的地方已经有哥萨克人在那里埋伏，准备伏击游行队伍。也有警报通过电话通知到就近的药房。

“这有什么关系？”发起者说，“现在最要紧的是保持冷静，不能乱了阵脚。我们应该占领前方遇到的第一座公共建筑，然后向人们发出警报并分散人群。”

大家开始争论最好去哪栋建筑。有些建议去商业雇员协会，有些主张去技术学校，还有一些则认为要去外国记者聚会处。

仍在争论的时候，前面已经到达了一栋学校大楼的拐角，而这栋学校大楼不比之前提到的那几处逊色，可以作为避难所。

当大家走到入口处时，领队的转向一边，爬上半圆走廊的楼梯，示意队伍的排头停下。入口处的大门都打开了，队伍里的人推推攘攘地挤进了学校的门厅，上了楼梯。

“到礼堂里去，到礼堂里去！”队伍后面的人叫喊着，但是人一堆堆地涌进来，沿着走廊和教室散开。领队最终好不容易把大家带到礼堂里，并三番五次地提醒他们前方有埋伏，但是没人理睬。停止前行并进入这栋大楼被当作是一次马上开始的临时会议的邀请函。

毕竟，步行唱歌的人们还是很乐意暂时静静地坐下，让别人继续，直到喊到喉咙沙哑。大家都非常愿意休息一下，至于就主要问题看法一致的几个发言人之间细微的分歧，他们也觉得无所谓了。最终，反而是那个最蹩脚的演讲者获得了最热烈的掌声。大家都没有怎么听他讲话，只是对于他说的每一个字表示赞同的喊叫，没人在意话语间的中断，大家都不耐烦地表示同意。有人喊着“可耻”，一份抗议电报已经起草好了。人们对演讲者低沉单调的声音感到厌烦，突然不约而同站起来，把他撇在一边，并排走下楼梯，走向街道。队伍又继续前进了。

开会的时候，外面下起了雪。街道一片银白，路面上的雪也越堆越厚。

当龙骑兵冲过来的时候，后面的游行者还完全没有察觉。队伍前方传来越来越大的响声，像是大群人在喊“万岁”，个别几个人的惊叫“救命啊！”“杀人啦！”也在骚动中和其他声音混成一片。几乎是同一时刻，趁着这一波声响，人群迅速躲到路的两边，中间留出狭窄的通道，许多挥舞着配剑的骑手骑着战马、悄然地飞驰而过。

约有半个骑兵排飞奔而过，然后他们又掉转马头，重新整好队形，冲进了队伍的尾部。杀戮开始了。

几分钟过后，街道上荒芜一片，不见一个人影，人们四处溃逃，跑进周围的小巷。雪也没有之前那么厚了。干燥的午后看上去像一幅炭笔画。屋后，落日的斜阳，也好像手指一样指着街道上所有红色物体：龙骑兵的红顶帽子，地上的红色旗帜，和洒在雪地上一道道斑斑血迹。

一个头盖骨裂开的人不断地呻吟，抓着路边向前爬着。有几名龙骑兵并肩骑着马，他们是追到街道的远端后又返回来的。几乎就在马蹄下，围巾掉到脑后的玛尔法·加芙里洛芙娜从一边跑到另一边疯狂地叫着："帕沙！帕沙！"

帕沙自始至终都和她在一起，惟妙惟肖地模仿会议里的最后一个演讲者的样子来逗她开心，可是当龙骑兵冲来时却突然消失在混乱的人群中了。

背上挨了一鞭子，尽管她穿着厚实的棉袄很难感觉到疼痛，她还是一边向跑远的骑兵挥着拳头，一边愤怒地咒骂他们竟敢公然对像她这样的老太婆挥动鞭子。

玛尔法不安地扫视着街道两旁，突然喜出望外地在对面的街道上看到了那孩子。他站在杂货店和一栋私人砖房中间隐蔽的地方，这里聚集着路过的人，这些人被一个骑兵困住在人行道上。人们胆战心惊，这让骑兵很开心，于是他让马开始表演转体，跳跃，退进人群中，让马就像在马戏团一样转圆圈。这时，突然看到他那些同伴们返回来，他策马扬鞭，一窜一跳地归进队伍。

人群也散开了，太过害怕而不敢做声的帕沙，这才看见玛尔法·加芙里洛芙娜，并向她奔跑过去。

老太太回家的路上一直嘟嘟囔囔。"可憎的杀人犯！老百姓原本高高兴兴的，因为沙皇给了他们自由，但是这帮该死的刽子手就受不了，他们非得把所有事情搅得一团糟，把每句话的意思都曲解了才甘心。"

她对龙骑兵感到气愤，对周围的一切感到愤怒，甚至在此时，也生他儿子的气。当她发脾气时，最近所有的烦心事儿对她来说都是那些笨拙的、愚笨的、被她称作"和库普林卡一伙儿的笨蛋"惹出来的。

"这帮笨蛋！他们到底想要什么？连他们自己都不清！就知道挑拨离间，吵吵闹闹。一帮子毒蛇。就像那个唠叨鬼，帕沙，乖乖，给我学一遍他怎么做的，亲爱的，学学看。哎哟，笑死我了。你学他的样子惟妙惟肖，一模一样。嗡，嗡，嗡……一只真正的大黄蜂。"

回到家，她开始责备儿子。都到这把年纪了，还让一个头发乱糟糟的白痴骑在马上用鞭子抽打她的背？

“真是的，妈妈，你以为我是谁？你以为我是哥萨克首领或者警察局局长啊。”

9

尼古拉·尼古拉耶维奇看到从自己窗外一闪而过的示威者。他知道这是些什么人，并仔细查看尤拉是否在其中。但他没有看到他认识的人，只是看到了杜多罗夫那个不要命的小子，尼古拉·尼古拉耶维奇忘了他叫什么名字，前不久刚从他肩膀取出一颗子弹，现在又看到他在这里窜来窜去。

那年秋天，尼古拉·尼古拉耶维奇从圣彼得堡来到这里。初来乍到，他没有落脚之处，又不喜欢住旅店，只好暂时寄宿在远房亲戚斯文季茨基家。人家在二楼的拐角处给他腾出了一间书房。

斯文季茨基家没有孩子，这幢两层楼的房屋对他们夫妇来说有点大，这栋房子是已故的老斯文季茨基多年以前从多尔戈鲁基公爵手里租来的。多尔戈鲁基的房产一共有三个院落、一座花园和许多格局零乱、不同风格的房屋，连着三条狭窄的巷子，过去被人称作磨坊小城。尽管开了四扇窗，这间书房依旧光线微暗。屋子里摆满了书籍、报刊、毯子和印刷品。书房有个半圆形的室外阳台，紧紧围着房子的这一角。冬天通往阳台的双层玻璃门密封得非常严实。

从阳台的玻璃门和书房的两扇窗户向外看去是一条小巷、一条雪橇压出来的伸向远处的路，小巷两边是排列不规则的房子和歪歪扭扭的栅栏。

透过花园的树木，阳光在书房里洒下片片紫色影子。布满白霜的树枝像蜡烛冒烟的火光，不断地窥探着室内，仿佛要把它一身的负担抖落在书房的地板上。

尼古拉·尼古拉耶维奇矗立在窗口，凝视着远方。他想起在圣彼得堡去年冬天，想着加邦牧、高尔基、首相维特的来访和那些时髦的现代作家。他远离了那个混乱的地方，来到古都这个宁静的地方写书，这本书早已在他脑海构思成熟。然而，他如同从煎锅跳入了火海，每天讲座没完没了。一会儿是大学女性的课程，一会儿又是宗教哲学社团，要么是红十字会，要么是罢工基金委员会，没有自己宁静的一瞬。他真想逃离到瑞士去，到遥远的森林深处的一个县区，在那里享受由湖光山色、蓝天白云、回音袅袅、常年清新空气所带来的恬静。

尼古拉·尼古拉耶维奇转身离开窗口。他想出去看望一个人，或者随便在街上走走，但转而又想到那位信奉托尔斯泰的维沃洛奇诺夫有事要来找他，不能离开。于是他在屋里踱来踱去，脑子里想的却是他的侄子。

当尼古拉·尼古拉耶维奇从伏尔加退避前往圣彼得堡的时候，他把尤拉托付给在莫斯科的亲戚，在莫斯科，他有好几家亲戚，韦杰尼亚平、奥斯特罗梅思连斯基、谢利亚温、米哈耶利斯、斯文季茨基和格罗梅科等。起初，他把尤拉安顿在奥斯特罗梅思连斯基家里，奥斯特罗梅思连斯基邋里邋遢，喋喋不休，亲戚们都管他叫费吉卡。费吉卡同自己的监护人莫佳姘居，他认为自己是现有社会秩序的分裂者以及进步思想的捍卫者。他辜负了亲戚朋友对他的信任，他甚至连尤拉的生活费都花掉了。于是尤拉又被转到格罗梅科家，一直住到现在。

格罗梅科家的氛围特别适合尤拉，尼古拉·尼古拉耶维奇想。他家的女儿东尼娜和尤拉同岁，米沙·戈登和尤拉既是朋友，又是同学，尤拉和他们一起生活。

“他们三人简直就是一个同盟。”尼古拉·尼古拉耶维奇想。三人埋头于在读《爱情的意义》和《克莱采奏鸣曲》之类的书，并对贞洁的说教非常迷恋。当然，对于青少年，了解一下那种极端的纯洁应该没错，但是他们有点过头了，而丢失了太多的纯真感。

他们多么孩子气和反复无常。因为某种原因，他们将特别困扰他们的肉欲方面的东西称为“庸俗”，不管使用是合适还是不合适，整天将这个词挂在嘴上。简直是极端的用词不当。“庸俗”——是用来指人本能的东西、是指淫秽的东西、作践女人，甚至指的是整个物质世界。每当说到这个词，他们的脸就会变红或是变得煞白。

“如果我在莫斯科，”尼古拉·尼古拉耶维奇这样想，“决不让他们走到这一步。谦逊是必须的，但要有一定的限度……”“啊，尼尔·费奥克蒂斯托维奇，请进!”他高声说着，走上前去迎接他的客人。

10

一个胖子走进屋子，他身穿灰色托尔斯泰式衬衣，腰系着宽皮带，脚蹬一双毡靴，裤子的膝盖处松弛下垂。他看起来像一个精灵，头上罩着云彩。一副用黑色宽带系住的夹鼻眼镜在鼻子上使劲地抖动着。在过道，他开始拿下身上的东西，但围巾依然在脖子上，一头拖在地上，手里还拿着一顶圆形毡帽。这些东西占住他的双手，使他无法同尼古拉·尼古拉耶维奇握手，甚至说声你好。

“嗯，嗯。”他一面发出这样的回应声，一面环顾着屋子。

“随便放下吧。”尼古拉·尼古拉耶维奇说，让维沃洛奇诺夫大胆说话，泰然自若。

他是托尔斯泰的追随者之一。在这些人看来，那个从不理解和平的天才的思想只是专心致志于享有长久的、欢乐的宁静，无望地变得庸俗、肤浅。他是来请尼古拉·尼古拉耶维奇到某个或其他学校去为政治流放者做演讲。

“我已经在那个学校讲过了。”

“是为那些流放者讲的吗?”

“是啊。”

“还得再讲一次。”

尼古拉·尼古拉耶维奇推诿了一下，然后就同意了。

谈完正事，尼古拉·尼古拉耶维奇也没想挽留他的客人。尼尔·费奥克蒂斯托维奇本来可以起身告辞了，但显然他觉得这样离开不大礼貌，走之前应该找个轻松、自然的话题聊一聊。结果闲聊变得矫揉造作，尴尬难堪。

“你变得颓废了？喜欢神秘主义?”

“你说的是什么意思？”

“真是浪费呀。还记得郡议会吗？”

“当然记得。我们不是还一起游说来着。”

“我们曾为乡村学校和师范专科学校的事一起奋战，还记得不？”

“当然，那是一场很棒的斗争。后来你喜欢做公共卫生和社会福利方面的工作，对吗？”

“是的，做过一段时间。”

“是啊，如今都是一些不切实际的东西……农牧神呀，睡莲呀，男青年呀，还有什么《我们像太阳》。鬼才相信。保佑我，若我能……像你一样聪明，具有你那样的幽默，像你了解人民……嗨，现在……或许我触及到你最神圣的东西了吧？”

“为何瞎扯一通？我们在争论些什么？您根本不了解我的想法。”

“俄国需要的是学校和医院，不是农牧神和什么睡莲。”

“没人否认。”

“农民们衣衫褴褛，忍饥挨饿……”

对话就这样进行着。意识到这样谈下去没什么意义，尼古拉·尼古拉耶维奇向他解释是什么吸引他和一些象征主义流派的作家往来。紧接着又把话题拉到托尔斯泰的教义上，他说：“在某种程度上，我同意您的看法。不过托尔斯泰说，如果人过于追求美，就会离善越来越远……”

“你不这样认为吗？美能够拯救世界，是吗？是陀思妥耶夫斯基、罗赞诺夫，还是宗教圣史剧或类似的东西？”

“等等，让我告诉你我的看法。我认为，如果指望用下监狱或者死后报应作为恐吓就能制服人们心底沉睡的兽性，那么，马戏团里挥舞鞭子的驯兽师岂不就是人类最崇高的形象，而不是那位把自己作为祭品献身的先知了？难道你看不出这正是问题的关键所在？几个世纪以来，使人类凌驾于动物之上的并不是棍棒，而是发自内心的音乐，是来自没有装备的真理的不可抗拒的力量和榜样的巨大吸引力。一直以来，人们臆断，福音书当中最重要的是伦理道德箴言和诫命。但在我看来，最重要的是，耶稣宣讲中从生活中提炼的预言，用平日生活现实解释真理。从而得出的观点是凡人之间的交流，是不朽的，而生命是象征性的，因为它富有意义。”

“我一点都听不懂。你应当就此写一本书。”

维沃洛奇诺夫走后，尼古拉·尼古拉耶维奇非常生气。他恼恨自己对那个傻瓜谈了他很私密的看法，而且还对他没产生丝毫影响。像以往那样，他的恼怒成了目标。此时他又想起另外一件事来。他没有写日记的习惯，但一年之中，总有一两次要把感受特深的想法写在厚厚的一个笔记本上。他拿出这个本子开始写了起来，字体又大又端正。下面就是他写的内容：

“那个施莱辛格蠢女人使我整天感到心烦。她一大早就来了，一直坐到吃午饭，一连两个小时朗诵歪诗。把我都烦死了。这是象征主义者 A 为天体演化交响乐作曲家 B 所写的一篇散文诗，诗里描述了星球上的精灵、四种自然力量的声音等等。我耐着性子听着，忍着，听着，忍着，终于听不下去了，恳求她停下不要再读了。

突然，我恍然大悟，明白了为什么甚至在浮士德身上，这种东西也很虚伪，令人难以忍受。整个事情全是虚假的，没人对此真正感兴趣。现代人不需要虚假。当他被宇宙之谜难倒时，他要求助物理学，而不是赫西奥德的六步格诗。

而问题不仅仅是这种不合乎潮流的形式，也不在于天地的精灵混淆了科学所真正彰显的东西。真正的问题是这种艺术类型与现代艺术的精神、实质、创作动力完全不协调。

在远古世纪，宇宙起源、进化非常自然，地球上人类居住得非常稀疏，大自然尚未被人类所掩盖。大地上依然徘徊有猛犸象，龙族以及恐龙仍犹然存于人们的脑海。那时，大自然如此引人注目，毫不掩饰，如此吸引人，几至疯狂，不时触及人的脖颈，好像大自然真的拥有众多神灵。这就是人类编年史开始的几页，而且这仅仅是个开始。

由于人口过剩，这个远古世纪在罗马时代结束了。

罗马是一个模仿神灵和充满被征服民族的乱哄哄的地方，鱼龙混杂的罗马分成尘世和天堂两层，大量污秽的东西盘绕扭成三个结就像肠梗阻。那里充斥着达吉人、赫鲁人、斯基泰人、萨尔马特人、极北人，看到的是没有辐条的笨重车轮、浮肿的眼睛、鸡奸者、双下巴、不识字的君主、用受过教育的奴隶的肉喂鱼。这里的人要比以往任何时候都多，挤满了罗马大角斗场的通道，遭受不幸。

于是，他，轻快地、光环罩身，走进这俗气的大理石和黄金堆中，非常强调突显人性，故意流露出乡土气息，这个加利利人，就在那时，一切民族和神灵不复存在，人类真正开始了自己的时代，有做木工的人，当农夫的人，夕阳西下放牧回归的牧羊人。人，这个音听起来没有丝毫骄傲，人随着母亲们的摇篮曲受到赞美，随着所有的画廊，崇高地向全世界传颂。”

11

彼得罗夫大街看起来就像是莫斯科的圣彼得堡角落。街道两旁是相互对称的房子，房子大门大都精雕细刻，有书店、阅览室、图片社，还有装潢典雅的烟草店和考究的餐厅，餐厅前门左右两边吊着两个厚重的托架，两盏圆形磨砂灯罩的煤气灯就挂在托架上。

冬天这个地方阴暗，难以通行。这里居住着稳重、自重而又富裕的自由职业者。

维克托·伊波利托维奇·科马罗夫斯基在这里租下的一套三楼宽敞的公寓，沿着宽大的橡木栏杆楼梯可直通他的房子。他的管家，或者说是他幽居之处的总管埃玛·埃内斯托夫娜，为他把一切事情打理的井井有条，又不干预他的私事；她一声不响、不大惹人注意。他对她则报以一个绅士所应有的骑士般的感激，而且他从不接待任何来访者，无论是男性还是女性，他也不许其他人打扰她老处女平静的生活圈子。在他们家，一切都如修道院般的宁静，窗帘低垂，所有东西一尘不染，就如同手术室一般干净、整洁。

每个星期天上午，维克托·伊波利托维奇总是带着自己的老虎犬沿着彼得罗夫大街和库茨涅茨基大街溜达，在一个街角，与演员兼投机商康斯坦丁·伊拉里奥诺维奇·萨塔尼基相遇一起散步。他们一同在库茨涅茨基大街踱步，谈一些黄色的段子，蔑视一切地哼着鼻子，并发出低沉震耳的、厚颜无耻的笑声，回荡在街道上空的笑声不比狗的狂叫更值得人们注意。

12

天气在好转。水珠滴滴答答地敲打着铁质排水管和屋檐板。各家的屋顶交错发出这种滴答声，仿佛传递着信息，春天来了，雪在融化。

拉拉走着，一路上恍恍惚惚，只是到家才意识到所发生的事。

大家都已入睡。她坐在妈妈的梳妆台前失神、发呆，身上穿一件淡紫色的、几乎变成近白色的连衣裙，裙子上镶着花边，还披着一条长长的面纱，像戏装一样，这都是为了参加化装舞会从作坊里借拿的。她面对镜子中的自己坐着，却什么也看不见。于是，她交叉双臂放于梳妆台上，把头伏在双臂上。

妈妈要是知道了发生的一切，准会杀了她。把她杀死，随后自己再自杀。

这是如何发生的呢？怎么可能会发生这样的事？现在一切都晚了，她本应该事先想到这一点。

现在，她成了……通常称作什么来着？……堕落的女人。成了法国小说里描述的那种女人，可是，明天去学校还要和别的女同学坐在一起，同她相比，她们就是一群小毛孩子。上帝啊，上帝，怎么会发生这种事？

多年后的某一天，如果可能的话，拉拉也许会把这一切都告诉奥莉娅·杰明娜，奥莉娅一定会和她抱头痛哭的。

窗外，水滴继续在滴答，这是融雪在低语它自己的符咒。街上有人在敲邻居家的大门。拉拉没有抬头。她双肩抽动，悲痛地哭泣着。

13

“唉，埃玛·埃内斯托夫娜，太烦琐了。我都烦死了。”他把橱柜打开又合上，将里面的东西都翻腾出来，护腕和衣服乱丢在地毯和沙发上，自己不知道到底要找什么。

他急切地需要她，可是那个星期天没办法同她见面。像关入笼中的野兽，他在屋子里发疯地走来走去。

没什么能比得上她心灵之美。她的手好像似超群的想法，非常出众，令人惊讶。在客栈墙壁上的身影勾勒出她纯洁无瑕的化身。她的套裙紧紧地裹住她的胸部，像紧绷在刺绣架上的亚麻布一样质朴而坚固。

他用手指连续地敲打着窗户玻璃，节奏同柏油马路上从容不迫走动的马匹的脚步一致。“拉拉。”他轻声低唤，闭上眼睛，脑海中浮现出枕在他臂弯上她的头。她双眸紧闭，已经熟睡，他连续几小时不眨眼地注视着她，毫无意识。她的秀发飘逸，美得恰似缕缕青烟，刺痛着他的眼睛，侵蚀他的心灵。

星期天，他没能完成散步。他带着杰克走了几步就停下脚步，想起了库茨涅茨基大街、萨塔尼基的玩笑，想起在街上他遇到的许多熟人。不行，他实在不能忍受了。他调头往回走。狗都觉得惊奇，用不乐意的眼光向上看着他，很不情愿地、摇摇摆摆地跟在他后面。

“这一切意味着什么?”科马罗夫斯基这样想。“我究竟怎么啦?”是良知、是怜悯、还是悔恨？或许是为她担心？不，都不是，他知道她在家里很安全。那么，为什么满脑子想的都是她?

他回到家，上了楼，经过第一个楼梯平台。这里有一个窗户，盾形纹章将窗户的几个角装饰为彩画玻璃。透过窗户进来的斑驳阳光，洒在他的脚下，五彩缤纷。走到第二层楼梯的中间，他站住了。

他决不向这种疲惫的、困扰人的、焦虑的心境屈服。毕竟，他已不是一个青涩学生，应该懂得，面对一个少女，已故朋友的女儿，如果不是情场玩玩，而是陷入痴迷，难以自拔，那后果可想而知。他必须醒悟。忠实于自己，信守自己的习惯，否则，一切都化为乌有。

科马罗夫斯基紧紧抓住橡木栏杆，抓得手都疼了，他闭了一会儿眼睛，然后坚决地转身下了楼。在洒满阳光的楼梯平台，狗还在那里等着他。它抬着头，敬慕地仰视着他，活像一个双腮松弛、流着口水的老侏儒。

狗不喜欢那个姑娘，撕破她的长筒袜，裸露着獠牙，向她嚎叫。它很嫉妒，仿佛怕她将人的什么毒瘤传染给它的主人。

“啊，我明白了！你希望一切如从前——有萨塔尼基、低劣的小把戏，下流的笑话吗？那好，那就给你这个，给你，给你！”

他用手杖和脚照着老虎犬一阵踢打。杰克尖声嗥叫着跑开了，摇摆着屁股，趔趔趄趄上了楼，抓扒着门向埃玛·埃内斯托夫娜诉苦。日子飞快地过去了。

14

一个多么无法逃脱的法术啊！科马罗夫斯基闯进拉拉的生活，假如仅仅引起她厌恶的话，拉拉就会拒绝和摆脱他。然而事情并非那么简单。

姑娘自己感到很荣幸，这个端庄而头发开始变白的男人，这个年龄都可以做自己父亲的男人，这个在会上得到掌声、在报纸上受到赞扬的男人，竟然花时间陪她，为她花费金钱，陪她听音乐会，看演出，而且说他非常恋慕她，即所谓“改善她的心智”。

毕竟，她还是个穿褐色制服的女生，在学校，她喜欢搞一些无恶意的阴谋，喜欢做恶作剧。无论是在马车里背对着车夫，还是在众目睽睽的剧院包厢里，科马罗夫斯基的那种调情、示爱、暧昧而大胆的举动使她陶醉，也唤醒了她内心深处沉睡中的恶魔，这恶魔使她配合着他做着同样的调情动作。

但这种恶作剧的、少女的迷恋是短暂的。随后，令人困扰的沮丧和对自己的厌恶则长久地缠绕着她。一直以来，她总想睡觉，因为晚上总是失眠，因为常常哭泣，因为经常头痛，因为功课太重，还因为整个身体疲倦困乏。

15

她诅咒他，她恨他。每天她满脑子想的都是这些。

她已成为他的奴隶。他是怎么征服她的？怎么使她顺从的，为什么她就服服帖帖，满足他的欲望，战战兢兢，毫不掩饰羞耻，让他快活？莫非因为年龄的差异，莫非妈妈依赖于他的钱财，他善于恫吓她，拉拉？不是，都不是！这些都是无稽之谈。

是她牢牢地控制了他。难道她看不出他是多么地需要她？她没什么害怕的，她问心无愧。反而是他应该感到羞耻，感到害怕，害怕她把这事揭穿。然而，问题是她永远不会那样做。要那么做，她还没有那么无情、卑鄙，她还不具备科马罗夫斯基对待下属和弱势雇员那样冷酷无情。

这就是他和她本质的区别。因此，也正是这一点，使她的生活变得非常恐怖。生活中，是雷鸣、闪电会击垮你吗？不，是斜视冷眼和低声诽谤。处处都是阴谋诡计和含沙射影。每一根线都像蛛丝一样，一扯就断，但是你要想挣脱这个网，那只能被缠得更紧。

社会的强者反而被卑鄙、怯懦者所掌控。

16

她曾自问：如果她是已婚者，那会有什么影响？她陷入了一条诡辩之径，不能自拔。无望的痛苦常常将她击垮。

他是多么恬不知耻地跪在她脚下哀求？“不能再这样偷偷摸摸下去了。想想看，我对你所做的一切！否则，你就会身败名裂，名誉扫地。我们还是将实情告诉你母亲。我娶你。”

他哭着，坚持着，好像她争辩着要拒绝他。不过这也只是说说而已，拉拉甚至懒得听他这些空洞、悲戚的话语。

可他依然带她到那家古怪的餐馆的包间去用餐，每次她都戴着面纱，进到餐馆时，侍者和顾客的目光都聚焦在她身上，似乎要把她剥个精光。她不明白：“难道人们相爱，就要承受屈辱吗？”

她曾做了一个梦：她被埋在土里，只有左肩和右脚裸露在外面。从她左边的乳房里长出了一丛草，而地面的人们歌唱着“黑眼睛和白乳房”和“玛莎不许到河里来”。

17

拉拉并不信奉宗教，不相信那些宗教仪式。但有时为了承受生活的重压，她也需要音乐来慰藉她空虚的灵魂。她不能为自己写出这样的乐曲。因为它是上帝关于生命的箴言，正是为它而哭泣，拉拉才去了教堂。

有一次，十二月初，她前去教堂祷告，由于心情太过沉重，她仿佛感到脚下的大地即刻都会裂开，教堂的穹顶随时都会崩塌。这正中她的意，让一切都在土崩瓦解中了结。她后悔她带了奥莉娅·杰明娜这个喋喋不休的话匣子。

“瞧，那是普罗夫·阿法纳西耶维奇。”奥莉娅对着她耳朵悄悄说。

“嘘，别烦我。什么普罗夫·阿法纳西耶维奇?”

“普罗夫·阿法纳西耶维奇·索科洛夫，我的堂叔父。正在读经文的那个。”

“噢，你说的那个诵经士，季韦尔辛的亲戚。嘘，别作声。别打搅我。”

她们进来的时候，仪式刚刚开始。人们在唱赞美诗：“赞美我主，我的灵魂，以我所有，赞我主圣名。”

教堂里只坐了一半的座位，显得空荡荡的，四处都有回声。只有前边挤着一群做祷告的人。这幢楼是新建的，大楼外行人和车辆穿行，热闹的街道光线暗淡，积雪较多，大楼窗户通透的玻璃也没能给街道增添任何色彩。这扇窗前站着教堂长老，全然不顾正在进行的祈祷，大声责备一个既耳聋又愚笨的女乞丐，他的声音像那扇窗和窗外的街道一样单调而平淡。

拉拉手里攥着几枚硬币，没有打扰那些祈祷者，来到门口为自己和奥莉娅买了蜡烛，又返了回来。这时普罗夫·阿法纳西耶维奇已经匆忙地念完九个祝福经文，仿佛在示意他不念，其他人早就熟知。

“虚心的人有福了……哀恸的人有福了……饥渴慕义的人有福

了……”

拉拉开始站立不动。这说的就是她。他说：为义受逼迫的人有福了。他们有许多内心的痛楚向我主倾诉。他们拥有一切。这就是我主所想。这就是基督的恩言。

18

正值普雷斯尼亚区武装起义的日子，吉莎尔一家的住所恰好位于叛乱地区。距离他们的房子不远的特维尔街上正在搭建街垒，人们从院子里提来一桶桶水为的是将石头和废铁冻在一起好筑起街垒。

隔壁院子是工人民兵的集合地点，有些类似红十字会和流动厨房。

拉拉认识去那儿的两个男孩子，一个是她学校的朋友纳迪娅的朋友，名叫尼卡·杜多罗夫。他的性格同拉拉有些相似——孤傲，耿直，沉默寡言，因此拉拉对他提不起兴趣。

另一个是体育馆的学生帕沙·安季波夫，和奥莉娅·杰明娜的外祖母季韦尔辛老太太住在一起。拉拉去季韦尔辛家里的时候已经察觉出了这个男孩子见到她的反应。帕沙·安季波夫是那样的幼稚单纯，毫不掩饰见到她时的喜悦，仿佛拉拉是一幅风景画，夏季的桦木林，伴着遍地的青草和漫天飘荡的白云，所以不用掩饰对她的热爱，更不用担心他人的取笑。

拉拉刚一发现自己对他带来的这种影响，她便开始无意识地利用它。然而，几年后，他们的关系更深的时候，她才开始认真把握他那温顺的性格。那时，帕沙已经知道自己是真心地爱上了她，并且已经难以自拔。

这两个男孩子正玩着一种最可怕的、成年人的游戏，战争，而参与这一特殊的战争是要受到惩罚的，不是被驱逐出境就是被处以绞刑。但是他们头上戴的被缚在后面的羊毛帽子清楚地表明他们还是两个孩子，还都受着父母的管教。拉拉把他们当作大人来看待。在他们那些危险的游戏中都透露出一股孩子们的天真无邪，其他的一切也都烙上了这种痕迹。傍晚似乎泛起一层白霜，看起来更像是黑色；还有这院子中的深蓝色阴影；以及马路对面男孩子们躲藏的那栋房屋，尤其是从那里不断传来的手枪射击声。“男孩子们正在开枪。”拉拉想道。她这样的想法不仅仅是对尼卡和帕沙，还是对于正在打仗的这座城市。她想，“正是因为他们听话，所以才开枪的。”

19

听说街垒可能被毁，他们的房子可能也会有危险。但是这个时候再考虑搬到莫斯科另一个区的朋友家里已经太迟了，因为这个地区已经被包围，他们也只能在被包围的附近找个落脚的地方，这让他们想起了黑山旅馆。

并不只是他们想到这个地方。旅馆已经住满了，很多人都和他们处境相同。最后还是看在过去的分上才答应把他们安顿在被褥保管室。

带着手提箱太惹眼，于是他们就把很多必需品包成了三捆，一天天的推迟搬进旅馆的日子。

由于作坊对待工人就像家庭成员一样，尽管外面在闹罢工，他们还在继续干活。但在一个寒冷而又枯燥无味的午后，门铃响了，有人进来抱怨指责了一番。要求面见店主，费季索娃代替店主摆平这一烦事。不一会儿，她把女裁缝师们叫到大厅，并对来访者进行了一一介绍。那个人激动而笨拙地同每个人握手，和费季索娃达成什么共识后便离开了。

女裁缝师们回到工作间，系上她们的披肩，穿上她们破旧的冬衣。

“发生了什么事？”吉莎尔夫人急忙赶过来问道。

“他们让我们出去，夫人，我们罢工了。”

“但是……我有委屈过你们吗？”吉莎尔夫人突然哭起来。

“您别难过，阿马利娅·卡尔洛夫娜。我们对您没有什么不满，而是非常感激您。问题并不在于您和我们。每个人都加入罢工，全世界都起来罢工了，您不可能反对每个人，是吗？”

她们都去了，连奥莉娅·杰明娜和费季索娃也走了，两个人在告别时悄悄地对吉莎尔夫人说，为了店主和作坊的利益只好同意罢工。但是阿马利娅·卡尔洛夫娜还是感到极度沮丧。

“多么忘恩负义啊！想不到，我真是看错了这些人！我在那个乳臭未干的孩子身上操碎了心！好吧，就算她还是个孩子，可是还有那个老妖婆呢！”

“他们对您也不能破例，妈妈，您不明白吗?”拉拉安慰她说道，“没有人对您有恶意。恰恰相反，现在周围发生的一切都是为了人们的权利，为了保护弱者，为了妇女和孩子们的幸福。是的，就是这样，您不用这么怀疑地摇头。您会明白的，总有一天您和我会生活富裕起来的。”

但是母亲一点儿都听不明白。“总是这样，”她啜泣着说道，“本来心里就乱糟糟的，你还说出这种话，只会让人感到震惊。人家都已经骑到我的头上了，你还在这里说是为我好。不，一定是我老糊涂了。”

罗迪亚还在学校。空荡荡的房子里只剩拉拉和母亲漫无目的地徘徊。没有灯光的街道和房屋空洞地相互凝视着。

“我们去旅馆吧，妈妈，趁天黑之前，”拉拉乞求着，“一定要去，妈妈，别推托了，现在就出发吧。”

“菲拉特，菲拉特，”他们喊来了看门人，“送我们去黑山旅馆吧，乖孩子。”

“是，太太。”

“拿上几捆包袱。对了，菲拉特，照看好房子，直到局势恢复正常。还有，记得给基里尔·莫杰斯托维奇喂鸟食，换水。所有东西都要上锁。差不多就这些了，我们常联系。”

“好的，太太。”

“谢谢你，菲拉特。上帝保佑你。好了，我们坐一会儿就出发。”

就像几周大病初愈一样，她们出来一下子适应不了新鲜空气。周遭的噪音，仿佛像开动的车床，新旋的、霜白色的、加工全新的螺母轻轻滚动，回响不绝。枪声和炮声齐鸣，像是要把远方炸平。

不管菲拉特如何说服她们，让她们相信真的是在开枪，但是拉拉和阿马利娅·卡尔洛夫娜仍然坚持认为开的不过是空枪。

“别傻了，菲拉特。想想看，都看不到开枪的人，怎么能说真的是在开枪呢？你认为是谁在开枪，莫非是圣灵？当然不是真的了。”

在一个十字路口，她们被巡逻队拦住了，狞笑着的哥萨克人对她们搜查了一番，粗鲁地从头到脚搜了个遍。他们戴的无檐帽一边翘着，遮住了一只耳朵，这让他们看起来像是独眼人。

“太好了！”拉拉边走边想。由于这个地区与城里的其他地方隔绝，她将长时间见不到科马罗夫斯基。因为母亲的关系，她没办法和他断绝来往。她不能够说：“妈妈，别再见他了。”如果她这么说了，那真相就会大白。但即使说了又会怎么样呢？为什么会使她感到害怕？啊，上帝！所有的一切，一切，要是可以，只要这件事情能够了结。上帝啊上帝！她会厌恶地昏倒的。可是刚才她又想起了什么呀？那幅可怕的画叫什么来着？画着一个肥胖的罗马人，就在这一切开始的那间屋子里挂着。对，好像是叫《妇人或花瓶》。这是一幅名画，当她第一次看到它时，她还算不上是妇人，没有办法和一件昂贵的艺术品相比，后来才算是。餐桌为盛宴摆设得相当壮观。

“你跑这么快，要去哪儿呀？我跟不上你。”吉莎尔夫人气喘吁吁地跟在后面说。拉拉走得很快，好像有什么无形的力量推着她，一股骄傲的、使人脱胎换骨的力量让她仿佛在空中飞。

“多么棒啊！”听着枪声，她想，“被践踏的人有福了，受压迫的人有福了，被欺骗的人有福了。愿上帝赐予你速度，子弹。你和我应该有同感吧。”

20

格罗梅科兄弟俩的房子位于西夫采夫弗拉日克街和另一条小街的拐角处。亚历山大·亚历山德罗维奇和尼古拉·亚历山德罗维奇·格罗梅科都是化学教授，一个在彼得学院任教，另一个在大学任教。尼古拉·亚历山德罗维奇还没有结婚，亚历山大·亚历山德罗维奇妻子的名字叫安娜·伊万诺夫娜。她父亲姓克鲁格，是个铁矿场主，另外还在乌拉尔的尤里亚金附近有一座很大的别墅，那儿有几座已经废弃的、不再经营的矿场。

格罗梅科哥俩的房子是一座两层楼。楼上是卧室、孩子们的学习室、亚历山大·亚历山德罗维奇的书房和藏书室。另外还有安娜·伊万诺夫娜的闺房、东尼娜和尤拉居住的房间；楼下是会客厅。绿色的窗帘，闪闪发光的钢琴，鱼缸，橄榄绿色的室内装潢就像海藻似的室内植物，使楼下会客厅看起来像梦幻般摆动的绿色海床。

格罗梅科一家非常有教养、热情好客，很懂音乐并非常喜欢音乐。他们经常在自己家里举办招待会和室内音乐会，演奏钢琴三重奏、小提琴奏鸣曲和弦乐四重奏。

一九〇六年一月，按照惯例又要举办一次室内音乐晚会。首先由塔汉耶夫的学生，一位年轻的作曲家演奏他自己谱写的一首小提琴奏鸣曲和柴可夫斯基的三重奏。

准备工作两天前就开始了，把家具搬到会客厅四周。在大厅的一角，钢琴调音师反复地弹奏同一和弦，继而又像撒珠子似的弹出一连串音符。厨房里忙着拔鸡毛，洗蔬菜，将芥末和橄榄油搅拌作调味汁和色拉调味品。

舒拉·施莱辛格是安娜·伊万诺夫娜的密友和知己，她一大清早就过来着实令人生厌。

她瘦高个，长相端正，但脸部的轮廓特像男性，尤其是看到她斜斜地戴上那顶俄式羊羔皮帽子的时候，不由使人想到沙皇的长相。在房子里，她也不摘下帽子，只是稍稍把面纱掀起一点儿，用针别在帽子上。

遇到伤心和心烦的时候，两个朋友的交谈可以使彼此相互放松。他们相互倾诉一些悲伤的心事，话语变得越来越刻薄直到情绪爆发失控，但很快又以眼泪与和解告终。

这种周期性的争吵对双方都起到镇静作用，就像用水蛭吸血治疗高血压一样。

舒拉·施莱辛格结过好几次婚，但一离婚就把丈夫忘了，尽管她有几次婚姻，但仍像一个老处女一样冷淡。

她是通神论者，但在东正教的宗教仪式方面又是个专家，甚至当她被吹捧，完全心醉神迷时，也按捺不住地要提示牧师。“听，我主耶和华，”“现在和永远无时不在，”“荣耀的天使”她用嘶哑的嗓音，不停地咕哝，不大连贯地祷告着。

舒拉·施莱辛格懂得数学和印度密宗教义，知道莫斯科音乐学院知名老师的住址以及谁跟谁同居之类的事情。天啊，没有她不知道的事。正因为如此，日常生活中发生什么重要的事，大家总要请她来裁决和承办。

到约定的时间，客人们陆续到了。来客中有阿杰莱达·菲力波夫娜、金茨、富夫科夫一家、巴苏尔曼先生和太太、韦尔日茨基一家和卡夫卡兹采夫上校。外面下着雪，前门一打开，就能看到打着旋的冷气猛冲过去，仿佛被纷纷扬扬的雪片搅成一团。男人们从寒冷的外面进来，脚上穿着笨重的高筒靴，他们每个人，无一例外，着实看起来像农村的乡巴佬；而相反，他们的太太们，却在寒风中容光焕发，外套敞开着，披肩甩在后面，顶着一层霜白的头发闪烁泛光，看起来像老练的风骚女子，狡诈的化身。“居伊的侄子。”初次被邀请的钢琴家进来的时候，大家相互低声耳语。

透过大厅两端开着的侧门，可以瞥见晚餐长桌已经摆好，像冬天里雪白的长路。红色花楸浆果的磨砂瓶上的光不停变化，引起了人们的关注。银托架上各种透明的调味瓶，以及一盘盘摆设栩栩如生的野味和各种冷盘，唤起人们的种种遐想。装奶油、香醇的小巧玲珑的五味汁瓶，唤起你的种种想象。折成竖起的金字塔形的餐巾纸、一篮篮的淡紫色瓜叶菊散发着杏仁味，似乎刺激着人们的食欲。为了不拖延时间，好好品尝这人间美味，大家急切地开始了精神筵席，即宴会前的祷告。他们一排一排地就座。当钢琴家就坐时，又听到人们低声耳语：“居伊的侄子。”音乐会开始了。

第一首奏鸣曲生硬、做作、枯燥。演奏的效果不出所料，而且曲子也长得不得了。

在幕间休息时，评论家克林别科夫还和亚历山大·亚历山德罗维奇就演奏的奏鸣曲争论了一番。对这支曲子，克林别科夫说了一大堆不足，而亚历山德罗维奇却替它辩护，讲了许多优点。周围都是吸烟的、聊天的人，以及移动椅子的声音，直到隔壁餐桌上闪闪发光的东西再一次吸引了大家的目光。于是齐声建议音乐会继续下去，不得延误。

钢琴家向旁边扫视了一下听众，向其他演奏者点了点头，示意开始演奏。小提琴手和特什克维奇挥动琴弓，如泣如诉的演奏又开始了。

尤拉，东尼娜，还有一半时间都在格罗梅科家居住的米沙·戈登，一起坐在第三排。

“叶戈罗夫娜向您打手势。”尤拉小声告诉坐在他前面的亚历山大·亚历山德罗维奇。

格罗梅科家的老仆人阿格拉费娜·叶戈罗夫娜头发已花白，她站在客厅门槛处，焦急地看着尤拉这边，并朝亚历山大·亚历山德罗维奇使劲点头，让尤拉明白她有急事告诉主人。

亚历山大·亚历山德罗维奇转过头来，用责备的目光看了叶戈罗夫娜一眼，耸了耸肩膀，但叶戈罗夫娜站着未动，很快两个人隔一段距离像聋哑人一样用手势交谈起来。人们都看着他们。安娜·伊万诺夫娜狠狠地瞪了丈夫几眼。亚历山大·亚历山德罗维奇站起身来。想着应当去处理一下。他通红着脸，踮着脚尖沿大厅的边缘来到叶戈罗夫娜跟前。

“你怎么这么不懂规矩，叶戈罗夫娜！有什么大不了的事？好吧，快说，出了什么事？”

叶戈罗夫娜低声对他说了几句话。

“什么黑山？”

“那家旅馆呀。”

“那又怎么样？”

“他们要他马上回去，他的一个亲戚快要死了。”

“快死了。我能想象。不行，叶戈罗夫娜。等演奏完这一曲，我就告诉他们，早了不行。”

“他们叫了辆出租马车和旅馆服务员在外面等着呢。我告诉您，人快死了，您不明白吗？是位夫人。”

“我也告诉你不行，就是不行。不就几分钟吗，有什么大不了的？”

面带焦虑的神情，他又蹑手蹑脚地沿原路返回到自己的座位，用手揉了揉鼻梁。

第一乐章结束后，大家热烈鼓掌，他走到演奏者跟前，告诉特什克维奇有急事要他回去，家里出了点意外，演奏不得不中止。然后，亚历山大·亚历山德罗维奇用手向大家示意停止鼓掌，并说道：

“女士们，先生们，三重奏不得不停下来。大提琴手刚刚接到不好的消息。让我们对他深表同情。他不得不离开。此时此刻，不能让他一个人走。他可能会需要帮助，我陪他去。尤罗奇卡，乖孩子，去告诉谢苗把车赶过来，他已准备好上车了。女士们，先生们，我不用和诸位告别。请大家都留下，我去去就回来。”

两个男孩子要跟他一起在寒夜里坐车兜兜风。

21

自从十二月以来，虽然生活已经恢复正常，但时有枪声响起，在起义中，由大火烧毁的房屋看起来像被毁坏的废墟，依然冒着烟雾。

两个男孩从没有像今天晚上坐车走这么远的路。实际上，黑山旅店近在咫尺，沿着斯摩棱斯克大街下行、来到诺温斯克大街、再拐到花园路上行片刻就到，但酷烈的寒雾把天空割裂的支离碎片，仿佛世界各地的天空不尽相同。篝火的杂乱浓烟、马蹄的踢踏声以及雪橇滑板的嘎嘎声使他们留下印象，天晓得，他们已经走了不知多久的路，而且要到一个偏僻可怕的地方。

旅店门外停着一辆窄长、看起来考究的雪橇，马儿身披一块织物、肢关节绑着绷带。

马车夫坐在乘客座位上，缩成一团，用戴着巨大手套的双手抱住头、缩着脖子取暖。

旅店的大厅暖和，在衣帽间的柜台后面，守门人在打盹，暖风机的嗡嗡声、熊熊炉火的轰鸣声以及沸腾的俄式茶壶的哨声催得他昏昏欲睡，但又不时被自己响亮的打鼾声惊醒。

左边的镜子面前站着一个浓妆艳抹的夫人，由于化妆过重，脸活像一个面团布丁。身着一件皮上衣，在这种天气里显得过于单薄。她正在楼下等人下来，她背对着镜子，不时左转照一照，右转照一照，仔细地审视着自己，确信自己从后面看上去也具魅力。

冻僵了的马车夫进来，凸起的外套使他看起来像面包房刚出炉的绞花面包，身上冒着一股股热气，活灵活现。

“你会在这待多久，小姐?”他问站在镜子边的女人，“我不知道，为什么要跟你们这帮人搅在一起。我可不想让我的马冻死。”

对旅店服务员来说，二十三号客房的突发事件只不过让他们又多了一件平日里令人恼怒的事。每分钟都有刺耳的铃声，墙上长长的玻璃箱里就会跳出号码，显示出哪个房里的客人又变疯了，又要烦扰服务员，而且自己也不清楚真的想要什么。

此刻，大夫在给那个老傻瓜吉沙罗娃采取急救，给她灌催吐剂，洗肠胃。女仆格拉莎忙得团团转，一会儿擦地板，一会儿把脏桶提出来，又把净桶送进去。但是，在服务室里，这场混乱早已在这喧嚣之前就爆发了，还没有派捷廖什卡坐车去请大夫和这位可怜的提琴手，科马罗夫斯基也还没到，这时门外的走廊里人满为患，拥挤不堪。

那天下午，在服务室发生的这场混乱，是因为在狭窄的过道里，不知谁从配膳室出来，一不小心，转身时不巧碰了餐厅服务员瑟索伊，他右手高举着摆满菜肴的托盘，弯着身子从门里冲出。托盘哗啦一声，撞到地上，汤菜撒了一地，两个汤盆和一个肉菜碟子摔得粉碎。

瑟索伊一口咬定碰他的就是那个洗碗工，她应该负责，应该赔偿。此刻，马上晚上十一点钟，一半员工就要下班了，可争吵依然不休。

“是他自己手脚抖动，没站稳，就知道抱着酒瓶子，想着全是他的老婆，喝得烂醉如泥。他问是谁碰的他，是谁撞泼了汤盆，撞碎了盘子。你讲清楚，谁撞你了，你这个醉鬼，恶棍，阿斯特拉罕害人精，无耻之徒?”

“马特廖娜·斯捷潘诺夫娜，我已警告过了，你嘴积点德!”

“我问你，是谁大惊小怪的?谁吃多了去撞你的盘子。那么，是那个泼妇，那个骚货装腔作势，那个该死的老鸭，好好的就要吞砒霜。当然，在黑山旅店干了这么多年，要不是碰上这事，她还真没见过这种无赖泼男。”

米沙和尤拉在吉莎尔夫人门前过道里来回走着。这一切都出乎亚历山大·亚历山德罗维奇的意料之外。他原以为大提琴手生活中所发生的悲剧应是纯洁而庄重的。但是，也只不过是件肮脏的、可耻的丑事，自然不适合孩子们在场。

两个孩子在走廊里等候。

“你们两个进去看看夫人吧，小伙子们。”男仆走到孩子们跟前，不慌不忙地说。

“你们进去吧，别担心。夫人没事，已经恢复神智了，不用害怕。不要站在这儿。下午这里发生了那场混乱，贵重的瓷器餐具摔碎一地。你们瞧，我们得跑来跑去端菜上饭，这地方很窄，你们进去吧。”

两个孩子进屋子里去了。

屋子里点着煤油灯，灯原来吊在餐桌上方的灯架上，现在移到木质屏风的后面，那儿散发着臭虫的气味。在屋子里面，专门避开一处凹形卧室，用一条落满尘土的帘子隔开，挡住外人的视线。但帘子被掀起挂在了屏风上，乱哄哄的，也没人想起把它放下来。灯就放在凳子上，从床榻前照着隔起来的卧室，就像舞台脚灯似的，有点刺眼。

吉莎尔夫人吞服的是碘，不是洗碗女工说的砒霜。屋里有一股嫩核桃皮发出的酸涩刺鼻的气味，核桃壳尚未变硬，人一碰，壳就变黑。

屏风后面，仆人在拖擦地板，床上躺着半裸的女人，她被水、眼泪和汗浸透了全身。头发纠缠在一起，她的头俯在一个木桶上，嚎啕大哭。

两个男孩子立刻将脸转向一边，看向夫人那边令他们非常尴尬，并且没有礼貌。但让尤拉感到迷惑的是，夫人笨重、拙劣的姿势，此刻显现出的紧张和吃力，已不再是往日被描绘成的雕塑般女性的样子，倒更像一名摔跤选手，拥有凸起的肌肉，只穿着短裤，随时准备上场比赛。

终于，屏风后面有人想到把帘子放了下来。

“法杰伊·卡济米罗维奇，亲爱的，你的手在哪里？把手给我。”女人说，眼泪和恶心使她喘不过气来，“唉，我经受的事如此可怕。我太过于疑心了。……法杰伊·卡济米罗维奇……我想……不过还幸运，原来这一切是多么的荒谬，是我胡乱想象……只是觉得是很好的一个解脱，这一切的结果……你瞧，我还活着……”

“安静，阿马利娅·卡尔洛夫娜，求你安静下来……这真不像话，老实说，太不像话了。”

“我们马上就回家。”亚历山大·亚历山德罗维奇对孩子们粗声地说。他们极其尴尬，站在昏暗的过道里，非常地不自在，不知该看向何处，于是他们直愣愣地盯着前面屋子另一大半阴暗的远处，也就是原来放灯的方向。那边墙上挂了几张照片，有一个书架摆满了乐谱，一张写字台上堆满了报纸和专辑，较远一边的餐桌铺着编织的台布，一个姑娘坐在扶手椅上睡觉，紧紧抱着椅背，脸颊也紧贴在上面。她一定是太疲倦了，旁边的噪音和人们激动的谈论并没有影响她睡觉。

“我们该走了，”亚历山大·亚历山德罗维奇又说了一遍。他们来到这里是没有意义的，而且再待下去也不体面，“法杰伊·卡济米罗维奇一出来，我就和他道别。”

从屏风后面出来的不是特什克维奇而是一个体格健壮、身材魁伟、充满自信的男人。他把那盏灯举过头顶，走到那张餐桌跟前，把灯放回到灯架上。灯光惊醒了那个姑娘。她朝他笑了笑，微微眯起眼睛，伸了个懒腰。

一看见这个陌生人，米沙来劲了，全神贯注地盯着他，他拉了一下尤拉的袖子，想对他说低声说。但尤拉不听他说。“你不要在人面前窃窃私语，人家会怎么想?”

与此同时，在姑娘和那个男人之间出现了一幕无声的场景。两个人一句话也没说，只是相互交换了一下眼神。但他们间的相互理解赋予极大的魔力，仿佛他是耍木偶的大师，而她就是那个木偶，温顺地任凭他摆弄。

疲倦的微笑使她眯缝着眼睛，微微张开着嘴唇。但为应对那男人嘲弄的一瞥，她则送还他一个知己者狡黠的电眼。两个人都很高兴，结果非常圆满，他们的隐私无人知晓。吉莎尔夫人企图自杀未遂。

尤拉目不转睛地盯着他们。他在半明半暗中，别人看不见他，而他一直死死地盯着灯光亮的地方。痴迷的姑娘和她的大师间的画面既非常的神秘，难以言表，同时又特别的露骨，厚颜无耻。他的心被一股强烈的、矛盾的情感撕裂，这股强烈的力量是他以前从未有过的。

正是这种东西，他和米沙以及东尼娜从没有停止过讨论，他们称之为“晦淫的东西”，这种既令他们害怕又时常诱惑着他们的东西，他们只是口头说说而已，总是与这种东西保持着距离，不会有任何危险。而此刻在尤拉眼前的正是这种东西、是绝对真实的，然而又是那样令人迷惑，令人缠绕，是无情毁灭性的，也是哀怨求助的。他们幼稚的哲学到哪儿去了？尤拉现在该做什么？

他们走到外面的街道，米沙问道：“你知道这个人是谁吗?”尤拉只顾想自己的心事，没有作答。

“他就是那个老叫你父亲喝酒并害死他的那个人。记得吗，在火车上，我对你说过的。”

尤拉想的是那个姑娘以及她的未来，而不是他的父亲以及父亲的过去。开始，他甚至没弄明白米沙说的是什么。由于天气太冷，无法交谈。

“你冻坏了吧，谢苗。”亚历山大·亚历山德罗维奇向马车夫问道。他们驱车回家了。

第三章　斯文季茨基家的圣诞晚会

1

一年冬天，亚历山大·亚历山德罗维奇送给安娜·伊万诺夫娜一个不知从哪儿买到的老式衣柜。衣柜是黑檀木做的，体积巨大，整个搬动的话，哪个门都进不去。于是只好拆开运，一块块的搬进屋子里，接下来的问题是把它摆在什么地方。摆在客厅不适合，卧室又摆不下。最后把主人卧室门口清出了一块地方，把衣柜摆在了那里。

把衣柜拼装起来的是搬运工马克尔。他把六岁的女儿马林娜也带来了。有人给了马林娜一块大麦芽糖。她一面闻着舔着麦芽糖和沾满口水的细细的小指头，一面入神地看父亲干活。

刚开始一切都很顺利。安娜·伊万诺夫娜看着柜子一块块装起来。等到只剩下装柜顶的时候，她忽然想给马克尔帮个忙。她爬到离地很高的衣柜上，身子一个趔趄，碰上了只靠榫头连住的侧板。马克尔轻轻捆住柜壁的绳扣散开了。随着柜板轰然倒地，安娜·伊万诺夫娜也仰面朝天跌下来，摔疼了自己。

马克尔赶忙跑过去，“哎呀，太太，”他说道，“您何苦这样呢，我的太太？伤着骨头了没？您快摸摸。要紧的是骨头，皮肉倒不要紧，可以再长，俗话说，皮肉不过是让人取乐的。别哭了，你这个傻丫头!”他骂起哭哭啼啼的马琳娜来。“擦干净鼻涕，找你妈去。唉，太太，难道没有您我就装不上这个衣柜吗？当然，对您来说我只不过是个搬运工，事实上，我是个做橱柜的。您也许不会相信，有多少种柜子啊，食品橱啊，油漆啊，胡桃木啊，红木啊，都曾经经由我手。说到那些，有好多不错的姑娘我都没有把握住，眼睁睁看着从我眼前消失了。请您原谅我这么说。全都是因为我喝酒，而且还是烈酒。”

马克尔推过一把扶手椅，扶着安娜·伊万诺夫娜坐下。她一边呻吟一边揉着摔疼的地方。然后马克尔开始组装碰散了的柜子。安装好顶部后，他说：“现在就差柜门了，这个拿去做展览都行。”

安娜·伊万诺夫娜不喜欢这衣柜，它那外形和尺寸会让她想到灵柜台或者皇陵，使她产生一种迷信的恐惧。她把这衣柜戏称为“阿斯科里德陵”，她指的是奥列格的坐骑，就是这坐骑导致了它主人的死亡。安娜读过不少书，但很杂乱，容易把相关的概念弄混。

自从那场意外之后，安娜·伊万诺夫娜渐渐有了肺病的征兆。

2

整个一九一一年的十一月，安娜·伊万诺夫娜得了肺炎，卧床不起。

尤拉、米沙·戈尔东和东尼娅翌年春季就要毕业。尤拉学的医学，东尼娅学的法学，米沙学的是哲学系的文献学。

在尤拉看来，一切都是杂乱无章的，而他的观点、习惯和倾向都是非常独特的。他极其敏感，他的见解之新颖令人称赞。

虽然艺术和历史对他有很大的吸引力，尤拉选择自己的事业时并不犹豫。他觉得，正如天性乐观或者忧郁不能成为职业一样，艺术也算不上一种职业。他对物理学和自然科学感兴趣，认为一个人应该在实际生活中从事对社会有益的工作。他于是选择了医学。

在大学四年的第一年，他在大学地下室的解剖室里花了一个学期的时间。如果你沿着一道曲折的扶梯下到地下室里，就会看到一群头发凌乱的大学生。有的一面翻看封面快磨破的教科书，身边堆放着骨骼；有的在自己的角落里不声不响地做解剖；也有的在闲扯，说笑话，追赶石头地板上乱窜的老鼠。在这昏暗的解剖室里，那些身份不明的年轻自杀者和溺水女子的赤裸裸的尸体，仍保存完好、尚未腐烂，像磷火那样刺眼。注射过明矾溶液的尸体显得很有生机，造成丰满的假象。尸体被剖开、肢解和制成标本，但即便人体被分成很小的部分，它们的美仍然不变，因此，当一具美人的尸体被粗野地扔到镀锌桌上的时候，尤拉仍然对她的美表示赞赏，并且把这种赞赏移到被切下来的手臂或手上。地下室里弥漫着石炭酸和福尔马林的气味，到处都给人一种神秘的感觉，从那些直挺挺的尸体的不可知的命运到生死的奥秘——死亡在这地下室里是主宰，仿佛这里就是它的家或司令部。

这种神秘的声音使其他一切都归于宁静，但它却折磨着尤拉，妨碍他的解剖工作。对这些令人走神的想法，他已经习以为常了，毫不在乎地继续做着自己的事。

尤拉头脑很好而且非常善于写作。自从上中学的时候，他就梦想过写本书，书中会包含他所见到的和想到的事物中感触最深的东西，这些东西有着被埋藏的炸药般的威力。但当时写这本书他还过于年少，于是便用诗来代替，他就像一个画家一直都在为一幅头脑中的旷世作品勾画草图一般。

尤拉以宽厚的态度对待这些不成熟的作品，因为它们具有活力和独创性。在尤拉看来，这两种品格，活力和独创性，赋予了艺术现实性，否则他就视为是无目标的、空泛的，也是多余的。

尤拉意识到他的舅父在他的性格形成中扮演了重要角色。

尼古拉·尼古拉耶维奇这时住在洛桑。在他的用俄文出版的著作和译著当中，他进一步发展了他以前认为历史是第二个宇宙的看法，即历史是人类借助时间和记忆而建造起来的，并用它作为对死亡所带来的挑战的回答。这些书是由对基督教的一种新解释所激发的，直接结果是引向一种新的艺术概念。

米沙·戈尔受这些思想的影响比尤拉还大。在这些思想的影响下，他选定了哲学作为专业。他听神学课，甚至考虑以后转入神学院。

尤拉在他舅舅的理论的影响下进步很快，并且思想更加自由。然而米沙却被束缚了。尤拉意识到，米沙的出身对他那种极端的热情有一定的影响。出于审慎，他并没有劝说米沙放弃那些不现实的想法。不过他经常希望看到米沙会现实一些，实际一些。

3

十一月末的一个晚上，尤拉从大学里回到家已经很晚了，他非常疲倦，一整天没有吃东西。家里人跟他说，下午的事吓得大家都惊慌失措了：安娜·伊万诺夫娜抽搐得厉害，来了好几位医生，有那么一阵儿，他们还建议亚历山大·亚历山德罗维奇去请牧师，后来又改变了主意。现在她感觉好些了，她已经完全清醒了，并且吩咐过，只要尤拉一回来，就立刻到她那儿去。

尤拉听后，马上就走到她卧室去了。

屋子里可以看出还有不久前惊慌忙乱的痕迹。一个护士不声不响地在床头小柜上叠东西。冷敷用的揉成一团的餐巾和湿毛巾在周围乱放着。洗杯缸里的水是桃红色的，里面还有血丝，药瓶药针的碎片和被水泡胀了的药棉在水面上浮着。

安娜·伊万诺夫娜浑身是汗，嘴唇干燥。同早晨相比，她憔悴了不少。

“会误诊吗？”他想道，“她的症状完全是哮喘性肺炎。看来是危险期。”他先是问候了安娜·伊万诺夫娜，打过招呼，说了几句通常在这种情形下总要说的那类无意义的安慰的话，便打发助理护士离开了房间。他握住安娜·伊万诺夫娜的一只手给她诊脉，另一只手伸到外套口袋里取听诊器。安娜·伊万诺夫娜摇摇头，表示这是多余的。尤拉这才明白，她要见他是为了别的事。安娜·伊万诺夫娜费力地说道：“他们想给我最后的圣餐……死亡已经临头……我任何时候都可能……就是拔颗牙，还怕疼呢，得有准备……但是这可不是一颗牙，而是你的一切，你整个人，你的整个生命……没有了……这究竟是怎么一回事？谁也不知道……我又难受又害怕。”

她不说话了。泪水顺着她的面颊滚了下来。尤拉什么也没有说。过了会儿，安娜·伊万诺夫娜继续说道。

“你很聪明，有才能……那使得你与众不同……你肯定懂一些东西……安慰我吧。”

“好吧，可我说什么好呢？”尤拉回答说，不安地在椅子上动来动去，他站起来在房间里走了一会儿，又坐下，“首先，明天您就会感觉好一些，有很明显的征兆，我可以拿性命担保。其次，死亡，意识会存活，相信复活……您想听听我作为科学工作者的看法吗？兴许另外找时间再谈？不行？那现在就谈？好吧，那就如您所愿吧。但是一下子很难说清。”于是他就发表了一篇完整的即兴演讲，自己也惊讶自己居然做到了。

“复活，是用粗鄙的方式来安慰弱小者的，我并不接受这个观念。我一直能够理解基督所说的有关生者和死者的那些话，我一向也有另外的理解。往哪儿安置这些千百年来的一大群复活者？这个宇宙都容纳不下他们，恐怕连上帝、善良和理性都要被他们从世界上挤掉，被这些贪婪求生的人们压碎。

“然而一直以来，同一个相似的生命永远充斥着宇宙，不断地在不计其数的相互结合和转换之中获得再生。您担心的是您能不能复活，而您诞生的时候便已经从死亡者中复活了，只不过您没有觉察到。

“您会感到疼痛吗？生理组织会觉出自身的解体吗？换句话说，您的意识会有什么变化？但究竟什么是意识呢？我们来分析一下。有意识地希望入睡这会导致失眠症；有意识地要感觉出自己的消化作用会导致消化功能紊乱。当我们把意识用在自己身上的时候，它是一种毒品。意识也是一股外射的光，它照亮我们面前的路，使我们不致跌倒。意识是火车头前面的探照灯，如果把它们的光照向火车头里面，就会撞车。

“那么，您的意识将会发生什么变化呢？您的意识，您的，而不是任何其他人的。那么，您是什么呢？问题就在这里。让我们试着找一下答案。您是靠什么才能感觉出自身的存在，您是意识到自己身体的哪一部分呢？是肾，是肝，还是血管？都不是。然而您仔细回想一下，您总是在外在的活动当中感觉到自己——在您手上的工作，在家庭中，在与其他人的交往中。现在仔细听我说：您存在于别人心中——这是您的灵魂。这才是您。这才是您在整个生命中您的意识所呼吸、生存和陶醉的东西——您的灵魂、您的不朽和您存在于他人身上的生命。那么现在呢？您一直存在于他人身上，而且还继续存在于其他人身上。至于日后将把这称为记忆，于您又有什么关系呢？这就是您——走入未来并且成为它的一部分的您。

“最后再说一点。没有什么可担心的。死亡这样的东西是不存在的。死亡和我们无缘。您刚才说到人的才能——那才是使人与众不同的东西。而那与我们确实是有关系的。才能，从其最崇高和最广泛的意义上来说，意味着生命的才能。

“圣徒约翰说过，死亡是不会有的，理由非常简单。死亡之所以不会有是因为过去已经结束了。那几乎是在说死亡是不会有的，因为它已经结束了，它已经陈旧了，而且我们已经厌烦它了。我们所需要的是一些崭新的东西，而崭新的就是永恒的生命。”

他一边说，一边在屋子里来回踱着。他走到床前把手放到安娜·伊万诺夫娜的头上，说道“睡一会儿吧”。过了一会儿，她开始睡觉了。

尤拉悄悄走出房间，吩咐叶戈罗夫娜把助理护士叫到卧室里去。“我怎么了？”他想道，“我简直成了个江湖医生——嘴里一边念念有词，一边把手放在病人身上治病。”

第二天，安娜·伊万诺夫娜好了些。

4

安娜·伊万诺夫娜身体一天天好转。到十二月中，她试着起床，不过身体还很虚弱。医生告诉她还要好好卧床休养。

她经常让人把尤拉和东尼娜找来，一连几小时地讲述她在乌拉尔的雷尼瓦河边祖父领地瓦雷金诺度过的童年。不管是尤拉还是东尼娜都从来没有到过那里，但是听她描述，尤拉很容易想象出那片人迹罕至的一万英亩的森林，林中漆黑如夜，还有那条沿着克吕格尔高耸陡峭的两岸湍急奔流的卵石铺底的河流，有两三处的河湾像尖刀似的插入密林。

尤拉和东尼娜有生以来第一次得到了晚礼服。尤拉的是一件礼服夹克，东尼娜的是一件稍微露出领圈的浅色缎子的晚礼服。

他们两个准备二十七日在斯文季茨基家的圣诞晚会上一展风采。男装裁缝和女装裁缝把这两套衣服送来的时候，尤拉和东尼娜试过后很满意，但还没来得及脱下来，安娜·伊万诺夫娜便吩咐叶戈罗夫娜喊他们过去。

他们穿着新衣服去见她。一看到他们进来，她就用臂肘支起身子，把他们打量了一番，让他们转过身去。

她说道："挺好，魅力十足啊。我都不知道已经做好了呢。东尼娜，让我再看看。嗯，还好，感觉就是肩头有点发皱。知道吗，我为什么叫你们来吗？不过我先得跟你说，尤拉。"

"我知道，安娜·伊万诺夫娜。我知道您看过信了，是我让人把那封信给您看的。我知道您的看法跟尼古拉·尼古拉耶维奇一样，认为我不应该拒绝继承权。但请您先等一会儿，说话对您身体不好。让我解释一下，虽然其中大部分您都清楚。"

"那么，好吧。首先，有一件支付律师费和偿付诉讼费的日瓦戈遗产的案子，父亲的遗产里有足够的钱支付开销和付律师费。但除此以外并没有任何遗产——只有债务和糊涂账——还有很多乱七八糟的问题需要解决。要是真有什么东西可以变成钱的话，您认为我会把它当礼物送给法院而不自己拿来享用？问题就在那里——这场官司打到底也是一场空。所以与其在里面折腾，不如放弃并不存在的财产，把它让给那一群假冒的竞争对手和自封的继承人。其中一个继承人，您知道，是某一个爱丽丝夫人，她称自己姓日瓦戈，带着孩子住在巴黎——我早也就听说了。但如今她又提出增加新的要求了——不知您知道不知道，我是最近才被告知的。

"好像家母在世的时候，父亲就迷恋上一个耽于幻想而又性情怪僻的女人，斯托尔本诺娃……恩利茨公主。这个女人和父亲生了一个男孩，名字叫叶夫格拉夫，如今已经十岁。

“公主过的是隐居生活。她住在鄂木斯克郊外一幢单独住宅里，而且她从不出门，上帝知道她从哪儿来的钱维持生活。我看过那幢住宅的照片。那是一所有五扇窗的漂亮房子，窗子是落地式的，窗檐上的圆框里有浮雕。最近我感觉那幢房子在不怀好意地看着我，透过那五扇窗户，越过把俄罗斯的欧洲部分和西伯利亚隔开的几千英里的距离，迟早要让我眼睛瞎掉的。那么我又何必理睬这些呢——臆造的财产，人为的竞争对手，敌意，嫉妒，还有那些律师。”

“还是一样，你仍然不该拒绝。”安娜·伊万诺夫娜说道，“你们知道我为什么叫你们来吗？”她把这话又重复了一遍，立刻继续说下去，“我想起了他的名字。你们还记得我昨天跟你们谈到的那个看林子的吗？他叫瓦克赫。这个名字真少见，不是吗？真正可怕的黑怪物，胡子从下巴长到眉毛，却叫瓦克赫！他的脸部畸形，熊咬过他，可他挣脱了。那地方的人都这样。他们的名字也都很响亮。比如，瓦克赫，鲁普，或者法弗斯特。偶尔有通报说来了人啦，比方说叫阿弗克特的，或者叫福洛尔的，一听名字就像是祖父的猎枪打出来的声响一样。我们这帮孩子就从儿童室一下子钻进厨房。你们简直无法想象那是什么样子——在那儿，你不是发现林子里烧炭的送来一头活的小熊，就是巡道工从很远的巡哨点带来了矿物样本。爷爷就分别登记下来，然后让他们到账房去，有的付钱，有的给粮食，也有的发弹药。窗子外面就是大森林，然后就是雪，大雪！比房顶还高！”安娜·伊万诺夫娜咳了起来。

“您别说话了，说话对您身体不好。”东尼娅和尤拉催促道。

“胡说，我好得很。那提醒我了，叶戈罗夫娜说你们后天去不去参加圣诞晚会还没拿定主意。不要让我再听到这样的傻话了。你们真应该感到难为情。尤拉，你还自称是医生！就这么说定了，你们一定要去。我们再回到这个瓦克赫。他年轻的时候当过铁匠，有一次打架把内脏打出来了，他就给自己另打了一套铁制内脏。哎呀，别傻啦，尤拉。我当然知道他不能真打了一副铁内脏。你可不要从字面上来理解。只不过那儿老百姓都这么说罢了。”

她又咳了起来，而且比上一次咳得时间长得多。这阵不停的咳嗽，弄得她都喘不过气来了。

尤拉和东尼娜同时跑到她跟前，并肩站在她的床边。他们的手挨着了。安娜·伊万诺夫娜还是不停地咳嗽，她把他们的手抓在自己手里，好一会儿不松开。她喘过气来时，说道：

“如果我死了，你们可不要分开呀。你们是天生的一对，结婚吧。那么好吧，你们订婚了。”说到最后，她哭了起来。

5

一九〇六年春天——再过几个月拉拉即将在学校度过她大学的最后一年——她同科马罗夫斯基的纠缠已超过了她能忍耐的限度。他聪明地利用她的沮丧情绪，每当他需要的时候，便巧妙地提醒她所受到的凌辱。这种提示恰恰使拉拉陷入一个好色之徒所想要的女人心慌意乱的状态。结果使拉拉在情欲的噩梦中越陷越深，但每当她清醒过来的时候都充满了恐惧。她夜里的癫狂又像是巫师施展了魔法那样令人无法解释。这里一切都颠倒了，都违背了逻辑；清脆的娇笑表达的是刺心的痛楚，挣扎和抗拒意味着顺从，留在折磨者手上的却是无数感激的亲吻。

这一切仿佛永远不会完结。但那年春天，这个学年最后一堂历史课上，她坐在椅子上走神，想到夏天学校不上课，也没有学习任务了，这就使她无法躲避科马罗夫斯基了，拉拉快速地做出了一个改变她生活道路的决定。

那天早晨很闷热，一场雷雨正在酝酿。通过敞开的教室的窗，城市远方传来单调的喧闹声，单调的像一群嗡嗡叫的蜜蜂和在院子里玩耍的孩子们喊叫声。泥土和嫩叶的气息让她头疼，就像过忏悔节被煎饼的煳味熏了或是喝多了伏特加似的。

课程的内容是有关拿破仑发动的埃及战争。当老师讲到在弗雷瑞斯登陆的时候，天色昏暗了下来，雷电交加，裹着沙土的一股强风涌入了教室，还带着些许雨的气息。两个老师赶快让学生跑出去喊校役关窗，她们刚一开门，风就把课桌上的吸墨纸吹得在教室里乱飞。

窗户关好了，城市里特有的那种夹杂着尘土的脏雨开始倾泻而下。拉拉从笔记本上撕下一页纸，给同桌的娜佳·科洛格里沃娃写了张便条：

“娜佳，我需要和母亲分开住。帮我找个家教吧，报酬要尽可能高。反正你认识很多有钱的人。”

娜佳也写了张纸条回复她：

“我们正在替莉帕找家庭教师呢。为什么不到我家来呢——那可就太棒了！你知道我爸爸妈妈多么喜欢你。”

6

拉拉在科洛格里沃夫家里住了三年。仿佛被石墙挡住了，没人打扰她，就连她疏远的母亲和弟弟也没有。

拉夫连季·米哈伊洛维奇·科洛格里沃夫是一位大商人，是一位拥有最现代的理念、既聪明又有才能的实干家。作为一个从草根崛起的，财产可以同国库匹敌的大富翁，他十分憎恨这个衰朽的制度。他把革命者藏在自己家里，为因政治问题而受审讯的人聘请辩护律师；令人捧腹的是，他非常热衷于出钱资助革命，推翻作为资本家的自己，他还在自己的工厂里组织罢工。他是神射手，酷爱狩猎，一九〇五年冬季他还到谢列伯良内森林和洛西内岛教工人纠察队射击。

三年多来，拉拉一直过着这种无忧无虑的生活，有一天她弟弟罗佳有事找她。罗佳摇晃着两条长腿，显得很傲慢。他告诉她，他们这期毕业的士官生凑了些给军校长官买纪念品的钱，他们把钱交给了他，请他采购。但两天前他把这笔钱输了个精光。说完后，罗佳把他那瘦长身子往椅子上一倒，哭了起来。

拉拉坐在那里像被冻住了似的一动不动。罗佳哽咽着说：

“昨天我上维克托·伊波利托维奇那儿去了。他拒绝同我谈这件事，但他说如果你有这种愿望的话……他说，尽管你已经不再爱我们大家了，可是你对他的影响力仍然很大……亲爱的拉拉……只要你说一句话就够了……你明白，这对我意味着什么，多么丢人……我士官生的荣誉不保了。你去他那儿一趟吧，他要的并不多，请求他……你总不至于让我用生命去赔吧。”

“用命赔……你的士官生的荣誉。”拉拉气愤地重复着他的话，在屋里走来走去，“我不是士官生，我没有荣誉，你怎么摆布我都行。你知不知道你在要求什么？你有没有意识到，他向你建议的是什么？我一年一年，没完没了地干活，现在你来了，想毁掉这一切，而且全都不当一回事。见你的鬼去吧。这和我有什么相干？你需要多少钱？”

“六百九十多卢布，说个整数就是七百。”罗佳有点犹豫了会儿又补充道。

“罗佳！办不到，你简直疯了！你知道你在说什么吗？你真的输了七百卢布？罗佳！罗佳！你知道一个像我这样的普通人要多长时间才能靠自己诚实的劳动积攒下这个数目吗？”

她停了一会儿，像对待陌生人那样冷冰冰地说道：“好吧，我试试看。你明天再来。把你准备自杀用的手枪也带来。你把手枪永久地转让给我，别忘了带足子弹。”

她从科洛格里沃夫那里弄到了这笔钱。

7

拉拉在科洛格里沃夫家里做事并没有妨碍她学业，她毕业后又进了大学。她学习很好，再过一年，到一九一二年，就要毕业了。

一九一一年春天，她的学生莉帕奇卡也毕业了。她已经与一个出身于富裕而有教养人家的年轻工程师弗里津丹柯订婚了。父母都赞成莉帕奇卡的婚事，但反对她过早结婚，劝她再等几年。这是他们吵架的原因。莉帕奇卡是家里的掌上明珠，被娇惯得十分任性，她对父母大喊大叫，还跺着脚吵闹。

这个富裕的家庭里面，他们把拉拉当成家人一样看待，从未有人提起过她替罗佳借的债，或者可能他们已经忘了。如果不是有秘密的开销的话，她早就把钱还清了。

她瞒着帕沙给他被流放到西伯利亚的父亲寄钱，资助他时常害病的唠唠叨叨的母亲，背地里向房东付部分食宿费以减轻帕沙的个人开销。是拉拉在艺术剧院附近的凯莫格街道上一幢新大楼里给他找到了他的房间。

帕沙，年纪比拉拉稍小一点，他狂热地爱着她，样样事都顺着她。在她的主张下，帕沙读完职业中学后就开始学习希腊文和拉丁文。拉拉的梦想是明年他们俩通过国家考试后就结婚，然后到乌拉尔的一座省会去教书。

一九一一年的夏天，拉拉最后一次跟科洛格里沃夫一家到杜普梁卡去。她喜爱这个地方胜过主人，达到忘我的地步。

对于这一点，他们很清楚，因此每年夏天到那里旅游的时候，对拉拉都有一种默契。当那列把他们载来的被煤烟熏得乌黑的闷热的火车开走后，在一片香气四溢、令人如醉如痴的静谧中，拉拉就会激动得话都说不出来。在从小火车站把行李装上大车的时候，大家总让她一个人步行到庄园去。从杜普梁卡来的车夫穿着一件坎肩，肩膀下面露出红衬衣的两只袖子，一路上向坐在车上的老爷和太太讲述最近一些当地的新闻。

拉拉沿着铁路边上的一条由朝圣者走出来的路上走着，随后走上一条小径通到树林子里去。她不时停下脚步，闭上眼睛，呼吸着旷野中弥漫着花香的空气。这里的空气比家人更可亲，比情人更可爱，比书本更有智慧。拉拉霎时间发现了生存的意义。这时的她感受到自己活在世上为的是解开大地非凡美妙之谜，认识世界。如果她做不到，那就怀着对生活的热爱养育后代，继承自己未竟之事。

那年夏天，工作之重使拉拉近来很疲倦，情绪也随之易变，一向是开朗而不拘小节的性格，此时也变成了心胸狭窄的人。这是先前所没有的。

科洛格里沃夫夫妇特别喜爱拉拉，希望她能留在自己身边。但自从莉帕长大成人后，拉拉便认为自己在这个家庭里是多余的人了。

她谢绝了薪水，他们却硬要她收下。虽然她很需要钱用，但寄居在人家家里又领薪水让她很难为情，这是她无论如何也做不到的。

拉拉感到自己的处境是那么的虚伪而难堪。她觉得自己已成了别人的累赘，只不过他人都没有表露出来而已。此时的她成了自己的负担，她很想离开，任何地方都行，只要能摆脱自己目前的处境和科洛格里沃夫一家。但依照她的个性，离开之前必须把借债还清，不过目前她还做不到。她觉得自己成了为罗佳愚蠢的过失而抵押的人质了，只能无力地恼怒着。

她总觉得受人轻视。如果到科洛格里沃夫家里的朋友对她过分热心的话，那就意味着他们把她当成唯命是从的“侍人”和容易弄到手的女人。要是别人不理会她，她又认为别人把她当成微不足道的人。

间歇性的忧郁情绪并没有妨碍拉拉同许多到杜普梁卡做客的人一起娱乐。她同大家一起游泳，荡舟，参加夜晚在河对岸的野餐，一起放烟火和跳舞。她参加戏剧爱好者的演出，特别热衷于射击比赛，比赛使用的是短筒毛瑟枪，并认为最好用的还是罗佳的那把轻巧的左轮手枪，而且用得很熟练，还笑叹自己是个女儿身，不能成为一名决斗士。然而拉拉越是玩得开心，心里越是感到难过，越是不知道自己需要什么。

这种感觉在回到城里以后变得更加强烈。拉拉的不快又多出了同帕沙的争执（拉拉避免和他发生剧烈争吵，因为自己把他看成是最后的倚靠）。最近帕沙表现出一些自以为是，言谈话语之间那种教训人的口吻，让拉拉觉得又可笑又可气。

帕沙、莉帕、科洛格里沃夫夫妇和那笔钱——一连串的事在她脑海里旋转。她厌倦这样的生活，她几乎要疯了。她渴望抛开一切熟悉的和经历过的事物，开始自己新的生活。在此情况下，她终于在一九一一年的圣诞节做出了一项重大决定。她决心离开科洛格里沃夫家，立刻离开，自己去过独立而孤单的生活，向科马罗夫斯基去要所需要的钱。拉拉认为经过了已经发生的事以及随后她所争取到的几年的自由，他应该大度无私地帮助她，而且无须任何解释，不附带任何肮脏的条件。

为了达到这个目的，她在二十七日晚上去了彼得罗夫大街。出门时她把罗佳的左轮手枪上好子弹，打开保险栓，放进暖手套里，一旦遭到伊波利托维奇的拒绝或侮辱，就向他开枪。

她异常惊慌地在充满节日气氛的街道上走着，对周围的一切毫不在意。在她心里谋算好的那一枪已经射出，至于瞄准的究竟是谁已无所谓。她能想到的唯有这一声枪声，一路上这枪声在反复响起。这是射向科马罗夫斯基、射向她自己、射向自己命运的一枪，同时也是射向杜普梁卡林间草地上那棵树干上刻着靶标的柞树的一枪。

8

"别碰我的暖手套。"

埃玛·埃内斯托夫娜伸出手去帮她脱大衣。她一直在哼哼哈哈地应付着，说维克托·伊波利托维奇不在家，可以留下来等一等他的。

"不行，我还有急事呢。他在哪儿?"

埃玛·埃内斯托夫娜告诉拉拉，他参加圣诞节晚会去了。拉拉手里紧握着记下地址的纸条，从那道她所熟悉的阴森的、扶手漆已剥落的楼梯跑下来，立刻奔向位于面粉镇的斯文季茨基家。

直到现在，她第二次来到户外，才仔细看了看四周。冬天依旧，城市依然，夜色依然。

天气非常的冷，街道上覆盖着一层厚厚的黑色的冰，就像啤酒瓶的瓶底。连呼吸都让她觉得痛苦。弥漫着灰霜的空气，就像拉拉围着的那条结了冰的毛围巾那样扎人。拉拉走在空荡荡的街上，她的心剧烈地跳动。沿路的茶室和餐馆从门里往外冒着蒸汽。从雾里看得见冻得像香肠一样通红的面孔，还有身上挂着冰凌的马匹和毛茸茸的狗似的脸庞。房屋的窗子被厚厚的雪蒙住，不透明的窗玻璃后面映射出圣诞树色彩缤纷的反光和欢闹的人的影子，就像从屋里映到幻灯前白幕布上，好像是为了街上的人好似的。

拉拉走到卡梅尔格尔斯基大街站住了。"我不能再这样下去了，我受不了啦。”她几乎说出声来，“我要上楼去把一切都告诉他。”她镇静下来之后，走进了那沉重的门。

9

帕沙脸涨得通红，他用舌头顶起腮帮，对着镜子，费劲地把弯曲的领钩扣进扣环里去。他正准备去一个晚会。他心地单纯，缺乏社会经验，因此拉拉没敲门就进去了，正撞见他衣冠不整的样子，弄得他很尴尬。他立刻觉察到拉拉非常激动。她两腿都站不稳，进门的时候腿在裙子里迈不开步，好像正在费力地涉水过河似的。

他跑向拉拉，惊慌地问道：“你怎么啦？出了什么事？”

“坐到我旁边来。就这样坐下，不用急着穿衣服。我还有事，马上就得走。别碰我的暖手筒。等等，你转过身去。”

他照办了。拉拉正穿着一件套装。她脱掉上衣，把它挂了起来，再把罗佳的左轮手枪从暖手筒里拿出来放进口袋，然后坐回到沙发上。

“现在可以转过身来了。”她说道，“点上蜡烛，把电灯关掉。”

拉拉喜欢在微弱的烛光下面，帕沙总为她备着一些蜡烛。他把蜡台上的烛头换上一支新的，把它放在窗台上点着了。火苗噼啪响了几声，向周围迸出火星，像支箭一样燃烧着。柔和的烛光弥漫了整个房间。覆盖在窗玻璃上的冰慢慢地融化出一个像蜡烛一样的火苗的黑色图案。

“帕图利亚，你听我说，”拉拉说，“我遇到麻烦了，你得帮我啊。你别害怕，也别问我。但永远也不要认为我们会跟别人一样。不要拿它不当一回事。我处在连续不断的危险中。如果你爱我，不愿看到我被毁灭的话，我们就不能推迟我们的婚姻。”

“但这是我一向盼望的，”他打断了她的话，“你说个日子吧，只要你准备好了就行，无论哪天我都行。现在简单地告诉我你究竟出了什么事，别用猜谜折磨我了。”

拉拉抛开了他的问题，巧妙地避开了正面回答。他们又谈了很久，但都与拉拉的麻烦没有关系。

10

那年冬天，尤拉准备了一篇探讨视网膜首要组成部分的学位论文，准备参加大学的金奖章竞赛。尽管尤拉攻读的只是普通医学，但他在眼科方面有着专家的知识水平。这种对视觉生理学的爱好与尤拉的天性的另外几个方面是一致的——富有创造性的天资，对艺术形象的本质和思想的逻辑推理。

东尼娜和尤拉正踩着一辆出租来的雪橇要去斯文季茨基家参加圣诞晚会。他们俩在一幢住宅里一起生活了六年，共同度过了童年和少年。他们彼此之间无所不知。两个人有着共同的习惯，用他们自己的特别方式嗤笑对方的笑话。现在他们静静地坐在雪橇上，冻得紧闭着嘴，偶尔交换一两句简单的话，各自都在想自己的心事。

尤拉想的是竞赛的日期，他必须得赶快把论文写好，然而他的思想又被街上年末的喧闹气氛分了心，跳到别处去了。他早就答应戈尔写一篇评论布洛克的文章，戈尔是大学生油印报的编辑。圣彼得堡和莫斯科两个城市的青年人都对布洛克入了迷，尤其是尤拉和米沙。

但即便是这些念头也没在尤拉脑子里停留多久。他们俩坐在不断奔驰的雪橇上，下巴缩进大衣领子里，用衣领摩擦着冻僵了的耳朵，心里各自想着别的事。不过，有一件事他们两个人想到一起去了。

最近在安娜·伊万诺夫娜床前的那一幕改变了他们两个。他和她仿佛一下子成熟了，彼此开始用新的眼光来看对方了。

东尼娜，他的老朋友，是一个女人。当然这是个从不需要作任何解释的明显事实，却成了尤拉无法想象的全部问题中最难捉摸、最为复杂的问题。随便幻想一下，尤拉就可以把自己想象成一个皇帝、英雄、先知、征服者，但不会是女人。

现在东尼娜把这项高尚的，最艰难的任务担在自己瘦弱的肩上（她对尤拉而言又瘦又弱，尽管她是个非常健康的姑娘）。他对她充满了炽热的同情和小小的惊奇，而这就是激情的萌发。

东尼娜对待尤拉的态度也有了类似的变化。

这时，尤拉突然觉得他们不应该去参加晚会。他担心安娜·伊万诺夫娜。他们俩正准备出门的时候，听说她的病情又恶化了，他们去了她的房间。她仍然像先前那样坚决要求他们去参加圣诞晚会。尤拉和东尼娜一起走到窗帘后面的落地窗前，他们走到窗户那里看看外面的天气怎么样。当他们走出来的时候，窗帘贴到了东尼娜的新裙子上。紧贴在她衣服后面就像新娘的婚纱。他们注意到了这一幕都禁不住笑了起来。

尤拉四周张望，看到了拉拉片刻之前所看到的景象。正在行驶的雪橇发出的声音很响，引起街心花园和街道上被积雪覆盖着的树木发出的长长的回响。窗户冻结了，里面亮着灯光，让他想到了用烟水晶做成的贵重的匣子。它们后边是发出莫斯科圣诞节的光芒，蜡烛在树上点着，客人们穿上搞笑的衣服，玩捉迷藏的游戏。

尤拉突然意识到，布洛克在俄罗斯生活的各个方面都折射出了圣诞精神——在北方的都市和俄国最新的文学界，在星空之下的摩登大道上和二十世纪的客厅里的点着蜡烛的树上面。不需要有关布洛克的任何文章，他想道，只要画出一幅俄国景象，就像荷兰人所画的那样，里面加上雪花、狼群和黑黝黝的杉木树林。

他们穿过卡梅尔格尔斯基大街时，尤拉注意到一扇玻璃窗上结的冰被烛火融化出一个圆圈，烛光似乎是有意识地凝视着街道，好像在窥探往来的马车，似乎在等待着谁。

“桌上点着一根蜡烛，点着一根蜡烛……”尤拉低声自言自语道——重复着一个并不完整的句子开头的几个词，令人摸不着头脑。他期待着句子会自然而然地形成。然而句子的后面没有出现。

11

不知是从什么时候开始，斯文季茨基家里的圣诞晚会便是以这种方式安排的。到晚上十点钟孩子们回家以后，再给其他人点上第二棵树，晚会一直进行到次日早晨。年龄稍大点的人通宵在小客厅里打牌，被一道用大铜环串起来的沉重厚实的帘子隔开。天亮前，他们会聚在一起进晚餐。

“你们怎么来这么晚啊?”斯文季茨基夫妇的侄子若尔士问道，他正穿过前厅往里边跑去找叔叔和婶婶。尤拉和东尼娜脱下外衣，朝舞厅的门里边张望，然后去向主人问了好。

裙子发出沙沙声，还时常有人在跳舞时不慎踩到别人的脚指头上。那些没有跳舞而闲转悠着的人，站着谈话的人，像一堵堵黑墙掠过散发着热气的圣诞树，映射出道道光环。

房子中间，跳舞的人飞快地旋转。副检察官的儿子，一个年轻的法学院的学生科卡·科尔纳科夫指挥大家结成两人一对，或是围成一圈。“连成一排!”他用最大的嗓门在大厅里喊着，或是喊着“转成一圈”。大家都依照他的号令跳舞。“请注意，先奏华尔兹!”他朝钢琴师喊道，便走进第一圈的排头领着自己的舞伴三拍、两拍地跳起来，逐渐减慢了速度，缩小舞步，最后仅能感觉到在原地踏小步，这时已经完全不是华尔兹，只是即将终止的回声了。大家都纷纷鼓掌，接着冰激凌和各式冷饮分别送到这些热闹嘈杂的人们中间。浑身燥热的青年男女们不停地吵闹和大笑，这时他们贪婪地喝起冰凉的树莓汁和柠檬水来，等他们把杯子刚刚放回托盘，喧闹嬉笑声就即刻增大了十倍，他们好像是喝了兴奋剂似的。

东尼娜和尤拉没有在舞厅里过多停留，他们到内室见主人去了。

12

斯文季茨基夫妇的客厅里挤满从舞厅和大厅里搬过来的家具。这里是主人神奇的厨房和圣诞节的工作间。房子里充满了油漆和糨糊的味道，这里有成堆的彩纸，盒子和一些蜡烛。

斯文季茨基家人正在卡片上写礼品的名字、晚餐的座席和抽彩用的号码。若尔士在一旁给他们帮忙，可是总是把号码弄乱，他们就生气地唠叨他。他们对尤拉和东尼娜的到来感到异常高兴。他们还记得他俩小时候的模样，也免了客套，要他们一起来做事。

“费利察塔·谢苗诺夫娜不懂得为什么这类事必须事先都得提前做好，而不能等到晚会的客人都来了再办。瞧你现在都做了什么，吉尔士——空盒放到沙发椅上，装满糖果的点心都放到桌子上，叫你都弄混了。”

“阿汉塔好些了，我真高兴。我和皮埃尔都很担心。”

“不过她的情况更糟了，而不是更好，亲爱的——更糟了，你知道吗？你总是把事情弄混。”

尤拉和东尼娜同若尔士和两位老人在后台忙碌了半个晚上。

13

这段时间拉拉一直在舞厅里。虽然她没穿参加舞会的服装，而且谁也不认识，但她仍然待在那儿，一会儿像个梦游的人一样与科卡·科尔纳科夫一起旋转，一会儿又漫无目的地在房间里踱来踱去。

有那么一两次她停下来，迟疑地往客厅外面看，希望面对大厅坐着的科马罗夫斯基能看见她。但他拿在左手上的牌像盾牌一样挡住了他的脸，他的眼睛一直没有离开纸牌，也许他真没看见她，也许是装没看见。拉拉觉得受了屈辱，气得喘不过气来。这时，拉拉不认识的一个女孩从舞厅走进去。科马罗夫斯基朝她看了一眼，那是一种拉拉依然记忆犹新的眼神。这个女孩受宠若惊，很开心地微笑。拉拉满面羞愤，差点失声叫了出来，“又一个受害者。”她想道。拉拉仿佛从镜子里看到自己整个的过去和现在。不过，她还是打算同科马罗夫斯基讲话，但要先等一会儿，等到更方便的时候。拉拉强迫自己镇静下来后，又回到舞厅。

科马罗夫斯基与另外三个人在打牌。他左边坐的是科尔纳科夫，他也是在跟拉拉一起跳舞的那个端庄的年轻人的父亲，这是拉拉从他们的随意交谈中获知的。那个身材修长、皮肤黝黑、身穿黑衣、脖子像蛇一样、让人看了不舒服的女人，是科卡·科尔纳科夫的母亲。她一直在客厅和舞厅之间走来走去，看儿子跳舞和丈夫打牌。最后，拉拉获知那位使她心情复杂的女孩是这位年轻人的妹妹，她的猜疑是毫无根据的。

一开始科卡向拉拉作了自我介绍，拉拉没有注意他的姓氏，但当他像滑翔似的跳完了最后一段的时候，他不断重复着他的姓氏，

“科尔纳科夫。”然后把她送回到座位上，鞠了一躬便走开了。“科尔纳科夫，科尔纳科夫。”这让她回想起了一些东西，一些不愉快的东西。她终于想起来了，科尔纳科夫就是莫斯科高等法院的副检察官，就是他对铁路职工小组提出公诉的，季韦尔辛也在那批受审的人当中。在拉拉的请求下，拉夫连秀·米哈伊洛维奇曾经到他那里去说情，但是没有奏效。“原来是那样。……不错，不错，不错……真有意思……科尔纳科夫，科尔纳科夫。”

14

已经快到凌晨两点了。尤拉的耳朵在嗡嗡响。休息的时候，大家喝茶，吃点心，随后舞会又开始了。已经没有人再去换枫树上已经燃尽的蜡烛了。

尤拉不自在地站在大厅当中，看着正同一个陌生人跳舞的东尼娜。东尼娜轻飘飘地擦过尤拉身边，抖了一下缎子裙襟——像条鱼摇摆自己的鳍一样——接着便消失在跳舞的人群之中。

她非常兴奋。就餐休息的间歇，东尼娜没有喝茶，而是吃了很多橘子解渴。剥果皮时，她时不时地用像果树上一朵水果花那么大的手帕擦手和嘴角，她边笑边说，不停地把手帕挽回腰带或袖子里。

现在她正和一个陌生的舞伴跳舞，转弯的时候擦过皱着眉站在一边的尤拉，她握住他的手摆了一下，动人地笑了一下。就在握手的时候，她的手帕放到尤拉的手里了。他把手帕贴在嘴唇上，闭上眼睛。手帕散发出橘皮味的迷人味道和东尼娜的手的味道。一种尤拉有生以来未曾体验过的新鲜感觉从头顶一直贯到脚心。这股天真的孩子般的味道，犹如黑暗中亲切的耳语一样亲切。尤拉把手帕贴在眼睛上和嘴唇上，透过手帕呼吸。突然，屋子里响起了一声枪响。

大家都转向那道把客厅和舞厅之间隔开的帷幔。一阵子的静寂无声后，人们开始陷入混乱。有些人到处跑着喊叫，有些人跟着科卡跑到传来枪声的客厅。有些人迎面走了过来，哭泣着，大声争吵着，争论着。

“她干的好事，她干的好事！”科马罗夫斯基绝望地不停地说着。

“鲍里亚，鲍里亚，告诉我你还活着，”科尔纳科夫太太歇斯底里地叫喊着，“德罗科夫医生在哪儿呢？他们说他也在这儿，可是他在哪儿？——你怎么说这只是擦伤呢！哦，我可怜的烈士啊，这就是你揭发所有罪犯的结果啊！就是她，人渣，就是她，我要挖掉你的眼睛，臭婊子，这回你跑不了啦！您说什么，科马罗夫斯基先生？您？她朝您开枪了？不对，我受不了了。这真是悲剧啊，科马罗夫斯基先生，我可没有时间开玩笑。科卡，科克奇卡，你能相信吗？他试图杀死你父亲。……是啊……可是上帝啊……科卡！科卡！”

人们从客厅拥向舞厅。走在前面的是科尔纳科夫，一面笑着，让大家相信他没事，一面用一块干净的餐巾捂着左手被子弹擦伤的地方。离他有几分远的另一群人中间，有人拖住拉拉的双手往前走。

尤拉惊呆了！又是这个女孩！同她又在一个不同寻常的场合里见面了！又有那个花白头发的人，不过这次尤拉知道他是谁了——著名的律师，科马罗夫斯基，曾经同他父亲的遗产有关。用不着向他致意，尤拉和他都装着彼此不认识。那么这个女孩……是她开的枪吗？朝着检察官？一定是政治原因。可怜的小东西，这回她可要吃大亏了。她美得多么骄傲啊。而那些混蛋扭着她的胳膊，像抓小偷似的。

但他马上意识到自己是弄错了，拉拉已经两腿瘫软，他们是把她从摔倒的地方扶到了椅子上。

尤拉本想跑到她身边帮她恢复知觉，但还是觉得应该先对那位被谋害的人表示一下关心更得体，于是他走向科尔纳科夫。

“我是一名医生，”他说道，“让我看一下您的丈夫。嗯，您真幸运。这小伤连包扎都不需要。不过涂点碘酒总没坏处。费利察塔·谢苗诺夫娜在这儿，我们可以找她要点儿。”

斯文季茨基太太和东尼娅正走向尤拉，脸色煞白。她们让他什么都先别管了，快去穿外衣，家里来消息了，催他们赶快回去。

尤拉做了最坏的准备，忘记了其他一切，跑去拿他的东西。

15

他们还是没有赶上见安娜·伊万诺夫娜最后一面。当他们跑上楼梯来到她房间时，她已经去世十分钟！死因是未能及时发现的急性肺气肿所引起的长时间的窒息。

最初的几个钟头里，东尼娜不停地大哭大叫，几乎认不出周围的人。第二天她才平静下来，只能用点头来回答尤拉和父亲对她说的话，每次她想要尝试说话的时候，她的悲痛就又再次占据她，她又会像着了魔似的哭喊起来。

在祭奠的间歇她一连几个小时跪在死者身边，用那双美丽的大手抱住棺材的一角，棺材安放在台子上，盖满了鲜花。她完全遗忘了周围人的存在。她的目光一接触到朋友的眼睛，便急忙站起身来，忍着眼泪，快步离开，顺着楼梯回到自己的房间，扑到床上，把头埋在枕头里，掩藏满腹的绝望。

由于痛苦、长时间的站立和睡眠不足，以及低沉的挽歌和昼夜耀眼的烛光的刺激，再加上这几天所患的感冒，尤拉心里有一种甜蜜的紊乱，信然而荒诞，悲痛而兴奋。

十年前妈妈下葬的时候尤拉还是个孩子。现在他还记得当时他被恐惧和痛苦所压倒，他怎样悲痛欲绝地哭泣。在那时主要的事还不在他身上。尤拉当时还没有意识到他尤拉单独存在算什么，有无意义和价值。那时候最主要的事却在他身外，在他周围。外围世界的各个方面把尤拉包围起来，像一座茂密的，无可争辩的，有形的森林。妈妈的去世给他如此大的打击的原因是，仿佛他和她一起在森林里迷了路，而突然间就只剩下他孤身一人。这个森林由世界上所有的东西构成——天上的浮云，城市里的广告，消防塔上悬挂的信号球，还有骑在马上护送载有圣母神像的马车上的没戴帽子的骑师，商场里店铺的橱窗，还有那布满星辰的高不可及的夜晚的天穹和上帝以及圣人们。

正当保姆同他讲关于上帝的故事的时候，那高不可攀的天堂径直垂下来，像是一直弯到了保姆的裙边，如此之近，好像触手可及，仿佛人们在沟谷里采棱果的时候，把树枝往下一拉，举手便可采摘一样。天空似乎又沉落到儿童室的面盆里，于是在火和金之中盥洗沐浴之后，就变成了保姆时常带他去的街巷的小教堂里的晨祷或者午祷。这时，天上的星辰化作无数的神灯，圣母化为父亲，其余的也都处于各自的位置上。然而，最主要的还是成年人的现实世界和像森林一样四周漆黑一片的城市。那时，尤拉便以自己全部的半开化的信仰崇奉这森林的上帝，这个森林的守护者。

如今已经不同了。在中学、大学度过的整整十二年里，尤拉钻研的是古代史和神学，传说和诗歌，历史和探讨自然界的学科，这些对他来说如同自己的家史和族谱一样。现在他已不惧怕任何东西，无论是生还是死，世上的一切，所有事物，对他来说只不过是词典中的词汇。他觉得自己和宇宙处于同一关系，完全不用像先前祭奠妈妈那样来祭奠安娜·伊万诺夫娜了。那个时候他只知纠结、胆怯痛苦地祈祷。如今他倾听着安魂祈祷，仿佛倾听对他说的、与他有直接关系的话。他倾听着这些话，像对待其他任何事情一样，求其清晰的含义。而对大地和上天的崇高的力量，他是当作伟大的先驱者来崇拜的。

16

“神圣的主啊，全知、全能，神圣和不朽的上帝，赐福于我们吧。”这是怎么回事？他在哪儿？他们一定是去出殡了。他必须快醒来。他早上六点在沙发上盖着自己的衣服睡着了。这时已是清晨五点钟，他和衣蜷缩在沙发椅上。他可能有点发烧。人们正在房子里到处找他，谁也想不到他会睡在图书室书架后面的角落里。

“尤拉，尤拉！”马克尔喊道。已经开始起灵了，马克尔得搬花圈，却找不到尤拉帮他。更糟的是，他在卧室里被卡住了，花圈堆得像座小山，因为房门卡住了敞开的衣橱的门。

“马克尔！马克尔！尤拉！”人们在楼下喊着。马克尔把门踢开，搬了几个花圈跑下楼去。

“神圣的主啊，全知、全能，神圣和不朽的上帝，”这些话在街上轻轻的回荡，经久不息，仿佛有个羽毛毯子轻轻掠过空气，一切都在摇摆——花圈，过路人，佩戴着缨饰的马头，牧师手中用小链子提着的香炉，还有脚下白雪皑皑的大地。

“尤拉！我的上帝！终于找着了。”舒拉·施莱辛格摇着他的肩膀，“你怎么啦？他们都在出殡了。你和我们一起去吗？”

“当然要去。”

17

葬礼结束了。乞丐们冷得直跺脚，紧紧地挤在两边。灵车、运花圈的车和克吕格尔家的轻便马车都缓缓地摇摆着前进。几辆马车驶向教堂。从教堂走出了哭得像泪人似的舒拉·施莱辛格，用手撩开被浸湿了泪水的面纱，她扫视了一下人群，发现了几个抬灵柩的，她便点头对他们示意，然后又回到了教堂。从教堂里涌出越来越多的人。

“唉，这回可轮到安娜·伊万诺夫娜了。她送来了她最好的祝愿。她去了一个很远的地方，可怜的灵魂啊。”

“可不是，总算蹦跶到头了，这个可怜的女人。如今算是安歇了，这个不安生的女人。”

“您坐马车还是步行？”

“脚都站麻木了，稍微走一走再坐车。”

“你有没有发觉富夫科夫很难过？看着她，眼泪从他脸上淌下来，鼻涕流成了河，看着她的脸。站在她丈夫旁边。”

“他一直在关注她。”

他们渐渐地往城市另一端的墓地走去。那天冰霜刚刚解冻。这是一个充满了凝滞和沉重的一天。生机随同严寒一起离去——仿佛是专为丧葬安排的日子。脏兮兮的雪看起来好像是透过绉纱，在教堂墓地的扶手后面的冷杉像失去光泽的银一般，仿佛在哀鸣。

这儿就是尤拉的母亲的墓地。他最近几年都没给母亲上过坟。他往母亲墓地的方向望去，低声道“妈妈”。几乎是用当年的语气喊了出来。

沿着被清理干净的道路，人们庄重地、井然有序地离去。蜿蜒曲折的地方并不适合人们送葬的凝重脚步。亚历山大·亚历山德罗维奇挽着东尼娜的手臂走着。克吕格尔一家跟在他们后面。东尼娜非常适合穿黑色衣服。

兄长列隆起的十字架的顶部和修道院的紫红色院墙的墙头，蓬松散乱地挂着霜须，像霉迹一般。在修道院院落深处的一角，墙和墙之间挂了绳子，上面晾着洗好的衣服——袖子上浸满了水的衬衣，杏色的桌布和歪七扭八的皱褶床单。尤拉意识到这个被新盖的房屋改变了模样的地方，就是当年暴风雪肆虐的修道院。

尤拉独自走着，走在别人前面，还时常停下来等一等。死亡使慢慢跟在后面的这一群人感到孤寂，作为对此的回应，他被这种沉寂吸引着，像形成漩涡的激流越转越深一样，梦想，思考并琢磨着新的形式，创造出美好的事物。他比以前都更清楚地看到，艺术总是被两种连续的永无止境的东西所左右：不断地探索死亡，然后再创造生命。所有真正伟大的艺术都与圣约翰启示录相似或是对他的继承。

带着快乐的期望，尤拉打算一两天之内暂别家庭和大学，用一两天的时间写首诗追忆安娜·伊万诺夫娜。他要把这些都写进诗里：他自己对生命的感受，安娜·伊万诺夫娜的特质，东尼娜的悲伤，从墓地回来路上的一些见闻，还有从前那个他小时候哭泣的风雪怒吼的地方，而现在已经成为晒衣服的地方了。

第四章　无法避免的时刻

1

拉拉躺在费利察塔·谢苗诺夫娜卧室里的床上，半睡半醒。斯文季茨基夫妇、仆人和德罗科夫医生在她周围低声地谈话。

这座房子显得空荡而又昏暗，除了其中的一个小客厅，里面墙上挂着的一盏灯发出昏黄的灯光，照亮了过道的前前后后。

在这个地方，维克托·伊波利托维奇不像是个客人，倒像是在自己家里，他迈着坚定的步子走来走去。有时他朝卧室里看一眼，想知道那边的情况究竟怎样，然后又走到房间的另一头，经过那棵金光闪闪挂满亮片的树，径直来到餐室。餐桌上摆满了没有动过的菜肴，每当窗外街上有马车经过或是一只小老鼠从盘盏当中溜过去，那些绿色的酒杯就会轻轻发出一阵叮当的碰撞声。

科马罗夫斯基处于盛怒之中，各种相互抵触的情绪在心里翻滚。太无耻了！太丢人了！他怒不可遏。因为这件事，他的位子受到威胁。他的名声遭到败坏。他要不惜任何代价阻止流言，如果流言已经传开，那也得压住，扼杀在萌芽里。

另一个让他激动的原因是他再次感到，这个绝望发疯的姑娘有一种无法抗拒的吸引力。一眼就可以看出她是那么与众不同。在她身上永远有一种特别的东西。然而，痛苦的是一切都无法挽回了，看来正是他毁了她的一生！她拼命挣扎，无时无刻不在反抗，一心要按自己的意志改变命运，开始全新的生活。

显而易见，他需要从各方面帮助她，也许应该给她租间房子，但千万不能再接近她，恰恰相反，要避开她，躲在一边，否则，她那样一种性格，不知道还会干出什么可怕的事来！

往后麻烦事还多得很呢！眼前这事可不是件小事，因为法律是不宽容的。天还没亮，事情才发生了两个小时，警察已经来过两次了。科马罗夫斯基在厨房里向警察局长作了解释，终于把事情平息下来。

不过越往后越复杂。他们必须有证据证明拉拉开枪打的是他，而不是科尔纳科夫。但是只凭这一点，事情还不能了结。拉拉只可以减轻一部分责任，其余方面还要受到法庭的起诉。

不用说，他正千方百计设法阻止这种情况的发生，不过要是立了案，那就必须弄到一份可以说明拉拉行凶时已经丧失了理智的精神病鉴定，这样才能争取把此案撤销。

经过这一番盘算，科马罗夫斯基才平静下来。黑夜过去了，一缕缕光线从屋子的这一间照到那一间，就像小偷或者估价官那犀利的眼神朝桌子椅子下面仔细察看似的。

科马罗夫斯基走进卧室，看到拉拉的情况并没有好转，便离开斯文季茨基家，坐车去找他熟识的律师——一位在俄国居住的政治侨民的妻子鲁芬娜·奥尼西莫夫娜·沃伊特科夫斯卡亚。她的房子有八个房间，她住不了那么多，经济上也无力维持，于是就租出去两间。不久以前有一间空出来了，科马罗夫斯基就替拉拉租了下来。几小时以后，半睡半醒浑身发烫的拉拉便被送到那里。她由于神经受刺激而患了热病。

2

鲁芬娜·奥尼西莫夫娜是个思想先进，毫无偏见，对一切她认为积极的、有生命力的事物都抱有同情的态度。

她在衣柜上面保存了一份作者签名的《爱尔福特纲领》。墙上挂着许多照片，当中有一张是她丈夫的，她称他为“我的善良的沃伊特”。这张照片是在瑞士和普列汉诺夫一起拍的，照片上的两个人都穿着羊毛外套，戴着巴拿马草帽。

鲁芬娜·奥尼西莫夫娜对拉拉望而生厌。她觉得拉拉是在装病。她高烧时说的胡话，在鲁芬娜·奥尼西莫夫娜看来这完全是装出来的。鲁芬娜·奥尼西莫夫娜甚至随时可以发誓，拉拉绝对就像“狱中的格蕾欣”一样在装疯卖傻。

鲁芬娜·奥尼西莫夫娜故意装作一副活力四射的样子，以此表明对拉拉的鄙视。她使劲敲门，大声唱歌，像暴风雨一样急匆匆地在房子里走来走去，而且整天开着窗户透气，从来都不关。

她住在阿尔巴特街上的一所大房子的顶层。每过了冬至，透过窗户就可以看到澄澈明净的蓝天，蓝天显得如此宽阔，就像汛期时的一条大河。整个住宅半个冬天都洋溢着春天即将到来的气息。

南方吹来的暖风透进气窗，不远的车站传来火车的汽笛声，像是海狮在吼叫。拉拉生病躺在床上，用回忆过去来消磨自己的闲暇。

她常常想起七八年前从乌拉尔来到莫斯科的那个夜晚，童年的时光真是让人难忘啊。当时，他们坐在一辆出租马车里，穿过昏暗的街道去城里那一头的旅馆。街灯一个个越来越近同时又渐去渐远，把驼背的车夫的影子投到房屋的墙壁上。影子越来越大，直到遮住了路面和房顶，然后便消失了，接着又重新开始。在莫斯科夜里到处都是教堂的钟声，一波未平，一波又起。地上雪橇的滑轨响彻四周，就连那些精致的橱窗和绚烂的灯火也同样让拉拉觉得震耳，它们似乎也和大钟车轮一样发出声音。

房间里的桌子上摆着大西瓜，这是科马罗夫斯基向他们祝贺乔迁之喜带来的。她觉得这西瓜象征着权势和财富。当维克托·伊波利托维奇一声脆响把这带着冰碴和大量糖分的又绿又圆的水果用刀切开的时候，拉拉很害怕，但也不敢不吃。粉红美味的瓜瓤卡在拉拉喉咙里，她强迫自己费力地咽下。

面对昂贵的食物和首都的夜生活，拉拉有些恐慌。不久后她遇到了科马罗夫斯基，这让她更加恐慌了。这就可以用来解释以后发生的所有的事情。

不过现在他变化很大，大到让人认不出了。他无欲无求，忘记过去，甚至根本就不露面。他总是和她保持一定的距离，用极高尚的方式尽力帮助她。

科洛格里沃夫的来访，就完全是另外一回事了。拉拉对他的到访总是异常高兴，并不因为他高大英俊，而是因为他活力四射，他明亮的眼神和充满智慧的微笑可以充斥整个房间，屋子都会因此显得很拥挤。

他坐在拉拉的床前，搓着双手。他去圣彼得堡参加有一些高官出席的重要会议，和那些身居高位的老家伙们谈起话来，就像面对一群校园男生一样。但是现在他发现自己面前的这个女孩，不久前成了家庭中的一个成员，好像自己的女儿一样。和她在一起，就像和自己家庭的其他成员一样，随便几句话，几个眼神就够了（他和家人都清楚，这种简单的交流是表达亲密的一种独特的方式）。对待拉拉，他不能像对成年人那样严肃庄重而又漠不关心。他不清楚到底怎么跟她讲话才不至于冒犯她。他微笑着对她说："你有什么好主意吗？去看音乐剧好不好啊？"仿佛她是个小孩子。

他说着话便停下来，开始端详天花板和墙上的斑驳水迹。过了一会儿，他略带责备意味地摇了摇头，继续说："杜塞尔多夫国际博览会开幕了，是绘画、雕塑和园艺方面的博览会。我准备去看看。这屋里可是有点儿潮湿。你居无定所还要漂泊多久？我只想告诉你，这位沃伊特太太是个十足的坏人。换个地方吧，你也躺够了。你病了一场也就算了，现在该起来了，另外换个住处，复习一下功课，完成学业。我有个朋友是画家。他要到土耳其斯坦去两年。他的画室用板壁隔成了几间，依我看简直就是一套住宅。他似乎想连家具一起转让给一位合适的人。我可以替你办，你觉得怎么样？还有一件事，你得依照我的意思办。我早就想，这是我的神圣职责……自从莉帕……这是一点小意思，作为她结束学业的酬金……别这样，不行，请让我……你别拒绝……不行，你一定要收下。"

不论她怎么拒绝，流泪，甚至像打架一样推推搡搡，他走的时候硬是让她收下了一张一万卢布的银行支票。

拉拉恢复健康以后，搬到科洛格里沃夫极力推荐的新住处。地点就在斯摩棱斯克商场附近。这套住房是个老式的二层楼，有两户人家，除了她还住着一户马车车夫，楼下是仓库。院子铺着鹅卵石路，总是有燕麦和稻草在上面。许多鸽子会飞到院子里，发出咕咕的叫声。听到响动会飞起来，但也就是飞到拉拉的窗户那么高。有时还会看到一群老鼠沿着石沟窜来窜去。

3

帕沙担忧并且痛苦着。拉拉病重的时候，他被禁止去探望她。他该怎么想呢？帕沙想，拉拉要杀的那个人和她毫无关系，杀人未遂后，那个人反而去保护拉拉。而且这一切就发生在圣诞夜，就发生在他们在烛光下那次刻骨铭心的谈话之后。如果不是那个人，拉拉准会被逮捕并被判刑，也多亏那个人，拉拉才摆脱了应有的惩罚，才能继续留在师范专修班里，丝毫没有受到伤害。帕沙既苦恼万分又困惑不解。

拉拉病情好转后，把帕沙叫来，对他说：“我是个坏女人。你还不了解我，以后我会告诉你真相，现在我真的难于启齿。每一次当我想说的时候，眼泪就不争气地掉下来。你忘掉我吧，我不值得你喜欢。”

然后便是让人心碎的场景，一场比一场痛苦。那时拉拉还住在阿尔巴特街，所以沃伊特科夫斯卡亚一看到满脸泪水的帕沙，就赶紧从走廊回到房间，倒在沙发上哈哈大笑，笑得肚子发疼，同时嘴里不住地说：“啊，受不了，真是受不了！太夸张了。真的，这真是个英雄！哈、哈、哈！”

为了彻底和帕沙斩断关系，让他从痛苦中解脱出来，拉拉斩钉截铁要求分手，她说自己并不爱他，但是说的时候又那么悲痛欲绝，让人无法相信。帕沙怀疑她的行为简直就像犯了死罪，不可饶恕。他不相信她的每一句话，诅咒她，痛恨她，但依然疯狂地爱着她，嫉妒她的思想，嫉妒她用过的杯子，嫉妒她睡觉时用的枕头。为了不致发疯，他们必须迅速地采取果断行动。他们决定不再拖延，毕

为了彻底和帕沙斩断关系，让他从痛苦中解脱出来，拉拉斩钉截铁要求分手，她说自己并不爱他……

业前就结婚。他们本来准备在复活节后的第一周举行婚礼，但是拉拉不想这样，于是婚礼延期。

他们在圣灵降临节那天举行了婚礼，当然那时他们已经确切地知道都通过了考试。婚礼是柳德米拉·卡皮托诺夫娜·切普尔柯替他们办的，她是拉拉的同学杜霞·切普尔柯的母亲。柳德米拉·卡皮托诺夫娜是个不折不扣的美人，大胸脯，低嗓音，歌唱得不错，满脑子都是迷信故事，有的是她听说的，有的是她凭空想象的。

把拉拉送上“婚礼的圣坛”的这天，天气烈日炎炎。柳德米拉·卡皮托诺夫娜边哼着曲子边打扮新娘。教堂金色圆顶和花园里新铺的沙土发出耀眼的金色光芒。圣灵降临节前夕砍过的白桦树，上面的枝叶上已经蒙了一层灰尘，无精打采地垂挂在教堂的墙头，卷成圆筒，像被烧焦了似的。炎热使人感到呼吸困难，阳光刺激得眼睛发花。四周仿佛有成千对的人举行婚礼，因为所有的姑娘都烫了鬈发，穿着鲜艳的衣服，男青年则也都擦上头油，穿起黑西服。每个人都表现得喜形于色，但是每个人都感觉酷暑难耐。

拉拉另一个女友的母亲拉果金娜，在拉拉走在圣坛的红地毯的时候，朝她脚下撒了一把银币，祝她日后财源广进。柳德米拉·卡皮托诺夫娜告诉拉拉，当她戴上婚礼冠的时候，千万不要伸出裸露的手臂画十字，而要用袖口的花边把手遮住一半，这样也象征着以后衣食无忧。然后她又告诉拉拉应该举高蜡烛，以后可以当家做主。但为了帕沙的幸福，拉拉宁愿牺牲自己的前程，所以她尽量把蜡烛放得很低，不过还是没有用，她举再低，还是比帕沙的高。

从教堂里出来后，他们直接去这对夫妇住的那间画室举行酒宴。客人们不断地喊：“太苦了。”另外又有些大声应和着：“给点儿甜的。”于是这一对年轻人略带羞涩地接吻。柳德米拉·卡皮托诺夫娜为他们唱《葡萄》这首欢快的歌，而且把其中的叠句“上帝赐给你们爱情和忠告”重复了两次，还唱了一首歌，开头的歌词就是松开你的发辫，散开你那金色的秀发。

人们散去之后，只剩下了他们两个，帕沙在这突然来临的安静面前不知所措。正对窗户的柱子上亮着一盏街灯，即使拉上窗帘，像薄木板一样细的一束亮光还是从两扇窗帘的缝隙中照进来，这道光让帕沙坐立不安，宛如一个人在偷看他们。他把精力都放在了这盏灯上，甚至比放在自己、拉拉以及他们的爱情上面还多。这简直太可怕了。

就在这个好像永无止境的夜晚里，安季波夫（他被同学们叫作“斯捷潘妮达”和“红颜女郎”）既登上了幸福的顶峰，也沉入了绝望的深渊。他的猜疑和拉拉的坦率相互交替。他提出了一个又一个的问题，而随着拉拉一次又一次的回答，他的心一次比一次更往下沉，仿佛跌入万丈深渊。他那遍体鳞伤的想象力已经跟不上她所坦白的新情况。

他们一直谈到天明。在安季波夫的一生当中，没有比这一夜的变化更惊人、更突然的了。清早起来，他已经全然变了一个人，自己几乎都奇怪为什么人们还像过去那样称呼他。

4

他们的一些朋友九天后为他们举行了一场送别晚会，还在这个屋子里。帕沙和拉拉都以优异的成绩毕业，而且都在乌拉尔找到了工作。第二天一早，他们就开始启程。

大家又一次喝酒唱歌，谈笑风生，不过这次参加的都是年轻人。

一堵隔墙把画室和卧室分开，隔墙后面一大一小两个网篮，小的是拉拉的，还有一只皮箱，一个木箱，几个布袋。行李也很多，有一部分第二天早晨托运过去。所有东西差不多都收拾妥当了，皮箱和木箱没有装满。拉拉时不时会想到一个还需要带的东西，于是拿来放到包里，再把上边摆平整了。

帕沙在家招待客人的时候，拉拉到大学办公室去取出生证和其他证件。院子的守门人陪她一起回来，带了一捆麻布袋和一大卷捆东西要用的结实的粗绳。守门人走后，拉拉会见了周围的所有客人，同客人们握手，寒暄，亲吻，然后便到里间换衣服去了。她换好服装出来，大家集体称赞，随后大家各就各位，热闹的聚会就开始了，就像前几天的婚礼那么热闹。热情的客人都忙着给自己的邻座倒伏特加酒，大家用叉子品尝桌子上的面包、开胃菜，以及别的美味佳肴。有发言的，有祝酒的，还有讲笑话的，很快就有人酩酊大醉了。

“我快累死了。”拉拉坐在丈夫旁边，对他讲，“你要办的事都办完了吗？”

“办完了。”

“不管怎样，我感觉好极了，很幸福。你呢？”

“我也一样。我觉得很好。这些要说起来我会说个没完。”

科马罗夫斯基很例外地被允许参加这群年轻人的聚会。快结束的时候，他说这对年轻朋友离开莫斯科之后，在他眼中莫斯科就会变成撒哈拉沙漠，他就开始孤苦伶仃的生活。可是他太容易伤感了，刚说两句眼泪就打断了他要说的话，不得不再重新说。

他请求安季波夫夫妇允许他给他们写信，如果太想他们了，他就会去他们在尤里亚金的新居拜访他们。

“这真的不必了。”拉拉态度冷淡地大声说，“别说那些不切实际的话了，像什么通信啊，撒哈拉沙漠啦。至于到那个地方去，您干脆连想也别想。在上帝的保佑下，没有我们你依然会过得很好，况且我们不是什么大人物，帕沙，你说是不是？我相信你一定会找到新朋友的。”

拉拉仿佛突然忘记了自己在跟谁讲话，自己在讲些什么，她突然跑到厨房。她在那儿拆开绞肉机，把零件放进食具箱的一角，再用稻草塞好。拆绞肉机的时候，箱子旁的碎屑差点扎破了她的手。

隔墙外的一阵阵刺耳的笑声才让她想到自己家还有客人。拉拉这时想到，喝点酒的人总是喜欢模仿醉汉，而且动作也更为夸张。

这时拉拉听到从院子里传来一个特别的声音。她拉开窗帘，探出身去看个究竟。

一匹拴着绊腿绳的马来到了院子里，走起路来一颠一跛。拉拉不知道这是谁的马，也不知道它怎么会走到这里。天色已近黎明，但离日出还有段时间。沉睡的城市悄无声息，像死了一样，笼罩在清晨灰蓝色的寒气中。拉拉闭上了眼睛。拴着绊腿绳的马发出阵阵嘶叫，听起来是那么的与众不同，把她带回美丽迷人的乡村生活去了。

门铃声响了起来，拉拉看过去。有人从餐桌边走去开门。原来是娜佳来了！拉拉赶忙跑过去迎接她。娜佳是直接从车站来的，她是那么的光鲜迷人，浑身似乎散发着杜普梁卡的铃兰花的芳香。这一对朋友站在那里激动得不知说什么才好，只好紧紧拥抱，然后大哭起来。

娜佳替拉拉带来了全家的祝贺和美好祝愿，还有一个父母赠送的礼物。她从手提包里拿出一个珠宝匣，打开盖子，递给拉拉一串美轮美奂的项链。

大家看到后，响起了一片惊叹和赞美声。一个已经有些清醒的醉汉说："这是粉红色的风信子石。没错儿，粉红色的，你们信也罢，不信也罢，它就是。它的价值绝对不低于钻石。"

可是娜佳分辩说，这是黄宝石。

拉拉让娜佳挨着自己坐，给她拿吃的喝的。把项链放在自己的餐具旁边，她忍不住时不时盯着眼睛看着它。放在紫色衬垫上的宝石光彩夺目，无与伦比，有时像滚动的露珠，有时又像晶莹的葡萄。

很快那些酒醒的客人又重新回到桌子旁，他们陪娜佳喝酒，很快把她灌醉了。

没过多久，屋里所有人都进入了梦乡。多数人留下来过夜，为的是第二天能够去车站给拉拉和帕沙送行。一半人随便往一个角落里一倒便打起鼾来。拉拉自己也不记得怎么就穿着衣服躺在沙发上睡着了，旁边还睡着伊拉·拉果金娜。

旁边有谁在大声地说话，把拉拉吵醒了。是个陌生人，他来到院子里找他丢失的马。拉拉睁开眼睛一看，觉得很奇怪，心想：帕沙站在屋子当中没完没了地翻腾什么呢？这时，被当成是帕沙的那个人朝拉拉转过身来，她才看清不是帕沙，这个人满脸麻子，有一道伤疤，长长的从眉毛一直延伸到下巴。她明白了，这是个贼，她想喊，可是发不出一点声音来。突然她想起了项链，十分小心地用手肘支起身子，看看桌子上还有没有。

项链就放在一堆面包屑和一些吃剩下的夹心糖中间，桌上一片狼藉，那个贼还没有发现项链。他只是打开了拉拉仔细打包好的箱子，把收拾整齐的行装弄得一塌糊涂。拉拉半醉半醒，还弄不清当时的情况。拉拉愤愤不平，又试图大喊一声，可是还是发不出声音。她就用膝盖使劲顶了一下伊拉·拉果金娜的心口，伊拉·拉果金娜疼得厉害，大叫起来，拉拉也终于有了声音，大喊起来。小偷扔下东西，拔腿就跑。几个男人跳起来，还不知道出什么事就跑出去追赶，可是贼早已逃走，失去踪迹。

这场混乱把屋里所有的人都惊醒了，拉拉的酒意也全部消失了。大家都睡不着了，拉拉给他们煮了咖啡喝，请大家都回家去，等到开车前在车站见面。

然后拉拉迅速地收拾东西，把枕头塞进袋子里，捆好行李，扎紧带子，而且告诉帕沙和看门人的老婆千万别过来帮忙，免得碍她的事。

一切都及时地收拾好了。安季波夫夫妇没有错过火车。火车徐徐开动，送行的人也挥舞着帽子配合。当人们不再挥手并从远处第三次向他们喊的时候——可能喊的是“好哇!”——火车加速了。

5

一连三天都是这该死的天气。已经是战争开始后的第二个秋天。第一年战绩尚可，可紧接着，战事急转直下。集结在喀尔巴吁山一线的布鲁西洛夫的第八军，本来准备翻过山口突入匈牙利，结果却是随全线败退而后撤。我军让出了战争头几个月占领的加里奇亚。

日瓦戈医生，直到最近大家才得知他叫尤拉，并且越来越多的人称呼他为尤里·安德烈耶维奇。此时他正站在妇产医院产科病房门外的走廊里。他刚把他的妻子安东宁娜·亚历山德罗夫娜送来，她就住在这间病房里。他同妻子告别后，正等着助产士，想告诉她，必要的时候怎么通知他，还有询问她，自己如何才能及时联系到她，从而了解到东尼娜的健康情况。

他很急，急着要去两个病人家里出诊，然后尽快赶回自己的医院。可现在却在这里白白浪费宝贵的时间，他两眼盯着窗外，一阵阵秋风搅乱了雨丝，左右歪斜，就像风暴中，田野里吹得东倒西歪的麦穗。

天还没有黑。尤里·安德烈耶维奇依稀可见医院的后院，洁维奇田庄几处玻璃棚顶住宅的凉台，还有那条通向医院附近某个街区的电车线。

这愁人的秋雨只管不紧不慢地下着。风，仿佛被雨水的从容激怒了似的，疯狂地撕扯着房顶的葡萄藤，似乎要将它连根拔起，抛向高空，再像扔一件恶心的破衣服那样扔到地上。

从凉台旁边朝医院驶来一辆挂着两节拖车的铁路压道车。一些人开始从车上往医院里抬伤员。

莫斯科的所有医院都已人满为患，特别是卢兹克战役之后，伤员甚至都安置在了楼梯拐角的平台和走廊上。城里各家医院超员的情况也开始蔓延到妇产科病房了。

尤里·安德烈耶维奇转过身来，背着窗户，疲倦地打了一个呵欠。他脑中一片空白，但突然间想起一件事：在他供职的那所红十字医院的外科，几天前死了一个女病人。尤里·安德烈耶维奇断定她得的是肝胞虫病。可大家都不同意他的看法。今天就要进行尸体解剖，查明病因。不过，医院解剖室主任是个狂饮无度的酒徒。天晓得他会怎么弄。

天转眼就黑了，窗外已伸手不见五指。家家户户的窗户里，好像挥过魔杖，灯光噌噌地亮了起来。

产科主任医生从隔开走廊和病房的小风门里走了出来。他身材魁梧，每逢回答别人问题的时候，总是眼望天花板，耸着肩膀。这些动作再加上说话时的表情，仿佛在说，我的老兄，不管知识多么渊博，总有些科学也解不开的谜。

他从尤里·安德烈耶维奇身边走过的时候，微笑着点点头，挥了挥他那胀鼓鼓的两只肥手，意思是说，一切都得听其自然，耐心等待，然后就到候诊室吸烟去了。

之后，尤里·安德烈耶维奇的女助手从里面出来找他，与这位沉默寡言的专家完全相反，他的助手很健谈。

她冲尤里说：“我要是您的话，就回家去了。明天我给您往红十字会打电话。在这以前恐怕不会出什么事。我相信是顺产，不需要采取什么措施。不过，她的骨盆有点狭小，胎位仰面向上，产妇没有痛感，子宫收缩也不明显，这倒值得注意。不过现在还不能下断语。一切都看临产时她的肌肉紧张程度如何了。过一段时间会看出来的。”

第二天，医院里接电话的传达人员让尤里·安德烈耶维奇不要挂上，然后就跑去查问，足足让他等了十分钟，最后只说了一点笼统的、没头没脑的情况：“让我转告您，您把太太送来得太早了，应该接回家去。”尤里·安德烈耶维奇听了他的话，气不打一处来，要那位护士来听电话。“还没有临产的迹象，”护士对他说，“请您这位医生别着急，恐怕还得等一两天。”

第三天他才知道，临产是夜间开始的，天亮的时候出现了羊水，剧烈的阵痛从早晨起一直没停止过。

他径直赶到医院，穿过走廊的时候从一扇碰巧半开着的门里听到了东尼娜令人心碎的叫声，她的叫声仿佛是从车轮下面往外抬的一个压断了肢体的人喊出来的。

他未被允许见她，把弯起来的一根手指咬得快出血了。他来到窗前，外面下着像前两天一样的雨。

护士从产房里走出来，他听到初生婴儿尖细的哭声。

“她没事儿了，没事儿了。”尤里·安德烈耶维奇高兴得自言自语地说。

“是个儿子。一个小男孩。恭喜您。”护士拖长声音说，“您现在还不能进。等一会儿会叫您的。到时候才能让您看呢。您可要给她个好礼物呀。她真受了不少罪。这是头胎，头一胎总免不了吃苦。”

“得救了，终归得救了。”尤里·安德烈耶维奇很高兴，可他并没有明白助理护士说的话，也没有理解到她说这些话是把他当成刚刚发生过的这件事的一个当事人。可是这跟他有什么关系呢？父亲，儿子——他看不出在这轻而易举取得的父亲身份当中有什么值得骄傲的，也丝毫感受不到这天生的亲子之情。这些都是他所意识不到的。最重要的是东尼娜，这一度受到死亡的威胁而现在又得救了的东尼娜。

他有个病人就住在医院附近。他到这个人家里去了一会儿，半小时后又返回来。从走廊穿过风门和从风门通向病房的两扇门都半开着。尤里·安德烈耶维奇不知道自己想干什么，便溜进了风门。

那位穿白大褂的妇科专家像从地底下冒出来似的，挡住了他。

“您想到哪儿去?”为了不让产妇听到他们的谈话，他低声说，“您发疯了？她出这么多血，还要防止感染，更不用说精神上的刺激。亏得您还是个医生呢。”

“我并不是……我只看一眼。就从这儿，从门缝看一眼。”

“哦，那倒是另一回事啦。好吧。可是别让我发现她看到您，不然准叫您身上没好地方。”

产房里背朝门站着两个穿白大褂的女人：助产士和护士。护士手里有个发出尖细声音的娇柔的小生灵，像一块深红色的会动的橡皮。助产士正在往脐带上缚线，好使胎盘脱落。东尼娜躺在屋子中间一张高度可以调节的手术台上。她躺的位置相当高。尤里·安德烈耶维奇因为过度兴奋把什么都看得过大，所以觉得她躺的高度同人站在前面写字的那种写字台一样。

有时候把死去的人头部垫高，而东尼娜现在躺着的姿势还要高，几乎要接近天花板了。她疲惫不堪地躺着，正在享受经过痛苦折磨以后的休息。对于尤里·安德烈耶维奇来说，她仿佛港湾里已卸去了重载的一艘帆船；它跨过死亡的海洋来到了生命的大陆，上面有一些不知来自何方的新的灵魂；它刚刚把这样一个灵魂送到了岸上，如今抛锚停泊，非常轻松地歇息下来；和它一同安息的还有那折损殆尽的桅樯索具，以及渐渐消逝的记忆，完全忘却了不久前在什么地方停泊过，怎样航行过来又如何停泊抛锚的。

谁也不曾去过她所来自的国家，因此，也不知道应该使用哪一种语言。

在尤里·安德烈耶维奇的医院，大家向他祝贺。“他们知道得好快!”他惊叹于消息传得如此之快。

他来到主任医生办公室，大家都把这儿叫小酒馆和脏水坑，因为医院拥挤，没有多余的地方，现在都在这间屋子里换衣服。人们穿着套靴来来去去，有的人把包裹忘在这儿，而且地上到处都是烟蒂和废纸。

窗前站着脸上皮肤松弛的解剖室主任，他举起两只手对着亮光从眼镜上面观看瓶里的混浊液体。

“恭喜你。”他对尤里·安德烈耶维奇连看都不看一眼。

“谢谢。我非常感动。”

“不必谢我。这和我没关系。是波楚什金解剖的。但大家都大吃一惊，原来是水胞虫。大家都说，这才算是诊断医师呢！大家都在谈论这事儿。”

这时候医院的主任医生走了进来。他同他们两人寒暄后说：“真见鬼。这地方到底怎么了，真的是又脏又乱！不错，日瓦戈，您知道了吧，是水胞虫！我们都诊断错了。祝贺您。可是，还有一个不太愉快的消息。他们又重新审查了免除人员名单。我这次可没法阻止他们了。军医人员奇缺。您不久就会闻到火药味儿了。”

6

安季波夫夫妇在尤里亚金安顿了下来，这比预想中要顺利得多。这可得归功于吉沙罗夫，他使拉拉免除了在一个新地方安家立业必然会遇到的困难。

有很多事情需要拉拉辛劳和操心。她要操持家务和照管三岁的小女儿卡坚卡；虽然已经有一个红色头发的玛尔富特卡在尽力帮安季波夫夫妇忙，但仍然还是忙不过来。拉里莎·费奥多罗芙娜基本上包揽了丈夫帕维尔·帕夫洛维奇的所有事务，同时她自己还在女子中学教课。但她仍勤勉地工作着，她感到很幸福。因为她喜欢这种生活。

她很喜欢尤里亚金这地方。这里的一切让她感到很亲切。尤里亚金位于中、下游通航的雷尼瓦河边，同时乌拉尔的一条铁路也穿城而过。

在尤里亚金，如果有船的人家用大车把船运到城里去，那么就意味着冬天要到了，人们会把船放在自家的院子里过冬，直到第二年春天。看到尤里亚金现在扣在地上的白色的船只还意味着此时在别的地方已经可以看到南飞的雁群，或是某个地方降了初雪。

安季波夫夫妇租住的这家院子里，也有这样一只漆成白色的船，底朝天扣在那里，卡坚卡在它下面玩耍，就像在花房的圆顶底下一样。

拉里莎·费奥多罗芙娜打心眼里喜欢偏远的地方，包括那些穿着毡靴和灰法兰绒上衣、操着浓重的北方口音的读书人，以及他们那种对人的纯朴的信任。拉拉总是眷恋着那里的土地和当地的普通老百姓。

奇怪的倒是帕维尔·帕夫洛维奇，出身于莫斯科一个铁路工人家庭的他却是一个很难改变的、习惯于都市生活的人。他对待当地的尤里亚金人要比妻子挑剔得多，因为他们的蛮横无理总使他感到恼火。

现在的情况就能很好地说明这是为什么。他在博览群书过程中汲取和积累了大量知识。以前基本上是在拉拉的帮助之下他才读了许多书。而他在外地深居简出的这几年，求知欲更加旺盛，以至于拉拉在他眼中都是才疏学浅的人了。他在那些教育界的同事中间已算是出人头地，并且经常抱怨与这些人为伍让他感到郁闷。他们那些在战争时期曾风靡的爱国主义的言行，总是官味十足让人很不舒服，这和安季波夫的爱国思想的复杂形式不相适应。

帕维尔·帕夫洛维奇是古典文学毕业的。他现在教拉丁文和古代史。可是在他还是职业学校学生的时候，突然对已经荒疏的数学、物理和其他精密学科产生了极大兴趣。经过自学，他在这些课程方面已达到了大学的程度。他期待着一有可能就参加州一级的考试，重新确定一个数学方面的专业，然后把家搬到圣彼得堡去。但长时间夜间紧张的学习影响了帕维尔·帕夫洛维奇的健康，他开始失眠。

他和妻子的关系很好，不过也十分不寻常。她以自己的善良和关心体贴他，而他也决不容许自己对她有半点伤害。他谨小慎微，唯恐在他毫无恶意的言辞之间让她凭空觉得隐含着什么责备——比如说她门第高贵，而他出身微贱，或者在他之前她曾经属于别人。唯恐她怀疑他会有这种荒唐想法使她伤心，以致这种担心给他们的生活带来某种不必要的麻烦。比如他们相敬如宾，反倒使情况复杂了。

安季波夫夫妇的客人当中，有几个是帕维尔·帕夫洛维奇的同事，拉拉工作的那所学校的女校长，还有帕维尔·帕夫洛维奇曾经担任过一次调解人的仲裁法庭的另外一位成员以及其他一些人。所有这些男男女女在帕维尔·帕夫洛维奇眼中都是蠢材。他奇怪拉拉如何能如此热情地和他们周旋，并且不相信她当真喜欢其中的任何人。

客人告辞以后，拉拉要花很长时间打扫房间，开窗换换空气，以及和玛尔富特卡在厨房里洗餐具。她做完这些事以后，确信卡坚卡盖好了被子，帕维尔也睡了，自己才赶快关了灯脱了衣服躺到丈夫身边，像孩子躺到母亲怀里那样自然。

安季波夫装作睡着了的样子，其实并没有入睡。近来常犯的失眠症又发作了。他知道，这样辗转反侧还要持续三四个小时。为了引起睡意和躲避客人们留下来的烟草气味，他悄悄起身，在内衣外面穿上皮大衣，戴了帽子，然后来到院子里。

这是个寒冷晴好的秋夜。薄薄的冰面在安季波夫的脚下发出碎裂的声响。夜空里的点点群星仿佛是燃烧的蓝色的酒精火焰，照在冻结了许多脏土块的地面上。

安季波夫夫妇的房子坐落在城里头一条街的尽头，和码头的方向相反。再往前去就是一片田野，有条铁路穿过，铁路边是个值班房，横跨铁轨有过路的通道。

安季波夫坐在倒扣着的船底上，望着星星。这几年原先已习以为常的想法一直在他心里惴惴不安。他觉得迟早要把这些想法弄清楚，而且最好就在今天。

“不能再这样下去了，”他心里想，“早就应该料到的，如今却发现得迟了。为什么从孩时起就对拉拉迷恋，任凭她随心所欲地使唤？为什么当初冬天他们结婚以前她也曾坚持这一点的时候，没想到拒绝她？难道不知道他对她并没有爱，而是必须承担的高尚责任？这种感人至深而又值得赞誉的责任感，和真正的家庭生活有什么关系？最糟的是直至今天他仍然对她一往情深。她依然那样美好得不可思议。也许，他心中怀有的并非爱情，而是拜倒在她的美丽和宽容面前的怅然的感念之情吧？唉，你呀，把这弄清楚吧！要不连魔鬼也无能为力。”

“那么现在应该怎么办？把拉拉和卡坚卡从这种虚幻当中解脱出来？这恐怕比解脱他自己更重要。可是用什么方式呢？离婚？跳河？——呸，这太卑鄙了。”他生自己的气了，“我可不能走这条路。不过，为什么心里竟会产生出这个卑鄙的念头呢！”

他看了一眼天上的群星，似乎向它们寻求建议。那些疏密相间、大小不一、繁星点点，无言地闪烁着。突然，远处一道晃动着的亮光闪起，扫过星空、房屋和院落、那只小船和上面坐着的安季波夫，亮光倒像是从田野朝大门跑来的某个人手里举着的火把。原来这只是一列向西行驶的军车经过岔道口，穿过火红的烟雾向天空投去的一道黄色光柱。从去年开始，不计其数的军车日夜不停地从这里经过。

帕维尔·帕夫洛维奇淡淡地笑了一下，从小船上站起来回去睡觉了。他找到摆脱困境的出路了。

7

知道帕沙的决定后，拉里莎·费奥多罗芙娜呆住了，起先她还以为是听错了。“荒唐，估计又是像往常的那种古怪想法。”她这么想，“不去管它，说不定到时候他自己就全忘了。”

可是事情越来越明了，丈夫已经准备了两个星期，且报告已送到兵役局，学校里也安排了接替的副职，而且从鄂木斯克已经送来通知，说那里的军校同意录取他。出发的日期很快就要到了。

拉拉如同村妇一样嚎啕大哭，站在旁边扯着他两只手。“帕沙，帕申卡，”她不住地喊道，“你把我和卡坚卡丢给谁呀？你别这么干，可别这么干！现在还不晚。我能给你想办法。你都没好好让医生检查一下你的心脏。什么，害羞？你像疯子一样牺牲你的家庭去当志愿兵，难道不害羞吗？志愿兵！原先总是嘲笑罗佳太庸俗，可忽然又羡慕起他来了！帕沙，你是怎么回事，我都认不出你了！你是变了一个人，还是发疯了？看在基督的分上，可怜可怜我，告诉我实话，难道俄国真需要你这样的人入伍吗?”

她一下子明白过来了，根本不是这么一回事。不善于揣摩细节的她，这次却抓住了要害。她猜到帕图利亚大概误解了她对他的态度。他对她倾注的脉脉温情中带有类似母性的感情不理解，他也想象不到这样的爱情是超出一般女人所能给予的。

她咬紧嘴唇，把一切都深藏在心中，像挨了打一样一言不发，默默地咽下泪水，开始为丈夫收拾上路的行装。

他走了以后，拉拉仿佛觉得全城都变得死寂，连天上的乌鸦都很少了。“太太，太太。”玛尔富特卡得喊好几次才能唤醒失神的她。“妈妈，妈妈。”卡坚卡没完没了地叫着，扯她的衣袖。这是她有生以来遭受的最沉重的打击，她那最美好、最光明的希望破灭了。

从西伯利亚寄来的信件中，拉拉知道了丈夫的情况。他很快就意识到自己十分想念妻子和女儿。几个月以后，帕维尔·帕夫洛维奇获得准尉军衔，提前毕了业，而且出乎意料地被派往一个作战部队里服役。在紧急奉调的途中绕过尤里亚金，在莫斯科也没有来得及和任何人见面。

他的信开始从前线寄回来，已经不像在鄂木斯克军校时那样伤感，而是写得颇有生气了。安季波夫很希望能有所表现，这样就可以获得一次回家探亲的假期，比如说得到一次军功的奖励或者是受点轻伤。确是出现了这种机会，就在比较出名后来被叫作布鲁西洛夫战役之后，这个军转入了进攻。安季波夫的信收不到了。一开始并没有使拉拉感到不安，她觉得帕沙一时没有消息是因为军事行动正在展开，行军途中不可能写信。到了秋天，这个军的行动暂时停止。部队开始构筑阵地。可是安季波夫依然杳无音信。拉里莎·费奥多罗芙娜开始担心并设法打听，先是在尤里亚金当地，后来就通过莫斯科的邮局，按帕沙所在部队先前的作战地址写信。但没有回音，没人知道是怎么回事。

正像当地其他太太们一样，从战争一开始，拉里莎·费奥多罗芙娜就在尤里亚金县医院扩建成的陆军医院里义务工作。她十分认真地学习医务方面的基本知识，如今已经通过了医院里护士资格的考试。她向学校请了半年的假，把尤里亚金的房子托付给玛尔富特卡照管，就带着卡坚卡去了莫斯科。在莫斯科她把女儿安置在莉帕奇卡家里，莉帕奇卡的丈夫弗里津丹柯是德国籍，已经和其他平民俘虏一起被拘禁在乌发。

拉里莎·费奥多罗芙娜确信通过书信寻找是不会有结果的，就决定直接到战场去找帕沙。带着这个目的，在一列从里斯基市开往匈牙利边境梅佐伊拉勃尔的救护火车上当了一名护士。帕沙发出最后一封信的地方就是那里。

8

一列救护火车，运着由塔季扬娜伤员救援会赞助者出资的物品，向师司令部前线驻地开去。在这一长列由许多短小而难看的加温车组成的列车上，有一节头等车厢，里面坐着从莫斯科来的重要人物。戈尔东也是其中一员。他知道他儿时的朋友日瓦戈所在的师部医院就设在不远的一个村子里。戈尔东拿到了通行证，取得了在前线附近活动的许可，于是搭了一辆四轮大车去村子里。

马车夫不是白俄罗斯人就是立陶宛人，俄语讲得不好。由于担心有奸细进行侦察活动，所以谈的话不外乎是事先可以猜得出的那些内容。这种十分做作的谈话毫无生气。一路上，坐车的和驾车的大部分时间都默不作声。

在那个习惯于调动整军行动、动辄以几百俄里的距离来计算行程的司令部里，他被告知这个村子很近——最多就在附近五十英里。实际上，很接近五十英里。

整个路途中，前进方向的地平线上时不时传来沉闷的轰响。戈尔东有生以来未曾经历过地震，可是他断定，远处这种依稀可辨的敌人大炮闷响完全比得上火山造成的地下震动和轰鸣。暮色降临的时候，那个方向的天际出现了不断闪动的火光，直到黎明。

他们经过被毁的村庄，其中一部分已杳无人迹，另一些地方的村民都躲在很深的地窖里。这样的村落到处是一堆堆的垃圾和碎土丘，但却整齐地排成一行，好像当初的房屋一样。在这些被战火夷平的村庄里，有如置身于寸草不生的沙漠中，从这一头可以一直望到那一头。那些劫后余生的老妇，每人都在自己的废墟中间搜挖着，翻拨着灰烬，不停地把一些东西收藏起来，似乎周围还是墙壁，所以外人看不见她们。她们凝望戈尔东的目光似乎是在焦急地追问：这世界什么时候才能恢复理智，什么时候人们才能过上安定而有秩序的生活。

深夜，这两个驾车赶路的人迎面碰上了一个侦察班，他们受命从这条大路上撤出，再从乡间的小道绕过这里。马车夫不认识那条新路。他们无边际地乱走了两个小时，天亮前来到了一个村子，它的名字正是戈尔东想要找的那个。可是村子里根本没听说过这个师部医院。后来很快就弄清楚了，这个区有两个同名的村子，另外一个村子才是他们要找的。一大早他们就到达了目的地。当戈尔东经过弥漫着药用除虫菊粉和碘酒气味的村口的时候，他心里想不一定要在日瓦戈这里过夜，只停留一个白天，晚上赶回火车站去找留在那里的同伴们。但是，由于事情耽搁使他多滞留了一个多星期。

9

在这些日子里，战线开始移动，发生了一些突然的变化。在戈尔东所在的村子的南部，俄国兵力突破了敌人固守的阵地。支援部队紧接着扩大了成果。但他们落在先头部队的后面。先头部队被切断了战线，人员被俘了。其中有安季波夫准尉，在他所带领的团的成员投降后他也不得不投降。

有各种各样关于他的不实说法。大家都认为他已经死了，被埋在一个弹坑里。按照同他一个团的熟人加利乌林少尉的话来说，好像是在观察所从望远镜里亲眼看到了安季波夫率领自己的士兵进攻时阵亡了。

加利乌林眼前出现的是突击部队常常见到的场面。任务是小跑经过两军间的一片田野，那里飘舞着干艾蒿和挺拔的刺蓟草。突击队应以神勇的动作迫使对方短兵相接，或者使用集束手榴弹把固守战壕的奥地利人就地消灭。这片田野似乎也在奔跑，一眼望不到头。脚下踏过的像是松软的沼泽一样的地面。准尉开始在前面，随后忽前忽后地和士兵跑在一起。他挥动举在头上的手枪，嘴张得很大地喊着“乌拉”，可是他这喊声无论是自己还是周围跑着的士兵都听不见。按照间隔时间，跑的人卧倒，一会儿又站起来重新喊叫着继续向前冲去。每一次和他们一起前进，总有一两个中弹的人，就像被砍伐的高高的树木一样，倒了下去，再也站立不起来。

“超越了目标。把电话拿过来，”不安的加利乌林向站在身旁的炮兵军官说，“不。等等，一切都很好。”

正当突击队准备接近敌人时，炮火停止了。在突然到来的一片寂静中，站在观察所里的人，心跳明显加快了，仿佛同安季波夫一起身临其境，领着大家冲到奥地利人的避弹壕跟前，接着就该让机智和勇敢大显身手了。就在这一瞬间，前面接连炸开了两颗十六寸的德国炮弹。两股黑色的烟柱遮住了一切。“上帝保佑！全结束了！”加利乌林颤动着发白的嘴唇喃喃自语，认为准尉和他的士兵都已阵亡。又一颗炮弹就落在观察所旁边。大家都把身子弯向地面，急忙撤到安全一些的地方去了。

加利乌林和安季波夫都住在掩蔽所里。团里的人以为他被打死了，不再会回来，于是就委托了加利乌林保存他的遗物，以便日后转交给死者的妻子。在留下来的东西里面，有很多他妻子的照片。

志愿入伍的加利乌林不久前提升为准尉，原先是个机械师，是季韦尔辛那个院子的守门人吉马泽特金的儿子。早先他是个钳工学徒，常常受工长胡多列耶夫毒打，他能得到这样的提升，也是过去这虐待狂的功劳。

上任之后，加利乌林发现这有悖于自己的意愿，不知为什么被派到一个后方卫戍部队所在的气候温和、偏远幽静的地方。他在那里指挥一队半残废的士兵，每天早上由那些差不多同样衰弱的老教官对他们进行那已经忘记的队列操练。除此而外，加利乌林还要检查他们是不是准确地在兵站仓库布置了哨位。生活是无忧无虑的，因为上级对他再没有更多的要求。突然之间，包括年限很长的后备役军人和莫斯科入伍的士兵中补充的人员在内，他非常熟悉的彼得·胡多列耶夫也来到这了。

“哎哟，哎哟，一个老朋友！”加利乌林脸色阴沉地冷笑着说了一句。

“是，长官。”胡多列耶夫回答，立正敬了个礼。

事情并没有简单结束。就在第一次出现队列疏忽的时候，准尉对他大声斥责，而且当他觉得士兵行礼时不直接望着他，却望着旁处时，就举手打了他几个嘴巴，并命令送到禁闭室关押了两天。

如今，加利乌林的一举一动都带着要算老账的味道。在棍棒体现的隶属关系之下，这种报复的方式简直就是一场只赢不输的游戏，未免不够高尚。究竟该怎么办？两个人已经不可能继续留在一个地方。可是除了送到惩罚营以外，一个军官又能用什么借口把一个士兵从规定的服役部队改派到别的地方去呢？从另一方面来说，加利乌林自己能提出什么理由要求调动呢？于是，后来，后方卫戍勤务以过于单调和无所作为为理由，批准他调往前线。这就使他赢得了一个良好的表现机会，而且不久以后在另一桩事情上他又显露了自己另一方面的才能，说明他是个出色的军官，因此很快就被提升为少尉。

一九〇五年，加利乌林就认识了安季波夫。帕沙·安季波夫有六个月的时间住在季韦尔辛家里。那时候尤苏普卡就常去找他，过节的时候在一起玩耍，当时也有一两次在他那里见到过拉拉。从那以后就没有再听说过他们两人的情况。当帕维尔·帕夫洛维奇从尤里亚金来到他们团以后，这位老朋友身上发生的变化很使加利乌林吃惊。过去像姑娘似的腼腆、爱整洁达到了可笑程度而又很调皮的一个人，如今成了一个神经质的、知识广博而又鄙视一切的忧郁的人。他聪明，勇敢，沉默寡言，好嘲笑人。有时，加利乌林望他一眼就要发誓说，在安季波夫深沉的目光里，仿佛在一扇窗的深处还有他的化身，似乎可以看到藏在他心中的思想，他对女儿的思念，他对妻子的牵挂。安季波夫几乎是神话当中着魔的人物。可是突然之间这个人消失了，加利乌林手中剩下的只是安季波夫的一些证件和照片，以及他身上发生的变化的秘密。

这些早晚都会发生，拉拉的查询会追寻到加利乌林这里。他已经准备好了对她的回答。然而正是事情刚刚发生不久时，他没有勇气把实情原原本本地说出。他希望先让她对即将承受的打击有所准备。因此，他准备写给她的一封经过仔细考虑的信就拖了下来，可是现在，他却不知道该把寄给她的信投递到哪里了。

10

“今天有马吗？”当日瓦戈医生中午回到他们住的这间小屋子吃饭的时候，戈尔东问道。

“别指望了！你能去哪里呢？你哪儿都去不了。情况根本弄不清楚。任何人都说不出所以然来。在南边的几个地方，我军或许已经突破了德军防线。不过听说我们也有几支分散的队伍也落到了敌人手里。在北边，德国人已经渡过了不可逾越的斯文塔河。这是一支骑兵部队，人数相当一个军团。他们正在破坏铁路，摧毁仓库，而且据我看还正在对我军形成包围圈。你看，就是这个形势。可你还在说什么马。好吧，卡尔片柯，快点开饭，速度快点。今天吃些什么？啊，牛蹄，太棒了。”

卫生队、医院和其余的附属单位都分散在这个奇迹般保存下来的村子里。村里那些仿照西方样式在墙上装有许多双扇窗户的房屋，一所也没有毁坏。

正是一个炎热的秋季。金色的秋天最后几个温暖晴朗的日子就快过去了。中午，医生和军官们都开了窗子，扑打窗台上和屋顶上成群的苍蝇，他们解开制服和军便服的扣子，满头大汗地喝着热汤和茶；晚上，他们还要蹲在炉门前把点不着的湿柴下面快要熄灭的炭火吹旺，一面被烟熏得眼睛流泪，一面骂着那些不会生炉子的勤务兵。

这是个安静的夜晚。戈尔东和日瓦戈面对面躺在相对的两侧墙边的长木凳上。他们中间是一张吃饭用的桌子，另一面是一扇从这头直通到那一头的长条形的窗子。屋里炉子烧得挺热，抽烟抽得雾气腾腾。他们把屋子两头的气窗打开，呼吸着在玻璃上蒙了一层哈气的秋夜里清新的空气。

他们仍是按着这些日子白天和晚上的习惯谈话。像往常一样，前线那边的地平线上闪耀着淡紫色的火光。每当这种一分钟也不停的均匀的射击声中落进几响低沉的、每一次都听得清清楚楚的、有分量的打击声的时候，地面似乎都被移动了，又像是远处有人在地板上略微向一旁移动沉重的铁皮箱似的。这时，为了表示对这种声音的尊重，日瓦戈暂时把谈话停止一会儿，然后说："这是德国人的十六寸的大炮，六十普特重的大家伙。"接着想继续之前的谈话，可是又忘了刚才说的是什么。

"弥漫在整个村子里面的是什么味道啊?"戈尔东问了一句，"我一来这里就注意到了。有点儿甜腻的恶心气味，像老鼠。"

"我知道你什么意思。那是大麻——他们在这儿种了很多。大麻本身就散发出一种使人很难受的烂果子的气味。另外，在作战地区还把敌人的死尸扔到大麻田里，日子长了没人发现就腐烂了。这一带到处都有尸体气味是很自然的。大炮的声音，听见了吗?"

这些日子，他们几乎谈遍了世界上的所有事情。戈尔东完全了解自己这位朋友对战争、对当代形势的看法。尤里·安德烈耶维奇向他讲了自己是多么难于习惯这种一定要相互消灭的血腥的逻辑，而且不忍心去看那些受伤的人，特别是可怕的现代的战场的创伤，也更难于习惯那些被最新的战争技术变成一堆丑陋不堪的肉块的残存下来的畸形人。

戈尔东每天都陪着日瓦戈外出，所以也亲眼看见了一些情况。当然，他也意识到，无所事事地在旁边看着别人表现的英勇行为，看着人家如何以非人的力量战胜可怕的死亡，并为此付出多么大的牺牲，冒多么大的风险，是很不道德的。可是，对这些只能发出几声无能为力、毫不起作用的叹息，他觉得也没有丝毫高尚的意味。他认为，待人接物要适合现实生活为你安排的环境，要诚实而自然。

有一次到战地救护所的红十字支队去，他亲眼见到了有些伤员的伤情，这种情形可以使人晕倒。

他们来到一半已经被炮火轰倒了的大森林中间的空地上。在被毁坏和践踏过的灌木丛里，头朝下躺着几辆被打坏的炮车。有一棵树上挂着一匹战马。远处可以看到有一幢林务所的木头房子，房顶被掀去了半边。包扎所就设在林务所办公室和林子中间的两座灰色大帐篷里。两座帐篷搭在经过林务所的那条路的两边。

“我不该把你带到这来，”日瓦戈说道，“差不多紧挨着战壕，离这儿只有一里半或者两里，可是咱们的炮队就在那边，在林子后头。你听听，这是什么声音？别硬充英雄好汉了，我不相信你是好汉。你现在肯定吓得要死，这很自然。情况每分钟都可能变化。这里会落炮弹的。”

在道路两旁，一些又累又脏的年轻士兵叉开穿着沉重的皮靴的两腿躺在地上，有的面朝下，有的面朝上，军服上衣的前胸和肩胛骨部分都被汗浸湿了。这是严重减员后的一个班剩下来的人。他们从接连三天三夜的战斗中撤下来，到后方稍微休息一下。士兵们躺在地上一动不动，像石头一样，连笑一笑和说几句下流话的力气都没有了。当树林深处的路上响起了急速跑来的马车声音的时候，他们连头都没有回。这是几辆没有弹簧的双轮轻便马车，向上颠动着急驶过来，给包扎所送来了伤员，把这些不走运的人的骨头架都要摇散了。包扎所只能做些简单处理，很快打上绷带，有些特别紧急的也只能作些简单的手术。很多伤员都是半小时以前炮火稍停的时候从战壕前运来的，其中半数以上仍处于昏迷状态。

当车停在门廊前时，卫生员开始带着担架从屋子里出来卸车。一个护士用一只手从下边撩开帐篷的底边儿，站着向外张望。现在不是她值班，闲着没事。帐篷后面的树林里有两个人在大声争吵。苍翠高大的树木用很响的回声把争吵的余音传播开来，不过具体的话却听不清。伤员运到的时候，争吵的两个人从树林里来到路上，朝办公室走去。那个怒冲冲的年轻军官朝医疗分遣队的医生不住地叫嚷，一定要从他那里打听到原先驻扎在树林里的炮兵辎重队转移到哪里去了。医生什么也不知道，因为这和他毫无关系。医生请那位军官等一等，不要喊叫，伤员已经运到了，他有事情要做。可是军官仍旧不肯罢休，把红十字会、炮兵机关和世界上的一切都大骂了一通。日瓦戈来到医生跟前，两个人寒暄过后，就沿台阶进入林务所。那个军官带点东北人的口音继续在骂，一边解下拴在树上的马，跳上马背往树林深处跑去了。那个护士一直在看着。

突然，她的脸吓得变了样子。“干什么呢？疯了吗？”她朝两个不用人扶、自己走在担架中间往包扎所去的轻伤员喊着，一面从帐篷里跑出来，直奔路上追了过去。

担架上抬着一个伤势特别吓人、血肉模糊的不幸者。一块炸开的炮弹壳碎片把他的脸炸得不成样子，嘴唇、舌头成了一团血酱，可是人还没死，那块弹片牢牢地卡在削掉了面颊的那个部位的颌骨缝里。这个重伤员发出轻微的、断断续续的呻吟，完全不像是人的声音，听到的人都会觉得这是在请求尽快了结他的生命，解除这不可想象的漫长的痛苦。

护士仿佛看出，旁边走着的两个轻伤员在这种呻吟声的影响下，正准备徒手从这人的面颊上把那块可怕的铁片拔下来。

“想干什么，能够这样吗？这得外科医生来做，要用专门器械。但不知道还有没有这个必要。”

戈尔东在心里说：“上帝啊，上帝，请把他召去吧，可别让我怀疑你的存在！”

眨眼之间，就在上台阶的时候，这个血肉模糊的人喊叫了一声，全身一抖，就断了气。

死去的这个五官残缺的人是预备兵役的士兵吉马泽特金，在树林里吵的那位军官是他的儿子加利乌林少尉，拉拉是护士，戈尔东和日瓦戈亲眼看见了这一切，他们都同在一个地方，彼此都离得很近，他们有些人从未见过对方，有些人没能认出对方。有些关于他们的事永远不会为人所知，还有些事以后见面才会知道。

11

这一地区奇迹般的保留下来几个村庄。经历了这一场浩劫之后，它们还能劫后余生真是令人不可思议。一天傍晚，戈尔东和日瓦戈一起坐车回家。路过一个村庄时，他们看到一个年轻的哥萨克在一群人的哄笑声中，把一枚铜币抛向空中，强迫一位犹太老人去接。可这位穿长袍的灰白胡子老人总是落空。铜币每次都从他可怜的张开的手指间溜过掉到泥地上。他一弯腰去捡铜币，哥萨克就打他的屁股，周围的人无不哼哼地捧腹大笑。这是供大家开心的娱乐项目。虽然暂时还看不出多大恶意，可谁敢保证这样下去不会出什么更加严重的岔子。这人的老伴不时地从对面的屋子里跑到路上，叫喊着向他挥舞双手，紧接着又缩了回去，显然是因为害怕。两个小女孩看着窗外的爷爷正在被人欺负，吓得哇哇地大哭起来。

司机看着这一切如此的滑稽可笑，就让车子慢了下来，好让车上的领导们也开开心。可是日瓦戈把那个哥萨克叫到跟前训了几句，让他停止戏弄老人的恶作剧。

"好的，长官。"那人顺从地回答说，"我们并无恶意，只是为了找乐子。"

车开着，一路上戈尔东和日瓦戈都沉默着没有讲话。

"这真是太糟糕了。"看到了他们住的那个村子的时候，尤里·安德烈耶维奇终于开了口，"你无法想象，这次战争让犹太居民遭到什么样的磨难。打仗的地方正好是在指定的犹太人居住区。苛捐杂税和倾家荡产以外的种种还不够，他们还遭到集体迫害，忍受侮辱和责难，说他们缺乏爱国心。要是在敌人统治下，他们反倒能享受一切平等权利，而我们只是一味地去迫害他们，他们怎么可能有爱国心呢？这一切是没有理性的，归根到底，是对他们怀着憎恨心理。他们贫困、吝啬、软弱和不会抵抗，这本来是应该同情和体谅的，可不知为什么反而让人生厌。真弄不明白，这里边似乎有点儿宿命的味道。"

对他的这番议论，戈尔东什么也没说。

12

又一次，他们躺在那扇狭长的落地窗的两头。已经是夜里了，两个人还在谈着。

日瓦戈向戈尔东讲他那次在前线看到了沙皇的情景，他说得有声有色。

那是他在前线度过的第一个春天。他被派去的团部设在喀尔巴吁山的一个深谷里。部队的任务是封锁从匈牙利通往山谷的入口。

谷底部是个火车站。日瓦戈给戈尔东描述当地的地形，伟岸的冷杉、松树满山遍野，山顶端镶着朵朵白云，森林中隐约可见的灰色板岩和石墨岩峭壁像是浓密的毛皮当中磨出的秃疤。那是个天还没有亮的四月里的一个清晨，一切都是灰蒙蒙湿漉漉的，如板岩一般，天空好像被群山锁住了，动弹不得，所以一切都显得凝滞不动，非常闷热。地上的水汽笼罩着山谷，不断形成一股股气流慢慢向上升起，周围的一切好像都要被蒸发了……车站来的冒着烟的火车头，湿淋淋的灰色草地，灰色的山，还有那苍黑森林和片片乌云。

那些天，沙皇正在加利奇亚地区巡视。突然有通知说，沙皇要视察由日瓦戈为名誉上尉的部队。

他随时都可能抵达。站台上布置了欢迎的仪仗队。人们紧张地等候了一两个小时。两列豪华随从的火车过后，沙皇的专车终于开到了。

在尼古拉·尼古拉耶维奇大公爵的陪同下，沙皇陛下检阅了这支由近卫军组成的精锐部队。他那嗓音不高的每一句问候的话，都激起了一阵阵雷鸣般的欢呼声，山谷里的回声不绝于耳，仿佛是摇荡着一只只水桶一般。

沙皇微笑着显得有点不安，给人的印象似乎要比纸币和勋章上的肖像显得苍老和没有精神。他面容倦怠，略有点浮肿。他不时像带点儿歉意似的侧过头来看一看尼古拉·尼古拉耶维奇，不知道在这种场合要求他做点什么。而尼古拉·尼古拉耶维奇毕恭毕敬地躬身凑到他的耳旁，没讲几句话，只是通过眉头或肩部的动作帮他摆脱窘迫的场面。

在这个灰蒙蒙的湿热的山区的清晨，日瓦戈替沙皇感到悲哀，他一直在想着同样一个问题：难道那种怯生生的矜持和拘谨就是这位统治者的本来面目吗？难道这种软弱性格也能主宰生杀大权吗？

他本应当像以往的皇帝那样做些演讲，比如说："我，我的剑和我的人民……"总之是这方面的话。不过一定要提到人民，这是必不可少的。可是他天生就是这种贵族化的，可悲的是还要更加鄙俗。毕竟这种矫揉造作在俄国是不可思议的。因为这姿态本来就是装腔作势，难道不是吗？如果说是恺撒统治下的那些民族，像高卢人，或斯维夫人，或伊利里亚人，我还可以接受。可是从那个时期往后，这个名称变得更加虚幻，只是那些皇帝、政客们在演说时可以这样讲讲："人民，我的人民。"

"现在前线上采访人员和新闻记者蜂拥而至。记录了各式各样的'见闻'和流行的种种名言警句，他们探视了伤员并且提出了有关民意的新论。这简直就像达利先生的翻版，同样是精于杜撰的，追求文章辞藻的写作狂。这是一类人。还有另一类，讲话用词简短不连贯，又带有怀疑和厌世的味道。比方说，前几天我就曾读过这么一段：'天色阴沉，宛如昨日。一清早就下起雨来，遍地泥泞。我隔窗眺望大路，看到一个个俘虏在缓缓行进着，望不到头。车上运的是伤员。大炮正在射击，和昨天一样，明日仍如今朝，时时刻刻。'你看，这多深刻，多富于智慧！不过他为什么跟大炮过不去呢？要求大炮打出花样来，太奇怪了吧！为什么不对他自己每天发出大量的流水账似的长段词句觉得奇怪呢？为什么不停止这种像跳蚤蹦跳一样匆忙发射出来的字面上的仁慈呢？他应该明白，不是大炮而恰好是他才应该有新面貌，不要老是旧调重弹；单靠笔记本记下大量言之无物的东西永远也不会有什么新意；他还应该明白如果没有自己独到的见解，缺乏那么一点天才的传奇色彩，事实也就失去了存在意义。"

"你说到点子上了，"戈尔东打断了他的话，"现在我就今天看到的谈谈我的看法。这个哥萨克拿一位长者来戏弄取乐，完全是一种卑劣下贱的举动，类似的情况还很多。很清楚，对这种行为用不着讲什么仁义，抽他的嘴巴就行了。要是说到整个犹太人的问题，就需要哲学，而且这些发现绝对会让我们惊喜。我现在谈的都是一些新想法，从你舅舅那儿来的。

“民族是什么？——这是你刚才谈到的。对于一个民族来说谁更伟大？是一个对他们的人民百般迁就照顾的人，还是凡事不打算取悦于人民，而是用自己的丰功伟绩使万民趋之若鹜并受到颂扬而流芳百世的人？哦，答案是显而易见的。话说回来，在基督教的时代民族意味着什么？因为这已经不是一般意义上的民族了，而是被说服和教化过的，所以关键在于转变，而不在于恪守。我们不妨回想一下《新约》上是怎么说的呢？首先，《新约》并不曾规定：要这样，要那样。它只提出一些朴素的、谦虚的主张。它提出：你愿不愿按照以前从未有过的新的方式生活，愿不愿得到精神上的幸福？结果，我们每个人都接受了而且延续了上下几千年。

“当它谈到天国里没有犹太教和非犹太教徒的时候，难道仅仅说的是在上帝面前人人平等吗？不是的，如果仅仅是这样的话，那《新约》就没有存在的必要了，在这以前，希腊的哲人、罗马的圣贤和《旧约》的先知早就知道这个道理。不过它是这么说的：在人类圣洁的心中，新的生活方式和被称作天国的新的社会里，没有民族，有的只是个人。

“你刚才说到，如果不加进某种新思想的话，事实也是毫无意义的。基督教和个人奉行的宗教仪式，更应该加进事实中去，才能赋予它新的意义。

“我们已经谈到了那些庸才记者，他们对生活和世界总体上说无所贡献，他们至多是眼光狭小的二流货色，他们感兴趣的始终是一个关于民族的话题，这个民族最好还是弱小的，受苦受难的，这样才能凸显他们的聪明才智，才能满足他们大发善心的欲望。这种灾难意识的牺牲者就是犹太人，没有谁比他们更具有典型性。民族理念依然规定他们必须以民族为重，不为别的，只为一个统一的民族意识而永远麻木不仁地执行着这项使命，世世代代都不可改，然而在此期间有一股新的力量在他们中形成并且把整个世界从这种卑微的人格之下解救了出来。这是多么的不可思议！你又怎么去解释这一切？这个欢欣鼓舞的节日，这种从平庸混沌状态之中的解脱，这种克服了单调乏味碌碌无为的飞跃，这一切的一切就诞生在他们的土地上，使用的是他们的语言，和他们属于同一个种族。他们事实上对此视而不见、听而不闻，也根本没想有所行动！他们怎么可以让自己的精神失去如此强大的力量和美德，他们怎么可以在这股力量取得胜利和左右一切的时候，心安理得地守候在他们曾经抛弃的神奇力量的外壳旁无动于衷呢。这样自讨苦吃究竟为了谁，对谁有利，究竟是出于什么目的和需要让无辜的老人、妇女和儿童与一些善良友好的人们世世代代忍辱负重？为什么这个民族的精神主宰不去甩开这种没有意义的文明和有讥讽味道的智慧呢？为什么不肯冒险放弃自己的这项古老的职责，就像锅炉在巨大压力之下爆炸一样，把这支不知道为了什么而正在挣扎和受到残害的队伍解放出来呢？为什么不说：'你们清醒清醒吧。别再这样了。不要像过去那样自我陶醉了。别再抱成一团，散开来吧。你们应该和所有的人一样。你们是世界上最早、最好的基督徒。你们当中那些最低级的、最软弱的，才是你们的对立面。'"

13

第二天日瓦戈回到家吃饭的时候说："你急着要走，现在你如愿以偿了。我没有说你很幸运，因为咱们又被包围了，这有什么幸运而言呢？往东去的路还通，可是压力又从西边过来了。所有的医疗单位听从命令集中起来。我们明天，要么后天，就要走。要到哪儿去可不知道。我打赌是卡尔片柯，米哈伊尔·格里戈里耶维奇的内衣还没洗好吧。他总是这样。他会说衣服已经交给一个女人去洗了，但你要问这女人是谁，在哪里，他就无话可说。这个傻瓜。"

他对勤务兵的辩解不感兴趣，也毫不在意戈尔东借日瓦戈的内衣穿。他继续说："军队生活就是这样，东奔西走，居无定所。刚来的时候我看什么都不顺眼，炉子放的不是地方，天花板太低，而且又脏又闷。可是现在，你打死我也想不起来在这以前还住过什么更好的地方。我现在觉得都可以在这里住一辈子，看着炉子角上的磁砖反射的阳光和路边那棵树的影子在它的上面晃来晃去。”

他们开始不慌不忙地收拾东西。

夜里他们被枪声，伴随奔跑和喊叫的声音惊醒。不祥的灯光把村子照得很亮。窗外有人影闪过。隔壁的房主和妻子也醒了。尤里·安德烈耶维奇命令下属到外边去看看是怎么回事。

很快有人报告德国人已经打过来了。日瓦戈赶紧跑到医院想去证实这是真是假。结果发现的确如此。村庄已经着火，医院不等撤退命令，立即转移。

日瓦戈对戈尔东讲：“我们在天亮之前必须全部转移。你随第一梯队走，马车已备好，我已经告诉他们等你一下。祝你好运。我送你去上车。”

医疗队正在装车，他们朝村子另一头跑去。他们在枪林弹雨中前行。在田野里几条路交叉的道口上，可以看得见榴弹爆炸的火光，像撑开的伞一样。

“你怎么办?”戈尔东边跑边问。

“我随第二梯队走。还得回去取东西。”

他们在村口告别了。几辆大车和一辆敞篷车组成的车队出发了，一辆挨着一辆，然后逐渐排成一列。尤里·安德烈耶维奇向远去的朋友挥手告别。木板棚燃烧的火光把他们照得通红。

尤里·安德烈耶维奇尽力靠着房檐屋角的遮蔽赶忙往回跑。就在离他住处不远的地方，一股爆炸的气浪把他冲倒，他中弹受伤了。尤里·安德烈耶维奇跌倒在路中间，鲜血直流，昏死过去。

14

尤里·安德烈耶维奇所在的医院设立在西部边区铁路线上的一座城市里，和大本营相邻。已经二月底了，天气暖和起来，他的身体逐渐复原。应他的要求，靠近他病床的那扇窗是开着的。

病人们以各种方式去消磨时间，等待吃饭。有人告诉他们医院里新来了个护士，今天第一次要到这儿来查房。在尤里·安德烈耶维奇的对面躺着加利乌林，他读着刚刚送来的报纸，对一则新闻非常恼火。尤里·安德烈耶维奇在读东尼娜的信，都攒了厚厚的一沓了。这时微风掀动信笺和报纸，传来了轻轻的脚步声。尤里·安德烈耶维奇抬起眼睛，看到拉拉走进了病房。

尤里·安德烈耶维奇和少尉都认出了她，可是他们彼此并不知道对方也认识。拉拉对他们俩都不认识。她说："你们好。为什么开着窗？你们难道不冷吗？"她说着，走到加利乌林跟前，问他感觉怎么样了。她一边问，一边拉住他的一只手，准备量脉搏，可是立刻又放开，自己也坐到床边的椅子上，一脸疑惑。

"真是想不到，拉里莎·费奥多罗芙娜，"加利乌林说，"我认识帕维尔·帕夫洛维奇，我和您的丈夫在一个团里。我还为您保存着他的东西。"

"不可能，不可能，"她重复地说，"您认识他。这太巧了。快告诉我整个事情的经过。他是不是死了？被人埋了？我知道，不要担心我，说吧。"

加利乌林没有足够的勇气说出真相。他决定告诉她一个让她感觉到安慰的谎言。

"安季波夫只是被抓了。"他说，"他带领自己那部分人在战线最前方，他们被包围，不得不投降。"

可是拉拉并不相信加利乌林的话。拉拉听了非常震惊，她慌忙跑到走廊上，因为不想让陌生人看到她的眼泪。

过了一会儿她又回来，外表已经平静了。如果她再和加利乌林讲话，准会哭。她径直走到尤里·安德烈耶维奇床前，心不在焉、例行公事地说："您好，哪儿不舒服？"

尤里·安德烈耶维奇刚才目睹了她的激动和眼泪，想问问她发生了什么事。他也很想说曾经有两次和她相遇，一次是在中学的时候，另一次是在大学，但又觉得他太热情了会引起对方的误会。接着他突然想起安娜·伊万诺夫娜睡在棺材里的模样和东尼娜的哭喊，于是就忍住了，反而说了一句："谢谢您。我自己就是医生，自己能照顾自己。什么也不需要。"

"我冒犯他了吗？"拉拉心里想，奇怪地看着这位鼻子上翘、其貌不扬的陌生人。

接连几天天气变化无常，一到晚上就有沙沙的风声，风是暖的，夹杂着湿润泥土的味道。

这些天不断从大本营传来一些奇怪的消息，内地也传来了令人焦躁不安的谣传，和圣彼得堡的电讯联系已经中断。处处见人们谈论政治。

护士安季波娃每天早晚各查房一次，也会对每个伤员包括加利乌林以及尤里·安德烈耶维奇说上三言两语。她心想：这真是个奇怪的人，年纪轻轻却没有礼貌。长了个翘鼻子，根本说不上英俊。可是他又聪明伶俐，灵活机敏，讨人喜欢。不过这并不重要。重要的是尽快完成自己在这里的工作，然后调到莫斯科去，这样和卡坚卡就离得近多了。到了莫斯科就要求解除护士的工作，然后回尤里亚金，到学校去工作。因为关于可怜的帕图利亚的情况都弄清楚了，一切希望也都落空了，所以没有必要再继续充当什么战地女英雄，如果不是为了寻找帕图利亚，她也不会来这儿。

不知道卡坚卡现在怎么样了？这可怜的孤儿，想到这里她又哭了。

她意识到了周围的一切都突然改变了，不久前还有责任和义务去热爱祖国，忠诚于军队，奉献于社会。可是现如今仗打败了，这才是最主要的灾难，因此所有的一切都失去任何意义。

突然间一切都变了样儿，言论变了，道德观也变了，你都不知道该思考什么，该听谁说话。仿佛一个一直牵着手走路的孩子，突然把手放开，要他自己学着走路。而且周围既没有亲人，也没有让你尊敬信赖的人。这个时候你觉得应该把自己交付给一些绝对的东西，像生命，真理和美。而不想让一些人类的各种法规支配自己。你要过一种比已往那种平静、安逸的生活更加充实的、无悔的生活。不过在她这种情况下，抚养卡坚卡成了拉拉的唯一的目的，她深刻地意识到了这一点。帕图利亚已经不在人世，如今拉拉除了是一个母亲外一无所有，她要把一切精力都倾注到卡坚卡这个可怜的孤儿身上。

尤里·安德烈耶维奇接到了来自莫斯科的消息，戈尔东和杜多罗夫未经他同意就把他的书出版了，而且这本书得到很大赞誉，预示他在文学上将大有作为。他还得知目前莫斯科似乎有一个重要事件即将到来，这种形势既让人兴奋又令人不安。民众的激愤情绪日益增强，严重的政治事件日益迫近。

夜深了，尤里·安德烈耶维奇昏昏欲睡。他一阵阵打盹，想着过去那些兴奋的日子能让他打起精神并克制住困倦。连窗外的微风都打着呵欠，一副睡眼惺忪的样子。微风仿佛在如泣如诉地说："东尼娜，舒罗奇卡，我想念你们，我是多么想回家，想回去工作啊。"在这微风的如泣如诉中，尤里·安德烈耶维奇半睡半醒，时而开心时而痛苦，犹如这多变的天气和不安的夜晚。

拉拉对他表现得那么关切体贴，怀念过去，并且保存着帕图利亚的遗物，可她居然连他是谁，来自哪里都没有问。

为了弥补自己的疏忽和失礼，第二天早上查房的时候，她详细询问了这位加利乌林的所有情况。

她不禁大声感叹："仁慈的上帝！布列斯特街二十八号，季韦尔辛一家，一九〇五年革命，那个冬天，尤苏普卡？我不记得见过他，他一定不会介意这些。可是就在那一年，那个院子！对，是有这座院子，也正是在那一年！"这一切像生动的画面浮现在她的脑海。还有当时的那些枪声，还有她当时叫什么来着，是《基督的审判》吧！小时候第一次所带来的感受，这印象真深哪！"对不起，请原谅，少尉，您怎么称呼？哦，对，您已经告诉过我了。谢谢，奥西普·吉马泽特金诺维奇，是您唤醒了我那些美好的回忆。"

一整天她都想着"那座院子"并自言自语。

想到以前布列斯特街二十八号正在打仗，现在简直更加可怕了！这可不是那些男孩子们玩的游戏枪。那些男孩子已经长大成人，而且都在这儿，都在军队里，贫穷的他们以前都住在像那样的房子里，都来自像那样的村庄。这简直太不可思议了！

病人们只要不是卧床不起的，都从房间里跑进来，有的拄着拐杖，大家争先恐后地喊着："重大新闻！圣彼得堡街上已经打起来了！圣彼得堡守卫部队已经站到了起义者的这边！革命开始了！"

第二部分

第五章 挥别过去

1

小城名为梅留泽耶沃，坐落在一片肥沃的黑土地上。部队和辎重车队穿城而过，扬起漫天灰尘，仿佛是成片的蝗虫密布天空。有两股从早到晚不曾中断的车流和人流，一股是开往前线的，另一股是从战场上撤下来的，很难说这仗到底是在继续打还是已经结束了。

每天，新任务会如雨后春笋般冒出来。一些人，如日瓦戈、加利乌林中尉和护士安季波娃，以及他们部队的其他几个人，都会被选去担任这些职务。这些都是见多识广、阅历丰富的城里人。

他们暂时代理市里的几个公职，还兼任部队和医疗队的小政委。对于那些烦琐的工作，他们倒显得不紧不慢，非常悠闲，像在户外玩游戏，全以娱乐为目的。但随着日子一天一天过去，他们愈加感觉到，是时候结束这些杂七杂八的事情，回到他们正常的工作和生活中去了。

由于工作的关系，日瓦戈和安季波娃时常碰面。

2

乌黑的烟尘被雨水搅拌成咖啡色的泥浆，覆盖在没有石砖的街道上。

这是一座小城市。几乎在任何一条街道放眼望去，直到尽头，能看到的也只是灰暗天空下那一片忧郁凄凉的景象，那里正是战争和革命的发生地。

尤里·安德烈耶维奇在给妻子的信中写道：

“我曾经巡视驻地附近的几支部队，部队里依旧十分溃散和混乱，我们正在想办法严格军纪，振奋士气。

“还有一件事，可能我很早已经给你提到过，可是我必须再说一下，就是我现在和安季波娃一起工作，她是乌拉尔人，从莫斯科来的一名护士。

“还记得那个女学生吗？就是在你妈妈去世的那个可怕的夜晚，向检察官开枪的那个女孩？她肯定后来受审了。我记得跟你说过，这个女孩还在上中学的时候，我和米沙见过她，就在你爸爸带我们去的那个蹩脚的小旅店里。我现在已经想不起来那时候去那里是要办什么事了，但是那真的是一个非常寒冷的夜晚，好像就是在普列斯纳发生武装起义的时候。而那个女孩，就是安季波娃。

“我好几次设法想要回去一趟，但是这事并没有想的那么容易。不是工作忙的原因，这里的工作我们很容易找到别人帮忙代班，最大的问题是交通。这里要么就是没火车过来，要么就是人多得根本挤不上去。

“当然，不可能永远都这样。有几个退役的和辞去职务的人，包括我、加利乌林和安季波娃，已经下了决心下周无论如何我们都要离开。我们会分别在不同的日子启程，这样能坐上火车的几率大些。

“所以，说不准哪一天我会突然回到家，不过我会尽量事先发个电报给你的。”

然而，就在他动身前，他收到了妻子的回信。这封信里，妻子悲痛欲绝，信纸上满是泪痕，妻子写信时不时停笔拭泪的样子浮现在他的眼前。信中，妻子乞求他索性不要再回莫斯科了，和那个优秀的女护士直接去乌拉尔吧，因为她经历的那些传奇性的遭遇如此玄妙，东尼娜那种平庸的生活是无法与之同日而语的。

“不用担心萨申卡的未来，”她写道，“也不必为了他觉得愧疚。我向你保证，我会把他养大成人，按照他从小时候你在家里立的那些规矩来教育他。”

尤里·安德烈耶维奇立刻回信道：“你简直是疯了，东尼娅！你怎么能这么想！难道你不知道，难道你真的不明白？如果不是有你的支持，如果不是有了对你和我们家的思念和忠诚，我是无论如何也挺不过这可怕的、毁灭性的两年战争！现在我说什么都是多余的，不久我们就会重聚了，我们会开始新的生活，我会向你证明一切的，看着吧。

“不过，你这封信倒是引起了我另外的忧虑。如果我这封信让你误解的话，那我的行为一定是有什么不当的地方，这是我的错，我不但让你误解了，而且也一定误导了安季波娃。她去了附近的几个村子巡视，等她一回来，我会立刻向她道歉。地方自治会过去只有在省、县才有，如今在下级机构乡里也有建立。安季波娃是要去那里帮助她的一个在这些单位的立法机关当检察员的朋友。

“虽然我和安季波娃住在同一栋楼里，但是至今我还不知道她到底住在哪个房间，你听了一定觉得很好笑吧。是的，其实我从来也没想过要去找她。”

3

有两条主路穿过梅留泽耶沃，一条是往东的，一条是往西的。其中一条土路穿过森林直达济布申诺。那是一个专门做粮食买卖的地方，虽然它在各方面都远优于梅留泽耶沃，但是它隶属于梅留泽耶沃。另一条是碎石路，通往比留奇，那里的沼泽地一到夏天就干涸。比留奇是离梅留泽耶沃最近的一个铁路枢纽站。

六月份，济布申诺成了一个独立的共和国，它是由当地的一个磨坊工人布拉热依柯宣告成立，依靠的是二百一十二步兵团的部分逃兵。这些逃兵是在革命期间携枪逃离了阵地，穿过比留奇来到了济布申诺。

共和国并不承认这个临时政府，而且它从俄罗斯分裂了出去。

曾经一度和托尔斯泰有书信往来的异教派分子布拉热依柯，宣告在济布申诺建立永久统治政权，实行集体劳动和财产共有制，并且把原来乡的行政机关改叫作使徒会。

济布申诺老是有传奇夸张的事出现，这种事都已经不足为奇了。混乱时代都已经有了这方面的文献记载，在环绕这座城市的密林里，后来还常常会有强盗出没。众所周知，这里有不少殷实可靠的商家，还有仿佛神话中才会有的肥沃的土壤。有许多在临近边关的西部地区非常著名的信仰风俗和特色方言，都源于济布申诺。

现在正在热传的一些离奇的事，主要都是关于布拉热依柯的那位得力助手的。据说那位助手本来是个聋哑人，不知怎么搞的，仿佛得到神助，突然能言语了，可后来又突然不能说话了。

共和政府只维持了两周。六月份，一支效忠临时政府的军队开进了这座村庄，那些残兵败将逃到了比留奇。那个铁路枢纽两旁方圆几里的森林很早以前就让人给砍得干干净净。现在，那儿的老树桩长满了野草莓，地面上是一些废弃的柴垛，还有几间以前那些季节性伐木工住过的破烂的小土屋。那些逃兵就在这里驻扎了下来。

4

日瓦戈医生先前在那休养过、后来也没有离开并在那里做了医生的那家医院，就坐落在扎布林斯卡娅伯爵夫人的旧别墅里。伯爵夫人从战争一开始就把它捐给了红十字会。

这座两层别墅坐落在城里主街道和一个名为中心广场的交叉点上，是梅留泽耶沃最好的地点。这片广场名为普拉兹广场，以前士兵们常在这里出操，晚上还常有些大会在这里举行。

这座房子的视野很开阔，能很好地看清楚周围的景物。除了那条主要广场和街道以外，还可以看到一个毗邻的小农庄，农庄主虽说是个城里人，可那副寒酸的家当，简直和贫农没什么两样。伯爵夫人的旧花园就在别墅的后面。

扎布林斯卡娅在县里还有一个名为“逍遥居”的大庄园，这里的这所旧房子，她只是偶尔来这里办事的时候小住一下，夏天的时候，如果有从远道来的客人，这座房子也用作聚会点。

现在，这所房子成了一家医院，她的主人此刻被关在皮特斯伯格的监狱里，她也曾在皮特斯伯格居住过。

在她那数目惊人的佣人里，只有两个女佣人离开了。一位是女厨师乌斯季尼娅，另一位前任家庭教师弗列里小姐，她的两个女儿都已经出嫁了。

弗列里小姐面色红润，满头的花白头发总是很凌乱，整天拖着一双便鞋，穿着一件破旧的罩衫，在医院走来走去帮忙，虽然是在医院里，可这身打扮，就像她以前在扎布林斯基家一样。她常用她那并不流利的俄语讲述着老掉牙的故事，把每个词的尾音都按照法语的习惯吞掉了。讲话时还爱摆个很搞笑的动作，摇头晃脑的，最后会咳嗽着，以一阵嘶哑的大笑结束每一个故事。弗列里小姐深信不疑自己对护士安季波娃十分了解，觉得护士和医生天生就具相互吸引的魅力，注定会在一起。强烈撮合别人成对儿的热情仿佛是她与生俱来的，每当看到他们成双成对时，弗列里小姐都十分开心，用手指比画着一些甜言蜜语，还调侃似的朝他们使眼色。这常常使安季波娃觉得莫名其妙，也常常真的会惹恼医生。可是，就像其他脾气古怪的人一样，这位老小姐坚持认为自己是对的，不管怎么着，她都不认为自己的感觉有错。

乌斯季尼娅则更能称得上是一个古怪无常的人了。她笨手笨脚的，加上她那上宽下窄的体型，看起来活像一只抱窝的母鸡。她是个单调乏味的人，但是非常精明，有时甚至可以称得上心狠手辣，而这个过分清醒的头脑却有着极强的幻想力和对迷信的痴迷。乌斯季尼娅出生在济布申诺，据说是当地一个巫师的女儿，她通晓很多咒语，每次出门前，如果不对着火炉和钥匙孔嘟囔上几句那些她认为是绝对能避祸驱邪的咒语，她是绝对不会踏出门槛半步的。她能够做到一直沉默，可是一旦爆发，那股只为真理而战的激情就会如山洪暴发般剧烈，没有什么能够阻挡得住。

济布申诺共和国倒台以后，梅留泽耶沃的执委会就发起了一场思潮运动，反对无政府主义。每天晚上，操场上都举行和平集会，与会的人也不多，都是些整天无所事事的小市民和以前常聚在消防队门前那片比较空旷的地方扯闲话的那群人。梅留泽耶沃的文教干事对这种集会倒是很支持，还常从自己那里派去或是从外地邀请一些演说家来主持这种讨论会。那些人无论如何也不相信济布申诺市那个会说话的聋哑人的故事，觉得那简直是无稽之谈，并且不断地在讨论会中提到那是一件多么可笑的事。可是，梅留泽耶沃的小工匠、士兵的妻子以及那些以前的侍女们都对这事的真实性坚信不疑，一点都不认为它荒唐可笑。

在这些为聋哑人事件进行辩解的人群中，乌斯季尼娅最活跃。起初，出于女人的矜持她还畏手畏脚的，但是梅留泽耶沃的那群人，言辞激烈，顽固不化，乌斯季尼娅在与他们的争执中，变得越来越勇敢。这样一来一去，她最后竟成了一位很专业的演讲者。

只要医院的窗户敞开着，就能听见操场上热闹的讨论声，要是在安静的晚上，甚至都能零星地听见一些人具体在讲些什么。只要是乌斯季尼娅发言了，弗列里小姐就常常会赶紧跑到有人的房间里，催着大家赶紧出来听，“讨论……乱成一片啦……政府……教会……那个哑巴的事……叛国贼！叛国贼！”她模仿着乌斯季尼娅叫道，发音并不标准，但是绝没有嘲笑的意思。

这位老小姐暗暗地为这个伶牙俐齿的厨师引以为豪。虽然这两个女人见面就斗嘴，跟一对儿天生的冤家似的，但是她们都还是很关心对方的。

5

尤里·安德烈耶维奇正准备着离开，走之前他要去熟悉的人家和单位的朋友那去道别一下，还要申请必要的证明文件，才能离开。

那时，当地前线部队的一个新政委要去部队，路过这儿歇歇脚。对这个人，当地的人一直认为，他只是个没有经验的毛孩子而已。

上面正在谋划着一场大规模的进攻，必须竭尽全力去振奋士气。于是，成立了军事法庭，还恢复了不久前才被废除的死刑。

离开前，医生必须到城防司令那里去开个证明。

他的办公室里常常都是挤满了办事的人，办公室里站不下的，都只能排到街道上等。想要挤到他的办公桌前说句话，这事压根想都别想，而且有几百个人在那叽叽喳喳的，你根本什么都听不见。

这一天并不是接待日。几个文员在空荡荡的办公室里默默地写着东西，心里抱怨着公文程序越来越复杂，还不时地相互使眼色，自我嘲讽着。首长的办公室里不时传出欢快的谈笑声，不用说，那些领导们肯定都在那儿敞开着制服领子，舒舒服服地喝冷饮。

加利乌林从里屋出来，一看到日瓦戈，就兴奋地招呼他过去一起热闹热闹。

反正医生也是要进去找首长办事，就跟着进去了。一进办公室，他才发现那间屋子真是乱得出奇。

这个新政委站在台子的正中间，俨然已经成了这个小镇的风云人物，他不踏踏实实地去干自己的活儿，反倒在这口若悬河地讲着些与工作无关的条款条例。

“这位也是我们的明星。”县长介绍医生给政委，可是那个政委正在自我陶醉，看也没看一眼。县长拿起医生放在他面前的文件，很友好地挥手示意日瓦戈坐到屋子中间的软椅上，然后转过来在文件上签了字。

这屋里，只有日瓦戈一人端正地坐着，其余的人怎么舒服、怎么安逸就怎么坐，各种各样奇怪的姿势都有。县长模仿着皮却林的模样，一只拳头托着腮摆沉思状，几乎横躺在他的办公桌上；他的助手，那个又矮又壮的男人，坐在沙发的扶手上，两腿夹着个凳子，跟骑马似的；加利乌林则反身骑在一把凳子上，双臂叠放在椅背上，头很舒适地靠在上面；而那个年轻的政委一会儿双手撑在阳台上到处张望，一会儿又在屋里上蹿下跳，要不就是迈着小碎步走来走去，一会儿也不见他消停。他不停地说着，讲的都是比留奇逃兵的事情。

这位政委，跟以前日瓦戈听说的一模一样，是个瘦瘦的小伙儿，不过二十出头的样子，身材很匀称，一看就是个斗志昂扬的青年。据说他出身很好，有人说他是议员的儿子，而且是二月间第一批率领自己的连队转向国家杜马方面的军官之一。他可能姓金茨或者金采，医生记不太清楚了，一开口就引人注目，一口纯正的圣彼得堡发音，带点波罗的海东部沿岸的口音。

他穿着一身紧身的正装。大概是因为年轻，这样的装扮和场合，他自己也觉得挺不自在，为了看起来成熟一点，他故意板着脸装出严肃的样子，还刻意地弓着腰，显摆他的肩章，双手深深插在裤兜里，俨然一副标准的骑兵架势，从两肩到双脚都可以拉成两条直线。

“离铁路不远的地方驻扎着一个哥萨克团，”县长向政委说明情况，“是个很可靠的红军团，把他们调过来镇压暴乱分子，事情很快就能解决了。军团的司令很着急，命令他们立刻解除武装，一刻也不能耽搁。”

“哥萨克？没门的事儿！”政委怒吼道，“现在不是1905年，我们也犯不着再用革命前的那些手段。在这点上，我不以为然，您的将军部下们太自作聪明了。”

“还没有付诸行动，这只是一个计划，一个建议。”

“我们已经和总指挥协商好了，不会干预具体的作战计划和行动。我还是要调动哥萨克团，让他们过来。但是，从我个人角度来讲，我会明智地去决定该做什么。他们已经在那边宿营了？”

“我看是的，不管怎么样，设防还是必须的。”

“这样最好了，我倒是想去那儿见识见识这窝强盗。不过先生们，尽管他们可能是暴乱分子，甚至是逃兵，可他们仍然还是老百姓。对待他们要像对待孩子一样，要内心深处真正地了解他们，去发掘他们的优点，用正确的方法引导他们，要善于找出他们内心深处最美好、最敏感的心弦，然后谱出最美的乐章。”

“我会去他们那里，和他们推心置腹地聊聊。看着吧，他们一定会迷途知返，弃暗投明。信不信我？要不打个赌怎么样？”

“说不准，不过，但愿你是对的。”

“我会对他们说，‘拿我为例吧，我是家里的独子，全家的希望都寄托在我身上，我也是把一切都豁出去了，放弃了所有的东西——名誉、家庭、地位，全身心投入，为自由而战，这种自由是世界上其他任何一个国家的人民都不曾拥有的。这就是我正在奋斗的目标，许多像我一样的年轻人也是这么选择的，更不用说那些光荣的先驱们和那些因为在为保卫人民权利而战的斗争中的被俘者，被送到西伯利亚当苦工以及被抓到监狱里的人了。难道我们做这些都是出于自己的私心？难道我们非要做这些事不可？而你们呢，你们已经不再是与社会毫无关系的个体，而是世界上第一次武装革命的战士，你们扪心自问：你们是不是对这个荣誉称号受之无愧？此刻，我们的国家正陷于水深火热之中，正在用最后一丝力气挣扎着去甩掉那些恶毒的敌人，而你们，却甘心受那群乌合之众的愚弄，宁愿自己沦为毫无政治觉悟的败类、一群放纵而又贪得无厌的恶棍。你们就像俗话说的那样，放养在餐桌下的猪，还不知足、放纵地跳到餐桌上来。’嘿，我可是再了解他们不过了，我要让他们为自己的行为而感到羞耻!”

“不行，那样太冒险了。”县长一边以试探的口气反对着，一边还迅速地给他的助手使了个眼色。

加利乌林竭力劝说政委，想让他放弃那种疯狂的想法。因为以前曾在第二百一十二步兵团隶属的前线部队服过役，他很了解那群无法无天的家伙。可是政委根本就没听进去。

尤里·安德烈耶维奇一直都试图起身离开。面对政委那些天真的想法和行为，他觉得很尴尬，不知道要说他什么好。而那个老奸巨猾的县长和他的助手，是两个善于隐藏自己，等着看别人笑话的自作聪明的人，也比他高明不了多少。一个愚蠢至极，另外两个聪明得过了头，真是绝配。这些都从他那些没完没了的废话里表现出来了，那些废话没有一句说到正题上，表达还不清楚，完全脱离实际情况。

啊，多么想有片刻的安宁，远离人们这些毫无意义而又枯燥无味的长篇大论，在安静祥和的大自然里寻找一处栖身之地，或是永远地沉醉在劳作的快乐中，再不然就索性放纵与酣睡在音乐和人类心灵相通的默契中！

医生突然想起来他要和安季波娃谈一谈，虽然这次谈话肯定会让她不高兴，但是他必须这么做，想到马上就能见到她，给她讲清楚一切，他就不禁高兴起来，即使这次谈话会让他付出很大代价，他也觉得这是值得的。安季波娃好像暂时还不会回来。医生抓住机会起身就溜走了，没人注意到他的离开。

6

安季波娃已经回来了，是那位老小姐告诉他的，并且说她很累，匆匆吃完晚饭后就到楼上自己的房间休息去了，而且让别人不要打扰她。“但是如果我是你的话，我会上楼去找她试试看。”老小姐建议道，“我肯定她还没睡着。”“她的屋子是哪间？”医生问道。这一问，把老小姐惊讶得不轻，几乎半天没说出来话。安季波娃住在顶楼上走廊尽头的那个房间，就在几个上了锁的房间的旁边，那几个房间是女爵士用来放家具的，医生从来都没去过那边。

天色慢慢暗了下来。暮色下，房子和篱笆的轮廓已经融为一体，分不清彼此。窗户里的灯光照到院子里，庭院深处的树木能看得更清楚。夜晚很是闷热，只要稍稍一动就汗流不止。煤油灯的光照到院子里，那光束就像几条脏兮兮的水流顺着树干淌下去。

走到楼梯口，医生停了下来。他觉得现在去找安季波娃，就算只是去敲一下她的门，也不怎么合适，刚结束旅途的她现在已经疲惫不堪，现在去打扰她多少有点不礼貌，会让人觉得很尴尬。还是明天来找她为好。改变了主意，他感到一阵失落，走到走廊的另一头，那边有个窗户，从那儿可以看到邻家的院子，医生从窗口探出身子向外望去。

夜晚宁静得让人产生一种神秘感。在他旁边的走廊里，可以听到水滴有节奏地滴到水盆里的声音。窗外不知哪个神秘的地方有人在闲聊。菜园里，有人在给黄瓜地浇水，把水从井里打出来，从一个桶倒到另一个桶里，提水的铁链发出叮叮当当的声响。

各种花香此刻弥漫在空中，而那仿佛是沉睡了许久的大地此刻被醉人的花香唤醒了。公爵夫人那个仿佛有了几个世纪历史的花园里，到处都是横七竖八的树枝，挡在那儿，路都没法走，一棵古老的菩提树开满了花儿，香气弥漫园中，仿若一堵高墙。

右边篱笆外的街道上传来熙熙攘攘的声音，零星的歌声、醉酒士兵的叫骂声，还有用力关门的声音等等，都能听得到。

在公爵夫人的花园里，乌鸦巢的旁边，升起了一轮圆月，大得出奇，呈暗红色。起初，它看起来很像是济布申诺的那座砖砌磨坊的蒸汽磨粉机，接着颜色慢慢变黄，很像比留奇的那个水塔。

窗外的院子里，新割的草坪散发着茉莉茶花般的清香，还能隐隐嗅到颠茄的味道。不远处拴着一头牛，是才从远处的村子买来的，这头牛已经劳作了一整天，这会儿疲惫不堪，它怀念着以前和其他牛在一起的日子，怎么也不肯吃它的新女主人给它送来的饲料。

“嘿……嘿……干吗呢，这家伙，不要顶人，乖乖的……”女主人轻声哄道。但是这头倔牛根本就不听，使劲儿地晃着脑袋，伸长了脖子，愤怒地嗷嗷叫着。在梅留泽耶沃那一排黑色的仓房后面，星光洒满天空，天地之间仿佛延伸着无数条看不见的同情之线，另一个世界的牲畜家族正通过这些线传递着它们对这头牛的同情。

所有的一切都如同是在神奇酵母的作用下不断地发酵、胀大、升腾。生活的快乐犹如一阵柔和的风，毫无保留地扫遍田野和城市、抚摸着墙垣和篱笆、穿过树林、轻抚在人们的身上。医生并没有因为这种惬意而忘了正事儿，起身走向广场，他要去广场听听人们在谈论些什么。

7

这会儿，月亮正高挂在空中，月光洒了一地，就像给地上刷了一层厚厚的白漆。几座办公楼把广场围了半圈，楼前几根大柱子将宽大的影子投在广场的空地上，就像给那片空地铺上了黑色的毯子。

集会在广场的另一侧举行。如果仔细听，老远都能很清楚地听到广场上的人在说些什么。不过，眼前美丽而又壮观的景象却让医生看呆了。他没有去听那边在说些什么，而是坐在消防队大门前的一条长凳上，开始环顾四周。

广场的周围有几条死胡同，都是泥巴路，跟乡村的羊肠小道没什么区别，胡同的两旁都是一些破旧低矮的房子。泥泞的地面上立着柳条编的长栅栏，像是翻到池塘里的篓子，又像是捉螃蟹用的篮筐。那些低矮的房子的窗户敞开着，常可以看到微弱的灯光闪烁着。在前面的那个小花园里，玉米那甜甜的红颗粒和黄得似乎冒油的玉米须向房间这边生长着。一棵干瘦的蜀葵歪斜着立在篱笆的旁边，深邃地看着篱笆另一边的天空，就像一个穿着睡袍的女人因为受不了屋里的闷热，走出来透透气。

月光朦胧而动人，悉心感受，就仿如一双爱抚的手抚摸着你，那是上天的礼物。就在这梦境般美妙宁静的夜色中，突然传来熟悉的声音，好像最近在哪儿听到过，是一个人慢慢的、有节奏的讲话声，那声音热情而又饱含自信。医生仔细听着，立刻就分辨出那人是谁了。那不就是政委金茨正在广场上演讲吗？

很显然，这是地方当局想通过他取得上级的支持。他愤怒地指责梅留泽耶沃的人缺乏组织性，轻易地就受布尔什维克的蛊惑而开始动摇了，布尔什维克是些什么人？他们是济布申诺事件真正的幕后主使。热情不减，他用对军人讲话的口气不断地说着，不断地提醒大家敌人的强大和残忍以及国家面临的危机。但是说着说着，那些群众就开始打岔了。

大会的组织者一直都在设法维持会场秩序，想让群众保持安静，但是还是不时地传出抗议声。反对的声音一阵高过一阵，越来越响。一个陪金茨一起来的人，现在是这个大会的主席，他叫嚷着要大家遵守秩序，不要随意发言。人群里的一个女公民想要讲几句，但是一些人很严肃地说，如果她再不安静的话，就让她离开。

一个女人费力地在人群穿挤，朝那个用作讲台的大木箱走去。她并没有打算上演讲台，只是站在了旁边。大家都认识这个女人，一看到她就立刻安静了下来。她就是乌斯季尼娅。

“政委同志，您刚提到了济布申诺，”她说道，“而且提到要我们睁大眼睛看清楚——您说我们要搞清楚真相，不要上当受骗——但事实上您自己是怎么做的呢，您所做的一切都只不过是在玩弄文字游戏，一直提到‘布尔什维克’‘孟什维克’，可事实上关于它们的具体信息，您什么也说不清楚。所有的关于不要再有战争，要待人如手足之类的说法，我自己认为是很有道理、很神圣的，但是那并不是孟什维克，还有说法提到那些作坊和工厂要交给穷人等等，那也不是布尔什维克，那些不过都是人类天生就有的同情心而已。至于那个聋哑人的传闻，我们已经听够了，那件事简直成了你们每个人茶余饭后不可或缺的谈资。你们一直抓着那件事不放到底有什么意思？难道就只是因为一个哑巴没有经过你们的允许就突然开口说话了？好像这是多大的一件奇事一样！那有什么好奇怪的，比这离奇的事还多的是呢。拿那头母驴为例吧，那头驴能开口说话，这是众所周知的。‘瓦拉穆呀，瓦拉穆，’她说，‘听我的，不要到那儿去，算我求你了，不然你会后悔的。’可是，毫无疑问，他根本就不会听，照直往那个方向去了。您说的聋哑人，也和这个差不多。他心想：‘就凭你一头蠢驴，我凭什么要听你的啊，你只不过是头畜生而已。’他嘲笑着那头驴，可后来他就后悔莫及，结果我想大家也都知道是什么样了。”

“结果怎么样？”一个人十分好奇地问道。

“够了，”乌斯季尼娅大声说道，“天天瞎操心，你会未老先衰的。”

“不行，不行，你得告诉我们结果是什么。”那个人还是刨根问底、抓住不放。

“好吧，好吧，我告诉你，你真是够烦人的。那个人最后变成了一个盐柱子。”

“你搞混淆了，变成盐柱子的是罗得，是在‘罗得的妻子’那个故事里。”下面有人叫嚷道。所有的人都大笑起来。主席让大家安静下来，而医生则回去睡觉了。

8

第二天晚上，医生见到了安季波娃。那会儿她正在储藏室，面前摆了一堆已经熨好的衣服，她还在继续熨着剩下那些没熨完的衣物。

储藏室是顶楼最后那排房子里的一间，门朝花园的方向。屋子里，茶具和食物都已经摆放好了，那个哑巴佣人已经把盘子收拾好了，准备送到厨房去。医院的物品清单也在这儿，人们在清点瓷器、银器和玻璃器材等等，闲暇的时候会到这里来聊聊天，开个小会之类的。

窗户敞开着。屋里面弥漫着盛开的菩提花的香气，还混着葛缕子干枝的苦味，仿若置身于一个古老的花园。两只熨斗加热后，还可以闻到淡淡的炭火气，拉里莎·费奥多罗芙娜把它们轮换着放到蒸汽管子上加热，这样她就可以一直有热熨斗熨衣服了。

“说吧，怎么那天晚上没有来敲门？老小姐都告诉我了，不过还好您没来敲门，我都睡下了，没法让您进来。怎么样，您最近还好吧？那边有炭火，小心别弄脏了您的衣服。”

“看起来，您好像是在给整个医院的人清理衣物？”

“不是的，大部分是我自己的。您知道吗？您一直跟我开玩笑说我永远也摆脱不了这个城市，看吧，这次可是来真格的，我真的要离开了。这会儿，我正在收拾东西，准备打包。等我都收拾好了就要离开了。我回乌拉尔去，而您则赶往莫斯科。如果某天有人问你，‘您听说过梅留泽耶沃这个小镇吗？’您可能会回答道，‘哦，那是哪儿，我没印象。’‘谁是安季波娃？’‘没听说过，不认识。’”

“那是绝对不可能的。您的旅途还愉快吗？乡下是什么情况？”

“说来话长。这熨斗怎么这么快就凉了！麻烦把另一个熨斗递给我好吗？它在那儿，看，就是管子上放着的那只，还要麻烦您把这个放到管子上，谢谢啦。每个村子的情况都不一样，要看村民他们是什么样的了。有些村子的村民很勤快能干，村子的情况就会好点。还有些村子，那里的人好像天天都在混混沌沌地混日子，地都荒了也没人管，真是看着都让人心寒。”

“怎么会这样！天天混日子？您确实了解到了很多情况！但是问题是村里根本就没什么劳动力，青壮年都去当兵了。新成立的革命区的自治会那儿现在什么状况？”

“在那些混沌混日子的村民这个问题上，我觉得您判断错了，我一点也不赞同您的说法。地方自治会？那地方注定不是个平静的地儿。上级的方针政策在那没法落实，没人配合工作。现在，所有的农民，他们只关注土地问题，别的一概不理会。中途我还在拉兹多利诺耶逗留了几天，那儿真漂亮，有机会的话您一定得去好好看看。去年春天，那里被洗劫了，之后还放了把火，仓库烧毁了，果树也烧得不像样子，房子上还残留着烟熏的痕迹。我没去过济布申诺，但是那个聋哑人的事儿是真的。有人见过他，还描述了长相，据说是个受过教育的年轻人。"

"昨晚乌斯季尼娅还在广场上替他申辩呢。"

"我刚一回来，就看到从拉兹多利诺耶运来的一大堆旧家具。我已经说过几百回了，让他们别动这些家具，我们自己还没用呢！今天早上，卫戍司令部又派人送来县长的一张条子，上面写道：他们急需这套银质茶具和水晶玻璃杯，这事攸关生死，非常重要，就只是借用一个晚上而已，事后一定及时归还。可谁知道他会不会还啊，多半都是有去无回，这事儿我见得多了。他们要举办个晚会，好像是要欢迎来访者什么的。"

"我能猜到是谁要来，是一位新政委，才调到我们区的前线部队。上面打算派他来处理那些逃兵的事，对他们实行包围政策，逼他们缴械投降。这个政委还是个毛头小子，根本什么都不懂。当地政府想要调动哥萨克军团进行镇压，可是他呢，他以为说教就能解决这些问题，真是无知。他说着老百姓就像孩子之类的话，还以为这是在玩过家家呢。加利乌林苦口婆心地劝他不要这样干，说这是养虎为患，可他根本听不进去。'这个问题就交给我吧。'他自信满满地说道。但是，这样一个倔脾气的人，一旦他打定主意要干什么事，九头牛也拉不回来。您先放一放手里的活，听我说完。这里很快就会出大乱子了，对此我们都将无能为力。我希望您无论如何要在出乱子前离开这个是非之地。"

"不会出什么乱子的，您小题大做了。我这不就要走了吗？但是，我总不能甩手就走，丢下这些事什么都不管吧，我得把仔细核对过的库存清单交上去，我不想让人觉得我是监守自盗，溜走了。可是要谁来接手这个工作呢？这真是个伤脑筋的问题。为了管理好这个乱糟糟的仓库，我费尽了心思，换来的却是没完没了的猜测和抱怨。扎布林斯卡娅捐给医院的财产，我都登了记，因为这是法定的程序。现在他们却说，我是故意这样做的，就是为了保护伯爵夫人的财产。真是卑鄙，纯属诬陷！”

“别再在那些瓷器和地毯的事儿上纠缠不清了，让它们通通见鬼去吧。何必为了这些无聊的事搞得心烦意乱的！唉，真希望我昨天就见到您。我昨天都想好了，本来打算把所有的事情都跟您说清楚，把所有该死的问题都理理顺！我是说真的，您知道，这不是开玩笑，我真想一下子把肚子里的话都倒出来，我想跟您聊聊我的妻子、孩子，还有我自己……真见鬼，难道成年男女之间就不能有正常的友谊吗，他们之间的交流就一定要带着一种不可告人的目的吗？让那些目的都见鬼去吧，真是无聊！

“请您接着熨衣服吧，把那些衣服都熨得平平整整的，我说我的，您不用管我，我还有很多话要说呢。

“看看我们周围都在发生些什么事吧！而您和我在这样的乱世里生活，真是百年不遇的机遇！想想看吧，整个俄国就像是已经被掀掉屋顶的房子，您和我，还有所有其他的人，一下子都暴露在光天化日之下！没有人监视我们，多自由啊！这是真正的自由，并不只是嘴上说说那样，这种自由，真是从天而降的惊喜，简直出乎我们的意料。不过，这也是我们偶然之间、无意中获得的自由。

“每个人都是那么的伟大，心宽如海！不知道您注意到了没？仿佛每个人都臣服于自己的伟大之中了。

“接着干您的活吧，我说过，您只管听就行了。我说这些，您不烦吧？我给您换个熨斗。

“昨天晚上，我在广场上看了会儿他们的集会，真是大开眼界！我们的母亲，俄罗斯，这个伟大的国家，她已经苏醒，孕育着生机，她不停地说着，她有好多话要讲，她要告诉世人一切。这不仅仅是几个群众在发表言论，而是一个国家。漫天的繁星和大树们娓娓而谈，夜里，花草们也探讨起人生哲理，一座座房子也开起了小会。这跟福音书上说的一模一样，难道不是吗？还记得使徒时代吗，那个叫圣保罗的？要用心灵去信奉神，祈祷人们能够相互理解。”

“您说满天的星星以及地面上的树木也在交谈，我明白您是什么意思，我曾经也有过这样的感觉。”

“一半儿是因为战争，一半儿是革命的原因。战争是人的生命中一个奇妙的插曲，就像生命会因此而推迟一段时间一样，这简直是无稽之谈！战争把人们的生活搞得一团糟，把人压抑得喘不过气来。每个人都感受到了，仿佛都在经历一次重生、蜕变、升华。您可能会说，每个人都已经历了两次革命——个人的，和共同的。对我来说，社会革命就像海洋，那些个人的革命蜕变都如同一条条小溪流一样，最后都汇集到海洋，那是生活的海洋，是最自然的生命过程。说到生活，我这里指的是那种如画般的生活，是经过人们的创造而日益饱满且充满智慧的生活。不同的是，现在的人们对它的期望不只是停留在书本和图画里，他们不会只靠想象来满足自己，他们现在要通过自己的实际行动来把这种生活变成现实。”

医生的声音开始颤抖，他越说越激动。安季波娃放下手里的活儿，严肃而又吃惊地看着他。这一看，倒把医生给搞迷糊了，他突然忘了自己正在说些什么。看似有点尴尬，他停顿了一下，过了一会儿，他又开始滔滔不绝地说起来。

“这段日子，我有一种强烈的愿望想要真实地活着，想要活得有意义一些。因此，我非常希望能够加入这场革命！那一刻，虽然沉浸在无限的快乐中，我却发现了您那叫人猜不透的郁郁寡欢的眼神，仿佛迷失在远方。我多么希望是我自己看错了啊！我希望从您脸上看到的是对命运恩赐的欣喜，因为自己不用求别人什么而感到的快乐。如果有一位您亲近的人，您的朋友或是您的丈夫，他肯拉着我的手，告诉我不用再为您担心，也不必再用自己的关心给您徒增烦恼，要是能那样我就放心了。不过，我肯定会使劲儿挣脱，挥手谢过……唉，看我都在说些什么，我说得有点过火了，请不要介意。”

医生的嗓音又一次暴露了他的情绪。他没有再解释了，此刻的他感到很无助，起身朝窗户那边走过去。靠在窗台上，手托着脸，他呆呆地望着那片漆黑的公园，思绪万千，试着去寻求片刻内心的宁静。

熨衣服用的木板一头搭在椅子上、另一头靠在另一个窗台上，安季波娃绕过它，在屋子的中间站住了，离医生只有几步远。“那就是我常常会担心的事，”她声音很轻，就像是在自言自语，“我本来不应该……不，尤里·安德烈耶维奇，请不要这样想。天呐，看看因为你都出了什么事！”她惊呼地朝熨衣板跑过去，熨斗下面冒着烟，还有糊糊的味道，那件女士衬衫被烫了个洞。

她气恼地把熨斗砰的一声放到炉盖上。“尤里·安德烈耶维奇，”她说道，“你清醒点好不好，到楼下老小姐那儿去歇会儿吧，喝点水再回来，我希望你回来的时候还是以前的你。听见了吗，尤里·安德烈耶维奇？我知道你能行的，去吧，我求你了。”

他们以后再没有像这样聊过，一个星期后，拉里莎·费奥多罗芙娜离开了。

9

又过了一段时间，日瓦戈也准备回家了。他离开前的那晚，下起了可怕的暴风雨。肆虐的狂风卷着倾盆而下的大雨，雨水有时只砸在屋顶上，有时候又随着风向的改变顺着街道泼去，仿佛是在以雨水为鞭，为自己抽开一条道路。

响雷一个接一个，连续不断，恍如有节奏的乐章。闪电也是不绝于眼，借着闪电的光，不时地能够看到那一条条消失在远处的街道和弯着腰朝同一个方向奔跑着的树木。

深夜，前门响起了一阵急促的敲门声，弗列里小姐从梦中惊醒。她坐起身来，警惕地仔细听着。敲门的人还没走。

她想，怎么会这样？难道这么大个医院就没有一个人去开门？难道她这个可怜的老太婆天生就该包揽一切，仅仅因为她天性善良，又有责任感，是个值得依赖的人？

好吧，不得不承认，这所房子以前是属于一个有钱的贵族家庭，但是医院呢？难道不是属于人民的吗？还是它自己的？那么现在又该由谁来管理这个医院？例如说，那些男卫生员都跑到哪儿去了？

她真想找人问个清楚。现在，医院的负责人、护士、医生全都逃命去了，这里已经没人管了。但是，病房里还有伤员，两个没有退房的还在楼上那个原先用作客厅的手术室等待救治，楼下洗衣房旁边的储藏室里还有一大堆病号，他们是得了痢疾。而那个该死的乌斯季尼娅又跑出去串门了。她很清楚，暴风雨要来，可是那又算得了什么呢？这回，她算是找到更好的借口在外过夜了。

唉，谢天谢地，终于不敲了，他们意识到没人会来开门，也就识趣儿地走了。这样的鬼天气，怎么还会有人出门？会不会是乌斯季尼娅？不会啊，她有钥匙。哎哟，天呐，真烦人，怎么又在敲了！

这群猪，真是物以类聚！也别指望日瓦戈会去开门，他肯定什么也听不到，明天他就要离开，现在恐怕心早就飞到莫斯科或者是明天的旅途上了。但是加利乌林呢？他怎么会睡得这么沉？这么吵，他还能安安静静地躺在那儿？难道非要指望我这个弱不禁风、手无缚鸡之力的老太婆爬起来，在这个恐怖的夜晚，在这种混乱的地方，去给一群还不知道是什么样的人开门？

加利乌林！她突然想了起来。不，不可能，她肯定是睡迷糊了，才会产生这种荒谬的想法，加利乌林不在这儿，他肯定这会儿早就走得无影无踪了。她记得很清楚，她和日瓦戈把加利乌林打扮成一个普通老百姓，还把他藏了起来，跟他讲清了周围的道路和村庄，帮助他逃走的。当时是在火车站上执行了私刑，打死了金茨政委，并从比留奇到梅留泽耶沃一路开枪追赶加利乌林，搜遍了全城。哪儿还会有加利乌林！

如果不是那批装甲兵来了，这个城镇早就是一片废墟了。当时是碰巧有一队装甲兵路过这里，惩治了那群恶棍。

暴风雨没那么猛烈了，可能快停了。雷声也小了，逐渐远去。雨下下停停，雨水拍打着大树，顺着树叶流下来，流进了下水道里。远处还有无声的闪电，不时地照亮着老小姐的屋子，亮一会没了，过会儿又亮了，像是在找什么东西似的。

突然，前面的敲门声在停了一会儿后，又开始了。好像是有人求救，正绝望地不停地敲门。又起风了，接着又是倾盆大雨。

虽然不知道外面是谁，她还是去开门了。“来了来了。”老小姐叫喊道，这一声，倒把她自己也吓到了。

她好像突然想起来了外面可能是谁。从床上坐起来，她穿上拖鞋，披上外套，匆匆跑去叫醒日瓦戈，让他跟她一块儿去开门，免得她一个人害怕。日瓦戈也听到了敲门声，他已经拿着一个烛台正在下楼。可能他们想到一块去了。

“日瓦戈，日瓦戈！外面有人在敲大门，我一个人不敢下楼，”她用法语叫道，接着又用俄语说，“可能是拉里莎或者加利乌林，您去看看吧。”

敲门声也惊醒了尤里·安德烈耶维奇，他觉得敲门的肯定是他认识的人，要么是加利乌林，可能他中途遇到了点事，逃回来避难了，再要么就是路上碰到了什么困难而折回的安季波娃。

在走廊上，医生让老小姐拿着烛台，自己拿钥匙开门。门闩刚拔下，一阵狂风吹开了门，吹灭了蜡烛，冰冷的雨点打到两个人的身上。

“谁在外面？刚才谁敲门？有人吗？”

门外漆黑一片，老小姐和医生一声接一声地问道，但是没有回音。突然，敲门声在另一个地方又响了起来，“可能是在后门那儿，”他们想，“可是又像是从面朝花园的那个落地窗那儿传过来的。”

“可能只是风吧，”医生说，“但是为了确保安全，可能您要到后门那儿去看看，我待在这儿，说不定真的有什么人。”

老小姐向后门方向走去，医生则走了出去，站在门廊上张望。在黑暗中看久了，他能很轻易地察觉到破晓的迹象。

城市的上空，大片大片的乌云在那里肆虐地翻滚着。压低的云几乎碰到了朝同一个方向倾斜的树尖，就像一把把的扫帚在清理着天空。暴风雨抽打在房屋的木板墙上，把墙从灰白色变成了黑色。

老小姐回来了。“怎么样？”医生问道。

“您猜对了，那边没人。”她在屋子里转了一圈，一根树枝被刮断了，撞在储藏室的玻璃窗上，打碎了几块玻璃，雨水飘了进来，地板上有一大摊水。拉拉以前住的那个房间也是这样，比这更严重，那简直是汪洋一片。“你看看那边，那里有一扇百叶窗坏掉了，刮这么大的风，窗户一直拍打着窗框，您看到了吗？就是这么回事。”

他们说了一会，然后锁上门，各自回房间去了，两个人都有点遗憾，事情不是他们想的那样。

原来以为，打开门，就会看到浑身湿透、冻得发抖的安季波娃站在门口。她进来收拾东西的时候，他们会问她一连串的问题。她呢，会去换身干净的衣服，然后到楼下厨房的火炉前把衣服烤干，也暖暖自己，还会一边用手向后拢着自己的头发，一边跟他们讲着自己在路上碰到的那些事。

他们曾经对此深信不疑，以至于关上门以后他们还在想着那个女人浑身湿透站在门前的景象，这个场景一直在他们脑袋里回旋。

10

比留奇的报务员科利亚·弗罗连科，据说他是这次车站兵变的间接肇事者。

科利亚是梅留泽耶沃镇上一个有名的钟表匠的儿子，从小就在这个地方长大，当地人对他都很熟悉。小时候，他常由公爵夫人“逍遥居”里的几个女仆带着，和伯爵夫人的两个女儿一起玩儿。他就是在那个时候学会了一点法语。弗列里小姐对他很了解。

在梅留泽耶沃，无论是什么季节，人们都能常常看到他衣着单薄、没有戴帽子、脚上一双夏天穿的帆布鞋、骑着一辆自行车在路上跑。他常常双手抱在胸前，不扶车把，一直察看着路边的电线杆和电线，确认路况。

梅留泽耶沃镇上有些房子是通过铁路电话的一条支线和车站连接的。这条线路的服务机房在车站，由科利亚负责。站上的工作让他忙得不可开交，他不仅要负责电话和电报的接发，如果站长波瓦利欣要出去办点事的话，他还要负责信号和扳道的事，因为这部分的操作系统和他的工作任务在同一个控制室。

因为要同时去管理好几台机器设备，科利亚养成了一种特别的说话方式，话语隐晦，有时候还突然冒一句很令人费解的话，尤其是他不愿意回答或者没有谈话兴致的时候，更是如此。据说，出事那天，他利用自己的职务之便，推动了这场暴乱。

通过封闭消息，他的确让加利乌林的一片好心落了个空，而且不知不觉中使这件事发生了重大的扭转。

那天加利乌林从城里打来电话要找正在车站或者在车站附近的政委，要告诉他自己正在去他那儿的路上，要他等等，自己没到之前不要采取任何行动。科利亚借口当时他正在忙着给一辆快到站的火车打指示灯，拒绝帮加利乌林去找政委接电话。与此同时，他又想方设法让这一趟列车滞留在那里，这趟车上运的可是调往比留奇的哥萨克军团。

当这辆载着部队的列车到站时，他很显然非常不满。

列车缓慢地驶进月台乌黑的遮檐下面，停在了控制室的大窗户前。科利亚拉开窗户上绿色的毛边窗帘，窗帘边上还有用黄色的线绣上的公司名字的字母缩写。窗户边上的一个托盘里放着一个很大的水壶，他拿起水壶，往一个普通的厚底玻璃杯里倒了点水，抿了几口，朝窗外看了看。

司机看到科利亚，在驾驶室里友好地向他点头示意。

“败类，垃圾。”科利亚心里骂道，他对这些人厌恶至极。科利亚伸出舌头，握紧拳头晃了晃。司机并没明白他是什么意思，耸了耸肩，对着列车前进的方向说道：“我能怎么办呢？我很想知道在人家的地盘，你又能怎么样，就凭你？斗得过他们吗。”“你也差不多，就是个下贱坯子。”科利亚摆了个动作示意道。

有人开始从车厢里牵马，可是那些马蹭着蹄子，不肯迈步。马蹄踏在木跳板上发出咚咚声，还夹杂着那些战士的军鞋踏在石台上的咣当声，响成一片。马蹦跳着不肯走，但还是被牵着走过几条铁轨。

在铁路的尽头，有两排已经报废的木车厢。长时间雨水的冲刷，车厢上的油漆已经剥落，湿气和虫蚀已经使它从里面开始腐烂，这些破旧的车厢又恢复了和列车另一侧的原始林木原先的亲族关系，那些白棋树树干的树枝上都长满了多孔菌子，森林上空聚集了团团乌云。

团长一声令下，哥萨克们迅速上马，飞速地奔向伐木场。

第二百一十二步兵团的那群叛贼被包围起来了。在林子里，那些骑兵看起来要比他们平时在旷野上高大威武得多。虽然那些躲在小土坯屋的步兵们都带着枪，但是看到这群骑兵，还是有点心虚。哥萨克们拔出了马刀。

在马的嘶鸣声中，木垛堆好了。金茨站到木垛上，对着被包围的人，开始了他的讲话。

他一如既往地讲着军人的责任、祖国的召唤和其他一些冠冕堂皇的话。但是这些话一点也没有唤起那些听众的共鸣。他们备受战争的煎熬，身心疲惫，已经对这种话无动于衷了。他们早就已经烦透了金茨的这些说教。四个月以来，左的和右的思想的影响已经把这些单纯的人们引入歧途，他们都只不过是普通的老百姓而已。讲话人的非俄罗斯的姓，带着波罗的海东岸一带的口音，也使他们听得没劲。

金茨也察觉到似乎自己的话太多了，有点懊恼，但是他还是坚持认为他要把自己的观点向听众说个明白。可是那些听众呢，一点也不明白他的意思，非但不感激，还满脸的不屑甚至表现出很不友好的厌烦。慢慢的，他开始有点想发怒了，决定采用更为强硬的口气，说出了已经准备好了的威胁性的言辞。他没有把越来越大的抱怨声当回事，继续提醒那些士兵不要忘记已经成立的军事法庭正在执行的任务，并且以死亡威吓他们，要他们放下武器，交出罪魁祸首。他还说，如果他们拒绝这么做，他们就证明了那些人是叛国贼、麻木不仁的乌合之众。听到这样的说话口气，那些人已经开始有些恼怒了。

响起了几百人愤怒的咆哮声。有些人并没生气，只是压低了声调说：“行了，行了，说够了吧。”可是，接着又响起了一阵歇斯底里的叫喊，带着满腔的愤怒：“他妈的！跟过去一模一样！这群当官的根本就是把我们当垃圾。说我们是叛国贼，我们真的是吗？你们自己是什么，国家栋梁？为什么要在这儿听他胡扯八道，很显然他是个德国佬，搞不好他就是个奸细。喂，我高贵的长官，把证件拿出来看看吧。你们这些人，不是来调解的吗，在那里发什么呆?”他们转过去对那些哥萨克说道，“来维持秩序的是吧，来吧，别客气，把我们抓起来，不正顺了你们的意?”

金茨这番不得体的话，连哥萨克们也越听越不顺耳。“对他来说，那些人都是下流坯子，”他们小声地在下面议论着，“他自以为自己才是主人!”开始只有个别人，后来越来越多的骑兵把马刀插回了鞘里，一个接一个地下了马。绝大多数都下了马以后，他们就开始乱糟糟地向空地中间的第二百一十二步兵团的那群人挤过去，表现得非常友善。

“您必须赶快偷偷地离开，”惊惶不安的哥萨克军官们对金茨说道，“您的车就停在铁道总站那儿，我们会派人去把它开过来。您赶快离开，要快!”

金茨照办了，但他总觉得这样偷偷离开有失体面，因此放松了应有的戒备，大摇大摆地朝车站走去。他非常愤怒，可是为了面子，他还是迫使自己迈着不慌不忙的八字步走向车站。

快到车站了。再往前走就是森林，已经能够看到铁轨，这时他才第一次转回头去看了一眼。拿着来复枪的士兵跟在他后面。“他们想干什么?”他寻思着，随之加快了步伐。

但是，尾随的人也跟了上来，一直都跟得很紧。前面是两堵墙似的废弃的火车车厢，金茨绕过它们，跑了起来。载运哥萨克来的列车已经开走，铁路上现在是空荡荡的一片。他跑着穿过铁路，跳到那个很陡的站台上。这时，尾随而来的士兵也从几个旧车厢后面追来了。波瓦利欣和科利亚正朝金茨大喊，挥手示意他到车站里面去，那里能让他暂时避避难。

然而此刻，那种经过几代人培养出来的强烈的荣誉感又在他心里滋长起来，这种以自我牺牲为荣耀的、不切实际的虚荣心挡住了他的求生之路。他的心颤抖得很厉害，他在尽全力控制自己的情绪，并且对自己说：“我必须让这群家伙清醒过来，‘醒醒吧，朋友们，我怎么会是奸细呢?’应该真心诚意地跟他们好好谈谈，让他们明白真相。”

最近几个月以来，他那种勇敢的开拓精神，或者说是一种发自内心的呼吁大众的欲望迅速滋长，不知不觉中已经与木板搭成的讲台或者椅子联系在一起，只要一站到演讲台上开口讲话，就能唤起群众的强烈共鸣。

就在车站的门前，钟表的下面，有一只很高的消防水桶，严严实实地盖着。金茨一跃跳到木桶上，用他那虽然有点不连贯但是依然抑扬顿挫的语调，对紧追过来的人开始了他的演讲。本来那个门离他只有几步之遥，他只要进去，就能轻易地躲过这一劫了，但是他并没有这么做，他这一反常态的举动和高亢的声音惊呆了追来的人，他们停了下来，慢慢地放下了举在手里的枪。

此时的金茨正站在木桶边上，突然踩翻了桶盖，一只脚滑进了满是水的桶里，另一只脚还踩在桶边。

看着他两只脚跨在桶上的狼狈相，士兵们都捧腹大笑起来，站在最前面的那一个朝他颈部开了一枪。其余的人拥上来的时候，他已经死了，那些人还不罢休，朝他身上捅了几刀。

11

弗列里小姐给科利亚打了个电话，要他去给日瓦戈先生带去开往莫斯科的有座位的火车票，并威胁他说，如果他不去，她就把他那些事抖出来。

科利亚像往常一样，一边听着老小姐的电话，一边接着另外一个电话，话语中夹杂着带小数点的数字，他可能正通过第三方设备向另一个地方传送电报密码。

“普斯科夫，普斯科夫，能听到我说话吗？什么暴乱分子？求助？你在说什么，怎么回事，小姐？算了，挂上电话吧，听不清楚。普斯科夫，普斯科夫，三十六点零、五分之一？唉，该死的，断线了。喂喂，还在吗，我听不到。你还在吗，小姐？我跟你说过，我不能这么做。您应该去找波瓦利欣。胡说八道，简直造谣。三十六……唉，该死……快挂电话吧，小姐，别妨碍我工作了。”

那边，老小姐却说："别再在我面前玩弄你那些小把戏了，普斯科夫，你这个骗子，我一眼就看穿你了，你明天必须把日瓦戈送上火车，我再也不愿意和你多说一个字了，你这个杀人犯，出卖上帝的小犹太人。"

12

尤里·安德烈耶维奇离开那天，天气异常闷热。像前两天一样，看来一场暴风雨又要来了。在车站附近，城郊的地方，满地都是人们吐的葵花籽壳儿，在乌云密布的天空下，低矮的土坯房屋和受惊的鹅群呈现出耀眼的白色。

车站前面和两侧的大片的草坪已经被踩得不像样子，到处都是大批大批等火车的人，他们中的有些人已经在这儿等了好几个星期了。

那些身穿粗制灰白色呢子外套的老年人也顾不上烈日炎炎，从一堆人那儿挤到另一堆人那儿，想去打听到点火车的消息。几个十四五岁的小男孩儿在那儿闷闷不乐的，用手臂支着头，侧着身子躺在地上，手里玩着剥了皮的树枝，仿佛是在放牧牲口。而他的弟弟妹妹们则跑来跑去在那儿嬉闹着，上衣被风吹了起来，露出粉红色的脊背。妈妈们舒展着坐在他们前面的地上，怀里抱着用褐色粗呢外衣斜裹起来的吃奶的婴儿。

"枪声一响，他们就会像羊群一样四散逃命。他们暂时还没有适应这种状况，"站长和医生一边一起从车站内外地上躺着的一排排人们中间曲折地穿过，一边面无表情地说，"眨眼的工夫，草地上就会连个人影都没了，又能看到那片草地了，真让人高兴！整整四个月，这群吉卜赛人都安营在这里，我们都已经忘了那片草地什么样子了。他们当时就躺在那里。真是奇怪，在战争中各种各样可怕的事我都见过了，按理说我早该习以为常了。但是我这次真的感到很难过，搞不懂是因为什么。他们都对这些可怜的人们做了些什么？他们简直不是人！请这边来，向右拐，到我办公室来吧。恐怕这趟车您是上不去了，能把人挤死。我会安排您乘当地的一辆车。我们正在安排这趟车。但是，您上车之前千万别走漏了风声，不然车还没准备好就会被他们挤爆的。您今晚在苏希尼奇换车。”

13

当这辆秘密的列车准备好了，倒退着从机务段朝站上开来的时候，这一大群人蜂拥地扑向铁轨。人们飞快地从土丘上滑下来，连滚带爬地冲上路基，互相挤推着，有的跑跳到车厢之间的缓冲器或者踏板上，有的直接爬窗户或是爬到火车顶上。瞬间，这列已经开始启动的火车上满满的都是人，等到停靠在月台旁边的时候，不仅车里面塞满了人，车外面从上到下也都挂满了攀在火车上的乘客。医生奇迹般的被挤进车厢门口那一小块可以站立的地方，接着又不知怎么地被拥到里边的过道上。

他就待在那儿，坐在自己的行李上，直到到达苏希尼奇。

暴风雨终于停了。田野上洒满了炙热的阳光，那些蝈蝈不停地大声叫着，声音几乎盖过了列车行进时发出的咣当声。

那些站在车窗边的人遮住了光，地板上和椅子上投射的都是他们长长的身影，两三个人的重叠在一起。事实上，连这些影子在车厢里都没个容身之处，从对面的窗口被挤了出去，和前进中的整列车的影子重叠在一起。

车上乱糟糟的，有大叫的，有嚎歌的，还有人骂骂咧咧的，也有很高兴地在那里打牌的。每次只要一停车，站上候车的人群的喧嚷声和车内的嘈杂声混成一片，让人无法忍受。咆哮声振聋发聩，就像海上风暴一样，但有时候也会突然出现片刻的宁静。在那会儿不可思议的安静中，几乎可以听到人们在站台上沿着列车匆匆走过的脚步声和车厢外人们的争吵声，不时还从远处传来送行的人几句断续的告别的话语以及鸡的轻声啼叫和车站小花园里树木被风吹动发出的簌簌声。

这时，就像是一封在火车上发的电报，或者又像是从梅留泽耶沃传来的给尤里·安德烈耶维奇的问候，一缕熟悉的香气从窗外飘来。那股香气不知道从什么地方传来，悄悄地停留在身边，那香气十分浓郁，是任何一种花园里的花和路边的野花都无法比拟的，它静静地飘着，彰显着它优于一切的魅力。

人群把医生挤到一个离窗户很远的地方，他看不到外面的树；但是他可以想象到那些树一定是长在附近的什么地方，静静地向车顶舒展着他们粗大的枝叶，枝叶上落满了路过的火车扬起的灰尘，浓密的叶子宛如一幅夜幕，上面点缀着许多如星星般闪烁的小花。

这样的场景在旅途中出现了无数次。每个车站都人群爆满，每个地方的菩提树都开满了花。

这股无处不在的香气仿佛是在引领着这辆北驶的列车，又像是乘车的人所到之处都会听到的那种有根有据的传闻，不胫而走地散布到各个大小车站。

14

在苏希尼奇的那个夜晚，一位很善良的搬运工带着医生穿过一条黑乎乎的小道，来到了一列刚刚到站、行车表上还找不到车次的列车后面，并且把他送到了二等车厢里。

搬运工拿着乘务员的钥匙，刚把车厢的门打开，把行李搬到车厢上面，那个乘务员就跑了过来，坚持要把行李扔下去。尤里·安德烈耶维奇一再哀求说好话，那个乘务员终于发了善心，才勉强答应，然后就走开了。

这个神秘的车厢很特别，行驶得非常快，只在某些站点停一小会儿，还设置了警戒。车厢里很空，几乎没人。

日瓦戈乘坐的那个包房里的小桌上有一个烛台，熔化的蜡烛流到桌子上，形成了一个小水沟模样。窗户半开着，有风吹进来，烛焰就随风摆动着。

蜡烛是包房里的一位乘客点的，这间包房里唯一的一个旅伴。他是个满头淡淡的金黄色头发的年轻人，手臂和腿都很修长，应该是个大个子，而那四肢的关节就像螺丝没拧紧一样，看起来松松垮垮的。他懒散地坐在一个靠近窗户的角落里，但是当日瓦戈进来的时候，他立刻有礼貌地直起身来，端正地坐在那里。

他的座位下面有一团像是破布一样的东西。这个东西的一角突然动了一下，一条耷拉着耳朵的狗从下面钻了出来。它围着尤里·安德烈耶维奇嗅了几下，然后就在车厢里上蹿下跳，爪子前后地探来探去，像是在学它那位两腿交叉的高个子主人一样。过了一会儿，主人召唤了它一声，它赶忙又钻到凳子底下，恢复了它原来的“破布”模样。

这时，尤里·安德烈耶维奇才看到包房里的衣钩上挂着一杆双筒猎枪，外面套着个皮套儿，一条皮革的子弹带和一个塞满了禽鸟的狩猎网袋。

这个年轻人刚打猎回来。

他非常健谈，说话的时候常带着很友善的微笑，立刻和医生攀谈起来，说话时，眼睛还紧紧地盯着医生的嘴。

他的嗓音很尖很高，听起来有点刺耳，他时不时地提高嗓音，就能听出那声音里有很明显的假音。他说的话还有另外一个奇怪的特点，虽然他是个不折不扣的俄国人，但是他发元音 u 的时候很奇怪，像是在说法语。每次发这个 u 音，他都显得很吃力，这个音比其他的音发得都更大声，每次都似乎有点像是在尖叫一样。每次当注意到自己的错误时，他都极力想纠正过来，但是过会儿又回到原来那个样子。

“这是什么?”日瓦戈心想，“我确定我以前在书上见到过这种现象，医生应该知道出了什么问题，但是我现在一时想不起来。可能是脑部的问题导致语言上的缺陷。”但是这种尖音听起来太搞笑了，他没法严肃地说话。“算了，还是去睡觉吧。”他自言自语道。

他爬到上面的一个架子上去，把那儿当个临时的卧铺。年轻人问道要不要把蜡烛吹灭，以免影响休息，医生一边点着头表示同意，一边谢谢他。蜡烛灭了，车厢里一片漆黑。

“要不要关上窗户?”尤里·安德烈耶维奇问道，“您不怕有小偷吗?”

没回应。他便提高了声音又问了一遍，还是没反应。

他划着了一根火柴，想看看他的同伴是不是乘这个短暂的间歇出去溜达了。他不可能这么快就睡着了。

但是，出乎意料的是他哪儿也没去，就睁着眼坐在那儿，斜着身子靠在床上微笑地看着医生。

火柴灭了，尤里·安德烈耶维奇又划着了一根儿，就着亮光，又问了一遍那个问题。

“您想怎么样就怎么样吧，”年轻人很果断地说道，“我没什么值钱的东西给小偷去偷，但是还是开着窗户吧，屋里很闷。”

“真是个怪人!”日瓦戈心想，“莫名其妙，只在有光的时候才开口说话。发音还如此准确无误，真是难以理解。”

15

上个星期真是搞得他疲惫不堪，不但要忙着准备回去的事，还要早早地出发。这会儿，医生本来想着如果舒舒服服地躺下来，一定能饱饱地睡上一觉，但是他错了。他精疲力竭，更睡不着了，直到天快亮的时候，他才迷迷糊糊地睡了一会儿。

黑暗中，他思绪万千。两种想法就像分立的两个小团体，时而思绪非常清晰，时而又混成一团。

他一边想着东尼娜和他的家庭，还有过去生活的点点滴滴，那些浪漫、温馨而又平静的日子。医生很怀念这种生活，盼望它依旧如故，在这夜间飞驰的列车上，他急不可耐地想要重新见到他那阔别两年的家乡。

与此同时，他也不忘对革命的忠诚和执着。这里所说的革命，指的是为中产阶级所接受的革命，同时也是指 1905 年那些对布洛克无限崇拜的青年学生心目中的革命。

这个老早就萌生在他心中的想法，还包括对一种新制度的祈盼和憧憬，这种制度在战前，也就是 1912 年至 1914 年间，已经有了苗头，它已经出现在俄国人的思想、艺术和生活中，已经对俄国的现在和未来都产生了重大的影响。

战后重新拾起这股思潮绝对会是一个正确的选择，所有人都迫切地想要看到它成长壮大，正如医生此刻如此迫切的归乡情结一样。

他的脑袋里还有另一些新的因素，异样而又美妙！这些想法别出心裁，不受束缚，是一种本能的、基于现实的想法，但又像地震般突如其来。

战争、流血、恐惧以及它带来的家园沦丧和斯文扫地，还有战争对人们的考验以及它所教给人们的一切，就是这些新的因素。与此同时，还有战争把你带到的这个荒凉的小村庄和在这个村庄里见到的人。所有这些新的因素中，革命也是其中之一。这里所说的革命不是1905年那个理想化的个人革命，而是一种新的动荡，是现今诞生于革命中的那种血腥残暴原始的战士之间的拼杀。它在善于驾驭这种自发力量的布尔什维克的指使之下，肆意横行于世。

他的这些思绪中还有护士安季波娃，天知道战争会把她带到哪儿，他对她现在的处境一无所知。安季波娃从不埋怨任何人，但是她的沉默就是最大的怨言，令人费解而又有着强大的震撼力。尤里·安德烈耶维奇也是一样，他竭力不去爱安季波娃，正如他毕生都在全心全意地爱身边的每个人一样，不仅仅是他的家人和朋友。

火车全速前进，夹着灰尘的风从开着的窗户里吹进来，掀乱了尤里·安德烈耶维奇的鬓发。各个站台里，黑夜和白天没有什么区别，人山人海，嘈杂声伴着菩提树的簌簌声，响成一片。

偶尔，夜幕下漆黑的车站里会传来马车声，四轮马车和双轮马车行驶时发出的吱吱呀呀声和树木的沙沙声便交织在一起了。

此时此刻，尤里·安德烈耶维奇仿佛突然明白了为什么夜幕下的那些树荫婆娑摇曳、交头接耳，睡梦中它们懒懒地摇摆着枝叶，喃喃私语，他似乎也明白了。他在床上辗转难眠，心里纠结着那件事，就是目前俄国国内的骚动越来越剧烈，革命越闹越凶，面临巨大困难而又是处在生死抉择的关键时刻，这场革命可能会是一个史无前例的伟大举措。

16

医生一直睡到第二天早上十一点才醒。“侯爵，侯爵！”他的旅伴轻轻地唤着他那条狂叫的狗。尤里·安德烈耶维奇感到很奇怪，包房里依旧是他们两个人，没有别的乘客上来。

他从小就对这些站的名字非常熟悉。列车已经穿过了卡卢加省，正在向莫斯科省驶去。

洗漱间里还是战前的那些设备，医生在里面洗完脸刮完胡子后，就回到了包间，准备享用他的那个奇怪的旅伴为他提供的早餐。现在，尤里·安德烈耶维奇能更好地端详他一番了。

这个人总是滔滔不绝地讲话，而且一秒钟也安静不下来。他喜欢讲话，对他而言，聊天和交流思想并不是说话的目的，语言本身的功能才是它的魅力所在，他沉迷于那些单词和它们的发音所带给他的快乐。他说话的时候连蹦带跳的，像是脚下安了弹簧一样；偶尔还没有缘由地自己大笑起来，感到满足而飞快地搓动双手；如果觉得这还不足以表达自己的欣喜心情，就用双手拍打自己的膝盖，笑得直流眼泪。

他言语表达的特点和昨天晚上没有什么区别，说话颠三倒四的，一会儿显得非常有能力有自信，一会儿又连最简单的问题都回答不出来。他大谈特谈自己的奇遇和那些看似跟他根本挂不上边儿的事。很可能这些事里有他杜撰的。采取极端的观点，否认一切公理，这在他看来才是最有说服力的。

所有的这些使日瓦戈想起了很久以前一些印象深刻的事。原本只是上个世纪的虚无主义者坚持这类激进主义言论，然后就是陀思妥耶夫斯基作品里的人物，再接着就是他们的那些追随者，俄国整个外省知识界人士——这些人仍然习惯于追根究底，他们思想的超越性是首都那群人无法理解的，首都的那群人认为这种想法荒谬而又过时。

这个年轻人声称他是一个著名的革命家的侄子，但是他的父母却是顽固的反动分子，在他看来，他们简直就是食古不化。他们家在离前线不远的地方有一个相当大的庄园，他就是在那里长大的。他的父母和叔父以前总是针锋相对，但叔父不念旧恶，如今正是在他的庇佑下，才使他们免去了不少麻烦。

他很认同他叔父的观点，这个健谈的年轻人这样告诉日瓦戈，不管是在什么方面——生活、政治还是艺术，他都是个极端主义者。谈到这儿，医生想起了彼坚卡·韦尔霍文斯基，他和这个年轻人倒是有几分相像，不过并非只是那些左的观点，而是他们同样的行动轻率且思想肤浅。“或许不久他就会标榜自己为一个未来主义者了。”尤里·安德烈耶维奇正想着，不过他们还真的聊到了现代艺术上。“现在可能要谈谈运动：赛马、滑旱冰或者是法国式摔跤。”接着，话题又转到了狩猎上。

年轻人讲到他以前在家乡的时候就开始打猎，自吹百发百中，要不是因为身体缺陷没能参军的话，他一定会战功赫赫出人头地。看到日瓦戈疑惑的眼神，他惊呼道：“不会吧！难道您什么都没发现？我以为您已经注意到了我的缺陷呢。”

他从口袋里掏出两张卡片，递给了尤里·安德烈耶维奇。一张是他的名片，他是复姓，全名是马克西姆·阿里斯塔尔霍维奇·克林佐夫·波戈列夫席赫，他让日瓦戈简称他为波戈列夫席赫，以表示对同样如此自称的他的叔父的尊重。

另一张卡片上面是一个方格表格，每个方格里都画着两只摆着不同姿势的手，手指的叠放方式都不一样。这是聋哑人的手语表。一切瞬间不言自明。原来波戈列夫席赫是加尔特曼或者奥斯特罗格拉茨基学派的一个罕见的有天赋的学生，通过观察他的老师们说话时喉部肌肉的抽动学会了说话和“听”别人说话，而且达到了几乎完美而不可思议的水平。

那个年轻人告诉了医生他家乡的一些情况以及他的狩猎经历，医生仔细想了想后说道：“如果我这样说显得很轻率的话，请您原谅，您可以选择不回答我的问题，我想说您同济布申诺共和国以及它的成立有没有关系？”

“但是您是怎么猜到……您知道布拉热依柯？我和它有什么关系？当然有关系了！”波戈列夫席赫显得异常高兴，哈哈大笑起来，整个身子左右晃动，两只手使劲地拍打着膝盖。接下来又开始了他的长篇大论。

他说，布拉热依柯是一个很好的机会，济布申诺为他提供了施展拳脚的舞台。尤里·安德烈耶维奇自己很难理解他所说的一切，波戈列夫席赫把无政府主义的空想和一个狩猎者的信口开河混为一谈。

波戈列夫席赫断定，不久就会发生一场毁灭性的社会震荡，说话时的神态是那么的泰然自若。尤里·安德烈耶维奇心里也很认同他的观点，这样的社会动荡不无可能，但是这个年轻人不紧不慢和目空一切的说话态度，让医生十分反感。

“等一下，”他犹豫地说道，“确实，所有的一切都有可能发生。不过现在社会一片动荡不安，敌人又兵临城下，在这种时刻开始进行这些危险的实验，我认为很不合时宜。国家在进行另一场大变革以前，必须先解决好现在的问题，给国家一点休养生息的时间。我们必须耐心等待，直到国家重新回到安定有序的时刻。”

“真天真，”波戈列夫席赫说道，“您所说的破坏，正像您赞不绝口和喜爱的秩序一样，属于正常现象。所有的这些破坏，都是那个史无前例的伟大计划的初级准备阶段，这是一种自然正常的过程。社会现在还没有彻底解体。它必须完全解体，然后由一个明智的、有能力的政府把它重新粘合起来，它是建立在一个完全不同的体制上的。”

尤里·安德烈耶维奇心里像打翻了五味瓶，他来到走廊上。

列车正全速驶向莫斯科。它穿过一片桦树林，林子里有很多别墅。狭长的露天站台连同那些在别墅度假的男男女女一闪而过，在列车掀起来的尘雾中仿佛被旋转木马带到另一边。列车的汽笛一遍遍地响着，声音回荡在整个林子里，然后消失在远方。

此刻，尤里·安德烈耶维奇突然很清楚地意识到他现在在哪儿、他的身边正在发生着什么事、一两个小时后又有什么正在等待着他。这是他这些天来第一次有这种感觉。

三年来的各种变化、居无定所、不安定因素和社会动荡；战争、革命；毁灭、死亡、子弹、被炸毁的桥梁、战火以及战后的废墟，所有的这一切瞬间都开始膨胀，变得巨大而空虚。这么长时间以来，对于他来说，唯一的一件真实的事就是在这辆正在飞速前进的火车上的旅行，他正在一步一步接近自己的家，那是一个温暖真实的地方，他爱那里的一草一木。那才是真实的生活，有意义的记忆，是人生所要追求的真正的目标，也是艺术的最高境界——回家，回到那个属于自己的地方，做真实的自己。

列车驶出了茂密的树林，将那片林子远远地甩在了后面。一片斜缓的田野，向前延伸成为一片宽阔的高地，在高低划向天边的地方，装饰这一条条墨绿色的马铃薯带。草地丘陵的顶部，马铃薯田的尽头，都是地窖温室冰冷的玻璃窗。在草地的对面，列车那完美的尾部弧度的上方，是一片片紫黑色的云，几乎遮蔽了半边天空。阳光透过云层射下来，洒在温室的玻璃上，反射出刺眼的光亮。

突然，带着温暖气息的一阵太阳雨从云层中洒落下来，雨滴在阳光的照射下闪闪发亮。雨滴急速下落，那错落有致的节拍合着全速前进的火车发出的咣当声，仿佛列车是在竭尽全力地飞奔，生怕落后了似的。

医生还没来得及好好看一眼这一切，前方已经能模糊看到山脚下的救世主基督大教堂的轮廓，接着，城市里的圆屋顶、烟囱以及房屋也都能尽收眼底了。

“莫斯科。”他一边说着，一边向包房走去，“得收拾收拾东西啦。”

波戈列夫席赫一跃而起，在他的打猎包里翻来覆去地找着什么。过了一会儿，他从里面翻出来个很肥的鸭子。“带着它吧，”他说道，“当个纪念，和您共室同行一天，我非常荣幸也非常高兴，你是一个好旅伴。”

医生再三谢绝，但是盛情难却，最后他说道：“好吧，我收下了，我会告诉我妻子说这是您带给她的礼物。”

“太棒了，太棒了，您的妻子。”波戈列夫席赫兴奋地重复着，仿佛他平生第一次听到这个词，他手舞足蹈地哈哈大笑着，引得“侯爵”也从座位下面跳出来，围着主人欢快地跑来跑去。

火车进站了，车厢里一片漆黑。这位聋哑人把那只用一块破烂的传单包裹着的野鸭递给了医生。

第六章　莫斯科宿营地

1

静静地坐在狭小的车厢里，医生只觉得火车在行驶，时间却停滞了，现在最多也不过是中午。

坐着马车从斯摩棱斯克车站拥堵的人群中挤出来的时候，已近黄昏了。

后来回想起来（不知是当初就这样认为，还是后来的岁月形成这一印象），他总是觉得人们拥挤在市场上只是出于习惯而没有任何必要，因为店里都空空如也，大门紧锁，广场久已无人打扫，更别说买东西了。

他感觉当时好像看到了几个上了年纪衣着褴褛的人，倚着墙站着，面无表情一言不发地向人们兜售着没人买没人要的手工花，带着玻璃盖子和气哨的圆咖啡壶，还有些黑色细纱晚礼服和已撤销的部门的制服。

穿着普通的人们买卖的都是些实用的东西……定量供给的剩面包，潮了的糖块，还有些包好折成两半就正好一盎司的粗烟。

市场上到处是各种各样的零碎物品，几经转手价格就越来越高。

车转入一条巷子里，夕阳从后面射过来，后背暖暖的。前面的驮马拉着辆空车，车厢随着马儿一起跳跃。马蹄嗒嗒作响，溅起灰尘滚滚，在落日的照射下变成了黄褐色。后来他们的车超过了这个挡在他们前面的小马车。速度越发的快了。看着从墙上和栅栏上撕下来的海报和报纸在路边撒得满地的，还有街道路面的纸屑堆成小山，医生惊讶不已。风把它们吹到一边，车轮马蹄和街上的行人把它们踢到另一面。

过了几个十字路口，医生的房子出现在拐角，马车停了。

要下马车时，尤里·安德烈耶维奇呼吸紧张，心跳个不停。他走上门廊，按起了门铃。没有动静。他又摁了一下，还是没有回音。这下他紧张得把手指放在门铃上按了几秒停下又接着按。当他看到安东宁娜·亚历山德罗夫娜倚着门打开时，他的手还在按着门铃。场面出乎意料，两人都呆住了。当门自动开成了个欢迎状时，他们才恢复常态冲到对方的怀里。过了一会儿，他们同时开了口，彼此打断对方的话。

“先跟我说说家里都好吗？”

“很好，不用担心。一切正常。原谅我给你写了一大堆没用的话，我们一会儿再说。你怎么不发个电报呢？马克尔待会儿就来帮你拿东西，我估计叶戈罗夫娜没来给你开门，你有些担心吧，她在乡下呢。”

“你瘦了，但是依然年轻。多么漂亮啊！待会儿我先付车钱。”

“叶戈罗夫娜回去取点面粉，其他的仆人都解雇了。现在这儿只有一个女孩……纽莎，你不认识她。她负责照顾萨申卡，再就没其他人了。大家都知道你要回来了，戈尔东，还有杜多罗夫，大家都急切地想见你呢。”

“萨申卡怎么样？”

“感谢上帝一切正常，他刚醒。要不是你刚下火车风尘仆仆我们这就去看他了。”

“爸爸在家吗？”

“大家没有写信跟你说么？他一天到晚都在区杜马，他是那儿的主席，简直难以置信。付钱给车夫了没？马克尔！马克尔！”

他们在网篮和皮箱边站着，处在马路中间。来往行人只能绕边走，并将这两人从头打量到脚，目送着车夫勒马从大敞的前门走了，似乎在想看接下来会发生什么。

马克尔已经从门里跑出来迎接这年轻的主人，他穿着棉衬衫套着马甲，手里拿着帽子，边跑边叫道："天啊，这不是尤罗奇卡吗！我们的小雄鹰，尤里·安德烈耶维奇我们可爱的人，你没忘了我们吧？你回家了，想做点什么呢？"他讥讽地朝那几个好奇的过路人说，"走开吧，都看什么呢！"

"你怎样，马克尔？我们拥抱一下吧，把你的帽子戴着吧，你这个古怪的人。有什么新的消息吗？你妻子怎样？孩子怎么样啊？"

"没啥可说的，都挺好，感谢上帝。至于新鲜事嘛，你自己看看啦，你在前线的时候我们也没闲着。到处乱七八糟，让人恶心，街也不扫，房不修也不粉刷，和兰特一样吃不上饭。真是清净……没有任何别的东西。"

"马克尔，我可要在尤里·安德烈耶维奇面前告你的状。他这些傻里傻气的话真让我受不了。大概是认为你喜欢吧，想让你满意。不过，他自己有自己的盘算。行了，马克尔，别跟我争了。马克尔，你真是个不开窍的人，该醒醒啦。你知道我们是什么人。"

他们进门了，马克尔把东西拿到屋里，把身后的门关上了，肯定地说：

"安东宁娜·亚历山德罗夫娜在生气，这你也都听见了。她总是这样。她常说，马克尔，你内心一片漆黑，就跟烟囱似的，她还说，现在即便是小孩子哪怕是一条小狮子狗或者哈巴狗，也该懂点事了。当然，这么说对吧，尤罗奇卡，信不信由你，可是只有知情人才见过那本书，一个了不起的共济会会员写的，在石头下整整压了一百四十年没见到天日。可是我觉得目前我们是被出卖了，尤罗奇卡，你难道还不明白，连一撮鼻烟钱都不值的几个小钱就把我们卖了。你看，安东宁娜·亚历山德罗夫娜让我走呢，她在那摆手哪。"

"你说呢，好了马克尔，把东西放下吧就可以了，谢谢你。如果尤里·安德烈耶维奇有什么需要他会跟你说的。"

2

“总算走了，好了，如果你想信他就信他，但我可以告诉你这些都不是真的，在别人面前装傻，暗地里却一直偷偷地磨刀，只不过还没决定要对着谁，这个假装可怜的人!”

“唉，这样讲有点过分了！依我看，他只不过是喝多了。”

“那么你说说，他什么时候清醒过？不管怎样，我讨厌他。我担心再不去看萨申卡他恐怕睡着了。要不是铁路上流行这种伤寒病……你身上没有虱子吧?”

“没有。路上坐的车很舒服，跟战前一样。我最好还是冲一下，以后再好好的洗洗。从哪里走？不再从客厅里过吗?”

“是啊，我和爸爸想了很久才决定把楼下的一部分让给了农学院。不管怎么说冬天供暖时真是太浪费了。楼上也太大，所以我们也跟他们说给他们让点。但他们还没接受，只是把实验室，植物标本及种子标本搬来了。我只希望别引来老鼠……毕竟是谷物。他们把房间弄得很干净。现在都把房间叫居住空间。从这边走，这边来。你快点！从后边的小楼梯绕过去。明白了吗？跟我来，我带路。”

“你们把房子让出去，做得太好了。我工作的那个医院也是设在一栋私人的住宅里的。很多套房，还保留了一部分镶木地板。养在木桶里的棕榈，支支楞楞的枝叶晚上从病床上看去就像一个个幽灵。那些在前线受伤的伤员常常半夜里醒来看到了就会尖叫……他们神志也不是很清醒，受过脑震荡。其实我的意思是有钱人家的生活当中的确有些不完备的东西，多余的东西简直数都数不清。比如家里那些多余的家具和房间，多余的细腻的情感，多余的表达方式。住得挤一点儿，这太好了。不过，我们应该再挤一点儿。”

“你那包裹里是什么？那突出来的部分太像鸟儿，脑袋像鸭子。真好看！野鸭子！从哪儿来的？简直不可思议！现在这个相当值钱!”

“在火车上别人送的。说起来话长，以后再谈。你看怎么样，把它拿出来放到厨房去?”

“当然了。马上就让纽莎把它弄干净。听说到了冬天会有各种可怕的事，要挨饿、受冻。”

“是的，现在到处都这么说，在车上的时候我还在想，世界上有什么东西能比和睦的家庭生活和安稳的工作更重要呢，除此以外我们都无法掌握，看上去形势要变坏了。一些人要离开这里去南方，去高加索地区，或者更远的地方。我自己可不想那样做，有志之士要与他的祖国共命运。这对我而言是再自然不过的事情，对你却不是。我希望你们能避开。如果我们一直这样走一步说半天，恐怕我们永远也到不了楼上。

“等等。我忘了告诉你，我有个消息要跟你说，啊，尼古拉·尼古拉耶维奇来了。”

“哪个尼古拉·尼古拉耶维奇？”

“科利亚舅舅。”

“东尼娜！这不可能！这是真的么？”

“是真的。他在瑞士。他绕道伦敦和芬兰过来的。”

“东尼娜你不是开玩笑吧？你已经见过他了？他在哪儿？我们现在就能见他吗？”

“别着急嘛，他现在跟别人待在乡下，他说后天回来，他变了很多，我恐怕你会失望的，中途在匹兹堡待了段时间，受了布尔什维克的影响。回来又跟爸爸吵得面红耳赤。为什么我们在每个台阶上都停下呢，走吧，你也听说情况会有变……困难，危险任何事情都有可能发生。”

“我也这么认为，但不管什么，我们都会解决的，这不可能是世界末日。别人怎么做的，我们也一目了然。”

“听说以后连柴火、水、电都没有。也不会发行货币。不供应任何东西。我们又停下来了，这边走。听说阿尔拜特还有些很好的铁炉子卖，是那种小的，可以把报纸烧了做顿饭，我有地址，我们得在他卖完之前买一个。”

“是的，这是个好主意，我们得弄一个，但是科利亚舅舅怎么办？我很担心他。”

“我来告诉你我要做什么，在楼上再腾出一个角落，两个或三个房间之间互相连通，我们和爸爸、萨申卡，还有纽莎搬过去，其余就都让出去吧。我们弄个隔间再安上门，这样就像一个公寓了。在中间的房子里放一个铁炉子，然后穿窗而过做一个烟囱，我们自己洗衣服、做饭、娱乐，上帝保佑，我们一定能度过这个冬季的。”

“我们当然会度过去的，这是毫无疑问的，你说的是个好主意，你知道吗，我们有个供暖器，我们邀请科利亚舅舅来吃鸭子吧。”

“太好啦，我让戈尔东带些喝的。他可以从实验室或其他什么地方弄到。看，这间就是我想要的房子，还不错吧？你的皮包放下吧，把网篮拿来，你要不介意的话，我们可以把杜多拉夫和舒拉·施莱辛格都请来，你还记得盥洗室在哪儿吧？你去那儿用消毒水洗洗，我去看看萨申卡，再让纽莎去楼下，一切安排好了后，我再叫你。”

3

对他而言，莫斯科最重要的牵挂就是他的儿子了。萨申卡刚出生他就参军了，这孩子几乎不认识他。

他应招要离开莫斯科的那天，他去医院看东尼娜，去的很不是时候，正碰上孩子喂奶，不让他进。

他坐在等候室。他就坐在走廊里等。这一段时间里，和产房以及产妇的那一排病房尽头成直角拐过去的婴儿室的那条走廊上，传来十几个新生儿连成一片的啼哭声；为了不让襁褓里的孩子受凉，保育员匆忙地走着，两边的臂肘下面各挟着一个婴儿，仿佛刚买来的一小捆东西，把孩子送到母亲那里去喂奶。

“哇，哇!”婴儿哭的都是一个调子，几乎不带任何情感成分，似乎是一天的工作，只有一个声音独立于这些声音之外。也是“哇哇”但这声音仿佛比其他声音更快乐些，声音更低沉些貌似不是出于本能而是故意带有敌意。

尤里·安德烈耶维奇已经决定给儿子取名为亚历山大以纪念他的岳父。不知什么原因，他觉得那个独特的声音就是自己儿子的声音。或许是因为这个独特的嗓音似乎预示着他未来的鲜明个性以及人类的命运。他认为哭声本身就包含亚历山大这个名字的成分。

他没有猜错，事后发现这确实是萨申卡的声音。最初对儿子的了解也仅限于声音。

后来东尼娜给他寄去了一张儿子的照片，这是个可爱、肉嘟嘟的、撅着小嘴的帅小孩，他两腿叉开举着小拳头在跳舞呢，这时他已经一岁了，刚学着走路，现在都两岁了，开始学说话了。

尤里·安德烈耶维奇拿起他的皮箱，把它放到窗边的一张小桌上，边整理东西边想这房间以前是用来做什么的。他想不起来，东尼娜肯定换了里面的家具或是墙纸，要不就是把里面重新装饰了一番。

他把刮胡刀拿了出来，正对着窗户的是教堂，一轮明月挂在教堂尖尖的塔顶之间，当月光照亮了皮箱上面的衣服和书时，房间变得明亮柔和，他这才认出了它。

这曾是安娜·伊万诺夫娜的储藏室，她总是把破桌椅和废旧报纸以及家族档案放在这里，夏天时把冬天的衣服放在这儿，她还在的时候这些角落里总是放满了堆上房顶的杂物，小孩是不允许来这里的。只有在圣诞节或是复活节的时候，一大群孩子来参加晚会，这个顶层的房间才打开，孩子们就在这儿玩捉强盗游戏，躲在桌子下面，用烧焦的软木塞把脸涂黑，学着假面舞会的样子化装。

医生站在那儿想起了这些，然后他下楼去大厅取他的网篮。

纽莎蹲在粗糙的炉子前面，在一张报纸上拾掇那只野鸭。当医生提着他的网篮进去的时候，这怯生生的姑娘惊得跳了起来，涨红了脸，迅速地掸掉围裙上的鸭毛，招呼着要帮他忙。他谢绝了她就上去了。这时儿子在第二个或第三个房间叫他。“尤拉，可以进来了。”

他走进萨申卡房间，这间房子是东尼娜和他以前的卧室，小床上的男孩不像照片上的那么漂亮，但他像极了医生的妈妈，玛丽亚·尼古拉耶芙娜。比她留下来的任何肖像都要像。

“这是爸爸，是爸爸，来朝爸爸挥挥手。”安东尼亚说，她把小床摇低些好让医生更容易把孩子抱起来。

萨申卡见了这个没有剃须的陌生人，被吓到了。当医生弯下腰要抱他的时候，他猛地站直了，一只手拽着妈妈的衣服，另一只手生气地挥舞着，给了那陌生人一巴掌。萨申卡也被自己的勇敢吓着了，扑到妈妈怀里哭了。

“不许这样，”东尼娜责备着他，“你不能这样，爸爸会认为你是个坏孩子，好了给爸爸一个吻吧，吻爸爸，别哭了，好了，去亲亲爸爸。”

“东尼娜，让他静静地待着吧，”医生说，“别难为他了，你也别伤心别胡思乱想，认为这是个不好的兆头，这都是无稽之谈，这很自然嘛，孩子从来没见过我，等熟了就和我分不开了。”

但是他走出房间的时候却很沮丧，有种不祥的预感。

4

在后来的几天他才领会到自己是多么的孤独。他并不责备任何人，这显然也正是他所需要的。

他的朋友，变得异常的消沉。每一个人都有自己的观点自己的世界。在他的记忆中他的形象是多么的鲜明啊。以前一定是他过高地估计了他们。只要道理上还允许有钱人靠剥削穷人而胡作非为，那么，就很容易把这种怪事以及多数人受苦而少数人享乐的权力当成事物的本来面貌和天经地义的道理！不过，一旦穷人翻了身，上层的特权被取消，这一切就会黯然失色，大家也毫不留恋地同任何人都不曾有过的独立思考分手了！

现在尤里·安德烈耶维奇感到最亲近的只有妻子、岳父，再加上两三个一起共事的医生和几位谦虚谨慎的普通职员。

按照事先的打算，准备了野鸭和伏特加的晚餐聚会在他回来后的几天如期举行了。在这之前，他已经同所有受邀请的人见了面，所以，这天晚上不能说是他们的再次会见。在闹饥荒的日子里，这只肥鸭变成了难得一见的奢侈品，可是没有面包，这又使出色的菜肴失去了光泽，甚至令人感到愤懑。

戈尔东拿来的酒盛在一个药房用的带磨口瓶塞的玻璃瓶里。安东宁娜·亚历山德罗夫娜牢牢地把瓶子握在手里，根据需要掺上水，分成几小份。原来，掺过水的酒也会使人产生不均匀的醉意，效果要比烈性酒和浓度稳定的酒的作用更大。这同样也令人懊丧。

最引人伤感的莫过于他们的聚会和现时的情况完全不和谐。无法设想街巷对面那一幢幢房子里，此时此刻那里的人们也会有吃有喝。窗外是黝黑沉寂的、饥饿的莫斯科。城里的小吃店空空如也，像野味和伏特加这类东西，已从人们的记忆中消失了。

看来，只有和周围的生活相似并能不留痕迹地融合其中，才是真正的生活；单独的幸福并不能称其为幸福，所以这在全市已经算是独一无二的野鸭和伏特加也就失去了它们本身的味道。这是最最令人烦恼的。

客人们同样有着种种不愉快的思想。戈尔东还好。他使劲地转动着脑筋，忧郁而笨拙地阐述自己的思想。他是尤里·安德烈耶维奇最好的朋友。在体育馆的时候，大家都很喜欢他。

现在，他决定改变自己了，但结果却很不理想。他强打起精神，硬着头皮装出无忧无虑的样子，不停地讲俏皮话，常常使用些“有意思”和“很有趣”这类他并不常用的字眼，因为戈尔东从来不善于从消遣的意义上去理解生活。

杜多罗夫还没到的时候，他就跟人们讲杜多罗夫的婚姻故事，这故事只是他认为有趣而已，已经在朋友们中传开了，只是尤里·安德烈耶维奇还不知道。

杜多罗夫结婚不到一年时间就和妻子离婚了，这件意外的事有着令人难以相信的症结：由于出了差错，杜多罗夫被征去当兵。在服役期间才查明了他的情况，他常常因为见了上级没有敬礼而受处罚，复员以后他还常常不由自主地向军官敬礼，仿佛又看到了闪闪的勋章。

那段时间，他做什么都怪怪的。正是在这种情况下，大家都是这么说的，在伏尔加河等汽船的时候他认识了两个姑娘，她们也乘同一艘船，也许是因为周围有很多军人走来走去，搞得他精神恍惚，还勾起了当兵的时候和敬礼有关的感受，他还没看仔细就爱上了那位年轻的妹妹，立即就向她求婚。“有趣吧，不是吗？”戈尔东问大家。当门外的声音传进来的时候他才不得不停下他的故事。

像戈尔东一样，杜多罗夫身上也发生了很大的变化。先前一个不稳重、任性轻浮的人，变成了一个严谨的学者。少年时期由于参与一次政治犯的逃亡被学校开除以后，他在几个艺术学校之间转来转去，最后终于被严肃的专业吸引住了。杜多罗夫在战争年代才从大学毕业，比同伴们都晚多了，然后就留在俄国史和世界史两个教研室里。他在俄国史方面写过有关伊凡雷帝的土地政策的著作，在世界史方面从事圣茹斯特的研究。

现在他儒雅地谈到一些人一些事，声音有点感冒似的沙哑，眼神迷离，定在远处的某个角落，仿佛又在讲课。

这次晚间聚会快结束的时候，舒拉·施莱辛格终于忍不住开始了抨击性的谈话，而大家的情绪正好也处于昂奋状态，于是争先恐后地大声喊叫起来。杜多罗夫，日瓦戈儿时的玩伴，一改往日对他的称呼“您”，以“你”相称问了他很多问题。“你读过《战争与和平》和《脊柱横笛》吗？”

尤里·安德烈耶维奇的回答淹没在混杂的人声里，他没有听到，过了一会儿，他又问：“你是不是读过《脊柱横笛》和《人》？”

“我可是已经回答您了，因诺肯季。没听清楚是我的过错。好吧，我再说一遍。我一向喜欢马雅可夫斯基的作品。这好像是陀思妥耶夫斯基的某种继续。更确切一点说，他是陀思妥耶夫斯基笔下续写抒情诗的人物，比如说伊波利特·拉斯科利尼科夫，或者《少年》里的主人公。吞噬一切的诗歌拥有多么伟大的力量啊！他斩钉截铁直截了当的说话方式！不过，最主要的还是他把这一切都那么勇敢地一下子抛到社会面前，抛到更遥远的宇宙空间！”

当然，聚会的中心人物还是科利亚舅舅。安东宁娜·亚历山德罗夫娜说错了，尼古拉·尼古拉耶维奇并没有出城。外甥到家的那天他就回到城里。尤里·安德烈耶维奇已经见过他两三次，两人也谈得很投机。

他们第一次见面是在一个灰蒙蒙的晚上，空中飘着细细的雨丝，尤里·安德烈耶维奇去舅舅的旅馆看他，当时的饭店只能根据市政当局的指示接待客人。不过，尼古拉·尼古拉耶维奇到处都有熟人，他还有不少以前的老关系。

旅馆一片混乱，好像老板刚弃它而去似的，走廊和楼道都空空如也，一切都乱糟糟的。楼梯和走廊偶尔才有人收拾一下。

房间没有打扫，一扇很大的窗户俯瞰着这被遗弃的广场，疯狂的年代，它空旷得有些吓人，似乎只有在梦中才会见到，并非真的就在眼前的窗下。

这次见面是激动人心、令人难忘而又值得纪念的！他童年时代无限崇拜的人，少年时期的启蒙老师，现在就站在他面前。

斑白的头发给尼古拉·尼古拉耶维奇增添了风采，一套国外缝制的衣服非常合身。对他那个年龄段来说，看上去既年轻又帅气。

当然，与周围发生这些宏伟壮观的事情相比，他的变化就显得很平淡无奇。一大堆事儿把他甩到了一边。不过，尤里·安德烈耶维奇丝毫没想到要这样去衡量他。

但尼古拉·尼古拉耶维奇的安详、冷漠，谈到政治话题时用的那种玩世不恭的口气，都使他感到吃惊。他那自我克制的本领已经超过了俄国现实的可能。在这点上，他显得不合时宜，陈旧，这有点让他尴尬。

可他们重逢时想的并不是政治，他们快乐地笑着，激动地流下眼泪，他们拥抱着，时不时中止谈话。

这是两个艺术家的重逢，尽管他们是亲戚，过去的一切又浮现在眼前，记忆又从心中升起，他们互相倾诉分别之后各自发生的一切事情，当他们开始说话的时候，他们之前的所有的关系都消逝了，年龄啊，代沟啊，唯有创造性的头脑才是大家所重视的，剩下的只有彼此相当的气质，能力和根本理念了。

在过去的十年里，尼古拉·尼古拉耶维奇没有机会像此时这样畅所欲言，就创造性的写作发表大论了。尤里·安德烈耶维奇也从未听过如此鞭辟入里、令人深思的见解。

他们互相赞叹着，激动地在房间里来回走动，对对方的洞察力深感惊奇，偶尔走到窗前敲敲玻璃为能够如此深入地了解对方而感动。

这是他们的初次见面，但之后，在公众场合他看到过舅舅几次，此时，尼古拉·尼古拉耶维奇完全变成了另外一个人，一个不认识的人。

他感觉自己像是莫斯科的一个过客，他也努力适应角色。他也不确定自己是否把匹兹堡或者其他地方当成家。他很享受自己的社交明星和政治语言家的角色。他甚至认为莫斯科应该成立与国民大会前夕在巴黎的罗兰德夫人家一样的沙龙。

尼古拉·尼古拉耶维奇常去拜访莫斯科后街上他的一些好友的女性朋友，开玩笑嘲弄她们落后的思想，向他们炫耀着他从报上看到的新闻，就像从前的俄耳甫斯派教徒在宣讲伪经一样。

据说他离开了瑞士后，那里还留下了年轻的女伴没完成的工作和未脱稿的著作，回到祖国的旋涡里，他期望以后如果能全身而退，还是要回到阿尔卑斯山脚下。

他支持布尔什维克常常提起的两个与他观点相同的左翼社会革命家，一个署名为米罗什卡·波莫尔的记者，还有一个小册子的作者西尔维亚·科捷利。

亚历山大·亚历山德罗维奇用不满的口气责备他说：

“简直是可怕，您都走到什么地步了，尼古拉·尼古拉耶维奇！您的那个米罗什卡，简直是坑人！还有那个利季亚·波克利。”

“科捷利，”尼古拉·尼古拉耶维奇纠正道，“科捷利，西尔维亚。”

“反正都一样，不论是波克利还是波普利，名字不说明问题。”

“但是这次恰巧是科捷利。”尼古拉·尼古拉耶维奇很有耐心地坚持着。他和亚历山大·亚历山德罗维奇争论不休：

“我们争什么呢？这些东西根本不值得争论，这是基本的常识。几个世纪以来，人们的生活简直不可思议。拿任何一本历史教科书来看，无论是什么名字……封建社会，还是农奴制社会，或是资本主义，或是工业社会，都是一样的不合理不公平。这是众所周知的，这个世界正在为人民的翻身和公平做准备。”

“你知道对旧的制度小修小补是不行的，不得不正本清源。也许，整个社会都会坍塌，这确实很令人害怕，但并不意味着不会发生，一切只是个时间问题。这你不能否认吧？”

“但那不是重点，不是我想说的，”亚历山大·亚历山德罗维奇生气了，争论得更加激烈，“您的波普利和米罗什卡都是没良心的人。他们说一套做一套。这难道合乎逻辑？他们根本就是言行不一。对了，等等，我现在就证明给您看。”他开始在抽屉里翻找一份报道自相矛盾的报纸，他似乎在用抽屉推推拉拉的响声证明自己更加有道理。

亚历山大·亚历山德罗维奇喜欢在谈话时有一些闲事来干扰，以此来掩盖他讲话时慢条斯理的停顿和哼哈。每当他在找一件什么东西的时候，比如说在灯光灰暗的前厅过道里找另一只套鞋，就会诱发他浓厚的谈话兴致，或者在肩膀上搭着毛巾踩在浴室的门槛上，要不就是吃饭时传送丰盛的菜肴，或者给客人们斟酒的时候，也会如此。

尤里·安德烈耶维奇很爱听岳父讲话。他喜欢这种熟悉而老式的莫斯科腔，尾声拖得比较长，带点轻轻的鼻音，同时也和格罗梅科一样，模糊中还带有一点颤音。

亚历山大·亚历山德罗维奇那修剪过小胡须的上唇微微上翘，就像他衣领上稍稍翘起的蝴蝶结一样，唇与领带之间似乎有那么些相似，这也使得他显得有些孩子的稚气。

晚会上，天色已晚。舒拉·施莱辛格出现了。她穿着套装、戴着工作时的帽子，是直接从集会上过来的。她跨进门，挨个的跟人们握手，一边不住地责备和埋怨。

“你好，东尼娜。你好，亚历山大。你们觉得很可恶是吧。整个莫斯科都知道他回来了，每个人都在讨论这件事，我是最后一个知道的。我认为我不够好。他在哪儿呢？请让我过去。围得像堵墙似的。啊，你好吗？我读了，但是读不懂，但是写得很好，你可以告诉我你怎样，尼古拉·尼古拉耶维奇？我一会就过来尤罗奇卡。我有话要专门找你好好谈一谈。你们好，年轻的小伙子们。啊，你也在这儿，戈戈奇卡？鹅呀，鹅呀，嘎、嘎、嘎，你想吃，是吧？”（这是对格罗梅科家那位勉强算得上的远亲戈戈奇卡说的，这人最喜欢新生力，由于他愚蠢可笑，大家都叫他阿库利卡，又因为他身材瘦长，又被人叫作“绦虫”。）“你们这么快就吃上了喝上了，我一会就会赶上你的，朋友们啊，你们不知道你们错过了什么！你们简直一无所知，什么都不了解！你们真应该知道这世界正在发生什么！在发生什么事！你们应该到任何一个真正的基层集会上去看看，撇开书本去会会那些实实在在的工人和士兵。可以在那里，把你们反对把战争打到最后胜利的主张提出来试试看。那儿的人一定会给你们点厉害看！我刚刚听过一个水兵的发言。尤罗奇卡，要是你也一定会发疯！那感情多么热烈！多么投入和专注！”

舒拉·施莱辛格的话一次又一次地被打断。大家都在大声地喧哗，她坐在尤里·安德烈耶维奇身边，握住他的一只手，凑到他脸前，为的是压倒其他人的声音，像是对着话筒一样，用不高不低的嗓音喊道：

“还是跟我去吧，尤罗奇卡。我给你介绍一些人。要知道，你十二万分需要像安泰那样脚踏实地。你干吗瞪眼睛？难道我的话让你吃惊？难道你不知道我是匹老战马，当年贝斯上热夫女子高等学院的学生，尤罗奇卡？我坐过牢房，参加过战壕打仗，你以前都在想些什么？我们根本不了解群众，我刚从那里回来，我正在帮他们收拾一个图书馆。”

她已经喝了不少，显然有点醉了。不过，尤里·安德烈耶维奇也感到天旋地转。他怎么也没注意到他和舒拉一个在屋子这头，一个在那头。他站在桌子的一端，他自己也没想到自己正打算做场演讲呢，当然这得花上一段时间才能安静下来。

“女士们先生们……我想……米沙！戈戈奇卡！……这怎么办，东尼娅，他们都不听？女士们，先生们，让我讲几句。闻所未闻的、史无前例的事件就快要发生了。在它还没有降临到我们头上以前，对你们各位提一点希望。当它到来的时候，愿上帝保佑我们大家彼此不要失掉联系，也不要灰心丧气。戈戈奇卡，你先别忙着喊万岁。我还没说完哪。角落里的请别讲话，用心听听吧。

“战争进行到第三年，大家逐渐相信前方和后方的界限迟早要消失，血海会涌到每个人的脚下，淹没所有的人，革命就是流血。

“在革命过程中，就像我们在战场上一样，你们也会觉得生命大概已经停止，个人的一切都将结束，世界上除了杀戮和死亡什么都没有。如果我们幸运，能够活着看到这段历史的记忆的话，我们会认识到我们在这五年或十年间所经历的比其他人一百年里经历的还多。我不知道人们是否能够翻身并如潮水般迈步向前，如此庞大的事件不需要任何材料来佐证它的存在，这一点我深信不疑。纠察特大事件的原因未免浅薄，而且也找不到。家务事的争吵倒有它的根源，不过发展到两个人互相揪起头发、摔盘子砸碗的地步，也就很难断定哪一个先动了手。总之，真正宏伟的事件是没有起点的，这就像宇宙一样。它一下子就出现在你面前，仿佛向来就有或者从天而降。

“我也认为，俄罗斯注定会是争取社会主义社会的第一个国家。当这件事成为现实的时候，它会使我们在很长时期内惊奇不已，一旦清醒之后，我们就会永远丧失我们曾经的记忆。我们会忘掉事情的原委，也不会探究事发的原因。我们将会被新的体制所包围，就像森林天空和云朵一样的熟悉。什么也不会留下来。”

他接下来又说了些什么，但一会儿酒就醒了，和往常一样他又听不清人们都在说些什么了，就毫无要旨地随便回答了一通。他明白人们喜欢他但他忘却不了悲伤，他说道：“谢谢你们，我理解大家的感情，可是我担当不起。不要因为担心今后不会再有更强烈的爱的机会，就这样匆忙而毫无保留地放任这种感情。”

大家都放声大笑并且鼓起掌来，觉得这是故意说出来的，不过他却觉得不知所措，因为已经有了很强的不幸的预感，尽管他一心渴求善良并且能够争取幸福，但他已经预感到将来的无能为力。

客人开始散去。由于困乏，每个人的脸都耷拉着，打着哈欠，颌骨大大张开，活像是一张张马脸。

临走的时候，他们拉开了窗帷，敞开了窗。晨曦中略带了一点淡黄色，湿漉漉的天空飘浮着污浊的土褐色的云团。“看起来我们说话的时候下过暴雨了。”一个客人说道，舒拉说：“我来的时候就淋雨了。”

荒无一人的街上依然很黑，树上的滴水声和被雨水浇透了的麻雀的叫声相应和。雷声滚滚而来，好像犁头正滚过头上的天空。然后是一片沉寂。旋即雷声轰轰而来，就像秋天铁锹从柔软的土地上铲下的大土豆。

雷雨过后，满是灰尘和烟味的房间顿时一片清新。突然间生命的元素变得可识别了，就像闪电，空气，水，土地，天空，和对幸福的追求。

整条大街上回荡着宾客们的声音，他们刚结束在屋里热烈的谈论，这会儿还意犹未尽，仍然在激烈地争论着。声音渐远渐轻。

“很晚了!”尤里·安德烈耶维奇说道，“我们去睡吧。在这个世界上，我爱的只有你和爸爸。”

5

八月过去了，九月也近尾声。该来的还是要来。冬天近了，而世界的活力飘浮在空气里，大家都在谈论局势。

是时间为寒冬做储备了，准备食物和干柴。在物质主义占上风的日子里，物质似乎成了一个没有任何形体的概念。营养和燃料供应问题代替了食物和干柴。

城里的人们和面对未知世界的孩子一样无助，这种未知将一切业已建立的习俗扫到一边，什么也没留下，只在苏醒的时候带来了荒芜。尽管它自身也是城市和市民创造的。

放眼看看，人们还在继续自欺，无止境地谈论着。每天生活应着惯性都在艰难前进，一路蹒跚。但是医生对生活的态度还是一如既往。生活的判决逃不过他的眼睛。他知道自己和周围的环境注定要毁灭，会遇到困难和死亡。他们的日子没几天了，会看着自己走到时间的尽头。

如果不是因为日常事务的烦扰，他会发疯的。养家糊口还有日常的琐碎事件使他得到了救赎。他意识到自己在未来的不可知的世界面前就像是一个侏儒。一方面他很是担忧未来，另一方面他又深深地喜爱它甚至在心底还为之有些自豪。即使临别了，他还站在临街的窗户边热切地看着路边的树，云朵，和人们……整个俄罗斯都处在水深火热之中……他已经做好了为人民大众牺牲的准备了。只是目前还做不了什么。

每逢从旧马厩街拐角上的俄国医师协会药房附近穿过阿尔巴特街的时候，他看到的就是这一片天空和过往的行人。

他在以前的医院复了职。尽管圣红十字会已经解散了，但是这所医院仍然保留着这个名字。目前为止还没有人为它取更好的名字。

里面的医务人员也分成了不同的派别，对那些让人义愤的迟钝不堪的人来说，日瓦戈医生是危险的，而对那些政治上较激进的人来说，医生还不够红，他比前者走得远些，却落在后者的后面，这样他就不属于任何一个派别。

除了他的日常工作，这里的主任又交给他一项任务……管理所有数据。大量的调查问卷和表格都得他经手。死亡率、生病率、职工收入表及他们政治觉悟和选举的参与情况；除此之外，他还得核对库存的燃料、食物和医药情况。

日瓦戈医生端坐在职工办公室里他以前的那张旧办公桌上，桌上堆满了各式各样的表格。他把这些材料推到桌子的另一头。除了在上面记下医务笔记外，偶尔他也在上面涂写几笔。

自己的那本《人间游戏》，也就是当时岁月的日记或者札记，里面有散文和诗，还有各式各样的随笔杂感，都是在意识到半数的人已经失去了本来面目，而且不知道如何把戏演下去的启示下写出来的。

圣母升天节过后，秋意渐浓，这间粉刷着白墙的房间阳光充足。当山雀和喜鹊飞翔，树林里还满是凋零的黄色树叶，早晨已经开始下寒霜了。这样的日子天空辽远，在天地之间透明的气流前隐约可见北极游弋的冰雾般深蓝色的极光。世间的一切看得更清晰了。天地之间传播着十分响亮、清晰、断断续续的声音。整个天界仿佛打开了未来的时光之门。在短暂的秋日将尽、薄暮冥冥之时，这稀薄的光线若是更长久些，恐怕就让人难以忍受了。

现在映照在这办公室的正是这早早衔山的日落秋阳，阳光如玻璃般澄澈，又如俄罗斯的苹果鲜嫩多汁。

医生在桌前写着什么，时而停笔想些什么，然后又蘸些墨继续写。一些静悄悄的小鸟飞过高高的窗户，不留一点声音，只是影子拂过他不停在写的手，拂过满是表格的桌子，拂过地板、白墙，然后又从眼前消失，悄无声息。

“柞树开始掉叶子啦。”走进来的解剖室主任说。这个先前身体肥胖的男人，如今由于消瘦，松弛的皮肤像口袋一样垂了下来。“风吹雨打都没摧垮，可是一个早晨就成了这个样子!”

医生抬起头。果然不错，先前在窗外飞来飞去的不知名的鸟，原来是酒红色的柞树的落叶。它们一旦飘落开来，先是平缓地在空中飘荡，然后就落到树旁医院的草坪上，撒上点点橙色的星星。

“窗缝糊好了吗?”解剖室主任问。

“没有。”尤里·安德烈耶维奇边说边写。

“怎么回事?已经到时候了。”

专心在写的尤里·安德烈耶维奇没有回答。

“唉，塔拉修克不在。”解剖室主任接着又说，“那真是个难得的人。会修鞋，还会修钟表。什么都会做，世上没有办不到的事。该糊窗户啦，该自己动手了。”

“没有油灰。”

“可以自己配。这是配方。”解剖室主任接着就讲起了怎样用油灰和白努粉调制腻子，“看来，我打扰您了。”

他于是走到另一扇窗前去摆弄自己的那些瓶瓶罐罐和药剂。天色渐暗了。过了一会儿他又说：

“会把眼睛看坏的。光线太暗，可是还不给送电。回家吧。”

“等一会儿，就二十分钟。”

“他的妻子就在医院里当卫生员。”

“谁的?”

“塔拉修克的。”

“我知道。”

“可是不知道他本人现在什么地方。这人到处找生计。夏天他两次来医院看他妻子。现在可能在乡下，开始新的生活，他是布尔什维克士兵那样的人，在街上、火车上，你到处可以看见他们。您不想听个究竟吗?比如说塔拉修克，这人是个多面手，干什么都不会出差错。只要他一上手，事情就顺当。战争时期他也是这样。对于打仗，他也像对待一种技艺一样用心。结果成了一名出色的射手。无论是在战壕里还是在哨岗上，锐利的眼光和手上的功夫呱呱叫。他赢得所有的奖章都不是因为勇猛，而是由于战斗中准确无误。他就是这么个人物。任何事情都能激起他的满腔热情，对打仗也有感情。他觉得武器的力量对他很有吸引力。自己也想成为一股力量。人一旦武装起来，就不同凡响。要是在过去，弓箭手往往就会变成绿林好汉。现在要想从他手里夺掉武器，您试试看。要是突然喊上一声“掉转枪口”之类的口令，他就会把刺刀转过来。整个故事给您讲完了，这也是全部的马克思主义。”

“而且千真万确，完全来自生活本身。您想的是什么?”

解剖师又回到自己的试管边，过后又问道：

“那个专弄炉子的师傅怎么样?”

“就这事，我要特别感谢您，这人特别有意思。将近一个小时谈的都是黑格尔和克罗奇。”

“那当然啦，他是在海德堡念的博士。炉子怎么样了?”

“别提啦。”

“是不是倒烟?”

“正是这个毛病。”

“烟囱装得不对，本应该和燃料相连的，是不是让烟从窗户里出去的?”

“对，是把它装到炉口上，但仍然倒烟。”

“那就是没找准烟道，排到风道里去了。也许是进了通风口。

医生抬起头。果然不错，先前在窗外飞来飞去的不知名的鸟，原来是酒红色的柞树的落叶。

唉，塔拉修克不在！您只好忍耐一阵吧。这也不是谁都能弄好的。生炉子这事可比不得您弹钢琴。劈柴准备了吗？”

“到哪儿去弄啊？”

“我把教堂的更夫给您派来。他搞木柴有门路，能把篱笆墙拆了当柴烧。不过得事先提醒您注意，应该跟他讲价钱。他漫天要价。或者我把治虫子的老太婆找来。”

他们下楼来到门房，穿上外衣，然后走到街上。

“找治虫子的干什么？”医生说，“我们那儿没有臭虫。”

“这和虫子有什么关系？我说这，您就说那。不是臭虫，是劈柴。这个老婆子很会做生意。整幢的房子她都能把它当烧柴买下来，数量相当可观。当心，别绊倒，太黑了。在这一带，以前我闭着眼睛都能找到路。每块石头我都熟悉。我是地地道道的本地人。自从篱笆墙都拆掉了以后，我就认不出来了，仿佛是到了个陌生的地方。这一片成了什么样子！几栋破旧的老房子周围长满了灌木丛，花园里用坏了的圆桌，朽了一半的长椅，就躺在那儿。前几天我在三条巷子的交叉路口就路过这么一处荒废的地方。看到一位老太太用拐杖在地上挖，我就说：‘老奶奶，您不是挖蚯蚓，想钓鱼吧？’当然，我这是开玩笑。可她却一本正经地说：‘不是蚯蚓，是找野蘑菇。’说得真不错，在城里就跟在森林里一个样，到处闻得到发霉的树叶和蘑菇气味。”

“这个地方我知道。就在谢列布良内和莫尔昌诺夫斯卡之间，对吧？我从那儿路过，总有些意外的发现。要么是碰上一二十年没见过面的熟人，要么是找到点什么东西，据说在拐角的地方还有抢劫的事。这也不奇怪，那里四通八达。通往斯摩棱斯克那些残留下来的黑窝去的路到处都是。抢了东西再扒衣服，然后逃之夭夭，你连个他们的人影儿也找不着。”

“灯光太暗啦。难怪都把路灯叫作紫斑。真是恰如其分。”

6

所有事情都让医生在那个地方碰到了。十月革命发生前不久，一个寒冷漆黑的夜晚，他遇到一个人横躺在人行道上，已神志不清了，双臂张开，头枕着侧石，双脚落在阴沟里，时而发出微弱的呻吟。在医生的唤醒下，那个人含糊不清地吐出几个字，好像是跟钱包有关。看来他遭到了劫匪。他的头被砸破了，满头鲜血。但经过医生简单的检查，他的头盖骨并没有破裂。

日瓦戈跑到阿尔巴特街的药店里，打电话给圣十字医院急诊室赶马车的老头，将病人送到了急诊室。

那个受伤的人原来是个著名的政治领导人。医生治好了他的伤，而此后很多年，这个人一直充当了医生的庇护神，在那个充满危险的年代帮他多次脱离险境。

7

他们采纳了安东宁娜·亚历山德罗夫娜的建议，于是一家人在西夫采夫街顶楼的那三个房间住下来准备过冬。

这天周日寒风凛冽，乌云压城，眼看着就要下雪了，医生在家休息。

一早就把炉子生起了火，这时却呼呼地冒出烟。纽莎被那些潮湿的柴火弄得狼狈不堪，而对生火一无所知的安东宁娜·亚历山德罗夫娜却不断地出歪点子帮倒忙。医生知道如何生火，看到这一切要过来帮忙，却被妻子扶着肩推出房外：“别来插手了，你只会火上加油！”

“哦，有油就好啦，东列奇卡，炉子就能一下着起来！问题是我们既没油也没火。”

“现在不是开玩笑的时候。有时候根本顾不上这些。”

炉子问题破坏了每个人的计划。他们原本都希望在天黑之前把零碎的事情做完，然后有个空闲的夜晚。可是现在晚饭要推迟了，也没有热水，其他的一些计划也眼看着得落空了。

烟越冒越大，大风把烟倒灌到屋子里。房间里弥漫着浓浓的烟雾，如同神话传说中死气沉沉的林中妖怪。

后来，尤里·安德烈耶维奇把大家赶到另外两间屋里，打开气窗。他把炉子里的一半木块取了出来，在剩下的一半当中用细柴和禅树皮铺了一条引火道。

新鲜空气从气窗里夺路而入，窗帘摇摆着，吹了起来，纸稿从写字台上纷纷飘落。厅堂下不知哪扇门被风“砰”的一声关上了，而屋子里的风开始和残存的烟雾玩起了猫捉老鼠的游戏。

炉火噼里啪啦地旺了起来。铁皮炉膛上出现了一圈圈炽热的斑点，仿佛是肺结核病人脸上的红潮。屋子里的烟雾渐渐变得稀薄，很快就消散了。

屋子变得明亮起来。尤里·安德烈耶维奇前不久照解剖室主任的指导修好的几扇窗这时都蒙上了一层水汽，散发出一阵阵暖烘烘的油灰气味。炉子里混合着燃着的木块的气味：苦辣刺鼻的是云杉皮，清香有如花露水的是山杨。

这时，尼古拉·尼古拉耶维奇像气窗里吹进的一阵风冲进房间。

“他们在街上打起来了，”他汇报道，“支持临时政府的士官生和站在布尔什维克一边的卫戍部队士兵又打起来了。全城到处都是小战场。到你们这儿来的路上我遇到了好几次麻烦，一次是在德米特罗夫卡大教堂的拐角那里，另一次是在尼基塔城门附近。现在没有直通路了，都得绕道。快！尤拉！穿上你的外套，咱们走吧。你应该去看看。这是历史，一辈子才能碰上一回。”

但他却待在他们家里滔滔不绝地讲了好几个小时，然后留下来一起吃午饭。当他准备回家，并拖医生一起出去时，戈尔东闯了进来，回来说的几乎和尼古拉·尼古拉耶维奇描述的一样。

然而情况有所发展。戈尔东谈到了一些细节，他说射击越来越激烈，不少行人被流弹击毙，所有交通都中断了，能活着到他们这里简直就是个奇迹，但是回去的路已经断了。

尼古拉·尼古拉耶维奇不听劝说，坚持去外面看看，但很快又折了回来。他说子弹在街道呼啸而过，把街角的砖块和墙皮都打落了下来。外面连个鬼影子都没有，交通都瘫痪了。

萨申卡这些日子生病了。

“我都跟你说了几百次了，不要把孩子抱到炉子前。”尤里·安德烈耶维奇生气地说道，“受热比着凉更糟糕。”

萨申卡喉咙发炎，还有些发热。这孩子有个怪脾气，特别恐惧呕吐，所以当尤里·安德烈耶维奇要给他检查喉咙时，他一把推开他的手，紧紧咬住牙，又嚷又叫。无论怎么劝说、恐吓都无济于事。这时，他不小心打了个呵欠，医生马上抓住时机，飞快地把一个汤匙塞进他儿子的嘴里，压住舌头，赶忙查看了一下萨申卡紫红色的喉腔和化了脓的肿大的扁桃体。

不一会儿，医生用同样的手法从萨申卡嘴里取了一个涂片，在家中的显微镜下作了检查。还好，不是白喉。

但在第三天夜里，萨申卡突然出现了假性喉炎的症状。他发着高烧，呼吸困难。尤里·安德烈耶维奇实在不忍看着孩子这样受苦，但却又无能为力。安东宁娜·亚历山德罗夫娜觉得孩子就要死了，他们轮流抱着孩子在屋里来回地走，然而这却使他的病情好转起来。

他们需要给孩子弄些牛奶、热水或苏打水。但现在巷战正是高峰，枪炮一刻也不停。即便尤里·安得烈耶维奇敢于冒着生命危险穿过交火地带，在火线的那一边也不会见到一个活人。在形势没有完全明朗之前，城市的所有生活都停顿了。

但形势很快稳定了，到处传说工人们占了上风，士官们还在抵抗，但他们相互之间以及和指挥部之间都失去了联系。

朝市中心进逼的士兵控制着西夫采夫这个区。那些抗击德军的士兵和少年工人们一起坐在街巷他们挖的战壕中。他们已经和附近的居民很熟了，不时和那些来站在门口的人们谈笑着。市区这一地区的交通正在恢复。

戈尔东和尼古拉·尼古拉耶维奇被困在日瓦戈这里三天三夜，现在都走了。日瓦戈很高兴在萨申卡生病的艰难日子里有他们陪伴，他们虽然忙中添乱，安东宁娜·亚历山德罗夫娜也不太介意。但他们却觉得应该常常和主人聊天，以答谢一家人的热情款待。尤里·安德烈耶维奇却被这三整天的无聊空话搞得疲惫不堪，此时他还真的感觉到庆幸，因为他们要离开了。

8

他们知道客人已经安全到家了。但是，外面战火依然没有消停，有几条街道仍然在封锁中，所以医生现在还不能回医院。其实他迫不及待地想要回去工作，把病历写好。病历稿就放在了员工休息室桌子的抽屉里。

这附近的居民只有等到早晨的时候才会出来，走到不远的地方去买些面包。如果看见有路人手里拿着牛奶，他们就会凑上去问在哪里买的。

有时候战火蔓延到整个镇子，街道就会像荒废了一样，没有一个人影。听说交战双方正在协商谈判，从交战的激烈程度就能看出谈判的进展如何了。

十月底（旧历）的一个晚上，大约已经十点钟了，尤里·安德烈耶维奇一个人出去了一趟，没有什么事情，就没有叫别的同事一块儿。路上一片荒芜，他大步流星地走着，天空开始飘落起几片薄薄的雪花，被风一吹，散落在地上。

尤里·安德烈耶维奇走了很久，连自己都弄不清转过几个弯了。这时，雪越下越大，风也呼啸了起来。风夹杂着雪，吹过农田，庄稼上立刻盖上了一层厚厚的积雪。但是，风吹到镇子后，就好像迷了方向，四处乱窜。

无论是精神世界还是物质世界，近处或远方，大地或天空，发生的事似乎都是那么的相似。一些地方不断传来断断续续的枪炮声，那是最后的抵抗。远处的地平线上忽明忽暗地闪现着一簇簇火灾现场烧剩下的余火，在尤里·安德烈耶维奇的脚下、潮湿的路面和人行道上，风雪卷起雾腾腾的一圈圈旋涡。

一个报童胳膊下夹了厚厚一沓刚印刷出来的报纸，边跑边喊“卖报卖报!”在拐角的地方和他撞了个满怀。

“不用找零钱了!”医生说道，男孩从一卷潮潮的纸币中费力的抽出一张塞给了医生，然后就消失在风雪中。

医生走到路灯旁读头条新闻，这是最新单页版，内容是来自圣彼得堡的关于成立人民委员会、在俄国建立苏维埃政权和实行无产阶级专政的政府公告。接下去就是新政权的第一批法令和电报、电话传来的种种消息。

风雪吹打着医生的眼睛，一会儿报纸上就满是纷纷落下的灰色的雪。他陷入了沉思，在这一伟大的历史时刻，他迷失了自己。

他四处寻找看周围是否有更好的地方能够使他静下来看完剩下的内容。他发现自己又站在那个十字路口，也就是谢列布良内和莫尔昌诺夫斯卡的街角上，旁边是一幢正门镶了玻璃、五层高的住宅楼，里面宽敞的前厅亮着电灯。

医生进去了，在灯下全神贯注地读起了电讯消息。

楼上响起了脚步声。不知什么人从楼梯上走下来，这个人似乎想起了什么又突然忘了。果然，往下走的这个人猛然改了生意，转身又向上跑去。不知道是哪个房间的门开了，传出两个人说话的声音，不过回声太强，听不清讲话的是男是女。接着又是砰的一声关了门，先前下楼的那个人脚步十分坚决地跑了下来。

尤里·安德烈耶维奇的整个心思都贯注在报纸上。也懒得抬头看，但是楼上的这人突然间就在他旁边的楼梯下停住了，他好奇地看了这人一眼。

站在他面前的是个十八岁左右的少年，身上是一件在西伯利亚常穿的那种里外翻毛的鹿皮袄，头上戴了顶同样的皮帽。这男孩脸色黝黑，长着一对窄细的眼睛，极像吉尔吉斯人。他浑身散发着一种贵族气质，脸上的表情更是印证了这一点，聪明灵活的模样，还带着一种似乎只有那遥远的异国才有的、而在混血人脸上却很常见的优雅的神态。

这男孩子把尤里·安德烈耶维奇认成了另外的什么人，明显地感到茫然不知所措。他腼腆而又慌张地看着医生，仿佛知道这是谁，但又迟疑着没有开口。为了消除这种尴尬，尤里·安德烈耶维奇上下打量了他一眼，用冷淡的表情打消了他想走近的念头。

男孩有些迷惑地向门口走去，在门边又回头看了一眼，然后出去了，身后传来沉重的关大门的声音。

尤里·安德烈耶维奇在几分钟之后走了出去，他一心都在想看到的新闻，忘记了那个男孩和要去看望的同事，径直回家了。半路上一件小事又引起了他的注意。其实只是件日常生活中常碰到的小事。

在离家不远的地方，他在黑暗中被一大堆木头绊住了。那儿的巷子里有个什么机关，大概是把郊区的一栋圆木房子拆掉运来做公家的燃料。圆木在院子里放不下，所以堆在了街道的一侧。院子里有一个巡夜的持枪哨兵看守着这一大堆东西，不时走到巷子里来。

尤里·安德烈耶维奇连想都没想，他乘着哨兵返回院子，凑巧一股风刮来在空中卷起浓密的雪花的机会，从灯光照不到的有阴影的一面走到这堆木料跟前，慢慢摇动着最下面一根松动了的但是很重的短粗木桩，吃力地把它从下面抽了出来放到肩上，并不感到有多么重（自己愿担的担子就不觉得重），然后就悄悄地顺着阴影下的墙扛回西夫采夫街自己的家了。

刚好家里的木柴已经用完了。他把这一大段木头锯开，劈成了一大堆碎柴。尤里·安德烈耶维奇蹲下来生炉子。他一声不响地蹲在不断颤动着、发出声音的炉门前面。亚历山大·亚历山德罗维奇把扶手椅推到炉子跟前，坐下来烤火。尤里·安德烈耶维奇从上衣的口袋里掏出报纸递给岳父，问道：

“看过吗？您看一看。”

尤里·安德烈耶维奇并没有站起来，一边用小火铲拨弄炉子里的木柴，一边大声自言自语道：“多么高超的外科手术啊！一下子就巧妙地割掉了发臭多年的溃疡！直截了当地对习惯于让人们顶礼膜拜的几百年来的非正义作了判决。”

“关键是毫不使人恐惧地把这一切做完，这里边有一种很久以来就熟悉的民族的亲切感，是一种来自普希金的无可挑剔的磊落光辉，来自托尔斯泰的忠于事实。”

“普希金的？你说的是什么？等一等。我马上看完。一下子又看又听我可办不到。”亚历山大·亚历山德罗维奇打断了女婿的话，错把尤里·安德烈耶维奇的自言自语当成是对他说的。

“主要的是应该看到这绝妙的英明表现在什么地方。假如说让谁去创造一个新世界，开创新纪元，他一定需要首先清理出相应的地方。他肯定要等着旧时代先行告终，而为了着手建设新的世纪，他需要的是一个整数，要另起一行，要的是没有涂写过的一张白纸。

“但现在他们根本不用麻烦，这是全新的，这是历史的壮举，是史无前例的革新，现在就展现在我们面前。它并不是从头开始而是半路起家，不是在预先选定的时刻，而是在奔腾不息的生活的车轮偶然碰到的日子里。这才是最绝妙的。只有最伟大的事情才会如此不妥当和不合时宜。”

9

正如所料，冬天到了。它不像接下来的那两个冬天叫人害怕，然而相同的是，照样缺少照明而且饥寒交迫，一切都处于所有习惯的生活基础之上，正在破坏与改造之中，都拼命要抓住即将逝去的生活。

如此可怕的三个冬天接踵而来，一个跟着一个，而且这一切也并不是像从一九一七年跨入一九一八年的人那样，觉得都发生在当时，有些或许是稍后才发生的事。因为这三个连续的冬天已经融为一体，很难把它们区别开来。

旧的生活和新秩序并不合拍。虽然两者还没有产生像一年以后的内战时期那种强烈的敌意，不过彼此间已经没有联系。它们彼此分离并对立，水火不容。

在房产方面，在各类组织当中，在政府机关上，在公共服务中，到处都在进行管理机构的改组。它们的成员变了。所有的地方都在开始任命权力极大的委员。他们也一样。一些具有钢铁意志的人，身穿黑色皮外衣，以恐吓手段和枪支为武器，很少刮脸甚至很少睡觉。

他们很了解小市民的脾气和拥有小面额国家证券的那些卑躬屈膝的俗人，毫无同情心，并且面带挖苦的微笑和这种人讲话，就像对待被捕的小偷一样。

这些人按照纲领去组织一切，一次次的相对，又一次次的联合，就渐渐形成了布尔什维克的队伍。

圣十字医院现在被叫作第二改良医院，内部也发生了许多变化。部分人员被解雇了，其余的主动辞职，因为他们发现继续供职并不划算。这些都是挣了大钱而且掌握最新临床技术的医生，是能言善辩的天之骄子。他们放弃私利，但是绝不会忘记离职是作为抗议的行动，有着文明的理由，而且开始看不起留下来的人，几乎要和后者断绝来往，日瓦戈就在后者之列。

晚上，这对夫妇常常闲聊："别忘了星期三到医师协会的地窖去取冻土豆。那儿有两口袋。我会告诉你我什么时候可以离开，然后一起去，顺便带着小雪橇。"

"好吧。尤罗奇卡，时间还来得及。不早了，你快去睡吧。你一下也做不完所有的事情。还是去休息吧。"

"现在流行一种传染病。普遍的体质衰弱降低了抵抗力。简直都不敢看你和爸爸了。我们应该想点办法。不过有什么办法呢？我们自己注意得也不够。你听我说。睡着了吗？"

"没有。"

"我并不担心自己，我身体强壮。不过万一我垮了，你一定要冷静，不要把我留在家里。立刻送往医院。"

"不准讲那样的话，尤罗奇卡！上帝会保佑你的。怎么老是说不吉利的话？"

"你要记住，已经没有什么值得信赖的亲戚和朋友啦。更谈不上医术高明的。要是一旦发生什么事，可以信托的只有皮丘日金。当然，要是他还平安无事的话。你睡了吗？"

"没有。"

"这帮鬼东西，自己占尽了便宜，如今反倒表现出凛然正气和原则性。见面的时候还勉勉强强地伸出一只手来。'您还在为他们服务？'接着就把眉毛一扬。'是的，还在服务，'我说，'请您别见怪：对我们的困境我感到自豪，并敬重那些向我们奉献了贫穷而让我们变得光荣的人。'"

10

很长一段时间，大多数人的日常食物就是黄米粥和青鱼头煮的汤。青鱼的中段用油煎一煎就是另一道菜。营养都来自没有磨过的黑麦和带壳的小麦，用它们煮粥喝。

一位熟识的女教授，安东宁娜·亚历山德罗夫娜的朋友，教她在屋子里的荷兰式壁炉炉底上烤制烫面包。像从前一样，将一部分拿出去卖，吃水以后面包就增加了分量，再加上卖来的钱就可以抵消使用这种瓷砖壁炉的开支。这样就可以不再使用那个又冒烟、火又不旺、不保暖又折磨人的小铁炉子了。

安东宁娜·亚历山德罗夫娜的面包烤得很好，只不过靠它做的生意却毫无所得。于是，不得不放弃原先那个实现不了的打算，重新启用退了役的小铁炉。日瓦戈夫妇又开始受罪了。

一天早晨，尤里·安德烈耶维奇像往常一样去上班。家里只剩了两块劈柴。安东宁娜·亚历山德罗夫娜穿上那件皮大衣——虽然是件皮大衣，但是在暖和天她还是会冻得发抖（她的身体太虚弱了），上街去“采购”。

她在附近的几条街巷里徘徊了半个多小时，因为市郊农村的农民有时会带着蔬菜和土豆到那里去卖。仔细找才能找到这群人。因为常有人会拦截这些带货的农民。

很快她就搜索到了自己想要找的目标。安东宁娜·亚历山德罗夫娜陪着一个身穿一件粗呢上衣的壮实青年人，旁边带了一辆像玩具似的小雪橇，绕过街角朝格罗梅科家的院子走来。

韧皮编的雪橇车里有一张蒲席，下面有一堆禅树原木，粗细和过去照片上那种老式庄园围墙的栏杆差不多。安东宁娜·亚历山德罗夫娜很了解它的价值——禅木徒有其表，做劈柴不经烧，更不用说新砍下来的，没法用来生炉子。但是别无他选，也就不可能再挑三拣四了。

这个青年农民来回搬了五六次，替她把木柴送到住的楼上；作为交换，他连拉带背地从楼上弄下来的是安东宁娜·亚历山德罗夫娜的一个带镜子的小橱柜，放到雪橇上带回去给自己的女当家，出来的时候边走边说定了下一次要捎些土豆来的事，他的衣角还被立在门旁的钢琴刮了一下。

尤里·安德烈耶维奇回来后并没有批评妻子买的东西。其实把送给人家的那个小柜子劈成细柴更划算，不过他们都不忍心那样做。

“你看到桌子上的字条了吗?”妻子问。

“医院院长写的吧? 他跟我讲过，我知道。要请我出诊。一定去。休息一会儿就走。不过，路途相当远。好像是在凯旋门附近。我记了地址。”

“要给的报酬真是奇怪。你看到了吗? 你还是看看吧。出诊费是一瓶德国白兰地酒或者一双女人的长袜子。真有诱惑力。会是个什么样的人呢? 财大气粗的口气，而且似乎全然不了解我们现在过的是什么日子。大概是个暴发户什么的。”

“对，像是个采办员。”

那些私人小业主的头衔就是这种采办员、合同承包人、代办人的称呼。政府取消了私人商业以后，在经济紧张时期只要稍微给点松动，就和他们签订各种各样的供销合同和契约。那些被整垮的大老板已经不在这一行列了，他们受到打击后已经无法东山再起。如今的这些都是借着战争和革命从底层浮上来的一些投机商人，根本没底儿的外来户。

喝了些带点儿牛奶的乳白色的糖精开水，医生就出去看病人了。

街道一面的整排房屋到另一面的建筑物之间，人行道和桥面都埋在深雪里。有些地方的积雪有一层楼那么高。在这片宽阔的地方，只有几个来回走动、安静得半死的身影，自己拖着或是用雪橇拉着少得可怜的食物。几乎见不到什么乘车的人。

偶尔还能看见几处还保留着原来牌子的老房子，下面已是换了门面的消费品门市部和合作社，门都上了锁，窗户上加了栅栏或用木板钉死了，里面空空荡荡的。

这些空着锁起来的店铺不完全是因为没有商品，还因为包括商业在内的生活区在全面改组，处于最普遍的初级阶段，还未触及这类关了门的私人小店。

11

医生要出诊的这家人住在布列斯特街的尽头，靠近特维尔城门。

那是一栋式样早已过时的砖砌营房式建筑，院子在里面，沿后院墙的房屋由三层木走廊连通。

这儿正在召开全体居民会议，其中有一个是来自区苏维埃的一位女代表，突然间来了一支军事巡察队，要检查武器，未经许可的要没收。要居民陆续回到家中，但他们的头头要求女代表不要离开，并向她保证检查事件不会很长，大会很快就能继续。

医生到达的时候，检查都快结束了，但他要看病的那个还没开始搜查，一个拿着来复枪的士兵把他挡在了下面，当他们的头头听到医生和士兵的争吵声后，下令停止检查直到医生看完病人。

年轻的主人开了门，这个年轻人很有礼貌，肤色暗黄，眼睛深邃而忧郁。他正为一系列的事情而烦心，妻子生病，武器检查，以及他对医学的尊敬。

为了给医生节省时间和减少麻烦，他想尽量长话短说，反倒由于太急而讲得又长又乱。

屋子里尽是家具，有贵的有便宜的，都是在通货膨胀期间匆匆买下的。成套的家具都是后来买的单件家具凑上的。

年轻人认为他妻子的病是由于精神受到刺激，他又离题万里地扯到了最近他们买的一个古董钟。那是个坏掉的八音钟，他们是当作一件稀罕的钟表工艺品买下的（年轻人还把医生领到隔壁的屋子里去指给他看）。夫妇两个甚至不相信还能修好。可是这个多年没上发条的钟突然间就自己走了起来，里面的那些小钟奏了一段法国的小步舞曲，然后又停住了。妻子吓坏了，说是敲响了她生命的最后时刻，不吃也不喝，连他也认不出来了。

“所以你认为是精神上受了刺激?”尤里·安德烈耶维奇怀疑地问道，“带我看看病人吧。”

他们进了另一间屋子，房间里挂着精美的枝形吊灯，一张大的双人床，还有两只红木床桌。一个身材娇小的女人躺在床沿上。毛毯盖到了下巴。当看到他们过来的时候，她从被子下抽出一只手挥向他们让他们靠后。宽大的睡衣袖子一直滑落到腋窝。她认不出自己的丈夫，似乎也不觉得屋子里还有人，接着就开始轻轻地唱起一支不知名的忧伤的歌。歌声那样让她伤心，接着她就哭了起来，像个孩子似的抽抽搭搭，请求允许她回到什么地方的家里去。不论医生从床的哪一边走到她身边，她都背对着他。

“应该给她检查一下，”尤里·安德烈耶维奇说，“不过不要紧，很清楚她得了斑疹伤寒，而且症状相当重，她受了不少苦，真可怜。我的建议是送她去医院，我知道你要说她家里什么都有，但是你得知道在最初的几个星期她需要持续地住院观察，你有什么交通工具吗……出租车或是马车？她得穿厚些裹得严实些。我马上就给您开个就诊证明。”

“可以。我尽力去办。不过请等一等。真是伤寒病吗？这太可怕啦！”

“很遗憾，正是。”

“要是把她送走，我害怕失去她。您能不能在家里治疗？什么样的报酬我都可以给您。”

“我已经跟您说清楚了。她的病情需要不断地观察。照我说的做……我这样说是真的为她考虑，现在不管多少钱，赶紧找辆马车，无论如何您也要找个马车夫来，我给她开个就医证明。这事最好通过您这里的住宅委员会去办。证明需要盖章，还有其他一些手续。”

12

经过询问和检查的居民披着暖和的披肩，穿着皮大农，一个接一个地回到居委会所在的这间没生火的房子里。这里原先是存放鸡蛋的库房。

房间的一头放了一张办公桌和几把椅子，由于没有足够的椅子，大家就把那些旧的空鸡蛋篓子放倒坐在上面，这些空篓子大多都堆上了房顶，在一个角落里堆满了刨花，上面粘着些碰破的凝固了的鸡蛋清，老鼠在这里张皇地窜来窜去，有时候跑到空着的砖地上来，然后又藏到那堆碎鸡蛋渣子里去。

每当这个时候，一个大嗓门儿的胖女人就尖叫着跳到一只箱子上，做作地翘起小手指头拈起衣服下摆的一角，两只穿着时髦的高帮皮鞋的脚不停地跺着，还故意装出喝醉酒的哑嗓子喊道：

“奥莉卡，奥莉卡，你这儿到处都是老鼠。快滚，你这些脏东西，哎、哎、哎，还懂话呢，还生气了呢！哟，啊呀。哎呀，还往箱子上爬哪！可别钻到裙子底下。真吓人，我害怕！先生们，请看看。对不起，我忘记了，现在已经不叫先生，应该称呼公民同志。”

一件肥大的卡拉库尔绵羊皮大衣罩在巨乳和滚圆的胃上，没系扣子。双下巴因为肥胖叠了三层，她以前也曾是小商小贩里的美女，如今眼睛因为浮肿眼皮儿也睁不开了。她曾经的一个情敌想往她身上泼硫酸，但失手没泼准，只有几滴滴在她的脸上和嘴角，留下了痕迹，很轻微，几乎看不出来。

“别吵啦，赫拉普金娜。都没法儿工作了。”坐在桌子后边的区苏维埃来的女代表说话了，她是这次开会选出来的主席。

这里的老住户很早就认识她，她对他们也很了解。开会之前，她小声地和管院子的女工法吉玛说了一会儿话。法吉玛从前和丈夫孩子一起凑合着住在肮脏的地下室里，如今和女儿两个人搬到二楼的两间敞亮的屋子里。

“工作怎么样啊，法吉玛？”女主席问她。

法吉玛抱怨说她一个人照顾不了住这么多人的大院子，又找不到帮手，分给各户的打扫院子和街道的任务根本没有人做。

“别发愁，法吉玛，会给他们点颜色看的，你放心吧。这算个什么居委会？没有一点希望，还窝藏嫌疑犯，有道德污点的人根本没有登记。要把他们都赶出去，重新选举。我自己来当住宅管理员，你别灰心。”

管院子的女工恳求女主席别这么办，可后者根本听不过去。

她环视四周发现人都到了，就让大家安静下来，说了简短的开幕词，她谴责委员会的松弛懈怠，她建议重新选举居委会的负责人，接着又谈了其他几个问题，讲完了这些，她做了个总结：

"情况就是这样，同志们。坦白地说，你们的居住空间很大，适合做宿舍。有时候各地来开会的代表就没有地方安置。已经做了决定，把这房子收归区苏维埃支配，给外地来的人住，并且命名为季韦尔辛，他在流放前就住在这里，这是大家都知道的。有反对的吗？至于什么时候腾出来你们不用急，还有一整年，工人会再分房，其他人自己找房子，这些人有一年的时间。"

"我们都是劳动人民吗？我们每个人都是工人。"人们的声音从各处迸发出来，一个声音哭诉道："这就是伟大俄国的沙文主义，现在所有民族都平等，我知道您暗指什么。"

"不要一起说，我怎么知道该先回答谁呢？这跟民族有什么关系，请问瓦尔德尔金公民？比方说，赫拉普金娜根本谈不上什么民族不民族，但我肯定她也得搬出去。"

"搬出去！试试看怎么让我搬出去，我倒要看看。你这个烂床垫子！烂床单！"赫拉普金娜尖叫着，用一些莫名其妙的词咒骂那个女代表。

"真是可恶！你一点不知道羞耻！"管院子的女工气愤地说。

"你不用管，法吉玛。我自己能对付。你住口，赫拉普金娜。闭嘴吧，我说，要不然马上就把你送到一个机关去，用不着再等着人家抓你私设烧锅和窝藏赃物。"

吵闹的声音已经达到了顶点，谁也没法儿讲话。在这个时候医生走进了这间库房。他请在门边碰到的第一个人给指点一下谁是居委会的、哪一位都行。那人就把两只手放在嘴边做成扩音器的样子，压住大家的吵嚷声地喊了起来："加——利——乌——林——娜！过来，有人找。"

听了这个姓名，医生简直不敢相信自己的耳朵。走过来的是个瘦瘦的、背有点驼的妇女，就是那位管院子的女工。母亲和儿子的面貌如此相似，让医生感到吃惊。不过，他并没有表露出来。他说："你们这儿有位居民得了伤寒病（同时说了她的姓名）。需要注意，免得传染。另外，应该把病人送到医院去。我可以给她开个诊断单子，由居委会证明一下。这事要到哪里去办？”

管院子的女工把这话理解为怎么送病人去医院，而不是办证明手续，于是她说：“一会儿区苏维埃有辆马车来接杰明娜同志。杰明娜同志是个和善人，我跟她说，会把车让出来的。别发愁，医生同志，一定把你的病人送到医院。”

“嗯，很好。实际上，我问的是什么地方办入院就诊的证明。不过如果还有马车的话……请原谅，您是不是加利乌林·奥西普·吉马泽特金诺维奇中尉的母亲？我和他一起在前线服过役。”

女工全身一抖，脸色变得煞白。她抓住医生的一只手，说道：“走，到外面去，我们到院子里谈。”

刚出门槛，她就说道：“看在上帝的分上请轻点声，别坑了我。尤苏普卡不走正道，你自己判断吧，他是做什么的？他本是学徒出身，是工人，他应该明白……普通老百姓现在日子是好多了，瞎子都知道，没人能抵赖得了，我不知道你是怎么想的，也许你还没什么，可是尤苏普卡是有罪的，上帝也饶不了他。尤苏普卡的父亲当了兵，给打死了，连个全尸都没留下。”

她已经讲不下去了，摆着手等待心情平静下来，然后又接着说：“走吧，现在就去找马车。我知道你是谁了。他在这儿待过两天，什么都说了。他说，你认识拉拉·吉沙洛娃。那是个好姑娘。记得过去常到我们这儿来。不知道现在怎么样了。难道说先生们也能你反对我我反对你？尤苏普卡真造孽。走吧，去找马车吧。杰明娜同志一定会让我们用的。你知道杰明娜是谁吗？就是奥莉妞·杰明娜。在拉拉·吉沙洛娃妈妈的作坊里打过工的，也是从这儿出去的，就是这个院子。走吧。”

13

夜幕降临了，四周一片漆黑，夜色笼罩着周围的一切。只有杰明娜手电筒的那一小圈光亮在五步远的一个个小雪堆上跳跃移动，不但没能给走路的人照亮，反而让人更迷糊。四周是漆黑的夜色，那座房屋已经落在身后。当她还是个小女孩儿的时候，住在那里的许多人就知道她。听人家说，她丈夫安季波夫也是在那儿长大的。

杰明娜用一种宽容、戏弄的口气对他说："你不用电筒真的能找到回家的路吗，医生同志？如果看不见就拿我的电筒吧，当我们都是小女孩的时候我们都很喜欢她，这是事实。她们家有个裁缝铺，我是那里的学徒。今年我看到过她，她路过莫斯科。我告诉她你到哪儿啊？真傻，就待在这儿和我们在一起吧，我们会为你找份工作的。但没用，她还是走了。那是她的工作。她凭着理智嫁给了帕申卡，但是心里不乐意，从那以后就变得喜怒无常。她到底还是走啦。"

"您怎么看她的？"

"小心，这里很滑。说过多少次了，不要在门前倒脏水，可是没一点儿用。我怎么看她的？你是什么意思？我能怎么想？我就住这儿，还有一件事儿我没告诉你……她兄弟，在军队的那个，估计死了，至于她母亲，也就是我先前的老板娘，我还是要给她帮点忙的。好啦，我进去了，再见。"

他们于是分了手。杰明娜的电筒的亮光扫到一条窄小的石砌楼梯口处，接着往前照亮了逐级向上的肮脏剥蚀的墙壁，把黑暗留给了医生。右边是凯旋花园路，左边是篷车花园路。在远处漆黑的雪地上，这两条夹在石砌楼房当中的街道已经不像是平常的路面，倒像是乌拉尔或西伯利亚人迹罕至的密林里的两条林间小道。家里既明亮、又温暖。

"怎么这么晚？"安东宁娜·亚历山德罗夫娜问了一句，没等他回答她就接着说，"你不在的时候发生了一件怪事，简直无法解释。我忘告诉你了，昨天爸爸把闹钟弄坏了，家里就只剩这一个了，他很懊丧，翻来覆去地修，怎么也修不好。街角上的修表匠开口就要三磅面包，真是从来没听说过的价钱。该怎么办呢？爸爸简直绝望了。可是突然之间，你想想看，就在一小时以前，清脆震耳的铃声响了！拿过来一看，它又走起来了！"

"这是敲响了我要得伤寒病的钟声。"尤里·安德烈耶维奇开玩笑地说，接着就给家里人讲了女病人和那座钟的事。

14

不过，他是在这以后又过了很久才得伤寒病的。在这中间，日瓦戈一家的贫困达到了极点。他们一无所有还在挨饿，缺吃少穿，身体也快垮了。尤里·安德烈耶维奇找到了那位曾被他救过的遭了抢劫的党员。那人尽其所能为医生做了一切。但是，内战开始了。他的这位庇护人经常出差在外。而且，这个人根据自己的信念认为当时的种种困难是很自然的，但绝不对人说他也在挨饿。

尤里·安德烈耶维奇也试着去找过住在特维尔城门附近的那位采购员。但是接下来的几个月他消失了，他痊愈的妻子也杳无音信。他来拜访加利乌林娜，也没找到她。大部分的住户都是新的，杰明娜去了前线。

一天他得到一份按官价配给的干柴，并把它从温达瓦车站运回来。沿着似乎没有尽头的梅山斯卡亚大街走着，他突然发现大街变了样，发现自己的身体也跌跌撞撞，两腿站不住了，他知道犯伤寒病了，车夫把他扶了起来，让他坐在干柴堆上。医生已经不记得是怎样回的家。

15

他处在疯癫状态中已经有两个星期了。他梦到东尼娅把两条大街摆开在他的书桌上，左边是篷车花园街道，右边是凯旋花园街道，然后点亮了台灯：橘黄色火光照亮了那街道，现在他可以写作了。就这样，他在写着。

他正在写的东西都是他很早以前就应该写的、并且一直都想写的东西，只不过从来没能静下心来写，但现在却容易得多了，想表达什么就写什么了。只是时不时有个男孩子来打扰他，那孩子长着一双吉尔吉斯人似的小小的眼睛，穿了一件在西伯利亚或者乌拉尔常见的那种翻过来的带有纽扣、两面带毛的鹿皮袄。

他清楚地知道，这个男孩就是他的死亡催促者，或者简单说，就是死亡。不过，假如这孩子帮助他写诗，又怎么会成为他的死神呢？如果说死亡是有益处的，那么怎么才能从死亡那儿得到帮助呢？

他的诗的主题不是复活，也不是入土为安，而是在这两者之间的一段时光。他写的诗题为《混乱》。

他一直想描写，在那三天之内，那一片黑色的肮脏的充满蠕虫的土地是如何侵扰爱神的不死之身；是如何用石栗和瓦块冲击它，正如海浪在沙滩沿岸不停地飞扑，又不停地跳跃想将它吞噬；在三日之内，黑色飓风的土地是如何狂怒，一边进发，又一边退却。

两行诗句总是在他头脑中萦绕：

“在你身边，我们是欢乐的”，和“直到把时间唤醒”。

在他身边，他感触到地狱、放纵、腐败、死亡，同样有春天、从良的女人还有生命。该到清醒的时刻了，该起床了，该是奋起的时刻了，该是复苏的时刻了。

16

他开始逐渐好转。起初他对每件事都是想当然的，就像一个白痴一样。他什么都不记得了，也看不到事物之间的联系，而且对什么事都不感到奇怪。妻子给他吃的是抹了黄油的白面包，喝的是加糖的茶，还有咖啡。他忘记了这些东西现在是找不到的。他像欣赏诗歌和童话那样品尝美食，似乎在康复期获得这种享受是理所当然的。然而，很快他就清醒了，便问妻子：“这些都是哪儿弄来的?”他询问道。

“是格兰尼亚。”

“格兰尼亚是谁?”

“格兰尼亚·日瓦戈。”

“格兰尼亚·日瓦戈?”

“就是你在鄂木斯克的弟弟叶夫格拉夫，你同父异母的兄弟。在你生病期间，他每天都来看我们。”

“穿着鹿皮袄的那个?”

“对，对。你的确见过他，你在昏迷当中看到了。他说他在什么地方的一幢房子的楼梯上遇见过你，还说他对你说过话，认出了你，但很明显你吓到他了！他很崇拜你，他仔细阅读你写给他的每个字。他给了我们很多东西……大米、葡萄干、白糖。现在他已经回自己家去了，还让我们也去。真是个怪小孩，似乎还有点儿神秘。我觉得他好像与当权的人有关系。他说我们应该逃到别处，再待上一两年，离开这个大城镇，回到那片土地待上一阵子。我想起了库如格尔这个地方，他说这是个不错的地方，在那儿我们可以种点蔬菜，而且四周都是森林。我们不能像绵羊一样，死的时候还毫不挣扎，失去斗志。”

就在这一年的四月，日瓦戈全家搬到了遥远的西伯利亚，去了尤里亚金市附近原先的领地瓦雷金诺。

第七章　通向乌拉尔的火车

1

三月底，天开始渐渐变暖。人们往往以为春天不远了，殊不知，好兆头只是昙花一现，寒冷的日子还在后头。

日瓦戈一家匆匆忙忙准备着搬家。大街上到处都是想租房子的人，为了掩饰匆忙慌乱，他们告诉那些租客们他们在大扫除，为即将到来的复活节做准备。

尤里·安德烈耶维奇一直反对搬家。到现在为止他仍觉得那只是说说罢了，也没有去准备行李。但当其他人都把行李准备得差不多的时候，他意识到该直面问题了。他们需要认真地讨论一下这件事。

这天，他和妻子、岳父三个人开了个家庭会议讨论这件事。他重申了自己的犹豫和担心。

“你们觉得我说的不对吗?”讲完自己的想法之后他问道，“你们还是坚持要走?”

“你说过，我们要精打细算，尽一切办法过好下面几年，直到我们分到地。”妻子继续说，“我们要在莫斯科附近有块地，建个小菜园……但是我们现在要考虑的是，怎样才能熬到那一天。最关键的是，你没有说具体怎么做。”

“指望你说的那些是完全不现实的。”岳父也站在女儿那边说道。

“那好吧……就按你们说的做吧。”尤里·安德烈耶维奇妥协了，“但我担心的是，在瓦雷金诺妈妈和祖母都去世了，祖父现在是人质，生死未卜，我们去了那里人生地不熟的……”

“你知道在战争结束前一年，他在别人名下做过一些交易，卖掉了森林和工厂，房主写的是某家银行还是某个人，我也不清楚。实际上我们什么都不知道。现在那是谁的财产？我不是说现在它们到底属于谁，我不在乎我们是不是失去了它们，我想知道的是，现在谁在经营着，木材砍了没有，工厂还开不开工，还有那块地方到底谁统治着，或者确切地说，等我们到那儿的时候，是谁在掌权。”

“你指望着原来的经理米库利钦来帮我们，可是谁保证他还在那儿呢，是死是活都不知道呢！我们只知道他的名字而已，还是因为当初祖父怎么也读不准那名儿。”

“唉，那还有什么好争的。你已经决定了，我也同意了。现在我们要做的就是为长途跋涉中可能发生的一切做准备。不要再拖下去了。”

2

尤里·安德烈耶维奇去雅罗斯拉夫斯基火车站打听情况。

在木质手扶栏杆围成的过道里，是长得看不到尽头的人群，缓缓向前移动。石级上横七竖八躺着些人，他们穿着灰白破旧军装，咳嗽着，把痰吐在地上，变换个姿势躺着又继续大声地说话，那声音在拱形天花板下回响着，显得极不协调。

他们大多是最近得了伤寒，而医院早已拥挤不堪，一旦他们脱离病危名单，就会被赶出来。作为一个医生，尤里·安德烈耶维奇深知这样做的必要性。但他没想到不幸的人有这么多，他们居然都不得不到火车站觅得一席安身之地。

“你必须动动脑子，搞个出差证明什么的。”一个穿着白围裙的行李搬运工告诉他，“而后你天天都要来问问有没有车，现在车很少，要碰运气了，还有，这个，”他用拇指在食指、中指上捻了捻，做了个要用钱打点的手势，“弄些面粉或其他的，轮子没油也不跑啊，还有，”他轻轻拍了拍喉结处，“再来点伏特加，事情才会好办些。”

3

那阵子，亚历山大·亚历山德罗维奇有时会去高级经济议会做顾问，尤里·安德烈耶维奇帮一个重病的政府官员看病。他们都得到当时最让人眼红的配给券做报酬，凭票可以去新开的物资配给中心领分配的物品。

配给中心是西蒙诺夫修道院旁边的旧军队仓库改建的。医生和他的岳父走过教堂和兵营的空地，径直穿过一扇低矮的石门，进入一个拱形的地下室。经过一个斜坡走到底，地下室变得开阔起来，一个宽宽的柜台横拦在眼前，穿过了整个房间。柜台后面站着一个服务员，他称算好物品，不紧不慢地把它拿出来，用粗铅笔轻轻将单子上的名称画掉。又不时地从后面仓库里把少的货补全。

周围顾客很少。管仓库的人扫了一眼配给券，说：“袋子呢？”他们拿出大大小小的枕头套，眼睛红肿，看着枕套渐渐装满面粉，谷物，通心粉，糖，肥皂，火柴，还有一些用纸包起来的东西——后来他们发现是高加索奶酪。

仓库管理员的慷慨让他们受宠若惊，他们赶紧把小捆的东西塞进麻布袋里，背在肩上，生怕耽误了管理员的时间。

他们激动地走出地下室，不仅是因为得到的食物，更因为他们意识到自己活着对世界还是有用的，他们感觉到自己的价值，回家后东尼娅一定会因为惊喜而表扬他们的。

4

男人们整天在外面跑，他们到政府部门打点出行需要的文件，登记公寓，以便回莫斯科的时候还能住回来。安东宁娜·亚历山德罗夫娜就在家整理东西。

这三间房子在法律上已经是日瓦戈家的了。她来回走着，挑选要随身带走的东西，每样东西都拿了又放下，放下又拿起来。行李中只有很少的一部分是要用的东西，大多会变作路途上的花销。

窗户半开着，清新的春风从窗子里吹进来，带着一种刚刚切开、新鲜出炉的白面包的香气。院子里，公鸡时不时地叫两声，孩子们也追逐打闹着。如果房间通风更好些，那存放冬天衣服的大箱子里的樟脑香气一定会更浓。

关于到底什么该带什么不该带，那些比他们早离开的人走得多见得多，也早已告诉过安东宁娜一套理论。虽然外面不断有麻雀的叽叽喳喳声和孩子们的吵闹声，那些简单而又无可争议的原则忽然在安东宁娜的脑海里异常清晰，就好像有个神秘的人不断在她耳边重复提醒着她。

“该腾出多大地方放置衣服呢?”她沉思着，一个声音又响起来，“一路上行李是要被检查的，不像衣服就有些危险。可以是原料，布匹，衣服，最好是一些不太旧的外套；不要带箱子和篮子，不要用的东西都别带，所有的东西都要打包捆起来，行李要小到妇女孩子都能拿；盐和烟草都是很有用的，但风险也很大。钱要带20或40面额的；最难带的东西是文件……”诸如此类的事项，不一而足。

5

在他们搬走的前一天，下了一场暴风雪。乌云笼罩下，旋转飞舞的雪花被卷入天空，而后又如白色的旋风般飘落到地面，落到那漆黑深幽的街巷，静穆的白色覆盖了一切。

所有的行李都已打包好了。公寓被移交由一位上了年纪的老人和他的妻子照顾，里面很多东西就像曾经摆放的那样原封不动。老人以前曾是一位售货员，老夫妇都是叶戈罗夫娜的亲戚。去年冬天，他们还帮安东宁娜·亚历山德罗夫娜用旧衣服和家具换得了食物和柴火。

马克尔指望不上。

安东宁娜·亚历山德罗夫娜让这对夫妇最后查看一下房子，检查钥匙是否与锁相配，试试抽屉和橱柜是否便于开关，并给他们最后的一些指导。

房间里，桌椅都被推靠在墙边，窗帘也被拆卸下来，绑成一捆堆在角落里。从房间的这几扇窗户看出去，暴风雪剥夺了他们关于冬天的美好幻想，让他们想起了悲伤的往事。尤里·安德烈耶维奇想起了他的童年和他母亲的死；而安东宁娜·亚历山德罗夫娜和她父亲想起了安娜·伊万诺夫娜的死亡和她的葬礼。他们觉得这是他们在这所房子里度过的最后一个夜晚了，从此以后他们再也不会见到它了，其实他们想错了。但是在他们这种想法的影响下，为了不让对方感到心烦意乱，他们回想着曾在这屋檐下度过的岁月，眼泪几乎就要夺眶而出。

尽管这样，安东宁娜·亚历山德罗夫娜还是遵守着与陌生人见面时的礼节。她一直在与那个将要照看她房屋的女人说着话。她过高地估计了那对夫妇所能给予她的帮助，焦虑不安但又满怀感激。她一次又一次地向她道歉，不断地跑到隔壁房间，为这妇女拿出礼物：一会儿拿出件衬衣，一会儿又拿出一块棉布和丝质印花布。所有这些东西的料子都是黑色衬底上面带白格子或白斑点的，仿佛是雪地里黑暗的街道衬托着砖墙上一个个白色的楼空方格，在这临别的夜晚注视着没有遮挡的光秃秃的窗户。

6

他们在黎明时分便动身去了火车站。通常在此时，其他房客都还在睡觉，但他们中有一个名叫泽沃罗特金娜的人，由于无可救药地喜欢上了组织各种社会活动，因此他的高呼声经常会把大家叫醒：“注意，请注意了！伙伴们！大家快来吧，格罗梅科一家子要走了，大家都快来同他们道别吧！”

于是人们都跑到后门廊（前门已被栅栏围住），站成一个半圆形，就好像为了照相特意摆出的队形。他们打着呵欠，时不时地打着颤，拖曳着半搭在肩上的破旧外套；他们跺着脚，脚上是光脚匆忙穿上的巨大的毛毡靴子。

即使在那些天气很干燥的日子，马克尔居然搞到一些酿造精良的好酒并喝得烂醉如泥。他瘫倒在那些几乎要倒塌的陈旧的后廊扶手上，像具尸体一样。在去车站的路上，他坚持要帮着提行李；如果遭到拒绝，他还非常生气。所以最后，大家都离他远远的。

天色依然很暗，但风势减弱了，雪也比前夜小了很多。鹅毛大雪悠闲地飘落，缓缓着地，似乎正在踌躇是否该落下。

他们离开街道到达阿尔巴特街时，雪变得更小了。现在的雪就好像一层和街道一样宽的雪白、缓慢飘落的幕布，它的边缘在路人腿边摆动着，于是人们的行动感渐渐消失，他们觉得自己就像在原地踏步。

路上除了旅行者外再没有其他游客，但很快他们就被一辆皑皑白雪覆盖了的马车超过。马车夫看起来活像在面粉里滚过的一块面团，浑身是雪。他车上的乘客多得难以想象。他将乘客们连同他们的行李载到车站，然而乘客里没有尤里·安德烈耶维奇，因为他自己要求要徒步走过去。

7

他看到安东宁娜·亚历山德罗夫娜和她父亲在那排队，人很多，看不到队尾，他们已经挤进两排木栏杆里。

纽莎和萨申卡没有排队，两人在栏杆外走来走去，只是偶尔看看是否在距大人不远处游玩，没有走丢。他们两个人身上散发很浓的煤油味儿。那是为了预防传染伤寒病，在他们的脚腕、手腕和脖子上涂了一层煤油。

队伍已排到了站台门口，但实际上乘客必须到离这儿有足足半英里的轨道附近上车。因为没有足够多的清洁工，车站里一片肮脏，站台前的铁轨因脏东西和结冰而不能使用。火车开不进来，只能停在站台以外的地方。

安东宁娜·亚历山德罗夫娜看到丈夫赶来，就向他招手，喊着告诉他在哪里给旅游证件盖章。

“拿来看看，他们盖的是什么章。”刚一回来，她就问他。隔着栏杆，他拿出了一沓证件。

“这是公务人员车厢的乘车证。”站在安东宁娜·亚历山德罗夫娜后面的一个人，从她身后看见证件上加盖的印章后说道。站在她前面的另一个人则更加直率。他知道的非常详细，熟悉一切规章，通晓世上各种法令。

他解释说：“有了这个图章，您就可以乘坐高级别车厢，换句话说就是可以在旅客车厢要座位，如果列车有这种车厢的话。”

排队的人立刻都凑了上来。

“旅客车厢的确有！你若能坐到货车的缓冲器上都谢天谢地了。”

“别听他们的，”另一个人说，“我来给你解释，很简单。今天，只有一种类型的火车，这种火车是混合组装，它既挂有军车、囚车、运牲口的车，还挂有客车。为什么误导这位同志？”他转向人群说道，“说话又不花费什么，想怎么说就怎么说，但要让他明白，你就应该给他说清楚。”

“你可真能解释。”有人不要他说下去了，“你说你告诉他他拿到了公务人员车厢的乘车证！在你解释之前，先看看这个人，长着一副这样的面孔怎么能乘坐高档旅客车厢？那节车厢已坐满了水兵。水兵有训练有素的眼睛和枪支。士兵会看看他，会看出什么？一个有产阶级——比这更糟：医生，还是以前的身份。水兵会抄起家伙——结束你的小命。”

如果不是人们注意到别的事情，不知道他们对医生的同情会持续到什么时候。

候车的月台屋顶长几百码，在此临时等车的人透过巨大的玻璃窗好奇地向外观望着。人们只有在越过屋顶的尽头才可以看到飘落的雪花；从远处看去，雪花几乎是停在空中，随后慢慢地落向地面，就像喂给鱼的面包屑缓缓落入水底一样。

不一会，有人要么三三两两，要么是一个人沿着轨道走到很远的地方。起初，人们以为他们是铁路工人在值班，巡查护路。但是，他们一帮人蜂拥而出，跑去的地方随即升起了一小股机车的烟雾。

“开门，你们这帮骗子、无赖。”排队的人吼叫着，人群骚动，涌到门前，而后面的人也向前边拥挤。

“瞧他们干的好事！这里有墙挡着，那边不排队就冲进去了！一会儿就把火车塞得满满的，我们还像绵羊一样站在这儿！开门，鬼东西！我们砸门啦！喂，伙计们，用力推，加油！”

“傻瓜，你们羡慕什么呢?”那位无所不知的人开口说话了，“那帮人是从列宁格勒押解来服劳役的。原先派到北部地区的沃洛格达，现在又往东部前线赶。他们不是自愿的，有押送队。去挖战壕。”

8

他们在路上奔波了三日，距莫斯科总算不远了。沿途一片荒凉，冰雪覆盖了一切——阡陌、田野、林地、瓦房……

所幸，日瓦戈一家在车厢上铺找到了歇息的角落，正对着天花板下的一扇细长小窗。

东尼娜以前从没坐过火车。他们第一次上车的时候，是尤里·安德烈耶维奇帮她推开笨重的拉门把她托上去的。后来，她就学着自己爬进爬出了。

起先，这车在东尼娜看来不过是个安在轮子上的猪圈，一震便要散架。但三天过去了，火车变速又转向，来回颠簸，左右摇晃，车厢下的轮子像玩具鼓似的咚咚作响，他们仍旧安然无恙。看来，是她多虑了。

火车有二十三节车厢（日瓦戈一家坐在第十四节），每次进站只有一部分——或头，或尾，或几节车身能停靠在短短的站台边。

车厢前面坐着军人，中间是老百姓，后面八节将近五百来人来自各行各业、年龄参差，他们是受征召去服劳役的。

这真是一道亮丽的风景线——彼得格勒有钱又有头脑的律师、证券交易人肩并肩地与那些开出租的、擦地板的、澡堂打杂的、拾破烂的，还有裸奔的疯子、零售商人和修道士待在一块，组成了一个剥削阶级。

律师和证券交易人身着衬衫，围着烧得通红的小铁炉，坐在矮矮的圆木桩上天南地北地侃谈说笑。他们可以靠关系，犯不着担心，家中有来头的亲戚正为他们打点，用不了多久就会被赎出来。

其他人或是穿着高筒靴和开襟长袍，或是光着脚、披着长衬衫，有的蓄了胡须，有的把脸刮得干干净净。他们待在令人窒息的车厢里，站在半开的车门前一言不发，扶着门框忧郁地望着沿途的农民与村庄。他们找不到有权有势的人帮忙，他们没有任何人可以指望。

这些人塞满了分配给他们的车厢，都挤到老百姓待的地方去了，第十四节车里也看得到这些人。

9

火车一停站，安东宁娜·亚历山德罗夫娜总要小心翼翼地坐好，以免把脑袋撞到了天花板，然后低下头望向半开的门缝外，她在想自己是否该出去瞧瞧。这要取决于车站的大小、停站的时间，以及是否会有便宜的买卖。

这次同样如此。火车减速让她从瞌睡中惊醒。车门哐当哐当响个不停，说明这个车站相当的大，而且会逗留很久。

她揉揉眼睛、捋捋头发，从包裹底下抽出一条毛巾，上面绣着公鸡、牛轭还有车轮。

医生也在这时醒了，他最先从铺位上跳下来，然后帮着妻子从铺位上下来。只见卫兵的住所、路灯柱一一向后移去，紧接着是被厚厚的积雪压弯的大树，它们朝火车伸出枝干，好似在表示欢迎。车还没停，水兵们就早早跳到没人踩过的雪地上去了，他们跑向车站旁的拐角处，那儿经常有农妇会兜售违禁食品。

黑色制服、水兵裤和无檐帽飘带显得他们大有火速前进之感，让前面的人都让出道来，以免遭到这群滑雪、滑冰的人袭击。

在拐角处，近乡大大小小的女子都像站在占卜师面前一般激动，躲在车站墙后，一个挨一个地排出一溜纵队，兜售着黄瓜、奶酪渣、熟牛肉和黑麦薄煎饼，它们都被包裹在棉毛巾里面以便保持热度和口感。这些女人把披巾掖到羊皮大衣里，被水兵的笑话逗得涨红了脸，但心里又怕他们，因为投机买卖和自由市场的打击队伍大多就是由水兵组成的。

10

十四号车里坐着几名强征入伍的工人以及一名押送他们的士兵沃罗纽克。其中有三人很出挑。一个叫普罗霍尔·哈里托诺维奇·普里图利耶夫，他曾是一家政府经营的白酒店里的收银员，所以车上大伙都叫他“收银员”。另一个叫瓦夏·布雷金，他才十六岁，是一家五金店学徒。还有一个叫科斯托耶德—阿穆尔斯基，一头白发，是个革命合作主义者。旧政权时期，所有强征来的工人所在的营地他都待过，现在在新政权下又要去了。

车上那帮工人彼此渐渐都熟悉起来了。有意思的是，收银员和瓦夏是老乡，都来自维亚特郊区，而火车也正好要途经他们的村子。

普里图利耶夫来自马尔梅田市。他留着短发，一脸痘痕，又矮又胖，长得极丑。上身穿着紧身的灰色毛衫，就像个胖女人穿的衬衫一样紧绷着。两袖也因汗水浸成了黑色。他常常一个人呆坐在那里沉思几个小时，像个雕塑一样一动不动，还不停挠着斑斑点点的疣，要把它们抓破流血才肯罢休。

去年秋天，普里图利耶夫住在涅瓦大街。一天，在铸工街拐角处遇到一个民兵团。要拿出证件才能通过。这时，有人发现他带着第四阶级才会发的书。这种书都是给没有工作的人看的，内容尽是些不可信的东西。结果他因此遭到逮捕，被冠以与其他被抓的人相同的罪名。这群人就和之前入狱的人一样，都会被发配到阿尔汉格尔斯克前线去挖战壕，但是中途路线变了，经莫斯科改道去了东部。

普里图利耶夫的妻子住在路加，战前他自己就在那里工作，他的妻子从别人口中获知丈夫的不幸遭遇，立马奔赴沃洛格达（与阿尔汉格尔斯克相交）去找他要把他救出来，但是整个兵团都没有来这里，她扑了场空，至此也和丈夫失去了联系。

在圣彼得堡，普里图利耶夫和某个叫佩拉吉娜·尼洛夫娜·佳古诺娃的女人同居，就在他被捕之前，他刚和佳古诺娃告别，打算按约定走不同的方向。他朝铸工路街望去，还是能看到她的背影慢慢消失在人群中。

佳古诺娃体态雍容，她家的马车高贵华丽，她的双手美丽纤细，辫子又粗又密。她时不时地会深深地叹口气，把辫子甩到肩上。因为想随车陪伴普里图利耶夫，于是她就和车上的一行人一道走了。

真不知道这么丑陋的人哪一点吸引那么多女人了，不过可以肯定的是，女人都喜欢缠着他。在车前方远处的一辆轿车里坐着另一位他的相好，叫奥格雷兹科娃。她骨瘦如柴，长着金色的睫毛。她也想办法搭上了这趟车。而在佳古诺娃眼中，她就是“婊子”“贱人”。这对情敌不共戴天，尽量避免正面冲突。奥格雷兹科娃从来不坐别人的车，也很难知道她见到她所喜欢的东西时的反应。或许驻足远望普里图利耶夫就足以让她心满意足。这时，在所有乘客的帮助下，车加好了燃料，准备上路了。

11

瓦夏的故事则截然不同。他的父亲死于战乱，母亲便将他送到住在圣彼得堡舅舅那里当学徒。

他的舅舅在阿普拉克欣经营着一家私人商店。去年冬天的一天，他受到当地苏维埃委员会的召集，去说明一些情况。但是他搞错了房间，进了另一间办公室。办公室里面放着一块板，上面写着各家劳动公司的名字。过了一会儿，当兵的来了，把屋里的人都围了起来，带他们到谢苗诺夫兵营过夜，第二天一早押送他们坐火车去沃洛格达。

许多人遭逮捕的消息传开后，他们的家属都赶来站台送别，瓦夏和他的舅妈也在其中。他的舅舅乞求看守（沃罗纽克，现在是十四号车的看守）让他出去，就一分钟，和妻子见个面，但是被一口回绝了。看守表示，只有他保证不逃跑才答应他的请求。于是瓦夏的舅舅舅妈就把他留下当人质，沃罗纽克这才同意了。于是瓦夏上了车，而舅舅却下了车走了。这也是瓦夏最后一次见到他的舅舅和舅妈了。

瓦夏起先没有任何怀疑，后来发现自己被骗了以后，大哭了一场。他跪在沃罗纽克跟前，亲吻他的双手，求他放了自己，但是这只是浪费口舌。看守并非冷酷无情，只是时局动荡，纪律都十分严明。看守问他生活费多少，并打了声讯电话加以核实。这就是瓦夏如何进入劳动公司的来龙去脉了。

革命合作主义者科斯托耶德伊阿穆尔斯基，在沙皇主义时期以及当前政府执政期，都在狱中有很高的威望，也和狱卒们处得很好。他也不断向通行的首长说明瓦夏的困境和遭遇。官员也承认这是一个巨大的失误，但是到达目的地之前，交接手续是个大问题。他保证到时候会尽力帮助瓦夏。

瓦夏长得很迷人，有着王室贵族，或者说是天使般的外貌。他从不与人斗嘴，也不显得娇生惯养。他最喜欢做的事情就是靠着别人的脚坐在地上，双臂抱膝抬头瞅着他们，听他们讨论时事或者讲故事。从他的面部表情就知道，随着别人的谈话内容的改变，他想哭就哭，想笑就笑，性情率直。

12

日瓦戈一家人邀请合作主义者科斯托耶德来他们这里吃饭。他坐在拐角津津有味地吮吸着他们给他吃的一块兔子腿肉。科斯托耶德特别怕受风和感冒。他起身换了几个位置，想找个避风的地方，最后总算找到一个风吹不到的地方坐下来，说：“这儿好多啦。”他啃完了骨头，舔净了手指头，又用手帕擦了擦手，并且向男女主人道了谢，又接着说道：“啊，是我们这儿的窗户透风，应该用水泥堵上。不过还是回到我们刚才的话题吧。您说得不对，医生。烤兔子肉，这当然是上好的美味。但是，您要是因此就得出农村的生活挺富裕这样的结论，那未免就太过于轻率了，如果您能原谅我这么说。”

“得了吧，”尤里·安德烈耶维奇反驳说，“请看看这些车站。树木没有被砍掉，栏栅围墙也完好无缺。还有这些小市场！还有那些卖东西的女人！想想看，这一切有多么美妙！还有些地方人们一直过着没有被干扰、正常的生活，还是有人生活的很快乐。不是所有的人都唉声叹气。这一切都能说明问题。”

“如果这一切都是真实的，那当然很好。但这并不是事实。您这些想法都是从哪儿来的？您不妨离开铁路走出五十英里去看看。你很快就会发现到处都是农民在闹事。您肯定要问，他们到底在反对谁？也可能是反对白党，也可能是反对红色分子，这就要看是谁在掌权。您一定又要说，好哇，这种乡下人是任何一种当局政府的敌人，他们根本不知道自己想要什么。对不起，这里请允许我澄清一下。农民们非常清楚他们要什么，比你、我都更清楚，不过是他们想要的和我们的完全不同而已。”

“一旦革命唤醒了农民，他们就认定几百年来梦想的一家一户的独立生活就要实现，希望能靠自己的劳动生活在自己亲手经营的土地上，生活完全独立，不隶属于任何人。然而，当他们发现这种革命只不过是从旧的国家体制的束缚中转换到另一个新的革命的超大国家体制的更严厉的束缚中，他们能不反叛闹事吗？你应该可以想象农村鸡犬不宁，人们无法定心安身。而您却说农民生活富足。老兄，您是什么都不了解，依我看，您也不想了解。”

“您说的没错，我的确不了解。我为什么要全都了解呢，我干吗要为好的事情担心伤神呢？历史不会请我当顾问。而我必须面对忍受这个世界可能发生的任何事情。那我为什么就不能蔑视一下事实？您认为我的话不符合实际。可是，现如今俄国的现实到底是什么呢？我认为，实际已经被吓得躲了起来。我宁愿相信农民生活富足而且农村正在走向繁荣。如果这只是一种错觉，那我又能做什么呢？我该靠什么生活，又该听信谁呢？我要生活，我是个有家室的人。”

尤里·安德烈耶维奇做了个绝望的手势，把这场争论留给了亚历山大·亚历山德罗维奇。自己挪到铺位边上，探头去看下边的人在干什么。

在下边，普里图利耶夫、佳古诺娃、瓦夏、和沃罗纽克几个人正在一起谈话。因为火车离故乡越来越近，普里图利耶夫就在回忆通往他的村子和车站的路，还给他们解释，他们想到那里去，路该怎么走，是徒步还是骑马等待。瓦夏听到普里图利耶夫说起那些熟悉的家乡村镇，两眼闪着光，不断重复着那些个地名，仿佛它们都是一个个神奇的童话传说。

“您是在苏霍依渡口下车吧?”他因为兴奋呼吸急促地问。“当然了！我们的车站到了！而你们还要继续朝布依斯克耶村那个方向去吧?”

“对，往下就是布依斯克耶土路。”

“我说的就是它——布依斯克耶。布依斯克耶村，我当然知道！你们就要从那里离开大路，然后往右走，一直往右，直到韦列坚尼基镇。您应该往左，朝离开河的方向走，对吧！您知道佩尔加河吧?不用说！那就是我们的河。一直沿着河岸走，一直走到靠右边的山崖边上，就在这条佩尔加河的上游岸边上，就是我们的韦列坚尼基镇。那就是我们的村子。村子就在比较陡峭的岸边上，站在那里往下看，你会感到晕眩。向上帝保证，河岸真的很陡！山崖下面有个采石场。是用来开采石头，做磨盘。我妈妈就住在韦列坚尼基镇，还有我的两个妹妹，阿廖卡和阿里什卡。佩拉吉娜大婶，我妈妈就和您一样，年轻又漂亮。沃罗纽克大叔！沃罗纽克大叔！我以基督上帝的名义求求您……沃罗纽克大叔!”

“干什么?大叔、大叔的，我知道我不是你的大婶?你想让我干什么?我疯了?如果我放了你，那我可就完蛋啦，他们会让我蹲大牢的!”

佩拉吉娜·佳古诺娃坐在那里一边若有所思地看着窗外，一边用手抚摸着瓦夏红褐色的头发，她时不时地低下头对瓦夏微笑，好像在告诉这个孩子，“别傻了，这种事怎么可以当着大家的面和沃罗纽克说呢！不用着急，耐心一点，问题总会解决的。”

13

当他们离开俄罗斯中部地带向东继续他们的旅程时，意外的情况一个接着一个地发生了。列车在穿越一个武装匪帮经常出没的、暴乱不断的地区，那一带的村庄起义叛乱刚刚平息不久。

列车在中途频繁地停车，安检人员不断地上车检查每一位旅客的证件和行李。

有一次夜里又停了车。没有人查看车厢，也没有让大家起来。尤里·安德烈耶维奇担心发生意外，想下车看个究竟。

车外漆黑一片，不明白列车为什么突然停在两个车站之间的一片田野上，轨道两边是一排排整齐的云杉树。走出列车、在雪地里跺着脚的其他乘客告诉尤里·安德烈耶维奇说，据了解并没出什么事，只是列车司机拒绝继续行驶，理由是这一带有危险，如果铁路上探路的检道车没有提前检查并确保这个区间情况正常，他就拒绝继续开车。据说，旅客代表已经去劝说他，必要的话还可以给他塞点儿钱。可是，又有人传说水兵们也在插手干预，毫无疑问，他们会按照自己的方式行事。

火车头前方的雪地会不时地被火光照亮，像篝火的闪光一样，被机车烟筒和取暖炉灰箱里迸出的火星照亮。借着这点火光，人们看到几个人影向火车机头前面跑去。

跑在最前面的人看样子应该是司机。他跑到踏板一端，向上一跳，越过缓冲器的长杆就从人们的视线中消失了，仿佛大地刹那间吞噬了他。在后面追赶的几个水兵接着重复了同样的动作。他们跳起来在空中一闪，就不见踪影了。

人们不知道到底发生了什么事，几个乘客包括尤里·安德烈耶维奇在内都跑过去想看看究竟。

越过缓冲器，在列车轨道的前方，他们看到令他们非常诧异的场面：司机站在齐腰深的雪地里，追赶他的人像追捕野兽的猎手一样站成半圆形围住了他，他们也像司机一样一半身子被埋在雪里。

“同志们，谢谢你们啦，你们不愧是暴风雪中的勇敢的海燕！”司机大声喊道，“看呐，这场面多么壮观！水兵们居然拿起枪来对准他们的工人兄弟！就因为我说这车不能再往前开了！乘客同志们，请你们大家为我作证。你们知道吗？这个地方，随便什么人都可能会在这儿把铁路道钉拧开。你们以为我是在担心我自己？你们这些狗杂种，见你们的鬼去吧，这难道就是我的一片好心换来的回报？来啊，来啊，为什么不开枪呢？我就在这儿。你们做我的见证人，乘客同志们，他们如果开枪，我绝不逃跑。”

各种令人困惑的叫喊声从人群中传过来。“老头子，别激动。他们不是那个意思。没人让他们那样干。你误解他们了。”而另外一群人却在起哄刺激他。“你做得对，加夫里尔卡！你一定要捍卫自己，和他们斗，别让他们欺负人！”第一个从雪坑里拔出腿来的水兵，原来是个满头红发的大个子，因为脑袋特别大，所以显得他的脸看上去特别的扁平。他不慌不忙地转身面向从车上下来的旅客们，他那非常镇静的举止和当时的情景完全不协调。他用一种特别镇静、特别深沉的、像沃罗纽克一样带着一种乌克兰的口音对大家说：“请原谅，你们大家在这里吵什么？你们要当心别在这大冷天里患上伤寒。公民们！这里风很大，为什么不赶快回到车厢里去，那里暖和些！”

等散开的人群渐渐返回各自的车厢之后，这位大个子对那个情绪依然很激动的火车司机说道：“够了，别再歇斯底里了，火车机师同志，赶快从雪坑里出来，开车走吧。”

14

第二天，风雪肆虐。风夹着雪粉拍打着火车，车身积了厚厚的雪，火车像蜗牛般在马路上前进。它停在一堆几乎烧毁的了无生气的废旧站旁边，那是下开尔密斯站，虽然经过大火，它的名字还是可以勉强辨认出来。

再过去点是一个大雪覆盖的废弃的村庄。它也被大火烧毁。尽头的那间房子烧焦了，它旁边那间塌了一个角，梁木都耷拉下来。大街上随处可见坏了的雪橇篱笆、锈铁废铜，还有破烂家具。白雪沾着脏兮兮的煤灰，透过地上结冰的水坑看得到黑乎乎的小块土地，烧过的木头冻结在那儿。让人想起那场大火和人们努力灭火的样子。

这个地方并没有看上去那么荒凉，还是有一些人在的。当站长从里面走出来，警卫跳下火车，向他表示同情。他问道：“这儿整个都烧掉了吗？”

“你好啊，谢谢你，我们的确经历了一场大火，但事实比这个还要糟糕。”

“我不太明白。”

“不知道还好些。”

“啊，不会是特列利尼科夫吧？”

“就是的。”

“为什么会这样啊，你们做了什么？”

“我们什么都没做，是我们邻居的错。我们也希望事情能好。您看到那儿那个村庄了吗？乌斯特汉姆金斯克郡的下开尔密斯，都是因为他们。”

“他们犯了什么错？”

“好几宗死罪：第一，解散了可怜的农民委员会；第二，拒绝给红军提供马匹；第三，抵抗现代化的命令。明白了么，就这三个。”

“哦，我明白了，太明白了……然后，他们——被扔炸弹了吗？”

“嗯，这还用说。”

“从装甲火车上？”

“可不是吗！”

“唉，那可真糟糕。真心同情你们。还好，这和我们还是没什么关系。”

“不过，那是很久以前的事了。现在我也有个不太好的消息，你们要在这儿停留一段时间了。”

“你开玩笑吧，我要去前线补缺，紧急着呢。”

“我没和你开玩笑，暴风雪下了整整一星期了。线路沿途全是雪堆，没人清理。村子里一半人都走光了。我把剩下的都弄来做这个还不够。”

“见鬼了，我能做什么？”

“不管怎样，我们得把雪清扫干净。”

“雪大概多深？”

“不是很深，不一定的。最糟糕的地方大概在中间一段吧，两英里左右，那儿肯定要麻烦些。往前一段有森林，挡了一部分路上的雪，并且这一边是空旷之地，风也把雪吹走了一些。”

“倒霉，真是麻烦。我尽量去动员所有的乘客行动起来吧。”

“我也是这么想的。”

“我们不能用水手和红军。但是我们有一个军团的应征士兵，加上其他乘客，我们一共有700个人吧。”

“那一定够了。我们最近有点缺铁锹，已经去就近的村庄收集了，一拿到就动手，我们一定能办成的。”

“天，别把牛皮吹破了，你觉得我们这些人能完成吗?”

“当然能，俗话说，众志成城，更别说，只是一段公路了。放心啦。”

15

他们花了三天时间清理公路。日瓦戈一家，甚至纽莎都参与进来了。那三天是旅途中度过的最美好的三天了。

那儿的风景有种与世隔绝的静谧的氛围。它使人想起普希金关于农民起义领袖普加乔夫的故事，还有阿克萨科夫想象过的某个地方。那些废墟更为之增添了神秘感。那些剩下的村民也似乎都格外的谨慎小心。他们惧怕外来人员，总是避免与列车上的乘客照面，即使是他们自己，彼此之间也不多说话。

普通乘客与应征士兵分开，所有的人被分成不同的组，每组都有武装士兵守卫着。他们在不同的地段同时开工，雪很快在不同组之间堆积成山，每组人就像隔绝了一样，直到最后互相之间才恢复联系。

人们白天一直在工作，只是晚上回去睡个觉。天气干冷，因为铁铲不够，总是很快就被换班了，真是愉快的工作。

日瓦戈清理的那段路风景很好。往东看是一派乡村风貌，一直延伸到一个峡谷，更远处矗立着沉静的山脉。

在一座山的山顶，有间饱受风吹日晒的屋子。若是在夏天，山上林木繁茂，如门口有一个大公园，但现在，霜冻严寒，小屋没有一点遮蔽。

白雪的覆盖使世界的线条变得柔美。铁路边有条蜿蜒的小溪在雪中隐约可见，到了春天溪水会潺潺流淌。但现在它就那么静静地躺在厚厚的积雪下，好像襁褓中被松软的棉被包裹的婴儿。

日瓦戈想，山上的屋子有人住吗，还是在某个土地委员会的名下闲置着，慢慢化为废墟？曾经住在那里的人现在怎么样了？他们逃去国外了吗？还是被农民们杀死了？他们也曾经很受欢迎吗，是不是作为技术专家住在这里的呢？如果是，他们逃过了斯特列利尼科夫的惩罚了吗，还是和富农一样受到他的惩治？

那屋子似在讥嘲着他的好奇心，却依旧悲伤地静默着。近来他脑子里的问题杂乱无章，也无人解答。阳光仍铺洒在皑皑的白雪上，发出几乎刺目的光芒。他的铁铲曾那么干净利落地切入白雪光滑的表面，每一铲都干燥，炫目，发出钻石般的光泽。他忽然想起在家的日子，孩子们戴着镶边风帽，穿着用卷曲绒头缝制的带黑色钩眼扣的羊皮衣在院子里，他把闪闪发光的雪切成方形，金字塔形，泡芙形，堡垒形还有山洞。那时，生活充满了热情，看得多，吃得好，生活像一场盛宴，一切那么遥远，都是奢望了。

但这几天户外工作，也给人一种充实的感觉。不用说，晚上，大家能发到温热的新鲜出炉的面包。没人知道是哪儿做的，也不知道是谁的命令。面包表皮脆，面上闪光，边缘微裂，底下还有碳烤留下的碎屑。

16

他们变得喜欢这个废旧的车站，正如一个雪地的登山者，沿途在一个庇护棚歇了几天脚，它的样子、位置，还有损坏的细枝末节，都深深印在了心里，这种感情是相似的。

他们每天都回到这里，就在电报员窗外的老桦木树后，好像是为了一种对过去的忠诚。房间的一面墙塌陷了，但是面向窗的那个角完好无损。砌着瓷砖的圆顶铜盖的火炉上着锁，办公室物品清单用黑框裱了挂在墙上。房屋倒塌之前，太阳落山之前，夕阳一定会涂在瓷砖上，墙纸显出温暖的棕色，桦树也会投影在墙上，好像妇女的围巾一样。

在房屋的后面，被钉死的门与休息室之间仍贴着一张二月革命或者更早时候的通知，上面这样写着：

鉴于室内存有药品和包扎敷料，请诸位患者暂勿入内。由于上述原因，需要把此门封上，谨此通知。

药物助理

乌斯特涅姆达

雪堆终于被铲平了，整个铁路干线展现在眼前，像箭般射向远方。轨道两边绵延着铲起的雪堆成小山，边上是漆黑的像围墙般的森林。

目之所及，成堆的人们手持铁铲在干线上间隔站着，第一次看到全体工人，他们惊讶于数目如此之庞大。

17

尽管夜幕将临，时间已晚，但据说火车还是很快就要走了。尤里·安德烈耶维奇和安东宁娜·亚历山德罗夫娜再一次出去，享受大雪被清除后的铁道，那儿一个人也没有，他们站了一会儿，向远处眺望片刻，说了会儿话，就回到了车上。

一路上一直听到两个女人吵架的声音，他们开始就听出那是奥格雷兹科娃和佳古诺娃。他们走的方向相同，只是她们在靠近火车站的那侧，他们在靠近树林的那侧。轨道上不断有车驶过，将他们分隔。那两个女人似乎永远也不与他们同步，要么比他们快，要么落在后面。

她们好像都非常激动却又体力不支，一会儿歇斯底里，一会儿又轻声细语，一会儿停步不前，一会儿又在雪堆中磕磕绊绊。佳古诺娃好像在追奥格雷兹科娃，看样子追上之后肯定痛打了她一顿。她仔细推敲的字句，那属于上流社会的富于乐感的嗓音使辱骂比男人沙哑的诅咒听着更下流。

“你这个荡妇！夹着尾巴的婊子，”佳古诺娃尖声叫道，“你走到哪儿，就骚到哪儿。真让人恶心。我家那个老死鬼给你还不够吗？你还要勾引小的，是不是连怀里的婴儿也不放过？”

“瓦夏也是你的合法丈夫么？”

“我让你瞧瞧我这合法妻子的厉害！你这个臭不要脸的！你再说一个字，我就杀了你，信不信。”

“好啊，你来杀我啊。你想从我这儿得到什么？”

“我想看你死！你这个淫荡的寄生虫，贱人，不要脸的婊子！”

“您说的对。当然，和高贵的妇人您相比，我只是个贱人，婊子。贫民窟出生、结婚，我只是个卑鄙小人，只是个玩偶……啊，救命啊，救命，她要杀了我，快救救我这可怜的孤儿，救救我这弱女子啊！”

“快点走吧，”安东宁娜·亚历山德罗夫娜催促她的丈夫，“我受不了了，太恶心了，这不会有好结果的。”

18

突然间，一切仿佛一下子就变了。天气与风景都变得与往日不同。窗外不再是平原，火车轨道蜿蜒上山穿过小山村。北风刮得不那么紧了，南方的暖风吹过，好像从烤箱里吹出来的一样。

有生长在陡崖上的树从山的斜坡上伸出来，铁道经过它们时，火车会忽然地往上，等到树林中间时，又开始急剧下山。

火车冒着烟，“哐当哐当”驶过森林，似乎拖不动自己的身子。它就像一个上了年纪的守林人，带着一群对什么都瞄上两眼好奇的乘客走进森林。

但那儿真没什么好看的。树林依旧沉睡在冬梦里。只偶尔有些树枝迫不及待地抖掉身上的残雪，就像脱掉勒着脖子的高领。

尤里·安德烈耶维奇睡意蒙眬，这些天，他都躺在铺上，醒醒睡睡，胡思乱想，静静地听别人说话，却好像什么都没听到。

19

尤里·安德烈耶维奇睡得酣畅的当儿，春天不知不觉地到了。整个俄国积雪开始消融。最先融化的是莫斯科，就在他们离开的时候，接着就一路都没有停过，包括铁路沿道他们花了三天清理的厚厚的雪堆。

开始时，雪从里面悄悄消融，不留痕迹。但是渐渐地，当大半的雪都化了，这个秘密就藏不住了，水流潺潺地流动起来，森林的深处，一切都逐渐苏醒，变得热闹。

流水不愁没地方活动，它沿石流淌，使池塘满溢，它喧闹着急急穿过丛林，冒出阵阵烟雾般的水汽。有时积雪挡路，它便缓缓淌过，发出嘶嘶声，或是猛冲下去，泛出一团白沫。大地变得肥润。有些老松树长在令人眩晕的高处，几乎可以吸收云层的水汽。松树根须上有白色的结晶，好像胡子上的啤酒泡沫。

天空生机勃勃，轻烟弥漫，云层使它变得厚重。低空云的边缘凝结似的下垂着，它从森林上方飘过，蹦下几场雨。在泥土的清香里，冲走了大地上最后一层黑乎乎的冰甲。

尤里·安德烈耶维奇醒过来，伸个懒腰，用一只胳膊肘把身子支起来，看看四周，开始听周围人说话。

20

他们到了采矿区，火车的站头多起来，每一站路也越来越短。越来越多的人上上下下，他们只是坐短途，所以也不找定位置躺下睡觉，而是在门边或车厢中间随便坐着，低声争论只有当地人才了解的一些事端。

三天过去了，从当地人零星的话语里，尤里·安德烈耶维奇理出一点线索，在北方，白军现在掌权，也许已经拿下尤里亚金。而且，如果他没有听错，并且他的老朋友也只有那么一个名字的话，白军的领导人是加利乌林。他还记得上次见到他是在梅留泽耶沃。

为了不让家人担心，他没有把这些还不确定的谣传告诉他们。

21

尤里·安德烈耶维奇夜半醒来，感觉心里洋溢着一种淡淡的模糊的快乐，不过这种感觉已经足够使他振奋起来。火车安稳地停着，整个火车站沐浴在白夜黄昏般的透明光亮里。在这个明亮的夜晚，有些微妙而又确定的东西，表明车站正在一个很高的地方，周围有着广袤开阔的景观。

日瓦戈想象乘客们沿着站台走着，低声细语，步履轻慢，像影子一样经过一节节车厢。他被这种战前才有的、对睡着的乘客的关怀深深感动了。

然而医生想错了。事实上，正如任何其他站台一样，那儿照例有高嗓门的喧闹声，靴子的跺地声，但是，不远的地方有个瀑布，新鲜自由的气息使白夜变得广阔起来。那也正是在睡眠中使他感到幸福的东西。它不间断的响声覆盖了其他一切的声音，造成宁静的假象。

虽然不知道瀑布的存在，但受到它无形的慰藉和鼓励，医生很快进入梦乡。

有两个人在他下铺说着话。

“给那些人教训了吗？他们现在老实了吧？”

“你是说那些开店的？”

“对，就是那帮粮食贩子。”

“给那帮家伙好好教训了一顿，现在一个个都老实了。而且还给他们强征了罚款。”

“多少？”

“四万。”

“不会吧！”

“骗你干什么？”

“四万，还不够塞牙缝呢！”

“不是四万卢布，是四万蒲式耳。”

“那还差不多，够明智。”

“那是最好的土地，收四万。”

“话说回来，也没什么大惊小怪的。那儿土地肥沃，是玉米带的盛产区。从这儿，沿着雷尼瓦河往上一直到尤里亚金，那得经过无数村庄、都是码头，都是粮食收购点。”

“你轻点，要吵醒别人了。”

“好吧。”他打个哈欠。

“还是睡觉吧，我们好像正在前进呢。”

然而实际上，火车不在走。震耳欲聋的隆隆声来自从后面过来的一列火车，那火车越开越近，完全盖过了瀑布的响声。那老式的火车响着汽笛从平行轨道上全速驶过，尾灯忽闪着，渐渐向前消失在远方。

谈话又继续了。

“我们不在那辆上，哎，是走不了了。”

“是啊，短时间走不了。”

“那是一辆有特殊任务的装甲车，一定是斯特列利尼科夫。”

“嗯，错不了。”

“对于反革命分子，他简直就不是人。”

“嗯，他是加列耶夫的追随者。”

“那又是谁啊？”

“是加列耶夫长官，都说他和一支捷克军在尤里亚金。他夺取了港口控制权，心腹之患啊，被绞死了。”

“从来没听说过唉。”

“也许是加列耶夫公爵。名字我记不清了。”

“没有叫加列耶夫公爵的呀，应该是阿里·库尔班吧。你一定把他们混淆了。”

“也许是库尔班吧。”

“嗯，那听上去更靠谱。”

22

第二天早上，尤里·安德烈耶维奇再一次醒过来。他美美地做了个梦，那种自由和喜乐似乎还在他心间。火车又停着，也许还是在先前那个站头，也许有可能已经换了一个。依稀又听到瀑布的声音，是另一个瀑布么，不过更可能是原来那个。

他一下子又睡过去了。科斯托耶德在和护送的司令官吵架，他们俩互相吼叫。空气里好像弥漫着一种比先前更愉快的东西，那是一种新奇的、之前从未出现过的东西。似是一种神奇的春意存在于黑白之间，又抓不住实质。感觉像五月飞雪，大片的雪花飘落地面，渐渐融化，却使地面更加黝黑而并非使其变白。这种感觉很清晰，带黑的白色，清甜的味道——是野生黑樱桃吧，尤里·安德烈耶维奇在梦里想。

23

第二天早上，安东宁娜·亚历山德罗夫娜叫醒尤里·安德烈耶维奇："尤拉，真是搞不懂你，你太矛盾了。有时候，一只苍蝇可以让你一夜无眠，现在，你睡了一路，我都叫不醒你。普里图利耶夫和瓦夏逃走了，你想想看！还有佳古诺娃和奥格雷兹科娃，你能想象么？哦，不，还有沃罗纽克，真的，告诉你，他跑了。听着，我们完全不知道他们是怎么逃走的，是分开走的还是一起走的。关于沃罗纽克，不用说，我理解，一旦他发现别人跑了，为了逃避责任，当然也要自找活路。但是其他人是怎么回事呢？他们是自己想走吗？还是有人被谋杀了……比如说，假定女人是凶手，那么，是佳古诺娃杀了奥格雷兹科娃呢还是正好相反？没人知道。护送队的司令员在火车上像疯子一样走来走去：'我以法律的名义命令你，你不可以开动火车，直到我抓回我的囚犯。'指挥的官员回道：'我们是要去支援前线！才不会等你们那些该死的，亏你想得出来！'后来，他们都去找科斯托耶德解决问题。他说，'您是聪明人，受过教育，这个头脑简单的无知的士兵要如此鲁莽行事，您不会袖手旁观吧？您还是个平民主义者呢。'科斯托耶德反驳他们说，'真有意思！照您这么说，囚犯倒应该把看守管起来？那可真是让母鸡替公鸡打鸣啦。'我那时使劲地摇你，'尤拉，'我叫你，'快起来，有人逃跑了。'但怎么摇都没用，即使子弹射进你耳朵里，估计你也听不见吧。不过一会儿再和你说罢，你看，爸爸，尤拉，快看，这风景真美!”

透过打开的窗户，目之所及，春汛淹没了乡村的土地。某个地方的河水一定满溢，冲出了堤坝。从床铺上有限的视野看去，火车好像在水面滑行。

偶尔光滑的水面会映上几条金属色泽的蓝光，但大部分水面一块块清明透亮，在早晨阳光的照耀下，好像融化的黄油，细腻油滑，被大厨轻轻刷在面包皮上。

白云沉浸在这无边的春汛里，麓原、田野、洞穴、灌木丛也一同被淹没。在水面中间某个地方，有片条状的狭窄陆地，上面有一排树，高高低低的，兀自伫立在天地之间。

“看，一群鸭!”安东宁娜·亚历山德罗夫娜叫道。

“哪儿?”

“在那个小岛附近。右边点，该死，它们飞走了，我们吓到它们了。”

“是的，我看到了。”尤里·安德烈耶维奇说，“我想跟你谈谈，安东宁娜·亚历山德罗夫娜。找个时间。……咱们车上那几个服劳役的和那两位太太真是好样的，都跑掉了。我肯定这里没有什么谋杀。他们只是像水一样挣脱束缚罢了。”

24

北方的白夜快结束了。群山，丛林，山洞，都可以看得清清楚楚——只是看起来不真实，像人工造出来的一样。

有棵树上还开了野樱桃花，可叶子却才刚刚萌芽。它长在一块外悬的陡崖之下，另一块突出悬崖之上。

瀑布虽然不远，但要到丛林上的山谷那里才看得到。瓦夏想欣赏瀑布惊人心魄的美，又因为走那么远太累而作罢。

方圆之内，瀑布是无与伦比的。它的特别赋予它一种令人敬畏的特质。它就像一个有生命和意识的活物，如神龙或飞蛇，收取供物，保佑乡里。

瀑布在下落一半被一块大石头分成两半。上面几乎保持不动，下面的两股又从两边渐渐汇合，好像水流在不断地犯错，然后修正，有动摇，但一直在恢复。

瓦夏在地上摊开他的羊皮袄，躺在灌木丛边上。天稍亮，一只鸟从山上飞下来，它有很大的翅膀，在树林上空盘旋，最后落在离他很近的一棵树上。瓦夏抬起头，出神地看着它那深蓝色的喉咙和灰蓝色胸脯，呢喃着它的乌拉尔叫法，“野鸽子。”过了会儿，他站起来，收起皮袄，甩在肩上，走到同伴跟前对他们说话道：

“走吧，普利亚大婶。哦，天哪，你怎么会那么冷！我都听见你牙齿打架的声音了。你在看什么？一副害怕的样子？我说，我们得找个小村庄，村民们不会伤害同类，他们会收留我们的。我们已经饿了两天，再这样下去会饿死的。恐怕是沃罗纽克叔叔惹了什么乱子，人家才抓他。我们得走了，阿姨，或者说，得跑。我不知道你怎么了，两天了，你一句话都不说。你的担忧是多余的，凭良心说，真的。你不是故意把卡蒂娅·奥格雷兹科娃阿姨推下火车的，你只是正巧从侧面碰到她，我看到的，她从草地上站起来，和普罗霍尔叔叔一起跑了。他们会追上我们的。现在最重要的事就是不要再瞎操心了，这样你的舌头就会灵活起来，又能说话自如了。”

佳古诺娃站起来，拉起瓦夏的手，轻声说：“好吧，我们走吧，小宝贝。”

25

小车沿着陡峭的山壁往上爬，车上的木材发出嘎吱嘎吱的响声。河岸下有片灌木丛，它最高的地方都不及岸边小路高，再往下又是田野。春汛刚刚退去，露出小草和木材的碎片。这些木板一定是从山上某个堆着木材的地方顺流漂下来的。

堤岸下的树林依旧和冬天一样光秃秃的，在发芽初期，它们总体上看起来像烛泪一样，但有些与众不同的东西在其中，有种过剩的精力和骚动。也许是污垢或脓疮让它们膨胀、骚动。过剩的精力和污垢是生命的迹象。枝叶繁茂的树木使它们更早地成为木材。

时不时可以看到棵桦树，枝叶伸展，像一个在公开受刑中的殉道士，被倒钩和利箭刺穿。你看着就能想到它的树脂的味道。那树脂可以用来抛光，白花花的。

火车很快开到可能是木头顺流而下的地方。轨道的转弯处，可以看到树木被齐刷刷地砍剩了半截。地上到处都是垃圾，布满了碎片和刨花，中间还有一堆木材。车身震动了一下，火车在山脊上停下来，微弯成一个弧线。引擎刹车时发出短促的鸣响，其实，不用听到这个信号，乘客们也都知道，司机停车是为了储备燃料。

装货车厢的门一打开，那么多的人涌出来，像一个小镇的人口。只有水手可以待在前面车厢里，他们不需要参与任何劳动。

空地上的小木头不好装上煤水车，一部分太长的圆木还需要锯开。发动机组工作人员的设备中有锯子，他们把锯子发给义工，一人一把，医生和他岳父也在其中。

水手们把头伸出门外，咧嘴笑着。他们是经过紧急培训就送来的中年工人和刚从海军学校毕业的男孩子的神奇组合。那些男孩混在沉着的父亲辈的人中间，好像不小心弄错了一样。他们对年长的水手们开玩笑，捉弄他们，这样就不会胡思乱想。他们都知道，离最终接受考验的日子不远了。

对那些干活的人的玩笑和起哄一直没有停。

“嘿，这位大爷！我不是故意要逃避。只是太年轻了，奶奶不让。”“嗨，玛芙拉，小心别锯开了裙子，那可要受凉的。”“哎，那个年轻的，不要去林子里，过来做我老婆吧！”

26

空地上有一些支架，尤里·安德烈耶维奇和亚历山大·亚历山德罗维奇走过去，找了一个锯了起来。

正是春天，大地从冰雪的覆盖下挣脱出来，回到6个月前大雪未下时的样子。树木闻起来有股湿气，和去年的树叶堆在一起。看起来就像未经打扫的屋子，人们经年累月地把撕碎的信件、账单还有收据扔在里面。

“不要锯得那么快，你很快就会累的。”医生用一种更平缓的节奏锯着木头，说道，“要不要休息一下？”

其他人还在锯着，树林发出沙哑的回响。在某个很远的地方，夜莺开始啼唱。间隔长些，画眉也会鸣叫，那声音与吹长笛上的灰尘时发出来的一样。甚至那引擎向天空喷出的蒸汽也发出柔和的颤声，就像医用酒精灯煮开了牛奶。

“你之前想对我说什么？”亚历山大·亚历山德罗维奇问，“你还记得么，在我们经过小岛时，鸭子飞走了，你说你有话想对我说呢。”

“哦，是的……我不知道怎么简单地把事情跟你讲清。我在想，我们越走越远了。整个地方都处在混乱中，我们到那儿的时候，不知道会面临什么情况。也许我们事先谈一谈会比较好，以防万一……我不是指我们的定罪，那是待这儿的五分钟讲不清楚的。而且，我们都彼此了解。你，我，东尼娜还有许多其他和我们一样的人，这些天来，我们都了解自己的处境，只是每个人明白的程度不同而已。但这个不是我想说的，我想说的是，我们也许应该就一些特殊情况达成共识，这样不管发生什么，我们都不会因我们中的某个人而脸红羞耻。”

“我懂你的意思。我觉得你说的很好。我想告诉你，你还记得冬天一个暴风雪天气你拿给我的第一张政府判决书吗？它们当时是多么令人难以置信的不容商榷的口气啊。是我们头脑太简单，才做了离开的决定。那些东西，只有在制定它们的人心中，还有圣洁感，而且只持续了公告的第一天。到第二天，政治的变化无常就将它完全推翻。怎么说呢，他们的哲学对我来说是完全陌生的，这个政权是和我们对立的。没有人问过我是不是同意那些变化，但是我被信任，我的选择，虽然有些不是自由选择的，使我肩上有了责任。”

“东尼娜一直问我，等我们到了那里的时候，我们还来不来得及种蔬菜。我不知道，不知道乌拉尔的土地和气候怎么样。夏天太短了，我有时都无法想象那些东西怎么能赶得及成熟。”

“不管怎样，我们走了那么远的路去那里不是搞种植的。我们要诚实地面对现实，我们的目标完全不是那样的。我们要在新的境况下生存下来，要得到克鲁格财产中属于我们的那一份，分得他的工厂、机器。我们来不是为了恢复它的所有权，其他人在难以置信的混乱中分了庞大的财产，我们只要能够谋生就好。如果不是那样的话，即使给我堆满黄金也不要，我宁愿要回原来的房产。这似乎就像让人光着屁股去赛跑，或者强迫人们忘掉已经认识的字那样不通情理，俄国有私人财产的时代已经过去了。至于我们个人，我们格罗梅科早在上一代就没有了敛财的欲望。”

27

车里密不透气，热得让人实在难以入睡。医生的枕头都被汗水浸湿了。为了不吵醒其他人，他小心翼翼地从床铺上爬下来，打开了车门。

潮湿黏稠的热气扑面而来，他感觉就好像走在地下室黏糊糊的蜘蛛网中。“是大雾，”他心里想，“明天会是一个艳阳天，所以现在的空气才会如此沉重、令人窒息，热得让人如此难受。”

大概由于处在交叉路口，这是一个大站。除了浓雾和周围的死寂以外，这里给人一种感觉，那是一种空虚、被忽略的感觉，就好像火车消失、被遗忘了一样。火车一定是停在车站最深处的站台。这些迷宫般的轨道是如此美妙，它把火车和那些在院子另一顶端的车站楼群分隔开来；即使土地裂开，将车站吞没，火车上的人谁也不会注意到。

远处传来两声微弱的声响，那声音是从他身后而来，是有节奏的泼水声，好像漂洗衣服的水声，又似大风拍打旗杆上潮湿沉重的旗帜所发出的响声。

前方传出隆隆响声，站在声源前方的医生竖着耳朵仔细听辨。“原来是远射程枪炮的声音。”在细听了那低沉而持续的声响愈渐愈小的回声后，他做出了判断。

“原来这样。我们靠近前线了。”他摇摇头，跳下车，前行几步。走过两节车厢，火车就在此中断；机车带着前边的几节不知开到什么地方去了。

“哦，原来这就是他们昨天这么紧张的原因，”医生心想，“他们一定是有预感，到达这里后，他们就要准备上战场了。”

他绕着前面那辆车厢走着，想要穿过铁路去找车站大楼，然而一个哨兵扛着把步枪挡住了他的去路。

“你要去哪？有通行证吗?”

“这是什么车站?”

“什么站也不是。你是什么人?”

“我是从莫斯科来的医生，我和家人都是这列火车上的乘客。这是我的证件。”

“和你的证件见鬼去吧！傻子才会在这雾蒙蒙的天气里看你的证件。这么大的雾，难道你看不见吗？我才不想看你什么狗屁的证件，不管你是什么医生！你这种医生，拿着十二英寸的枪，向我们射击的大有人在。我真想敲你一顿，不过还没到时候。趁你还有条命，快滚开。”

“他把我当成另外的什么人了吧?”日瓦戈想，显然，争论是徒劳的，还是乖乖听他的吧。他转了个弯上了另一条路。

他身后的枪炮声停止了，那个方向是东边。太阳在大雾中升起，不时从浮动的雾气间隙中露出头，仿佛像浴室的水汽中偶尔走过的、光着身子的人影。

医生顺着列车一节一节车厢走着，走过了最后一节车厢。他的双脚踩在疏松的沙地上，陷得越来越深。

泼水的声音越来越近，地面突然倾斜而下。走了几步，医生在一个模糊的东西前停下，由于雾气，面前这东西显得体积特大。再走前一步，尤里·安德烈耶维奇才在昏暗中看出迎面是拖到岸上来的几条船的船尾。原来他已站在一条大河的岸边，水面的涟漪缓慢无力地拍打着渔船的船舷和岸边栈桥的木板。

有个人从沙滩那边走来。

“谁让你到处乱走的?”一个拿着枪的哨兵问。

“这是什么河?”尤里·安德烈耶维奇脱口而出，虽然他一直克制自己，什么都不要问。

哨兵没有回答，而是拿起口哨放到嘴里。他本想吹哨叫来先前那个哨兵，而那个哨兵原来一直悄然尾随在尤里·安德烈耶维奇后面，现在就径直走到同伴身边。两个人开了口：

“毫无疑问，你一眼就能看出这种人，‘火车站在哪里’‘这是什么河’，真能打马虎眼。你说，我们直接把他带到码头那边还是先带回火车上？”

“我觉得先带回火车上，看看头怎么说。”“你的证件呢？”他吼道。一把把证件抓过去，他回头向后面不知什么人说了一句，“看住他。”随后和第一个哨兵大步向车站走去。

第三个人据推测应该是个渔夫，日瓦戈现在还不清楚。渔夫那时躺在沙滩上睡觉，被吵醒了，嘟嘟囔囔，他开始开导起医生来。

“你真走运，他们要把你带到头那儿去。那么你就有救了。不过也不能怪他们，他们也在尽他们的职责。如今是人民的天下，尽管现在还不能说太多，但从长远来讲，也许这样做最好。看来，他们认错人了。他们一直在找一个人，整天搜啊搜的。他们以为这个人就是你。他们想，就是他了，他就是工人阶级的敌人，这下终于抓到了。错了，其实是个错误。但不管发生什么，你就坚持说要见负责人。不要给这两个人任何机会。很不幸，他们政治头脑很清醒。上帝会保佑你的。他们不会想弄死你，如果他们说‘跟我走’，你就说，你一定要见他们的头。”

尤里·安德烈耶维奇从渔夫口中得知，这条河是有名的航道，名叫雷尼瓦河，离河不远的车站叫拉兹维利耶，河的沿岸有尤里亚金镇的工业区。他还了解到，在几英里外上游的尤里亚金，现在似乎已经从白军手中夺回。渔民还对他说，拉兹维利耶的局势曾一度发生过混乱，目前似乎控制住了，周围这一带这么安静，因为已经没有平民百姓了，外面还设了一圈严格的警戒线。最后他还得知，车站里这一列列火车上设有不少军用办事机构，其中有一列就是区军事委员斯特列利尼科夫的，两个哨兵拿了医生的证件就是送到这列车上。

不大一会儿，从那两个哨兵离开的方向又走来一个哨兵。与前两个不同的是，他一会儿拖着步枪，枪托蹭着地面，一会儿又把枪斜抱在胸前，像是扶着一个趺趺撞撞、烂醉如泥的朋友。这个哨兵把医生带到军事委员的车上。

28

这里有两节豪华车厢，其中一节里不断传来阵阵笑声和嘈杂声。得到警卫的准许后，哨兵带了医生进了车厢，而刚才还喧闹的车厢立即变得鸦雀无声。

哨兵带着医生穿过一条狭窄的通道，来到一个宽敞的隔间。这是一个干净、整洁、舒适的办公室，衣着整洁的人们在里面埋头工作。医生对斯特列利尼科夫的背景有他自己不同的看法——著名的无党派军事专家，他既让这个地区感到骄傲也令人感到恐惧。

但是毋庸置疑，他主要的活动地点肯定不在这儿，大概是在接近火线的前方司令部。这儿可能只是他的私人休息地和办公场所。因此这儿特别安静，就像在一个有着软木地板的桑拿房，侍者们穿着软底拖鞋，进进出出没有一点声音。

车厢中部原先是餐室，现在铺了地毯，有几张桌子，成了一个收发文件的地方。

“稍等。”门口一个年轻的军官说，答话时心不在焉地点着头，随即示意哨兵可以离开了。于是，哨兵提溜着枪离开了，抢托磕在过道上镶入的金属横条上，咋咋作响。此后，大家好像都忘了医生，没人再过问他。

医生站在办公室门口，远远望去，屋子里的桌子上摆着文件，其中也有他的证件，桌子旁边坐着一个人，比办公室其他人稍微年长一点，看似一位上校，风格老派。他是军队里的统计员，这会儿正一边嘟哝着，一边翻阅资料、查看军用地图，然后比比画画地剪贴着什么，接着，环顾车厢里的每一个窗户后，嚷道：“天开始热起来了。”似乎这个臆断只能凭借审视完所有窗户才能下这个结论。

一个身着军装的电工在地板上缓慢地爬来爬去，维修出了故障的电线。当他爬到门边桌子时，坐在那儿的年轻军官起身给他让出地方。另一张桌子上，一位身着军队皮夹克的女打字员正吃力地对付一架坏了的打字机，打字机上的滑动托架脱落，卡住不能动了。那位年轻军官向她走去并从上面开始查找故障的原因。此时，电工也慢慢爬到打字员这边，帮她从桌下面开始检查。那位貌似上校的也起身凑了过来，四个人就这样围着这台打字机忙活了起来。

这一切让尤里·安德烈耶维奇心情好多了。这些人一定比他更清楚自己的命运沉浮，他们几乎不可能在一个前途命运未卜的人面前表现得如此漫不经心，拘泥于琐碎之事。

“但是谁又知道呢?”他思忖着，“为啥他们如此泰然自若呢?”炮声不断，时刻都有人丧命，他们却镇定自若，说天气要热起来了，脑子里想的根本不是战争的残酷而是天气的炎热。也许他们毕竟经历得太多，对眼前的一切都已麻木不仁了。

由于无事可做，他从自己站立的地方，透过车厢对面的窗口，眺望远处。

29

他可以看到列车轨道的边缘，以及在小山高处的车站和拉兹维利耶城郊。

三段未上漆的木质台阶从铁路站台直通到车站。

在列车轨道的尽头有一大片废旧机车堆砌的废物场。那些样子像高筒靴顶部或是像烧杯形状、没有煤水车的老式蒸汽机车、烟囱顶着烟囱、堆放在一大批废弃物当中。

下面的废旧机车场和上面的墓地，以及铁路上变形的铁块和城郊一片片生锈的房屋屋顶、店铺招牌，勾勒出了一幅以灰色天空为背景，易被忽视、却年份已久的简单图画，仿佛是被清晨的阳光烫伤了似的。

当时住在莫斯科的时候，尤里·安德烈耶维奇已经忘记了其他城镇里还有多少这样的商店招牌和这些招牌挡住了多少建筑物的外墙。可现在这些招牌非常巨大，他居然可以在站立的地方很清楚地读到上面的字。它们低悬在倾斜的单层房屋的窗前，矮小的房子几乎完全被它们遮住，仿佛乡下孩子的小脑瓜扣着父亲的大帽子，根本看不到他们的脸。

这时，西边的大雾已完全散去，只有远方东边的天际还留有一些云雾在翻滚、漂移，就像剧场的帷幕被缓缓地打开，渐渐地退去。

距拉兹维利耶一两俄里远、比城郊地势更高的山上，有一座较大的城镇，面积规模相当于一个省会的大小。太阳给这个城镇涂了一层温暖的颜色，因为距离，使这个城镇的轮廓看上去很简洁。整个城市像阶梯式似的一层层排列在山的顶部，很像廉价木版画上的阿丰山或是隐僧修道院，一排房屋，一排街道，中间还有一座尖顶的教堂。

“尤里亚金！”医生想到这里很激动地对自己说。“这是安娜·伊万诺夫娜经常说到的地方，安季波娃护士也总是提到它！现如今我却在这种情况下看到了它，真是奇怪。”

就在这一刻，低头摆弄打字机的那几个军官的注意力被窗外的什么东西吸引了过去。他们都朝那边扭过头去。医生的视线也转了过去。

哨兵押着几个被抓的人走在前往火车站的台阶上。其中有个穿着校服、头部受了伤的中学男生。看上去他已经接受过急救包扎，可还是有血不断地从纱布下面渗出来，他不停地用脏手抹着他那被晒的乌黑、汗流不止的脸。

这个学生走在两名红军战士中间，跟在这一行人的最后。引人注目的不只是他那漂亮的脸上流露出的坚毅神态，和人们对这么一个年纪轻轻的反叛分子的处境所生的同情和怜悯，而且还有他和在他身边的那两个人荒诞、怪异的手势。他们一直在做着本不应该做的动作。

那个学生头上戴着一顶学生帽，帽子不停地从他缠着纱布的头上往下掉。他不但不把帽子摘下拿到手里，反而不顾忌伤口和绷带，每次都把帽子掀回头上。两位红军战士每次也都帮着他。

尽管这一切看上去很荒唐，不符合常理，但在医生眼里，却意味深重。他很想冲过去对那个男孩说出不断从他的心底涌出的话。他很想冲着那个男孩和火车车厢里的人群大声喊，拯救不是要墨守成规，而是要完全摈弃这些陈规陋习。

医生转过身来，发现斯特列利尼科夫迈着有力的大步走过来，并且已经站在办公室中间。

看到他，医生心想，为什么在他结识的无数人当中，迄今为止还不曾见到像斯特列利尼科夫这样一个如此性格鲜明的人呢？他们两个人的生活轨迹竟然从来也没有相交过？他们之前竟然从没有碰过面？

冥冥之中，他很明显地感觉到此人意志坚定，非同寻常。他，我行我素，很有性格。他身上所表现出的完美无瑕，非他莫属——他匀称的身材，漂亮的头型，矫健的步伐和修长的双腿，过膝的高筒靴虽然已经沾了泥污，可看上去还是那么平整，质地精良。

这正是他留给别人的难以抵挡的、深刻的美好形象，一个天资很高，毫不做作，在任何处境下都表现得胸有成竹，应付自如的伟人形象。

尤里·安德烈耶维奇思忖道，他身上肯定具有一种非凡的天赋，而且这不一定是一种独创性的天赋。这种天赋在他的举手投足之间表现的是一种模仿才能。那段日子里人人都去模仿他人，模仿历史英雄，模仿那些对他们印象深刻、靠战斗在前线或在街头巷尾而赢得名声的人，模仿颇有声望的人，模仿那些因这样或那样而于众不同的同志，或仅仅是互相模仿。

出于礼貌，他丝毫没有流露出因为有外人在场让他感到惊奇或恼怒的意思，相反，他对他下属讲话的时候就像是把医生当成他们中的一员。

“祝贺各位。我们把他们赶跑了。这不过是玩一场军事游戏，算不上真正的作战行动，因为他们和我们同样都是俄国人，只不过满脑子都是荒唐的想法——他们不愿意主动放弃这些愚蠢的想法，所以我们不得不用武力帮他们摆脱这样的思想。他们的指挥官曾经是我的朋友。他的出身要比我更加无产阶级。我和他是在同一个大杂院里长大的。他为我做过不少事，我欠他很多。现在，我很高兴地告诉你们，我们把他们赶到河对岸去了，甚至可能更远一些。古里扬，赶快恢复电话联络。我们需要电话，我们不可能只靠通讯员和电报。各位注意到了吧？天气太热了。和往常一样我只睡了一个小时的觉。啊，对了……”他转向了医生。这时他才想起来别人把他喊醒就为了眼前这个人的什么无关紧要的小事。

“是这个人？”斯特列利尼科夫用锐利的目光从头到脚把医生打量了一番。心里在想：

“胡扯，他根本不像。你们这些傻瓜！”他微笑着对尤里·安德烈耶维奇说：“对不起，同志，他们把您误认成另一个人了。我的哨兵搞错了。您自由啦。这位同志的证件在哪儿？啊，在这儿，这是您的证件。请允许我顺便看一下。日瓦戈……日瓦戈……日瓦戈医生……来自莫斯科……怎么样，到我那里坐一会儿，如何？这儿是秘书处，我的车厢在隔壁。请吧，不会耽搁您太多时间。”

30

斯特列利尼科夫究竟是谁呢？

他不属于任何党派，却能够达到并维持他现在的地位，的确令人匪夷所思。虽然他出生在莫斯科，但是由于大学一毕业就直接去一些省当老师了，在战争时期又被敌方俘虏，认定失踪已死，最近才从德国监狱回来，所以鲜为人知。

童年时期，斯特列利尼科夫住在铁路工人季韦尔辛家里，他是经由具有进步政治观点的季韦尔辛推荐担保。那些掌控实权的人让他记忆深刻：在那些充斥着花言巧语和极端政治思想的日子里，他的革命热情同样不可控制，因为这种真挚热情非比寻常。他的狂热并不是按部就班，而是发自内心，源自他过去经历的自然结果。

斯特列利尼科夫展现了当权者的自信。

他在过去短短几个月的时间里的斗争报告，记录了他在下开尔密斯和乌斯特汉姆金斯克的行动，记录了对古巴索夫农民武装抵制征税的镇压，也记录了14步兵队抢劫粮食护送队事件。同时他的报告中论述了在土尔卡图拉市小镇发动起义的拉辛派士兵，武装倒戈白军后在奇尔金河口码头发动的军事政变，忠于苏维埃政权的指挥员被杀等几件事。

每一个案件，他都能让敌人出其不备，在经过调查、审核、判决之后，就快速、严格、果断地解决了问题。

他不仅控制住了整个地区擅离职守的不正之风，而且还重组了征兵机构。这样一来，征兵者蜂拥而至，红军接待中心每天都得挑灯夜战。

当来自北方的白军势力不断加强，地位不可撼动之时，斯特列利尼科夫又被委任以新的使命，有效组织军队，即时展开军事行动。由于他的介入，效果立竿见影。

斯特列利尼科夫知道有谣言戏称他为死刑执行官或者狙击手，但他不为所动，坚决执行他的判决。

他是莫斯科本地人，他的父亲因为参加 1905 年的革命运动而被捕入狱。那时他并没有参加任何革命运动，一是因为当时他还太小，二是因为大学里家庭背景不好的年轻人比富家子弟更看重学习，也更加努力学习。富裕家庭学生的骚动，他根本漠不关心。当他掌握大量知识并取得人文学科学位后，还自学了自然科学和数学。

被免除兵役后，他自愿加入志愿军，并被委派到前线，但却成了俘虏。1917 年，当他得知俄国革命爆发的时候，他立即逃了回来。他的两个典型特征，两种热情就是非凡的、清晰的逻辑推理能力和高尚的品德、强烈的正义感。他热情四射，可敬可佩。

可惜他并没有成为那种可以突破新兴领域的科学家。他有智慧但缺乏大胆跃进未知领域的能力，缺乏超越贫瘠逻辑推理能力的敏锐洞察力。

如果他真想有所作为，除了道德原则外，他还需要有争斗之心。一颗能够分辨事情之轻重缓急，而非舍大取小，本末倒置之心。

从小他就有远大抱负，认为这个世界是人人争相斗艳却又小心翼翼地遵守着规章制度的大舞台。但当他发现事实并非如此时，他并没有认识到，这是因为自己对世界的认知过于简单的缘故。他抚慰着自己心中的痛苦和不满，并且带着这种简单的美好愿望，奋力地去鉴别生命和那些被黑暗势力所扭曲的真正事实，想要成为生命的主宰者抑或复仇者。

痛苦失望至极，他最终成为弃教从军，成为一名武装革命者。

31

“日瓦戈”，他们回到他房间时，斯特列利尼科夫重复道。

“日瓦戈……经商的，听起来像贵族……哦，当然，一个莫斯科医生……却要去瓦雷金诺。那实在太奇怪了，为什么你一定要离开莫斯科去这样一个偏僻的小地方呢？“

“只是有这个想法而已。我只是在寻求一个幽暗静谧而又与世隔绝的世外桃源。”“哇哦，多么浪漫啊！瓦雷金诺？那周围大多数地区我都很熟悉。那里曾经是克吕格尔的私有土地。你不会和他有亲戚关系吧？你不会正巧是他的继承人吧？”

“你干吗用这种讽刺的口气？这和‘继承人’有什么关系？不错，我妻子的确是……”

“哈，你看！让我说对了吧。但如果你还怀念白军的话，我要让你失望了。你来得太迟了，我们已经把那个地区的白军势力完全清除了。”

“你在跟我开玩笑吗？”

“在战争中，打仗就是我们的职责，而你作为一个医生，一个军队医疗军官，想当逃兵。格林一家也想在这片丛林之中寻找一处栖身之所。你有什么理由吗？”

“我曾经负过两次伤，完全被免除服兵役了。”

“那么你需要交给我一份来自人民教育健康委员会的证明，证明你是一名苏维埃公民，是‘革命同情者’和‘奉公守法者。’这是时代的启示，也是最后的审判。这个时代是属于那些来自深渊、手持火剑的天使和背负羽翼的人们的，而不属于那些纯粹的支持者和忠诚的医生。然而，我要告诉你，你现在自由了。放心，我不会违背我的诺言。但是请记住，这种机会只有一次。我能感觉到我们还会再见面的。小心点吧。”

但是这些言辞并未恫吓到尤里·安德烈耶维奇。他毅然回答道：“我知道您是怎么看我的。从您的角度来讲那是对的。可是关于您想和我谈的问题，我这辈子都在和自己的假想敌进行争论，如果我毫无结论的话那是绝不可能的，只是现在的我还无法用只言片语把它们表达清楚。假使您真的放我自由，我也不打算说什么；如果不是，那您必定已经想好要怎么对付我了，对此我也无话可说。”

电话铃声打断了对话，线路已经修好，斯特列利尼科夫拿起听筒。

“谢谢你，古里扬。现在就让我们好好合作。过会儿你派个人去送日瓦戈同志上火车，我不希望再有任何差错。还有请给我接通拉兹维利耶的肃反委员会运输署。”

日瓦戈离开后，斯特列利尼科夫打电话给火车站：“请留心他们带来的一个男学生，样子大概是这样的，他头上缠着绷带，帽子盖过耳朵，不太雅观。对对，他也许会需要一些医疗援助。一定要好好照看他。他想吃什么就给他。对对，现在我们来说正事，唉，我还没说完，不要挂电话，等等，该死的，占线了。古里扬，古里扬。他们挂我电话了。”

由于时间的关系，他放弃了继续打电话的打算。“他也许是我以前的学生，与我们对抗，现在已经羽翼渐丰。”斯特列利尼科夫思索着。他开始试着回想自己有多少年不教书了，这个孩子是否有可能当初是他的学生。渐渐的，他眺望窗外，看着蔓延的地平线，极力搜寻着自己曾经的老家尤里亚金。也许自己的妻女还住在那里。难道他就不能去找他们，就现在去找，可这怎么可能呢？他们应该拥有另一种生活。他必须首先结束现在这种生活，而后他才可能回到那个不被打扰的过去的生活，总有一天这会实现，但是，这究竟要等到什么时候呢？

第八章　抵达

1

火车把日瓦戈一家载到这个地方后，仍停在车站的侧轨上，被别的几列火车挡住，然而他们却感觉一直以来同莫斯科保持的联系在这个早晨中断了。从这儿开始是另一个地方了，这是个有着自己重心的与众不同的地方小镇。

这里的居民比生活在省会城市的人更为亲近。虽然车站里的人已被驱走，红军部队包围了这一区域，但乘坐市郊列车的乘客不知怎么的还能跑到铁轨上来，就像我们现在会说的“渗透进来”。他们已经挤进车厢，挤满了敞开的拉门，有的沿着火车在铁轨上来回走着，还有些人群站在车站的路基上。

这些人无一例外的都彼此认识，老远看见便挥手打招呼，擦身而过时还互相问候。他们的言谈和穿戴，食物和礼仪都与省会城市的居民略有不同。

医生心想：“这些人靠什么为生？”他们的兴趣和生活来源是什么，如何同时代的困难做斗争，又是怎样逃避法律的制裁呢？

不久，这些问题都以最生动的方式得以解答。

2

那个哨兵把步枪拖在身后或者说当手杖一样的拄着，医生在他的护送下返回了自己的车厢。天气闷热，太阳烤着铁轨和车厢顶。地面上一摊摊黑色的汽油在阳光下闪着黄光，像镀了层金似的。

哨兵的枪托在沙地上划出一道沟，碰到枕木上发出砰砰的响声。

“天气不会再变化了，”他说。“到了春播燕麦、小麦和小米的最佳时节。但播种荞麦还嫌太早。我们那儿要到阿库林娜节才种荞麦。我不是本地人，是从唐波夫省的马尔山来的。唉，医生同志，若不是这内战和反革命的祸患，你认为我想在这个季节来到他乡消磨时光吗？它使我们阶级间闹得不和，你瞧它们都干的是什么呀。”

3

车厢里伸出几只手来拉他上去。

“谢谢，我自己能上去。”

尤里·安德烈耶维奇自己登上了车厢，站稳身子之后和妻子拥抱在一起。

“终于上来了！谢天谢地，终于没事儿了，”她说，“其实，我们知道你安然无恙。”

“你说你知道，是什么意思？”

“我们全都知道了。”

“从哪儿知道的？”

“哨兵告诉我们的。要不然我们怎么受得了？事实上，我和爸爸都要急疯了。爸爸在那儿呢，他睡着了，叫都叫不醒，激动过后睡得像木头一样。又来了几个新乘客，我马上把他们介绍给你，可你先听听大家都在谈些什么吧——他们都在祝贺你能幸运的脱险。这就是他，”她突然说着，转过头去，用肩膀把丈夫介绍给一个刚挤上车的乘客，他被人群挤到了车厢的尾部。

“桑杰维亚托夫。”这个陌生人自报姓名，把软帽高举过头顶，正从拥挤的人群中朝这边挤过来。

“桑杰维亚托夫。”医生想道，“原以为叫这名字的人会带有旧俄罗斯民谣的风味，一脸大胡子，身着工作服，系着镶满饰钉的腰带。可他灰白的卷发，一把山羊胡子会使你想到地方艺术协会里的人。”

“噢，斯特列利尼科夫没吓着您吧？”桑杰维亚托夫说道，“您说实话。”

“没有，怎么会呢？和他谈话很有意思，当然，他的个性很强。”

“我想也是。我对他的兴趣略有所知。他不是我们这个地方的人。他是你们莫斯科人。就像我们所有最新流行的东西一样，都是从首都传过来的。我们自己可想不出这些东西。”

“尤罗奇卡，这是安菲姆·叶菲莫维奇，他无所不知。”安东宁娜·亚历山德罗夫娜说道，“他听说过你也听说过你父亲，他还认识我的祖父——他什么人都认识，绝对的！我想你一定见过女教师安季波娃吧？”她漫不经心的插话，桑杰维亚托夫回答时也同样漫不经心：“你提安季波娃干什么？”尤里·安德烈耶维奇听到了他俩的对话，但什么也没说，他妻子接着说：“安菲姆·叶菲莫维奇是布尔什维克。你得警惕，尤罗奇卡。和他在一起的时候你说话可要注意点。”

“真的吗？我从未想到。我还以为他是个艺术家呢。”

“我父亲经营过一家小旅馆，”桑杰维亚托夫说，“他曾经有七辆三驾马车在外面载客。可我上了大学，还是个货真价实的社会民主党党员。”

“尤罗奇卡，你听听安菲姆·叶菲莫维奇对我说的话。顺便说一句，如果你不介意我这么说的话，安菲姆·叶菲莫维奇，你的名字真像个绕口令！——好了，尤罗奇卡你听我说，我们已经很幸运了。我们不能在尤里亚金站换车——城里有些地方着火了，桥被炸断了，无法通过。这列火车将会转到另一条线路上，而我们要去的托尔法纳亚正好就在那条路线上。岂不是太巧了吗！我们用不着换车，也不用费力地拖着所有行李从这个车站到另一个车站。另一方面，在火车真正开动之前，我们一会儿转到这边，一会儿转到那边，要折腾好几个小时呢。这都是安菲姆·叶菲莫维奇告诉我的。”

4

安东宁娜·亚历山德罗夫娜是对的。火车卸下一些车厢，又挂上新车厢，在挤满列车的轨道上倒来倒去，轨道上的其他列车堵住了这趟车的道路，使它久久不能开到辽阔的原野上去。

远处的城市一部分被绵延起伏的郊外景色遮住了。只有屋顶，工厂的烟囱和钟楼的十字架时而显露在地平线上。郊区有个地方失火了。浓烟被风卷到天空，看似巨大的马鬃。

医生和桑杰维亚托夫坐在货车厢的地板上，双腿垂在车厢外。桑杰维亚托夫一直指着远方，向尤里·安德烈耶维奇解释他们所看到的景物。列车在颠簸行进时总不时发出轰隆声，盖过了他的声音，他把嘴凑近医生的耳朵扯着嗓子喊叫，重复刚才说过的话。

“他们把‘巨人’电影院点着了。虽然主官生早就投降了，但他们还盘踞在那里。要不就是战斗还没结束。你看到钟楼上那些黑点了吗？那些都是我们的人正在狙击捷克人。”

“我什么都没看到。隔这么远你怎么能看清楚？”

“着火的是霍赫里基区，作坊区。旁边就是柯洛杰耶夫购物中心。我们的小旅馆就在那儿，所以我才注意它。还好火势不大，还没有蔓延开。目前市中心还安然无恙。”

“你说什么？我听不清。”

“我是说市中心，城市的中心——大教堂，图书馆……我们的姓氏，桑杰维亚托夫，这是圣·多纳托的俄文译音。我们据说是杰米多夫家族的后裔。”

“我还是听不清。”

“我是说桑杰维亚托夫是圣·多纳托的译音。据说我们是杰米多夫家族的一个分支，杰米多夫·圣·多纳托公主。但这可能只是家庭传说而已。这块地方叫作斯皮尔金山谷。到处是凉亭和游乐场所。这地名很怪，不是吗？”

展现在他们眼前的是一片辽阔的原野，铁路支线纵横交错地把原野切断。电线杆像巨人一样飞快地朝地平线退去，蜿蜒的公路像一条飘带，与铁轨媲美。它忽而消失在地平线的尽头，忽而又在转弯的地方呈现为宽阔的弧形，接着又消失不见了。

“我们的这条公路是出了名的，它横贯整个西伯利亚。囚徒曾经赞扬过它。现在是游击队的据点……你会喜欢这里的，你知道，这里还算可以。你会习惯这里的，也会喜欢城里的新奇事儿的。例如我们的抽水机。妇女们在十字路口排队打水，这是她们冬天的露天俱乐部。”

“我们不打算住在城里。我们要去瓦雷金诺。”

“我知道。你的妻子告诉过我了。不管怎样，你还会进城办事的。我一眼就看出你妻子是谁了。她的长相酷似克吕格尔——眼睛，鼻子，额头——都和她祖父一模一样。这个地区的人都记得克吕格尔。”

原野上有几座红色的圆形油库，木制的广告牌上张贴着大幅的广告。其中有一幅广告两次进入了医生的视线。上面写的是：“莫罗与韦钦金公司。机械播种机。脱粒机。”

“那原本是一家不错的公司。出产过一流的农业机械。”

“我没听清。你说什么？”

“我说那是家好公司。听得到吗？好公司。生产农业机械的。是一家股份公司。我父亲曾是股东。”

“我记得你刚才说他开旅馆。”

“他是开旅馆。可那并不意味着他不能持有股份呀。这也是他所做的精明的投资。‘巨人’电影院里也有他的股份。”

“听起来你好像以此为荣。”

“以我父亲的精明为荣？那还用说。”

“可你们的社会民主党呢？”

“上帝啊，这与他们有什么关系？为什么一个马克思主义者就一定是个唠叨废话的白痴呢？马克思主义是真正的科学，是解释现实的理论，研究历史情况的哲学。”

“马克思主义是科学？同一个对马克思主义认识不深的人争论这个问题至少是太轻率了。然而——马克思主义作为一门科学太不稳重了。科学要更平衡更客观。我不知道还有什么比马克思主义更自我封闭和远离事实的学派了。每个人都只留心在实践中检验自己，但对于那些当权者来说，他们焦虑于创造自己永不犯错的神话，极力地背离真理。政治对我没有吸引力。我不喜欢对真理无动于衷的人。”

桑杰维亚托夫把医生的话当成说话风趣的怪人的愚蠢言论。他只是笑着倾听，没有反驳他。

火车又在倒车了。每当火车开到“出发”标志那里的时候，腰带上系着牛奶罐的年老的女扳道员就放下手里的毛线活，弯下腰，扳动杠杆，让火车倒回去。当火车慢慢地向后倒去时，她便直起身子，冲着火车后面挥拳头。

桑杰维亚托夫还以为她是在朝自己挥拳头呢。“她干吗那么做啊?”他思量着，“她看上去很面熟。不会是通采娃吧?不，我认为她不是格拉莎。她看上去太老了。不管怎样，她为什么针对我呀?我想，俄罗斯母亲正处在动乱的困境中，铁路上发生混乱，这个老可怜虫生活困难，所以就把气撒在我身上。哦，让她见鬼去吧！——我为什么要为她伤脑筋啊?”

女扳道员终于挥了挥旗帜，朝着司机喊了几句，让火车通过信号旗，向旷野驶去；但当第十四节车厢从她身旁疾驰而过时，她朝两个坐在车厢地板上聊天的男人吐了吐舌头，他们让她觉得心烦不安。桑杰维亚托夫再次陷入沉思。

5

当燃烧着的城市郊区，圆柱形油桶，电线杆，还有广告牌都消失在远方，眼前出现了另一番景色：小树林，小山丘以及山上若隐若现的蜿蜒的公路，桑杰维亚托夫说：“我们回到座位上去吧。我快要下车了，你也还有两站了，当心点别坐过站了。”

“我想你对这一地区了如指掌吧?”

“就像自家的后花园一样熟悉。方圆一百英里都熟悉。你知道，我是个律师啊。从业二十年了。我总是因公出差。”

“直到现在?”

“当然了。”

“可这年头还能有什么业务呢?”

“你想要什么样的，就有什么样的。未完成的旧契约，经贸业务，合同违约。多得不得了。”

“可这些活动不是已经被禁止了吗?”

“当然了，这些活动名义上已经废止了。但实际上人们还是被要求做各种事情，而且有时候是互相矛盾的事情。企业要国有化，市苏维埃需要燃料，省经济委员会还需要交通工具。同时每个人都渴望生活。这是理论与实践尚有距离的过渡时期。这种时候需要像我这样精明、足智多谋的人。得意的是那些看不到太多的人。我父亲过去常说，偶尔挨嘴巴也是有用的。半个省的人现在都得靠我供养。这两天我还得去瓦雷金诺一趟，处理木材供应的事。可是还没呢。去那儿非骑马不可，可我的马瘸了。要不然我才不会坐着这破玩意颠簸呢。瞧它这慢劲儿。这还叫火车！你去瓦雷金诺可能用得上我。我对米库利钦一家了如指掌。”

“你知道我们去那儿的目的和打算吗?”

“多少知道点儿。我有个想法。人对土地有着永恒的向往。有着自食其力的理想。”

“那又怎么样？你好像不赞成。”

“这太天真，太田园式了，但有什么不行呢？祝你好运。只是我不相信。这是乌托邦式的理想。太艺术化，手工业化了！”

“你认为米库利钦会怎样对待我们?”

“他不会让你进门的，他会拿扫帚把你赶出去，而且他是对的！他正处在困境中。工厂停了工，工人跑散了，没有生活工具，没有食物，可是你却大驾光临。就是他把你们杀了，我也不会责怪他。”

“你瞧瞧。你是个布尔什维克，可你自己也并不否认这不是生活——这很疯狂，是个荒诞的噩梦。”

“是啊。但这是历史上不可避免的现象。必须通过这个阶段。”

“为什么是不可避免的现象?”

“你是个孩子吗，或者说你在故意装傻？你是不是从月亮上掉下来的？贪食者和寄生虫驾驭着挨饿的劳动者，并把他们驱向死亡，你想事情能够这样长久下去吗？更不用说其他凌辱和暴虐的形式了。难道你不了解人民的愤怒、要求正义的愿望、寻求真理的精神是正当合法的吗？或者你认为在杜马里通过议会制，不采取专制手段就能实现根本的变革吗？”

“我们的谈话产生了分歧，即使辩论一百年也辩论不出个所以然。过去我是很赞成革命的，可我现在认为，使用暴力是什么也得不到的。人们应该以善为善。但问题不在这里。回到米库利钦身上——如果等待我们的是那样一种局面，那我们为什么还要去呢？我们应该转身回去。”

“一派胡言。首先，米库利钦不是海滩上唯一的卵石。其次，米库利钦善良极了，善良到了犯罪的地步。他会大吵大闹地拒绝和抵制，然后态度就软下来。他会把身上的衬衣脱下来给你，同你分吃最后的面包皮。”于是桑杰维亚托夫又开始讲尤里·安德烈耶维奇·米库利钦的故事。

6

“二十五年前，米库利钦从圣彼得堡来到这里。他曾经是工学院的学生。他在警方的监督下被遣送出圣彼得堡。他来到这里，当了克吕格尔家的管家，而且结了婚。那时候，这里有通采娃四姐妹——比契诃夫的作品里还多一个——阿格里平娜，叶夫多基娅，格拉菲拉和西拉菲玛。所有的年轻男士都追求她们。米库利钦娶的就是其中的大小姐。

“不久他们就有了个儿子。傻瓜父亲出于对自由的崇拜，给男孩取了个很怪的名字：利韦里。利韦里——简称利夫卡——他长大了，很顽皮，但表现出许多方面的杰出才能。战争爆发时，他只有十五岁。他改了出生证上的日期，自愿上了前线。他母亲本来就是个身体虚弱的女人，没有承受住这次打击，躺在床上再也没有起来。她前年去世了，就死在了革命前夕。

“战争结束后，利韦里回来了。他已经是拥有三枚勋章的中尉英雄，当然了，还是一个从前线回来做宣传工作的彻头彻尾的布尔什维克代表。你听说过‘林中兄弟’吗?”

“我没听说过。”

“那和你讲这个故事就没意义了，效果会失掉一半。那你也就没必要从窗户向公路张望了。这些天公路上有什么出色的地方？是游击队。什么是游击队？他们是内战中革命军的中坚力量。两种因素创建了这支军事力量：取得革命领导权的政治组织，上次战争结束后拒绝服从旧政权的普通士兵。这两部分人的联合便组成了打游击的队伍。其中大多数是中农，但你什么人都能碰见——贫农，免去神职的教士，同父辈作战的富农的儿子。有意识形态上的无政府主义者，有没有身份证的乞丐，有被中学开除的到了结婚年龄的男生。有受到给予自由和遣送回国的允诺诱惑的德国和奥地利战俘。这支伟大的人民军队中有一支部队叫作‘林中兄弟’，这支部队受利夫卡，利韦里·阿韦尔基耶维奇，阿韦尔基·斯捷潘诺维奇·米库利钦的儿子所指挥。”

“你说的是什么呀?”

“就是你听见的。让我继续说下去。在阿韦尔基·斯捷潘诺维奇的妻子过世之后，他再婚了。他的第二个妻子，叶连娜·普罗科洛夫娜，是个从学校一毕业就到教堂结婚的人。她本来就天真，可还故作天真；虽然她很年轻，可还打扮得更年轻，喋喋不休，叽叽喳喳，装成涉世不深的少女，像个小傻瓜，田野的小百合。她见谁就考谁：‘苏沃洛夫是哪年诞生的？举出三角形相等的条件。’如果她考住了你，就会乐不可支。几个小时后，你就能亲眼看到她了。

“这个老人也有自己的特点。他本来要去当水手的。他学的是造船。脸刮得干干净净，烟斗整天不离嘴，说话的语气缓慢而友好，一个个字从牙缝里吐出来。和所有爱抽烟的人一样，下巴突出，灰色的眼睛露出冷漠的神态。哦，我差点还忘了一个细节——他是社会革命党党员，并被选为立宪会议的地区代表。”

“这当然很重要了！所以父与子现在是剑拔弩张，成为政治敌人了吗？”

“从理论上讲，他们当然是敌人。可实际上，绿林好汉并不和瓦雷金诺作战。然而，听我往下说。通采娃的三个妹妹——米库利钦第一次婚姻时的小姨子们——至今仍住在尤里亚金，她们都是没嫁出去的老姑娘——时代变了，姑娘们也变了。

“最大的叶夫多基娅当了公共图书馆的馆员。她皮肤黝黑，十分可爱，羞涩到了极点，一点点挑衅就能让她涨得满脸通红。待在图书馆的时间对她来说糟透了。这里安静的像坟墓一样，这个可怜的姑娘得了慢性感冒——不停地打喷嚏，恨不得能钻进地缝里。神经过敏。

“老二，格拉菲拉·谢韦里诺夫娜是一家人的骄傲。她是个厉害的姑娘，也是出色的工人，什么活儿都不嫌弃。大家都认为游击队的首领利夫卡很像她。某天你看她在做缝纫工作或者在织袜厂上班，一眨眼她又变成了理发师。你看到了吗，有个女扳道员向我们挥拳头？我当时想，这不是格拉菲拉吗，她到铁路上工作了。可我想那不是她，人太老了。

“最小的是西拉菲玛。她是家里的磨难，给他们带来了无尽的麻烦。她是个聪明的姑娘，读过很多书，研究过诗歌和哲学。可是自从革命以来，在共同高涨的情绪，广场演说，街头游行的影响下，她精神失常了，陷入对宗教的狂热中。姐姐们去上班时把门锁起来，可她从窗户跳出去，跑到大街上挥手召集群众，宣传耶稣第二次降世和世界末日。哦，我该打住了。我到站了。你在下一站下车，准备一下吧。”

等桑杰维亚托夫下车后，安东宁娜·亚历山德罗芙娜说道：“我不知道你怎么看，可我觉得他是及时雨。我认为他会在我们生活中起好作用。”

“这很可能，托汉奇卡。可我担心的是大家都能认出你是克吕格尔的外孙女，这儿的人对他记得太清楚了。在我提到‘瓦雷金诺’的时候，连斯特列利尼科夫也讽刺地问我们是否是克吕格尔的继承人。

“我们离开莫斯科就是为了逃避别人的注意，我担心我们在这儿会更显眼。现在当然已经没有什么可做的了，对着洒了的牛奶哭也毫无意义。但我们最好隐藏起来，保持沉默。总的来说，我对整件事并不乐观……我们应该快到了。叫醒其他人，准备下车吧。”

7

安东宁娜·亚历山德罗芙娜站在托尔法纳亚车站的月台上，一遍又一遍的清点家人和行李，生怕把什么东西落在火车上了。她脚下是已被人踩得很结实的月台沙地，但担心坐过站的焦虑心情还是挥之不去。虽然火车还一动不动地停在她眼前，但车轮的轰隆声仍在她耳边回响。这妨碍了她的视觉，听觉，也妨碍了她正常思考。

没下车的旅客从车厢里向她挥手告别，可她都没有注意到。她也没有注意到火车开走，直到她发现自己看到的是空空的铁轨外那绿色的田野和湛蓝的天空时，才发觉火车已经不见了。

车站是用石头砌成的，入口两侧有几条长凳。日瓦戈一家是在托尔法纳亚车站下车的唯一旅客。他们放下行李，坐在一条长凳上。

车站的宁静、空旷和洁净使他们感到惊讶。周围没有人拥挤，没有人争吵，似乎很奇怪。生活在这遥远的地方，历史仿佛也被延迟了脚步。它尚未达到省会城市那种野蛮。

车站隐蔽在桦树林中。火车进站的时候，车厢里变得黯淡了。微微摇曳的树木，把树影投在人们的手和脸上，投在车站的地上、墙上和屋顶上，也投在月台清洁、潮湿、黄色的沙地上。树林里很幽静，林中的鸟鸣声也同样清幽。没有掺杂别的声音的纯粹鸟鸣，响彻整个树林，把它连成一片。两条道路隔开了这个树林——铁路和乡村公路——两条路都被树枝遮蔽了，像两条长袖一样摇摆。突然安东宁娜·亚历山德罗芙娜的眼睛和耳朵都恢复了正常。她立刻意识到了一切——鸟儿的鸣叫，树林的幽静，笼罩着四周的寂静。她在心里想出了一段话语：“我不敢相信我们真的能平安到达这里。你知道吗，你的斯特列利尼科夫可以轻易地表现出宽宏大量，然后发一份电报，命令一下火车就把我们所有的人逮捕起来。我可不相信他们高尚的情操，亲爱的，这都是做给人看的。”但看到眼前迷人的风景，她却说出确实令人意外的话。“真美啊！”她喊道。再也说不出别的话了。眼泪使她感到窒息，她哭了起来。

听到她的哭声，一位穿着车站站长制服的小个老头走了出来，朝他们慢慢地走过来。他把手伸到红顶帽的帽檐前，他礼貌地问道：“这位年轻的小姐需要镇静剂吗？车站的药箱里有。”

“不要紧。谢谢。她一会儿就好了。”亚历山大·亚历山德罗维奇说道。

“这是旅途上的焦虑和担忧造成的，这是常有的事儿。还有天气热得像非洲，在这个纬度是罕见的。更不用说在尤里亚金发生的事了。”

“火车经过的时候，我们看到了火灾。”

“如果我没说错的话，你们是从俄罗斯中部来的吧？”

“从俄罗斯中心来的。”

“从莫斯科来的！难怪那位夫人的神经不正常。听说莫斯科全被毁了。”

“没那么糟糕。人们言过其实了。我们什么都见识过了。这是我女儿，那是女婿，那是他们的儿子。这是保姆纽莎。”

“你好。你好。很高兴见到你们。我一直在期待您的到来。安菲姆·叶菲莫维奇·桑杰维亚托夫从萨克玛打过电话来。他说日瓦戈医生带着家人从莫斯科来，请多加关照。您就是日瓦戈医生了，我说的对吗？”

“不是，日瓦戈医生是他，我的女婿。我是格罗梅科，农艺学教授。”

“对不起。我认错人了。非常高兴认识您。”

“您认识桑杰维亚托夫？”

“怎么会不认识呢，他是个魔法师！没有他我不知道我们能做什么——可能我们早就已经死了。他说要我多加关照你们。我说很好，我会照办的。因此如果你们需要马或者别的东西的话……？你们打算去哪儿？”

“我们要去瓦雷金诺。那儿离这里远吗？”

“瓦雷金诺！难怪我一直想不出您的女儿长得像谁呢！所以您要去瓦雷金诺！一下子都明白了！这条路是我和克吕格尔老人一起修的。现在我去看看马，找个带路的人再弄一辆大车。多纳特！多纳特！趁着办事的时候把东西搬到候车室去。马上哪儿弄呢？到茶馆跑一趟，看能不能借一匹马。早上巴克斯还在那儿呢，看看他是否还在。告诉他们有四位旅客要去瓦雷金诺。他们是新来的。告诉他们，什么行李都没有。动作快点。夫人，我能给您一个老年人的忠告吗？我故意没有问你们与伊万·埃内斯托维奇有多么亲密的关系。这件事情上您可要当心。现在这种时候不能对所有人都敞开胸怀。”

一提到巴克斯的名字，旅客们惊讶地互相看了看。他们还记得安娜·伊万诺夫娜讲过的打了一副坚不可摧的铁内脏的神话般铁匠的故事，以及当地许多其他的传说。

8

为他们驾车的是个长着一对招风耳、披着一头散乱白发的老头，拉车的是匹刚下了马驹的白色母马。由于种种原因，他身上所有地方都是白的：他那双桦树皮做的新鞋还没有穿黑，而亚麻衬衫和裤子由于穿的时间太久全都褪色了。

小马驹长着短而卷曲的鬃毛，黑得跟黑夜一样，像涂了漆的玩具一样，迈着骨头还没长硬的腿跟在母马后面跑。

大车经过坑洼的地方颠簸起来，车上的旅客连忙抓住车上的杆子。他们的心里是一片平静。他们的梦想正在实现，他们几乎到了旅途的终点。晴朗日子的最后几个小时慷慨地逗留着，似乎渴望延长它的光辉。

马车一会儿穿过树林，一会儿驶过旷野。经过树林的时候，每次车轮撞到树根，他们都会剧烈地颠簸；他们皱紧眉头，躬着肩膀，紧靠着彼此。每当经过旷野，那种辽阔似乎是要把帽子都抛向空中，旅客伸直了腰，坐得舒服多了，发出一声声解脱的叹息声。

这一带是山地。山地总有自己的模样。从远处望去，它们高大幽暗地立在那里，像一个个傲慢的影子，一声不响地注视着这些旅客。玫瑰色的余晖欣慰地伴随他们驶过原野，慰藉着他们，给他们带来希望。

这一切都让他们喜欢，使他们惊叹。最使他们高兴和惊叹的是这个古怪的驾车老头滔滔不绝的闲话。在他的话里，古俄罗斯语言的形式，鞑靼的习语，地方语言的特征同他自己发明的晦涩难懂的语言混杂在一起了。

马驹一落在后面，母马就停下来等它。马驹会不慌不忙地，一蹦一跳地赶上来，然后它那靠得很近的四条长腿，迈着笨拙的步子走到大车跟前，伸着长脖子把小脑袋伸进车辕里，吃着母马的奶。

“可我不明白，”安东宁娜·亚历山德罗芙娜一字一句地朝着丈夫喊道，害怕车子一个突然的颠簸会咬掉舌尖。“这个巴克斯就是母亲讲过的那个巴克斯吗？你还记得那个铁匠吗？一次打架，他的肠子打断了，他又做了一套新的。巴克斯有条铁肠子。当然了，我明白这只是个故事，可难道这是他的故事吗？难道这就是他本人吗？”

“不，当然不是。首先，正如你所说，这只是个故事，传说，母亲说过她听到的时候这个传说已经有一百多年了。你别这么大声说话。你也不想伤害老头的情绪吧。”

“他听不见，耳朵背。就是听到了也不会懂——他脑袋不太好使。”

“嗨，费多尔·汉费德奇！”不知道老头为什么用男性的名字和父称来呵斥这匹马，他当然和旅客一样知道它是母马。“该死的热天！就像波斯炉子里烤着的亚伯拉罕的子孙！快走，该死的畜生！我是对你说的，混蛋。”

有时候，他会突然唱起从前克吕格尔的工厂里编的老歌。

再见吧，总账房，
再见吧，隧道与矿场。
老板的面包我已吃腻，
喝水也使我腻烦。

一只天鹅游过岸边，
在水里划过一道道水波。
不是美酒令我身体摇摆，
而是万尼亚要去当兵。
可我，玛莎，不会上当。
可我，玛莎，不是傻瓜，
我要去谢利亚巴城，
给辛杰丘利哈当雇工。

“哎，你这被上帝遗弃的家伙。瞧它这个死尸。我拿鞭子抽它，可它给我停下！呃，费迪亚·尼费迪亚，你决定要出发了吗？——那个森林，被称作泰加林，一望无边。那里面藏着农民的队伍，‘林中兄弟’就在那边。——呃，费迪亚·尼费迪亚，又停下了，你这个死鬼。”

就在这时，他转过头来眼睛直盯着安东宁娜·亚历山德罗芙娜。

“年轻的太太，你真的认为我不知道你们是谁吗？我看你，太太，脑子太简单了。如果我没认出你，我会钻进地缝里去！我当然认出你了！真不敢相信我的眼睛——你简直活脱脱就是格里果夫。”（他把克吕格尔说成格里果夫）“你不是他的孙女，是吗？除了我之外，谁还会说格里果夫呢！我一生都在替他干活。干各种各样的活儿——伐过木头，干过矿工，开过绞车，还养过马。——驾，走啊！又停下了，没长脚的东西！中国的天使啊！难道你听不见我在和你说话吗？”

“噢，你刚才问我是不是那个铁匠巴克斯。夫人，你长着那么大的眼睛怎么像个傻瓜呢。你说的那个巴克斯——姓波斯坦诺果夫，铁肠子波斯坦诺果夫——五十多年前就进棺材了。可我姓梅霍宁。我们同名不同姓，不是一个人。”

老头一点一点地用自己的话把他们从桑杰维亚托夫那儿听到的有关米库利钦的事情又说了一遍。他称他们为米库利奇和米库利奇娜。他把管家的第二个老婆称为后老婆，而把第一个老婆称作“天使”，“白衣小天使”。他说起游击队的首领，利韦里，知道他的名声还没有传到莫斯科，那里没有听说过“林中兄弟”，他觉得简直不可思议。

“他们没有听说过吗？没听说过列斯内赫同志？中国的天使啊，莫斯科人长耳朵是干什么用的？”

夜幕降临了。旅客的影子变得越来越长，在他们前面跑着。他们正穿过一片平坦的林中空地。随处可见一簇簇高高的藜属植物的花柄，柳树的枝茎，上面开满了穗子般的花。它们虚幻的轮廓间隔稀疏，仿佛原野上设置的不会动的哨兵。

在很远的前方，原野一直伸展到高高的群山下。山脉像一道墙堵住了去路，山那边或许有峡谷或溪流。那里的天空似乎被围墙围了起来，而通向大门的正是这条道路。

山脊上面浮现出了一幢长长的白色平房。

“看到山上那座小楼了吗？”巴克斯说道，“那就是米库利奇和米库利奇娜住的地方。他们下面有一条峡谷，称作舒契玛。”

山上传来两声枪响，引起一阵回响。

“怎么回事？别是游击队在朝咱们开枪吧，是吗，老爷爷？”

“上帝保佑你们，不是游击队员！那是斯捷潘内奇在舒契玛山谷里放枪吓唬狼呢。”

9

旅客们同米库利钦一家第一次会面是在管家的院子里。这是一个令人难堪的场面，先是沉默不语，然后吵成一团。

叶连娜·普罗科洛夫娜从林中散步回来，走进院子。夕阳的余晖，如同她的金发一样闪着金光，紧紧地跟在她身后，从这棵树到那棵树，一直穿过整个树林。她穿着一身轻盈的夏装。她散步走热了，正用手绢擦拭着脸庞。她裸露的脖子上绕着一条松紧带，松紧带上的草帽挂在她背后。

她丈夫从山谷回来，向她迎过去；他刚背着枪从山谷里爬上来，打算擦干净枪筒，因为他发现枪出了毛病。

突然，巴克斯驾着的车轧过卵石，车轮发出轰隆的响声，打破这平静的场景，使他大吃一惊。

旅客们下了车，亚历山大·亚历山德罗维奇把帽子一会儿摘下，一会儿又戴上，结结巴巴地开始解释来意。

主人们惊讶得说不出话来。他们的沉默持续了好几分钟；而羞红了脸的倒霉的客人们都张皇失措，不是虚假的，而是真诚的。情况再明白不过了，不仅对当事人，就连舒罗奇卡、纽莎和巴克斯也没有一丝一毫含混的地方。他们那难堪的感觉似乎也传染给了母马、马驹、夕阳的余晖，和那些围着叶连娜·普罗科洛芙娜转的，不时落在她脸上和脖子上的飞虫了。

米库利钦终于打破了沉默。“我不明白。一点都不明白，而且永远不会明白。你觉得这是什么？白军占领的南方，有充足的面包？为什么单单选择我们这儿？究竟是什么让你们来到这里——所有的地方就偏偏来到这儿？”

“你想到没有，我在想，阿韦尔基·斯捷潘诺维奇要承担多大的责任啊？”

“别插嘴，列诺奇卡。是的，她说得很对。你停下来思考过你会使我们承受多大的负担吗？”

“我的天哪！你误解我们的来意了。我们决不会侵害你们，打搅你们宁静的生活。我们只想要一个很小的地方，倒塌的空房子的一个角落，谁也不要的荒芜的小块土地，让我们能种点蔬菜。别人看不见的时候，再从树林里拉一车柴火。这样的要求很高吗，这算得上侵害吗？”

“当然不算。可世界这么大，为什么非找我们不可？为什么偏偏是我们，而不是别人能有这种荣誉？”

“因为我们知道你们，我们也希望你们听说过我们，所以不会彼此完全陌生。”

“噢！原来因为克吕格尔！因为你们和他有关联！可你怎么在这时候承认这种事？”

“我想，你明白吗？正是因为你们与克吕格尔有关联，你们应该把认识的人介绍给我们。”

“列诺奇卡，别插嘴。我妻子说的完全正确，正是因为你们是联系在一起的。”

尤里·安德烈耶维奇没时间把桑杰维亚托夫的画像同他本人比较一番。在这混乱的时刻，医生忘了桑杰维亚托夫的样子。后来，等周围都安静下来，他才被画像的生动和逼真所震撼。然而，安菲姆·安菲莫维奇对管家的描绘是不完整的。尤里·安德烈耶维奇后来作了补充。

阿韦尔基·斯捷潘诺维奇发 l 这个音时有波兰腔，听起来像 w。他的烟斗几乎从不离口，烟斗成了他脸部不可分割的一部分，形成了他讲话时特有的风格，因为他会在点烟斗和吸烟的时候构思他的语言和想法。

他五官端正。头发梳到后面，走路迈大步子，把脚稳稳地落在地面上。夏天他穿一件俄罗斯式的衬衫，腰里系着一条带穗的带子。若是在古时候，他可能会成为伏尔加河上的水上强盗。现在他们老是做出一副幻想当教师的学生模样。

米库利奇把自己的青春献给了解放运动，献给了革命，他唯一担心的是活不到革命到来的那一天，或者革命爆发得太温和，不能满足他渴望流血的愿望。如今革命到来了，超过了他最大胆的设想。可他，天生的始终不渝的无产阶级的拥护者，第一批在“勇士”工厂建立委员会并把职位交给工人的人，却什么都没有捞到，没有谋到职位；待在一个偏僻的村庄里，工人们从这个村子逃散，还有一部分跟着孟什维克走了。而除了其他一切之外，这荒唐事又是什么？这些不请自来的克吕格尔的不肖子孙，不啻命运的嘲弄，这是故意的恶作剧，使他再也无法忍受。

“这无法解释。你意识到你使我陷于怎样的险境吗？我想我真是疯了。我不明白。什么也不明白，而且永远也不会明白。”

“我在想你明不明白，你们不来，我们就已经坐在火山口上了？”

“等一下，列诺奇卡。我妻子说得完全对。你们不来，事情就已经很糟糕了。真是狗的生活，疯人院。我夹在战争双方之间，没有出路。一边指责我，因为我儿子当了红军，当了布尔什维克，是人民爱戴的人。另一边也不满意，为什么我被选进立宪会议。两边都不待见我，只好在中间挣扎。现在你们来了！为了你们，被枪毙才愉快呢！”

“噢，得了！冷静一点。你怎么了！”

过了一会儿，他的气消了点。

“在院子里喊够了就行了。我们可以进屋去。当然，我看不出有什么好结果，可‘我们就像透过墨镜往外看’。然而我们不是土耳其士兵，不是异教徒，不会把你们赶到树林里去喂狗熊。列诺奇卡，我想我们最好先把他们安顿在书房旁边那间放猎枪的屋子里。然后我们再想想让他们住在哪儿，我们也许能让他们住在花园里。请进屋吧。巴克斯，把客人的东西搬进来，帮他们一把。”

巴克斯照吩咐办了，只是不断叹气：“圣母啊！他们的财产跟朝圣的人一样！只有几个小包裹，一只箱子也没有。”

10

夜里有些寒冷。客人们洗过澡，女人们在房间里整理好床铺。舒罗奇卡长期以来习惯了用他儿童式的格言引起人们的哄笑，可今天他很扫兴，他的胡说八道没有引起大家的发笑，没人理睬他。他对没把黑马驹拉进家里来也不满意，当大人呵斥他安静一点的时候，他竟大哭起来，害怕把他送回婴儿商店。他一直认为，他是父母从那儿买来的。他想把内心真实的恐惧感说给周围的每一个人听，可他这些可爱的荒唐话并没有产生平时的效果。大人们在陌生的房子里显得拘束，动作比平时急促，不声不响地忙自己的事情。舒罗奇卡生气了，他忧郁起来。大人们照顾他吃了饭，好不容易哄他睡下了。后来他睡着了，米库利钦家的女仆乌斯季妮把纽莎带到自己的房间吃晚饭，并向她诉说这一家的秘密。安东宁娜·亚历山德罗芙娜和男人们被请去同米库利奇一家喝茶。

亚历山大·亚历山德罗维奇和尤里·安德烈耶维奇首先走到阳台上呼吸新鲜空气。

“好多的星星啊!”亚历山大·亚历山德罗维奇说。

天色很暗。他们两人只相隔几步远，彼此却看不见。他们身后的窗户里透出一道灯光，射入峡谷。在这道光束中，灌木，树木，以及其他看不清的东西变得隐约可见，浮现在寒冷的薄雾中。可光亮没照到这两个人，更加深了他们周围的黑暗。

“明天早上我们得去看看他们打算让我们住的地方，如果能住人，我们立刻就动手修理。等我们把住的地方整理好了，地面也解冻了，那时我们就要不失时机地翻地了。他不是说要给咱们一些马铃薯种子吗?”

“他答应了。他还答应要给我们别的种子。我亲耳听见的。他让我们住的地方，在咱们穿过花园的时候我就看到了。你知道在什么地方吗?正房后面被蓟遮住的那几间房子。那几间房是木头造的，可正房是石头造的。我还指给你看过，还记得吗?我觉得那是种菜的好地方。我看那里可能曾是花园，至少从远处看觉得是那样，也许我看错了。旧花坛的土地一定是上足了肥料；我想这土地还是很肥沃的。”

“我不知道，明天去看看吧。我想现在地上准长满了杂草，像石头一样硬。房子周围大概有个菜园。我们也许能使用这个园子。明天就全清楚了。早上还会有霜冻。今夜一定有霜。不管怎样，我们能抵达这里是多大的福气啊——我们为此深怀感激。这是个好地方，我喜欢这儿。”

“这儿的人非常可爱。特别是她。她有点装腔作势。她对自己有些地方不满意，所以她要喋喋不休，故意装出很傻的样子。似乎她急于把你的注意力从她的外表上移开，免得产生对她不好的印象。就连她忘记摘掉帽子，把它围在脖子上，也不是出于粗心大意——这样对她很相称。”

“哦，咱们回去吧，不然他们该认为咱们无礼了。”

在他们去餐厅的路上，主人们和安东宁娜·亚历山德罗芙娜坐在吊灯下的圆桌旁喝茶，他们穿过米库利奇家漆黑的书房。

书房的墙上有一扇同墙一样宽的大窗户，从窗户可以俯视山谷。

早些时候，天还没黑，他们和巴克斯经过沟壑和平原的时候，医生就已经注意到这个窗户了。窗户前摆着一张同墙一样宽的绘图桌。桌上横放着一支枪，枪的左右两边空着很大一块地方，足以显得桌子很宽了。

现在，他们经过书房的时候，尤里·安德烈耶维奇再次注意到视野开阔的窗户，桌子的宽大和它的位置，陈设华丽的房间的宽阔，这些都使他羡慕不已。他走进餐厅时首先对主人们说的就是这些。

“你们这儿真是个好地方！多好的书房啊，这是个工作的好地方，真能给人灵感。”

“您用玻璃杯还是茶杯？喜欢浓一点还是淡一点的？”

“尤罗奇卡，看看这个。阿韦尔基·斯捷潘诺维奇小时候做的立体镜多好啊。”

“他现在也没长大，还没成熟，尽管他为了苏维埃政权从科木奇手中夺回了一个又一个地区。”

“科木奇是什么呢？”

“是西伯利亚政府的军队；为了恢复立宪会议而作战。”

“我们整天都听到你对儿子的夸奖。你一定以他为骄傲。”

“这些都是乌拉尔的立体照片——也是他的作品，他是用自制的照相机拍摄的。”

“这些饼干棒极了！里面放了糖精吗？”

“天哪，没有！这么偏僻的地方，哪来的糖精？纯粹的白糖。您没看见我往您的茶里放了糖吗？”

“真没看见！我在看照片呢。茶好像是真的，不是吗？”

“当然了！这是茉莉花茶。”

“你究竟从哪儿弄来的？”

“我们有个魔术师。是我们的一个朋友。他是当代的活动家。非常左翼。他是省经济委员会的正式代表。他把我们这儿的木头运往城里，通过他的朋友给我们弄来面粉和黄油。把糖罐递给我，西韦尔卡（她这样叫阿韦尔基）。”“现在，你能告诉我格里鲍耶阳夫是哪年去世的吗？”

“我想，他生于1795年。但他是哪年被打死的我就记不清了。”

“再来点茶吗？”

“不了，谢谢。”

“现在有这么个问题。告诉我奈梅亨条约是哪一年和哪几个国家之间签订的？”

“别折磨他们了，亲爱的。他们还没从旅途的疲惫中恢复过来。”

“现在我想知道，相机的镜头一共有多少种，影像在什么时候是真实的和变形的，什么情况下是自然的，或是倒转的？”

“您怎么知道这么多物理学知识？”

“在尤里亚金有位杰出的科学老师，他同时在男校和我们学校上课。我都无法用言语表达他讲得多好。他是个奇人。他能把课讲得那么清楚！他姓安季波夫。他的妻子也是个老师。女孩子们都为他着迷，全爱上他了。他自愿去前线打仗，被打死了。有人说这是我们的灾难，斯特列利尼科夫政委就是复活了的安季波夫。当然这只是愚蠢的谣言，不像真事。可谁能说得清呢，任何事都是有可能的。再来一杯吗？”

第九章　瓦雷金诺村

1

转眼到了冬天，尤里·安得烈耶维奇的时间多起来了，就开始写点东西。他写道：去年夏天，我经常想象丘特切夫那样抒发自己的情怀：

如此美的夏天，夏天如此美丽！
真是神奇。
不知不觉，她已来临
真是不可思议！
为了自己、为了家人，一直从早到晚的忙于劳作，
建陋室以避风雨，勤耕作以解寒饥；
像鲁宾逊·克鲁索那样与大自然抗争；
像造物主那样创造万物；像母亲那样，给予自己生命。
多么幸福啊！
就在双手忙于劳作的时候；
当你把体力劳动看成任务并报以成功的喜悦的时候；
在烈日底下挖呀捶呀，一连干了六个小时快被烤焦了的

时候，

许多新鲜的想法应运而生。

这些瞬间的灵感、直觉、类推没有记录下来，转眼就忘了，

但这不是损失，而是收获。

城里的隐士用很浓的纯咖啡和烟草刺激神经、激发想象力，却不知道最强大的麻醉剂存在于强健的体魄中和真正的需要里。

不想再讲太深了。我不是想宣扬托尔斯泰的平民化和返璞归真的思想或者在农业问题上修正社会主义，也不是要以我自己偶然的经历为基础创立什么理论，只是想陈述事实而已。我们的情况存在争议，不宜得出什么推论。我们的生活来源很复杂，我们自己种的土豆和蔬菜只是其中的一小部分，其他的都另有出处。

我们不顾国家政策，偷偷使用土地，这样是非法的。也不能因为那些林木都是国家的或者因为它们曾经是克吕格尔的财产，我们就可以随意砍伐，那不应该叫“砍”，应该叫“偷”。而我们能去林中“砍伐”，多亏了米库利钦的宽容态度（他过着和我们一样的生活），而且幸运的是，我们离城里很远，暂时还没人知道，也没出什么问题。

我不想限制自己的自由，所以不想告诉任何人我是个医生，我想放弃行医。可还是经常有人打听到瓦雷金诺村来了位医生，便赶上三十来里路，到我这儿来看病。他们总会带着鸡呀蛋呀，或者黄油什么的。我说什么都不要，可是没用，他们怕不给东西我就不好好看病。这样，我也能赚点东西，但我们和米库利钦一家主要还是靠着桑杰维亚托夫。

桑杰维亚托夫是一个极其复杂的人。他真心拥护革命，完全值得尤里亚金市苏维埃信任。他有相当大的权力，本可以随意砍伐瓦雷金诺村的木材，知道我们不会说什么，根本不用买米库利钦家或者我们的账。另外，如果他想占公家便宜，根本不需要讨好谁或者和谁平分，完全可以公饱私囊，也不会有人说什么。而他却要照顾我们、米库利钦一家，甚至这里的所有人（比如托尔法纳亚车站的

站长），整天东奔西跑，到处找东西给我们送来，他为什么要这样做呢？此外，他对陀思妥耶夫斯基的《群魔》和《共产党宣言》都非常熟悉，谈论起来头头是道。我看虽然他没必要做这些，可如果什么都不做的话他会闷死的。

2

不久医生又写道：

我们搬进了老房子后面那两间小木屋里了。这两间屋子在安娜·伊万诺夫娜小的时候是克吕格尔给有些佣人——裁缝师、女管家和已经干不了活的保姆住的。

来的时候这里破破烂烂的。我们很快就把它整修了一遍，在行家的帮助下又修好了炉子，可以为这两间屋子供暖。还重修了供暖管，热气更多一些了。

曾经的花园早已不复存在，地面上长出了新的植物。现在是冬天，周围的一切都了无生气，新生植物再也遮掩不住过去的痕迹，加上雪的照映，过去的面貌显得更为清晰。

我们运气不错。今年秋天天气温和，雨水适量。在雨季和严寒到来之前我们还来得及把土豆挖出来。除了还给米库利钦的，我们还剩二十袋。地窖里，在那个最大的粮囤里，放着余下的土豆，上面盖了几条破被子，再铺了一层干草；还放东尼娜做的两桶盐腌的黄瓜和泡菜；房梁上，挂着一排排系在一起的卷心菜；干沙子里，埋着些准备过冬的胡萝卜、甜菜、芜青；阁楼上，堆放着许多豌豆和青豆；草棚里，存放着够烧到明年春天的柴火了。

到了冬天，天气还是那么暖和、干爽。破晓前的清晨，当你手里举着一盏微弱得看上去马上就要熄灭的灯，揭开地窖的小门，走进去，一股根茎、泥土和雪的温暖气息便扑面而来。这种感觉再好不过。

你从地窖里出来的时候天仍未破晓。关门的响声，你的喷嚏声，或者踩雪发出的咯吱声，吓跑了几只野兔，它们从远处菜地里向四外逃窜，在雪地里留下纵横交错的足迹。远处的狗也吠叫起来，而且叫了好半天。几只公鸡刚才已经啼过，不再叫了——天亮了。

除了野兔的足迹外，在一望无际的平原上覆盖着厚厚的白雪，有山猫穿过，留下串串足迹，恰如串串线穿的玉珠。山猫跟家猫走路一样，脚掌交错，据说一夜能走好几公里。

人们为了捕捉山猫，放了许多捕兽器。可是糟糕的是掉进去的不是山猫而是野兔，半数被埋雪中，拿出来摸摸都冻得硬邦邦的了。

刚到之时，正值春夏之交，我们过得很辛苦，累得筋疲力尽。现在到了冬天，我们晚上可以放松一下。还得感谢安菲姆给了些煤油，我们可以围着油灯坐在一起。女士们做针线活，我或者亚历山大·亚历山德罗维奇大声读书。生着了炉子，由我来看护，要及时关上风门，以免放走热气。要是有块没烧透的木头压住了火，我就把它取出来，夹起这块冒着烟的木头跑出去，使劲扔向远处的雪地里。它像一个火炬从空中飞过，火星迸射，照亮了寂静花园中白色的方形草坪。木块吱吱作响，跌入雪堆。

我们一遍又一遍地阅读普希金的诗，像《战争与和平》《叶南根尼·奥涅金》等等。我们还读司汤达的《红与黑》和狄更斯的《双城记》的俄译本，还有克莱斯的短篇小说。

3

快到春天的时候，医生写道：

我觉得东尼娜怀孕了。告诉过她，她不相信，可我确定她是怀孕了，而且根本不需要再等等看，她明显就是怀孕了。

这个时候女人的脸色与往常不同。不是说她变得难看了，而是明显发生了变化。现在她受到她所孕育的小生命的影响，看上去惘然若失。她的脸色失去了光泽，皮肤变得粗糙，眼睛不由自主地发出异样的光彩。仿佛她无法控制，只能顺其自然了。

我和东宁娜不仅从未疏远过，而且这一年的辛苦劳作使我们更加亲密了。我发现她非常的麻利、坚强，不知疲倦；而且非常聪明，把活儿安排得井井有条，不浪费一点时间。

有条关于圣母玛利亚的教义中说，每次受孕都是圣洁的。我也一直这样认为，而且觉得这条教义表达了母性的观念。

女人生产的时候，都会产生孤独的感觉，好像她们被遗弃了，只剩下自己独自一人。这关键时刻好像与男人并不相关，仿佛一切都是从天而降。

女人独自生产，之后又退居到生存的次要位置，那儿比较安静，可以好好照顾婴儿。一个人默默地哺育孩子，把他抚养成人。

人们乞求圣母："请向圣子和圣父诚心祈求吧。"人们向她的口中注入了圣诗的篇章："我的灵魂都在赞美耶稣，我的精神欢欣雀跃，啊！上帝，我的救世主。因为他顾念他使女的卑微：从今以后，万代要称我有福。"为了孩子，她才这样说，他将赞美她（"那有权能的为我成就了大事"）：他是她的骄傲。每个女人都能这样说。对她们来说，上帝就在她们的孩子身上。伟人的母亲们一定熟悉这种感觉。不过，所有的母亲无一例外的都是伟人的母亲——以后生活中的沮丧并不是她们的过错。

4

我们一遍遍地阅读《叶甫根尼·奥涅金》和其他人的诗。昨天，安菲姆来了，还带了些好吃的和煤油。我们大饱口福，点亮了煤油灯，我俩还大谈艺术。

我一直认为艺术不是一个范畴，不是各种包含无数概念及其衍生现象的领域，恰恰相反，它相当有限且集中，是每一部作品中呈现的原则，运用的力量，得出的真理。我一直把艺术看成隐匿其中的神秘部分，而不是一种形式。这对我就像白昼一样清楚，这种感觉遍布全身，却很难表达或者界定。

作品能以各种方式和我们产生共鸣，比如通过题目、主题、情节、人物等等，但主要通过存在于其中的艺术。《罪与罚》中呈现的艺术比拉斯柯尔尼科夫的罪行更能震撼人心。

早期艺术，埃及艺术，希腊艺术，还有我们自己的艺术——我认为，几千年间都是同一个且唯一存在的艺术。你可以说它是一种思想，一种对生活的呈现，一种包罗万象而难以分成个别词句的见解。如果这种见解有哪怕一丁点儿掺入其他成分，艺术便会压倒一切，成为某个作品的灵魂和本质。

5

我的身体很不好，发抖，咳嗽，可能还有点低烧。老是上气不接下气，总感觉嗓子里堵得慌。这跟我的心脏有关系，是从我母亲那儿遗传来的。这只是最初征兆——她患有心脏病，受了一辈子的罪。难道真的？这么快？看来，我的日子不多了。

屋里有一股淡淡的木炭味，还有熨衣服的味道。是东尼娜，她不时从炉子里取出一块燃烧着的木炭放进熨斗里，熨斗盖子像两排牙齿似的上下打战。这使我想起了什么又记不起来了。身体不好，容易健忘啦。

为了庆贺安菲姆给我们带肥皂来，我们进行了两天的大扫除。舒罗奇卡都玩野了，我写东西的时候，他钻到桌子底下，坐在两条桌腿之间的横档上，模仿安菲姆（每次安菲姆来时都带他坐雪橇），假装着带我坐雪橇。

等病好了，我一定要去城里的图书馆看看，好好研究一下本地的民族志和历史。据说那个图书馆相当不错，还接受过几次重要的捐赠。真想写东西，得抓紧啦。要不，一眨眼春天又到了，那时就没工夫读书、写东西了。

头疼得越来越厉害。睡得也不好，做了个梦，又忘了梦见什么了，只记得一个女人的声音把我惊醒，那声音在空中回响。我记住了这个声音，在脑中挨个儿回想我所熟悉的女人的声音，有没有那种低沉、温柔又沙哑的。结果发现她们当中谁也没有这种嗓音。我想，也许是东尼娜的，可能我对她的声音太熟悉了，没有留意她的这种腔调。我设法忘了她是我的妻子，换个角度来看，结果还是觉得那不是她的声音。到底怎么回事，到现在也解释不清。

说到做梦，人们通常都认为，你白天对什么印象深刻，夜里就会梦见什么。可是我却不这么认为。

我经常觉得那些白天不太留意的想法——模模糊糊，不值一提，或者一些脱口而出而又不引人注意的话——夜间便化为具体的形象出现在脑中，变成梦的主题，仿佛要特意来补偿白天受到的怠慢。

6

晴朗的寒夜，一切都特别真切完美。大地、天空、月亮和星星似乎都被严寒冻结一起。树影横投在林荫大道上，现出清晰的黑印，犹如浮雕一般。总觉得到处都有黑影从路上掠过。近处的星星挂在林中，透过枝叶，宛如盏盏小灯。远处的则缀满天空，犹如夏天草里的野菊。

我们继续谈论普希金。前不久的一天晚上，我们聊了他中学时代的诗。他早期的诗歌中极其重视韵律的选择！

从他的长诗中看得出他的志向仅在阿尔扎玛斯文学界以内；不想落于那些成人之后，想给他叔叔留下这样的印象：杜撰神话、夸张描写、故作享乐、假装老练，以至影响了许多过于老成的人。

但是很快他不再模仿奥西扬、帕尔尼，从《皇村怀古》，到《小城》，到《致姐妹》到晚期在基什尼奥夫写的《献给我的墨水瓶》，到《致尤金》，未来的普希金在少年身上苏醒了。

阳光空气、生活的喧嚣、现实生活冲进了他的诗歌之中，仿佛从大街上穿过窗户冲进屋里。外部世界、日常用品和常用名词涌了进来，占据了诗行，把其中比较模糊的部分挤了出去。越来越多的事物在诗的边缘排成押韵的行列。

后来普希金四音步句广为人知，仿佛成了俄国生活的测量单位和标准尺度，似乎整个俄罗斯都在效仿，就像画出脚样才可定制皮靴，报出双手大小方能寻得手套一般。

之后，同样地，俄语的节奏，俄国人说话的语调，也都依照涅克拉索夫的三音步和扬抑抑格。

7

我真想在当好医生、干好农活的同时，还能写些经典之作，比如一些科学著作、艺术作品等等。

每个人生来都像浮士德（欧洲中世纪传说中的人物，为获得知识和权力，向魔鬼出卖自己的灵魂）一样，希望自己阅历丰富、大彻大悟，进而能够高谈阔论。浮士德的科学成就离不开前人和同代人的“前车之鉴”，每前进一步都是否定普遍谬误和虚假理论的过程，遵循的是“摒弃”法则。浮士德的艺术成就离不开大师们富有感染力的“榜样作用”，一直尊崇模仿他所钟爱的前辈，遵循的是“吸引”法则。

到底是什么妨碍了我行医、写作？我觉得并非因为穷困、漂泊或者不稳定的生活，而是到处盛行的“夸大其词”和“花言巧语”的风气，比如：“未来的开端”，“新世界的建立”，“人类的先锋”，等等。听到这些，刚开始你会觉得“想象力真丰富！”可实际上却是如此的刻板平庸，分明就是在卖弄辞藻。

只有天才之手触摸过的普通事物才是真正了不起的。在这方面，普希金是最好的例子。

他的作品就是对劳动、本分和日常生活的赞美诗。如今，“市民”和“小市民”都带有侮辱的意思，可普希金却先发制人，阻止了这种指责，他的《家谱》中骄傲地说他是小市民。他在《奥涅金的旅行》中还写道：

现在，我想要家庭主妇，
我想过平静的生活，
还有菜汤一锅。

在文学界，我最喜欢普希金和契诃夫，他们天真率直，具有俄国人的特质，他们对诸如人类的最终目标和自身拯救这类夸大其词的言论保持沉默。他们并不是没有思考这些问题，而是认为谈论这些是狂妄自大、自以为是的表现。果戈理、托尔斯泰、陀思妥耶夫斯基，他们劳心烦神，寻找人生的真谛，至死不渝。普希金和契诃夫一生都沉浸在生活细节中，这正是他们写作的首要任务，正是在

晴朗的寒夜，一切都特别真切完美。

此过程中，他们安静地生活，默默地写作，与世无争。而现在这些仿佛同任何人无关的个人细节已经悄悄走到了尽头，这种作品也变成了经典之作，就像从树上摘下的青涩苹果，自己在后代人手中成熟，并且越来越甜，越来越有意义。

8

冰雪的融化带来了春天的气息。就像过忏悔节似的，空气中充满了薄油饼和伏特加的味道。太阳在林中无精打采地眨着油光光的小眼睛，睡意蒙眬的松树睫毛似的松针一闪一闪的，中午油腻腻的水洼身上也泛着光。大自然打个呵欠，伸个懒腰，翻了个身又进了梦乡。

《叶甫根尼·奥涅金》的第七章里这样描述春天里奥涅金走后荒废的住宅和连斯基山脚水边的坟墓：

夜莺，那春天的最爱，
彻夜啼唱，那玫瑰的盛开。

为什么要用“最爱”这个词？这个修饰语自然恰当：夜莺是春天的最爱。此外，也是押韵的需要。也许并不是为了押韵，只是因为在壮士歌中奥狄赫曼的儿子就将“夜莺强盗”，刻画得非常形象：

一听到夜莺的口哨，
一听到他野兽般的呼啸，
草儿颤抖，
花儿叶落，
昏暗的树林弯腰下垂，
善良的百姓纷纷倒地。

刚到瓦雷金诺村的时候还是初春。不久草木便穿上了绿装，特别是米库利钦家后面的那条叫作舒契场的山谷里，野樱、赤杨、胡桃更是一片碧绿。又过几天夜莺也开始歌唱了。

我仿佛头一次听到夜莺的歌声，再一次惊叹它的与众不同。不是渐渐提高，而是突然拔起，大自然赋予了它丰润独特的歌喉，变化多端、铿锵有力、圆浑深沉。屠格涅夫曾经描写过这种宛如魔笛的啼唱，有两处描写得特别生动。一处不厌其烦地重复华丽的“巧克—巧克—巧克”，唱得草木抖掉了身上的露珠，精神更加抖擞，笑得更加灿烂。另一处将啼声化为两个音节：“醒来！醒来！醒来！”像召唤，像恳求，像规劝，像警告！

9

春天到了，要准备播种，没时间，只好搁笔了。其实写东西真是件愉快的事，现在只好等来年冬天再说了。

前两天，正是春汛期间，一位生病的农夫，坐着雪橇穿过泥泞的雪地，来到我们的院子里。我不想给他看病，就说：“不好意思，我已经不行医了，也没有必要的药物和设备。”可是没办法，他说：“救救我吧。我的皮肤看起来很糟糕。发发慈悲，可怜，可怜我吧。”没办法，我这人心肠又软，只得让他把衣服脱了检查一下，原来他得的是狼疮。看病的时候，我斜眼看了一下窗台上的那瓶石炭酸（不用问石炭酸还有其他必不可少的东西是从哪儿来的！全都是桑杰维亚托夫拿来的）。我发现院子里又停了辆雪橇，以为又来了个病人，没想到是我的弟弟叶夫格拉夫仿佛从天而降。全家人，东尼娜、舒罗奇卡、亚历山大·亚历山德罗维奇，都忙着招待他。等我完了事，也过去了。我们七嘴八舌地问他：从哪儿来的？怎么来的？他还是像往常一样闪烁其词，满脸微笑，老是跟我们打哑谜。这一回真叫“忏悔节”了。

他待了大概两个礼拜，经常到尤里亚金市去，后来又突然消失，没了踪影。我发现他在这儿比桑杰维亚托夫更有影响力，他的工作和交际圈更为神秘。他在干什么？哪儿来那么大的权力？走之前他保证让我们过得好些，让东尼娜有时间教育舒拉，让我有时间行医和写作。我们问他怎么做到，他又笑而不答。但他并没骗我们，我们的生活条件真的有转变的迹象。

真是奇怪。他是我的异母兄弟，和我一个姓，我对他却几乎一无所知。

这是他第二次闯入我的生活，像我的守护神一样救我于水火之中。说不定，在每个人的一生中，除了他所遇到的真实人物以外，还会有一种看不见的神秘力量，一位不请自来宛如救世主一样的人物。莫非在生活中默默守护我的就是我弟弟叶夫格拉夫？

尤里·安德烈耶维奇的日记就写到这，再没写下去。

10

尤里·安德烈耶维奇在尤里亚金市图书馆阅览室里翻阅借来的书籍。能容纳一百人的阅览室里有几扇窗户，旁边摆了几排长桌。春天城里晚上不点灯，天一黑，阅览室就关门了。日瓦戈总是天黑前回家，从不过晚饭时间。通常，他会把米库利钦借给他的马留在桑杰维亚托夫的旅店里，一直读到下午才骑马回瓦雷金诺。

尤里·安德烈耶维奇去图书馆之前，很少到尤里亚金市去。他在城里不熟，也没什么特别的事儿。可是当他看着阅览室里渐渐坐满了人，有的就坐在他旁边，有的离他远一点时，他觉得自己仿佛就站在熙熙攘攘的十字路口观察这个城市，而涌入阅览室里的不仅有尤里亚金市的居民，还有他们居住的房屋和街道。

不过从阅览室的窗口也能看到尤里亚金市人，真正的、不是想象的尤里亚金市人。最大的那扇窗户外边有一桶开水，想放松一下的人会聚在那儿喝点，然后把喝剩的水倒在洗杯盆里，靠着窗户欣赏美景，或者到楼梯口抽支烟。

看书的有两种人：当地的老知识分子占大多数；其次是一些出身卑微的人。

第一类人当中大多数都是女性，穿得破破烂烂，表情淡漠，羞羞答答。他们身体不好，脸色蜡黄，还有浮肿，可能是饥饿、黄疸病，或者水肿病造成的。这些人经常来，认识管理员，在这儿就像在自己家里一样自在。

而后者却个个面色红润相貌堂堂，穿着盛装，体体面面的。他们就像上教堂似的小心翼翼的，但还是弄出不少的响动，他们不是不知道要安静，而是没管好自己强健的脚步和浑厚的声音。

窗户对面的墙上有个壁凹，里面用高台子同大厅隔开，阅览室的一位管理员和他的两个助手坐在那儿。其中一位女助手满脸怒气，披件羊毛披巾，不停地把夹鼻眼镜摘下来又戴上去，显然不是戴得不舒服，而是在发泄情绪。另一位穿着丝绸上衣，大概胸口疼，一直用手绢捂着嘴和鼻子，连说话的时候都不拿掉。

三位工作人员的脸也像大多数来读书的人一样，有浮肿，拉长着脸，松弛的皮肤耷拉着，脸色像腌黄瓜似的灰中带绿。他们三人轮流低声向新来的读者解释借书规则，讲解各种标签的用途，借书、收书，还趁空写些报告什么的。

窗外真实的城市和大厅假想的城市令尤里·安德烈耶维奇浮想联翩。他们那浮肿的脸让他觉得仿佛所有人都患上了甲状腺肿。不知怎么地，他还想起了那天早上刚到火车站见到的那个闷闷不乐的女扳道员；想起了那时从远处看到的城市全景；想起了坐在他身旁车厢地板上的桑杰维亚托夫，和他说的话。尤里·安德烈耶维奇试图把在城外听到的话，同现在身在其中的感受联系起来，但他没记住桑杰维亚托夫告诉他的标志，所以什么道理也没悟出来。

11

尤里·安德烈耶维奇坐在阅览室的尽头，身旁堆满图书，面前放着几份有关本地地产的统计簿和几本有关本地人文志的参考书。他还想借两本有关普加乔夫暴动的历史著作，但那位穿丝绸上衣的女助手用手绢紧压着嘴唇低声对他说，一个人一次不能借那么多书，要想再借，得先还几本。

于是，尤里·安德烈耶维奇急忙收拾那一大堆未整理的书，从中拣出最想要的，再把其他的书还掉，好去借他感兴趣的历史著作。他聚精会神，目不旁视，只看标题，飞快地翻阅各种集子。阅读室里的人很多，但他们并没分散他的注意力。他早就把周围的人研究透了，尤其是对左右两边的人，再熟悉不过了，不用看都知道他们在那儿坐着，还知道他们在他离开前，像窗外的房屋和教堂一样，肯定不会动的。

但是太阳是动的。它已经绕过东边的墙角，正透过南边的窗户直射进来，照得离窗户最近的人眼睛都睁不开了。

女管理员从围起来的高台上走下来，走到窗前。窗上挂着白色窗帘，已经起褶了，但它能让光线变得柔和些。她把窗帘下来，只留下边上最暗的那扇窗户。她拉了一下线绳，想把活动气窗拉开，却连着打了几个喷嚏，可能感冒了。

当她打了十几个喷嚏之后，尤里·安德烈耶维奇认出了她是米库利钦的小姨子，桑杰维亚托夫提过的通采夫家的四姐妹之一。尤里·安德烈耶维奇随着别的读者抬起头朝她那方向看了看。

他注意到阅览室里有些许变化。对面的那一头新来了一位读者。尤里·安德烈耶维奇立刻认出她是安季波娃。她背对着他，同那个打喷嚏的女管理员低声交谈，她俩挨得很近。看来，她们的谈话对女管理员起了作用。她感冒好了，精神也不紧张了，还向安季波娃感激地瞥了一眼，拿掉手帕放进兜里，脸上露出灿烂的微笑，满怀信心地回到借书台后的座位上了。

这小小的一幕挺感人的，显然另外几个读者也注意到了，他们从阅览室的各个角落向安季波娃投以满意的目光，并同样微笑着。尤里·安德烈耶维奇断定，城里的人都认识她，并且非常喜欢她。

12

尤里·安德烈耶维奇的第一个念头就是过去和她打个招呼。可是又觉得有些难为情不敢过去，他过去可不是这样的。他决定不去打扰她，继续看自己的书。他把椅子搬到走道上，几乎背对着桌子，把一本书举到面前，另一本书放在膝盖上，试着集中精神，努力打消向她那方向张望的念头。

然而他的心思还是不在书上，突然他想起那个冬天的夜里他在瓦雷金诺村梦中所听到的声音正是安季波娃的。这个发现使他大吃一惊，急忙把椅子转回来去看安季波娃。他的动作甚至惊动了旁边的人。

他从背后侧身看她，穿件小方格子衬衫，腰间系条宽带子，头微微偏向右肩，贪婪地阅读着，像个孩子似的。她有时停下来，抬头望着天花板沉思，有时直视前方，然后又一只手捧着脸，用铅笔飞速地往笔记本上摘录。

尤里·安德烈耶维奇又想到了在梅留泽耶沃小镇她给他的印象。他认为："她从不想讨谁喜欢，也不想别人看她多美。她厌恶女人本性中的这一方面，仿佛还由于自己长得美而讨厌自己，而这样却使她更百倍地令人倾倒。

"她什么事都能做得很好。读书的时候，让人觉得这不是人类最高级的活动，而是连动物都能做的再简单不过的事，就像从井里提水或者削马铃薯一样简单。"

想到这里尤里·安德烈耶维奇的心静了下来，那是一种少有的平静。他不再左思右想，而且不由自主地笑了起来：安季波娃对他的影响就像那个紧张兮兮的女管理员对他的影响一样。

他不再担心转动椅子影响了别人，也不再怕别人妨碍自己，比安季波娃来之前更专心致志地看了大约一个小时。翻完了面前一大堆书，选出了最需要的，还顺便读完了其中两篇重要的文章。他觉得已经可以了，便开始收拾书本，准备送到还书台去。他丝毫没有别的用心，问心无愧地想道，辛辛苦苦地工作了一上午，也该可以去见见老朋友，享受一下相逢的快乐了。但他站起来，环顾四周，却没找到安季波娃。

医生还书的时候，发现安季波娃还的书还没收走。她还的都是有关马克思主义的教科书。看来，她在恶补政治，争取重回讲台。书中还夹着她的借书单露在外面，上面有她的地址。尤里·安德烈耶维奇把它抄了下来："带雕像的住宅对面，商人街"。他觉得地址很奇怪，向人打听了一下才知道，在尤里亚金大家对"带雕像的住宅"这个叫法很清楚，就像在莫斯科以教区之名称呼某个街道一样，或者像圣彼得堡的"五个角"一样。

“带雕像的住宅”是一座有女像柱和古埃及缪斯雕像的深青灰色住宅，那些雕像手持铜钹（一种打击乐器）、里拉（古希腊的一种抱琴），戴着假面具。是上个世纪一个商人用作私人剧场所建。他的后人把它卖给了商业行会，于是周围的人就把这条街叫作商人街。现在这座住宅成了党的市委会办公地方，正面稍低点的墙上，过去是张贴演出节目单和海报的地方，现在贴着政府公告和法令。

13

这是五月初的一个下午，天气寒冷还刮着风。尤里·安德烈耶维奇在城里办完了事，顺便去了趟图书馆，然后突然改变主意，决定去找安季波娃。

路上时常刮起一团团的沙尘，挡住了去路，他不得不停下来。医生转过头，闭上眼睛，等这阵风刮过，再向前走去。

安季波娃住在商人街角上,对着昏暗发青的带雕像住宅。他终于看见了这座住宅,果然同它的绰号一样,给人一种古怪不安的感觉。

屋顶上比真人高一倍半的女神雕像环绕四周。一阵沙尘暴过后，尤里·安德烈耶维奇觉得仿佛所有的女人都从住宅里走上阳台，俯身从栏杆上看着他。

有两个大门通往安季波娃的住处：一个在商人街，一个在巷角。尤里·安德烈耶维奇不知道有前门，直接进了小巷。

他刚进门口，一阵风把一些碎屑和垃圾刮起来，遮住了院子。隐约看见一群母鸡从他脚边穿过，被一只公鸡追得咯咯叫。

风停了，尤里·安德烈耶维奇看见安季波娃就站在井旁。她刚把两只满满的水桶挂在左肩的扁担上。她怕风把灰尘刮进头发里，连忙披上头巾，在前额上打了个“蝴蝶结”，用膝盖夹住卷起的裙角，往前走去。没想到又一阵风，把她的头巾刮到栅栏的另一头，落在了咯咯叫的母鸡那儿。

尤里·安德烈耶维奇跑去追头巾，把它捡起来，递给站在井边的安季波娃。她还像平常那样泰然自若，没有露出惊讶和不自然，更没有发出惊叫，只是喊了一声：“日瓦戈!”

“拉里莎·费奥多罗芙娜!”

“您怎么在这儿?”

“把桶放下，我来挑。”

“我从不半途而废，放下没做完的事儿。您要是来看我的，咱就走吧。”

“我还能看谁呢?”

“那谁知道呢。”

“还是把扁担给我吧，不能您干活我闲着啊。”

“这也叫干活儿? 算了吧，我怕您把楼梯溅湿了。还是告诉我什么风把您吹来了吧! 您来这儿已经一年多了，别说现在才抽出空来?”

“您怎么知道我来一年多了?”

“这事儿都传开了。何况我还在图书馆里见过您呢。”

“那您怎么没叫我?”

“别跟我说您没看见我。”

拉里莎·费奥多罗芙娜随着颤动的水桶微微摆动，后面跟着尤里·安德烈耶维奇，他们穿过低矮的拱门。她迅速蹲下来，把水桶放在泥地上，拿掉扁担，伸直身子，掏出手绢擦手。

“走吧，我带您从里面的小道去前门。那边亮些，您在那儿等我。我从后面把水提上去，把上面收拾一下，再换身干净衣服，一会儿就好。瞧瞧我们这儿的楼梯——生铁梯阶上都有镂空花纹。透过它们，下面什么都看得见。这是所老房子，打炮的那几天受到了轻微的震动，您瞧，石头都错缝了。看见这个砖缝里的小窟窿了吗?我和卡坚卡出去的时候就把钥匙藏在这里。记着，哪天您来了我不在家，就请自己开门，随便坐坐，等我回来。看，就在那儿。可我用不着，我从后面进去，从里面把门打开。最烦人的是耗子，多得抓不完。房子太老了，墙都松了，到处都是老鼠洞。能堵的我都堵上了，可是没多大用。您哪天有空，能来帮我把地板和墙角也堵上吗? 好了，您就在这儿等一下吧。一会儿我就叫您。”

尤里·安德烈耶维奇站在那儿，环顾四周，看到墙皮剥落楼梯生锈他想："在阅览室我想她专注的读书精神如同她对现实生活中艰苦的劳动一样热忱。现在看来反之亦然：她担水也像读书那样轻松自然。她干什么都那么优雅，似乎从小就风风火火说干就干，现在自然而然地养成了这个习惯，做什么都毫不吃力。这点从她弯腰时脊背形成的线条、微笑时分开的嘴唇和变圆的下巴上，以及从她的谈话和思想里都能看出来。"

"日瓦戈！"安季波娃从上面喊道。他爬上了楼梯。

14

"把手给我，不要乱动。我们得穿过去，这两间房堆了很多家具，比较暗。小心别撞伤了。"

"真像迷宫一样，我一个人的话肯定会迷路。怎么会这样？在重修房子吗？"

"哦，不是。房子不是我的，我也不知道是谁的。我在学校有间房。房管会占用了学校，就把我和卡坚卡赶到这儿来了。房主走了，家具留下了，真多！我不想要别人的东西，就把它们都堆在这两间屋子里，我还把窗户糊住了，免得家具晒坏了。别松手，小心迷路了。到了，向右拐。现在我们出迷宫了。这就是我房间的门。马上就会亮一点了。小心门槛。"

进了房间，尤里·安德烈耶维奇从对着门的窗户向外一看，被眼前的景色惊呆了。窗户开向院子里，对着邻居的后院和河边的一块空地。绵羊和山羊在空地上吃草，长长的羊毛像长长的裙角拖在地上。还有两块尤里熟悉的广告牌："莫罗与韦钦金公司出售播种机和打谷机。"

医生见到这块广告牌想起了他们一家人刚到这儿的情景，便向拉里莎·费奥多罗芙娜说了那天的事。他忘了有人说过斯特列利尼科夫是她的丈夫，不假思索地讲述了他在火车上碰到那位政委的经过。拉里莎·费奥多罗芙娜非常关注这件事情。

"您看见斯特列利尼科夫了？"她急切地问道，"现在不好说，可是太神奇了！好像命中注定你们要见这一面。我以后再向您解释，您一定会很惊讶的。如果我理解得不错的话，他给您留下的是好印象，不是坏印象，对吧?”

“对，的确如此。我本来应该对他反感的，我们见过他镇压和毁坏过的地方。我原以为他是个粗野的讨伐者或者革命的刽子手，可他两者都不是。一个人和我们想象的不一样是好事儿。说明他不是哪一个具体类型的人，要是的话，他就无药可救了，否则，说明他还是有良知的。因此他便脱胎换骨，获得了一点不朽的名声。”

“听说他不是党员。”

“是的，我也觉得他不是。他怎么会是这样的人呢？难道是命中注定的？我觉得他不会有好下场的，注定要为他犯下的滔天罪行付出代价。这些革命的独裁者们之所以可怕，并非因为他们是恶棍，而是因为他们像失控的机器、出轨的列车。斯特列利尼科夫同他们一样疯狂，但他不是被那些教条弄疯的，而是被过去的经历和痛苦逼疯的。我不知道那是什么样的经历，但我相信他一定有过。他加入布尔什维克只是偶然的。他们需要他的时候，可以容忍他，而且碰巧他同他们走的是同一条路，一旦他们不需要他了，便会过河拆桥，置他于死地，就像对待许多其他军事人才一样。”

“您是这样想的?”

“是的。”

“他还有救吗？逃得了吗?”

“拉里莎·费奥多罗芙娜，他能往哪儿逃呢？先前在沙皇时代还可以，现在你试试看!”

“真惨！这么说我挺同情他的。您变了，以前您提到革命的时候没这么尖锐，没这么激动。”

“问题就在这儿，拉里莎·费奥多罗芙娜，凡事总该有个限度吧。到现在有些东西总该见成效了吧。事实却是，这些革命鼓动家除了在国内制造混乱，不停地改革之外什么都没做，而且不搞得全世界不得安宁他们誓不罢休，此外他们什么也没学，什么也不会。你知道为何这些永无休止的准备徒劳无益吗？是因为他们根本就没有什么真材实料，怎么可能取得什么成效呢。人生下来是为了生活，而不是为了去准备某种生活的。而生活本身、生活现象和生命之礼可是很严肃的事！为什么要让一些杜撰出来的幼稚闹剧代替生活，主宰生活呢？算了，不说这个了。现在该我问你了，我们是在城里发生政变那天到的。那天你在吗？”

“哦，那还用问！当然在城里。炮火连天的，这房子没着火真是个奇迹。我们差点被烧死。我刚才说过了，当时房子震得很厉害。院子里至今还有一颗没爆炸的炮弹，就在门里面。抢劫，炮轰，什么可怕的事儿都有——像历次政权更迭一样。不过那时我们早就习惯了，又不是头一回了。白军来了也是一样——杀人，报复，敲诈，勒索！对了，我忘了告诉你一件重要的事：加利乌林，在捷克人那里当上了总督之类的大官了。”

“我知道，听说过了。您见过他吗？”

“我们经常见面。多亏了他，我不知救过、掩护过多少人！说句公道话，他的表现无可挑剔，有骑士风度，不像诸如哥萨克大尉和警察那群卑鄙小人。但那时操纵局势的正是这帮小人，而不是正派人。加利乌林帮过我很多忙，真得谢谢他。我们是老熟人，你知道的。我小时候就经常去他家玩，他是在那儿长大的。那里住的大多数都是铁路工人。我小时候就知道了什么叫贫困，所以我对革命的态度跟您不太一样。我更接近贫困的人们，更明白他们的苦楚。但是加利乌林，一个看门人的儿子，真的当上了上校——甚至可能是白军将军。我们家没有当兵的，不太懂什么军衔。说到职业，我是个历史教师……好了，就是这样。我们俩一起帮助过很多人。还是说说你吧。我在所有的政府部门都有熟人——这也给我带来了不少痛苦和失望。一般书里把人分为两个阵营，互不往来。可在生活中，怎么能分得清楚！要想一生中只扮演一个角色，在社会上只占据一个位置，永远只待在一个阵营里，就会成为一个无药可救的小角色，您不这样认为吗？——哈，你回来了？”

这时，一个大约八岁的小女孩走了进来。她头上扎着两条麻花辫，眯着眼睛，装着惊讶的样子，跨过门槛，走到拐角处，笑了起来。她进门前已经听到他的说话声，知道家里有客人，但她认为有必要露出点惊讶来。她行了个屈膝礼，大胆地盯着医生，眼睛都不眨一下，只有孤独得很早就学会发呆的孩子才会这样看人呢。

"我的女儿卡坚卡。我希望你们能成为朋友。"

"在梅留泽耶沃您给我看过她的照片。真是长大啦，都认不出来了！"

"我还以为你出去玩了呢。都没听见你进来。"

"我从洞里拿钥匙的时候，发现里边有只大耗子——吓我一跳，你是没看见，有这么大！吓死我了！"

卡坚卡说。她还做着鬼脸，睁大眼睛，撅着小嘴，就像一条刚从水里捞出来的小鱼，显得有些不自然。

"行了，上自己屋里去吧。我请叔叔留下来吃饭，粥做好了我叫你。"

"谢谢，我也想留下来，可是因为我常进城，我们改在六点吃饭，我都会尽量赶回家。骑马得三四个小时，所以我才这么早就过来，我一会儿就走。"

"那就是说还可以再坐半个小时。"

"是的。"

15

"嗯，今天，既然您对我坦诚，我也对您坦诚。我要告诉您，您刚刚提到的斯特列利尼科夫就是我的丈夫帕沙，帕维尔·帕夫洛维奇·安季波夫。我到前线找过他，都说他死了。可我一点都不信。"

"我已经有心理准备了，并不感到惊讶。听说过，但我并不相信，认为它荒谬至极，所以才随心所欲地跟您谈起他。我见过这个人，您怎么可能同他联系在一起呢？你们之间有什么共同点吗？"

"但这确实是真的。斯特列利尼科夫就是我的丈夫，安季波夫。我同意大家的看法，连卡坚卡都知道，并为自己的父亲感到骄傲。斯特列利尼科夫是他的化名，像所有革命活动家一样，出于某种原因，他必须用假名生活和行动。

"是他攻打的尤里亚金市，他知道我们在这儿还向我们开火。为了不暴露身份，他从未打听过我们的死活，当然这是他的工作需要。如果他问我怎么办，我也会劝他这样做的。你可能会说，我现在安然无恙，市苏维埃给我们安排了还算过得去的住处，说明他在暗地里关照我们。可我怎么也不能理解，人就在身边，竟然能忍住不见我们！我怎么也想不通，总觉得不对劲。也许是一种新思想，就像古罗马的美德。可我决不能受你的影响，你我不是同道中人。我们对某种难以琢磨的、无足轻重的东西理解得一致。但到大问题上，上升到人生观的时候，我们看法并不完全一致。还是再回到斯特列利尼科夫身上吧……

“没错，我也听到了人们对他的指责，感到非常心寒。现在，他在西伯利亚，正在最前线指挥作战，把可怜的加利乌林，他儿时的伙伴，德国战争中并肩作战的同志——打得一败涂地。加利乌林知道他是帕维尔·帕夫洛维奇·安季波夫，也知道我是他妻子，却很小心，从未提过这事，但是一提到斯特列利尼科夫他就气得发狂。

“不错，现在他在西伯利亚，可他也在这里待了很久啊，你也看见他住在火车车厢里，我一直渴望能够意外地与他相遇。有时他到司令部去，那儿曾经是科木奇（立宪会议的军队）的军事指挥部。真是太巧了，司令部入口处正挨着加利乌林接见我的地方，我经常去那找他帮忙。比如，有一次士官学校的学生闹事，这些学员不喜欢哪个教官，就说他是布尔什维主义的支持者，还设埋伏枪杀他，这事儿那时弄得沸沸扬扬的。有时他们还毒打犹太人。顺便提一句，如果您像我们这样，住在城里又从事脑力劳动，那您朋友圈里应该有一半是犹太人。他们有时还会对我们进行大规模的屠杀，做出一些恐怖又卑鄙的事情，这时我们不仅感到难过、气愤和羞愧，还有一种很矛盾的感觉，仿佛我们的同情有一半是装出来的，有点伪善的味道。

“真有意思，那些一度把人类从偶像崇拜中解放出来的人，如今理所当然地献身于把他们从不公正现象中解放出来的事业，竟不能把自己从忠于过时的、毫无意义的旧观念中解脱出来；不能越过自己的思想意识，融入其他人的宗教信仰之中，而那些信仰原是他们创立的，如果他们能多了解那些人的话，那些人本应同他们非常亲近。

“肯定是迫害使他们产生了这种无益的、甚至是致命的态度。这种惭愧带来的充满自我否定的孤立只会给他们带来灾难，我想也有点内在的衰颓，那是几百年来形成的历史性的疲倦造成的。我不喜欢他们那种滑稽的自我吹捧，平庸狭隘的观念和贫乏的想象力。这就像老年人谈年龄、病人谈病一样，让人恼火。您觉得呢？”

“我没怎么想过这些。我有个叫米萨·戈尔东的朋友，他和你观点一致。”

“再回到刚才的话题，我那时经常去那儿，希望能在帕沙进出的时候碰见他。沙皇时期那曾是总督的办公室，现在门上挂着‘控诉处’的牌子。您去过那儿吗？那是城里最漂亮的地方。门前广场上铺的是木地板。穿过广场便是市立公园，里面到处都是枫树、山楂树和金银花。等着见他的人经常在门外街上排着长队，我也曾站在那儿等过他。当然，我没去敲接待室的门，说我是他妻子。毕竟，我们不姓一个姓了！况且他们可没什么怜悯之心，跟我们的想法也不一样。您知道吗，他的亲生父亲，帕维尔·费拉蓬特维奇·安季波夫，工人出身，曾经是个政治流亡者，就在这附近住，在公路旁边他流放时住过的地方。那儿还住着他的朋友季韦尔辛，他们都是地方革命法庭的成员。真是难以置信，帕沙居然也没去看过他父亲，更别提告诉他自己在做什么了。而他父亲也认为这没什么。他觉得既然儿子想隐瞒身份，那就应该不要看他。他们除了原则就是纪律，都不是人，都是铁石心肠。

“就算我能证明我是他妻子，又能怎么样呢！这样的年代，妻子对他们来说算什么呀？只有世界无产阶级、如何改造世界才重要！妻子算什么，就是个两条腿的动物，跟跳蚤虱子一样微不足道。

“他的部下会出来问大家见他的缘由，然后放几个人进去。我从没报出自己的姓名，问我有什么事我也只说是些私事。他就耸耸肩，疑惑地看了我一眼。所以我一面也没见着他，其实我也知道这是在浪费时间。

“我想您肯定以为他厌恶我们，不爱我们，把我们忘了。不，您错了。我太了解他了！我知道他想干吗，正因为他爱我们才不想空手而归。他想以一个满载荣誉的征服者的身份回来，呈上他战争中获得的桂冠。他要让我们永垂不朽，眼花缭乱！跟个孩子似的！”

卡坚卡又进来了。拉里莎·费奥多罗芙娜一会儿把她抱起来转圈，一会儿胳肢她，一会儿又把她紧紧抱在怀里，令这个小家伙惊叹不已。

16

尤里·安德烈耶维奇正骑着马回瓦雷金诺村。这段路他已经走了不知多少次了。正因为太熟悉，就没有留意周围的一切。

他马上就到一个林间小路的岔口，直往前走就是瓦雷金诺村，而另一条岔道通往萨克玛河上瓦西里耶夫沃渔村。岔路口立着第三块出售农业机器的广告牌。像往常一样，他又是在日落时分到岔路口。

过了两个多月，有一天他没回家，在拉里莎·费奥多罗芙娜那儿过的夜，却对家里说他有事耽搁了，在桑杰维亚托夫的旅店里住了一夜。他早已同安季波娃以“你”相称了，还管她叫“拉拉”，虽然她仍叫他“日瓦戈”。尤里·安德烈耶维奇背叛了东尼娅，而且越来越沉迷。这是从未有过的事。

他爱东尼娅，尊重东尼娅。对他来说，她心灵的平静比世界上任何东西都重要。他可以比她的父亲甚至她本人更竭力地维护她的尊严。为了她，他可以亲手撕碎伤害她的人。然而现在，他自己却成了伤害她的那个人。

在家里，他觉得自己像个罪犯。家里人都还蒙在鼓里一如既往地爱着他，这令他极为痛苦。有时大家谈得正起劲，他却想起了自己的罪行，突然呆住了，周围人讲的什么他都听不见了。

如果是在吃饭的时候，就会有食物卡在喉咙里。他只好放下汤勺推开碗碟，强忍着泪水，说不出话来。东尼娅感到莫名其妙，问他：“你怎么啦？是不是在城里听到了什么坏消息？又把谁关进监狱了？还是谁被枪毙了？告诉我。不用怕我听了心烦。说了你会好受些的。”

他以前有爱上别的女人，背叛东尼娜吗？没有，所以他没做过比较，也没做过选择。他从未想过什么“自由性爱”，什么“对爱情的合理要求”，连谈论甚至想象这类事情都感到羞耻。他从不“拈花惹草”，也不认为自己可以享有特权。现在他一直受着良心的谴责，几近崩溃。

“怎么办？”有时他问自己，有时他竟然寄希望于出现一些出乎意料又很难处理的情况来帮他解决问题。

但他现在不想了。他决定快刀斩乱麻，想怀着这样的决心回家向东尼娜坦白一切，乞求她的原谅，保证决不再见拉拉。

事情办得并不顺利。那天早上他对拉拉说要向东尼娜彻底坦白，他们以后不要再见面了。但他现在觉得，有一点还没跟她说清楚，他是要同她永远断绝往来。他觉得对她说话的口气太软了，态度也不够明确。

拉里莎·费奥多罗芙娜看得出尤里·安德烈耶维奇非常伤心，尽量克制自己平静地听完他的话，不想让他更难过。他们是在她其中一间没住人的空屋子里谈的。泪珠从脸颊上滚下来她却没感觉到，就像这时对面带雕像的住宅的石雕像没有感觉到雨水从它们脸上滴下来一样。她轻声地说：“你觉得怎么好就怎么办吧，不用管我，我没事。”她说得那么真诚，那么有肚量，没有丝毫做作。她不知道自己的眼泪已经流了下来，根本没去擦。

一想到拉拉可能误会了，还怀有错误的希望，他便想掉转马头回城把话说清楚，主要是他觉得与她告别时应该更亲切、更温柔些，那才像真正的诀别。但他还是努力控制自己，继续赶路。

太阳落山了，树林中散发一种潮湿的树叶味，一片漆黑，寒气逼人。一大群蚊子挂在空中一动不动，犹如水中浮标。它们同时嗡嗡作响，甚是凄凉，有的还落到尤里·安德烈耶维奇的额头和脖子上。他不停地拍打蚊子，手拍蚊子的啪啪声，伴着马儿行走的哒哒声，马鞍摩擦的吱吱声，马蹄踏在泥泞里的咯吱声，以及马儿奔驰时听到的一阵噼里啪啦的枪声。突然，从仿佛永不消逝的落日那边传来了夜莺的啼鸣。

“醒来！醒来！”夜莺仿佛在劝说，听起来好像复活节前的召唤，“我的灵魂！我的灵魂！从睡梦中醒来吧！”

尤里·安德烈耶维奇突然有一个非常天真的想法。急什么呢？他不会说话不算数，一定会讲的。可谁说非今天不可呢？他还什么都没跟东尼娜说，下次进城前再说也不迟，这样还可以再进一趟城，同拉拉把话说清楚。要诚挚地说、深情地说，这样他们会好受些。太好了！太妙了！奇怪，先前怎么没想到呢！

一想到还能再见安季波娃一面，尤里·安德烈耶维奇欣喜雀跃，想象着与她相见的快乐。

他看见了城外的木屋小巷和木头铺的人行道。穿过人行道和几块空地，走进诺沃斯瓦洛奇巷，很快就能见到她了。郊区的房子一闪而过，就像飞快地翻阅一本书，不是用食指一页一页地翻，而是用拇指按着书边，一下子刷刷地滑过，速度惊人。她就住在这条街的那一头，在向晚放晴的天空中那块白光下面。他多么喜欢这一排排通向她住处的房屋啊！要是能把它们抱起来亲吻一番该多好啊！那些阁楼的屋顶下压，就像拉下了帽檐只能看见一只眼睛！油灯和神灯反射在水洼中犹如一个个浆果！她就住在那片白光之下，在那儿他又可以从造物主手中接受上帝创造的这件白色耀眼的礼物。黑暗中那个熟悉的身影会打开门，声称她的温存不属于任何人，她矜持又冷淡，宛如北方明亮的夜晚，又像晚上沿沙滩向大海跑去时向你冲来的第一个海浪。

尤里·安德烈耶维奇扔下缰绳，身子从马鞍上欠起，抱住马颈，把脸埋在它的鬃毛里，抚慰马儿快速奔跑，马儿果然开始狂奔。

此时马儿平稳地奔驰，马蹄只是偶尔着地，尤里·安德烈耶维奇由于狂喜心怦怦地跳，除此之外，还听到有人大喊大叫，他以为是自己的错觉。

突然，附近响起了一阵震耳欲聋的枪声。尤里·安德烈耶维奇坐起身来，抓紧缰绳。马在急驰中猛地停下，向旁边跳了几下，又向后倒退了几步，开始往下蹲，准备直立起来。

前面就是岔路口，晚霞照着路边的广告牌："莫罗与韦钦金公司出售播种机和打谷机"。三个骑马的军人拦住了他：一个是戴着校帽的学生，身上穿着军用紧身短上衣，挂着两条弹夹带；一个是穿着军官大衣的骑兵，戴个毛皮帽子，样子吓人；另一个是穿着棉裤的胖子，打扮古怪，像是要去参加化装舞会似的，还戴着防水神甫帽低压在头上。

"医生同志，别动!"那个戴毛皮帽子的说，他是三人中最年长的。"您只要听话，保证您平安无事。不然的话，不好意思我们只有开枪了。我们游击队的医生牺牲了，想征召您做我们的医务人员。请下马，把缰绳交给这个小家伙。我提醒您一句：如果您想逃跑，我们就要对您不客气了。"

"您是米库利钦的儿子利韦里·列斯内赫同志吗?"

"不，我是他的联络官。"

第十章　在大路上

1

公路两旁散落着城市、乡村和哥萨克人驿站。这是一条西伯利亚最古老的一条公路，也是一条古时的驿路。这条公路像切面包似的把这些市镇切成两半，而那些村庄，它却径直经过，把一排排农舍甩在后面，或把它们变成弧形，或急转弯绕过它们。

在很久以前，铁路还未铺设到霍达斯克村，驾驶三匹马的邮车在驿道上往来奔驰。装载茶叶、粮食和铁货的大车朝一个方向走，卫兵押解步行的囚犯一站站地朝另一个方向走。他们齐步向前走，每迈一步脚镣便一起哗啦啦响。他们都是亡命和绝望的人，让人看着心惊胆颤。他们置身于无法穿越的森林，漆黑的森林不时发出令人头皮发麻的沙沙声。

公路两边的居民像一个大家庭。城市与城市，乡村与乡村，友好往来，互通婚姻。在雷达斯克村，公路与铁路交叉的十字路口，有铁路附设的机车修配厂和机械厂，聚集在劳动营里的人穷得像叫花子一样，他们在那里忍饥挨饿，甚至得病死掉。被流放的政治犯里有技术知识的，服完苦役便留做技师并定居在这里。

最初的苏维埃政府就建立在这条公路沿线，被推翻后一度被西伯利亚政府所控制，而现在整个地区都被自称为“最高统治者”的高尔察克政权所代替。

2

要爬半天坡才能走到那个驿道，爬坡时展现在眼前的远景越来越开阔。这好像是个永远爬不完的坡，沿着坡走，视野也愈来愈开阔。但当有疲惫的马匹和行人停下休息时，他们会发现自己已经爬上了山顶。前面的驿道跨越一道桥，湍急的克日姆河在桥下奔腾着。

河对面是个更为陡峭的山头，山头上有个砖墙砌的修道院。驿道环绕着修道院门前的斜坡，弯弯曲曲地通向了城内的外缘。因为修道院绿色的铁门是朝中心广场开的，所以驿道再次穿过修道院属地的边缘。入口处拱门的圣像周围有一圈金字，看起来像半个花环：“快乐起来吧，十字架是有生命力的，虔诚是永不可征服的。”冬季将尽，复活节前的一个礼拜，是大斋的结尾。驿道上的雪白里透着黑，看起来要解冻的样子，但屋檐仍是白的，下面悬挂着结实的高高的冰帽。男孩们爬上圣十字钟楼找敲钟人，向下看去觉得地上的房屋就像堆成一堆的小匣子和小船，豆点一般大小的小黑人向房屋走去。根据动作从钟楼上能认出几个人来。走近的人读着墙上贴的最高统治者颁发的征收三种年龄的人入伍的命令。

3

很多让人意外的事情在夜里发生了。天气变得不同寻常的温暖，这是这个季节很少见的。天上飘着雨丝，雨丝如此轻盈，仿佛碰不到地面便化为湿雾，但这不过是一种表面现象，事实上有很多雨水汇流成温暖湍急的水流，把地上的残雪冲得干干净净。现在整个地面黑得发亮，仿佛人的身上出了一层汗似的闪闪发光。

低矮的苹果树发满新芽，细枝奇迹般的穿过花园的篱笆伸到街上。雨水从树枝上零零落落地滴在木板人行道上，全城都能听到它的滴答声。

照相馆院子里锁着的小狗托米克，它整天从早到晚地哀叫。也许加卢津家花园里的乌鸦被小狗的叫声激怒了，嘎嘎叫起来，叫得全城都听得见。城市地势低的那边住着商人柳别兹诺夫。别人给他运来三车货。他拒绝收货，说运错了，还说他从未订过这批货。赶大车的年轻人说天色太晚了，请他收留一夜。商人同他们对骂起来，轰他们走，不给他们开门。他们的对骂全镇都听得见。

凌晨一点，即修道院的七点，从圣十字修道院最大的钟上发出一阵神秘、缓慢、甜蜜的钟声，和着昏暗的细雨传来。它从钟口飘出，仿佛被春汛冲化的泥块，离开河岸，沉入河中，融化在那里。

这是大斋的前夜，平安夜那天。在雨网的深处，模糊的烛光缓缓移动，照亮了去做早祷斋戒的信徒的额头、鼻子和面孔。

一刻钟后，人行道的木板上传来从修道院走过来的脚步声。虽然早祷才刚刚开始，店主加卢津的妻子已经回家了。她头上包着头巾，皮袄敞开，迈着不均匀的步子，时而跑几步，时而停下来。拥挤的教堂里空气憋闷，令人窒息，她想走出来呼吸新鲜空气，但是现在她后悔自己没能做完祷告，因为第二年就没斋戒了。但她悲伤的主要原因，是白天到处张贴着的动员入伍的公告，因为这涉及她可怜的傻儿子谢廖沙。她想把这念头从脑子里赶出去，但在昏暗中泛着光的布告却一直在提醒她。

转过墙角就是她的家，两步路就到，但她并不急着回家，她觉得在街上要舒服些。她宁愿待在街上，也不想回到让人透不过气的家。

各种忧郁的念头在她心里翻腾。她想把这些念头一一大声说出来，却发现难以用语言表达，况且说到天亮也说不完。但是在街上，这些向她袭来的一团团阴沉的念头，她在几分钟之间便能摆脱，从修道院墙角到广场拐角走两三趟就行了。

复活节马上就到了，可家里一个人也没有，都走散了，就剩下她一个人。难道真是一个人吗？当然是一个人。她收养的克秀莎不算。她又是什么人？知人知面不知心啊，她也许是朋友，也许是敌人，也许是潜在的对手。是丈夫和他前妻的女儿，可他说是他的养女，也许并非养女，而是私生女？也许根本不是养女，完全是另外一码事儿。男人的心能看透吗？可也看不出姑娘有任何不好的地方。聪明，漂亮，举止文雅。比小傻瓜谢廖沙和他的养父机灵多了。

于是，复活节前夕就剩下她一个人在家，其他的人各去各的地方。

她的丈夫符拉苏什卡忙着向新兵发表演说，劝导他们在战场上立功。而不是关心关心自己的亲生儿子，把他从死亡的危险中解救出来。

儿子谢廖沙在大考前夕离家出走，跑到库捷内镇亲戚家去玩了。可怜的孩子被职业中学开除了。留了四次级，到了八年级学校不再可怜他，直接把他赶出了学校。

唉，真让人悲伤，天哪！一切怎么变得这么糟糕，让人绝望得想要放弃。真不想活下去了！怎么会弄成这样呢？是革命的力量？不，啊，不是，是因为战争。全俄罗斯男人的精华全在战争中被杀害了，现在只剩下些毫无用处的废物。

她父亲的情况截然不同，父亲不喝酒，是个知书识礼的人，耕地为生却还富有。她还有两个妹妹波利亚和奥莉妮，妹妹们就像名字那样协调，美丽，也非常融洽。上父亲那儿去的木匠师傅都是仪表堂堂的男人。有一次，她们突然想编织六种毛色的围巾。让人想不到的是，她们的手艺非常精巧，全县都称赞她们编的围巾漂亮。在那些日子里一切都那么美丽富有，教堂里的祈祷、舞蹈、客人、他们的一举一动等等，都让她们从心底里高兴，尽管是普通人家，小市民，工农出身。俄罗斯也像一位待嫁的姑娘，她有真正的追求者，真正保护她的人，而不是现在这些家伙。如今一切都失去光泽，只剩下一群卖狗皮膏药的文人，白天黑夜颠来倒去地说那几句话，早晚要被话噎死。符拉苏什卡和他的朋友们想凭借香槟酒和善良的愿望返回那黄金时代！但怎能夺回失去的爱情呢？为此必须移山倒海！

4

加卢津娜已经不止一次地走到圣十字市场。她的家就在市场左边。但每次她都改变了主意向后转，又走进连接着修道院的小巷里。

市场大得像一片田野。先前每逢赶集的日子，农民的大车摆满整个市场。市场的一头紧靠着叶列宁街。另一头由一层或两层的房子围成弧线形。房子里挤满货仓、账房、做买卖的地方和手艺人的作坊。

她曾记得太平年月，憎恨女人的布留汗诺，穿着长礼服，戴着眼镜，坐在他家敞开的大门前的椅子上，装模作样地看小报。他是个粗野不堪的人，做皮子、焦油、车轮、马具、燕麦和干草等买卖。

昏暗的小窗户上，放着几只硬纸盒，盒上积满了多年的尘土，盒里装着几对装饰着缎带和小花束的结婚蜡烛。在窗户那边的小空屋里，除了一堆蜡圈外，没有任何家具，也几乎看不到存放过商品的样子。可就在这间屋里，住着一位拥有百万资财的蜡烛制造商的神秘的代理人，他做过成千卢布的地板蜡、蜡和蜡烛的交易。

在街上的一排排商店当中，有一家是加卢津家开设的杂货铺。杂货铺有三间门脸，出售茶叶、咖啡、糖等货物。地板干裂无漆，却每天都要扫三遍，因为老板和伙计们喝起茶来就没节制，还把泡过的茶叶都倒在地板上。格库辛，一个年轻的已婚女人特别乐意坐在这儿的钱柜后面。她最喜欢的颜色是淡紫色，这是教堂举行大典时候神甫教袍的颜色，丁香花苞的颜色，是她最高档的天鹅绒服装的颜色，也是她那套维也纳器皿的颜色。这是幸福的颜色，回忆的颜色。她觉得革命前俄罗斯处女时代的颜色也是紫丁香色的。她喜欢坐在钱柜前，因为在玻璃罐散发出淀粉、糖和深紫色黑醋栗水果糖香味的铺子里，黄昏时淡紫色的光线正好同她心爱的颜色相吻合。

院子的一角，存放木材仓库的旁边，有一座四面都已破裂的旧二层楼房，楼房是用旧木板盖成的，像一辆用旧的轿式马车。楼房里有四套房间，两个楼角都有出口。楼下左手边是扎尔金德的药房，右手边是公证人的办事处。药房上面住着什穆列维奇裁缝一大家子人，裁缝的对面，公证人的楼上，挤了好几家住户，门上贴满的招牌和牌子都在为他们的买卖打广告。这儿还有修表的和补鞋的。茄克和施特罗达克在那儿合伙开了一家照相馆，此外那里还有卡明斯基的刻字铺。

照相馆太挤，摄影师的两个助手，修版的谢尼亚·马吉德松和大学生布拉仁，在院子的木仓库过道里搭了一间实验室。透过红色指示灯的光亮可以看出他们正在那儿干活，指示灯一闪，窗户也微微一亮。窗户下锁着一条叫托米克的小狗，小狗叫起来整条叶列宁街都听得见。

“大家乱哄哄地挤在一起，”加卢津娜经过那座灰楼房时想道，“贫困和肮脏的乞丐窝。”但她马上得出她丈夫排斥犹太人的做法不对的结论。毕竟这些微不足道的人影响不了俄罗斯帝国的命运。不过，如果问问什穆列维奇老头，为什么世道这么乱，他一定会向你鞠个躬，做个怪相，龇着牙说：“全是犹太佬的伎俩。”

唉，让人想不明白的是她竟然浪费时间想这些东西！是这些犹太人的问题吗？还是俄罗斯整个国家的不幸？她的不幸在这个城市里，而城市决定不了农村的兴衰。这个城市里的人们有文化有素质，而农村人却回过头来嫉妒这个城市的教育，想追赶它们，可不能赶上。所以他们离开自己的岸，并没靠上别人的岸。

也许恰恰相反，问题就在他们的无知上。学者隔着墙便能看到墙后面的东西，他们能预测所有的东西。可我们掉了脑袋才想起帽子，仿佛置身于黑暗的树林，对一切全然不知。但是有文化的人现在日子也不好过啊，饥饿把他们从城市里赶出来，他们怎么也想不明白现在为何到了这种境地！连魔鬼也弄不明白为什么。

但是农村人懂得如何去生存。就拿谢利特温一家、舍拉布林一家、帕姆菲尔·帕雷赫、莫德赫家的兄弟俩、汉斯托尔和潘克拉特来说吧。靠双手劳动，自己做自己的主。大道两旁是叫人喜欢的场景，十五俄亩的田地上跑着马、羊、牛和猪。他们储备的粮食足够吃三年，还有他们的生产工具也令人赞叹不已，连收割机都有。高尔察克拍他们的马屁，想把他们拉到自己一边，政委们想把他们诱惑到林中游击队里去。他们打完仗戴着乔治十字勋章回来，马上都抢他们去当教官，不管你戴不戴肩章。只要你在行，哪儿都需要你，决不会没用。

是回家的时候了，一个女人在街上闲逛这么久不太好。要在自己的菜园子里就不用顾虑这么多了，可那儿全是稀泥，像一片小沼泽，站不住脚。不管怎样，她现在心里舒服多了。

加卢津娜一路上胡思乱想，却毫无头绪，这时已经走到家门。但在她迈进门槛之前，她把心里很多事掂量了一遍。

她回想起眼下霍达斯克村的那些头头们，从首都来的政治流放犯季韦尔辛和安季波夫，无政府主义者“黑旗”伏多维钦科，当地的木匠“发疯的”格罗仁科，她也差不多知道他们是什么样的人。他们非常狡猾，一生当中闯过很多乱子，大概又要策划什么了，不然就不是他们了。他们一生都是在跟机器打交道，他们自己也如同机器一样冷酷无情。他们在缴衣外面套一件上衣，抽烟时把烟卷插在骨头烟嘴里。只喝开水，免得传染上病。符拉苏什卡白费劲，不会有任何结果。这些人想把一切都按自己的意志翻过来，永远按照自己的主意办。

然后她想到了自己。她知道自己是个好女人，有主见，聪明有才智，有教养，而且身子保养得好，总之，是个不错的人。但在这偏僻的地方，她的任何一种优点也没人赏识，也许别的地方也没人赏识。她突然想起这首嘲笑傻瓜先杰秋利哈的那支下流小曲，整个外乌拉尔都熟悉，只能引用开头的两行：

先杰秋利哈卖了大车，
用卖大车的钱买了一把三弦琴……

下面便是淫秽的词儿了，她觉得人们在圣十字市场上唱这支小曲是在影射她，她深深地叹了口气走进了屋里。

5

她没在前厅停留，穿着皮大衣直接走进卧室。卧室的窗户对着花园。此刻正是夜间，窗内和窗外的各种影子几乎重叠在一起。垂下的窗帘的阴影，同院子里光裸漆黑的树木的阴影几乎一模一样，轮廓都模糊不清。冬天快要过去，花园里的黑绸般的黑夜，被即将来临的春天暗紫色的气息温暖了。屋里两种近似的因素大约也这样结合在一起，即将临近的暗紫色的节日气息，使原本因拍打窗帘的尘土使得屋子产生的闷气变柔和了，冲淡了。

圣龛中的圣母把两手从银衣袖下面伸出，乌黑的手掌向上举起。她的每只手掌里似乎握着她的拜占庭圣名的最前与最后的两个希腊字母。放在金灯托上的石榴石圣灯，宛如一只黑墨水瓶，把仿佛被牙齿咬碎的星形光芒洒在卧室的地毯上。

加卢津娜脱下披巾和皮大衣，笨拙地转了一下，肋骨又仿佛被刺了一下似的疼痛起来，她感到胸口发闷。她喊了一声，心里有点害怕便喃喃自语起来："替悲伤的人除忧，圣洁的圣母，及时助人，保护世界……"还没祷告完，她就突然哭起来。等疼痛过去之后，她开始脱衣服。背上的束胸扣钩从她手里滑下来，落进衣服的褶皱里。她费了很大的劲儿才摸到那个滑落的扣子。

她进家门的时候惊醒了养女克秀莎，克秀莎走进她屋里。

"您怎么没点灯呀，妈妈，要不要给您拿盏灯来?"

"不用。不点灯也看得见。"

"好妈妈，奥莉加·尼洛夫娜，我来帮您脱衣服。别受罪了。"

"我的手指不听使唤，一点办法也没有。裁缝不长脑子，没把扣钩钉在该钉的地方，瞎眼的东西。我真想把扣子全都扔在他那张丑陋的脸上。"

"圣十字镇的赞美诗唱得真好。夜里很静，空气都把歌声传到这儿来了。"

"唱得确实不错，我的孩子，可我一点不舒服。浑身又疼起来，哪儿都疼。真造孽呀！不知道该怎么办才好。"

"顺势疗法医生斯特多勒斯基给您治过。"

"他提出的治疗方法总是没法实行。这位顺势疗法大夫原来是个兽医，什么也不懂。这是其一，其二是他已经走了。在节前从城里走了的还不止他一个人，好像他们预先知道这儿要发生地震或其他什么事情似的。"

“他走了吗？那个俘虏过来的匈牙利大夫，给您治得蛮不错的那个？”

“又胡说八道了。我告诉你吧，谁都没留下，都各奔东西了。克列尼·劳什同其他的匈牙利人到前线去了。他们强迫那家伙看病，把他带到红军里去了。”

“您太多心了，普通的民间暗示疗法也能创造奇迹。您还记得吗？那个巫婆，一个士兵的老婆，给您念咒治病，效果不是很好吗？真是手到病除。忘了那个士兵老婆叫什么了？”

“不，你完全把我看成愚昧无知的人了。你恐怕还会背着我唱先杰秋利哈小调挖苦我呢。”

“妈妈，您怎么说话呢，还是想想士兵老婆叫什么名字吧。名字就在嘴边上。想不起来我心里就不踏实。”

“可她的名字比裙子还多。我不知道你要哪一个。她叫库巴利希娜，又叫梅德维吉哈，还叫兹雷达里哈，我不知道她名字究竟还有多少个。她也不在附近了。巡回演出结束了，上哪儿去找她。她被送进了监狱，因为她给人打胎，还制造什么药粉。可你瞧她，嫌牢房里闷气，从监狱里逃出来，跑到远东去了。我对你说吧，所有的人都逃走了。符拉斯·帕霍莫维奇，谢廖沙，好心肠的波利娅姨妈。城里正派女人就剩咱们这两个傻瓜了，我不是在开玩笑，哪儿也不能看病了。要出了什么事，一个医生也叫不来。听说在尤里亚金有个从莫斯科来的名医，是教授，他是一个自杀的西伯利亚商人的儿子。我正打算请他的时候，红军在大路上设立了二十个哨所，我哪敢去找他啊。现在说点别的吧。你睡觉去吧，我也躺会儿。那个布拉仁同学把你迷住了。还不承认呢？你不管怎么着也躲不开他，瞧你脸红得像虾米一样。你那倒霉的大学生在复活节晚上还得洗相片，自己显影自己印。自己不睡觉也不让别人睡觉。他们那条狗叫得全城都听得见。该死的乌鸦在咱们苹果树上嘎嘎乱叫，我这一夜又甭睡觉了……可你生哪门子的气呀，怎么这么小气呀，啊？他们不讨你们女孩子欢心，讨谁欢心呢。”

6

“那边狗怎么叫得那么厉害，过去看看出了什么事儿。它不会无缘无故叫这么凶的。等一下，利多奇卡，别出声，我们得在警察冲进来之前弄清情况。乌斯金，站在这儿别动。西沃布留伊，你也站在这儿，用不着你们。”

中央代表利多奇卡没听见游击队首领请他停一下的话，继续用疲惫的嗓子讲着：

“存在于西伯利亚的资产阶级军事政权所推行的掠夺、勒索、暴力、枪杀和拷打的政策，必然会使轻信他们的人最终睁开眼睛。它不仅与工人阶级为敌，实际上也与全体劳动人民为敌。西伯利亚和乌拉尔的劳动农民一定要明白，只有同城市无产阶级和士兵结成联盟，只有同吉尔吉斯和布里亚特的贫农结成联盟，才能……”

他终于听见有人打断了他的话，停下来，用手绢擦擦脸上的汗，疲惫不堪地垂下浮肿的眼皮，闭上眼睛。站在他旁边的人低声对他说：

“喝口水，休息下吧！”

激动不安的游击队首领听到这些话才安下心来。

“别激动，什么事儿也没有。窗台上有信号灯，还有瞭望镜，说得再精确点，它们正牢牢地盯着周围的一切。我认为可以继续做报告。继续说吧，利多奇卡同志。”

摄影师院里大仓库的木材都搬空了，腾出来的地方正在举行秘密会议。一堆顶到天花板的圆木垛，像一面屏风，把聚集在这里的人挡住，并把空着的那一半同过道里的照相室和出口隔开。如果发生什么情况，开会的人便钻进地道，从修道院墙后面康斯坦丁死胡同的地下出来，躲藏起来。

讲话的人面色蜡黄，络腮胡，戴着黑棉布帽，帽子把他的秃顶遮住。他神色紧张，一直大汗淋漓。对着桌上煤油灯的火焰对火，大口大口地抽着还没抽完的烟头，身子趴在摊在桌上的文件上，用他那双近视眼急躁地在文件上面掠来掠去，仿佛在用鼻子嗅它们，然后用单调而疲倦的声音继续说下去：

“城市和农村贫苦人的联盟只能通过苏维埃来实现。西伯利亚的农民，不管他们愿意还是不愿意，他们的共同目标，都是西伯利亚工人早已为之奋斗的目标。他们共同的目的是推翻海军将军们和哥萨克军事首领们的仇视人民的专制政权，并通过全体人民武装起义的手段来建立农民士兵苏维埃。同时，在全副武装的资产阶级所雇佣的哥萨克骑兵进行斗争的时候，起义者不得不进行正义的阵地战，这种战争是顽强而持久的。”

他又停下来，擦了擦汗，闭上眼睛。有人违背会议议程，站起来，举起手想插话。

游击队首领，说得更准确点，外乌拉尔克日水游击纵队指挥官，坐在讲话人跟前，做出满不在乎的挑衅姿势，粗暴地打断他，不给他一点面子。真难相信，一个这么年轻的军人，差不多还是男孩子，指挥几个军和几支联合纵队，可他的部下还都服从他，崇拜他。他坐着，用脱下来的大衣把手脚都裹在里面。大衣上半截和袖口搭在椅背上，露出他穿军装的身躯。军装上撕掉准尉肩章的地方留下了两个黑印。

他两旁站着两个与他年龄相仿的卫兵，他们身上穿着卷毛粗羊皮羔的白羊皮袄，皮袄已经有点发灰了。他们英俊而又冷酷的面孔表现出对长官的盲目忠诚和准备为他赴汤蹈火的精神。他们对会议无动于衷，对会议所涉及的问题没有任何反应，更不会参与到争论过程，不说话，脸上也没有一丝笑容。

仓库里还有十到十五个人，有的站着，有的坐在地板上，身子靠在墙上或靠在堆在墙边的圆木头上，有的伸直双腿，有的把腿弓起来用膝盖抵着下巴。

有三四个嘉宾坐在椅子上，他们有的是老工人，有的是1905年第一次革命的参加者，其中有脸色阴沉的季韦尔辛，他从莫斯科回来后完全像变了个人，还有对他言听计从的朋友安季波夫老头。他们被列入神明的行列，革命把自己的祭礼和牺牲奉献给他们。他们一声不响地坐在那里，像两个严肃的木偶，但从他们身上流露出来的政治上的傲气已经让他们变得失去了人性。

仓库里还有值得注意的其他人物。比如，无政府主义的骨干、“黑旗”伏多维钦科。他一刻也不安宁，一会儿从地板上站起来，一会儿又坐在地板上，在仓库里走来走去，一会儿又站在仓库当中。他是个胖子，身材高大，脑袋和嘴巴都很大，一头长发像只狮子。他曾是日俄战争或是土耳其战争中的一个军官。他是个十足的梦想家，整天陷在自己的幻想中。

他天性忠厚，身材高大，你看到他就很难注意到比他体积小的其他东西。他不太关注身边的事情，对什么都不太在乎，把对手的意见当成自己的看法，而且对他人所说的一切都赞同。

坐在他旁边的是他的朋友，斯维利德，一个森林猎人。尽管斯维利德不务农，但从他的黑呢衬衣的襟口里仍流露出农民的土地气息。他把衬衣和脖子上的十字架抓成一团，来回挠胸脯。这是个混有布里亚特人血统的农民，诚恳，没文化，头发梳成几根细辫子，鬓须很稀，胡须更稀，总共不过几根。他有着蒙古人的脸形，脸上经常带着富有同情的笑容，这让他的脸显得更加苍老。

报告人带着中央委员会的军事指示走遍了西伯利亚，他的思想已经跑遍他将要去的广阔地区。他对大多数出席会议的人都漠不关心。但作为一个从小就参加革命的热爱人民的人，他钟爱地望着坐在他对面的年轻统帅。不仅原谅这个男孩子粗鲁的态度，而且觉得这是具有乡土气息的真正革命性的表现，还很欣赏他那些放肆的举止，就像一个痴恋女子喜欢她的征服者的无耻和放肆一样。

游击队领袖是米库利钦的儿子利韦里，中央来的报告人便是劳动大军里的合作主义者科斯托耶德伊阿穆尔斯基。他先前追随过社会党人革命分子，近来他改变了自己的立场，承认自己立场的错误性，并在几次慷慨激昂的声明中表示忏悔，于是他不仅被吸收加入了共产党，还在他入党后不久便被委以重任。

把这项工作委托给他——一个从来没打过仗的人，是出于对他的革命资历和监狱生涯的同情，并且还考虑到他曾是一名合作主义者，熟悉西伯利亚起义地区农民群众的情绪。在这个问题上，熟悉农民情绪比军事知识更为重要。

政治信仰的改变使科斯托耶德表现出极大的变化，包括他的外表、动作和作风。谁也不记得他先前的秃顶和满脸胡须了。也许这都是伪装，党严禁他暴露身份。他的化名是贝伦杰和利多奇卡同志。

伏多维钦科早先声明，他赞同读过的命令条款，这种做法引起一阵骚乱，等骚乱平静下来后，科斯托耶德继续说下去：

"为了尽可能地利用不断高涨的农民群众运动，必须尽快地确立省委会管辖地区内所有游击支队的联系。"

后来，他谈到设立接头点、暗号、密码和联络方法等问题。接着他又详细的把每件事情都说了一遍。

"把白军机构和组织存放武器、装备和粮食仓库的地点以及他们存放大量金钱的地点和他们的储存体系通知游击队。"

"必须详细地分析游击队内部的组织问题，详细分析它们的指挥官、军事和作战纪律、秘密活动、游击队同外部世界的联系、对待当地居民的态度、战地革命军事法庭、在敌占区的破坏策略，如破坏桥梁、铁路、轮船、驳船、车站、修配厂及技术设施、充话局、矿山、粮食等策略问题。"

利韦里终于忍不住了。他觉得科斯托耶德所说的一切都不切合实际，像是个外行人。他说："很精彩的演讲。我会牢记心间。看来要想不失去红军的支持，必须接受这一切而不得反对吧。"

"当然。"

"亲爱的利多奇卡，我的队伍，三个团还包括炮兵和骑兵，早已出征打击敌人去了，叫我怎么对待你那些幼稚的话呢？"

"说得太棒了！多么有力量！"科斯托耶德想道。

季韦尔辛不喜欢利韦里那种傲慢口气，打断了他们的争论，说道："对不起，报告人同志。我有疑问。也许有一点我没记对。我能念一下吗？我想证实一下是否记错了：'最好把革命时期在前线并加入士兵组织的老战士吸收进委员会。在委员会中最好有一两名下级军官和军事技术专家。'科斯托耶德同志，我记得对不对？"

"太对了，一字不差。"

“那么请允许我提出下列看法：有关军事专家这一条款让我感到不安。我们工人们，1905 年革命的参加者，信不过丘八长官。他们当中总有反革命分子。”

有人喊了起来：“行啦！表决，表决！该散会了。时间不早了。”

“我赞成大多数人的意见。”伏多维钦科大吼道。“要想表达得有诗意一点应当这样表达：民事指示应当来自下层，在民主的基础上生长，就像往地里压枝一样，而不像打桩子似的从上面打下去。雅各宾党专政的错误就在这里，因此国民会议才在热月政变中被推翻。”

“这再清楚不过了。”同他一起流浪的朋友斯维利德支持道，“这连吃奶的小孩都懂。应当早点考虑到，现在已经晚了。我们现在要做的是作战，为了一切勇敢地向前冲。我们再往后退，那算怎么回事儿？自己种下的苦果自己吃。自己跳进水里就别喊救命——淹死拉倒。”

“表决！表决！”四面八方的人喊道。大家又讨论了一会，越说越不靠谱，终于在黎明时宣布散会。大家散开，像平时一样一个个都很警惕地走了。

7

公路沿线有一处风景如画的地方。湍急的帕仁卡小河把库捷内镇和小叶尔莫莱两个村子隔开。库捷内镇从上面沿着陡坡蜿蜒而下，小叶尔莫莱在它下面呈现出五彩缤纷的颜色。库捷内镇里正欢送征募来的新兵，施特列泽上校领导的验收委员会正在小叶尔莫莱村里验收新兵，替小叶尔莫莱村和几个邻近的乡应征入伍的青年检查身体，这项工作由于过复活节停顿了一段时间。为了保证征兵工作顺利进行，村里驻扎着骑兵民警和哥萨克兵。

这是复活节来得特别晚而早春又来得特别早的节后的第三天，温和而宁静。库捷内镇的街上，一张张款待新兵的桌子摆在露天里，从大路的那头开始，免得妨碍车辆通行。铺满桌布的桌子弯弯曲曲地排列着。

村民合伙款待新兵。款待的主要食品是复活节剩下的东西，两只熏火腿，几个圆柱形大面包，两三个奶渣甜糕。沿桌摆着装满咸蘑菇、黄瓜和酸白菜的瓷盆，还有盛满切成片的面包的碟子，这些面包都是农民自己烤的；一碟碟堆得像小山似的复活节彩蛋。彩蛋上主要涂的是淡红色和浅蓝色。

外面淡红、浅蓝色而里面白白的空鸡蛋壳随意地乱丢在桌子周围的草地上。从小伙子们上衣里露出的衬衫也是淡红色和浅蓝色的。淡红和浅蓝色也是姑娘们连衣裙的颜色。浅蓝色是天空，淡红色是云彩。云彩在天空中慢慢地、美丽的浮动，仿佛天空同它一起飘动。

符拉斯·帕霍莫维奇·加卢津穿着粉红色衬衫，腰里系了一条宽丝腰带，用皮靴的鞋跟咯咯咯地敲着路面，两只脚一会儿往左伸，一会儿往右伸，从潘夫努金家台阶上跑下来，跑到桌子跟前，潘夫努金的房子在就摆放的桌子那边的山坡上，他开始讲道：

“我用这杯自酿的酒代替香槟酒为你们干杯，兄弟们。祝你们长寿！新兵先生们！我祝你们万事如意。请注意！你们即将踏上遥远的征途，挺起胸膛保卫祖国，打退让俄国人民自相残杀、血染大地的暴虐者们。人民希望不流血地谴责革命的成果，可布尔什维克党作为外国资本的奴仆，把人民朝夕思慕的理想——立宪会议用刺刀的暴力驱散，无辜的人民血流成河。即将上战场的年轻人，俄国武装的荣誉受到玷污，把它洗刷干净，因为我们欠下我们诚实盟友的债，我们蒙受耻辱，我们一定要紧跟着红军，德国和奥地利也无耻地抬起头。兄弟们，上帝与我们同在。”加卢津还想说下去，但乌拉的喊声和要求符拉斯·帕霍莫维奇不要再说下去的喊声压住了他说话的声音。他把酒杯端到唇边，一口口慢慢喝着没过滤的白酒。这种饮料并不能让他满足。他喝惯了美味的葡萄酒。但当他意识到他在为社会牺牲时，便感到心满意足。

“你真会说话。这家伙真会骂人。那个米留可夫算什么东西。”他们喝醉了，在一片吵闹声中，格什卡·里亚贝赫对坐在自己身旁的朋友，捷连秀·加卢津，夸他的父亲。“真的，真是厉害。我想他这么卖力不会没有所图吧。他想用嘴巴免除你服兵役。”

“得了吧，格什卡！你怎么会这么想。居然想得出‘免除兵役’。咱们会同一天收到去服兵役的通知书，咱们要去同一个部队。他们把我从中学里赶了出去，这群混蛋。我妈伤心得要命。幸好没当志愿兵。至于我父亲，他肯定知道如何去演讲，他每次都做得很成功，更不可思议的是他没有受过这方面教育，却很有天赋。”

“你听说到桑卡·潘夫努金得病了吗?”

“听说了。真的是很严重的病吗?”

“一辈子也治不好。病菌一旦进入到脊髓就完蛋了。自作自受。警告过他别去。我们以后得小心了，要看清楚和什么人在一起混。”

“他现在怎么办?”

“太痛苦了。想自杀。他已经被带回部队，现在还在一直吃药。他说他已经加入游击队，他说要去报复社会的邪恶力量。”

“你知道吗，格什卡。说到传染病，即使你不上哪儿，也有可能还会得别的病。”

“格什卡，你说这种话真该给你一个嘴巴。这么给你朋友说话找死呀，你这个爱说谎的家伙!”

“我开玩笑呢，你别激动。我想告诉你。我在帕仁斯克开的斋。一个巡回演讲人在帕仁斯克发表了一篇‘个性解放’的演说。他太有意思了，他讲的东西我很喜欢，他说要参加无政府主义。即使不参加，也一定有一股力量在我们内心。他说性和性格是动物电磁的相互作用。啊?妙吧！你说怎么样，他真是个天才。周围的人大声叫喊着，我耳朵都要震聋了。我受不了啦，闭嘴，捷廖什卡。”

“你告诉我点别的吧，格什卡。你刚才不是说电磁力吗?我以前听说过，本打算在圣彼得堡订购一条电磁腰带，广告上说它能激发你的精力，为了开展活动。用代收货款的办法。可突然发生了革命。顾不得腰带了。”

捷连季没说完……醉汉们的吵闹声被不远的地方发出的一声爆炸声压住了。桌上的喧哗声停止了一下。一分钟之后又恢复了，并且吵闹得更厉害。有人从座位上跳起来，清醒点的还能站住。另一些人两条腿摇摇晃晃，想走到一边去，但站不稳，倒在桌子底下，马上打起呼噜来。女人们尖叫起来。一片混乱。

符拉斯·帕霍莫维奇两眼向四下打量，寻找罪魁祸首。起先他觉得，轰隆声就在库捷内镇，紧旁边，也许就隔着几个桌子。他脖子上的青筋暴起，脸涨得通红，他扯着嗓子喊起来：

“这是哪个犹大钻进我们这伙人里来捣乱？哪个小子扔手榴弹玩？不管是谁，就是我亲生的儿子，我也要把这个恶棍掐死。大伙们，我们不能允许开这种玩笑！我要求搜捕。咱们把库杰内镇包围起来。一定要抓住奸细！别让他逃走！”

起先大家还听他讲话，后来注意力被从小叶尔莫莱乡公所冲天升起的烟柱吸引过去了。大家都跑到悬崖上看看出了什么事儿。

这座楼着火了，几个没穿外衣的新兵从楼里跑出来，有的光着脚，有的只穿着一条紧身短裤，施特列泽上校和几个验收新兵的军人也从乡公所里跑出来。哥萨克和民警骑着马在村子里来回奔驰。他们挺着身子，挥舞马鞭，骑在身子像蛇一样东扭西歪的战马上。他们在搜寻什么人。一大群人沿着通往库杰内镇的大路跑过来。小叶尔莫莱村的钟楼当当当地敲起来，民警在追赶往这边跑的人。

事情一件件进展得极快。黄昏的时候，施特列泽带着哥萨克到跟小叶尔莫莱村紧挨着的库捷内镇来搜寻。巡逻队包围了村子，挨家挨户搜查。

这时，一半的新兵还未离开，他们喝得烂醉如泥，脑袋靠着桌子边或者躺在桌子底下睡着了。等到大家知道村子里来了民警，天已经黑了。

几个年轻人溜到院子后面的仓房，他们在里面相互踢打，互相推挤，后来通过墙下面的一个洞爬到一个地下通道，地下通道很黑，他们不知道这是谁家的仓房，但是通过嗅到的这股鱼味来看，像是过去村里商店的一个存货的仓库。

这几个人烂醉如泥，头脑不清，一时冲动就跑过去藏了起来，他们并没干过亏心事。他们的过错便是躲藏起来。有的人觉得自己认识的人不体面，他们也许会毁了自己。确实是这样，他们的朋友都是些流氓，但是你却从未知道。他们知道那时候一切都带政治色彩。流氓主义在苏维埃政权这边被视为黑色反应，当然对于白色政权来说被称为布尔什维克行为。

他们发现地窖里不只是有他们几个，还有不少比他们先钻进来的人，有库捷内镇的人，也有小叶尔莫莱村的人。库捷内镇的人烂醉如泥，他们中的一部分人像呻吟似的打呼噜，磨牙，发出一阵阵呼噜声，还有很多人在恶心呕吐。地窖里黑得要命，叫人出不来气，臭味熏人。最后进来的一批人从里面把他们爬进来的通道用土和石块堵死，免得洞口把他们暴露出来。不久，醉汉们的鼾声和呻吟声完全停止了。地窖里一点声音也没有，醉汉们都在安安静静地睡觉。只有捷连秀·加卢津和小叶尔莫莱村好打架的科西卡·涅赫瓦林内紧张不安的低语：

“小点声，你这个混蛋，别把大家给暴露了，听见没有！施特列泽的人到处搜查人呢。他们已经去了街尾，现在正在回来，很快就会到这儿来的。别动，你再动一下小心我勒死你！——算你走运——他们走远了，已经过了咱们这儿。你藏什么呀？”

“我听见格什卡喊‘快躲起来’，就钻进来了。”

“格什卡给自己找了个冠冕堂皇的理由。里亚贝赫一家都麻烦了，现在是监视对象。他们在霍达斯克有亲戚。是要手艺的人，工人家庭出身。你别嘟囔，你这个傻蛋，好好待着。这些酒鬼到处呕吐，你再乱动小心弄一身臭，你一动弹，就搞到我身上了。你闻不见多臭吗？施特列泽干吗沿村子跑？他正在搜寻从帕仁斯克来的人。”

“科西卡，这是怎么一回事啊？怎么闹起来的？”

“就是那个桑卡·潘夫努金闹的。我们正在办公室纳新，脱光了站在一排检查身体。该轮到桑卡了。他不脱衣服，好像还喝了酒，去办公室的时候还没清醒过来。文书有礼貌的提醒他，客气地叫他脱衣服。甚至对桑卡称呼您。军队上的文书。可桑卡对他粗野极了：‘我偏不脱。我身体的私处不想让你们大家看见。’他好像很害臊，侧身靠近文书，抡起拳头照他腮帮子就是一拳。一点不假。你猜怎么看，一眨眼的工夫，桑卡弯腰抓住办公桌的腿，把桌上的墨水瓶和兵役名单都倒在地上！后来施特列泽从门后头喊道：‘我决不允许在这儿胡闹。我要让你看看不流血的革命，你们胆敢在政府所在地无视法律。是谁带头起哄的？’

“桑卡奔向窗口，喊道：‘各人拿好自己的衣服！我们的末日到了，伙伴们！’桑卡一拳打碎了玻璃，一下子跳到街上。我跟在他后面，抓起衣服，一边跑一边穿。他像一阵风似的跑到街上，我，还有几个人跟在后面。我们拼命地跑，追捕的人在后面追。你问我这是怎么回事儿，谁也弄不清楚。”

“炸弹呢？”

“什么炸弹？”

“谁扔了炸弹？不是炸弹，就是手榴弹？”

“老天爷不会怀疑是我们干的吧？”

“那是谁干的？”

“我怎么知道。准是别人干的。他一看见乱了，便想在混乱中把整个乡炸掉。让他们怀疑是别人干的，他准这么想。准是政治犯。这儿到处都是帕仁斯克的政治犯。小声点，闭上嘴。听见没有！施特列泽的人回来了。唉，完蛋啦。我警告你别出声。”

声音越来越近。皮靴吱吱声，马刺叮当声。

“您不用狡辩，骗不了我。我确定这儿一定有人说话。”

上校盛气凌人的圣彼得堡口音传来，在地窖里听得越来越清楚。

“大人，也许是您的错觉。”小叶尔莫莱村长奥特维亚日斯金老头想说服上校，村长是个渔夫。“既然是村子，自然有人说话，这有什么可奇怪的。这儿不是坟地呀。也许有人说话。屋子里住的不是不会说话的牲口。也许是恶魔在梦里折磨谁呢。”

“行了，行了，别再拿村民胡闹了，真够邪恶的！你在这儿已经够久了，聪明点的话就自己去和共产国际说去。”

“大人，上校先生！哪儿来的共产国际！村民都是大字不识的文盲。连《旧约圣经》都看不下来。他们哪儿懂得革命。”

“没拿到证据之前你们都这么说。给我把合作社从上到下搜查一遍。把所有箱子里的东西都翻出来，柜台底下也都看一遍。”

“是，大人!”

“我要你们找到潘夫努金、里亚贝赫、涅赫瓦林内这几个人，活要见人死要见尸。就算从海底捞出来我也不管。还有加卢津那个家伙。我才不管他爸爸发表什么爱国演说，讲的天花乱坠，唠叨不停，看不到我们在下面打瞌睡嘛！一个小店主到处巡回演讲，肯定有问题，太可疑了，不正常。我有消息说他们在圣十字镇的家里窝藏政治犯，举行非法会议。我要捉住那小杂种。我还没想好怎么处置他，可如果发现什么，我就绞死他，杀一儆百嘛。”

搜查的人走了。等他们走远了后，科西卡・涅赫瓦林内小声向吓得半死的捷廖什卡・加卢津说道：

“听见了吗?”

“听见了。”他低声回答，声音都变了。

“我们现在只有一个地方栖身了，那就是森林，我的意思不是我们要永远待在那里，但至少要待到一切平息后，我们才能回来。”

第十一章　林中战士

1

尤里·安德烈耶维奇已经在游击队里做了一年多的俘虏。但对他的囚禁界线并没有严格限制。囚禁尤里·安德烈耶维奇的地方没有围墙。既没人看守他，也没人监视他。游击队一直在行军，尤里·安德烈耶维奇也同他们一起转移。这支部队一直和他们途经的当地居民和群众打成一片，事实上，他们一直和当地居民融为一体。

表面上来看，这种囚禁像是并不存在，似乎医生完全是自由的，只是他自己不会好好利用这种自由。而且，他的被囚禁和依从也似乎与生活中的其他形式的被迫没有什么两样，看不见和摸不着的，似乎不存在，而是一种臆想和幻觉。尽管医生没戴手铐脚镣，也没人看守他，但他不得不屈从这种囚禁，虽然这种囚禁像是被假想出来的。

他三次试图从游击队里逃走，但三次都被抓回来。三次逃走虽然没受到惩罚，但他是在玩火。他此后再也没有尝试过。

尽管游击队长利韦里·米库利钦很器重他，让他睡在自己的帐篷里，喜欢跟他在一起。但这种一厢情愿的亲近很使尤里·安德烈耶维奇厌恶。

2

这段时间，游击队一直不停地向东转移。有时，这种转移是把高尔察克驱逐出西伯利亚的攻势的一部分。有时，白军迂回游击队后方，企图把他们包围起来。这时，这种向东转移就变成一种撤退。很长一段时间，医生都无法理解这种微妙的不同。

游击队常常利用主干线沿着与大路平行的方向撤退，道路两旁的这些城镇和乡村会根据战争的运势有时跟从于红军，有时跟从于白军，就看谁的军事运气好了。因此很难从外表断定他们在某个特定时期跟从于谁的政权。

当农民义勇军穿过这些村镇时，所有的一切都变得微不足道。大路两旁的农舍仿佛缩进地里，骑兵、马匹、大炮和高大的步枪手你推我搡的向前行进，踩得路面上泥巴四处乱溅，溅起的泥巴仿佛比两旁的房子还要高。

一天，就在这样的一个小镇上，医生被指派去接收一批游击队缴获的战利品——一个由卡比尔将军的军官撤退时丢弃的英国药品库。

这是一个阴冷的雨天下午，大地只有两种颜色：有光的地方是白色的，没有的光的地方一片漆黑。而医生的情绪也是这样单调的明暗分明的两种颜色，没有过渡，没有调和色。

部队的频繁行走，完全把道路踩坏了，眼前的道路简直就是一个黑泥沟。这样的路只能靠扶着旁边的房屋艰难地跋涉几百英尺远。医生便是在这种情况下在帕仁斯克，遇到他在从莫斯科出发的火车上的旅伴佩拉吉娜·佳古诺娃的。

是她先认出他来。他没马上想起来这个从街对面望过来的女人是谁。她站在路的那边，仿佛是从运河的河岸上望过来，如果他认出她，她会马上向他打招呼，否则，她也便装着不认识他。

最终他还是想起了她。同时，他还想起来在那个拥挤不堪的货车厢里，挤满了被迫去服劳役的人群、押解他们的卫兵，和一个留着齐肩长的辫子的女人。此时，他的家人的样子也闪现在他的脑海。

一家人旅行的场景清晰地浮现在他的记忆中，他日夜思念的亲人的面孔如此深刻生动地浮现在他的眼前。

他点头示意她向前走，走到能踩着几块突起的石头便可以通过的地方。他也走到这个地方，向佳古诺娃那边走过去，同她打招呼。

她向他讲述了过去两年所发生的许多事情。向他提起了瓦夏，那个被非法抓进劳工队里英俊的天真无邪的男孩，和他们坐在同一车厢。她还向他描述了她住在瓦夏母亲住的韦列坚尼基镇的生活。她在他们那儿过得很好。但村里的人一直拿她当外人。还有，他们还指控她与瓦夏有私情，最后，不想被乱石砸死，她被迫离开了这个小镇。后来，她来到了圣十字镇住到了她的已婚的姐姐奥莉加·加卢津娜的家。传说有人在帕仁斯克见过普里图利耶夫，她便来到这里。但谣言最终被证明是假的，她被困在了这个小城，后来她无奈在这里找了份工作。

这段时期她的亲人们一个个都遭了难。听说韦列坚尼基镇因为拒绝提供粮食供应，遭到了报复性的袭击。瓦夏家的房子被烧了，家里的一个亲人也失踪了。在圣十字镇，布雷金的姐夫维拉斯·加卢津不是被关进监狱便是被枪毙了，佳古诺娃自己的侄女也失踪了，杳无音信。她姐姐也一度忍饥挨饿，很难维持生计，后来为了挣一口饭吃，投奔去了兹沃纳尔斯克镇的一家农村亲戚给人家当佣人。

佳古诺娃恰好在帕仁斯克药房做助手，而帕仁斯克药店正是日瓦戈医生被要求征用的药店。对所有靠药店生活的人来说，包括佳古诺娃在内，征用使他们陷入绝境。但医生无权取消征用的决定。药品移交的时候，佳古诺娃在场。

医生的卡车停到了药房后院仓库的门口。一麻袋一麻袋的药品，一筐筐装着药瓶和药盒的柳条筐，从地下室里被搬了出来。药房的雇员沮丧地看着这一切，他们的情绪似乎也感染了药房老板的那匹又瘦又脏的老马，它也神情悲伤地从马厩里望着别人往大车上装货。下了一整天的雨快要停了，天空也亮起来了。被乌云紧紧裹着的落日也露出脸来了，它的深青色的余光洒进院子里，给马厩的粪坑投去一道阴森森的光。粪浆黏稠，大风对它们毫无影响。但大路上的积水被风吹得泛起涟漪，泛着朱红色的光。

部队绕过深水沟和坑洼的地方，沿着大路边缘向前移动。在缴获的药物中发现了一罐可卡因，游击队队长最近吸它吸上了瘾。

3

医生的工作忙得不可开交。冬天忙于处理斑疹伤寒，夏天忙于对付痢疾，除此之外，随着战斗再次爆发，伤病员的人数在不断地增加。

尽管打败仗，队伍不停地撤退，但游击队的规模和人数还是在不断扩大和增加，有的来自农民义勇军经过的地方，有的来自敌人阵营中的逃兵。在和游击队度过的一年半的时间里，医生目睹了游击队员的人数增加了十倍。事实上，部队增加的人数已达到了利伯维斯·艾菲科维奇曾在圣十字镇地下司令部的会议上所夸口的那个人数。

尤里·安德烈耶维奇有几个新派来的医护人员和两个主要助手。这两个主要医疗助手都是战俘。克列尼·劳什是匈牙利共产党员，曾是奥地利军队的军医。克洛特·安哥拉曾受过一些医护培训。对军医，医生同他用德语交流，而对安哥拉则说俄语，他能勉强听得懂一些俄语。

4

根据国际红十字公约，军医和部队医务人员不得参与作战双方的军事行动。但有一次医生被迫违反了条约。战斗打响的时候他正好在战场上，他也不得不遭受士兵的命运，为了自卫，向敌人射击。

日瓦戈医生被敌军的炮火击中的前沿阵地就在森林的边上。游击队的背后是大森林，前面是一片开阔的林中草地，四周毫无遮掩，白军从那里向游击队进攻。敌人一开炮，医生马上躺倒在游击队电话员的旁边。

敌人越来越近，医生已经能够看清他们每个人的脸。他们中有不久前才刚刚报名参加志愿军的年轻人和从后备军中动员来的中年男人。但其中的主力军则是年轻人，来自大学一年级的学生和体操训练馆的毕业班的学生。

他们当中医生一个也不认识，但他觉得有一半脸孔他都熟悉，似曾见过。他们中的一些人让他想起了他以前的同学，他在想也许他们中的一些人就是他的同学们的弟弟。另一部分人他仿佛过去在剧场里或街道上的人群当中遇见过。他们一张张富有表情的、讨人喜欢的脸使他感到亲切，就像见到自己普通的生活圈子里的人一样。

这些年轻人响应号召，他们脸上表现出与他们年龄完全不相符的热情和大无畏精神。

忠于职责，像他们所理解的那样，他们排开一字形队列向前进，表现出比皇家卫队在阅兵场上还要英姿飒爽、干练无比的样子。他们昂首挺胸，奋勇向前，不去理会可以轻易掩护他们的有利地形如土丘和坑洼，既不躲避也不卧倒。游击队的子弹几乎把他们全部射杀。

在一片宽阔、空旷的田地中央有一颗被烧死的枯树。它要么是被闪电击中的，要么是被火烧焦的，要么就是被前几次战斗炸毁的。在经过这棵枯树每一位志愿者都忍不住要看上它一眼，极力地克制自己想要躲到这树干后面较为安全也较容易瞄准的想法。继续前行。

每个游击队队员的子弹数目是有限的。必须珍惜子弹。他们接到命令，只能在近距离，和在看得见目标的情况下才能开枪。

尤里·安德烈耶维奇没有枪，他只能躺在草地里看着双方的交战。他全部的同情都在英勇无畏的孩子们身上。他衷心祝愿他们成功。这些孩子们都来自于很可能和他一样在精神上、教养上、道德观念上完全相同或相近的家庭。

他脑子里突然产生一个念头：朝他们向草地那边跑去，向他们投降，以此获得自由和解脱。但这一步太冒险了，真是太危险了。想到在他跑到草地中间，举起双手的时候，交战双方都有可能把他射杀，游击队为了惩罚他对他们的背叛，白军则因为弄不清他的真正动机。一方击中他的前胸，一方射穿他的后背。他心里非常清楚这种情形。他以前遇到过这种情况，考虑过所有的可能性，并早已确认这种解脱的办法是不可取的。医生在这种矛盾复杂的心情下继续趴在地上，脸朝着那片旷野，没有武器，默默地注视着还在进行着的战斗。

然而在周围进行殊死战斗的时候，一个人无所事事，冷眼旁观是不可能的，是一个有良知的人所办不到的。这不是一个他是否忠于自己被抓捕的一方或者是为了捍卫自己的生命，而是应该顺从现实，遵从眼前所发生的事情的自然法则。做一个冷眼旁观者，或完全把自己置身度外是违反规则，有悖人性的。你必须和别人一样，让自己投入到大家都在做的事情中去。战斗在继续，他和同伴们都会遭到射击，他必须还击。

因此，当他身边的电报员被击中身体猛烈地抽搐之后躺在那里一动不动的时候，医生爬到他身边解下他的子弹袋，拿过他的步枪，回到原来的位置上，开始一枪接一枪地射击起来。

但怜悯之心不允许他瞄准那些他所欣赏并同情的年轻人。胡乱地朝天射击又显得太过愚蠢，于是他选择在他和他的目标之间没有任何进攻者的时刻，对准那颗枯树开枪。他一直按照自己的方式在射击。

找准目标，渐渐地越瞄越准，医生慢慢地扣动扳机，但并未扣到底，仿佛他并不打算射出子弹，而是子弹自己在惯性的驱使下自然地出其不意地飞出去。但像原先一样，医生的子弹非常准确地把枯树底下的枯枝打得纷纷落在树干的周围。

然而，无论医生多么小心地，极力地避免伤到人，可是时不时的总有那些莽撞的年轻的攻击者撞在他的枪眼上。他伤到了两个人，其中一个倒在了树旁，很可能丢了性命。

最终，白军司令看进攻无果，便下令撤退。

游击队人数不多。他们的主力一部分在行进，另一部分在同更为强大的敌军作战。支队为了不暴露自己的军力不足，没去追赶退却的敌人。

安哥拉和两个抬担架的医护人员在这树林边的空地和医生会合。交代他们救护伤员后，医生自己来到话务员身边，带着一线希望他想也许话务员还有一口气，兴许还能把他救活。但是当他解开他的衬衫，触摸他的心脏时，发现那个心脏早已停止了跳动。

死者脖子上挂着一个由丝线拴着的护身符。尤里·安德烈耶维奇把它解了下来。护身香囊里缝着一张纸片，已经因为折叠快要磨破了。

医生打开纸片，破损的纸片差点就从他的手指间散落下来。上面是圣经的第九十一篇诗篇的摘录，但同原诗篇略有出入，这是人们在祈祷时自己加进去的。上面的措辞因为人们的反复传诵与原文的出入越来越大。古斯拉夫文的片段在抄时被改写成了俄文。

诗篇被认为具有保护人们不受子弹伤害的神效。在上次帝国主义战争时期，士兵们便把它当作护身符带在身上。十几年后，监狱里的犯人把它缝在衣服里，每当夜间被提审的时候，他们便在心里默默地念叨这些诗篇。

离开话务员，尤里·安德烈耶维奇走到林中草地上那个被他打死的白卫军尸体跟前。看到少年俊秀的脸上现出纯洁无瑕和宽恕一切痛苦的表情。医生在想，“我干吗要杀死他呢？”

他解开那个男孩的大衣，把衣襟撩开。衣服上用草书工整地绣着死者的姓名：谢廖扎·兰采维奇。大概是疼爱他的母亲用手精心绣上的。

从谢廖扎敞开的衬衣领口边滑落出一条链子，上面挂着一个十字架，小盒式吊坠，一个扁平的小金匣或看上去更像是一个鼻烟盒。盒盖凹陷像是用钉子钉上去的。这时从小盒子里面掉下一张叠着的纸片来。医生打开纸片，简直不敢相信自己的眼睛。这次也同样是诗篇中的第九十一篇摘录，只不过是没有做过任何改动按照完整的古斯拉夫体印刷的。

就在这时谢廖扎发出了痛苦的呻吟声，并抽搐了一下。他还活着。后来医生发觉，他只是内脏受到轻微的损伤。便晕厥过去了。子弹正好打在了他母亲给他佩戴的护身符上，这才使他幸免于难。但怎样处理这个躺在地上不省人事的白军呢？

而此时作战双方都凶残到了极点。不是你死就是我活。没有一个战俘是被活着押回到军营的。伤残的敌兵会被就地扎死。

当时游击队的人员流动性很大，队员中有相当一部分士兵当了逃兵，还时不时的有来自敌军的逃兵。如果能严格保密的话，就可以把兰采维奇说成是不久前参加游击队的新队员。

医生把秘密告诉了安格利。在安格利的帮助下，尤里·安德烈耶维奇从死去的话务员身上脱下上衣，给尚未恢复知觉的少年穿上。

医生和安格利精心护理谢廖扎，直到他完全康复后，他们放了他，尽管他没有向自己的救护者们隐瞒，他还要回到高尔察克部队去，继续同红军作战。

5

秋天，游击队在被叫作狐狸丛林的地方扎了营。这个小树林坐落在一个陡峭的山坡上，三面环绕着一条湍急的小溪，不停地拍打着河岸。

游击队驻扎在这里之前，白人的部队曾在这里过冬。他们当时自己动手，并在当地村民的协助下，在树林里修筑了工事，但春天到来之后他们便撤离了树林。现在游击队队员们便分散住在他们没烧毁的防空洞和战壕里。

医生和一个叫作利伯维斯·米克利茨的士兵住在同一个防空洞里。这个人夜里一直絮絮叨叨同医生聊天，医生已经连续两夜没睡觉了。

“我真想知道，我那位最可敬的父亲大人，令人尊敬的老爷子，现在在干什么呢。”

“上帝，我简直无法忍受这种滑稽可笑的说话腔调，”医生心里叹道，“肯定跟他老子一模一样！”

“从我们之前的谈话中我可以断定，您应该非常熟悉阿韦尔基·斯捷潘诺维奇。我觉得您对他的看法应当不错。是这样吧，阁下？”

“利伯维斯·阿韦尔基耶维奇，明天我们有个选举前会议（投票检举会）。此外，对几个私酿伏特加酒的卫生兵的审判马上就要开始了。我同劳什还要审阅这方面的材料。我明天要就这件事与他碰头。

我已经两夜没合眼了。以后再谈行不行？我困死了。”

“行啊，但不管怎样，您得告诉我您对老头子有什么看法？”

“首先，您父亲还很年轻。我不明白您干吗管他叫老头呢？好了，现在我来告诉您我的看法。我告诉给您，我不擅长于区分各种各样的社会主义，我看不出布尔什维克同其他的社会党人之间有什么区别。您父亲是造成最近这几年俄国骚乱的那伙人中的一员。您父亲是革命激进分子，有着好斗的性格。就像您一样，他是俄国人民生活动乱的催化剂。”

“您这到底是在赞扬他呢还是在指责他？”

“我再次请求您以后找个方便时候再同我辩论吧。此外，我还要提醒您注意，您最近吸食了过量的可卡因。您擅自从我管辖的药品库中取走大量的可卡因。您很清楚，这些可卡因是毒药，而且我得为您的健康负责。况且它们有其他重要用途。”

“您昨晚上又没来学习。您的社会觉悟性在减退，您跟那些不识字的农村娘们或顽固不化的资产阶级没什么区别。然而您是医生，读过很多书，您可能还在写东西。请解释一下您的行为。”

“我没有。显然我无能为力。您应当为我感到难过。”

“为什么要假装谦虚呢？如果您肯花些时间好好了解一下我们在课堂上学些什么，而不是在那里冷嘲热讽，您就不至于如此的傲慢无礼？”

“利伯维斯·阿韦尔基耶维奇，上帝作证，我并没有傲慢无礼。我非常尊重您的教导。我也一直在阅读并认真学习您发下来的讲义。我知道您所提出的提高士兵的道德修养的想法，这些想法很好。比如您所说的战士应该如何对待对人民的军队、对待他们的同胞，对待弱者，对待生活无助的人，以及女人；关于荣誉和贞洁的看法——简直同杜科波尔派教义（一个宗教改革团体）没有什么两样。这些托尔斯泰主义的倡导我都铭记在心。我的青少年时代满脑子都充满了对美好生活的向往。我怎么会嘲笑它们呢？”

“但是，首先，社会改善的观点，像十月革命后人们对它所理解的那样，已经不能打动我了。其次，所有这一切离现实还很遥远，可仅仅是谈论它就让人们付出了血的代价。我不再相信为了达到目的就可以不惜一切代价。最后一点——也是最主要的一点——现在，每当我听到有人说重新改变生活这样的话，我就非常愤慨，非常绝望。

“重新改变生活！说这样话的人根本就不懂生活——他们从未真正地了解生活的真谛——无论他们看到什么，做过什么。他们认为生活是一块未曾加工过的原材料，需要他们的再加工，只有经过他们的抚摸，再塑造才会变得高尚。然而，生活从来就不是一块可以重新打造加工的原材料或物质。如果您真想知道的话，生活本身有着它自我更新的法则。生活一直都在不断地更新、重塑、改变、美化着自己。它的运行规则完全是你我的愚蠢理论所无法触及和改变的。”

“但是，如果您参加我们的小组学习，而且和我们崇高、伟大的人民保持联系，您就不会感觉这么沮丧，感觉这么悲观了。我知道，您的忧虑来自哪里。您看到我们屡遭失败，就认为我们将来没有胜利的希望。可是朋友，任何时候都不应该恐慌。我会告诉您发生在我个人身上的一些更糟糕的事情，但暂时不便透露——然而，我并没有惊慌，失去信心。我们的失败是暂时的，高尔察克是注定要灭亡的。请您记住我的话。您会看到，我们最终会胜利。因此请您振作起来吧！”

“这种感觉真是难以言表，”医生心里想，“怎么会有如此愚蠢、如此幼稚的人。我一直在告诫他我们的观点完全相反。他用武力抓捕了我的身，他还想说服我违背自己的意志，而且想当然的以为我因为他的失败而灰心，他对未来的希望能够让我兴奋！竟有人如此的盲目自大?！对他来说，革命的胜利远比宇宙的命运要重要得多。”

尤里·安德烈耶维奇什么也没有说，只是耸了耸肩膀，并没有掩饰他差点就无法克制他对利伯维斯幼稚的想法的愤怒。但是并没有逃过利伯维斯的眼睛。

“您生气了，天神，因为您错了。”他说。

“看在上帝的分上，请您永远记住这一切和我毫无关系。请不要再对我说诸如‘天神’‘不要恐惧’‘说A就必须说B’‘那摩尔人完成了他的工作，那摩尔人可以走了’等等这些陈词滥调了。所有这些粗俗的无聊的话语，一个也不能打动我。我要说‘A’但不会说‘B’，无论你做什么。我必须承认你们是俄国的解放者，指路的明灯，没有你们，俄国就会迷失了方向，陷入痛苦和无知，可我对你们不感兴趣，我讨厌你们，你们都给我见鬼去吧！

“你们思想的蛊惑者讲话时喜欢引用谚语。但他们却忘了最重要的一条谚语，那就是：‘你可以把马牵到水边，但你无法强迫它饮水。’他们喜欢向那些并没有请求他们的人们去施舍他们的解放和救助。我想，您一定觉得，对于我来说，世界上没有什么能比住在你们的营房和与你们待在一起更快乐的事情了。我想，我大概还应该感谢你们让我成为你们的囚犯，感谢你们让我离开我的妻子、儿子、家乡和我的工作，感谢你们把我从我最珍爱的人和生活中‘解放’出来！”

“谣传一支来历不明的军队——并非俄国军队——袭击并瓦解了瓦雷金诺。卡缅诺德沃尔斯基没有否认此事。他们说，你们的人和我们的人都试图逃跑。像是一群神秘的长着细长眼睛的、身穿棉大衣、头戴貂皮帽子的勇士在严寒中从冰上穿过雷尼瓦河，悄悄地打死了当地的每一个人并且神秘地消失了，就像他们出其不意地来到这里一样，无人知晓。您知道这事吗？这是真的吗？”

“胡说八道。一派胡言。无稽之谈。”

“如果您能像您给士兵们进行道德教育时所宣讲的那样善良、那样胸怀坦荡，那您就放了我吧。我要去寻找我的亲人——我不知道他们在哪儿，是否还活着。否则，就请您闭嘴。看在上帝的分上，请不要再打扰我，因为我对其他的一切都没兴趣。如果您还要继续，我不会回答您任何问题。见鬼，不管怎样，我总还有睡觉的权利吧！”

尤里·安德烈耶维奇直挺挺地扑倒在床上，把脸埋在枕头里。他竭力不去听利伯维斯的辩解，对方还想再一次地让他相信，在春天来临之前，他们一定能够打败白军，取得最后胜利。内战将结束，到处都充满了和平、自由和繁荣。到那时，谁也不敢再扣留医生。但他必须耐心等待那个时刻的到来。毕竟，他们已经在一起曾经忍受了那么多的苦难，做出了那么多的牺牲，已经等待了那么久了，再多等几个月又算得了什么。况且，医生现在又能上哪儿去呢？为了他自身的安全，现在他一个人哪儿都不能去。

“简直就是一部留声机，又是他那一套，可恶！”尤里·安德烈耶维奇心里气愤地骂道。“他又来了！天天重复念叨着这些老掉牙的东西也不害臊?！他怎么可以天天听着自己这些该死的说教而不烦，就像可怜的毒瘾病人，自己已经上瘾而却全然不觉！他日夜不停地念叨这些。上帝啊，我恨他，愿您作我的证人，总有一天，我会杀了他！

“冬尼娜，我亲爱的，我可怜的孩子！你在哪儿？你还活着吗？上苍啊，她早该分娩了！她分娩顺利吗？咱们又多了个男孩还是女孩？我的所有亲人们，你们都好吗？冬尼娜，你是我永远的耻辱。拉拉，我不敢说出你的名字，害怕由此丢了我的性命。上帝啊上帝！那个可恶的不通人性的畜生还在滔滔不绝！总有一天，我会忍无可忍把他给宰了！”

6

宜人的风和日丽的气候结束了。在一个天气晴朗的金秋的一天。在狐狸丛林的西端矗立着一座木制炮塔搭建在由白军修筑的地堡里。尤里·安德烈耶维奇约好在这里同他的助手劳什医生会面，商讨一些护理事宜。他按时来到这里等待朋友。他无事可做，便在坍塌的战壕边上随便走走。他爬上木塔，走进瞭望室，从机枪巢的空枪眼里眺望河对岸的一片伸向远方的树林。

秋天已经在树林中的针叶树木和阔叶树木之间划了一条明显的界线。针叶树木像一堵黑漆漆的墙竖立在树林深处，茂密的阔叶树木则在针叶树木之间像闪烁着的火焰，酒红色的颜色仿佛在砍伐过的树林中用木材修建的一座粉刷过的带有金顶楼阁的中世纪城市。

医生脚下的土、战壕里的土，还有树林里的被车轮压过的土路和地面上的霜冻土地一样坚硬，路上到处都是堆积的厚厚的干柳树叶，蜷缩成一团。走在路上，可以闻到这些棕黄色的带点苦涩的叶子的味道，还夹杂着其他一些味道。医生贪婪地呼吸着由被霜打过的苹果、干枯的树枝、带着一点甜甜的潮湿的泥土的气息，和九月的蓝色的晨雾混合而成的带有胡椒味的气息，这种气息像是人们闻过的刚刚被扑灭的大火所留下来的废气。

“您好！我的同事。”劳什用德语向他打招呼。随后，他们商量起公事来。

“今天，咱们要商议三件事。第一，如何处理私自酿酒的人；第二，改组野战医院和药房；第三，关于我对精神病进行治疗的方案。亲爱的劳什，我不知道你是否同意我的看法。在我看来，我们都发疯了。而现代这种疯狂就像一场流行病。”

“这是个非常有趣的问题。我等会儿再来谈它。现在先说别的。军营里出现不安迹象。酿造私酒者引起了大家的同情。不少人还担心从白军占领的村子里逃出来的家属的命运。你知道，有辆运载他们妻子、儿女和父母的大车队快要到了。”一部分游击队员在没有看到车队到来之前拒绝离开军营。

“我知道，我们必须等等他们。”

“可这一切都发生在选举统一指挥司令官的前夕，他将统一指挥原来不隶属于咱们的支队。我认为利伯维斯同志是唯一的候选人。但一伙青年人在推举伏多维钦科。他受到了另一伙人的推崇。这伙人与我们格格不入，他们和那些私酿烧酒的人勾结在一起。这伙人中要么是富商的儿子，要么是富农的子弟，要么是高尔察克的逃兵。他们到处滋生事端，闹腾得很凶。”

“在你看来，这些私酿白酒的人会受到怎样的处罚?”

“我想，他们会被判枪决，缓期执行。”

“好了，我们还是谈我们的正事吧。首先，野战医院的问题。”

“好吧。不过我要告诉您，我对您提出的关于预防精神病的问题一点也不感到吃惊。我自己也有这样的想法。我们正面临着一场精神疾病的爆发和传播。这种精神疾病是我们这个时代的产物，和当代的社会剧变和动乱有直接的关系。我们军营就有这么一个案例——一个叫作帕姆菲尔·帕雷赫的士兵。他以前在沙皇军队里当过兵，阶级觉悟性很高，对革命忠心耿耿。他的病因主要是由于他的焦虑造成的。他担心他万一被杀他的家人怎么办；他担忧他的家人万一落到了白军的手里，因为他受到严刑拷问。这样的焦虑让他发疯。这是一个很复杂的病例。我认为他的家人就在即将要到来的车队里。我的俄语很糟，没法详细询问他。您可以从安格力和卡缅诺德沃尔斯基了解得更清楚一些。应该给他好好检查一下。”

“我非常了解帕雷赫。曾经有一段时间我们经常在苏维埃军队里遇到对方。黝黑的皮肤，前额很低，看上去很冷酷。我不明白您为什么觉得他好。他这个人很极端，很残忍，动不动就置人于死地。我一直很讨厌他。好吧，我会为他检查检查。”

7

这天风和日丽，天气很好。这一周以来，天气一直都比较晴朗，干燥。军营里一贯的嘈杂声就像远处大海的咆哮声不绝于耳——脚步声、说话声、劈柴声、铁砧的敲击声、马啸声、狗叫声以及公鸡的打鸣声混成一片。一群牙齿亮白、皮肤被太阳晒得黝黑的男人说笑着穿过树林。他们中认识医生的人点头与他打招呼，其他人则闷声经过。

在家属们到来之前，士兵们拒绝撤离狐林。还好逃亡的家属们马上就要到了。大家都在做着撤离的准备。各种物品都已经被清理整顿好了，柳条箱盖已被钉好了，马车也已清点了完毕。

树林的中心地带有一大片空地，会议通常会在这里举行。这片空地看起来像是铲除了杂草的土堆或古坟。今天要在这儿召开全体会议，宣布一项重要消息。

尽管已经是秋天了，但树林里的大多数树叶还没有变黄，他们的树根还依然很嫩绿鲜活。午后的阳光从树林背后投射过来，透过阳光，树叶就像透明的绿色玻璃瓶闪着绿光。

在帐篷外面的一片开阔的草地上，联络官卡缅诺德沃尔斯基正在烧毁从卡比尔军官那里移交下来的各种废弃文件，和游击队自己的各种文档。销毁文件的火焰在午后阳光的映衬下如同透过阳光的树叶一样透明无色，燃烧的火焰根本看不见，人们只能通过一阵阵的扑面而来的热浪才能感受到有东西在燃烧。

树林里到处都看得到熟透了的浆果——就像女人们罩衫上颜色艳丽的流苏，砖红色的接骨木，一簇簇荚莲属的植物等在阳光的照射下由白色变成紫色。蜻蜓挥舞着它们像玻璃一样透明的翅膀在空中曼舞，它们和阳光下无色的火焰以及通透的树叶一样很难被肉眼看到。

从孩童时期，尤里·安德烈耶维奇就很喜欢观赏傍晚时分被夕阳映照下的树林。每当这个时刻他就感觉自己也像是被这些光柱射穿了一样，就像一个活精灵被这些光柱传送到他的胸膛，穿过他的整个身体和灵魂，然后就像一双翅膀从他的肩膀飞出。每一个孩子在自己的内心深处都会有一种自然形成的生命原型，而且这种想象会永远成为他内心深处的样子，影响他的个性，它会依其最原始的力量，驱使大自然、森林、晚霞、和他能够看得到的一切幻化为他童年所憧憬的最没经过雕琢的、集一切美好于一身的一个小女孩的形象。“拉拉！”他闭着眼睛，想着她并轻声地呼唤着她，他在心里向他的整个生活呼唤，向大地呼唤，向展现在他眼前的被太阳照亮的空间呼唤。

然而，他现在的每一天都一样。现实无法逃避，一切照旧。俄国十月革命在进行，他依然是游击队的俘虏。这时，他心不在焉、不知不觉地走到了卡缅诺德沃尔斯基点着的火堆跟前。

“在销毁文件？还没烧完？”

“早着呢！这么多东西，要烧完得一阵子呢。”

医生用脚踢了踢那成堆的废弃文件。这是白军司令部的往来函电。一个念头突然闪现在他的脑海——他或许能看到一些关于兰采维奇的信息。但是他看到的全是一些过了时的、枯燥的密码文件。他又用脚扒开另外一堆文件，但同样是一些乏味的游击队会议纪要。在文件堆的最上面有一页纸上面写着：“十万火急；再次休假；征兵委员会改选；当前事务；鉴于乡村女教师伊格纳托德沃尔察的控诉无确凿凭据，苏维埃军队认为……”

这时，卡缅诺德沃尔斯基从口袋里掏出一张纸片递给医生，并说道：

“这是你们医务部门的撤离安排。载运游击队家属的大车已经快到了。军营里的纠纷今晚就可以见分晓了。我们随时都有可能撤离。”

医生瞥了一眼递过来的纸片，嘴里嘟囔道：

“您给我的运输工具比上次可要少多了，可我们这次的伤病员又增加了好多。看来，只好让那些能动的自己走了；可这样的人没几个。可我该拿那些担架病人怎么办？难道要扔掉一些备用品，病床和医疗设备？”

“该怎么做，你得自己想办法。我们必须随机应变，调整自己，适应环境。还有一件事。这是我们大家的要求。您能不能为我们的一个好同志，一个久经考验，忠于我们的事业的优秀战士好好检查检查？他有点不对劲。”

“帕雷赫吧。劳什跟我说过了。”

“是的，是他。去看看他，给他检查检查。”

“他精神上有问题？”

“可能是这样。他说，他说他看见了鬼。很显然，是错觉。他还失眠，头痛。”

“好吧，我还是现在就去看看他，刚好这会儿有空。什么时候开会？”

“我想快了吧。干吗操心它呢？您瞧，我也不会去。没我们会议照样开。”

“那我就去看看帕雷赫，尽管我快睁不开眼了，困死了。利韦里·阿韦尔基耶维奇喜欢在夜里高谈阔论，把我搞得精疲力竭。我在哪儿能找到帕姆菲尔？”

“你知道垃圾坑后面的那片白桦林吧？”“我知道。”

“你会在树林的空地上看到几个指挥官的帐篷。我们把其中的一个给了帕姆菲尔，由他使用。他的家属马上就要来了，他们也在那个大车上。你在那儿可以找到他。他就在其中的一个帐篷里。因为他对革命有功，享受营长级别的待遇。”

8

在去看帕姆菲尔的路上，医生觉得疲惫至极，他已无力再克制这种睡意。这是一连几夜觉没睡够的结果。他本想返回地窖睡一会儿，可一想到利伯维斯随时都可能回去打搅他的睡觉，他还是放弃了这个念头。他歇脚在一块从周围的树枝上飘落下来的铺满金黄色树叶的林间空地上，这些树叶像一个个方格似的整齐地撒落在草地上。午后的阳光光束也像树叶这样交织辉映在这块金色的地毯上。这种层层叠加的绚丽色彩交织在一起照得人头晕目眩，它会让人像读小字体的印刷品一样催人入眠或者像听一个人单调乏味的喃喃自语让人瞌睡。

医生躺在沙沙作响的像丝绸一般柔软的草地上，头枕着垫靠在树根旁边的青苔上的手臂。他马上就打起盹来了。催他入睡的炫目的光线和树荫零星散乱地照在他伸展的身躯上，使得他看起来就像戴着一顶魔幻帽子，完全隐身，在这个由光线和树叶构筑的万花筒中让人难以辨认。

但很快，严重的睡眠缺乏使他难以产生强烈的睡意。直接原因只能在有限的范围内产生影响，但超越了极限则会产生反作用。他清醒的意识根本没有休息，反而非常活跃。各种思绪在他的脑海中急速地旋转，他的大脑就像一个失控的机器，飞速地运转，丝毫没有停歇的意思。这种内心深处的混乱让他非常担忧，也令他非常恼火。“利伯维斯这头猪，”他愤愤地想，“好像还嫌这个世界令人发疯的事情不够多，他还要硬把一个清醒的人抓为他的俘虏，用所谓他的友谊和喋喋不休来烦他，故意把他逼疯。总有一天，我要杀了他。”

一只带花点的褐色蝴蝶像一块彩色布片，翅膀一张一合地从太阳那边飞过去。医生睡眼惺忪地注视着它。它落在跟它颜色相似、带花点的褐色鳞状的杉树皮上，并与杉树皮融为一体，分辨不出来了，如同尤里·安德烈耶维奇在阳光和阴影笼罩下，外人无法发现他一样。

这种景象使得尤里·安德烈耶维奇又陷入惯常的思维定式中。这些思绪曾在他多年从事医务工作的过程中间接地触及过他——想到意志和目的是适应环境的最佳方式；伪装和使用保护色；适者生存法则；和关于自然淘汰法则是通向意识的形成和诞生的真正途径。什么是主体？什么又是客体？如何区分界定它们？在医生的反思中，达尔文和德国哲学家谢林没什么不同。而飞过的蝴蝶就像现代派的油画和印象派的艺术。他想到创造、生物、创造力、创作和模仿的本能。

在这种半睡半醒之间，他又睡着了，但不久他又醒了。但这次是被四周轻柔且低沉的谈话声吵醒的。他随耳听到的几句话足以让他觉察到有人正在密谋什么。他还没有被发现，这些图谋不轨的人并不知道他的存在。医生心里明白，现在任何一个轻微的动作就可能暴露自己，使他送命。因此，尤里·安德烈耶维奇躺在那里一动不动，竖耳静听。

他听出来了有些人的声音。他们说游击队的败类，混混，诸如格什卡、桑卡、科西卡，还有他们的追随者、跟屁虫，捷连季·加卢津，和一些无事生非，为非作歹的二流子。扎哈尔·戈拉兹德赫也同他们在一起。他是个更为阴险的人，参与酿私酒的勾当，但暂时还未受到惩处，因为他供出了主犯。最让尤里·安德烈耶维奇感到吃惊的是，西沃布留伊也在场，他是“银连”里的游击队员，游击队队长的贴身卫兵。利伯维斯保持了斯坦科·拉辛以及布加乔夫的传统，很宠爱他的贴身侍卫，而且人们还戏称他是队长的亲信和“耳目”。然而，他竟然也参与了他们的谋反。

密谋分子们正在同来自敌军前方的侦察队派来的人在商谈。敌军哨兵同叛徒们交谈的声音很轻，根本听不见。尤里·安德烈耶维奇只能通过他们说话时的间歇沉默来猜测他们的耳语还在继续。

说得最多的是酒鬼扎哈尔·戈拉兹德赫。他声音沙哑、喘着粗气，边说边骂。看来他是主谋。

“你们都给我听着。现在最重要的是我们不能走漏一点风声。如果有人告密，看到这把刀子了吗？我会把他的肠子剜出来。听清楚了吗？你我都很明白，我们现在是拴在一根绳子上的蚂蚱，谁也跑不了。没有退路。咱们必须立功赎罪，铤而走险，一定要把这次谋反搞成功，让他们大开眼界。他们要活捉他。而且听说他们的头领古列沃向树林靠近。”

（他们中间有人纠正他说是“加利乌林”，不是“古列沃”，他没听清楚，改说“加列耶夫将军”）。这正是我们的下手的好机会。不可能再有第二次。他们的代表就在这儿。他们会交代你们怎么做。他们说了要活的。来，你们现在就告诉他们该怎么做。”

这时，就听到其他人、敌军代表开始讲话。尤里·安德烈耶维奇一个字也听不清。不过，从双方说话停顿的时间长短可以判断出他们在商谈一些谋反行动细节。过了一会儿，戈拉兹德赫又说话了。

“听清楚啦？伙计们。瞧瞧，他是一个多么可恶的家伙。我们为什么要为他效劳？他简直就不是人。他有一点小聪明，是一个和尚或是隐士。”

“闭上你的臭嘴巴，捷廖什卡！你笑什么笑，你这头蠢驴！我不是在说你。我在告诉你，他是个隐士，没错，这就是他。你们要是听他的，他会把你们一个个都变成和尚，变成太监。他是怎么给你们说的？不要骂人，不要喝酒，不要玩女人。你们怎么可以这样活？今晚，我们要把他骗到河边。他一来，咱们就一起扑向他。活捉他不成问题。易如反掌。难的是他们要活的。要把他捆起来。万一有差错，我就亲手灭了他。他们会派人接应我们的。”

他还在继续交代着细节，但很快他们渐渐地离去了。医生再也听不到他们的声音了。

“他们要密谋活捉的人是利伯维斯，他们要把他交给白军或杀了他。这群恶棍。”医生又惊恐又愤怒地想，完全忘记了他自己曾经多少次地在心中发誓要他死。我该怎么阻止这件事的发生呢？他决定回去找卡缅诺德沃尔斯基，告诉他谋反这件事，但不提及谋反者的姓名，并且要提醒利伯维斯有危险。

可等到他回去的时候，卡缅诺德沃尔斯基已经走了。只有他的助手照看着火堆，以免火势蔓延。

但阴谋并未得逞，它被提前粉碎了。这次谋反最终还是被大家知道了。在阴谋被彻底揭穿的那一天，所有的策反者都被抓起来了。可是西沃布留伊扮演了内奸的角色。尤里·安德烈耶维奇更加厌恶他。

9

据悉，游击队队员的家属离狐林还剩下两天的路程。游击队队员们已经准备好迎接他们家属的到来，与家属相聚之后，他们马上就要开拔了。尤里·安德烈耶维奇去找帕姆菲尔·帕雷赫。

医生在帐篷的入口找到了他。他手上拎着一把斧头，面前堆放着一大摞白桦林树枝。帕姆菲尔·帕雷赫刚刚把他们砍下来，还没来得及把树皮扒下来。有些树枝还倒在原处，折断的树枝重重地插进湿土里。有些被他拖到旁边高高地堆起来。这些树的树枝依然很有弹性，在微风中颤巍巍地摇摆着，它们既没有完全着地，也没有相互依靠着。它们仿佛用伸展的臂膀在抵挡着砍伐他们的帕姆菲尔，那些横七竖八纠结在一起的绿色树枝好像在挡住他进帐篷的去路。

“这些都是为我的贵宾准备的。”帕姆菲尔在向他解释着，“我的妻子和孩子们。帐篷太低了，雨水会进来的。我砍了几棵树是想用他们把帐篷架高一点。”

“我不指望他们会允许你让他们住进你的帐篷，帕姆菲尔。有谁听说过允许女人和孩子住进帐篷的？他们就待在树林边上的马车里。你可以在空闲时间多去看他们几次，我认为他们不会被允许住进你的帐篷里的。不过，这可不是我来找你的原因。听说你一天天在消瘦，而且寝食难安。是真的吗？可你看上去不错，除了要理理发之外。”

帕姆菲尔身材高大，长了一头乱蓬蓬的黑头发，一脸大胡子，额头凹凸不平，乍一看好像是长了两个额头。额骨宽厚，看上去就像有一只环形物或钢圈箍在太阳穴上。这使得帕姆菲尔显得面容凶狠，总像是在怒视别人。

在革命刚开始的时候，人们担心它会像1905年的革命那样，只是受过教育的上层阶级的历史长河中的一段小插曲，不会触及到社会的最底层。因此，人们想方设法来进行革命宣传，来激发他们，来激怒他们让他们参与到革命斗争中去。

革命初期，像帕姆菲尔这样的人，不需要煽动就会刻骨憎恨知识分子、官僚和上层社会的贵族们，很快就成了狂热的左翼知识分子的无价之宝，难得的枪手。他们的惨无人道被视为阶级意识的奇迹，他们的野蛮行为被看成无产阶级的坚强意志和革命本能的典范。帕姆菲尔正是靠着这些“品质”牢固地树立了自己的名声。游击队的首领和革命党的领袖们都很看重他。

尤里·安德烈耶维奇觉得这个表情沉闷、性格孤僻的大力士，冷酷无情、心胸狭隘，是个不太正常的怪物，几乎就是人性退化。

“咱们进帐篷里聊吧。”帕姆菲尔说道。

“为什么？外面更舒服一些。反正我也进不去。”

“那好吧。听你的。里面气味也不好。我们坐在树堆上聊吧。”

他们坐着晃晃悠悠的树枝上，帕姆菲尔给医生讲述了他的人生故事。“人们都说，没有讲不完的故事。可我的故事却怎么讲也讲不完。三年也讲不完。我真不知道从哪儿说起。”

“我试试看。我和妻子当时都很年轻。她照顾家里，我下地干活。这样的日子没有什么不好。我们后来有孩子。之后，我被抓去当兵。还被送上了前线。是啊，那场战争。我该怎么对你说呢？医生同志，你已经看到了。紧接着，革命来了。我看到了希望之光。可是让士兵们大跌眼镜的是，他们的敌人不是来自德国的德国佬，而是我们自己的同胞。‘世界革命的将士们，放下武器回家去，打倒资产阶级！’诸如此类。你应该非常了解，军医同志。好吧，接着说。之后，打起了内战。我参加了游击队。现在，我得省去很多细节，否则我永远讲不完。经历了所有这一切，我目前所看到的是什么呢？那个寄生虫，从俄国前城撤走了斯塔夫罗波尔兵团，还撤走了第一奥伦堡哥萨克兵团。我又不是三岁的小孩子！我不明白?！难道我没在军队里干过？医生，咱们的处境很糟糕。我们要完蛋了。那个蠢猪他到底想干什么？他想让敌人朝咱们扑过来，把咱们包围了。”

“可我有老婆和孩子。万一那个恶棍成功了，他们怎么能逃得掉？他们是无辜的，他们和这一切没有任何关系，但他才不管这些呢。他会因为我的缘故把我老婆用绳子吊起来，拷问她直到把她折磨死。我的老婆还有我的孩子。他会打断他们全身的骨头，再把他们劈成两半。你问我为什么睡不着觉？男人就算是钢铁铸成的，但一想到这些事，他就会精神错乱；失去理智，不能自控。”

“帕姆菲尔，你可真是个怪人。我无法理解你。你离开他们多少年了，这些年你甚至不知道他们的下落，也没见你担心过他们。现在，一两天马上就要见到他们了，你非但不为他们的到来而高兴，反而把这种相见当成是他们的葬礼。”

“那是以前，现在形势可大不相同了。该死的白军杂种要打败咱们。我担心的不是自己，我反正快要死了。可我不能把我最亲爱的人也带到那个世界呀。他们会落入恶棍的魔爪。他会慢慢地蹂躏他们直到挤干他们的最后一滴血。”

“这就是你为什么会看见鬼魂？听说你总看见幽灵？”

“不完全是这样。医生同志。我没给你讲所有的事情。我保留了最重要的。好吧，如果你想听全部事实，我现在就当面讲给你听，但你不能批驳我。”

“我干掉过很多像你这样的人。我手上沾满了许多军官的血。有军官，官僚，还有那些有钱人，血流成河。可这些从没有让我担忧过。我已记不清我杀过谁，杀过多少人。可有个小伙子怎么也无法从脑海里抹去。我杀了那个年轻人，我忘不了他。我为什么要杀他呢？他会让我开心，让我笑。可就为了一个笑话，我居然杀了他。我当时就像一个白痴，毫无缘由地杀了他。”

“那是在二月革命的时候。当时还是克伦斯基当政，我们正在发动一场兵变。事情发生在火车站附近。我们离开了前线。他们派了一个年轻人，一个说客，来劝服我们回去。要我们坚持到战争的最后胜利。那个刚刚从军校毕业的毛头小子，说服我们回头是岸，不要一意孤行。他就像只小鸡。‘战斗到最后胜利’，这是他的口号。他喊着口号，跳上大水罐。那个集雨罐就在火车站台上。他跳上去是为了站得高，声音传得远。可是他刚刚跳上去，水罐盖就被他踩翻了，他扑通一声掉进水里。你无法想象他当时滑稽的样子。笑得我直不起腰来。我当时正端着枪。我笑得前仰后合，就好像他在胳肢我。笑得停不下来。就在这时，我瞄准了他，向他开了枪，当场击毙了他。我无法想象这一切是怎么发生的。就好像有人在推我。”

“他就是我白天看见鬼的。夜里老梦见那个车站。当时觉得可笑，现在心里真不是滋味。”

“是在梅留泽耶沃镇附近的那个比留奇车站？”

“记不清了。”

“你在哪个战线？是西线吗？”

“好像是。很可能是西线。记不清了。”

第十二章　花楸树

1

游击队的家属带着孩子和生活用品，坐在大车里，已经跟着游击队走了很久。他们后面跟着一大群牲畜，大部分是奶牛，大概有几千头。

自从游击队员们的家眷们到来之后，军营里出现了一个新人。她就是兹雷达里哈，又叫库巴里哈，一个士兵的妻子。她不仅是名兽医，私底下她还是一个巫婆。

她总戴着一顶馅饼似的帽子，穿着苏格兰皇家射手淡绿色的大衣，这是给英国最高统治者提供的一种服装。她还非让别人相信这些东西是她用囚帽和囚服改成的，仿佛红军把她从克日木监狱里解放出来，而高尔察克不知为何把她关在了那里。

这个时候游击队迁移到新的营地。他们原本是在这里暂时驻扎，等一旦侦查清楚周边的地形和军情，找到适合于长期驻扎的营地，就转移到那里去过冬。可是由于对将来的情形无法预测，游击队不得不在这里过冬了。

这个新宿营地同他们之前的营地很不一样。围绕新营地的一片茂密的无法跨越的针叶树林地带。大路和营地的一侧是一片看不到尽头的树林。部队刚刚在树林里扎营的那几天，尤里·安德烈耶维奇比较空闲。他从几个不同的方向深入树林考察，结果发现在这片树林里面很容易迷路。在这几次的远足勘察过程中有两个角落引起了他的注意，他暗暗地把它们记在了心里。

其中一个地方就是针叶树林的边缘地带，就在营地的外围。秋天的树叶都脱落了，从树与树之间的空隙看过去就像一扇打开的门，在这里你能够看到唯一一棵挂满褐色树叶的美丽耀眼但孤零零的花楸树。它长在一片低洼的踩上去嘎吱作响的圆丘形的湿地中的一个小土丘上，枝叶伸向深秋里铅灰色的天空，它挂满枝头的深褐色的坚硬的浆果就像一道圆形的屏障和深秋沉闷的天空形成鲜明对照。满身羽毛艳丽如黎明时早霞般的小鸟们——红腹灰雀和大山雀停泊在花楸树上，挑拣着最大的浆果，然后伸长脖颈，昂起头把果子吞咽下去。

在小鸟和花楸树之间似乎有一种生物间的亲密感。仿佛花楸树什么都看见了，抗拒了半天，最终又可怜起小鸟来，向它们让步了。就像一个奶妈解开了胸衣，把乳房伸给婴儿一样。“唉，拿你们有什么办法？好吧，吃我吧，吃我吧，我满足你们。”它微笑着自言自语道。

树林中的另一个地方更加迷人。这个地方就在一块高地上。一面是陡峭的深渊。向下看，悬崖下面仿佛与上面不同，有另一番景象——河流或峡谷，或长满从没被割过的杂草丛生的荒地。其实下面的情形和悬崖上面应该没有什么两样，只不过是在深不可测的令人头晕目眩的峡谷里，仿佛整个森林都陷下去了，高高的树梢被我们踩在了脚下。这大概是山崩的结果。

仿佛是这片高耸入云的肃穆而庞大的森林巨人突然绊了一跤，一整块坠落下去，跌入地下，可就在最后的一刹那却奇迹般的停泊在地面上，完好无损地躺在那里，现在依然在风中呼啸。

然而这并不是林中高坡最真正引人入胜的地方所在。它的四周被陡峭的圆形巨石围住。

这些石块很像史前墓石牌坊砌成的扁平石块。尤里·安德烈耶维奇头一次登上这个高坡时，他就感叹发誓，这块四周堆积石块的地方绝不是天然形成的，而带着些许人工雕琢的痕迹。这儿很可能是古代异教徒的神殿，是他们祈祷和祭祀的地方。

十一名参与谋杀队长阴谋的元凶和酿造私酒的卫生兵，便是在一个阴暗寒冷的清晨在这里处决的。

以司令部特别卫队为核心的二十名对革命最为忠诚的游击队队员把他们带到这里处决的。护卫队员手持步枪，把被判处死刑的人围成半圆形，在他们背后推推搡搡，很快把他们挤到峭壁的一个角落里，死囚们除了跳崖外别无退路。

经过拷问、长期关押和种种凌辱之后他们已经不成人样了。他们满脸胡须，脸色发青，面容憔悴，像幽灵一样可怕。

他们被捕时就已被解除了武装。因此在行刑前没人想到要对他们再次搜身。这样的搜身也显得多余和卑劣，是对行将就死的人的一种冷酷的嘲讽。

可是，就在这时，同伏多维钦科并排走的他的朋友勒扎尼茨基，一个无政府主义者，突然朝围着他们的卫队开了三枪，然后把枪对准西沃布留伊。勒扎尼茨基是名出色的射手，但由于激动手发抖了，没有射中。不知是出于计谋还是出于对先前同志的怜悯，卫队没向勒扎尼茨基扑过去，也没在下命令前先向他一齐开枪。勒扎尼茨基的左轮手枪里还有三颗子弹，但不知是由于自己没有打中而懊恼，还是由于激动他忘了自己还有子弹，懊恼之下他把自己的布朗宁自动步枪摔向了岩石。手枪撞在石头上射出了第四颗子弹，打在被判处死刑的帕契科利亚的脚上。

帕契科利亚抱住脚喊了一声，倒在地上，痛得尖叫。离他最近的潘夫努金和戈拉兹德赫把他架起来，抓着他的双手架着他走，免得在慌乱中被别的同志踩死，因为他们几近疯狂已经不知道自己在干什么。帕契科利亚的伤脚已经无法着地了，他只能单脚跳跃、一瘸一拐地往岩石峭壁方向挪动。死囚犯都被逼到那里。他痛苦不堪，不停地喊叫。他凄惨的嚎叫声很有感染力，它仿佛是一个信号，让在场的人都失去了自控力，因此出现了一个令人难以描述的场景。

很多人都在大声咒骂，有人哀求、有人祈祷。

一直戴着黄边学生帽的少年加卢津，摘下帽子，跪在地上，在人群中跪着向可怕的石壁倒退。他不停地把头磕到地上向卫兵们鞠躬，神情恍惚，大声地央求他们："我错了，弟兄们，饶了我吧，我再也不敢了。求你们放了我吧。别杀我。我还没活够呢。我还想再活些时候，还想再见我妈妈一次。弟兄们，请原谅我，放了我吧。我愿意为你们做任何事，我愿意亲你们的脚。哎呀，救命啊，救命，妈呀！我就要没命啦！"

在人群背后不知是谁在大声说：

"好同志们，善良的同志们！这到底是怎么啦？我们一块儿在两次战争中并肩作战！捍卫过共同的事业。可怜可怜我们，放了我们吧。同志们！我们会报答你们的恩情。我们会一辈子感激你们的大恩大德。我们会用行动证明给你们看。你们都耳聋了吗？还是哑巴了？怎么不搭腔呀，难道你们不是基督徒了吗？"

其他人对西沃布留伊吼道："犹大！你这个出卖耶稣的刽子手！如果我们是叛徒，你早已经叛变过三次了，你这狗杂种，真该把你绞死！你对沙皇效忠，却杀死了合法的沙皇。你发誓对我们忠诚，又把我们出卖了。去吧，你在出卖自己主子之前跟他亲嘴去吧，反正你早晚都会出卖他。"

伏多维钦科即使站在坟墓边缘仍面不改色。他扬起脑袋，灰白色的头发随风飘扬，像公社社员对那些无政府主义者那样对勒扎尼茨基高声喊道，喊得所有人都能听见：

"不要作践自己！你对他们抗议没用。这伙新武士，这伙刑讯室里的刽子手，不会理会你。但你别灰心丧气，历史会告诉人们真相。后代将把政委统治制度下的野蛮人和他们的肮脏勾当钉在耻辱柱上。我们像殉道者那样死在世界革命的前夕。精神革命万岁。全世界的无政府主义万岁。"

只有射手们才分辨得出的无声的命令一下，二十支枪齐发，一半囚犯被打倒，大部分立即毙命。剩下的被再次开枪打死了。那个男孩德利莎卡·加卢津比别人抽搐得时间都长，但他最终也躺在那里一动不动了。

2

把宿营地转移到更加向东的另一个地方并在那里过冬的主意，并非一下子就打消了。巡逻兵被多次派出在维茨科河与克日姆斯克河分水界公路的一侧察看地形。利伯维斯经常外出，把医生一个人留在帐篷里。

对游击队来说转移已经太晚了，况且也没地方可去。这次是游击队遭到的最严重的打击和失败。白军在被最终打垮之前决定对游击队进行一次扫荡，想要把树林里的非正规部队消灭干净。于是他们把游击队包围起来。他们从各个方向向游击队逼近。如果他们包围的半径小一点，游击队便会遭到惨败。白军的包围圈过大，这挽救了他们。冬天的来临又使敌人无法在通不过的无边的大森林里收缩包围圈，不能把这支农民部队更紧密严实地包围起来。

然而，转移营地已经不可能了。当然，如果能制定出具体的军事优势计划，他们还能突破包围圈，进入新的阵地。但是这种切实可行的计划并没有被制定出。士兵们都已经精疲力竭了。下级军官自己也已灰心丧气，自然他们的这种情绪也失去对下属的影响力。高级军官每天晚上召开军事会议，提出互相矛盾的突围方案。最终他们不得不放弃转移营地的想法。只好在树林深处修筑防御工事，并在那里过冬。游击队所有的优势就是冬天厚厚的大雪，使缺乏雪橇的白军无法进入树林。因此眼下最急需要做的就是必须挖战壕，储备更多的粮食。

游击队的军需主任比休林报告，面粉和土豆奇缺。牲畜充足，比休林估计，到了冬天，主要的食品是肉和牛奶。

冬季服装短缺。一部分队员已经衣不遮体。营地里的狗统统被绞死。会剥皮子的人被安排去用狗皮替游击队队员缝制翻毛皮袄。

医生也不被允许使用运输工具。大车被留作有更需要的地方。在上次转移的过程中只能用担架把重伤员抬了三十多英里。

医用的药品也只剩下奎宁、碘和芒硝了。用于手术和包扎的碘是结晶体，使用时需要在酒精中溶解。悔不该毁掉酿造私酒的设备，现在只好让在那次审讯中罪责最轻的酿造私酒的人修理酿酒装置，或者再修建一个新的。恢复了用于医疗目的的酒精生产。营地里的人们听说这个消息后相互交换眼色，摇摇头。酗酒现象又重新出现，使军营中涣散的空气更加涣散。

生产出来的酒精几乎达到一百度。这样浓的液体很适合溶解结晶体和酿造奎宁酒。用它来治疗随着严寒季节的到来再度出现的斑疹伤寒。

3

这些日子，医生常去看帕姆菲尔和他的家属。整个夏天，他的妻子和小孩都在尘土飞扬的大道上奔波。他们被经历过的灾祸吓坏了，还想着可能会再来的新的灾祸。没完没了的逃难流亡在他们身上留下不可磨灭的痕迹。帕姆菲尔的妻子和两个女儿和他们的小儿子都有着被晒成了亚麻色的淡黄色的头发，在他们因风吹日晒而发黑的脸上长着浓密而整齐的白眉毛。孩子们还太小，在他们身上看不出任何生活经历的痕迹，可他们的妈妈的脸上已经没有任何生气。劳累和惊恐已使她的嘴闭成一条缝，也使她那干枯端正的脸庞，总是带着因为生活磨难以及随时准备自卫的想法而僵硬死板的表情。

帕姆菲尔爱他们大家，特别是孩子，爱得要命。他用锋利的斧头角在木头上给孩子们刻出各种玩具，什么兔子呀，公鸡呀，熊呀，技艺之娴熟令医生惊讶不已。

家人来了之后，帕姆菲尔精神、情绪好了很多，身体渐渐康复。然而现在传出消息说，家属的到来对军营的纪律产生了不好的影响，他们将在恰当的时候被护送到离军营较远的冬营地，这样也可以使军营摆脱百姓难民的负担。把家属同游击队员分开的议论很多，但实际的准备却很少。医生认为这种措施行不通。但帕姆菲尔的情绪很低落，先前的幻觉又出现了。

4

冬季来临之际，焦虑、不安、茫然、恐怖，一连串荒唐和古怪的现象，搅乱了整个军营。

白军按照预定的计划包围了暴乱者。这次成功的战役是维岑、克瓦德里和巴萨雷格三位将军指挥的。他们都以军纪严厉、行动坚决果断而远近闻名。军营里的难民们和在敌军包围圈后面尚未离开故乡的和平居民，只要听到他们的名字便魂飞魄散。

上面已经说过，白军找不到缩小包围圈的办法。在这点上游击队用不着担心。然而，也不能对敌人的包围置之不理。他们意识到屈从自己的困境就会增长敌人的气焰。尽管也许在包围圈中没有多少危险，但也得试图突围，哪怕只是做一场军事演习给敌人看呢。

为此游击队分出大部分力量，把他们集中起来向西面的圆弧突围。经过几天苦战，游击队击溃了白军，在这里打开了缺口，进入他们的后方。

这个缺口打开了一条路，直接通往森林中的军营，也正是通过这条路引来了大批新的难民。这批难民并不都是游击队员的亲属。周围的农民惧怕白军的惩罚措施，都纷纷离开自己的家园，投奔到树林中的游击队伍中来，因为他们自然而然地把游击队看成了自己的保护者。

但游击队正想摆脱他们的家眷和亲属。他们没有地方来安置新的难民或和他们没有亲属关系的陌生人。他们派人到树林外去阻挡难民，把他们领到树林旁边的契里姆卡小河上的一个村庄。这个村子名叫德瓦利（农舍），因为它是由磨坊四周的农舍形成的。他们正是打算把难民安置在这里过冬，并把分配给他们的食物也送到这里来。

然而，在实施这些决定的时候，各种事情接踵而至，使游击队司令部应接不暇。

敌军封闭了缺口使当时突围出去的部分游击队已无法再进入那片树林。

而且，逃到游击队里来的家属也出了事儿。在无法通行的密林里很容易迷路。派去接她们的人没找到她们，同她们走岔了，只好自己回来。可女人们冲进大森林的深处，砍伐树木，筑路，架桥，一路上创造出许多足智多谋的奇迹。

这一切都是违背游击队司令部意愿的，把利伯维斯的计划和决定完全打乱了。

5

这也是为什么他没好气地站在靠近密林边缘的公路不远处对猎人斯维利德发牢骚。他的其他军官们站在公路上争论是否要割断沿公路的电话线。而只有利伯维斯才有最后决定权，可是他一直在和猎人深谈并示意其他人等他。

斯维利德一直对判处伏多维钦科死刑的事感到很震惊，就因为伏多维钦科同利韦里争高下造成了军营的分裂而枪决他实在令他不解。斯维利德很希望自己能够脱离游击队，回到他先前那种自由自在的生活。但这是不可能的事情。这是他的选择，一旦他离开林中弟兄，他将会背上逃兵的罪名而被枪毙。

这个时段的气候糟糕得难以想象。一阵威力极大的疾风拔地而起，吹散了一片片低沉漆黑如同飞舞的煤烟片似的乌云。大雪以一种痉挛疯狂的速度突然从乌云中骤然降下，刹那间一望无际的大地便被铺上了一大块厚厚的白色地毯。但紧接着大地的这块白色毯子很快就被完全融化，露出的是黑得像煤球一样的大地，在乌云密布倾盆而下的暴雨下愈加漆黑。地面再也不能容纳太多的水。但过了一会儿乌云散开，仿佛要给天空通风，从上面打开泛着寒冷青光的玻璃窗户。土壤无法吸收的积水仿佛回应天空似的，也打开泛着同样光泽的水洼和池塘的窗户。阴雨像一团烟雾滑过针叶林灌满松脂的松针，但松针像油布一样让雨水无法穿透它们。雨水落在电话线上，仿佛穿了一串晶莹的珠子。它们一颗挨着一颗紧紧地挂在电话线上，落不下来。

斯维利德是派到大森林深处接游击队员家属的人之一。他想告诉队长他所见到的一切，告诉队长那些由于相互矛盾难以执行的命令所造成的混乱，告诉队长妇女当中最软弱的、陷于绝望的那部分人所干出的暴行。年轻的母亲们背着包裹和吃奶的婴儿徒步跋涉，奶水没有了，拖着沉重的步子，想到旅途的种种艰辛便发了疯似的把孩子扔在路上，倒掉口袋里的谷物，掉头向回走。快死总比慢慢饿死好。落在敌人的手里也比喂树林里的野兽好。

而另一些妇女，她们是最坚强的，她们所表现出的勇敢和自我克制力是男人也无法比拟的。斯维利德还有其他许多情况要向利韦里报告。他想提醒队长预防威胁军营的另一次暴乱，比被镇压下去的那次更危险的暴乱。但利韦里很不耐烦，急躁地催他快说，催得他一下子失去了表达能力。利韦里不断地打断他不仅是因为他的朋友喊他，向他招手，而且是因为最近两星期以来有人不停地向他提示同样的警告，对此利韦里心里已经清楚了。

“您别催我，队长同志，我本来就笨嘴拙舌。话卡在嗓子眼里快要把我憋死了。我要对您说，您上难民车队去一趟，叫那些娘儿们别胡闹。要不然我倒要问问您，咱们这是干什么？是‘全力对抗高尔察克’还是跟这些娘儿们搞内战？”

“快点说，斯维利德。你瞧他们在喊我呢。别绕弯子。”

“现在说说那个女妖精兹雷达里哈，鬼知道那个泼妇是什么东西。她说‘把她留下当女通风机去照看牛群……’

“你是说女兽医。”

“我说的就是女通风机给病牛治病。可她现在并没有照看牛群，而变成了异教徒、女魔头，替牛做弥撒，把刚逃来的家属教坏了。她对这些女人说你们所遭受的罪都应该怪你们自己，谁叫你们撩起裙子跟着小红旗跑的？下次别再找他们啦。”

“我不明白你说的是什么难民，咱们游击队的还是从别的地方来的？”

“当然是从别的地方来的。新来的那些陌生人。”

“可我已经命令把她们安顿在农舍村院里了，她们怎么到这儿来啦？”

“还农舍村院呢。你的农舍村院早就被烧了，磨坊和其他一切统统被烧光了。除了灰烬，什么也没留下。这正是她们来到这儿之后所看到的，一片废墟，死机一片。一半人立刻失去理智，大哭大闹，又跑回白军那儿去了。另一半掉转车辕，都上这儿来了。”

“可是她们是怎么穿过密林，穿过泥塘来到这儿的？”

“锯子和斧子是干什么用的？咱们的一些人被派去保护她们、帮助她们。他们说砍通了二十英里的路，还架了桥，这群魔头。你还能说她们是娘儿们吗？她们干的这些，咱们四个星期天也干不出来。”

“太好了，二十英里的路！你高兴什么，蠢东西，这正是白军想要的。开通了一条通向大森林的路，现在白军可以把大炮开进来。”

“赶快派军力保卫这条道路。”

“我有对策，不用你提醒。”

6

白天越来越短了，五点钟天就黑了。快到黄昏的时候，尤里·安德烈耶维奇从几天前利韦里同斯维利德说话的地方穿过大道正走在回军营的路上。在被视为军营标界的林中空地和生长着一棵花楸树的小山丘附近，他听到库巴里哈激昂高亢的声音。他把这位巫医戏称为自己的对手，兽医。他的竞争对手尖声唱着一首快活的、下流的曲子，大概是民间小曲。有人听她唱。她的歌声不时被一阵赞赏的笑声打断，有男人的笑声，也有女人的笑声。后来周围寂静下来，大概听她唱歌的人走散了。

库巴里哈以为就剩下自己一个人的时候，又低声唱起另一支小曲，像是唱给自己听。尤里·安德烈耶维奇在黑暗中小心翼翼地摸索着环绕在花楸树前那片沼泽之地的林间小径，听到歌声，停下了脚步。库巴里哈唱的是一支古老的俄罗斯民歌。而尤里·安德烈耶维奇没听过这支歌还以为也许是她即兴编出来的？

俄罗斯民歌像被拦河坝拦住的流水。它仿佛静止不动了，但在最深处却并未停止流动，而是源源不断地从闸门里流出来，它平静的表面完全是骗人的。歌曲通过各种方法，通过重复和比喻慢慢地展开它的主题。然后在某一点上突然揭示主题警示人们。这正是这首歌曲比较哀婉的曲风集中的展示和表达。这首歌曲企图用话语来制止时间的流动。这真是一种疯狂的尝试。

库巴里哈边说边唱道：

一只野兔在大地上奔跑，
在大地和白雪上奔跑。
耷拉着耳朵的野兔，从花楸树旁跑过，
穿过花楸树，它向花楸树哭诉：
我是不是有一颗羞怯的心，
一颗羞怯的心，如此脆弱无力？
它说，我害怕野兽的跟踪，饿狼的惦记。
可怜我吧，花楸树，美丽的花楸树！
不要把你的美丽送给凶险的敌人，凶狠的大乌鸦。
你把美丽的浆果迎风扬散，
扬在大地上，扬散在白雪上，
让它们飘撒在我的故土上，
撒在街道尽头的最后一间屋子，最后一扇窗户，
因为我亲爱的、日夜思念的爱人就躲在那里面。
我要低声地对我的悲伤的爱人我的新娘送上一句热情温暖的话语。
我，一个被人囚禁的士兵，一个可怜的士兵，
被囚禁在异国他乡，日夜思念家乡。
我要从痛苦的监禁中挣脱，
投入我的爱人、我的新娘的怀抱！

7

帕姆菲尔的妻子阿加菲妞·福季耶夫娜把她的病牛拉给库巴里哈看。这只母牛被从牛群中分隔出来用根绳子拴在了树上，绳子的

另一头拴在牛角上。女主人坐在母牛前腿旁边的树墩上，库巴里哈坐在母牛后腿旁边的挤奶凳上。

其余的数不清的牛群被挤在一块不大的林中空地里，周围宝塔形的云杉密林像一座座山丘从四面八方把牛群围起来。云杉低矮的树干仿佛坐在地上肥大的底座上，底下的树枝向四周铺开。

母牛都是全身布满白斑点的黑牛，它们是产自瑞士的良种牛，在西伯利亚很受欢迎。由于没有草吃，没有自由，没完没了的长途跋涉和难以忍受的拥挤，它们神情疲惫，它们所受的罪不比它们的主人少。它们身子挨着身子挤在一起。狭小的空间让它们发狂，忘记自己的性别，竟像公牛似的叫着趴在别的母牛身上，使劲拽着耷拉下来的大乳房，像公牛一样地吼叫着。被压在下面的小母牛从它们身子下挣脱出来，竖起尾巴，踩断矮树冲进密林，看牛的老人和他们的孩子跟着后面喊叫着追赶它们。

林中空地上雨雪凝成的黑白云团，仿佛被云杉顶锁在秋天的空中。它们杂乱地挤压在一起，竖立起来，互相重叠，同地上的母牛一样。

远处挤在一起看热闹的人群妨碍巫婆念咒语。她用不怀好意的目光把他们从头到脚打量了一遍，但承认他们使她尴尬未免有失身份。艺术家的自尊心制止了她。她做出没看见他们的样子。医生从人群后面观察她，但她没看见医生。

他头一次认真打量她。她戴着她经常戴的美国船形帽，穿着衣领皱巴巴的淡绿色军大衣。然而，从她脸上散发着年轻气盛的傲慢的表情里所流露出激情和她描黑的眼圈可以明显地看出，她根本不在乎自己穿什么或不穿什么。

但使尤里·安德烈耶维奇感到惊讶的是帕姆菲尔妻子的变化。他几乎认不出她来了。几天来她老得不像样子。两只鼓起的眼睛快要从眼眶里迸出来了。她的脖子瘦长得像车轴。这是心中恐惧造成的结果。

“它根本挤不出奶来，亲爱的。”阿加菲娜说，“我以为它怀孕了，早该有奶啦，可就是不下奶。”

“哪里是怀孕了！你瞧奶头上有脓。我给你点草药膏抹一抹。当然，我还要给它念咒。”

“另一件烦心的事是我丈夫。”

“我会使用魔咒让他回心转意。这很容易。他会紧紧粘着你，分都分不开。说说你第三件倒霉的事吧。”

“不是你说的那样子。要是那样倒好了。恰恰相反，我烦心的是他非常惦记我和孩子们，为我们把心都操碎了。我知道他在想什么。他想的是他们最终会把军营分开，我们去一个地方，他去另一个地方。而且我们可能落到巴萨雷格的人手里，他又不跟我们在一块。没人保护我们。他们折磨我们，拿我们的痛苦取乐。我知道他的想法。我害怕他做出傻事来。”

“让我想想。我会找出办法减轻你的悲伤。你的第三件烦心事是什么？”

“没有了，就这么两件事，母牛和丈夫。”

“唉，你就这么一点事呀。亲爱的，上帝对你真仁慈。你这样的人上哪儿找去！只有两件伤心事，而一件却是会疼你的丈夫。好啦，我们开始吧。我给你治母牛，你给我什么？”

“可你要什么呢？”

“一块白面包外加你丈夫。”

周围的人哈哈大笑。

“你在开玩笑吧？”

“我要的太多了？那就除掉面包。只要你丈夫，咱们就此成交。”

周围的人笑得更厉害了。

“它叫什么名字？不是你丈夫，是母牛。”

“美人儿。”

“这儿有一半的牛都叫美人儿。好吧，我们祈求上帝保佑吧。”

于是她开始对母牛念咒。起初她的咒语是针对牲口的。后来她念得入了迷，向阿加菲妞传授了一整套巫术。尤里·安德烈耶维奇仿佛着了魔，听她念念有词，就像他从莫斯科坐火车到西伯利亚来的时候听马车夫瓦克赫绘声绘色地闲扯一样。

那个女人念道：

“圣姑莫尔格西娜，请到我们家做客。星期三来吧，拿走病害和咒语，除掉邪病和脓疮。脓疮快点离开小母牛的乳头。美人儿，别动弹，别踢翻水桶。站得稳如山，牛乳流成河。恐惧、恐惧请你拿出你的勇气，拿掉脓包，把这些脓痂扔进荨麻里。巫师的话将同圣旨一样灵验。”

“阿加菲什卡，你什么都得学会，辞谢，训示（命令与禁止），逃避咒语和保护咒语。你瞧，比如说，你现在看着那边并对自己说：‘那是一片树林。’其实在那边妖精正在同天使开仗，互相砍杀，就像你们的男人们在同巴萨雷格作战一样。”

“我再举个例子，你看我指的地方。你看的方向不对，我亲爱的。你要用眼睛看，别用后脑勺看，朝我指的地方看。对啦，对啦。你看那是什么？你以为风把禅树上的两根树枝卷在一起？还是鸟儿要筑巢？两个都不是。那是美人鱼在给女儿编花冠。它听见有人从旁边走过，扔下花冠，被人吓跑了。但是它会在某个夜里把它编织好，你瞧着吧。”

“再拿你们的红旗来说吧。你以为它是一面旗子？你是不是这样认为的？然而它不是一面旗子，而是女魔头用来诱惑人的紫手绢。为什么说她诱惑呢？她向年轻的小伙子们挥手绢，眨眼睛，诱惑他们去残杀，去送死，然后带来饥荒和瘟疫。就是如此。而你们却相信了：随她而去。你们都认为它就是一面旗子。你们认为它在召唤说：‘全世界的无产者和穷人都跟随我来吧！’

“现在什么都得知道，亲爱的阿加菲妞，一切都得知道。无论是只鸟儿、石头还是棵草。比如，那只鸟儿是灰欧椋鸟，那只野兽是獾。”

“现在我再举个例子。如果你看上谁了就尽管说，我准能让他迷上你。只要你喜欢，无论他是谁，你们的护林员，哪怕是你们的长官呢，不论是高尔察克还是伊万·列斯内赫，或者是伊万皇太子，一句话，任何人。你以为我在吹牛？我没有吹牛。听着，我来告诉你。到了冬天。暴风雪夹着龙卷风，像雪柱一样在田间乱舞、相互追逐。我会用把刀子插进这样的雪柱，一直插到刀柄，拔出来的时候刀子上全是鲜血。你听说过这样的事吗？没有吧?!你以为我吹牛？是啊，雪柱里怎么会有鲜血？问题就在这儿。亲爱的，这雪柱不是风刮起来的，而是女巫丢失的狼孩变成的。女巫正在野地里找他，她在田间疯狂地哭号、四处寻找她丢失的孩子。这就是我为什么要用刀子插它。正是这样所以才有血嘛。我还能用这把刀把任何男人的脚印剁下来，然后把它用丝线缝在你的裙子上。之后，无论你上哪儿，甭管是高尔察克，斯特列利尼科夫，还是新的皇太子，都会跟在你屁股后头。你上哪儿他上哪儿。你以为我吹牛，这也跟'全世界无产者和穷人都到旗子底下来'一样？"

"再比如石头从天上掉下来，像下雨似的。人一迈出家门口，石头就落在他脑袋上。有人见过骑兵在天空奔驰，马蹄踢着屋顶。先前魔法师还发现：有的女人身上有五谷或者蜂蜜或者貂皮。武士们便打开她们的肩膀，像打开箱子一样，用剑从女人肩胛骨里挑出一斗麦子，另一个身上有一只松鼠，还有一个身上有一个蜂巢。"

"有时我们体会到一种深沉而强烈的感受。这种感觉中总掺杂着怜悯。我们越爱我们所钟爱的对象，我们便越觉得她像牺牲品。有些男人对女人的同情超越了一切，把女人置于一种不真实的完全虚构的世界。这样的男人嫉妒女人呼吸的空气，嫉妒自然规律，甚至嫉妒在他的女人出生前所发生的事儿。"

尤里·安德烈耶维奇的博览群书、文化修养足以使他在巫婆最后的话里听出某部编年史，不是诺夫戈罗德编年史便是伊帕契耶夫编年史开头的几段，但已被某些抄袭者、巫师或者吟游诗人歪曲得不像样子，变成伪书了。多少世纪以来，它们一代代口头流传，被巫师和说故事的人随意歪曲，以至于它们原本的意思完全丢失。然而他为何完全屈从于这种肆意的篡改呢？为何他竟把这种胡说八道，这种荒谬至极的话当成现实呢？

拉拉的左肩被扎开了。就像把钥匙插进保险箱的铁锁里一样，利剑转动了一下，劈开了她的肩胛骨。在敞开的灵魂深处露出了藏在那里的秘密。她所到过的陌生的城市，陌生的街道，陌生的房屋，陌生的村庄，像电影，像一卷完整的胶片打开后里面的东西暴露无遗。

嗨，他那么爱她！她那么美啊！她美得正像他梦寐以求的那样。但她到底哪一点可爱呢？他能否清楚地说出来或分析出来他为什么爱她，她哪点可爱呢？噢，不。你问他一千遍他也不知道。那是造物主从上到下一气呵成勾勒出来的无与伦比的单纯而流利的线条环绕在她的身边，而她便在这绝妙的轮廓中就像沐浴后的婴儿紧紧裹在襁褓中一样完全把自己交给了他的灵魂。

可他现在在哪儿？出了什么事？在西伯利亚的森林里，他和被包围了的游击队队员在一起，承受他们的命运劫难。多么荒谬、多么令人难以置信的困境。尤里·安德烈耶维奇头脑和眼前的一切又开始模糊了、迷惑了。这时本应下雪，但却下起小雨来。仿佛一条横跨街道的条幅从空中悬挂着一个模糊的、巨大的、令人惊讶的偶像的头在林间空地中摆来摆去。幽灵在哭泣，雨下得越来越大，雨水亲吻着它，冲洗着它。

“你走吧。”女巫对阿加菲娜说，“我已经替你的牛念过咒，它会好的。向圣母祷告吧。她是光明的居所，她是一本活生生的书。”

8

在针叶林的西部边界正进行着一场战斗。但森林太大了，战斗仿佛发生在一个大国的遥远边界上，而隐没在它的密林中的营地里的人是如此之多，不管多少人出去参加战斗了，都似乎总让人觉得还有很多的人留在营地里，没有参加战斗。

营地深处几乎听不到远处隆隆的枪炮声。可是，突然树林里响起了几声枪响。在很近的地方枪声一声接一声，一下子又变成了急促的、混乱的机枪猛射。人们开始起身跑向帐篷、马车。引起一片惊慌。人人都做好了作战准备。

原来是一场虚惊。人们又都奔向开枪射击的地方。

人群围着一个被砍掉手脚的人。他躺在地上，浑身都是血。他的右手和左腿被砍掉。简直不可思议，这个人竟用剩下的一只手和一条腿爬到了营地。砍下来的血肉模糊的手和腿绑在他的背上，上面插了一块木牌子，木牌子上写了很长的一段话，全是辱骂人的脏话，其中写道，这种暴行是对另外一支红军支队兽行的报复。但林中的游击队员同那支部队毫不相干。此外，木牌子上还写道，如果游击队员们不在给定的限期内向维岑军团的军代表们缴械投降的话，他们将遭到同样的下场。

由于失血过多，这个被砍掉手脚的人几次晕厥过去，可他还是用颤抖的声音向大家讲述他在维岑将军的后方军事侦察队和讨伐队里所受到的拷打和折磨。原来他被判处死刑，但他们没把他吊死，改为砍去手脚，目的是把他放回营地以此举来在游击队员中引起恐慌。他们把他抬到通往游击队营地前哨线的路上，然后把他放下来，命令他自己向前爬，并向天空鸣枪来恐吓他不要停下来。

被折磨得快要断气的人微微翕动着嘴唇。为了能分辨出他越来越含混不清、断断续续的话语，周围的人弯下腰，把头垂到他嘴边，听到他在说："要时刻警惕，同志们。他已经冲破我们的防线了。"

"侦察队已经派出，而且已经加大了兵力。一场恶战就要开始了。我们要抓住他。"

"有个缺口。他想要你们出其不意。我知道。哎呀，我不行啦，弟兄们。我浑身冒血，我马上就要死了。"

"你休息一会儿，别说话了。——别让他说话了，你们这些没心肝的家伙们。这样对他的身体伤害很大。"

这时，他又开始说："那个魔鬼开始折磨我。他说，你要不说出你是谁，我叫你用你自己的血洗澡。我告诉他，我是一名真正的逃兵。我就是这么说的。我是从他们那儿跑到你们这儿来了。"

"你老说'他'。折磨你的那个人他到底是谁?"

"让我喘口气……我就告诉你们。别克申首领，施特列泽上校。都是维岑的人。你们在树林里什么也不知道。全城的人都在惨叫。他们把人活活煮死，活剥皮，揪住你的衣领把你推进死牢。漆黑一片。你根本不知道你在哪里。你用手往四周一摸——发现你被关在一辆货车的囚笼里。囚笼里装四十多个人，每个人都只穿着一条裤衩。他们不时地打开囚笼，把你抓出去。抓着谁算谁。就像宰小鸡似的，抓住哪只算哪只。我向上帝发誓，有的人被绞死，有的人被枪毙，有的人受刑讯。把你打得浑身没有一块好肉，往伤口上撒盐，用开水浇。你要是呕吐或大小便，他们就叫你把它吃掉。至于孩子和妇女，唉，上帝呀!”

这个不幸的人只剩下最后一口气了。他话没说完，尖叫了一声，便断了气了。大家不知怎的马上就明白了，摘下帽子，在胸前画十字。

那天晚上，另一件比这桩惨无人道的事件更可怕的消息传遍了整个营地。帕姆菲尔也在围绕着死者的人群当中。他看见了他，听了他讲的遭遇，读了木牌上那些充满恐吓意味的话。

他为他死后妻子儿女的命运担心害怕到了极点。他在想象中看到他们受着缓慢的拷打，看到他们疼痛得变形的面孔，听到他们的呻吟和呼救声。为了免除他们将受到的痛苦并减少自己内心的痛苦，他在一阵绝望并且无法克制的悲伤中自己杀死了他们。他正是用几天前他替女儿们和爱子费烈努什卡削木头玩具用的那把锋利得像剃刀似的斧头砍死了妻子和三个孩子。

令人不解的是，他并没有马上杀死自己。他在想什么呢？他在等待什么呢？他有何打算和意图呢？很显然，他已经疯了，已经无药可救了。

利韦里、医生和士兵委员会成员开会讨论如何处置他的时候，他正在军营里游荡，头耷拉在胸前，两只浑浊的黄眼睛发直、目光游离。表情迟钝、麻木，一种难以克制的凄惨的痛苦表情一直挂在他的脸上。

没人可怜他。人人都躲避着他。黎明时分，他从军营里消失了，他躲避自己就像躲避得了狂犬病的狗一样。

9

严冬来临了。大地覆盖在严酷的霜冻下冷得彻骨。严寒的大雾里出现撕裂的声音和看起来并无联系的影像，它们凝滞，移动，消逝。太阳不是通常看到的太阳，而换成了另外一个，像个红球挂在树林中。像蜂蜜似的黏稠的茶色光线，仿佛在梦中或童话里僵硬地、缓慢地向四外扩散，但扩散到一半的地方便凝滞在空气中，冻结在树枝上。

许多只看不见的穿着毡鞋的脚，向四处移动。尽管由于厚厚的垫子踩在地上很温柔，但每一步下去都使积雪发出愤怒的吱吱声。那些戴着围巾帽、穿着短皮袄的形体在空中飘浮，仿佛沿着星体的天球在旋转。

熟悉相识的人们会停下脚步，聊起天来。他们把脸靠得很近的时候，每个人的脸就像洗过蒸汽浴后那样通红，胡须冻成一团就像结了冰的丝瓜。从他们嘴里喷出粘成一团的蒸汽像厚厚的云雾似的，同他们仿佛冻僵的、不连贯的话语相比，显得不成比例。

医生在小路上碰见利韦里。

"你好，陌生人！多少日子没见面了！晚上请到我的防空壕来，跟我一块过夜。我们好好聊聊。我有消息告诉你。"

"情报员回来啦？有瓦雷金诺的消息吗？"

"有关你的家人和我的家人信使一个字也没提。可我正是从这里得出了令人欣慰的结论。这意味着他们及时逃离了。不然我们准会听到关于他们的情况。咱们晚上见面时再谈。说好了，我等你。"

在地窖里，医生又重复了一遍他白天问的问题：

"我只请您告诉我，您有我们家的人什么消息没有？"

"你这个人只知道关心自己鼻子底下的事情。据我所知，您家里的人安然无恙。不过，问题不在这里。我有更重要的消息要告诉你。要不要来点冷的小牛肉？"

"不用，谢谢。别转变话题。"

"你确定你不要？我可要吃啦。尽管面包和蔬菜才是我们真正想要的。营房里不少人得了坏血病。早知道这样，秋天就应当趁逃难的女人们还在的时候多采摘一些坚果和浆果。好啦，我告诉您，我们现在的情况非常好。我之前预言的情形都已经成为现实。糟糕的形势已经过去了。高尔察克正从各条战线上撤退。这是一种彻底的溃败。现在你相信了吧？我过去是怎么对你说的？还记得你以前总是唉声叹气吧?!"

"我什么时候唉声叹气了?"

"一直都是。特别是维岑紧逼我们的时候。"

医生回想起刚刚过去的秋天，枪毙叛乱分子，帕雷赫砍死妻子和儿女，惨无人道地杀人，这一切似乎没完没了。白军和红军的暴行一个比一个野蛮残酷，冤冤相报，使暴行不断升级。血腥的味道充斥他的鼻腔和喉咙，让他窒息，让他恶心反胃，让他头脑发麻，眼睛发胀。这根本不是唉声叹气，完全不是那么回事。可他怎样才能对利韦里讲清楚呢?

劈碎的木头在三脚铁炉上燃烧，把防空洞照得很亮。这些燃烧的火把散发出一股芬芳的焦炭味。一根木头烧完后，炭灰便落进下面的水盆里，利伯维斯又点燃了一段插进三脚炉的铁圈里。

"您看我烧的是什么？油点完了。劈柴晒得太干，所以烧得快。您真的不吃点小牛肉吗？说到坏血病。你还在等什么？难道要召开队部会议，让人给我们上一堂坏血病的课，并告诉我们如何来处置它?"

"看在上帝的分上，别折磨我了。快告诉我您对我的亲人的情况到底知道多少?"

"我已经对您说过了，他们一点确切的消息都没有。可我还没说完从最近的军事情报中所得到的消息呢。内战结束了。高尔察克的兵力被粉碎。红军的主要军力正沿着铁路线把他们往东面赶，一直要把他们赶进海里。另一部分红军赶来同我们会合，共同消灭白军分散在各处的后勤部队。俄国南方的白军已经肃清。您怎么不高兴呢？难道这还不够吗?"

"不，我高兴。可我的亲人们在哪里?"

"他们不在瓦雷金诺，这是莫大的幸运。也不是那个疯疯癫癫的商人卡缅诺德沃尔斯基对您讲的那些话。您还记得去年夏天有什么神秘的民族进犯瓦雷金话的荒谬传说吗？我一直认为那是一派胡言。可镇子完全荒废了。看来那里还真是有事情发生过，幸好他们及时离开了。正如我们所看到的。据我的侦察员们报告，留下的少数人就是这样想的。”

“可尤里亚金呢？那边到底怎么样了？现在谁手里？”

“又是一个荒谬的谣传。不可能是真的。”

“怎么说的？”

“他们说城里还有白军。这完全是胡说八道，绝不可能。我会向您证明这一点。你就等着瞧吧。”

利韦里又在三脚炉里加了一根劈柴，然后拿出一张揉搓得破烂不堪的地图，把它折叠成能看到他正在提到的地区。手里握着一支铅笔指着地图向医生解释道：

“您看。这些地区的白军都撤退了。这儿，这儿，还有这儿。整个儿地区。您看到我指的地方了吗？”

“看到了。”

“他们不可能在尤里亚金方向。换句话说，他们的交通线一旦被切断，必定会陷入包围圈。不管他们的指挥多么愚蠢，也不可能不明白这一点。您在穿外衣？要上哪儿去？”

“我马上就回来。这里烟味太大了。我有点头疼，到外面透透气。”

出来之后，医生把洞口前木墩子上的雪掸掉，坐在上面，两手托着头撑在膝上，沉思起来。

冬天的大森林，树林里的营地，在游击队里度过的十八个月，仿佛都不存在了。他把它们全忘了。他对自己的亲人们的记忆和思念一下子占满了他整个头脑，把其他的一切全都挤出去了。他在揣测他们的命运，亲人们的样子一个接着一个浮现在他的面前。每个人的样子一个比一个可怕。

东尼娜正抱着莎莎在刮着暴风雪的野地里行走。她不停地用毯子把他裹起来。两只脚陷入厚厚的积雪中，用尽全身的力气从雪里拔出脚来。可一阵暴风雪把她打倒在地上，她跌倒又爬起来，两条发软的腿无力地支撑着。寒烈的冷风拍打着她，大雪卷裹着她。唉，他怎么忘了，她有两个孩子，小的还在吃奶。她两只手一手抱一个，就像崩溃了的契里姆卡的难民，痛苦和紧张使他们丧失了理智。

两手抱着孩子，可周围没有人帮助她。莎莎的爸爸消失了。没有人知道他到哪儿去了。他不在身边，永远不在她身边。他一辈子都不在他们身边。这是什么样的爸爸？一个真正的爸爸怎么会这样呢？而她自己的爸爸呢？亚历山大·亚历山德罗维奇在哪里？纽莎在哪里？其他人在哪里？唉，最好不要问这些问题，最好连想都不要想。

医生从木墩上站起来，打算回到洞里去。突然，他转变了念头。他不想再回到利韦里那儿去了。

好久以前，他就储藏好了雪橇、一袋面包干和其他一些他可能逃跑时所需要的东西。他把这些东西埋在营地警戒线外的一株大冷杉树下面的雪地里。为了能够很快找到它们，他还在树上砍了一个特殊的标记。此刻，他沿着行人在雪堆里踏出的小径向那里走去。这是一个明亮的夜晚。一轮圆月在天空中照耀。医生知道夜间岗哨的配置，成功地绕开了他们。但当他走到冻了一层冰的花楸树下的空地上的时候，远处的哨兵喊住了他，直着身子踏着滑雪板飞快地向他滑过来。

“站住！我要开枪啦！你是谁？口令。”

“我说老弟，你怎么糊涂啦？自己人。你不认识我？我是营地医生日瓦戈。”

“对不起，日瓦戈同志。没认出来。我不想冒犯您。可是，不论您是谁，我不会让您再向前迈一步。咱们得照规矩办事。”

“那好吧。口令是‘红色西伯利亚’，回答是‘打倒武装干涉者’。”

“那就没说的了。走吧。不过这么晚了，您在找谁？有病人？”

“睡不着，渴得要命。想遛个弯儿，吞两口雪。看见花楸树上的冻浆果，想摘几个吃。”

“这可真不像是一个绅士该有的想法，大冬天里要摘浆果吃。三年来我们一直在清除你们的荒谬想法，可就是清除不掉。去吧，去摘你的浆果吧，你们这些脑筋不正常的人。我才不管呢。”

哨兵像来时一样使劲一蹬滑雪板，踏着吱吱作响的长滑雪板，很快地就滑向远处无人踩踏过的雪地上。越滑越远，滑到像稀稀拉拉的头发似的光裸的冬天树丛后面去了。

而医生走的雪中小径把他带到刚才提到过的花楸树前。它一半埋在雪里，一半是上冻的树叶和浆果，两枝落满白雪的树枝伸向前方迎接他。他想起拉拉那两条雪白而有力的胳膊，便抓住树枝拉到自己跟前。花楸树仿佛有意识地在回应他，给他从头到脚撒了一身白雪。他喃喃自语，自己也不明白说的是什么，完全忘乎所以地说："我要找到你，我的美人，我的爱人，我的花楸树，我的心肝宝贝。"

这是一个晴朗的夜空，一轮圆月挂在天上。他继续穿过树林向他曾经做过标记的那棵树走去。挖出自己的东西，离开了游击队营地。

第十三章　带雕像房子的对面

1

商人街沿着斜坡蜿蜒而下，高处的房屋和教堂从上面俯瞰着这条街。

街道拐角的地方，就是那座有很多雕像的深灰色房子。房子正面的方形基石上，刚刚被贴上去了很多张政府报纸和布告。几个站在人行道上的人，在那儿静静地读着。

解冻后，天气干冷。现在天还很亮，可几周前这个时候天已经黑了。冬天刚刚过去，白天时间变长了，填补了那段天黑的时光。天黑前的光使人焦躁不安，如同从远方传来的呼唤，令人困扰，变得警惕。

不久前白军撤出城市，紧接着被红军占领。枪击、屠杀以及战时的惊恐都停止了。这平息也使人感到不安，需要时刻警惕着，就像冬天过去、春天白昼变长一样无常。

借着一天天变长的白天的光线，墙上其中一张布告，字迹依然可辨，上面写着：

“本市合格居民可到尤里亚金苏维埃粮食局去领取工作证，每张缴纳五十卢布。地点：十月革命街，即原总督街五号，137 室。凡无工作证，误填或伪造者，将依据战时法律严惩。工作证的细则和使用方法公布于本年度尤里亚金执委会第八十六号（1013）通知中，该通知张挂在尤里亚金苏维埃粮食局137室中。”

另一张布告上写着，本市粮食储备充足，只是被资产阶级藏匿起来，目的在于破坏分配制度，在粮食问题上制造混乱。布告最后一句话写道：“囤积粮食者一旦被发现就地枪决。”

第三张公告说：

“非剥削阶级分子，准许其参加消费者公社。详情可向尤里亚金粮食局查询，地点：十月革命街，即原总督街五号，137室。”

另外一张对军人警告道：

“凡未上缴武器，或未经新制度许可，携带武器者将依法严惩。持枪证可到尤里亚金革委会换取，地点：十月革命街六号，63室。”

2

一个瘦弱不堪、满脸污垢流浪汉模样的人，肩上挎着个袋子，手里拄着一根木棍，走到看布告的人群跟前。他的头发又长又硬，但还没有一根白发，可他原本深棕色的胡子已经发白了。这便是尤里·安德烈耶维奇医生。他的皮袄大概早就在路上被人抢走了，不然便是他自己拿它换了食物。他穿的那件不能御寒的短袖破上衣，也是与别人换来的。

他袋子里仅有的，是一块没吃完的面包和一块猪油，这是他经过城市附近一个村子时，别人施舍给他的。他在更早些时候就已到达尤里亚金市，但沿着铁路轨道从郊区到这条十字路口，竟然走了整整一个小时。他虚弱不堪，最近这些日子他已经走得筋疲力尽了。他时常停下来，因为他不能克制住总是想停下来亲吻这土地的冲动，他没想到自己还能再见到它；看到它使他感到幸福，就像看到了朋友一样。

几乎一大半路程，他都是沿着铁轨靠两条腿走下来的。所有的铁路都废置不用了，积满了雪。他经过一列又一列被白军丢弃的火车，车厢都被雪埋住了。由于高尔察克的全线崩溃，以及燃料断绝，

一个瘦弱不堪、满脸污垢流浪汉模样的人，肩上挎着个袋子，手里拄着一根木棍，走到看布告的人群跟前。

白军不得不丢下火车。这些陷在雪地里、永远也不能开动的火车绵延几十公里，一部分成了沿途劫匪的根据地，一部分成了逃逸的刑事犯和政治难民（当时迫不得已流浪的人）的避难所，但更多的是成了死于严寒和斑疹伤寒者的停尸间与乱葬冈。铁路沿线伤寒猖獗，周围整村整村的人都死于伤寒。

这样的时代验证了一句古谚语："人比狼更凶残。"行路人见了互相躲避；陌生人相遇，害怕被杀，则先下手为强。还出现了个别人吃人的现象。人类文明被完全践踏，弱肉强食大行其道。人们开始怀念史前的穴居时代了。

时不时的，尤里·安德烈耶维奇前面很远的地方，会出现几个孤单的身影，有时悄悄躲在沟旁，有时急匆匆地跑过公路。他总是尽量绕开这些身影，然而，有些身影会让他觉得很熟悉。他猜想，他们或许也是从游击队营地里跑出来的。大多数的情况下他都错了，可是有一次眼睛没欺骗他。一个少年从被雪堆覆盖着的铁路货车箱里飞奔出来，解完手后，又飞奔回车厢里。他确实是林中弟兄中的一员。这便是大家都以为被枪毙了的捷连秀·加卢津。其实，他当时只是受了伤，昏迷了过去。后来恢复了知觉，他就从行刑的地方爬了出去，躲进树林里，在那儿养好了伤，现在改了姓名，偷偷赶回圣十字镇自己家里去，路上见到人便躲进被雪掩埋的火车里。

这些画面和情景使人产生一种超自然的古怪感觉。仿佛是另一个星球上的生活片段，不知怎么的被搬到地球上来了。只有大自然忠于历史，伪装在现代艺术的外观下。

有时，黄昏是寂静的，时而浅灰，时而像玫瑰一样深红。晚霞的余晖映照着白桦树乌黑的树顶，娟秀得宛如远古的文字。黑色的溪流在薄冰的灰雾下飞驰在雪白的峡谷中。峡谷的源头白雪堆积，而下游则被深色的河水滋润着。这，再过一两个小时，便是尤里亚金的黄昏：寒冷，灰得透明，又如同柳絮一般柔软。

医生想走到雕像房子前，看看官方的通告。但他的目光不时落在对面三楼的窗户上。先前的房东打造的家具被留在了房间里，他看到的就是那些房间的窗户。现在，尽管窗户边上结了一层晶莹的薄冰，但仍然能看出窗户是透明的；很明显地，白涂料被洗刷掉了。这种变化意味着什么？以前的房主人又回来了？或者拉拉搬走了，新房客搬进来挪动了布局？

这种不确定令人无法忍受。医生穿过街道，走进楼道，登上对他来说如此熟悉又倍感亲切的正门楼梯。多少次了，他在营地时就时常回想这生铁阶梯的花纹铁格，连同花纹上的涡纹。在某个向上转弯的地方，从脚下的栅栏里可以看到摊在楼梯下面断腿的椅子、破桶和破脸盆。这些东西依然如故，毫无变化。医生几乎要感谢楼梯对时间的忠诚了。

门上曾经有个门铃，在医生被游击队抓走之前就坏了。他正要敲门，发现那扇原本雕刻有精美花纹的旧樟木大门的门环上挂着一把锁。门上的装饰有的地方已经不见了，要在以前，这种毁坏是不会发生的。因为一般都有备用的锁，要是锁坏了，会有锁匠来修。从这样的琐事也能看出，生活是每况愈下了，特别是他不在的一段时间。

医生确信拉拉和卡坚卡都不在家，或许她们也不在尤里亚金市，甚至她们已不在人世了。他做了最坏的打算。但仍不想错过任何可能，他决定在砖洞里摸摸钥匙，那个洞里有只老鼠经常会吓到卡坚卡。他用脚踢了踢墙，免得摸到墙洞里的老鼠。他并不抱任何希望。墙洞用一块砖堵着。他把砖挪走，手伸进去。啊，奇迹啊！钥匙和一张便条！便条相当长，写在一张大纸上。他走到楼梯的窗口前看。更神奇，更不可思议！便条是写给他的！他马上读了起来：

"上帝啊，真让人高兴！有人说你还活着，并且出现了。有人在城郊看见了你，便赶快跑来告诉我。我估计你必定会直接到瓦雷金诺去，所以我便带着卡坚卡上那儿去了。但我把钥匙放在老地方，以防你万一先到这儿来。等我回来，哪儿也别去。我现在住在前面的房间里。屋里有点空荡，因为我不得已变卖了一部分家具。我留了点吃的东西，主要是煮土豆。吃完后盖好锅盖，在锅盖上压个重东西，以防老鼠。我真是太高兴了！"

他读完了那页纸，却没注意到背面也写满了字。他吻了吻便条，然后便叠了起来，连同钥匙一起装进了口袋。混合着无比的快乐，刺骨有如刀割的痛苦淹没了他。既然她到瓦雷金诺去，也不解释，说明他的家人必然不在那里了。除了这个念头所引起的惊恐外，他还为亲人的生死未卜而痛不欲生。关于他的亲人，她怎么能只字不提，甚至连他们在哪儿也不说，仿佛他们根本不存在似的？

然而天开始变黑了，趁天还亮着，他还有很多事情要做。最重要的事情之一，是看贴在街上的法令。当时，这可不是一件小事。由于无知而触犯某项行政命令可能会送掉性命。他没进房间，也没放下背包，便下了楼，到街上，走到墙前，看到各式各样的布告贴了一大片。

3

墙上贴有各种报纸文章、会议演说词和法令。尤里·安德烈耶维奇迅速地看了一下标题：《对资产阶级征收课税的办法》《确立工人阶级掌权》《工厂以及重型机械委员会》。这是进城的新政权所公布的法令，代替先前的制度。毫无疑问，尤里·安得烈耶维奇想，公告是为了提醒居民，新政权的绝对性，以免他们在白军暂时统治期间忘记了。但这些单调乏味的、没完没了的重复把他的头弄昏了。这些都是哪一年的标题？属于头一次变革时期，还是白军几次暴动当中？去年写的？抑或前年？他生平只有一次赞颂过这种专断的言辞和单一的思想。难道只因那一次不慎的赞颂，多年来，除了这些变化无常的狂妄的呐喊和要求，他就得付出再也听不到其他言论的代价吗？况且这些呐喊和要求是不合实际的，难于理解并无法实践的。难道因为一时心软，便要永远受奴役吗？

他看到某一演讲中的一段话：

“有关饥荒的情报表明地方组织极端不称职。明显的滥用职权现象，投机倒把活动，极为猖獗；可是我们地区和市区工厂委员会都在干什么？只有采取对尤里亚金和拉兹维利耶地区的商店仓库进行大规模的搜查的方式，采取直至将投机倒把分子就地枪决的恐怖手段，才能把我们从饥饿中拯救出来。”

“真是盲目得令人敬佩啊!”医生想,“还在这里谈论什么粮食,地球上的粮食早就消失了!哪儿来的资产阶级,哪儿来的投机倒把分子,如果他们早已被先前的法令消灭了的话?哪儿来的农奴,哪儿来的村庄,如果他们已经不再存在了的话?他们难道忘记了自己早先的决定和措施,早已把世界翻了个底朝天了吗?什么样的人,能年复一年对根本不存在的、早已终止的题目如此胡言乱语,却对周围的一切视而不见听而不闻呢?”

医生感到头晕,失去了知觉,昏倒在了人行道上。等他恢复过来,有人把他从地上搀扶起来,要把他送到他想去的地方。他道了谢,谢绝了别人的帮助,解释说只是要到街对面。

4

他又上了楼,这次打开了拉拉住所房间的门。楼梯口上还很亮,不比他出去时黑。他发现时间还来得及,心里很高兴。

开门声引起里面一阵骚动。没住人的空房,迎接他的是瓶瓶罐罐被打翻的叮叮当当声。一只只老鼠从架子上蹿出来,啪嗒落到地板上,向四下逃窜。也许它们已经在这里繁衍成百上千只了。医生感到很恶心,不知道该怎样对付这群可恶的东西。医生决定躲进一间门能关紧的房间,再用碎玻璃堵住所有的老鼠洞。

他向左拐,走进了他不熟悉的那一个房间。穿过一条黑暗的走廊,他来到两个窗户朝街的一间明亮的房间里。窗户正对着的,是街那边那座有很多雕像的灰房子。一群人背对着他,在那儿看布告。

室内同室外的光线一样,都是清新明亮的早春傍晚的光线。同样的亮度,感觉房间就是街道的一部分。唯一的不同是,他现在所在的拉拉的房间,比街上要冷。

当天下午早些时候,也就是一两个钟头前,尤里·安德烈耶维奇快走到尤里亚金的时候,忽然觉得很虚弱,仿佛马上就要病倒,自己吓了一跳。现在,室内和室外同样的光线,令他感到兴奋。与路上的行人同样置身在寒冷中,他感到自己与路人有种亲近感,以及被这座城市认同的感觉。这种想法驱散了他的恐惧。他觉得自己的病好了。明亮的春天的傍晚，穿透一切的光线，是个好兆头，保障那些遥不可及的希望得以实现。一切都会好起来的，生活中他想要的都能得到，亲人都能找回来，都能和好，他什么都能想到并用合适的词表达出来。他把等待同拉拉会面的快乐，看作是其他愿望也会成真的证明。

极度的兴奋和遏止不住的躁动，掩饰了最近的体力虚弱。其实，这种兴奋，比起不久前的虚弱，是即将生病的更为准确的征兆。尤里·安德烈耶维奇坐不住，他又想到外面去走走。

安顿下来之前，他想先去理个发，刮个胡子。在路上时，他早就想找个理发店了。不过，他知道的几个理发店，要么空了，要么转手改作其他的用途了。照常营业的几家已经打烊了。尤里·安德烈耶维奇自己也没有剃须刀。要是能在拉拉屋里找到剪刀，也能使他摆脱困境。但他翻遍了拉拉的梳妆台，也没找到。

他忽然想起，斯帕斯卡亚街上有一家裁缝店。如果店还在，他在关门前赶到，便能借到一把剪刀。于是他又出门了。

5

他记得没错。裁缝店还在老地方，是一间临街的门面，前面是一整个窗户。外面的行人能一览无余地看到女裁缝们在里面干活。你从窗口能直接看到店面的后墙。

屋里挤满了做针线的女人。除了专职裁缝外，大概还有一些当地上了年纪的妇女，为了领取工作证才到这儿来的。雕像房子墙上贴的公告里提到过领取工作证的办法。

一眼便能看出来谁是专业裁缝，谁不是。店里做的全是军服，棉裤和夹克，以及用各种毛色的狗皮缝的皮袄。这种皮袄尤里·安德烈耶维奇在游击队里见过。这些活对专业裁缝来说很不算什么，但对于那些业余者却非常困难，把厚厚的褶边穿过缝纫机时，她们的手指都僵硬掉了。

尤里·安德烈耶维奇敲了敲窗户，做了个手势，让她们放他进去。里面的女人也用手比画，她们不接私人活计。他重复那些手势，坚持让她们放他进去。她们挥手示意他走开，让他别妨碍她们，她们在赶工。一个女裁缝脸上现出困惑不解的神情，举起手，手掌外翻，像个船型，用目光询问他到底想干什么。他两根手指比划成剪刀的样子。也没被理解。她们认为这是某种下流动作，挑逗她们。站在外面，穿着破烂的服装，古怪的举止，看起来他就像个疯子。女孩们吃吃笑起来，挥手叫他从橱窗前走开。最后，他绕着房子转一圈，穿过后院，去敲后门。

6

开门的是一个黑脸膛的上了年纪的女裁缝，她穿着一件黑裙子，神色严厉，大概是店里的主管。

“你这人怎么这么讨厌啊！别打扰我们行不行？好吧，快说，你想要干吗？”

“我想要把剪刀。您别这么惊讶。我只是想借把剪刀，剪头发和胡子。我可以在这儿剪，然后立刻还给您，不会用多久的。真的很谢谢您。”

老裁缝很吃惊，感到不可信。她很怀疑他的神志是否正常。

“我长途跋涉，刚刚到达。我想理个发，可是没有一家理发店开门的。所以我想只有自己剪了，但是我又没有剪刀。您能不能行行好，借我一把？”

“好吧，我给你剪吧。可是我警告你，如果你脑子里还有什么其他打算，要什么诡计的话，比如，出于某种政治原因，想改变外貌，那你可别怪我们揭发你。我们可不想因你而送命。”

“天啊，您想太多了！”

老裁缝让他进了屋，把他带到了一间比储藏室还小的偏屋里。过了会儿，像在理发店似的，他坐在一把椅子上，身上围了一条罩单，接口在脖子里掖住。老裁缝出了房间，一会儿便拿着剪子、几把梳子、推子、磨刀皮带和剃须刀回来了。

发现她的“顾客”吃惊的样子，她解释说：“我一辈子干过很多种工作。有段时间，我当过理发师。上次打仗时，我是护士，那时学会的理发刮胡子。现在，咱们先把胡子剪短，然后再刮。”

“可以请您把我的头发尽量理短吗？”

“我尽力吧。像你这样的知识分子，干吗装得这么无知呢？好像你不知道似的，现在我们十天制，不按星期算日子。今天是这个月的第 17 天，理发店逢 7 休息。”

“说实话，我真的不知道。我已经说过，我从很远的地方来。我干吗要假装呢？”

“坐着别动，要不然会被刮伤的。你刚刚到，那你怎么来的？”

“走着来的。”

“沿着公路？”

“一半是公路，一半沿铁路线。我都不记得，我看到了多少辆火车了，都在雪地里埋着。豪华火车，特殊用途的火车，你能想到的都有。”

“那边，剪完这点就好了。家事？”

“苍天，当然不是！我曾在先前的信用合作社联盟工作，是巡视督察。他们派我到东西伯利亚去出差视察。到那儿我就傻眼啦，你知道吗，根本就没火车。毫无办法，只能走着回来。一个半月，整整走了一个半月啊。真不知道该从哪里开始给你讲起我在路上的所见所闻。”

“如果我是你，我就不开始讲。看来，我不得不给你指点一二了。先看看你自己吧。镜子在这儿。手从罩单里伸出来，拿住镜子。还可以吗？”

“我觉得剪得还是不够短。还能再短点吗？”

“再短点就不整齐了。我刚才说了，什么也别说。现在最好把嘴巴闭紧喽。什么信用合作社啊、豪华火车啊、出差视察啊，最好统统忘掉。现在不是说这些话的时候。你会陷入没完没了的麻烦之中的。你最好装成医生或者是学校的老师。现在，胡子都剪掉了，我们来把它刮干净。先打点肥皂，你就会看起来年轻十岁的。我去烧壶水。”

“她到底是谁呢？”尤里·安德烈耶维奇感到疑惑。他有一种感觉，他们之间有某种联系，似乎见过或者听说过她，她使他想起某人。然而，他终究没想起来是谁。

老裁缝提着热水回来了。

“现在咱们刮胡子。像我刚才对你说的那样，你最好少说话。雄辩是银，沉默是黄金。这永远错不了的。你那些什么专用火车啦，信用合作社啦，最好想点别的东西出来，比如大夫或教师。把您见过的一切都烂在心里。这年头，你还打算向谁炫耀不成？我弄疼你了？”

“有点。”

“有点刮伤，我也知道，但没办法。再坚持会儿，亲爱的。你的皮肤不适应刮胡刀，而且你的胡子很硬。一会儿就好。哎，这年头大家什么没见过啊。我们也有自己的困难。那帮土匪什么没干过！抢劫、强奸、绑架、逮捕人。比如，有个土地主，不喜欢一位中尉，就让士兵埋伏在克拉普利斯基住宅对面的树林子里，缴获了他的武器，把他押到拉兹维利耶去。拉兹维利耶那时跟现在的省肃反委员会一样，是执行死刑的地方。哎哟，头怎么啦？刮疼了？我知道，亲爱的，我知道，但没办法。你的头发硬的跟毛刷子似的，就这块地方不好剪。嗯，那个中尉的妻子歇斯底里地喊：‘科利亚！我的科利亚！你们要把我的科利亚怎么样！’她跑出去，直接找最高长官；直接找最高长官不过说说罢了，谁放她进去啊。找人求情，隔壁那条街上住着一个人，他能见最高长官，替所有人说情。他是一个异常善良的人，富有同情心，不像其他人，他总是站在人民这边。你想都不敢想，那是个什么地方，到处都是私刑、暴行和嫉妒的悲剧。就像西班牙小说里写的那样。”

“她说的是拉拉。”尤里·安德烈耶维奇猜想，但谨慎地保持沉默，没详细询问。老裁缝对西班牙小说的荒谬评价，不知怎么的，让他想到一些事情，但具体是什么依旧想不起来。

“当然，现在完全是另一回事了。确实，现在也到处是侦查、审讯、枪决。但在观念上完全不同了。首先，政权是新的，他们刚刚执政，还没站得住脚。其次，不管怎么说，他们都是站在老百姓这边。他们的优势也就在这儿。算上我，我们家姐妹四个，都是劳动妇女。我们自然倾向布尔什维克。有个姐姐死了，她的丈夫是个政治犯，他曾在当地一家工厂里当管事的。他们的儿子，我的外甥，是当地农民起义的首领，可以说是个有名气的人。”

“原来是她啊!”尤里·安德烈耶维奇恍然大悟。“利韦里的姨妈，米库利钦的小姨子，当地传奇人物，理发师，裁缝，非凡的女人，赫赫有名的多面手!”为了不被认出来，他决定什么也不说。

“我外甥从小就热爱人民群众，他是在工厂的工人当中长大的。大概你听说过瓦雷金诺工厂吧？哎呀，瞧瞧我都干了什么好事！我也太笨了，一半刮得干干净净，一半没刮。都是说话走了神。你怎么不打断我呢？脸上的肥皂也干了，水也凉了。我去热一下。”

等她回来后，尤里·安德烈耶维奇问道：“瓦雷金诺不是在很远的农村吗？非常安全，任何动乱都波及不到那里吧。”

“不，也不是绝对的安全。有时候，比我们这儿还糟糕呢。有一伙带枪的家伙，没人知道是什么人，从瓦雷金诺村经过，一家挨着一家，见到谁就枪毙谁。然后什么也没说就走了。倒在雪地里没人收的尸体现在还躺在那儿呢。当然，那是冬天发生的事。你怎么老抽搐？我差点割破了你的喉咙。”

“刚才您说您的姐夫住在瓦雷金诺，那件事发生的时候他也在吗？”

“没有，感谢主。他和他妻子及时逃脱了，当然那是他第二个妻子。没人知道他们在什么地方，但确实脱险了。那个村子还有一些新住户，从莫斯科来的一家人，他们离开得更早些。两个医生中年轻的那个，是一家之主，失踪了。说得好听，什么叫失踪？说他失踪，只是免得家里人伤心罢了。实际上他必定死了，必定被打死了。他们一家人找呀，找呀，可没找到。这时，两个医生中年纪大的那一个，被召回莫斯科。他是农业教授。我听说是被政府召回的。他们在白军再次占领尤里亚金市之前，回莫斯科的路上经过这里。你又犯老毛病了，又在颤抖了，当心我割破你的喉咙。你可真是一位难伺候的顾客呀!”

这么说他们在莫斯科！

7

“在莫斯科！在莫斯科！”他第三次爬上那段生铁楼梯时，每迈一步，这四个字就在他心里回响一遍。空空的房间里，迎接他的仍然是一群惊慌乱窜的老鼠。尤里·安德烈耶维奇很清楚，不管他多累，不把这群令人深恶痛绝的老鼠赶出去，他就别想入睡。睡前要做的第一件事，先堵老鼠洞。幸好卧室里的老鼠洞比别的房间里少得多，就是地板和墙根坏得比较厉害些。得抓紧时间，黑夜慢慢降临了。不错，厨房的桌上竟然放着一盏从壁架上取下来的灯，灯里加了一半的油，想必是等候他的到来。油灯旁边一只打开的火柴盒里放着几根火柴。火柴和煤油最好还是留着吧。他在卧室里还发现了一盏小油盏，油几乎被老鼠喝光了，不过还剩了一点点。

有几个地方，墙脚板跟地板脱离了。尤里·安德烈耶维奇用了一个多小时才用碎玻璃把裂缝都堵上。门倒是能合得很严实。关上门，卧室里就没老鼠了。

房间角落有一个荷兰式的火炉，炉子的檐口砌着瓷片，但是没到天花板。厨房里储存着一堆劈柴。尤里·安德烈耶维奇决定烧拉拉两抱劈柴。他一条腿跪下，抱了一捆，用左手抱牢稳了，就抱进卧室，放在炉子旁边，他伸头往炉子里看了看构造，检查了一下炉子是否还能使用。他本想把门锁上，但门闩坏了，便用硬纸把门塞紧了。然后，他开始不慌不忙地生炉子。

往炉子里添柴火的时候，他注意到，一根木料的横截面上，印着字母“K. D.”。这使他感到震惊。在先前克吕格尔 Krueger 时期，不符合工厂标准的木材会被当作燃料出售，在尚未锯开的木材上会印上“K. D.”，标明它们的来源。“K. D.”表示瓦雷金诺的库拉贝舍夫部门。

这个发现令他很不舒服。拉拉家里有这类木材，说明她与桑杰维亚托夫一定有瓜葛。他供应她的需求，就像他当年供应他及他们一家日常所需的一切一样。他一直都觉得接受他的帮助令人厌烦。

现在，欠别人人情的尴尬中，又开始掺入了别的感情。

桑杰维亚托夫这么关照拉拉未必仅仅出于心地善良。他想到了桑杰维亚托夫那种流里流气的举止，拉拉作为女人也太轻率了。他们之间一定有什么。

库拉贝舍夫的干劈柴愉快地噼啪作响，突然间着旺了。随着劈柴越烧越旺，尤里·安德烈耶维奇盲目的嫉妒，由轻微的猜测，变成深信不疑了。他身心备受煎熬，焦虑一个接着一个。他无法驱散内心的猜疑，他的思维跳来跳去。一阵对亲人的思念再次向他袭来，暂时压住了嫉妒的猜疑。

“这么说你们在莫斯科，我的亲人们？”现在对他来说，似乎老裁缝已经证实了他家人已安全抵达。“我不在的时候，你们又进行了一次艰辛而漫长的搬迁。你们路上怎么度过的？为什么亚历山大·亚历山德罗维奇被召回？是不是学院请他回去重新执教？你们怎样找到咱们的房子的？我真愚蠢啊，房子还在不在都难说。主啊，这一切是多么艰难痛苦！让我停止思考吧。我脑子乱了。东尼娜，我是怎么啦？我觉得我生病了。我们会怎么样？东尼娜，亲爱的东尼娜，你会怎么样，东尼娜？舒罗奇卡，亚历山大·亚历山德罗维奇，我自己，又会怎么样？主啊，永恒的主啊，你为什么要抛弃我？我亲爱的家人们，为什么我们一直分离？为什么你们一直远离我？但是，亲爱的，我们必将在一起，必将团聚，不是吗？我一定要找到你们，即使走我也要走回去。我们会见到彼此，我们会团聚，一切都会称心如意的，对吗？”

“上天怎么不惩罚我，我如此混账，总是忘记东尼娜怀孕了，也许已经生了。我不是第一次忘记这件事了。她是怎么分娩的？他们回莫斯科的途中，在尤里亚金市停留过！显然，拉拉不认识他们，但是，一个完全的陌生人，一个老裁缝，也就是那个理发师，都听说过他们，拉拉在她的便条里对他们只字不提。她怎么会这么粗心，这么冷漠？这太奇怪了，如同她闭口不提认识桑杰维亚托夫一样。”

尤里·安德烈耶维奇开始重新审视这间卧室。所有的家具都是些不认识的房客们的，只是他们早就不在，躲出去了。这些家具，没一件是拉拉的，所以看不出她的品位。墙上贴着陌生人的照片。不管怎么说，在这些陌生男人女人的注视下，他突然感到不自在。笨重的家具也令人讨厌。他觉得自己是个不受欢迎的局外人。

不断地回想，不停地想念这座房子，真傻啊！真是个傻瓜，好像进入的不是房间，而是进入了自己内心对拉拉的渴望！他的感受方式在外人看来会是多么可笑啊！这与那些强壮、高效、英俊的男人相比，比如说桑杰维亚托夫，他们的生活方式、言谈举止是多么的大相径庭啊！凭什么要求拉拉更喜欢自己这样的人，软弱，说着晦涩又不切实际的爱。她需要纠结吗？对于他来说，拉拉很重要，然而，她自己想这样吗？

像他刚才所想的，她在他眼中又是什么人呢？哦，这个问题他随时都可以回答。

春日的夜晚。空气里不时地传来断断续续的声音。各处传来孩子们在各条街道上嬉戏的喊叫声，仿佛是为了显示整个广阔的区域生机勃勃。这个广阔的区域就是俄罗斯，他无与伦比的母亲；既声名远播，又信仰坚定，固执，奢侈，狂热，不负责任，这样的俄罗斯，充斥着永恒的，壮丽的，灾难性的，又令人爱慕的刺激。哦，活着真好！活在世上，热爱生活，多好！哦，一直想感谢生活，感谢存在本身，感谢生活即存在。

这正是拉拉。你不能与生活和存在交谈，她却是它们的代表，是它们的嘴巴，那些不能讲话的存在原则，通过她，变得敏感，变得可以表达出来。

刚才他对她那一系列猜疑都不对，完全不对！她身上的一切都是完美的，无瑕的。

欣喜和悔恨的眼泪模糊了他的视线。打开炉门，拨了拨火；把烧得通红的柴火拨到炉子的里面，没烧着的木头拨到炉门口，那儿通风。炉门开着，他坐在火焰前，享受着温暖的火光照在手上和脸上的感觉。温暖与火光，使他彻底地清醒过来。他不可抑制地想念拉拉，此时此刻，他渴望触摸她所触摸过的东西！

他从衣袋里掏出揉皱的便条。便条被折起来了，所以，他读过的那封信的背面朝外。现在，他才看到这一面也写满了字。他把便条抹平，在跳跃的火光中读道：

“想必你一定已经知道你们家人的下落了。现在他们在莫斯科。东尼娜生了个女儿。”下面的几行字画掉了。后面接着写道：“我划掉了，因为写那些太蠢了。我们当面再谈。我急着出门，必须去借一匹马。不知道借不到马怎么办。带着卡坚卡太困难了……”句子的末尾磨得模糊了，字迹模糊不清。

“她去向桑杰维亚托夫借马，”尤里·安德烈耶维奇平静地想，“如果她有什么想要隐瞒的，她便不会提到这件事了。”

8

炉子烧热后，尤里·安德烈耶维奇关上烟道，吃了些东西。吃完东西后，他已经困得撑不住了，就和衣倒在沙发上，倒下便睡着了。门后和墙那边老鼠放肆的、震耳的噪音，对他没有丝毫影响。他做了两个噩梦，一个接着一个。

他身处莫斯科一间安着玻璃门的房间里，门上了锁。为了更安全，他握住门把手，使劲往自己这边拉。门的另一边站着他的小儿子，萨申卡，他穿着水手服，戴着水手帽，哭喊着敲着门，想要进来。孩子的后面，有一条瀑布，浪花飞溅到他身上和门上。瀑布声音轰鸣。水可能是从坏掉的管道里倾泻而出的，那个时代管道破裂是常见的事；也有可能，这门是与野蛮的乡村的隔阂，是这道门堵住了从几个世纪寒冷和黑暗积蓄的峡谷中冲击下来的山洪。

轰轰作响的水流把孩子吓坏了，他的喊叫声被淹没在水的轰鸣里。但是尤里·安德烈耶维奇能从他口型上看出他在一遍又一遍地喊着：“爸爸！爸爸！”

尤里·安德烈耶维奇的心都要碎了。他多么想把孩子抱在胸前，头也不回地往前跑，跑到哪儿算哪儿。

即使泪流满面，他还是一直拉着上了锁的门把手，不放小男孩进来，出于对另一个女人的虚假的敬意和所谓的责任感，牺牲了小男孩。但那个女人并非小男孩的母亲，她随时可能从另一个门里走进屋里来。

他满身冷汗地醒了过来，眼里含满泪水。“我一定发烧了，生病了。”他想。“这不是伤寒。这是一种可怕的、危险的、类似疾病的疲劳，一种变异的疾病，像所有传染病那样；问题在于谁会占上风呢，生命还是死亡。但是我太困了，不能思考了。”于是他又睡着了。

他梦见昏暗的冬日清晨，莫斯科一条熙熙攘攘的大街，从各种迹象来看：清早街上拥挤的交通，第一班电车的叮当声，黎明前的街灯在石板路的白雪上投下的一个个黄圈，说明这是革命前莫斯科的冬天早晨。

他梦到了一个大房间，有很多窗户，都安在房子的同一侧。或许没有三层楼高，破旧的窗帘垂到地板上。

房间里，人们穿着衣服睡着了，像旅途的人们。房间像火车车厢一样凌乱。油油的报纸上，到处扔着啃了一半的烧鸡腿、鸡翅膀和其他食物残渣；朋友、亲戚、访客、无家可归的人们，都在这间房子里避难，他们的鞋子成双地摆放在地板上，夜色里看不清楚了。女主人，拉拉，腰间松松地扎了条围裙，灵巧又安静地从一个房间移到另一个房间，忙着做她的家务。他一步不离地跟在她身后，咕咕哝哝地说着些笨拙不相干的辩解，令人不胜其烦。她不再有时间顾得上他，也顾不上他那些喃喃自语。只是时不时满脸平静又不解地看着他，或是发出独特又率真的银铃般的笑声。他们之间仅剩的亲密不过如此了。这个女人那么遥不可及，冷酷，又令人不可抗拒地着迷！为了她，他牺牲了所有；他爱她胜过一切；对他来说，与她相比，一切都黯然失色，毫无价值！

9

不是他，而是体内某种更强大的力量在呜咽哭泣，并在黑暗中闪现出像磷火一样闪光的话语。灵魂在哭泣，他也在哭泣。他为自己感到悲哀。

“我病了，”在昏睡、说梦话和昏迷的间隙，他时而清醒，意识到这一点。“一定是患了某种教科书上没有描述过的斑疹伤寒，在学校里没有学过的。我应该给自己弄口吃的，不然会饿死的。”

他刚想用胳膊肘撑着站起的时候，就发现自己动弹不了，眩晕，还是昏昏欲睡。

“我在这里躺多久啦？”一次暂时清醒时他想道，“几个小时？几天？我睡下的时候还是早春，可现在窗户上都结了灰白的霜花，房间里都变得昏暗了。”

厨房那边，老鼠把碟子撞得哐哐响，往隔壁那面墙上爬，又重重地摔在地板上，发出令人作呕的长长的尖锐叫声。

他再次昏睡过去，醒来时，发现结满霜花的玻璃上映照出玫瑰色的霞光，就像倒在水晶酒杯里的红葡萄酒。他不知道，这是朝霞还是晚霞。

有一次他以为自己听到身旁有声音，吓了一跳，以为自己开始神经错乱。他可怜自己，流出了眼泪，低声抱怨上帝抛弃他不管。“为何遗弃我，慈祥的天父，把我推入到地狱的深渊中！”

突然，他意识到自己并没有精神错乱。身上的衣服被脱掉了，有人给他洗了澡，换了件干净的衬衣；没再躺在沙发上，而是睡在一张刚铺好的床上。有人坐在他身旁，俯身靠近他，头发与他的头发依偎在一起，眼泪与他的眼泪融合在一起。是拉拉！他高兴地晕了过去。

10

前一秒他还在抱怨上帝抛弃了他；下一刻，他的床上就充满了天堂的气息；两条强壮有力的、女人的雪白臂膀拥抱着他。他脑子里的快乐游来游去，一不小心，坠入了快乐的深渊。

他一生都很积极忙碌着操持家务，照看病人，思考，学习，写作；停止劳作、拼搏、思考，把所有这些暂时交还给大自然，自己则变成她那慈悲的、迷人的双手里的一件东西、一种构思或一部作品，是多么美妙的一件事情啊！

他很快就康复了。拉拉喂他吃饭，精心护理他。她那令人愉悦的可爱模样，以及低声细语的询问时刻包围着他。

他们平时的谈话无论多么平常，也像柏拉图式的对话一样，充满了意义。

他们有很多共同点，然而真正把他们联系在一起的，是他们的与世不同。他们俩都反感当代人身上的典型悲剧特征：教条主义，过度激情，在艺术与科学领域，前仆后继的人们拼命宣传那些极度平庸的作品。这一切只不过证明了天才依然稀缺。

他们的爱情是伟大的。然而，大多人相爱，却意识不到这种感情非凡的特质。对于他们呢，这正是他们与众不同的地方，当一丝柔情从心中升起，宛如永恒的气息飘进他们注定灭亡的尘世时，这些短暂的时刻便成为他们发现自我，探究生命的源泉。

11

“毫无疑问，你必须回到你家人身边去。我一天也不会多留你。但看看现在都在发生些什么吧！咱们一并入苏维埃俄国，马上就被它的破败所吞没。为了维持统治，他们夺走了我们的所有。你根本想象不到，你生病期间，尤里亚金市发生了多大的变化！我们的供应都被送往莫斯科了，但是对莫斯科来说那些粮食简直就是沧海一粟，像掉进了无底洞。但对于我们来说，却一无所有了。邮政不通，客车停运，所有的火车都用来运粮食了。又像盖伊达暴动前夕那样了，满城怨声载道；稍有不满，就会遭到肃反委员会的严厉镇压。

“你这么虚弱，瘦得只剩皮包骨了，还怎么能出行呢？你真以为你可以走着回去吗？你永远也到不了的。等你身体好些了，再说吧。

“我不该冒昧地给你建议，但如果我是你，目前我会找份工作。跟自己专业对口的，他们很看重这点。也许，你可以到地区医疗管理局看看。

“你得做点什么。你的父亲是畏罪自杀的西伯利亚百万富翁，妻子是当地大地主大工厂主的女儿，而你自己在游击队待过，却逃跑了。你撇不清的。你背叛了革命队伍，是个背叛者。不管怎么说，你都不能闲着无所事事。我的处境也好不到哪儿去，也得去工作。

我现在就像站在火山口。”

“你是指什么？是斯特列利尼科夫吗？”

“的确如此。我以前就对你提及过，他树敌众多。红军胜利了，那些不是党员的军人都被从军队里撵出来，因为他们靠近高层，知道的事情太多。没被灭口，只被撵出来还算幸运的。帕沙更首当其冲；他的处境极端危险，因为他到过远东。我听说他逃跑藏起来了。他们正在搜捕他。嗯，不说了。我不想哭，但再多谈他一句，我就忍不住要嚎啕大哭了。”

“你非常爱他，至今仍是？”

“我嫁给了他，他是我的丈夫呀，尤里。他是个品格高尚正直的人，我很对不起他。不是说我伤害过他，这样说可能不确切。他是如此令人瞩目，如此高大，真的是很了不起。而我呢，与他相比，我毫无优点可言。我错就错在这里。现在请不要再谈论这些了。我保证，以后再对你讲。”

“你的东尼娜多迷人啊！宛若波提切利油画里的人物。她生产的时候我在她身边。我俩非常要好。可这些以后再说吧！”

“正如刚才所说的，咱们两个都得去工作。每天早晨我们都出去工作，那么到了月底就可以领到几十亿卢布的工资了。你知道吗，西伯利亚银行的纸币前些日子还能用呢。没多久，就被宣布不能用了。很长一段时间，你生病期间，我们一分钱都没有。想想看！不过，也熬过来了。据说，一整辆火车的新纸币已经运到了，那辆火车最少四十节车厢！钱币纸张很大，分红蓝两种颜色；跟邮票似的，被分成了小方块。蓝色的每张面值五百万卢布，红色的面值一亿。印刷的非常粗糙，褪色，颜色污迹斑斑。”

“我见过那种钱。我们离开莫斯科前夕刚刚开始流通。”

12

“为什么你在瓦雷金诺那么长时间？谁在那儿吗？我以为那儿一个人都没有了，荒芜了。什么耽搁了你那么久？”

“我跟卡坚卡去打扫你家的房子。我原以为你会先到那儿去，我不想让你看见房子那种样子。”

“什么样子？很不好吗？”

“杂乱不堪，不过我们已经打扫过了。”

“你在隐瞒什么！我能感觉出来，有些事你没对我讲。随你吧，我不会逼你讲的。给我讲讲东尼娜吧。他们给小女孩起了什么名字？”

“玛莎，为了纪念你母亲。”

“给我讲讲他们的情况。”

“求你了，现在不要。我对你说过，我讲起来就控制不住想哭。”

“借给你马的桑杰维亚托夫是个有意思的人，你觉得呢？”

“是的。”

“你知道吗，我非常了解他。我们在那边住的时候，他经常出入我家。对我们来说一切都是陌生的，他帮助我们定居下来。”

“我知道。他告诉我了。”

“你们一定是很好的朋友吧？他也尽量帮助你吗？”

“他对我非常好。没有他，我真不知道该怎么办。”

“我能想象！我想，你们的友情比同志要亲密吧。他一定拼命追求你吧。”

“那还用说。死缠着不放。”

“你喜欢他吗？对不起。我不该问你这些。我没有权利质问你。我问得太多了，抱歉。”

“哦，没关系。我猜，你真正想说的是，我跟他什么关系？我跟他的友情中是否还掺杂着其他感情？当然没有。他为我做了很多，我欠他很多人情，但是，即使他给我一大堆金子，即使他为我献出生命，也不会使我更靠近他一步。我一直都不喜欢那种气质的人，我与他们没有任何共同之处。这些机智自信，善于控制形式的人们，在处理实际事务的时候，无可比拟。可在爱情中，自鸣得意的大男子主义，真叫人无法忍受。我对爱情与生活的理解可不是这样！除此之外，安菲姆在对待道德的态度上，使我想起另一个更可恶的人，我变成今天这样子完全是他一手造成的。”

“我不明白。什么叫我变成今天这样子？你指什么？告诉我。在我看来，你是世上最好的人。”

“哦，尤里，你怎么这样说呢？我是认真的，可你却像在客厅里似的恭维起我来了。我是什么样的人？是一个心灵受了创伤的人，一个终生带着污点的人。我过早地看懂了人生，不过是被逼无奈，被迫看到了生活最恶劣的一面，最廉价最扭曲的一面；这一切是从一个自以为是的老寄生虫的眼中看到的，他利用一切可以利用的，把他想要的据为己有。”

“我明白。我就知道是有什么事情。可是等一等。我能够想象，你只是个孩子，当时身心的折磨，是那个年龄所不能承受的；由于缺乏经验而被惊吓出来的恐慌，一个小女孩的愤慨，这都是不难想象的。但是所有的一切都成为过去了。我想说的是，现在为那些悲伤而难过的不应是你，而是像我这样深爱着你的人。如果真的感到很痛苦的话，更痛不欲生的人应该是我才对，因为我当时没能同你在一起来阻止它们的发生。真是怪事啊，我以为我会嫉妒，极端的，发疯的嫉妒；嫉妒比不上我的人，因为他们跟我没有共同之处。而与让我仰望的竞争对手竞争，却让我感觉完全的不同。我想，一个我熟知且喜欢的男人，和我一样，爱上了同一个女人，我不会感到怨恨，也不会跟他争吵，反而会产生一种悲剧式的兄弟之情。当然，我不是说分享我所爱的女人，我会放弃她。我的痛苦就不是嫉妒了，不那么刺痛，不那么愤怒。这就像我遇到了一位艺术家，他也在进行与我相同的工作，但是做得比我好。极有可能，我会放弃自己努力的成果，因为我不想复制他的，如果他做得确实更好，我就没有必要再进行下去了。”

“说这些有些跑题了。我不认为自己会如此爱你，如果你没有任何可抱怨的，没有任何后悔的。我不喜欢那些从未失足或犯过错的人们。她们的美德没有生气，价值不高。生命从未向她们展现过真正的美。”

“我说的正是这种美。我觉得要看到它，必须有非凡的想象力和孩童般的眼光。我却被剥夺了这些美好的东西。如果最初，我没有受到其他人庸俗的扭曲的人生观的影响，我也许会形成自己对生活的看法。这还不算，最初，那个无耻自私不足挂齿的人，扰乱了我的生活；以至于后来，即使我嫁给了一个高大优秀的男人，他爱我，我也爱他，但是我们的婚姻还是被毁坏了。”

“在你告诉我你丈夫的事之前，稍等一下。我不嫉妒他。我刚才对你说了，我不嫉妒跟我旗鼓相当的对手，我只嫉妒比我低下的人。先给我讲讲这个人。”

“哪个人？”

“毁了我们生活的人。他是谁？”

“莫斯科一名知名律师，我父亲的朋友。爸爸去世后，我们贫困交加，他给过我们经济上的帮助。他没有结婚，很富有。我这样诋毁他反而使他显得十分令人感兴趣，其实他是普通的不能再普通的人了。如果你想知道，我可以说出他的名字来。”

“不用。我知道他。我见过他一次。”

“真的？”

“在旅馆里，你母亲服毒的那天，已经是深夜了。我们那时还是学生。”

“哦，我想起来了。你跟其他人一起来的。你站在走廊的阴影里。也许我自己永远也回想不起这一幕来，我想你以前跟我提过一次，一定是在梅留泽耶沃镇的时候。”

“科马罗夫斯基也在那儿。”

“是吗？完全可能。我们在同一个地方出现也不罕见。我们经常在一起。”

“你怎么脸红了？”

“听见科马罗夫斯基的名字从你嘴里说出来。我已经不习惯听到他了，猛然听到很惊讶。”

“那天晚上，跟我一起去的还有我学校的一个同学，是他在旅馆告诉我的。他认出了科马罗夫斯基，因为他以前曾经在一次偶然的情况下见过他一次。在一次旅途中，就是这个男孩，米哈伊尔·戈尔东，亲眼看见了我父亲——一个身价百万的工业家自杀的情景。

他们乘坐了同一辆货车。我父亲故意从飞驰的火车上跳下去自杀，摔死了。陪同父亲的是科马罗夫斯基，他的法律顾问。科马罗夫斯基常常把他灌醉，搅乱他的生意，弄得他濒临破产，逼得他自杀。他是我父亲自杀和我成为孤儿的罪魁祸首。”

“不会吧！太不可思议了！居然是真的！这么说他也是你的克星！这使我们更亲近了！这一定是命中注定的！”

“他就是我所谓的，永远无可救药的疯狂嫉妒的那类人。”

“你怎么能这样说？我一丁点也不爱他，我看不起他。”

“你就这么了解自己？人的天性，特别是女人的天性，是如此难以理解，总是自相矛盾。说不定在你对他的憎恶里还有些其他感情，使你总是屈从于他，这种感情还可能比不是被迫而是你自愿爱上的男人多。”

“你这么说真是太可怕了！跟平时一样，你把它说出来，使我觉得这种反常现象倒像是真的。如果真是那样，就太可怕了！”

“不要难过。不要听我胡说八道。我只是想说，我嫉妒神秘的、未察觉的东西，嫉妒非常理的和高深莫测的东西。我嫉妒你梳妆打扮的用品，嫉妒你皮肤上的汗珠，嫉妒弥漫在空气中的细菌，因为它们能够进入你的血液，使你中毒。我嫉妒像科马罗夫斯基那样的传染病，他有朝一日会把你带走，就像死亡一样，有一天会把我们分开一样。我知道，这是一大堆晦涩难懂的话。我无法说清楚。因为我疯狂地爱着你，失去了理性，没有尽头。”

13

“告诉我更多关于你丈夫的事情，正如莎士比亚所说的，那个‘在命运之书里，我们被写在同一行字之间’的人。”

“这是哪个剧本里的话？”

“《罗密欧与朱丽叶》里的。”

“在梅留泽耶沃镇，已经对你说过不少了，当时我正在寻找他。后来在这儿，听你说，他的士兵拘捕了你，把你带到他的火车上。似乎我告诉过你，也可能我自认为告诉过你，有一次我远远地看见他上车。你简直难以想象，有多少人保卫着他！我发觉得他几乎没变样。他的脸仍然那样英俊，诚实，刚毅，是我一生所见过的最诚实的脸。男子气概十足，勇往直前的性格，没有一丝做作的痕迹。然而，我还是察觉到一些不同，使我深感不安。”

“仿佛某种抽象的东西嵌入他的面孔中，使它毫无光泽。一张活生生的脸变成准则的体现，一种观念的化身。我觉察到这一点时，心开始下沉。我意识到，这在他身上曾发生过，因为他把自己交给一种崇高的力量，但也是一种能置人于死地的无情力量，最终连他也不会放过。在我看来，他太引人注意了，而这正是他注定灭亡的原因。也许我也不清楚。也许你向我描绘你们会面时说的那些话，影响了我。毕竟，除了咱们彼此感同身受外，我在很多地方都深受你的影响！”

“给我讲讲你们革命前的生活吧。”

“很早以前，我还是个孩子时，纯洁是我的理想。而他就是纯洁的化身。可以说，我们几乎是在同一个院子里长大的。他，加利乌林，还有我。他是个小男孩时就迷恋我。每当他看到我时，就晕了。也许我不该这么说。但如果我假装不知道，那就更不好。他的骄傲不允许他流露出那种人们都遮掩的爱情，但却写在脸上，每个人都能看见。我们经常见面。我跟他性格不同的程度，就像咱们俩相像的程度一样。我那时选择了他，默默地把他放在心里。我打定主意，只要我们一长大了，就要把自己嫁给这个优秀的男孩，而那时在心里，我似乎已跟他订婚了。”

“你知道吗，他是多么了不起，多么有才能啊！他的父亲是一个信号员，也可能是铁路看守员，我也不确定。他凭自己的才能和努力奋斗，达到当代两门大学专业课程，人文学科和数学的，嗯，我差点说水平，不，我应当说人文学科和数学的高峰。总之，很了不起！”

“那么是什么破坏了你们的婚姻了呢，既然你们如此相爱？”

“啊，这可真难回答。我试着讲给你听。但这很奇怪，像我这样平凡的女人，竟然向你，这样一个聪明人，解释现在俄国人的生活中，发生了什么，为什么家庭，包括你的和我的家庭在内，会毁灭？啊，这不是个人的原因，不是性格相同不相同，不是爱不爱的问题！所有的习惯与传统，我们所有的生活方式，一切与家庭和秩序有关的，所有这一切都随同大改造，同社会的变革，统统化为灰烬。人类的生活方式被毁灭被荒废了。所剩下的只不过是，被剥得赤裸裸的、一丝不挂的灵魂；但对灵魂来说，什么都没有改变，因为它一直是寒冷颤抖的，渴望靠近离它最近的、同样寒冷孤独的心。你和我就像亚当和夏娃，地球上最初的两个人，在创世之始没有任何衣物可穿，现在在世界的末日我们同样一丝不挂，无家可归。我和你是几千年来，世界上所创造的不可胜数的伟大业绩中的最后的纪念品，为了悼念这些已经消逝的奇迹，我们相爱，哭泣，互相依靠，彼此吸引。”

14

她沉默了一会儿，接着更平静地继续说下去：“我要告诉你，如果斯特列利尼科夫再次变成帕申卡·安季波夫，如果他停止他的愤怒与反抗，如果时光倒流，如果奇迹出现，在世界的某个地方，我能看见我家的房子有光亮，光照着帕沙的桌子和书本，即使是世界的尽头，那么即使是爬，我也要爬着回去。我的身心都在回应这种召唤，我抵挡不住来自过去的召唤、忠诚的召唤。为此，没有什么是不能牺牲的，无论多么珍贵。甚至是你，甚至是我们的爱情，虽然它是如此的令人快乐舒畅，如此率真。哦。原谅我！我这样说，是无心的，不是真的！”

她扑到他的怀里放声大哭。但很快，她就平静下来，擦掉眼泪说道：“难道这不也正是驱使你回到东尼娜身边的责任的呼唤吗？哦，神呐，我们多么可怜！我们会怎么样？我们该怎么办？”

等到她完全恢复常态后，她继续说道：

“我还是没回答你，是什么毁了我们的幸福。我直到很久以后才完全明白。我告诉你吧，这不只是我们的故事，这也是其他很多人的命运。”

“告诉我，亲爱的，我极富聪明智慧的宝贝。”

“我们是在战争爆发前两年结的婚。我们将要开始属于自己的生活；战争爆发时，我们的家刚刚建成。现在，我坚信，所有的一切，随之而来的、至今仍落在我们这一代头上的不幸，一切的责任都应归咎于战争。我清晰地记得我的童年。我仍然记得有过那么一个时代，人们接受上个世纪的和平展望。人们想当然地认为，信赖理性的声音，凭良心做事是理所当然正确的。一个人被另一个人杀死是一件罕见不可思议的事情，是极不寻常的现象。诸如谋杀之类的，只是戏剧、报纸和侦探小说里才会发生，绝对不会发生在日常生活中。”

“可生活一下子从没有战争、单纯、有条不紊，变得鲜血横流，哀嚎遍野，变得精神错乱，每时每刻都有杀戮，而这种屠杀还是合法的，受到人们赞扬的。”

“但是这一切总会有报应的。你大概记得比我清楚，记得崩溃的开始，记得城镇的火车运行、粮食供应，家庭的根基以及道德标准，这一切的一切是如何一下子崩溃掉的。”

“说下去。我知道你接下来要说什么了。你分析得多么透彻啊！听你说话很愉快！”

“谎言就是在那时降临到我们俄国的土地上。主要的灾难，接下来所有罪恶的根源，是人们丧失了对个人见解价值的自信。人们猜想，遵守他们自己的道德标准过时了，他们一定要唱同一首颂歌，活在别人的观念下，而这种观念是被硬生生塞进人们的脑子里的。紧接着，华丽的颂歌大行其道，先是歌颂统治者，再是歌颂革命者。”

“这种社会祸害变成一种流行病，极具传染性。一切都受到了它的影响，无一幸免。我们的家庭也被传染。家里开始不对劲儿。不再像以前那样自然融洽的相处，我们开始像白痴似的互相恭维对方。有时我们的谈话变得卖弄、矫揉造作，因为你觉得关于某些重要的世界性话题，你不得不装的很有见地。像帕沙那种感觉敏锐、严于律己的人，那种能准确无误地区别本质与假象的人，怎么能注意不到悄悄进入到我们生活中的虚假呢?”

“在这一点上，他犯了一个致命错误。他错误地把时代风气、社会普遍的灾祸，当成个人家庭现象。他把我们的陈词滥调，把我们谈话时生硬的官腔归咎于自己，归咎于他的平庸，他的无足轻重。我想，你一定会觉得不可思议，这些琐事竟会对我们的婚姻产生那么大的影响。你简直难以想象，这很关键，帕沙出于这种幼稚干了多少蠢事。”

“他去打仗，可谁也没要求他去。他觉得他是我们的负担，他去打仗了，我们就不受他的拖累了。他所有愚蠢的行为就是这么开始的。一种少年的、毫无根据的自尊心，使他对生活当中谁也不会见怪的事感到生气。他开始对事件的进程生闷气，对历史大为不满。现在他更跟历史较上了劲儿。这便是他那些疯狂行为带有挑衅色彩的原因。正是这种愚蠢的自负，正在把他逼向死亡的边缘。神呐，要是我能挽救他就好了!”

“你对他的爱是如此真挚，如此强烈！爱吧，继续爱他吧。我不嫉妒他，也不会阻止你的。”

15

不知不觉中，夏天来了又去。医生身体复原了。在计划回莫斯科的同时，他做了三个临时工作。钱币疯狂贬值，他们几乎入不敷出。

每天天刚破晓，医生就已起床出门，沿商人街往下走，经过巨人电影院，一直走到先前乌拉尔哥萨克军团印刷所，现已改名为红军排字印刷所。在市政大街拐角，管理局的门上贴着一张“投诉”公告。他穿过广场，转入布扬诺夫卡街。他穿过医院的后门，走进陆军医院门诊所。这是他主要的工作。

从拉拉的房子到医院，一大半路是在树荫下走过的，经过的木房子大多数都是奇形怪状的，屋顶陡峭，方格栅栏，门上装饰着花纹，护窗板上镶着饰框。医院隔壁，先前一个商人的妻子戈列格利亚多娃的花园里，有一座与一般建筑风格截然不同的、具有古俄罗斯风情的房子。房子外面砌了一层棱形的釉瓷砖。

尤里·安德烈耶维奇每周都要到米阿斯克街，参加设在那里的尤里亚金市卫生局的会议，一周大概要去三四次。

城市的另一端，有一所妇科医学院。它是桑杰维亚托夫的父亲叶菲姆·桑杰维亚托夫，为了悼念亡妻所捐献的房子。他妻子死于难产。现已改名为罗莎·卢森堡学院。尤里·安德烈耶维奇给他们上普通病理学和一两门选修课，作为新的，速成的医学与外科的课程一部分。

通常，他到家时已是深夜了，又累又饿；总是看到拉拉在忙碌地操持家务，要么是在煮饭，要么是在洗刷。她平淡的家常打扮，头发蓬乱，袖口卷起来，裙角被塞到上面，她身上那股使人屏住呼吸的华丽吸引力几乎吓坏了他，即使他看见她要去参加舞会，穿着使身材更窈窕的高跟鞋、摇曳生姿的晚礼服长裙，他也不会如此着迷。

她做饭洗衣服，然后用洗过衣服的肥皂水擦地板。有时她心平气和，不急不躁地叠他们三人的衣服，还不时地缝补一下。有时，洗衣做饭、打扫卫生都忙完之后，她就教卡坚卡读书认字。或者专心阅读她自己的教材，进行自身的政治再教育，以便在重新改编的学校里做一名合格的老师。

这个女人和她女儿对他越亲近，他越不敢把她们当成一家人，他对自己家庭的责任，以及他破碎的信仰所带来的痛苦，对他的思想禁锢就越严厉。这种克制中，没有任何侮辱拉拉和卡坚卡的意思。相反，他的这种态度，是一种尊重，不包含任何粗俗的成分。

然而，这两种想法令他感到悲伤，时刻折磨着他。不过他慢慢习惯了这种状态，就像人们习惯尚未愈合并经常重新裂开的伤口一样。

16

两三个月过去了。十月的一天，尤里·安德烈耶维奇对拉里莎·费奥多罗芙娜说：

“你知道吗，看来我要被迫辞职了。老一套又来了，一次又一次。开始的时候什么都好得不得了。‘来吧，我们欢迎诚实的劳动，欢迎不同的观点，特别是新观点。还有什么比这些更令我们喜欢的呢？工作、奋斗、坚持。’”

“然而，实际上，他们所指的新观点只不过是歌功颂德的话，歌颂革命和政权的那套献媚的陈词滥调。我受够了。我不擅长干这种事。”

“也许从他们的角度看，他们是对的。当然，我不站在他们那边。只是我难以苟同这种看法：他们是光芒四射的英雄，而我却是卑鄙的无耻之徒，是拥护暴政和奴役的人。你听说过尼古拉·韦杰尼亚平吗？”

“嗯，当然听说过！认识你之前就听说过，后来也听你提及过。西拉菲玛·通采娃时常提到他。她是他的追随者。说来惭愧，我没读过他的书。我不喜欢纯哲学著作。我觉得，哲学不过是给生活和艺术加上的少量佐料而已，但是对它进行专门研究就像什么也不吃，只吃山葵一样奇怪。对不起，我的蠢话打断了你。”

“不，实际上，这也正是我自己的观点。嗯，说到我舅舅，也许我受他的影响毒害至深。相信直觉，是我的罪孽之一。然而，看看有多荒谬：很多人都高呼我是天才的诊断医师，不错，我确实是很少误诊。可这正是他们所仇视的——直觉，仿佛这是我的罪过，我的直觉总能让我一下子便能获得完整的认识。”

“另一个问题是，我对保护色的问题入了迷，也就是一种生物为了适应环境而把自身颜色改变成与所处环境相同的颜色。我觉得，这种生物现象，可以投影到人类社会，内心世界与外部世界关系的问题上。”

“我在作讲座时大胆地提及了这个问题。立刻人们异口同声地喊道：‘这是理想主义，神秘主义，歌德的自然哲学，新谢林主义。’”

“到了该离开的时候了。我会继续留在医院，直到他们把我扔出去。但是，我会辞掉学院和卫生局的工作。我不想让你担心，但是有时有一种感觉，说不定哪天，他们就会把我抓起来。”

"神呐，不要这么说，尤罗奇卡。幸好还没到这一步呢，不过你说得对。谨慎总不是什么坏事。我发现，这种政权的每一次确立都要经历几个特定阶段。第一阶段是理智的胜利，批判精神的胜利，同偏见进行斗争的胜利。"

"然后进入第二阶段。工作的全部重点转入对'混入革命'的黑暗势力进行打击。怀疑、间谍、阴谋和仇恨横生滋长。你说得对，我们正处在第二阶段的前期。"

"远的不说，眼前就有个例子。地方革命法庭刚刚来了两名从霍达斯克调来的人，两名先前的政治犯，都是工人出身，叫季韦尔辛和安季波夫。"

"他们两人都对我的情况非常了解，其实，那两人中有一个是我公公。自从他们被调来工作，最近一直以来，我开始真正为自己和卡坚卡的生命担忧了。他们什么事都干得出来。安季波夫向来不喜欢我。说不定有一天他们会以这个时代最崇高的革命正义的名义，把我，甚至帕沙，一块消灭掉。"

这次谈话很快就有了下文。布扬诺夫卡街四十八号、医院隔壁的格列格利亚多娃寡妇家夜间被搜查了。在她家里搜出了武器库，发现了一个反革命组织。很多人被捕了，而搜查与逮捕的余波仍在继续。人们私下议论，说一部分被怀疑的人已经逃到河对岸去了。有人说："可这能帮他们多大的忙呢？到处都是河流。比如说海兰泡边上的黑龙江，跳进河里游到对岸去，你就到中国啦。那才算是河呢。可这并不是那么回事。"

"空气里充满了威胁的气息，"拉拉说，"咱们的安全时期过去了。他们一定会来逮捕咱们，你和我。那时卡坚卡怎么办呢？我是一个母亲，我不能让这不幸发生。一定要想出个办法来，必须做好打算。这件事快让我失去了理智。"

"让我们一起想办法，想一想我们能做什么？我们是否有能力避免这次打击？一定就是命中注定的事吗？"

"当然，我们不能逃跑，也无处可逃。但我们可以躲到隐蔽的地方，消失在人们的视线中。比如说，到瓦雷金诺村去。我一直在考虑那儿的房子。那儿没有人，被人们淡忘了。我们在那儿不碍任何人的眼，不像在这儿。我们不会引起很大注意的。冬天快到了，我一点也不介意在那儿过冬。在他们找到我们之前，我们又赢得一年的生命；这也很了不起。桑杰维亚托夫可以帮助咱们同市里联系。说不定他能帮助咱们躲起来呢。你觉得怎么样？当然，现在那儿一个人影也没有，荒凉阴郁。至少我三月份在那儿的时候是那样。听说有狼，相当吓人。可人呢，特别是像安季波夫和季韦尔辛那样的人，现在比狼更可怕。"

"我不知道该说什么。你不是一直催促我回莫斯科，让我不要拖延吗？现在容易走了。我到车站打听过。显然，他们不再管投机倒把的人了。不是所有证件不合格的人都会被赶下火车。他们枪毙的人少了，因为他们受够了。"

"令我感到不安的是，我寄到莫斯科的信都没有回音。我应该去看看他们怎么样了。你本人也一再这样对我说。那么现在又怎样理解你所说的到瓦雷金诺去的话？你肯定不能一个人到那荒野的地方去？"

"不，当然不能，没有你当然不可能。"

"可你又让我回莫斯科？"

"是的，你应该回去。"

"听着，你听我说，我有一个绝妙的计划：咱们去莫斯科，咱们三个一起。"

"去莫斯科？你疯啦。我去莫斯科干吗？不，我必须留下。我必须在这附近。这里将决定帕沙的命运。我必须在这里等着，当他需要我的时候保证我能在他身边。"

"那么，咱们想想卡坚卡该怎么办吧。"

"我跟西玛，就是西玛·通采娃，谈到过卡坚卡，她时常到我这儿来。"

"是的，我知道，我经常见到她。"

"你让我感到奇怪。如果我是你，准会对她一见钟情的。我真搞不懂你们男人的眼睛都看哪里啦！她真是个令人惊奇的女人！美丽、优雅、智慧、有教养、善良、有主见。”

“她姐姐格拉菲拉在我刚到达的时候给我理过发，就是那个裁缝。”

“我知道。她们俩都与大姐叶夫朵提娅住在一起，她是一个图书馆管理员。她们是一个正直的劳动家庭。我想在最坏的情况下，如果你和我都被抓起来，请她们收养卡坚卡。我还没决定。”

“如果真的无路可走了，这确实是个办法。上帝保佑，永远不要有那一天。”

“他们说西玛有点古怪，脑子不太正常。确实她不平常，但是这只是因为她见解深刻而独到。她不是知识分子，但她学识非凡。你和她的思考方式极端相似。能把卡坚卡交给她抚养长大，我会很高兴的。”

17

他又去了一趟火车站，还是空手而归，什么都没办成。所有的事情都没有定论。他和拉拉前途未卜。天气寒冷阴沉，就像下头场雪之前。天空，特别是能看到辽阔的一片时，比如说在十字街头，显出一派冬天的景色。

尤里·安德烈耶维奇回到家的时候，发现拉拉有一位访客，西玛。她们俩在谈话，不过倒像客人西玛在给女主人上课。尤里·安德烈耶维奇不想妨碍她们。他也想一个人待一会儿。女人们在隔壁的房间里说话。连着这两个房间的门开着，门框上挂着的门帘一直垂到地板，隔着门帘，她们说的每一句话都能听得很清楚。

“我继续做针线活，你可别介意，亲爱的西玛。我在听着呢。我上大学的时候听过历史课和哲学课。你的思维方式令我很感着迷。此外，听你说话让我很放松。我们最近这几夜都没睡好，为卡坚卡的事焦虑。我知道，作为她的母亲，一旦我们有什么不测，我有责任保证她的安全。我应当镇静理智的想一想这件事，但我做不到。意识到这点使我很难过。因为疲倦和失眠使我感到绝望。听你说话让我心情平静。此外随时有下雪的可能。在下雪的时候听聪明的长篇议论是一种享受。在下雪的时候如果向窗户斜视一眼，真的，仿佛有谁穿过院子向门前走来，你注意到了吗？你接着讲吧，西玛，我听着呢。”

“上次我们讲到哪儿啦？”

尤里·安德烈耶维奇没听见拉拉回答了什么。他开始注意听西玛说话：

“当然可以使用‘文化’、‘时代’这类字眼。但人们对它们的含义各有各的理解。由于它们含义模棱两可，我不使用它们，我会用其他词来替换。

“我想说人是由两部分组成的，上帝和工作。人类精神发展中的每一辉煌时期，无不是由很多代人通过十分漫长和艰辛的工作所达成的。埃及是一个阶段，希腊是另一个阶段。《旧约》预言神学体系是第三个。从时间上来说，最后一个阶段，任何别的形式都无法取代，而且继续激励着那些有感动的人们，这就是基督教。

“为了向你展示一些新的东西，世上一些新鲜的想法，而不是你以前所知所习以为常的，简单直接地，我想同你一起分享祈祷书里的一些摘录，很少的几段，并且是节略。

“大多数祈祷书文章都把《旧约》和《新约》中的概念并列地结合在一起。比如，荆棘火焰、出埃及、火窑里的少年、鲸腹中的约拿等，同《新约》中圣母从圣灵怀孕和耶稣复活等概念加以对比。

“这种对比，在我看来非常明显地，突出了《旧约》的陈旧和福音书的新颖。在很多篇章中，把马利亚的童女受孕同犹太人过红海相对比。比如，有一首名为《红海就像处女新娘》的诗歌，歌中接着写道‘红海在以色列人通过后便再无法穿过，就像童贞女怀孕生下耶稣基督一样不朽’。也就是说，以色列人过后，红海又像以前一样无法通过，童女生了我们伟大的主后仍一如既往的贞洁。这里把这两件事进行了类比。他们是什么性质的事件？两件事都是超自然的，两件事都被认为是奇迹。那么，各个时代，远古时代，原始时代以及已经有了很大进步的后罗马时代，都是怎样看待奇迹的呢？

“在第一个奇迹中，有一个受大众喜爱的领袖，教祖摩西，他举手向海伸杖，海水便分开了，使整个民族，数不清的、数以万计的人民通过红海，但等最后一个以色列人过去后，海水又汇合在一起，淹没了追赶他们的埃及人。这整个情景体现了远古的精神，服从耶和华声音的自然力，像行军中的罗马军队，一个民族、一个领袖。一切都是可见、可闻，可战胜的。

“在第二个奇迹中，有一个少女，她只是古代社会中的一个普通人，没人会留意到她，但她悄悄地、秘密地生了一个孩子，在世界上产生生命，生命的奇迹，‘永生不朽’，后来人们都这样称呼他。即使从书呆子的观点看，她的非婚生育也是非法的，而且它们还违反自然规律。少女生育不是自然现象，而是由于奇迹，由于圣灵。从此以后，生命的基石建立在圣灵上，也就是福音书中力求建立的生命基础，从而使普通的场所与独一无二的场所做了对比，使工作日与礼拜日做了对比，并且否认一切强迫。

“这是具有何等重大意义的变化啊！从古代的标准来看微不足道的私人生活，何以在上帝看来竟与整个民族的迁徙具有同等意义呢？问什么在上帝的眼中它有如此价值？因为是要通过上帝的眼睛并在上帝面前评价一切，而这一切都是在唯一的圣光中完成的。

“尘世中有些东西也改变了。罗马统治结束了，少数服从多数的政权结束了，靠武力维持的，必须作为一个民族，一个完整国家的义务被废除了。领袖和民族已成过去式。

“取而代之的是对个性和自由教义的宣传。世人的生活成了上帝的生活，它的内容充满了广阔的宇宙。像报喜节的赞美歌中所说的那样，亚当想象上帝一样，但他失败了，可现在上帝道成肉身，以便把亚当变成上帝。”

“关于这个话题，过一会儿我再倒回来跟您说，”西玛说道，“不过暂时先岔开一下。在关心工人、保护母亲和同资产政权做斗争上，我们的革命时代是未曾有过的、永世不忘的时代，取得了永久的胜利。至于说到他们对生活的理解，以及现在向人们灌输的幸福哲学，简直难以相信，这是严肃地解释荒谬可笑的历史残余。如果这些对领袖和民族的颂歌真有能力倒转历史，那它就能让我们回到圣经中所提到的畜牧部族和族长时代。万幸的是这是不可能的。

“现在，谈几句耶稣和抹大拉的马利亚。这不是出自福音书，而是出自受难周的某一天的祈祷文，我想也许是周二或周三。这些我不说您当然也知道，拉里莎·费奥多罗芙娜。我不过想提醒您一下，绝不是教导您。

“就像您所知的那样，在斯拉夫语中，‘激情’这个词首先表示痛苦，耶稣基督的激情意味着他上帝自愿受苦。此外，后来这个词在俄语中用来表示‘情欲’和‘堕落’。‘我的灵魂变成情欲的奴隶，我变成了地上的野兽。’‘我们已被逐出天堂，让我们克制情欲以求重返天堂。’等等。也许是我不对，但我总是不喜欢大斋戒前这段束缚禁绝肉欲的祈祷文。我总觉得这些粗俗的、平淡的祈祷文，缺乏其他经文所具有的诗意，是出自大腹便便、满脸油光的教士之手。问题倒不在于他们自己不遵守戒律却欺骗别人，就算他们自己生活得问心无愧吧，问题不在他们身上，而在这几段经文的内容。所有这些忏悔行为都赋予肉体的软弱以过重的意义，无论它是富足的还是贫乏的，都很令人厌恶。在我看来，这儿把某种肮脏的、无关紧要的次要东西抬到它所不应有的、并不属于它的高度。请原谅，我离题太远了。

“我感到疑惑的是，为什么在复活节的前一天，在临近耶稣的死和复活的时候都提到了抹大拉的马利亚。我不知道是什么原因，然而在同生命告别之际，以及在死而复生的前夕提到什么是生命，却是非常及时的。现在咱们看看，这一点是多么真诚坦率，坚定不妥协啊。

“一直有争论，这里是抹大拉的马利亚，还是其他的马利亚，不管怎样，她乞求我们的主道：

“‘免我的债，如同解开我的头发。’意思是：‘就像我散开头发一样，求你宽恕我的罪孽。’还有任何忏悔的言辞和渴望被宽恕的心情比这更具体更明确的吗？

“稍后，在同一天的另一篇祈祷书中，有更加详细的一节，这次这里差不多确切无疑指的是抹大拉的马利亚了。

“她再一次为自己的过去深深忏悔，哀痛根深蒂固的陋习，每夜她都欲火焚身。‘黑夜于我，只能勾起无节制的性欲，昏暗无月光是罪恶的热情。’她乞求耶稣接受她忏悔的眼泪，倾听她真诚的叹息，以便她能用头发擦干他最洁净的双脚，她的头发在主的脚上摩擦，这使主耶稣想到了，当年伊甸园中的夏娃偷吃禁果后因害怕与羞耻而寻找避难所。‘让我吻你最圣洁的双脚，用眼泪清洗它们，并用头发擦干它们，夏娃在天堂中被惊呆和受到羞辱的时候便躲藏在头发擦脚的声音中。在描述完她的头发后，紧接着她大声宣称：‘我的罪孽何其深重，你的恩典何其丰厚，谁能查清？’上帝和生命之间，上帝和个体之间，上帝和女人之间，多么亲近，多么平等！”

18

尤里·安德烈耶维奇从车站回来已经筋疲力尽了。十天为一星期，今天他休假，这一天，他通常都要补足九天没睡够的觉。他靠在沙发上，有时半躺着，有时把身子完全伸直。尽管他听西玛说话时一阵阵犯困，但她的见解仍令他感到愉悦。“当然，她这些话都是从尼古拉舅舅那儿听来的。”他想，“可是她是多么聪明，多么有才华啊！”

他从沙发上起来走到窗前。窗户对着院子，从隔壁的窗户那儿，传来的只是轻柔的低语声，具体是什么已经听不清了。

天色越来越差，院子里黑了下来。两只喜鹊从街上飞进院子里，在院子里盘旋，想找个地方栖息。风刮起它们的羽毛。喜鹊在垃圾箱盖上落了一下，飞过栅栏，落在地上，在院子里踱来踱去。

“喜鹊意味着要下雪。”医生想道。这时，西玛在另一间房间里说：“喜鹊意味着信息。您要有客人来了，要不就有来信。”

不一会儿，就有人在按门铃，那是尤里·安德烈耶维奇不久前刚修好的。拉里莎·费奥多罗芙娜从门帘后面出来，赶快到前厅去开门。尤里·安德烈耶维奇听出客人是西玛的姐姐格拉菲拉。

“您是来接您妹妹的吗？是的，她在这呢。”

“不，我不是来接她的。当然，要是她准备好了，我们就一起回去。我帮你的朋友捎来一封信。他很幸运，因为我以前在邮局工作过。不知道这封信经过多少人的手了，是从莫斯科来的，在路上邮了五个月。他们找不到收信人，最后他们想到问问我，当然我知道，因为他在我那儿理过发。”

信很长，有好几页纸，有点脏了，被皱巴巴地装在破烂的信封里。信封已经在邮局被拆开过了。是东尼娜来的信。他都没意识到怎么回事，信已经到他手里了，也没注意是拉拉把信递给他的。他开始读信的时候还知道自己在尤里亚金市，在拉拉的家里；渐渐地，读着读着，就不知道自己身处何方了。西玛从里屋出来，向他问好，告别，他机械而有礼貌地回答，但并没有任何意识，也没留意她什么时候离开的。渐渐地他完全忘了自己在哪里，也忘了周围的一切。

“尤拉，”安东尼娜·亚历山德罗芙娜写道：“你知道咱们有女儿了吗？我们给她取的教名是玛莎，为了纪念你母亲玛丽亚·尼古拉耶芙娜。

“另外一件事情。立宪民主党和右翼社会党人中的一些著名社会活动家和教授，梅利古诺夫、基泽维杰尔、库斯科瓦以及其他一些人，其中包括你舅舅尼古拉，我的父亲，以及我们其他人，正在被驱逐出俄国。

“这真是灾难，特别是你不在我们身边。但我们必须接受，还好，我要感谢上帝，在这可怕的时代只对我们采取了这样温和的驱逐方式，我们的遭遇原本还可能会更糟。如果你在这里，就可以跟我们一起走。可你在哪儿啊？我会把这封信寄到安季波娃那儿，如果她能找到你，会把信转交给你的。我很痛苦，政策是让咱们一家人都出国，如果上帝怜悯，找到了你，是否也会让你出国，我真的不知道。我从来没有放弃过相信你还活着，相信一定能找得到你。我的爱告诉我一定会是这样，我深信。也许到那时，到你出现的时候，俄国的环境变得温和多了，你能够弄到一张单独出国的护照，我们又能在同一个地方相聚了。我这样写的时候，并不相信这种幸福能够实现。

“所有的问题在于我爱你可是你却并不爱我。我一直竭力寻找这种结论的意义，解释它，证明它。我进行自我反省，对我们共同生活过的日子，以及对自己的认识都审视了一遍，仍找不到起因，回想不起我做了什么才招来这样的不幸。我有一种感觉，你用不友善的眼光看待我，你曲解了我，就像从哈哈镜里看我一样。

“可是我，我爱你呀，但愿你能想象出我是多么爱你！我爱你身上一切与众不同的东西，好的坏的都爱；我爱你平凡的个性，它们非凡的组合在我看来是如此可爱，你的脸庞因你独特的思想而愈显高贵，如果没有这种内涵可能显得并不英俊，你那无与伦比的才华和智慧，似乎代替了你所缺乏的意志力。所有这些在我看来都弥足珍贵，我认识的人中，没有谁可以跟你相比。

“可是，你知道吗？即便你对我来说不这样珍贵，即便我不如此爱你，即便是我还没意识到自己冷酷而窘迫的真相，即使是那样，我仍认为我爱你。不爱是一种令人多么难堪无情的惩罚啊！仅仅出于对这一点的恐惧，我就毫无顾忌地放弃了我不爱你的想法。无论是我还是你，永远也不会明白这一点。我自己的心会停止跳动，因为不爱有如谋杀，而我也不会把这种打击强加给其他任何人。

“虽然一切都还没有最终确定，但我们极可能到巴黎去。我将要到你小时候到过爸爸、舅舅在那儿长大的遥远异乡去。爸爸向你问好。舒拉长高了很多，虽然他的长相算不上十分好看，但已经是个结实的大孩子了；每次我们提起你时，他总会非常伤心地大哭，怎么哄都哄不好。我写不下去了，止不住地哭泣。那儿，再见啦。让我为你祈祷，求神赐福给你以后的日子，赐福给我们无止境的分离，赐福给各种试探和茫然，赐福给你漫长而黑暗道路。无论何事，我都不指责你，我不会责备你，照你自己的意愿生活吧！只要你一切安好，我已满足。

“在我们离开乌拉尔前，对我们来说它可这真是个可怕的致命的地方；在那儿，我对拉里莎·费奥多罗芙娜已经相当熟悉。谢谢她，在我困难的时候一直守在我身边，并帮我度过生产期。我应当坦然承认，她是个好人；但我也不想虚伪，她和我是完全相反的人。我生来就是为了使生活变得简单并寻找合理的解决方法，而她却要使它变得复杂，制造困惑。

“永别了。我不得不停笔了。他们来取信了，我也该整理行装了。哦，尤拉，尤拉，亲爱的，我亲爱的丈夫，我孩子的父亲，这是怎么回事啊？我写下这些话，你是否意识到我们将永远、永远也不会再相见了？我写下这些话，你能明白其中的含意吗？你明白吗？你明白吗？他们催我了，这催喊声令我痛不欲生。尤拉！尤拉！”

尤里·安德烈耶维奇从信上抬起茫然的、枯涩的眼睛，悲痛灼干了泪水，苦难使眼睛无泪。周围的一切他都看不到了，也意识不到。

窗外雪花飞舞。风把雪刮向一侧，并越刮越快，刮起的雪越来越多，仿佛在拼命抓住什么似的。尤里·安德烈耶维奇透过窗户向外望着，仿佛他不是在看雪，而是还在读着东尼娜的信，仿佛他眼前飞舞而过的不是晶莹的雪花，而是白纸上那些小黑字母当中的白间隔，白间隔，无穷无尽的白间隔。

尤里·安德烈耶维奇不由自主地呻吟起来，双手抓住自己的胸膛。他觉得自己马上就要晕倒，摇摇晃晃地走到沙发前，一头倒了下去，失去了意识。

第十四章　回到瓦雷金诺

1

冬天到了，当尤里·安得烈耶维奇从医院走回来的时候，外面正下着鹅毛大雪。在大厅里，他遇见了拉拉。

“科马罗夫斯基来了。”拉拉用低沉嘶哑的声音说。她满脸迷惑地站在那里，呆若木鸡。

“来哪了？他在这儿？”

“没有，他当然不在这里。他今天早上来过，说他今晚还会回来。他马上就要来了，他想和你谈谈。”

“他来干什么？”

“我也没完全明白他的意思。他说他本来是要去远东的，但是他绕道过来看我们了。特别是要看你和帕夏。他说了一大堆关于你们两个的话，他非说我们三个面临着灭顶之灾，你、我和帕夏都有危险。他还说只有他能救我们，条件是我们按照他说的去做。”

“我要出去，我不想看见他。”

拉拉顿时泪流满面，她扑到他的脚下，紧紧抱住他的双腿，拼命想阻止他离开。但是尤里硬生生把她推开了。

“求求你，别走！就算是为了我！”拉拉苦苦哀求道，“不是我不敢独自面对他，而是因为面对他太痛苦。求你别让我一个人见他。更何况，他那么经验丰富、老于世故，也许他真的能给我们一些建议。你憎恶他是人之常情，但这时你应该把个人感情放一放，求你，别走!”

“亲爱的，你怎么了，不要这么难过，你这是干什么，不要跪着，快起来吧。振作起来！你必须得摆脱这种沉重的精神枷锁，科马罗夫斯基让你担惊受怕了一辈子，现在有我在你身边，如果你让我杀了他，在必要时我会这么做的。”

大约半个钟头后夜幕降临了，天完全黑了下来。那些老鼠洞是在半年之前被堵上的，尤里·安得烈耶维奇一找到新打的鼠洞就及时把它们堵上。他们还养了一只硕大的毛茸茸的公猫，平时总是纹丝不动做沉思冥想状，看起来高深莫测。房子里还是有老鼠，但是它们现在活动更加小心谨慎了。

在等待科马罗夫斯基到来的时间里，拉拉切了几片数量有限的黑面包，把盛有煮土豆的盘子放在了餐桌上。他们已经决定在他们就餐的旧餐厅接待他。那张宽大笨重的栎木桌和那餐具柜是餐厅原有的摆设。桌上放着一个蓖麻油瓶子，里面插着灯芯，这是他们的便携灯。

科马罗夫斯基从隆冬腊月的夜幕中赶来，浑身是雪。一团团雪块从他的帽子、大衣和橡胶套鞋上落下来，在地板上化成一摊摊泥水。他那沾满了雪花的八字胡和络腮胡使他看起来像个小丑一样滑稽（过去他总是把胡须刮得很干净）。他穿了一件考究的上衣和褶子笔挺的条纹西裤。在和屋子的主人们打招呼之前，他花了相当长的时间用他口袋里的小梳子梳理他那乱蓬蓬湿漉漉的头发，并用手绢擦干了自己的八字胡和眉毛。然后科马罗夫斯基一言不发、神情严肃的同时伸出了自己的双手——向拉拉伸出了左手，向尤里伸出了右手。

“我觉得我们应该算是老相识了。”他对尤里·安得烈耶维奇说道，“也许你知道，我是你父亲的铁哥们，他就是在我怀里去的。我一直在看你是不是像你父亲，但我不认为你们很像。你父亲是一个开朗健谈的人，敢闯敢做。你肯定是像你母亲，她很温柔，是个喜欢做梦的人。”

“是拉拉要我见你的，她说你有事和我谈。尽管如此，和你见面并不是我的选择，我也不在乎和你是否有交情。我们有什么好谈的？你想干什么？”

“我很高兴看到你们两个，亲爱的孩子们。我了解每一件事，完完全了解。恕我冒昧，不过你们两个真是天造地设的一对，真的很般配。”

“我不得不打断你，请不要热心泛滥多管闲事，我们不需要你的同情，你管好自己就行了。”

“小伙子，不要这么易怒嘛。也许真是有其父必有其子。你还是很像你父亲，他也经常这样发脾气。我的孩子们，我是想给你们最诚挚的祝福。但是你究竟是孩子，不仅体现在说话方式上，你完全就是无知轻率的孩子。在这的两天我对你的了解超过了你对自己的了解和猜想。因为你不了解自己，所以你正以身试法。如果你不用行动补救，那么你自由的日子甚至说你活着的日子都屈指可数了。”

“尽管能做到的人寥寥可数，但的确有这么一种共产主义者，尤里。但只有你才敢这么明目张胆的藐视生命和思想。我都不能想象为什么你要玩火自焚。你简直就是这世界活着的笑柄，行走的耻辱柱。如果你过去的秘密没有人知道的话也还好，但是莫斯科来的人知道你的底细。你们两个一点都不像是代表正义的当地牧师。安季波夫同志和季韦尔辛摩拳擦掌，准备对你和拉拉下手。”

“但是，你毕竟是个男人，尤里·安得烈耶维奇。你是你自己的主人，只要你愿意，你完全可以按照自己的意愿拿生命做赌注。但是拉拉不行，她是一个母亲，她手里攥着一个孩子的命，所以她不可能提着脑袋过日子。”

“我浪费了整整一个早上试图劝说她认真对待她的处境问题。可是她不会听我的，你可以劝劝她吗？她没有权利拿她女儿的安全开玩笑，她不能无视我的建议。”

“我这一辈子从来不将自己的观点强加于人。更不用说那些和我关系亲近的人。拉拉听不听你的话是她的自由，这是她的事。除此之外，我完全不知道你在说什么，我也不知道你所谓的建议是什么。”

“说实在的，你和你爸爸真是一个模子刻出来的，父子俩都是那么坚持己见。我可以告诉你全部的真相。但是说来话就长了，你得耐心听我说，不要插话。”

“上头正在酝酿一番大动作。千真万确，我的消息来源非常可靠，你尽可以放心。他们想推行更民主的一种路线，并推动其合法化。这项政策应该很快就会出台了。”

“但正因为如此，那些即将被撤销的制裁机构才更加紧锣密鼓地行动，要和当地人算最后一笔账。所以他们肯定不会手下留情。尤里·安得烈耶维奇，你必死无疑。我警告你，你的名字就在他们要肃清的黑名单之列。我是亲眼看到的，在悲剧酿成之前你一定要想办法自救!”

“以上只是开场白，现在我们切入正题。”

“对于临时政府和集中在太平洋沿岸的省区分散的选民代表团而言，那些政治势力还是很有公信力的。他们的地位仅次于地方自治机构位高权重的杜马，而且他们和其他公众人物、工商业界人士是休戚与共的。那些零散的抵抗红军的队伍正在那里集结壮大起来。”

“他们打算成立远东共和国，对此苏维埃政权只是睁一只眼闭一只眼，因为红军所在的西伯利亚地区和其他地方的确需要一个缓冲。共和国将成立一个联合政府。在莫斯科政权的坚决要求下，超过半数的议席将属于共产党。时机到来之时，他们将发动政变，颠覆共和政权。这个计划虽然意图昭然若揭，但却给了我们喘息的空间，我们要尽量争取。”

“有一次在政变之前我常常关注、和海参崴几家银行和贸易公司的情况。他们知道我在那里，并且派遣一位使者代表影子内阁来拜访我，邀请我出任部长和新政府的法官。这些事情尽管是秘密进行的，却得到了苏维埃政权的默许。我接受了他们的任命并且正前往赴任。我告诉你的这一切都是苏维埃政权默许的，而不是大张旗鼓进行的，所以不宜声张。”

“我可以带上你和拉拉一同前往，在那里，你可以轻而易举地弄条船，到海外去寻找你的家人。你当然也知道他们是逃出去的，这件事也传得沸沸扬扬，整个莫斯科都在议论纷纷。”

“我答应过拉拉要救出帕维尔·帕夫洛维奇，我所在的独立政权是为作为莫斯科政权所承认的，我可以在东西伯利亚地区寻找他的下落，并帮助他穿过我们的自治区。就算他出逃没能成功，我也可以建议用对莫斯科政府有利用价值的某个同盟国俘虏来交换他。”

拉拉很费劲才能听懂科马罗夫斯基的解释，但当听到他谈论尤里医生和孩子的安危时，她侧耳倾听，脸也微微涨红了，她说道：“看吧，安得列耶维奇，这件事对你和帕夏来说是多么重要啊！”

“亲爱的，你太轻信了。你不能听了他的一面之词就把他说的那些当作既成的事实。我不是说维克托·伊波利托维奇在故意误导我们，但至少到现在为止他不曾对我们信口开河。对我来说，”尤里转头对科马罗夫斯基说，“谢谢你这么关心我的事情，但是你别指望我会让他们随意摆布。至于斯特列利尼科夫，拉拉自然会考虑清楚。”

“归根到底，”拉拉说，“就只有一个问题，就是我们到底跟不跟他走，你知道的，如果你不走，我也不会走。”

科马罗夫斯基抿了尤里从医院带回来的掺了水的酒，又吃了一些煮土豆，越发显得醉醺醺的了。

2

天色越来越晚了，每次刚剪完灯芯，它便会噼噼啪啪燃烧得非常旺盛，把房间照得通亮，然后随着火焰渐渐减弱阴影又重新浮现在屋里。房子的主人们感到困倦了，他们希望能自己商量一下对策然后休息。但是科马罗夫斯基却迟迟不肯离去，他的存在就像那笨重的栎木桌和窗外无尽寒冷的黑暗一样，碍眼又多余。

科马罗夫斯基看着他们，但实际却是看着他们头顶上方，他那双眨个不停的眼睛盯着某个遥远的地方，他那含混不清的话语滔滔不绝，令人昏昏欲睡而又乏味冗长。他最近喜欢谈论的一个老调子是关于远东。他正分析蒙古的政治重要性。尤里·安得烈耶维奇和拉拉对这个话题并不感兴趣，已经听得云里雾里不知所云了。接下来的话更加无趣，他说道：“西伯利亚经常被称作真正意义上的新美国，它拥有广阔的发展前景。他是创造未来伟大俄国的摇篮；是我们走向更加健康民主、政治和经济生活的标尺。我们伟大的邻居——蒙古更是充满了发展的机遇，前景光明。其实你们知道什么啊，你们就知道打哈欠眨眼睛。其实蒙古拥有将近100万平方公里的广阔土地和无法估量的矿物资源。她是一片未经开发的处女地，所以会招致中国、日本和美国的贪婪觊觎。他们都想从蒙古分一杯羹，以此来损害我们的这些对手国公认的我们俄国的利益。不论何时，占世界四分之一的土地被瓜分时，这些国家都想将其纳入自己的势力范围。”

“中国利用其对喇嘛和宗教重要人士施加影响使得蒙古原本落后的封建政教合一制度更加牢不可破；日本则支持当地的君主；俄国红军已经在蒙古牧民起义军革命联合会中建立了一支同盟军。我本人也支持这样一个能进行自由选举的繁荣的蒙古。你个人可能比较感兴趣的是一旦你越过了蒙古的边界，整个世界就在你脚下了，你会变得和鸟儿一样自由。”

他的长篇大论使拉拉觉得厌烦。终于，无聊至极而又困倦无比的拉拉把手伸向科马罗夫斯基，毫不客气地说道：“天太晚了，您该走了，我太困了。”

“我希望你们不会如此不好客，在这大半夜的把我撵出去。我人生地不熟而且路上还黑灯瞎火的，我不相信我能找到回去的路。”

“你一直赖在这坐着，你怎么没有早点想到这点呢。我们可没让你留到这么晚。”

“你们为什么对我这么尖刻呢？你们也不问问我是否有地方可去。”

“我对此一丁点兴趣也没有，您这么有能力，肯定能照顾好自己的。如果你觉得我们可能会留您过夜的话，我们是不会让您和我们一起睡的，而且其他屋子里都是老鼠。”“我不介意有老鼠。”

"好吧，那随你便。"

3

"亲爱的，你怎么了？你都好几天没合眼了，也没怎么吃东西，整天失魂落魄的。你忧心忡忡的，到底怎么了？你不能一直这样下去。"

"你们医院的看门人左特，又开始在我们家附近晃悠了，他正和我们楼下的那个洗衣女打得火热。所以他顺便来我们家告诉了我一个坏消息。'这是一个可怕的秘密，'他说道，'你的朋友会有牢狱之灾，这随时都可能发生，然后就轮到你了，可怜的人。'我问他'你是怎么知道的?''噢，这千真万确，我从我的一个朋友那里听说的，他在喜剧团工作'，当然了，他所谓的喜剧团就是指执行委员会，他居然称之为喜剧团。"说到这儿，两个人都忍不住笑了起来。

"他说得很对，"尤里·安得烈耶维奇说，"我们已经身处险境，是时候逃走了。问题是我们要逃到哪儿去。我们绝不可能去莫斯科，因为那样的话我们安排旅程不可能不引起别人的注意。我们必须悄悄地溜走，不让任何人发现。亲爱的，你明白吗？我们会按照你最初的设想去做，我们去瓦雷金诺，从此隐姓埋名销声匿迹。我们去那躲一两个星期甚至一个月。"

"亲爱的，谢谢你，真的谢谢你。哦，我真的好高兴！我知道你多么不愿意这样做的。可是我们不会住在你的房子里，因为你不会愿意去面对那空空如也的房间，这会让你自责，对比过去和现在的巨大差别。我很清楚地知道把自己的幸福建立在别人的痛苦之上，践踏别人珍贵和圣洁的东西意味着什么。我决不能忍心看你做出这么大的牺牲。但是我们别无选择。毕竟你的房间已经很难再住人了，我想住到米克森的房子里去。"

"嗯。你说的都在理，谢谢你对我这么体贴。但是先等等，我一直忘了问你，科马罗夫斯基怎么样了？他还在这里吗？还是已经走了？自从我和他吵了一架之后就再也没听到他的消息。"

"我也不知道啊！可是管他呢，你想找他做什么？"

“我是想到，也许我们不该完全拒绝他的建议，我是说你和我。我们两个的情况是不一样的。你还有你的女儿，即使你愿意和我生死相随，你也没权利这么做。”

“想想瓦雷金诺吧，在大冬天去那个不毛之地，没有食物，没有力气，甚至没有希望。这简直就是疯了。但是亲爱的，为什么不呢？如果别无选择让我们疯狂一回。我们就再一次放下尊严去求萨姆德瓦托夫借给我们一匹马。甚至是去求那些依靠他的投机商，凭我们还剩的那点信用，让他赊购给我们面粉和土豆，我还可以说服他，不要利用他帮了我们的忙这点马上来找我们，而是等他需要他的马了再来找我们。让我们单独相处。亲爱的，我们走吧。这一周内我们砍伐用的木头数量会比一个主妇在和平年代一年用的还要多。”

“请你再次原谅我令人费解的表达方式。我多么希望自己和你讲话能不这么呆板严肃，可是毕竟我们没有选择了，随便你怎么说，死神的脚步已经近了，我们活着的日子屈指可数了，所以至少让我们按自己的方式好好利用剩下的日子，让我们利用最后的日子对生命告别，在我们分离之前好好在一起。我们要告别自己所钟爱的所有事物；要告别我们看待事物的方式；告别我们理想中的生活；告别良知交给我们的一切；告别我们的希望；告别彼此。我们将再次向彼此倾诉那些在夜里说过的私密话语，像亚洲海洋那样浩瀚包容，我隐形的、被禁锢的天使啊！你在我孩提时代的天空里出现，同样也在战火和纷乱的天空里出现，那么在我生命的尽头，有你同在对我而言意义重大。”

“那夜，还记得在旅馆房间半明半灭的光线中，那个穿着深棕色的校服的女孩就是你，现在的你宛若当时，还是拥有那样令人窒息的美丽。”

“我常常试图去定义去描述，你和我交流时那种心醉神迷——那微弱的亮光，那遥远的回音。所有这些萦绕在我的脑海，使我找到了理解世间万物的钥匙。”

“当你出现在房间的灯火阑珊处，我看见你那恍若校园女生着装的倩影时，我还是一个对你一无所知的青涩少年，可我内心回荡着痛苦的焦灼，那时我便明白你是什么：我意识到这个苗条纤细的姑娘拥有这世界上所有的女人味，就像放射着电流那样吸引人。如果我能够哪怕是指尖轻轻触碰你，爱的火花便会点亮整个房间，要么我会幸福得当场死掉，要么我会用一生为你忧伤，用心渴望。我热泪盈眶，暗自啜泣欢乐。我为自己这个少年惋惜，也为你这个女孩惋惜。我情不自禁地要问：若是爱和爱的电流是如此让人痛楚，那么对一个女人来说，爱和爱的电流的发源，并且激起爱唤醒爱，岂不是更加痛楚吗?”

“我终于说出来了，在那里，爱可以使人疯狂，我便是如此。”

拉拉在她的床边和衣而卧。她感觉不舒服，身体蜷曲在一条披巾里。尤里·安得烈耶维奇坐在她旁边的一把椅子上，静静地对她倾诉，语调缓慢。有时拉拉用胳膊肘撑着身体，用手托着下巴，嘴巴张开，目不转睛地望着尤里。有时拉拉把头埋在尤里的臂弯里，开心地轻轻啜泣，自己却浑然不觉。最后拉拉将身体倚在床外，用双臂抱住尤里，高兴地说：

“尤里尤里，你真明智！你简直无所不知！你能预见一切！上帝原谅我的不敬，尤里，你真是我的力量和避难所。哦，我真高兴，我们离开这儿，亲爱的，我们离开这里。离开这儿，我可以告诉你我心里想着什么。”

尤里断定拉拉指的是她怀孕这件事，也许她根本不该怀孕。他说：“我知道了。”

4

他们在一个灰蒙蒙的冬日清晨离开了镇子。那是一个工作日，街上的人们正赶去忙自己的生计，他们的面容看起来都有些相似。在广场上，家里没打井的妇女们正在老旧的抽水泵前排队等着打水，她们旁边放着自己的扁担和水桶。医生尤里小心谨慎地驾驭着萨姆德瓦托夫的那匹生气勃勃的烟色黄马绕过这些妇女。马拉的雪橇车一直在下坡的结冰街道上滑行，溅起阵阵水花，不时滑向人行道，有时撞在灯柱和路肩上。

马儿全速冲刺，尤里他们赶上了在街上走着的萨姆德瓦托夫，他们头也不回地越过了萨姆德瓦托夫，没有关注萨姆德瓦托夫是否认出了他们和他自己的马，也没有关注萨姆德瓦托夫是否对他们说了些什么。过了一会儿，尤里他们又遇见了科马罗夫斯基，同样地，尤里他们连个招呼也没打就越过了他。

格拉菲拉·通采娃在路对面冲着尤里他们喊道：“大家就会胡说八道，他们说你们昨天就走了，你们这是去拉土豆吗?”她打手势比画说没听见尤里他们说什么，于是摆手和尤里他们说再见。

遇见西玛时他们慢了下来，可是在这条邪门的坡路却怎么也停不下来，马儿不停地拉着缰绳前进。西玛从头到脚都严严实实地裹在披巾里，看上去像块僵硬的木头。她步履蹒跚地挪到路中央，和尤里他们告别并祝他们一路顺风。

“等你回来了我们好好谈谈。”西玛对尤里说道。

最后，尤里他们把镇子远远地甩在了后面。尽管尤里在冬天也在这条路上走过，可是他绝大多数时候是在夏天走这条道的，所以现在尤里几乎都记不清这条道了。

他们把粮食和其他行李都深深地埋进了雪车前面堆放的干草堆里，并且用绳子固定住。尤里有时像当地农民那样笔直跪在雪车板上驾车，有时又把腿裹在萨姆德瓦托夫的挂在一边的毛毡靴子里坐着驾车。

像往常冬日的下午一样，白天看上去快要结束了，其实离太阳下山还早。尤里开始轻轻地抽打着马儿，马儿便箭一般的飞奔起来。雪车在颠簸不平的道路上行驶着，就像风暴中的一叶扁舟。拉拉和卡坚卡裹在厚厚的毛皮大衣里，这样他们就不会晃了。雪车时而在街角转弯时倾斜，时而在坑坑洼洼的车辙上颠簸，拉拉和卡坚卡就像袋子那样在干草堆里不时东倒西歪，两个人嘻嘻哈哈笑个不停。有时尤里开玩笑，故意将车子开向有积雪的地方，弄得拉拉和卡坚卡满头都是雪。雪车拉过一段距离，尤里勒住缰绳让马儿停下，将雪橇扶正。这时拉拉和卡坚卡便爬到后面来，拍打着尤里，一边埋怨一边哈哈大笑。

“一会儿告诉你们我是在哪儿被敌后游击队拦住的。”尤里在离镇子还有段距离时对拉拉和卡坚卡说。可是尤里却没能做到，因为是冬天，树木都光秃秃的，周围是死一般的寂静和空旷，乡村的样子变化太大使尤里根本无法辨认哪是哪。“就是在这里。”尤里很快就说道。他错把第一个田野里的“莫罗与韦钦金公司”的广告牌当作他被抓走的树林里的第二个路标了。当他们奔驰而过，路过依旧还竖立在萨卡玛岔道口密林里的第二个路标时竟没认出来。那些令人目眩的晶莹的白霜使森林看上去像由黑钻和银丝镶嵌而成的精致饰品，所以很难辨认以至于他们压根没有发现。

当他们到达瓦雷金诺时，天还没有完全黑下来。因为他们首先到达尤里家的房子，所以他们就在尤里家房前停了下来。他们像强盗似的匆匆破门而入，因为天马上就要黑了。但是房间里还是已经黑了，所以尤里只看见了一部分被毁的令人厌恶的场景。一些他还记得的家具还在，瓦雷金诺被废弃了，而且没人修葺过。尤里找不到任何私人物品。由于他的家人离家时他本人不在，所以他也分不清他的家人究竟带走了多少东西。这时拉拉开口说道：“我们必须抓紧了。天很快就要黑了，我们没时间去想那么多了。如果我们要住在这里的话，马儿必须得牵到牲口棚，粮食必须得存放到走道里，而且我们还得打扫好我们住的房间。但是我们之前说过的，我不想住在这里。因为住在这难受的不仅是你，还有我。这个房间做什么用？做你的卧室吗？不，这是育婴室，这里是你儿子的小儿床。不过这对卡坚卡来说太小了。另外，窗户都还好好的，墙上和天花板上都没有裂缝，壁炉更是神奇呢。我上次来时就很喜欢这个壁炉。所以，尽管我不愿意，如果你坚持要留在这里，那我现在马上就脱下大衣开始忙活了。首先要做的是把壁炉点着，并且不停地添煤，我们必须让壁炉一直烧着，至少得连续烧 24 小时。但是，亲爱的，你到底打算怎么办呢？”

“等一下，我没事，不好意思……还是算了吧，我们应该去看看米库利钦的房子。”

于是他们又出发了。

5

米库利钦的房子上挂着锁，尤里将那把锁的螺丝和朽木一起扳掉了，同样他们匆匆地没有脱掉大衣、帽子和毛毡靴子就进了屋子。

尤里他们很快就惊讶了，因为几间屋子很整洁，特别是米库利钦的书房。一定有人在不久前还住在这里，但是是谁呢？如果说住在这里的是米库利钦的家人的话，他又去哪儿了呢？为什么他们只是在门上挂把锁而不用钥匙把门锁上呢？所有这一切都说明这房子里住过一个外来者，但他究竟是谁呢？不过尤里和拉拉都不担心这个问题，他们也没想弄明白。时局混乱，有很多房子多多少少都被打劫过，亡命之徒更是猖獗。他们对彼此说："有白人在这儿出没，等他来了，我们再作打算。"

就像很久之前那样，尤里又一次出神地站在书房的门前，这书房不仅宽敞舒适，还有一张宽大方便的靠窗的书桌。尤里又一次想到，这样朴素的环境，一定对潜心创作，写出成果丰硕的作品很有帮助。

院子里的外屋有牲口棚和邻室，只是都被锁上了。不过尤里毫不顾惜就破门而入，因为这些房子可能已经废弃了。牲口棚的门很轻易就打开了，这样马儿就可以在牲口棚里过夜。尤里卸下了马儿身上的挽具，等马儿气喘匀了才喂它喝从井里打上来的水。尤里本来想给马儿喂一些他们自己带来的干草的，可是那些干草早就被他们踩烂了。幸好牲口棚里的阁楼上储存着足够的干草。

尤里他们没脱衣服就躺下睡了，用他们的毛皮大衣当毯子盖着，他们沉沉地、香甜地、愉悦地睡去了，就像那些已经奔跑玩耍了整整一天的孩子一般。

6

从他们醒来那一刻开始，尤里·安得烈耶维奇就不停地盯着那窗边的充满诱惑的书桌。他的手痒痒，很想拿起纸笔来创作。可是他一直等到晚上拉拉和卡坚卡都睡了才动笔。到那时他便放下手中的活开始创作，即便只有两个房间是收拾好的。他期待着夜晚的到来，所以在他看来没有什么活是比这重要的，他一心一意，脑中只有想要创作的热情。

他不得不信笔涂鸦。刚开始，他要把那些还没有写到纸上的那些已经构思好的想法记录下来，以便日后加以修改。如果他和拉拉能够继续住在这里的话，他希望能有时间进行新的更重要的创作。

“你忙吗？你在干吗？”

“不停地添煤呢，你呢？”

“我想找个浴盆洗亚麻布。”

“按照这个烧法，我们的木柴最多还能用三天。我得去我们的旧柴屋看一看，说不定那里还有一些剩余的木柴呢。如果那里有的话，我会把那些木柴带回来。我看明天去好了。你说一只浴盆啊，我确定我在什么地方看到过，但是我想不起来是哪儿了。”

“我也是，我也想不起来是在哪儿了。它一定被放错了地方，所以我才会想不起来。哎，算了吧。记着啊，我正烧着好多洗澡用的热水，剩下的我就用来洗卡坚卡和我的衣服。你有什么需要洗的衣物也可以给我。等我们安顿好了，晚上睡前我们就洗澡。”

“谢啦，我现在去拿我的脏衣服。我已经按照你说的，把所有的笨重家具都搬得离墙远远的了。”

“好的。反正我们也找不到浴盆，那我就用洗碟子的盆子来洗衣服好了。但是它油乎乎的，我得先好好刷洗一下。”

“等我填好了煤，我会检查所有还没检查的抽屉。在抽屉和箱子里我找到的东西越来越多了：有肥皂、火柴、纸、铅笔、钢笔还有墨水。而且在书桌上放着的那盏油灯里煤油还满满的呢。我知道麦克里森可没有这种东西，这一定是别的什么人弄来的。”

“我们运气真好！一定是我们的神秘房客，真有点像儒勒·凡尔纳。瞧，我们又在闲聊了，我烧的水开了。”

从这个房间到那个房间，他们一直忙个不停。他们的手没有一刻是闲下来或是没拿东西，他们有时会撞到彼此，有时会被缠在身边的卡坚卡绊一跤。卡坚卡在房间里走来走去，不时打搅他们的工作，一旦他们骂了她几句，她就会满脸的不高兴。她冻得直打寒战，抱怨屋里太冷了。

“现在的小孩真可怜。”医生尤里心想，“他们是我们这种吉卜赛式生活的受害者，可怜的小流浪者。”于是他大声说：“打起精神来，小姑娘。你怎么会冷呢？简直胡扯，看炉子烧得通红呢。”

“炉子也许挺暖和的，可是我很冷。”

“好吧。耐心点，等到了今天晚上，我会把炉子烧得旺旺的，你也听到了。妈妈说了，今晚可以洗热水澡。现在你先玩这些东西吧。接着——”尤里在冷飕飕的储藏室找到了麦克里森小时候玩的旧玩具，他把这些玩具倒在地板上。其中有些是完好的，有些是破碎的。有积木、火车、机车和一些用来玩游戏的带有方块图片或数字的木板，还带有色子和计数器。

“你想啥呢？尤里·安得烈耶维奇。”卡坚卡学着大人的样子拒绝道，“这些玩具又不是我的，而且这都是给婴儿玩的，我都这么大了。”

可是转眼间，卡坚卡就舒舒服服地坐在地毯上玩起玩具来。她用所有的积木为她自己带来的玩偶尼卡搭了一座房子。这座玩具房子比卡坚卡大部分时间待的任何一座临时寄居的房子都舒适安心多了。

拉拉从厨房关注着自己的女儿。“看卡坚卡对家庭生活的本能渴望多强。这就证明了无论什么都不能毁灭人们对家庭和秩序的渴求。孩子更诚实，他们敢于面对真理。但是我们大人就害怕显得落伍，我们可以背弃自己所珍视的事物，可以违心奉承我们反对的事物，可以假装听懂我们根本不知所云的东西。”

“浴盆在这儿呢，”从昏暗的走道里进来的尤里说，“它果然是放错了地方。它在天花板的漏缝下面呢，我觉得这盆子可能去年秋天就放在那里了。”

7

拉拉用刚从城里带来的食物烧好了足够吃三天的饭菜。至于当天的晚餐，拉拉准备了一场空前丰盛的晚宴。菜肴有土豆汤、烤羊肉和烤土豆。卡坚卡一直吃到再也吃不下了才停了下来，吃饱之后的她咯咯地笑着，越来越淘气。过了一会，感到又暖和又饱足的她才蜷缩在妈妈的一条披巾里，躺在沙发上睡着了。

拉拉一直在烤炉旁，又热又累，已经和她的女儿一样困了。由于晚餐做得特别成功，所以她很开心，也不急着收拾碗筷，就坐着休息一会儿。在确定卡坚卡睡熟了以后，她才倾向桌子，用手撑着下巴说："如果这样是有意义而不是徒劳的话，我就算吃苦受累心里也是甜的。你将一直不得不提醒我我们来这里是为了能够在一起，一直给我打气，不让我多想。因为严格意义上来说，平心而论，我们都在干些什么啊？这算什么？我们先是占了人家的房子，破门而入把这里当作我们自己的家，现在又让我们自己忙得团团转，好不去想这其实不是生活，这是在演戏，这根本不真实，这都是装出来的。就像孩子说的，这简直是儿戏，荒唐透顶。"

"可是，亲爱的，不是你一直坚持要我们来这里的吗？难道你忘了我有多么反对这个提议吗？"

"我当然没忘，我也不会否认。所以现在我才会自责。你遇事三思有所犹豫都是可以理解的，可是我必须一直都保持理智，有所坚持。你走进来，看到你儿子的婴儿床，然后感到头痛，这是你的自由。可是我不能去担忧、不能去替卡坚卡担惊受怕、不能去考虑将来，因为在我对你的爱面前，其他所有事情都要让步。"

"拉拉，振作起来。想想看，现在做决定还来得及。我是第一个要你好好考虑科马罗夫斯基建议的人。我们已经有一匹马了，如果你愿意我们明天就可以直接回尤利亚金，科马罗夫斯基还在那里。我们看见他了，顺便说下我不觉得他看见我们了。我确信我们还能找得到他。"

"我几乎什么都说不出来了，你听来也很困扰。但是你告诉我，我真的错了吗？如果我们找不到比这更好的藏身之地，我们也大可以待在尤利亚金。如果我们真的想要自救的话，我们应该有个合理的计划并且深思熟虑，归根到底还是得好好考虑科马罗夫斯基给我们的建议。尽管他令人厌恶，可是他毕竟消息灵通，经验丰富。我们在这里比其他任何地方还要危险呢。想想看吧：我们孤零零地待在这个荒无人烟，狂风肆虐的平原上，如果夜里我们的房子被雪埋了我们早上都不能把自己挖出来。再想想那个在这里住过的神秘房客，如果他是个土匪，而且如果再来这的时候要把我们赶尽杀绝怎么办？你甚至连一支枪都没有。我都不敢继续想了，你明白吗？真正让我害怕的是你若无其事的样子，这样让我也觉得若无其事，可是我就是想不明白。”

“但是你想怎么样呢？你想要我现在做什么？”

“我也不知道自己在说些什么。你总是让我对你言听计从，总是一直提醒我我是你爱的奴隶，所以我不该去思考去争辩。让我告诉你吧。你的东尼娜和我的帕夏都比我们两个强多了，但这不是重点，重点是爱的礼物就如同其他任何礼物一样，如果不被送礼的人祝福那么收礼的人就不会感到幸福。你和我，便如同在天堂里学会了如何亲吻彼此，然后一起被送到了人间，被试探我们是否知道我们已经学过如何爱人。这是一种无上的和谐，没有限制，没有等级，所有的事物都是等值的，所有的事物都是愉悦的，所有的事物都可以转化为灵魂。但是在这不羁的温柔中每一刻都有些幼稚的、不受控制的和不负责任的东西存在。那是一种对内部幸福而言任性的、有破坏力的、有敌意的元素，我有责任害怕这样的爱，不信任这样的爱。”

她搂住尤里的脖子，内心的痛苦挣扎使她泪眼婆娑。

“你难道不明白，我们的处境是不一样的，你有翅膀可以自由在云间遨游，可我是个女人，我必须靠近地面为我的孩子提供庇护。”

尤里被拉拉说的每一句话深深地触动了，但是他却不动声色，唯恐自己感情用事。

“你说的很对，我们过的这种居无定所的生活是有不对和不便之处，这点你是完全正确的，可是这并不是我们自己造成的，这是时局所迫啊。”

“我自己也想了一整天了，我也想尽可能在这里多待一些日子。

我无法向你表达我有多么渴望重新工作，我指的不是农活，尽管我们以前在这就做这个，我们一家人以此为生而且我们做到了。但是我现在没有气力再干农活了，我想干点别的。”

“时局会慢慢平静下来的，也许有一天书本又能出版了。”

“我也是这么想的。也许我们可以和萨姆德瓦托夫达成协议，当然我们得付给他更多利息，这样他就可以支付我们在这里生活半年的费用，条件是这段时间让我写书，也许是一本药物教科书，或者是一本诗集之类的文学作品。我也可以翻译些经典著作。我很擅长语言，那天我看到一则广告，说是在匹斯堡有一个大的专门做翻译生意的出版商。我很确定如果我翻译一些东西是能赚钱的，我也很乐意做这些事。”

“我很高兴你提醒了我，我今天也在想这之类的事情。但是我对我们在这里的将来没有信心。恰恰相反，我有一种预感，我们很快就会被赶到某个更遥远的地方去。但是趁着现在我们有喘息的空间，我想请你帮个忙。你能不能用几个晚上把我从你那里听到的那些不同的诗歌都写下来？这些诗，有一半你已经忘了，剩下的你还没写下来。我还怕你会全部忘记，然后就像以前那样都没有了。”

8

那天晚上他们用足够的热水洗了热水澡，拉拉还给卡坚卡洗了澡。洗完澡之后的尤里感觉清爽又干净，尤里坐在靠窗的桌前，背对着拉拉所在的房间，拉拉裹在一条浴巾里，散发着香皂的芬芳，她的头发卷在一条包头巾里。这时拉拉正哄卡坚卡睡觉，她把卡坚卡的衣袖卷了起来，尝到了专心工作的甜头，尤里开心地长时间专注地打量着房间。

一天清晨，拉拉终于撑不住睡着了。她和卡坚卡的睡衣，就和那刚洗过的亚麻床单一样，闪着清洁美丽的光辉。即使是在那样的日子里，拉拉也想方设法弄到了给衣服上浆的材料。

周围一片静谧，尤里享受着生的幸福。柔和的灯光洒在洁白的纸张上，盛在墨水瓶里的墨水表面也蒙上了一层银光。屋外，严寒的冬夜是苍白的蓝色。为了看得更清楚些，尤里走进黑黝黝冷飕飕的另一个房间，从窗户向外望去，满月的银辉洒在雪地上，看上去就像搅浊的蛋清或是一幅厚重的白色油画。寒夜的壮丽是难以言喻的，尤里的内心十分宁静。他回到了温暖明亮的房间，开始写作。

尤里用他流畅的笔调精心描绘着他经历的事情，所以即使从字面上看，他的文字也是独特的，不流于麻木，不缺乏思想性。他坐了下来，在他一遍又一遍的修改中升华它们，那些在他脑海中记得最牢固印象最深刻的诗歌，如“圣诞夜之星”，“冬夜”和其他一些诸如此类的诗歌，有些他后来忘了，有些放错了地方，就再也找不回来了。

在这些既有的完整诗歌的基础上，尤里又开始了一些其他的未完成的创作，尽管他一点儿也没指望现在就完成它们，他还是确定了它们的感情基调，打了一些续篇的草稿。终于他把这些放在一边，开始了新诗的创作。

在写了两三个诗节之后，其中有几个形象深深打动了尤里自己。他的作品深深吸引住了他，他体会到了什么叫作灵感。在此时，支配他艺术创作的力量变得与以往相反。起决定作用的不再是作者的思想，而是那些他想表达的语言。语言，这美感和意义的来源和载体，开始替人进行思考和表达，并转化为音乐，不是以洪亮的形式，而是以一种内在的狂热泉涌一般倾泻。然后，就像大河的水流将石头打磨得光滑，车子在运动的过程中轮子自然转动一样，语言的流淌是自然而然的，遵循自己本身的法则、韵律和其他数不清的形式和结构的要求，这些尽管可能更为重要，但却未经发现，没有被充分认识到，不可名状。

这时尤里觉得，大部分的作品不是他完成的，而是高于他的一种超力量指导他完成的，那就是宇宙思想的运动和当下的历史阶段的诗歌和下一阶段诗歌作用的结果。他感觉到自己只是一个起因，一个支点，从而使这种运动成为可能。

这种想法使他从自责、对自我的不满和自我的渺小感中解脱出来。他开始向上看，向周围看。

他看见两个熟睡的人儿头枕在洁白的枕头上。她们那纯洁的身影、那洁白的床单和房间、那静谧的夜色、那皑皑的白雪、那皎洁的星光和月华……所有这一切都在他的心里汹涌着，他能感到一种纯洁的胜利的喜悦。“主啊主！”他轻声说，“这些都是给我的吗？您为什么赐予我这么多？为什么允许我存在？又允许我走进您的世界？让我享有您的宝藏，在您的星辰照耀下，让我拥有这样一份不幸、草率而又坚韧的爱情？让我的眼中充满了永恒的亮光呢？”

凌晨三点钟尤里停下了写作，抬头望去，他从遥远的忘我的思绪中回过神来，他回到了现实中，找回了自我，内心愉悦平静而坚强。突然，窗外旷野的宁静被一个忧伤哀怨的声音打破了。

他走到了没点灯的隔壁房间，从窗户向外望去，可是在他写作的时候，玻璃被霜冻上了。于是他拖走了挡在前门用来抵御寒风的地毯，披上了他的外套，走了出去。

他被那反射着月光的雪地所闪耀的毫无阴影的白光耀得一阵眩晕，一时之间什么也看不见。然后周围响起了长长的、如泣如诉、如慕如怨的嗥叫声。因为离得太远所以声音很模糊。尤里注意到了在对面溪谷的边上，有四个拉得长长的细瘦的影子。

那四匹狼站成了一条线，他们的头和吻对准了房子的方向，正对着月光抑或是那反射在窗户上的银辉嚎叫。但是直到它们转身像狗那样小跑着溜走，仿佛看透了尤里的心思似的，尤里才意识到它们是狼。尤里还没弄明白它们是从哪个方向逃走的，它们就已经消失得无影无踪了。

“真是让人难以忍受！”尤里心想，“难道它们的窝离这里很近吗？也许就在那个溪谷？真是恐怖！萨姆德瓦托夫的马还在牲口棚呢，它们一定是嗅到了马的味道。”

但是尤里决定不把这件事告诉拉拉，生怕吓坏了她。回到房子里之后，尤里把房子里所有的门都关得死死的，把地毯和衣服塞在门缝里，挡住那些漏进来的寒风。然后又回到了他的书桌前，灯光还是像先前那样明亮，迎接着它的主人。可是尤里却再也没有心思写作了。他不能平静下来。一门心思想着那些狼和周遭潜在的危险和复杂的环境，而且，他已经很累了。

拉拉醒了，“你还没睡吗？别浪费灯油啦，”她睡眼惺忪，声音微弱而沙哑，“来我身边坐一会吧，我告诉你我做了什么梦。”

尤里于是熄了灯。

9

又是十分疯狂的一天过去了。他们在房间里发现了一个儿童滑坡小雪橇。卡坚卡小脸涨得通红，裹在厚厚的外套里，高兴得笑个不停。尤里用铲子把雪严严实实堆起来，然后又在上面倒了一些水，为她做了一个滑雪道。小姑娘于是不知疲倦地在这滑雪道上上下下，她不停地用绳子拉着雪橇爬上滑道的顶端，笑容一直挂在她的脸上。

天寒地冻，能明显感觉得到越来越冷了，但是天气却很晴朗。正午的雪开始融化成黄色，由蜜色化成橘色，就像是夕阳西下之后的余晖。

前一天拉拉洗的衣服使屋子里变得很潮湿，窗上的蒸汽结成了厚厚的白霜，并且在墙纸上留下了一道道黑色的潮湿的水痕。房子里昏暗而又了无生气。尤里在搬木柴，抬水，继续在房子里检查，并且发现了更多的东西。有时他也帮拉拉干些忙不完的琐事。

在忙碌中他们有时会碰到一起，然后就双双放下他们手上的活，因为那不可阻挡的温柔和激情使他们头晕目眩，不能思考。时间就这样静静地流逝，直到他们突然想起或者惊觉：卡坚卡已经没人照看好久了或是马儿还没喂水和饲料，然后受责任感驱使的他们会去弥补他们的懈怠。

尤里由于睡眠不足，感到脑袋里有一种迷迷糊糊的感觉，就像喝醉了酒似的有点飘飘然的感觉，浑身上下都有点痛，虽然感觉很虚弱，但是却很舒服。他急不可耐地等待夜晚的降临，好继续投入到他那被中断了的写作中去。

他昏昏欲睡，感觉周围的一切都很恍惚，他的思绪也很模糊，所以前半部分的写作就在这样的半睡半醒之间完成了。所有的一切都是若隐若现的，这样反而有利于将他想表达的内容清晰地呈现出来。就像斑驳的初稿，一整天百无聊赖的倦怠，正是夜晚写作的必不可少的前奏。

尽管他感觉自己精疲力竭，他什么都没能触动，没能改变。事实上，一切都发生了变化和转化。

尤里·安德烈耶维奇感到，他们没有办法长期居住在瓦雷金诺，他同拉拉分手在即。他一定会失去她，失去生活的希望，甚至是生命。痛苦啮噬着他的心。但更折磨他的还是等待夜晚降临的那种焦灼和把这种痛苦用文字表达出来，令读者为之动容的愿望。

他一整天都在回想的那些狼已经不单单是月光下雪地上的狼了，而是变成有关危险的主题，变成一种充满敌意的势力的象征，这种充满敌意的势力一心想要毁灭医生和拉拉，或者把他们赶出瓦雷金诺。

尤里的这种关于敌意假设渐渐深入，到了晚上，它已经像史前的怪物和传说中的恶兽那样阴森森地盘旋在尤里的脑海中，仿佛一条蛰伏在溪谷中的巨龙，渴望吮吸医生的血、吞食拉拉的肉。

夜幕降临了。医生再次点亮了桌上的油灯。拉拉和卡坚卡则睡得比昨天还要早。

医生写的东西分为两部分。已经润色了的过去的诗作和他新作的诗。前者誊写得干净而工整，后者则是潦草粗略地涂鸦，其中有许多断句，字体歪斜得难以辨认。

辨认这些涂写得斑驳陆离的草稿，使医生一如往常那样失落不已。深夜时分，这些草稿片段却又使他激动得潸然泪下，其中不乏妥帖形象的篇章，令他自鸣得意。不过现在，他又觉得这些片段有点牵强附会，这让他感到又痛苦又伤心。

他一生都渴望写出真正不落窠臼的作品来，文字既流畅又婉转，形式既规范又新颖；他一生都追求一种委婉朴实的风格，读者和听众欣赏他的作品时，能自然而然领悟了它们的内容。他一生都向往朴实无华的文风，但却常常为自己的创作与这种理想相去甚远而惴惴不安。

在昨夜的草稿中，他本打算用简单甚至是天真的话语和接近摇篮曲的直白方式来表达自己那种爱情与恐惧、痛苦与勇敢交织在一起的复杂情绪，让它仿佛不需文辞藻饰就能自然而然地流淌。

然而现在，在浏览这些诗稿时，他发现缺乏一个贯穿整个诗篇，并将它们联系在一起的主题。尤里·安德烈耶维奇在润色已经写好的诗篇时，开始采用一贯的那种抒情风格来描绘勇敢的叶戈里和巨龙的神话。他从广阔的、自由的五音步格开始。这种格式往往内容离题万里但韵律和谐，这种矫揉造作的风格让他厌恶不已。后来他放弃了这种辞藻华丽的带停顿的诗格，把诗句压缩成四音步格，就像在散文中删减那些冗长的话语那样，这使得他的创作更具挑战性，也更引人入胜了。由此而产生的作品生动鲜活了许多，但还是夹杂着很多冗长的赘余。他强迫自己尽量压缩诗句。在三音步格里，他几乎是硬塞强拽才能压缩字数。尤里变得清醒极了，他热血沸腾，恰如其分的字眼几乎是自己蹦出来的。那些原本难以言喻的事物开始乖乖地呈现出它们生动具体的形象。在诗歌的字里行间，他仿佛听见骏马奔驰的声音，宛如肖邦的一支叙事曲中马蹄流畅的哒哒声。好像圣乔治在无边无际的草原上纵情驰骋，尤里·安德烈耶维奇望见他渐渐消失在远方的背影。尤里·安德烈耶维奇下笔如有神，刚刚来得及把如泉涌般的精妙字句记下来。恰如大珠小珠落玉盘一般，一切都是和谐而悦耳的。

他没注意到拉拉从床上爬起来走到桌子跟前。她身着长及脚踝的睡衣显得更加高挑，比她本人平时的感觉要高一些。当拉拉面色苍白，脸上满是惊恐地走到尤里·安德烈耶维奇身旁时，把他吓了一跳。她伸出一只手，低声问道："你听见了吗？一只狗在嚎叫。也许是两只。唉，多可怕，多么不吉利的兆头！我们明天一早就走，一定要走。我多一分钟也待不下去了。"

大约过了一小时，尤里·安德烈耶维奇安抚了她好久，她才平静下来，又睡着了。尤里·安德烈耶维奇走出房间，来到台阶上。他发现那群狼比昨天夜里离得更近，消失得也更快了。尤里·安德烈耶维奇又没来得及看清它们逃走的方向。它们成群移动，他来不及数一共有几只。但他觉得这次的狼更多了。

10

今天是他们在瓦雷金诺栖身的第十三天，情况和头一两天没有什么差别。在这星期里，消失的狼又像之前他们听到过的那样嚎叫。拉里莎·费奥多罗芙娜又错把它们当成了狗，再次被这种不吉利兆头吓坏了，决定第二天早上就离开。她平稳的精神状态被这种焦虑打乱了。这对一个妇女而言是很自然的。她不习惯两个人整天倾诉衷肠，享受这种荒唐奢侈的爱情生活。

狼嚎的情景一再重演，以至于这天早上，拉里莎·费奥多罗芙娜像每次一样收拾行装，准备返回尤里亚金。她甚至会这样觉得在这儿度过的这十三天就像根本没有发生过一样。

屋子里又变得潮湿而昏暗，这是因为天气阴沉的缘故。严寒没有前几天那么凛冽，乌云密布、低沉阴暗的天空眼看就要下雪了。尤里·安德烈耶维奇由于一连几个晚上睡眠不足，已经感到身心俱疲，心力交瘁了。他的思绪很混乱，身体虚弱，冻得瑟瑟发抖，缩着脖子不停地搓手，在没生火的房间里踱来踱去。不知道拉里莎·费奥多罗芙娜如何决定，以及自己接下来需要干些什么。

拉拉也没有拿定主意。现在她宁愿付出任何代价，也不愿意继续过这种不管多么忙碌却依旧觉得是苟且偷生的日子。她希望有一种严格的而牢不可破的秩序，那样他们就能工作，就能过上体面的，诚实而理智的生活。

这一天同往常一样，拉拉先铺好了床，又打扫了房间，随后准备好了早餐，然后整理行装，请医生套雪橇。她已经下定决心，一定要离开这里。

尤里·安德烈耶维奇没有反驳。现在全城抓捕的工作风声正紧，在这个风口浪尖上回去简直是不可理喻。但他们孤单地躲身藏在冬天这可怕的荒野里，没有武器，又处于另一种可怕的威胁之中，也未必是明智之举。

此外，医生发现牲口棚里的干草已经不多了。当然，如果有可能在这儿长期居住下来的话，医生会到周围去搜寻，想办法补充草料和粮食。不过，如果只是短期地、毫无指望地在这里过几天，便不值得到各处搜寻了。于是医生打消了这个念头，出去套马。

他不擅长套马。这还是桑杰维亚托夫教给他的呢。尤里·安德烈耶维奇却总是记不住他的指点。尽管动作很笨拙，他还是把马套好了。他用包着铁皮的皮带头把马轭系在车辕上，在车辕的一侧打了个扣，并把扣拉紧，剩下的皮带在车辕头上绕了几绕，然后用一条腿顶住马腹，拉紧轭上松开的曲杆，最后他把马牵到台阶前，拴好，进去对拉拉说，可以动身了。

她和卡坚卡都已穿好行装，所有的东西也都整理好了。但是拉拉看上去十分不安，她激动地搓着双手，几乎要掉下泪来。她请求尤里·安德烈耶维奇先坐一会儿，自己倒在椅子里又站起来，用尖声哀怨的语调断断续续地开口了，而且不时会突然问一句："你觉得呢?"

"我做不到。我也不知道是怎么了。但是你看吧，天都这么晚了，我们没法现在动身。这样的话我们赶夜路正好会穿过那片可怕的森林。你觉得呢？你说什么我都听你的，可我自己下不了决心。好像有什么放不下似的。我心里乱糟糟的。随你的便吧。你觉得呢？你怎么不说话呢？我们已经糊里糊涂地浪费了半天的功夫了。明天走的话我们就会更加谨慎更加理智了，你觉得呢？要不我们再待一夜吧？明天破晓，六七点钟的时候我们就动身。你觉得呢？你生着炉子，在这儿多写一个晚上，我们在这儿再住一夜。亲爱的，这样不是很好吗？难道我说错了吗？你怎么一句话也不说呢?"

"你太夸张了。离太阳落山还早着呢。天还很早。但是就听你的吧。我们留下来好了。可你得平静点。看你多难受啊。来吧。让我们脱下外套，卸下行李。卡坚卡说她饿了。我们得吃点东西。你说得很对，今天突然动身实在是太仓促了，来不及准备好。可你别难过了，别哭。我马上生火。但最好还是趁着没卸马，雪橇还停在门口，我先到柴房里去拉点木柴，要不我们一根木柴都没了。你别哭。我马上就回来。"

11

在日瓦戈家的柴房前面的雪地上印有几条尤里前几次来过时轧出的雪橇痕迹。落在门槛上的雪被他前天拉木柴时踩脏了，弄得门槛上到处都是。

早上还乌云密布的天空放晴了，天空变得洁净。天又冷了起来。这老旧的大房子一直伸展到柴房前，仿佛是为了看医生的脸一眼，提醒他什么事情似的。今年的积雪很厚，高过柴房的门槛。这使得它的门梁仿佛矮了不少，柴房看上去就像倾斜了一样。压在屋檐上的雪花几乎要碰到医生的头顶，就像一个硕大无比的蘑菇。就在屋檐上方挂着一弯新月，弯弯的一角仿佛插进了屋檐上的雪里，月牙的边沿发出清冷苍白的光芒。

尽管还是下午，光线还很充足。但医生却感觉自己仿佛置身于黑黢黢的深夜里的幽暗森林一般。他的灵魂中就有这样的阴暗面，正如他此刻的忧伤。预示着分离在即的新月，象征着形单影只的新月，几乎挂在他的眼前。

尤里·安德烈耶维奇累得几乎站不住了。他从柴房里往雪橇上扔木柴，每次尽量抱少点，不像前几次那样。哪怕是戴着手套抱那些沾了雪的冰冷的木块双手还是感到钻心的疼痛。干活并没让他暖和过来。他感觉自己身体里有什么东西破碎了，静止不动了。他诅咒自己命途多舛，祈祷上帝能保佑他深爱的女人。她是那样的哀婉动人，那样的顺从单纯。而新月升到了牲口棚上方，气息冰冷，光芒暗淡。

马突然转向他们来的方向，扬起头，嘶叫起来，开始时低声而和缓，后来竟高亢而兴奋了。

“它这是怎么了？”医生想道，“绝不可能是因为受到惊吓。因为马受了惊吓是不会嘶叫的。它肯定也不会因为闻到狼的气味就嘶叫起来给他们报信吧。看它这么兴奋，看来是想回家了。等一下吧，我们马上就动身。”

尤里·安德烈耶维奇又拣了不少木屑准备回去当引火柴用，又用一条条的像靴子皮似的卷起来的树皮盖住木柴，并用绳子捆牢，然后转过身，向马头方向走去。

马又嘶叫起来，这次是回答从对面远处传来的马嘶声。“这会是谁的马？我们以为瓦雷金诺无人居住。原来我们想错了。”他万万没想到这是他们的客人，马嘶声来自米库利钦的庄园。他赶着雪橇绕到米库利钦庄园的农房，积雪覆盖的山坡使尤里看不见他们住的房子。

他何必着急呢？于是他不慌不忙地把木柴扔进仓库，又卸下了马的挽具，把雪橇放在仓库里，然后把马牵进旁边马厩里，那儿比较背风，看见干草所剩无几了，于是又从仓库里抱出几捆干草，塞进食槽里。

他满腹狐疑地走回家去。在门廊前面停着一辆套好的雪橇。这是一辆宽敞的雪橇，乘坐起来很舒服，上面套着一匹毛发油亮膘肥体健的小黑马。还有一个他不认识的小伙子，同样身强体健，围着马转来转去，拍拍它的两肋，看看马蹄上的毛。

屋里有喧哗声。他无意偷听，也听不清楚里面说的是什么。尤里·安德烈耶维奇不由自主地放慢脚步，突然他停住了，一动不动地站在那里。他听出了那是科马罗夫斯基与拉拉和卡坚卡对话的声音。他们显然是在靠近门口的头一间屋子里。他们正在进行争论。从拉拉的声音里可以听出她很难过，带着哭腔。一会儿激烈地反驳他，一会儿又赞同他的话。

尤里·安德烈耶维奇听出科马罗夫斯基此刻正在谈论他，大概是说他是个不可靠的人（“脚踩两只船”——尤里觉得他听到了这句话），不知道尤里更在乎哪一个，家庭还是拉拉，拉拉不能依靠他，因为如果她那么做的话，到头来只会竹篮打水一场空，什么也得不到。尤里·安德烈耶维奇走进屋子。

尤里·安德烈耶维奇料想的没错，他们就在右边第一间屋子里。科马罗夫斯基穿着一件长及脚踝的皮毛大衣。拉拉正在帮卡坚卡整理大衣的领子。她想把大衣领扣紧，却怎么也找不到拉钩。情急之下，拉拉大声斥责卡坚卡，叫她不要乱动。卡坚卡反抗道：“妈妈，你轻点啊，我快被你勒得喘不过气了。”他们衣服都很齐整，显然是准备外出了。当尤里·安德烈耶维奇走进屋里的时候，拉拉和科马罗夫斯基同时冲向他，异口同声地说道：

“你到底去哪儿了？我们都着急见你呢！”

“你好！尤里·安德烈耶维奇。尽管上一次我们的谈话不是很愉快。现在我又不请自来了。”

“你好！维克托·科马罗夫斯基。”

“你到底去哪了？”拉拉又一次问道，“现在仔细听着，赶紧替我们两个人拿个主意，时间来不及了，我们得抓紧。”

“我们干吗都站着呢？坐下来说吧。科马罗夫斯基，你想说什么？亲爱的，你问我去哪了？你明明知道我去拉木柴了啊，然后我又去照看马了，请坐吧，科马罗夫斯基。”

“见到他难道你一点也不吃惊吗？为什么你这么不动声色呢？我们本来就懊悔没有抓住他给我们提供的机会。现在他又回来了，就在你的眼前，你怎么一点儿都不惊讶呢？当然了，他接下来要和我们说的内容会让你更加惊讶的，说吧，科马罗夫斯基。”

“我不知道拉拉在想些什么。有一件事情我必须澄清，我故意散布谣言说我已经离开了，但事实上我没走，我留在这里好让你和拉拉有更多的时间好好考虑我说的话，不必急于做决定。”

“但是我们不能等了，”拉拉打断道，“现在离开正合适，那样的话我们明天早上就能……还是让科马罗夫斯基自己对你说吧。”

“等一下，我亲爱的拉拉，不好意思，科马罗夫斯基。为什么我们都穿着厚重的外套呢？让我们脱下外套坐下来谈吧。反正我觉得我们一时半会也说不完。科马罗夫斯基，我们的谈话触及一些个人隐私问题，谈论这些会很荒谬很尴尬不是吗？事实上我从来没有想过要跟你走，但是拉拉的情况和我不同。在极少数的时候我们在意的事情会有不同，也只有在这种时刻，我们才会意识到原来我们并非是一体的。我一直建议她再考虑一下你的建议。其实她的确也一直在考虑这个问题，只是她犹豫再三，总是拿不定主意。”

“除非你和我们一起走，我才会接受科马罗夫斯基的建议啊！”

拉拉突然插话说。

“一想到我们两个就要分开，我和你一样心如刀绞。但是我们应该把感情放在一边做出这样的牺牲，因为我从来不曾想过要离开。”

“但是你还没听说那些事呢。你不知道……还是听科马罗夫斯基说吧……明天早上，科马罗夫斯基，你说吧。”

“拉拉显然指的是我刚告诉她的消息。在尤利亚金的火车专用线上，一辆远东政府的官方专用火车正准备出发。它是昨天早上抵达莫斯科的，明天就会开往远东。它属于我们交通部，其中有一半的车厢是专用包厢。”

“我必须得乘坐这趟火车走了。在我的要求下有几个座位是为我的助手预留的。我们可以舒舒服服地去远东，过了这村儿肯定就没这店儿了。我知道你一言既出驷马难追，不会食言。你是铁了心不和我们一起走。但是，就算是为了拉拉，难道你不应该三思吗？你都听到了，她说如果你不走的话，她是不会走的。和我们一起走吧。即使你们不去海参崴（即符拉迪沃斯托克），至少也得去尤利亚金吧。这个我们都可以商量。但是我们必须抓紧了，时不我待。我自己是不驾车的，我有一个司机，我的雪橇车是容不下五个人的。但是我知道你有萨姆德瓦托夫的马，你不是说你驾车去拉木柴了吗？那马的挽具卸了没？”

“卸了啊。”

“那好吧。那就尽快再把挽具套好吧。我的司机也可以帮你的……，还是算了吧，干吗那么麻烦啊，我们还是别管你的雪橇了。我们挤一挤，用我的雪橇就够了。但是我们千万得抓紧时间了。你只能把最有用的东西打包了，什么最方便拿就带什么。我们没时间在打包行李上浪费了，这事关一个孩子的身家性命呢。”

“我不明白你在说些什么，科马罗夫斯基。你这么说倒像是我必须得和你们一起离开似的。要走你走好了，拉拉想和你一起走的话，如她所愿，尽管走好了。你们不用担心这座房子，你们走了之后我会把这里收拾干净的。”

“你在说什么呀！尤里。你说你连自己也不相信，这是什么鬼话啊。什么叫‘如她所愿’？难道你不知道如果你不走的话我也是绝对不会走的吗？我不会自己做任何决定的。你说你会锁好这所房子，这话到底是什么意思？”

“这么说来你是坚决不肯离开的了？”科马罗夫斯基说道，“这样的话，如果拉拉同意的话，我想单独和你谈谈。”

“当然可以。我们可以去厨房说。亲爱的，你不介意吧？”

12

“斯塔尔尼科夫已经被逮捕了，而且被判了死刑，已经枪决了。”

“天哪！真恐怖！你确定吗？”

“他们就是这么和我说的，我确信这是真的。”

“不要告诉拉拉，会吓坏她的。”

“我当然不会和她说，所以我才要单独和你谈谈。既然这样的事已经发生了，她和她的女儿可就危在旦夕了。你必须帮我救她们母女，你真的确定不和我们一起走吗？”

“非常确定，我已经明确地告诉你了。”

“但是拉拉非要和你一起走不可啊。我也不知道该怎么办了，你得用另外一种方式帮助我。你得假装回心转意了，让拉拉觉得你是可能和我们一起走的，让她觉得你是可以被说服的。不管是在这里还是在尤利亚金的火车站，我很难想象她会舍得和你挥手告别，从此天各一方的。我们得让她觉得你始终会来的，即使不是现在就和我们一起走，至少等以后我给你安排了另一个机会，你还是会来的。你必须假装你是愿意这么做的，即便是撒谎，你也必须使她确信这一点。当然了，我说这话也绝不是无稽之谈，我发誓，只要你开口，我一定会想尽办法让你去远东，甚至安排你去任何你想去的地方。但是当务之急，你必须让拉拉相信你是会来和我们会合的。你必须做到这一点，比如说，你可以假装去套挽具并催促我们不要浪费时间等你而是快点启程，就说只要你准备好了就会马上赶上我们的。”

“斯塔尔尼科夫被枪决的事情对我打击太大了，我一时半会儿没法集中精神。我几乎没听懂你在说什么。但是你是对的，现在那些人已经找他算账了，我们有理由相信拉拉和卡坚卡也是危若累卵。我们当中总会有一个人被逮捕，终究还是要被迫分离。这样的话还是你把我们分开带拉拉走得越远越好。话虽然这么说，其实我说这些意义不大，反正终归会按照你的意思办。也许到最后我会彻底崩溃，放下我所有的骄傲和尊严，匍匐在你的脚下，乞求你拯救她，拯救我的生活，乞求你帮助我漂洋过海去寻找我的家人，或者救救我。然后从你手中接过你施舍的这一切。但是你必须给我一些时间让我好好想想，因为这消息已经让我完全蒙了。”

“我心里很难受，所以现在没有办法好好思考。也许把我的身家性命压在你身上是一个致命的错误，我的余生也都将为此提心吊胆。但是我现在脑子里一片混乱，眼下只好盲目无助地听从你的建议了。那好吧，为了拉拉，我现在就去告诉她我会准备好雪橇，然后追赶你们，但是其实我是不会去的。但是还有一件事啊，就是天一会儿就要黑了，你们怎么能现在就走呢？更何况路上你们还会经过树林，那里有野狼出没的。你们得多加小心啊。”

“我知道了，不用担心。我有一把猎枪还有一把左轮枪。顺便说一句，为了御寒，我还带了不少酒呢。你要来一点吗？我带了挺多的。”

13

“我都做了些什么?！我都做了些什么啊?！我居然不管她了，抛弃她了，放开了她的手。我非得去追上他们不可！拉拉！拉拉！”

“他们听不见我了。风向是逆的，也许他们两个说话还要互相吼才能听得清呢。现在拉拉肯定觉得十分开心和安心。她根本不知道我在骗她。”

“她一定在想：事情进展得这么顺利，简直再顺利不过了。她那荒唐而固执的尤里终于妥协了，谢天谢地，我们终于要去一个安全舒适的地方了。那里的人们肯定更理智，那里的法律法规肯定很健全。即使事情进展得没有那么顺利，尤里没能赶上明天的火车，那科马罗夫斯基肯定会给他安排另一趟火车的，这样他很快就能赶上我们了。也许这会儿，他的心里稳稳当当的，正又激动又匆忙地用笨拙的动作套好挽具，然后他就会全速追赶我们，也许我们还没走出这个森林，他就会追上我们了呢！”

“她一定是这么想的。我们甚至都没来得及好好说声再见。我只是对她挥了挥手然后就转过身去，然后就像咽下一块哽在喉咙里的苹果那样，装作若无其事的样子咽下我满心的伤痛。”

他站在游廊里，肩上披着外套。用他那空空的双手紧紧抓住屋檐下细细的木梁，仿佛是要将它掐死一般用力。他全部的注意力都集中在远方的一个点上。有那么一段上坡路，路的两旁长着稀稀拉拉的白桦树。太阳将它昏暗的光线洒在那路的开阔地上，现在拉拉的雪橇车因为驶入了一片凹地而消失在阴影中。

“永别了！永别了！”预感到这一刻就是诀别，尤里喃喃地重复着。在冬日寒风凛冽的午后，尤里的声音几乎低不可闻，“永别了！我唯一的爱人！我将永远失去你了。”

“他们回来啦！他们回来啦！”尤里翕动着他干燥苍白的嘴唇说道。因为他看见拉拉的雪橇箭一般的飞速冲出了凹地，穿过一棵棵白桦树。太好了！他们在最后那棵白桦树那里停了下来。

他的内心一阵狂喜，激动得双膝颤抖不已，他感到虚弱而眩晕。他的身体软得就像一块布一样，如同从他肩上滑落的外套一般。“上帝啊！难道您真的把她还给我了吗？这怎么可能呢？在那太阳落山的地方到底发生了什么？为什么拉拉他们不走了？不，他们又出发了，他们还是离开了。她一定是停下来，想最后看一眼这座房子。还是想确定我也离开了呢？又或许是确定我已经在追赶他们了？他们还是走了。”

运气好的话，如果太阳没有那么快落山（太阳落山了尤里就看不见他们了），尤里还可以最后一次看见他们从溪谷的另一侧飞奔而过。那里就是两天前野狼出没的地方。

不一会儿，他们的身影又转瞬即逝了。沉沉的暗红色的太阳还挂在天边，就像是挂在蓝色雪堆里的红球一般。柔和的桃色光线倾洒在白雪皑皑的平原上。拉拉的雪橇就消失在这样的环境里。“永别了！拉拉！我们只能来世再相会了。永别了！我的爱。我绵延长存的爱！我将再也见不到你了！再也见不到你了！”

天渐渐变暗了，那洒落在雪原上的酒红色的余晖也渐渐逝去，最终消逝了。灰蒙蒙的远方笼罩着一种丁香的淡紫色，随后就变成了紫红色。袅袅的烟雾缭绕着白桦树精致的轮廓，一直绵延到粉红色的天边。景色还是有些苍白，就好像会突然变暗似的。

悲痛使得尤里的感官变得空前敏锐了，他感到周围的空气稀薄而独特，冬夜仿佛是一个和善友好的旁观者。恍若初次有这样的黄昏，那样善解人意，为了抚慰尤里那颗孤独而忧伤的心灵而降临。恍若溪谷里刚刚长出这些树丛，那样不离不弃，为了陪伴形单影只的尤里。

此情此景，对尤里来说好像一群迟迟不肯离去的朋友一般亲切，尤里几乎忍不住要和它们挥手告别了，他想对那踟蹰徘徊的余晖说：“谢谢你们，不过我没事了。”

静静地伫立在游廊里，尤里转身面向了紧锁的大门，背对着整个世界。在心里一遍遍默默地说道：“我明亮的太阳已经落山了。”好像是要把这些话深深地刻在心里。他已经没有力气说出声了。

他回到了房子里，感觉自己心里有两种不同的声音在对话。一种声音是干巴巴的、公事公办的腔调，另一种则是饱含着对拉拉如潮水般汹涌的思恋。

“现在我要去莫斯科，”他想自己得赶紧出发，“当务之急先得活命要紧，我今晚一定不能睡，我要连夜赶路直到用尽最后一丝力气。是的，还有就是，我要马上生起卧室的壁炉，否则我今晚就得挨冻了。”

然而还有另外一个声音说道：“趁着我的臂弯、双手和双唇上还留有你的气息，我想再和你一起待一会儿，令人难以忘怀的我的爱。我将把我的忧伤化作一部关于你的作品，它将长存，配得上独一无二的你。我要把关于你的记忆描绘成刻骨铭心的温柔与悲辛。我会留在这里直到完成这部作品，然后我才会离开。我将会这样描绘你。我将把你的容颜刻画在纸上，就像历经了肆虐的风暴后，最汹涌最宏大的海浪留在沙滩上的痕迹。那些浮石、软木、贝壳、水草以及一切它能从海底卷起的轻飘飘毫无分量的东西都会被抛到蜿蜒曲折的岸上。这海岸会绵延到那最汹涌澎湃的波涛所在之地。生活的风暴就是这样把你冲到我生命的海岸上，我的骄傲。我将会这样描绘你。”

尤里走进了屋子，锁上了身后的门，然后脱下了外套。他走进了卧室，早上原本被细心的拉拉收拾得很整洁的床铺因为后来拉拉收拾行李而翻了个底朝天。看到凌乱不堪的床铺和乱七八糟的那些散落在地上和椅子上的东西，尤里不禁像个孩子似的跪了下来，胸口紧贴着坚硬的床沿，把头埋在床单里，像个孩子那样放声痛哭起来。但是哭了没一会儿，尤里就站起身来，匆匆擦干了脸上的泪水，疲惫不堪的他心不在焉地打量着周围。随后拿出了科马罗夫斯基留下的那瓶伏特加，拔出了软木塞，倒了半杯酒，掺了雪和水，就像咽下内心苦涩无助的泪水那样，将酒水一饮而尽。

14

尤里发生了奇怪的变化，他渐渐地迷失了神智，这样的情况以前从来没有发生过。自从拉拉离开之后，他不再打理房间，不再照顾自己的生活起居，不区分白天黑夜，也不在意是何年何月了。

他整日与酒为伍，创作关于拉拉的作品。但是他的诗歌和札记中的拉拉，随着他不断地修改和涂写，变得与那个已经离开的卡坚卡的妈妈拉拉的原型越来越南辕北辙了。

他不断修正和涂写，是为了追求表达的力度和精确。但是这样做就只得循规蹈矩，反倒使得尤里不能自由地倾吐他的经历和感受，因为他唯恐伤害或冒犯那些同他感受相近的人们。结果是他那满腔的热情在他的诗歌中逐渐冷却了下来，伤感的爱情变成了更为广阔而安详的内容，细腻的个人感受变成了共通的大众感受。尤里并没有刻意追求如此。这种广阔而安详的版本就那么一气呵成，仿佛一种安慰，就像是旅途中的拉拉寄给尤里的讯息，又像拉拉遥远的问候，又像梦境中拉拉的容颜，又像她的手轻抚尤里的额头……尤里认为这升华了的感情是弥足珍贵的。

尤里一边创作关于拉拉的挽歌，一边进行他积累了数年的对于自然、人类和种种其他事物的随笔的结尾的创作。他对于个体生命和人类社会有很多疑问，只要他一进行创作的时候，这些疑问就一直困扰着他。

他又一次想到自己设想的历史，也就是所谓的历史进程。不过他不是以通常我们接受的那种形式去思考的，而是用类比植物界的形式。在冬天，厚厚的积雪下面，树木光秃秃的枝干瘦弱而苍白，仿佛老人赘疣上的毛发。但是等到春回大地时，整个森林就都变得生机盎然了。高大的树木直冲云霄，郁郁葱葱的林木令人心旷神怡、流连忘返。植物的生长变化比动物要快得多，因为动物本身就生长得比植物慢。即便如此，我们还是很难用肉眼观察到哪怕是植物的生长。森林本身是静止不动的，而我们也不可能就目不转睛地等着观察植物的变化。不管什么时候我们去观察植物，它们看起来都是静止不动的。同样的，我们的眼睛在观察那些一直生生不息的永恒变化过程时，也是感觉不到变化的存在的。但事实上，历史在一刻不停地变化、生命社会也一直处在悄无声息的永恒的变化过程中。

托尔斯泰也认为历史处在一刻不停的变化中，但是他没能将这种观点清楚地表达出来。他否认历史是由拿破仑或是其他任何一位英雄将领创造的，但是却没能得出合理的结论。历史不是由一个人创造的。历史是看不见的，正如我们看不见草木的生长。战争、革命、沙皇和罗伯斯庇尔都是历史的有机组成部分，甚至是酵母。但是革命是狂热的活动分子、狭隘的思想者和术业有专攻的人所制造的。他们在短短几小时或者几天之内就颠覆了旧制度。这样的动乱短则几周，长则数年。但是这种激起动乱的狂热精神却数十年甚至数百年来一直为人崇拜效仿。

在为拉拉伤感的同时，他还为发生在夏天的梅留泽耶沃的革命而伤感。在那里革命像个从天而降主宰一切的神灵。在那个革命的夏天，每个生命都按照自己的方式疯狂地生存着，每个生命都只关心一己私利，人们一味肯定最高法令的权威与公正，却无心思考其公正究竟在何处。

在他将自己的古怪想法都草草记录下来之后，他在自己的札记中重新认识到自己坚信艺术是为美服务的，同时美也在艺术中得到彰显。形式则是打开有机生命的钥匙，一切有生命的东西只要存在就必须具有存在的形式。因此每一件艺术作品，哪怕是关于悲剧的艺术作品，都在表达生命存在的喜悦。这些想法和札记同样使他欢欣不已，这是一种辛酸的欢欣，一种令他潸然泪下身心俱疲的欢欣，他为此而感到头痛欲裂。

山姆叶菲莫维奇来看过他。给尤里带来了更多的伏特加。并告诉他拉拉带着女儿同科马罗夫斯基一起离开的经过。山姆叶菲莫维奇是乘铁路上的四轮手摇车来的。他责怪医生没把马儿照料好，于是把马牵走了，尽管尤里·安德烈耶维奇请求他多借个三四天。但是山姆叶菲莫维奇答应在一周之内会回来接医生，带他永远离开瓦雷金诺。

有时，尤里·安德烈耶维奇完全沉浸在写作中的时候，会忽然清晰地想起拉拉的倩影，仿佛她就活生生地站在自己面前，这时尤里的心中涌起一股柔情，不由得为分别而心如刀割。就像在童年的时候，尤里的母亲去世以后，在生机蓬勃的夏天的庭院中，在啁啾的鸟鸣间，他仿佛听到了母亲的声音。现在因为习惯了拉拉的声音，他有时产生幻觉，仿佛听见她在隔壁的房间深情地呼唤自己的名字。

这一星期里他还产生过别的幻觉。在下半周的某天夜里，他因为梦见屋子底下有巨龙的巢穴而惊醒了。他睁开眼睛。看见溪谷那边有一束光亮，还听到啪的一声枪响传来的回声。奇怪的是，尤里并没有因为这些怪事而烦恼，不一会儿他又睡着了。第二天早上，他对自己说一切只是一场梦而已。

15

这就是那夜之后的一两天，医生终于变得理智了。他对自己说，如果想一死了之的话，他完全可以找到一种更简单痛快的办法。他下定了决心，只要山姆叶菲莫维奇一来这里接他，他马上就离开这里。

太阳落山之前，天色还亮的时候，他听见有人踏雪而来咯吱咯吱的脚步声。有人迈着轻快而坚定的步子朝尤里住的房子走来。

奇怪！这会是谁呢？山姆叶菲莫维奇一定会骑马坐雪橇来，他绝不会步行来这儿的。荒芜的瓦雷金诺一向人迹罕至。“他们一定是冲着我来的。”尤里·安德烈耶维奇心里暗暗地断定，“他们来传唤我回城里。要不就是来逮捕我。但是他们一定是两个人吧。他们又会用什么交通工具把我带走呢？这是米库利钦。”他以为自己能从脚步声认出来客的身份，便高兴起来。但尤里其实没能听出这个陌生人的身份，只听他停在插销被撬开的门旁，仿佛知道锁在哪里似的，伸手就去开锁，然后又驾轻就熟地走进了屋子，像主人似的打开了大门，走了进来，又小心翼翼地带上门。

尤里此时正背对着门口坐在桌前。当他从桌前站起来，转过身去迎接陌生人的时候，那人已经站在门槛上，显然来客也愣住了。

“您找谁?”医生下意识机械地脱口而出，所以当没有听到对方的回答，尤里·安德烈耶维奇并不感到奇怪。

来客年富力强，结实硬朗，面容英俊，身着皮夹克和皮裤子，脚上穿着一双暖和的羊皮靴，肩上斜背着一支来复枪。

真正让医生惊讶的只是来客出现的那一刹那，而不是他的到来这件事本身。屋里找到的物资和种种迹象使尤里·安德烈耶维奇早就有了这次会面的心理准备。显然，屋里储备的物资是属于这个人的，尤里清楚这些东西不会是米库利钦的。医生觉得来者的面相很熟，好像在哪儿见过。而这个陌生人仿佛对于房子里有人也有心理准备了，所以脸上并没有显出惊讶的样子。也许他也认识医生也说不定。

“这个人是谁？这个人是谁?”尤里·安德烈耶维奇绞尽脑汁地回想，“我到底是在哪儿见过他呢？当然不会是……对了，应该是记不清哪一年的一个炎热的五月早晨。拉兹维利耶火车站。在那个倒霉得很的政委车厢。清晰的思维，坦率的态度，严厉的原则，正直的性格。对了，正是斯特列尔尼科夫!”

16

他们畅谈了整整几个小时，只有在俄国的俄国人才会这样谈话，特别是像他们俩那样，因为处在惊慌失措的日子里，所以都变得疯狂和绝望。夜幕来临。天色渐渐变暗了。

除了因为惊慌而养成的喋喋不休的习惯外，斯特列尔尼科夫之所以没完没了地说个不停还有自身的因素。

他就那么一刻不停地说着，仿佛有说不完的话，几乎可以说是无话不谈。他这么做只是为了避免孤独。是因为惧怕良心的谴责？还是惧怕萦绕他的悲伤回忆？抑或是对自己的不满在折磨他？也许他对自己的不满已经到了无法忍耐、不可挽回、羞愧至死的地步了。或者他已经做出了可怕的、没有回旋余地的决定，因此他不愿意一个人孤单单地面对它，所以尽可能以和医生谈话、待在一起为理由，推迟执行这个决定？

无论是出于何种原因，斯特列尔尼科夫很明显是隐藏着使他苦恼的重大秘密，但在其他的话题上却倾尽肺腑之言。

这是时代病，是时代革命浪潮的癫狂。大家表面上说的是这一套，心里想的却是另外一套。没有谁的良知是健全的。每个人都有理由认为自己是有罪的，自己是不为人知的罪犯，未被拆穿的骗子。哪怕有那么一丁点儿借口，人们就会想当然地自责不已。沉溺在幻想中，人们责备自己不仅是出于恐惧，而且也出于一种有破坏性的病态的冲动。人们心甘情愿地处于形而上学的恍惚和自我谴责的狂热中，而且这种恍惚和狂热如果听之任之，便永远无法遏止。

作为负责军事法庭的军事头目，斯特列尔尼科夫当然读过或听过不少犯罪分子的供词和证词。久而久之，现在他也会用这一套来揭发自己了，他重新地评价了自己的一生，甚至给自己列了一份清单。他狂热地认为一切都是畸形的、荒诞的歪曲。

斯特列尔尼科夫讲得语无伦次，开始不停地忏悔。

“这发生在赤塔附近。您对这屋中橱柜里和抽屉里的各种稀奇古怪的东西应该感到惊奇了吧？这些都是红军占领东西伯利亚时我们征用的军事物资。这么多东西当然不是我一个人带到这里来的。我身边总有对我忠心耿耿的人，在这方面老天很眷顾我。这些蜡烛、火柴、咖啡、茶叶、纸笔和其他的东西，一部分来自捷克军用物资，另一部分是日本货和英国货。非常奇怪吧，你觉得呢？‘你觉得呢？’是我妻子的口头禅，我想您大概注意到了。我刚到这儿时还没有拿定主意是否应该告诉您，可现在我必须要向您承认，我是到这儿来看她和我女儿的。我得到她们在这里的消息时已经太迟了，这就是为什么我没能见到她们母女。谣传说您同她的关系非同一般，我头一次听说‘日瓦戈医生’这个名字时，我从这些年在我眼前闪过的成千上万的人当中，不知怎的就回想起有一次我审问的医生叫这个名字。”

“您是不是后悔当初没把我毙了？”

斯特列尔尼科夫没有理会尤里的插话。也许他根本没听到尤里说的话，他完全沉浸在自己的思绪中，自顾自地继续说道：“人之常情，我很嫉妒您，现在还嫉妒。换成是您也是这样的吧？我最近几个月才躲藏在这一带，因为东边更远地区我其他藏身之地都被人发觉了。我因为莫须有的罪名必须要接受军事法庭的审判。那样的话我的下场不难预测，但我是清白的。我想等将来世道清明了再洗清罪名、证明自己的清白，于是我决定在被逮捕之前先销声匿迹以避避风头，所以我隐姓埋名到处流浪。我本来是能够如愿以偿的，但是一个骗取了我的信任的年轻混蛋出卖了我。”

“我步行向西，穿过西伯利亚，东躲西藏，风餐露宿。我一般睡在雪堆里或是在被大雪覆盖的火车里过夜。西伯利亚铁路干线上停着数不清的空火车。”

“于是我碰见一个流浪儿，他声称自己被游击队判处死刑，同其他死囚排在一起等待处决，但只是受伤了。他说自己从死人堆里爬了出来，藏在森林里，养好了伤口。后来像我一样东躲西藏了。这就是他亲口告诉我的经历。这个少年一无是处，品行不端，愚昧无知。由于智力低下被学校开除过。”

斯特列尔尼科夫讲得越详细，医生越觉得自己认识他所说的男孩子。

“他的名字是加卢津·捷连季吧?”

“对啊。”

“那他说的游击队要枪毙他们的话是真的。他一点都没有胡编乱造。”

“这个男孩子唯一的优点就是特别孝顺自己的母亲。他的父亲被人当作人质绑走后便被枪毙了。他的母亲被关进了监狱,命运将同父亲一样。当他得知了这个消息,便下定决心无论如何也要救出母亲。他去县非常委员会自首,并愿意为他们当牛做马。他们答应免除他母亲的一切罪行,条件是必须供出重要的罪犯。他便告诉了那帮人我藏身的地方。还好我有所防备,及时脱身了。

“经过我的不懈努力,历尽千难万险之后,我终于穿过西伯利亚来到这里。我的名字在这儿几乎是家喻户晓,他们一定不会想到会在这儿碰到我,他们肯定觉得我没有这么胆大妄为。确实,我在这附近几家空房子里躲避的时候,他们还在赤塔附近搜寻了我很久。但现在完了。他们已经盯上我了。听着,天快黑了,我讨厌黑暗,因为我早就失眠了。您知道这多么痛苦。要是您这儿还有剩余的蜡烛的话——多好的硬脂蜡烛啊,难道我说得不对吗?——咱们再聊一会儿吧。咱们一直聊到您熬不住为止,咱们何不奢侈一点,就点着蜡烛聊个通宵呢?”

“蜡烛都在那儿呢。我只打开了一盒。我点的是在这儿找到的煤油,应该也是您留下的吧?”

“您有面包吗?”

“没有。”

“那您吃什么啊?我这话问得太傻了。您当然是吃土豆了。”

“是的。这儿土豆有的是。房子的主人很善于储藏食品,知道怎样把土豆埋好。它们在地窖里都保存得很好。没烂也没冻坏。”

斯特列尔尼科夫突然开始大谈革命。

17

“这对您来说都是毫无意义的空话，您肯定无法理解。您是在另一种完全不同的环境中长大的。这世界上有城市郊区的世界，有铁路的世界，也有贫民窟廉价房的世界。有的地方充斥着肮脏、饥饿、拥挤、贫困，对劳动者的践踏，对女人的凌辱。还有的地方却有被母亲疼爱的儿子、伶俐的学生、阔少爷，他们的无耻和恶行却免于惩罚。对于那些贫穷的、被洗劫的、被践踏的、被凌辱的人群的控诉和眼泪，有钱人尽可以肆无忌惮地嘲笑甚至不屑一顾。他们是一群不折不扣的寄生虫，他们的唯一特点就是他们从不会让自己烦心任何事，他们对世界没有任何贡献，但却把手中的一切挥霍得一干二净。

“对我们而言生活不啻战役，我们会为自己所爱的人移山填海。如果我们带给他们的只有痛苦，他们也不会对我们心存怨怼，因为我们注定要因此而承受更多的痛苦和折磨。

“然而，我在继续往下说之前，我应该告诉您一件事。这件事事关重大。如果您还珍惜生命的话，请赶快离开这里。搜捕我的圈子正在缩紧，不管结果如何，都会牵连到您。就凭我们一起聊天这个事实，就已经把您牵进我的案子里去了。此外，这里野狼很多，前天夜里我就是一路开枪才把它们打跑才到这儿的呢。”

“啊，原来是您开的枪啊？”

“是我。您当然会听见了。当时我上另一个躲藏的地方去，但没走到那里之前，根据各种迹象使我断定，那里已经暴露了。那儿的人大概都被打死了。我在您这儿待不长，住一夜明天早上就离开。好了，如果您还乐意听的话，我就继续讲下去。”

“当然愿意听。难道只有莫斯科，只有俄国才有优雅的特维尔大街和亚玛大街吗？才有戴着考究的帽子、穿着套带长裤的花花公子带着姑娘乘马车飞驰而过吗？街道，街道的夜生活，一个世纪以来的街道的夜生活，骏马，以及花花公子，这些事物在每个城市随处可见。但究竟是什么使十九世纪联结在一起，从而被划分成一个独立的历史时期？那就是社会主义思想的产生引发了革命，青年人抛头颅洒热血，作家们不遗余力，遏制金钱的冷酷无耻，捍卫穷人的作为人的尊严。马克思主义的诞生发掘了罪恶的根源和医治的方法。它成为这个世纪最强大的前进动力。然而，一世纪以来的特维尔大街和亚玛大街，却依旧存留着肮脏和英雄主义，到处是邪恶势力与贫民窟，充斥着传单和街垒。

“您根本无法想象她还是个小女孩儿的时候有多么可爱！您肯定不知道的！她有一个好朋友住在廉价房里，那儿住满了布列斯特铁路职工。那条铁路先前就叫这个名字，后来换了几次名字。我的父亲，现在尤里亚金军事法庭的成员，那时是车站地段的养路领工员。那时我常到她好朋友的家里去，在那儿我遇见过她。那时她还是个小姑娘呢，但即使是在那个时候，从她的脸上、眼睛里，已经能够读出警觉的神色和那个时代特有的惶恐。这个世纪的所有主题，所有的眼泪、耻辱和希望，它所积蓄的全部仇恨和骄傲，都刻画在她的脸上。当然，在她那少女脸庞上还刻画着少女的羞涩和自信的优雅。她是那个时代活生生的控诉者。这说明了什么，不是吗？这是她的宿命。这本应她是与生俱来的权利，她出生的目的所在。”

“您对她的描述简直太精彩了。我那时也见过她，正像您所描绘的那样。她虽然只是一副学生的形象，但已经同时化身为一部深刻的戏剧的神秘女主角了。她在墙上移动的影子是无助的、同时也是警惕自卫的。我见到她时她就是那样的。我还记得她那时的样子。您形容得分毫不差。”

“您见过她并且还记得她？那您当时都做了些什么？”

“那又完全是另外一回事了。”

“是的，好吧。所以您瞧，整个十九世纪——它在巴黎的所有革命，从赫尔岑算起的几代俄国的被放逐者，所有付诸行动或企图谋杀沙皇的人——世界上所有的工人运动，欧洲议会和大学里的全部马克思主义，整个思想的新体系，它的新颖不凡，它下结论的迅速有力，它的辛辣嘲讽，和它以怜悯为名一针见血的治世良方……所有这一切都被列宁所吸收并概括地表现出来。事实上，列宁被看作是同陈旧恶势力做斗争的化身。

“和列宁一起并肩在世人面前崛起的还有雄伟壮阔的俄国。它擎着光明的火炬，仿佛一束强光，可以救赎人类所有的苦难和不幸。可我干吗对您说这些呢？这一切对您来说不过乱弹琴，只是一些词句而已。

“为了这个女孩子不断深造，又为她当了教师，后来又到一个我根本没有听说过的地方——尤里亚金去任教。我如饥似渴地读书，获得了大量的知识，以便在她需要我的帮助时，能助她一臂之力，出现在她身边。为了在三年的婚姻生活后能得到她的爱，我去前线打仗了。而后来，当战后我从俘虏监狱里逃出来之后，我利用人们认为我已经战死的谣传，改名换姓，全心投身到革命中，以便为她所经历的一切本不该发生的痛苦彻底报仇，涤荡她心中所有悲伤的回忆，让那不堪回首的过去永远一去不返。特维尔大街和亚玛大街不再存在了，而她们，她和女儿一直就在附近，就在这里！我需要极大的毅力才能克制住自己奔向她们、看望她们的渴望啊！但我想完成毕生未竟的事业！现在只要能再见她们一面，我愿付出任何代价。当她一走进房间时，窗户仿佛被打开了，房间里就立刻充满清新和阳光。”

“我知道您对她的用情之深。但是您知道吗？她爱您爱得多么深呢？”

“不好意思。我听不懂您的话。”

“我问您啊，您是否知道她有多么爱您？您是她在这个世界上爱得最深的那个人！”

“您怎么会这么说呢？”

“因为这是她亲口告诉我的啊。”

“真的是她亲口对您说的吗？”

“当然。”

“不好意思，我知道自己不应该提出这种冒昧的请求。但如果没有那么冒犯的话，请您尽可能地把她的话原原本本地告诉我，可以吗？”

“乐意之至。她把您称为君子的典范，她，还未见过其他人像您这样，有着独一无二的赤诚之心。她说，如果她能够再一次回到和您一起生活的那个温馨的家，哪怕远在天涯海角，就算是爬，也要爬回那个家。”

“不好意思，我不揣冒昧地再问一句，您能回想起她是在什么情况下说的这些话吗?”

“就在她打扫这间房子，在到院子里抖地毯的时候。”

“对不起，是哪一张地毯呢? 这儿有两张。”

“那张大一些的。”

“她一个人是拿不动。您帮她一起拿了吧?”

“是的。”

“你们两个肯定是各抓住地毯的两端，她身子向后仰，两只胳膊抬得高高的，像荡秋千一样，她会转过脸去躲避抖出来的灰尘，然后眯起眼睛哈哈大笑? 难道我说得不对吗? 我对她的习惯再熟悉不过了！然后你们面对面走到一起，先把厚重的地毯叠成两折，再叠成四折，她还一边说笑话，一边扮鬼脸。我说得不对吗? 说得不对吗?”

他们站了起来，走到了不同的窗前，向不同的方向张望。过了一会儿，斯特列尔尼科夫走到尤里·安德烈耶维奇跟前，握住他的双手，把它们按在自己的胸口，继续像先前那样连珠炮一般说下去：

“对不起，我明白，我正在触摸您内心深处最珍贵最圣洁的地方。但如果您愿意的话，我还有更多问题要问您呢。请您千万别走开。别让我单独待着。我很快就会离开这儿的。请您想想，六年的别离，六年难以想象的自我克制。但我觉得自己并没有赢得彻底的自由。于是我想等我获得了自由，我的双手便没有了枷锁，那时我便可以完全归属于我的亲人了。但是我的一切希望都成了泡影。明天他们就会把我逮捕。您是她亲近而且喜欢的人。也许您有朝一日还能见到她。我这都在说些什么啊? 我真是疯了。他们会把我抓住，不容我分辩一句就又喊又骂地堵住我的嘴。我还不知道他们会怎么处置我吗?”

18

尤里终于能睡了个好觉。许久以来头一次，尤里·安德烈耶维奇一躺下就睡着了。斯特列尔尼科夫也在这儿过夜。尤里·安德烈耶维奇把他安顿在隔壁的房间里。尤里·安德烈耶维奇夜里醒了几次，翻个身，重新把被子拉好，他感到了酣睡的舒畅，马上又香甜地睡着了。后半夜他开始做一些很短的梦，梦里都是万花筒一般他童年时种种往事，梦里的一切都那么清晰细致，有板有眼，感觉就像是真的。

比如，他梦见墙上挂着一幅她母亲画的意大利海滨水彩画突然从墙上掉了下来，玻璃框摔碎的声音使尤里·安德烈耶维奇从梦中惊醒。他睁开眼睛。“不，这不是梦里的声音，”他想，“这大概是安季波夫，拉拉的丈夫帕维尔·帕夫洛维奇，姓斯特列尔尼科夫，像酒神所说的那样，又在舒契玛吓唬野狼了。”不，别胡说八道了。明明是玻璃框从墙上掉下来。它掉在地板上，玻璃片到处都是。他说服了自己之后又进入了梦乡。

尤里起得很晚，醒来后感到头疼，因为睡的时间太长了。他一下子没反应过来自己是谁，在什么地方。

然后想了起来：“斯特列尔尼科夫在我这儿过夜呢。都这么晚了。我该穿衣服了。他大概已经起来，要是还没起来，就叫醒他，煮咖啡，然后我们一起喝。”

“帕维尔·帕夫洛维奇！”

尤里没有听到任何回答。“他还在睡呢。睡得可真沉。呵呵。”尤里·安德烈耶维奇不慌不忙地穿好衣服，走进隔壁的房间，只见斯特列尔尼科夫的皮军帽放在桌上，可他本人却不在屋里。“他一定是散步去了吧。连帽子也不戴。一定是在锻炼身体呢。我今天也应该离开瓦雷金诺了，可是今天又太晚了。我又睡过头了。天天如此。”

尤里把厨房打点好，提起水桶到井边打水。离门口几步远的地方，尤里看见帕维尔·帕夫洛维奇横躺在路上，头埋在雪堆里。他开枪自杀了。他左边太阳穴下面的雪凝聚成红色的血块。喷涌而出的血同雪花一起凝成红色的小球，就像被冻住的花楸果。

第十五章　结局

1

接下来所要记述的只剩下日瓦戈医生生命的最后十年八载的寥寥几笔了。这期间他变得越来越衰老，渐渐忘却了自己的医学知识和医术，也逐渐丧失了写作的天赋和才能。有那么非常短暂的一段时间，他摆脱了自己抑郁忧伤的心境，振作精神，重新开始投入创作。但好景不长，尤里又陷入长时期的浑浑噩噩中，他对自己漠不关心，感觉周围的一切事物都索然寡味。这些年尤里的身体健康每况愈下，虽然他早就诊断出自己有心脏病，但却不知道自己已经病入膏肓。

时值新经济政策实行伊始的时期，这可以算是苏联历史上最变幻莫测而且真假难辨的时期。尤里就在这时回到了莫斯科。他比从游击队逃回到尤利亚金时还要形销骨立，还要冷傲孤僻，还要不修边幅得多。在他一路流浪的过程中，他又渐渐把值钱的衣物换成了面包和破烂衣服，以免衣不蔽体的尴尬。就这样，他就靠第二件皮大衣和一套西装换来的食物果腹到了莫斯科。所以当他出现在那儿的时候，身上就只剩下一顶灰皮帽、一副裹腿和一件破烂不堪的军大衣了，而且这大衣因为扣子都掉了，所以看起来活脱脱就像是犯人穿的囚衣。他穿着这身行头走在首都的广场和街道上，就和无数蜂拥在此地的红军士兵别无二致。

他不是独自一人来到莫斯科的，一个英俊的年轻农夫像影子一样时刻跟在他的身后。这农夫跟他一样，也穿着一身破旧的军大衣。他们俩就这副打扮出现在莫斯科战后仅存的几家客厅里时，当然，尤里·安德烈耶维奇的童年就是在这样的环境中度过的，当地的人们还记得他呢，而且热情款待了他和他的同伴（当然是在巧妙地打听过他们是否洗过澡以后啦——斑疹伤寒在当地依然很猖獗）。也就是从这些相识的人那里，尤里得知了自己的亲人们离开莫斯科到国外去的情形。

他们俩都害怕人群，离群索居的生活使他们不愿意单独去别人家做客。因为他们都害怕自己会变成大家关注的焦点，会被迫开口说话。每当朋友聚会的时候，这两个高大瘦削的难兄难弟会躲在某个墙角，以免卷入别人的谈话中，就这样一声不吭地度过整个夜晚。

不管身在何处都有年轻小跟班紧随其后，衣衫褴褛，形销骨立的医生很像一个不断探求真理的先知，而他的小跟班则像一个温和顺从，甚至有点盲从迷信的追随者。可这年轻的小跟班到底是谁呢？

2

尽管前往莫斯科的最后一段路程，尤里·安德烈耶维奇是乘火车抵达的，但前面的一大半路都是长途跋涉步行走过的。

他沿途经过的那些村庄，那景象比他从游击队里死里逃生时在西伯利亚和乌拉尔所看到的那些村庄也好不了多少。只不过那时是在寒冬腊月天，现在呢，正是夏末秋初，天气温暖干燥，行路要方便得多。

他所经过的村庄，有一半像是被敌人洗劫扫荡过似的，荒无人烟，田地也废弃了，庄稼也无人收割，这都是拜战争所赐，拜内战所赐啊。

九月底的两三天，尤里一直沿着陡峭的河岸走。迎面而来哗啦啦的河水在他的右侧流过。在他的左侧，没有收割的田地从大路一直伸展到云蒸霞蔚的天边。每走过较长的一段距离，田野就会被树林隔断，其中大部分是橡树、枫树和榆树。树林沿着陡峭的深谷一直蔓延到河边，就这么截断了道路。

在没有收割的田野里，熟透的谷穗裂开来，谷粒撒在了地上。尤里·安德烈耶维奇用手把粮食收集起来。在最艰苦的时候，尤里没有办法把谷粒煮熟熬粥，只好生吞它们充饥。尤里把谷物塞进嘴里，费劲地把它们嚼碎咽下去。事实上，这些没有完全嚼碎的生谷粒，肠胃是很难消化的。

尤里·安德烈耶维奇之前从未见过颜色是深棕色、有点像发乌的金子色的黑麦，通常人们按时令收割它们的时候，颜色要比这淡得多。

这是一片如同熊熊烈焰燃烧的火红色田野，辽阔无垠的天空冷冰冰地围绕着它们。田野无声地控诉着它们的不幸，它们的面容已经蒙上了一层严冬的肃杀之气，天上笼罩着变幻不定的薄薄黑云，裹挟着雪花而来，云朵的中间黑压压的，边缘却是惨白色。

所有的一切都在有规律地缓缓移动着。河水在流淌。大路紧随其后，医生在赶路，朝着云朵漂移的方向前进着，就连黑麦田也不是静止不动的。麦浪的表面是躁动的，田野里的庄稼仿佛受了什么滋扰，也在不停地微微摆动，让人感到一阵厌恶。

历史上大概从来没有过这么猖獗的鼠患。它们繁衍的数量空前庞大，令人咋舌。当夜幕降临，医生被迫在田野里过夜时，老鼠肆无忌惮地从他脸上和手上窜过，甚至还会钻进他的裤子和衣袖。白天，它们明目张胆地穿过街道，成群结队地糟蹋粮食。有时医生会一不小心踩到它们，它们就变成一摊吱吱尖叫、滑不溜秋的肉泥。

村里的毛发浓密的家狗变成了凶恶的野狗，它们远远地跟在尤里后面，彼此不时交换眼色，好像是在商量什么时候朝医生扑过去，把他撕成碎片。它们以腐肉为食，但也不嫌弃老鼠肉。它们远远地望着医生，信心十足地跟在他后面，仿佛在等待着什么的发生。但不知道为什么，它们从来不进树林。每当医生接近树林的时候，它们就渐渐停下脚步，掉头离开，直到消失不见。

在那些日子里，树林和田野可谓是天壤之别。被人类废弃的田野就好像无人看管的孤儿，受到了诅咒一般萎靡不振。而摆脱了人类滋扰的树林犹如大赦出狱的囚犯重获自由，焕发了勃勃生机，到处是一片欣欣向荣的景象。

以往核桃是难得完全成熟的，因为人们，特别是村里的那些孩子，会在核桃还发青时就把它们打下来，把整个核桃树枝都折断。现在，山坡上，山谷里，漫山遍野都是茂密的金灿灿的核桃树叶，经过了风吹日晒，叶子已经变得粗糙不堪了。好在树叶中间挂满一串串饱满成熟的核桃，三个或四个紧紧粘连在一起，仿佛随时都会从树枝上落到地上。尤里·安德烈耶维奇一路上不停地嘎巴嘎巴地咬核桃。他把口袋和包裹里都塞满了核桃。核桃该是他这个星期的主食了。

尤里觉得，田野好像患了重病，不停地发烧胡言乱语；而树林则恰恰相反，正处于康复后的健康红润状态。就好像上帝居住在树林中庇护着它们，而田野上却回荡着恶魔阴森的冷笑。

3

就在这段路程中，医生到了一座荒无人烟、烧成灰烬的村庄。所有的房子都在河对岸马路的一侧，河流经过的马路另一侧一座房子都没有。

村子里只剩下几间被火烧黑了的房子还没倒塌。但里面同样空空如也，没有人烟。其他村舍都化为灰烬，只剩几个黑黢黢的烟囱。

河对岸的峭壁上可谓千疮百孔，那是村民们采掘石头做磨盘的时候留下来的。大概战火爆发之前他们是靠制作磨盘石为生。三块尚未凿成的磨盘堆在残存农舍中的最后一家农舍门前。和其他村舍一样，这座村舍也是空的。

尤里·安德烈耶维奇走进这间村舍。那时还是下午，医生刚走进门，便像有一阵风刮进了村舍。麦秸和干草飞得地上到处都是，破烂的糊墙纸呼啦啦地来回飘动。农舍里的一切仿佛都受到了扰动，开始沙沙作响。像之前在田野里的那些老鼠一样，受到惊吓的老鼠一窝蜂似的吱吱尖叫着四散逃窜。

尤里走出了村舍。在村庄后的田野，可以看见太阳渐渐落下山去。温暖的落日的余晖倾洒在对岸，那即将消融的光辉映照在池塘上、树丛中，还有一些余晖洒在波光粼粼的水面上。尤里·安德烈耶维奇穿过马路，坐在草地里的一个石磨盘上休息。

突然，一个顶着一头乱蓬蓬金发的脑袋从峭壁边探了出来，接着是肩膀，接下来是两只手。有人提了一桶水沿着峭壁的小路爬了上来。那人一看见医生就停了下来，躲在峭壁后只露出了半个身子。

“你要喝水吗？只要你别伤害我，我也不会伤害你的。”

“谢谢。请让我喝点水吧。你别害怕，过来吧。我干吗要伤害你呢？”

提水的那人这才从峭壁后走了出来，他只是个少年。他光着脚板，衣衫破烂，头发凌乱。

尽管少年说话的语气很友好，但他仍用犹疑不安的眼光打量着医生。不知道为什么，那男孩子忽然神色大变，终于，他激动地把水桶放在地上，突然奔向医生，但没跑几步又停了下来，低声咕哝道：

“这不可能，绝不可能……我肯定是在做梦。同志对不起！恕我冒昧地问一句：难道我们之前没见过面吗？对啦！我们当然见过！肯定是的！您一定是医生叔叔吧！”

“你是……”

“您没认出我吗？”

“没有。”

“您忘了吗？离开莫斯科的时候，咱俩坐的是同一辆火车，还在同一节车厢里呢！我是被征用做苦工的，被编在车队。”

这人是瓦夏·布雷金。他一下子扑倒在医生跟前，亲着医生的手哭了起来。

被大火烧成灰烬的村庄原来是瓦夏的老家韦列坚尼镇。他的母亲去世了。当村子被战火烧毁的时候，瓦夏及时躲进了采石场凿出的一个石洞里，可他母亲以为他抓进城里去了，因为心疼儿子急得发了疯，不小心掉进佩尔加河里淹死了。那条河正是医生和瓦夏所在的峭壁下面的那条河。瓦夏的姐妹阿丽雅和阿瑞安据说在另一个区的孤儿院里。于是他们两人结伴一起去莫斯科。路上瓦夏告诉了医生很多可怕的事情。

4

“地里种的是去年冬天刚种的玉米。我们刚种完战争就爆发了。那是在波利亚阿姨走后的事情了。您还记得那个波利亚阿姨吗?”

“不记得了。我根本不认识她吧。她是谁呀?”

“您怎么会不认识波利亚阿姨呢！她和咱俩坐的是一趟火车。她名叫佳古诺娃。就是身材微胖长得很好看，说话的时候总是喜欢直勾勾地盯着别人的那个阿姨啊。”

“你说的是那个总是喜欢不停地扎了辫子又披散开头发的女人吗?”

“对啦！就是梳着辫子的那个阿姨，那就是她!”

“嗯，我还记得她。不过你一说起她我想起来了，我在西伯利亚一座小镇里见过她啊，我们是在街上碰见的。”

“真的吗！您见过波利亚阿姨?”

“你怎么啦，瓦夏？你干吗这么使劲摇晃我的手啊？你都快把我的手摇断啦。为什么还满脸通红呢？跟小姑娘似的。”

“好吧。快点告诉我，她怎么样啦？快点。”

“我看见她的时候她气色很不错啊。她还和我提起过你和你们家里的人呢。我记得她好像说她和你们在一起来着。难道是我记错了?”

“没错！您没记错！那时她在我们家呢。我妈妈待她一点也不比亲生姐妹差。波利亚阿姨不怎么说话，但是很勤快，又心灵手巧的。她在我们家住的那会儿，家里其乐融融。但是村里人在背后捏造了很多关于她的风言风语，让她在韦列坚尼镇待不下去了。”

“村里有个汉子叫哈尔拉姆。他追求过波利亚。他没鼻子又最喜欢在背后造谣生事。波利亚阿姨都不愿意拿正眼看他。他为这件事

这人是瓦夏·布雷金。他一下扑倒在医生跟前，亲着医生的手哭了起来。

对我怀恨在心，说了我和波利亚的很多坏话。最后她实在受不了啦！于是她走了。从那时开始，我们就倒霉事不断啦。”

“在这儿附近出了一起凶杀案。一个寡妇自个儿独居在农场里，有天在靠近布依斯科耶的地方被杀啦。她平时爱穿系松紧带的那种男式鞋子。她在家里拴了一条凶猛的大狗，那链子很长，所以那狗照看到房子的每个角落。她管那条狗叫‘大嗓门’。她一个人操持着家务又经营着农场，一点都不需要找帮手。但是去年的冬天来得太早啦。雪下得很早。寡妇还没来得及把土豆贮藏好呢。于是她就去韦列坚尼镇找帮手，‘帮帮忙吧，’她说，‘只要能来帮忙，可以按份额分土豆，要拿工钱也成。’”

“于是我就答应帮她藏土豆。但是我到她那儿的时候，哈尔拉姆已经在那儿了。在我之前他已经接了这份活啦。可她没告诉我。可是，我也总不能为这事儿和他打架呀。于是俩人呢就一块儿干活。那时天气情况非常恶劣，雨雪交加，到处都是泥浆。我们就一直刨呀，刨呀，把土豆秧点着，用热烟把土豆烤干。刨完土豆，她不偏不倚，公平地和我俩结了账。然后她打发哈尔拉姆回去，但她对我使了个眼色，那意思是说让我先别走了，一会儿再过来。”

“所以我就又上她那儿去了。她说，‘我不想把多余的土豆白白地充了公。你是好孩子。’她顿了顿说，‘我知道你不会出卖我。你瞧，我什么都不瞒着你。我本来是可以自己挖个坑，把土豆藏起来的，可你瞧外面都是什么天气。现在已经来不及啦，冬天已经到了。我一个人干不了这活。你帮我挖个坑，你放心，我是不会亏待你的。’”

“所以我就细心地给她挖了个坑。挖得下边宽，上面窄，像个瓦罐那样，好藏得严实。然后我们又点了火，把那坑也用烟熏热烘干了。所有这一切都是冒着暴风雪完成的。然后我们把土豆藏好，又重新盖上了土。我们的活干得很干净利落。我当然没对任何人说起过挖坑的事，连对妈妈和妹妹们都没说。咱不是那样的人啊！”

“就这样，过了个把月，那寡妇的农场就被人抢了。从布依斯科耶村来的人经过那里，据他们说，她家门户大开，所有的东西都被洗劫一空啦。寡妇也不见了踪影，那只名叫‘大嗓门’的狗挣脱了锁链逃跑了。”

“又过了些日子。就在新年之前，差不多解冻的时候吧。就在平安夜下起了雨，高地上的雪被冲到了下面，已经能看到地面啦。这时‘大嗓门’跑回来啦，它找到了埋土豆的坑，然后它开始不停地往上刨土，刨着刨着居然就刨出了女主人从土豆坑里伸出来的脚，脚上还套着她经常穿的系松紧带的鞋子呢。多恐怖啊！”

“韦列坚尼镇的人都为这不幸的寡妇哀悼。没人怀疑哈尔拉姆。可是我们也不能怪大家啊！谁能想到他会干这种丧尽天良的事呢？如果是他做的话，他哪儿来那么大的胆子敢继续留在韦列坚尼镇呢？他应该早就逃之夭夭，而且逃得远远的了才对。”

“村子里的富农对这件凶杀案却很幸灾乐祸。他们觉得这是让村子里天下大乱的好机会。他们说，‘看看城里人干的好事吧。他们是故意这么做的啊，这叫杀鸡给猴看。所以你们别藏粮食埋土豆啦。如果你们觉得是树林里的强盗干的你们就大错特错啦！你们尽管听那些城里人的话好了！他们这是要给你们点颜色看看呢！他们是想饿死你们。你们要是想知道怎么做才好呢就乖乖地听我们的吧。我们还能给你们出点好主意，那些城里人只会把你们辛辛苦苦劳动的果实都夺走。你们应该对她们说，你们连一粒多余的黑麦都没有，更不用说是要充公交国家粮啦。如果真的出了事你们就该揭竿而起啊。谁敢来找我们村的茬就让他吃不了兜着走！’这些顽固不化的老脑筋争论不休，而且还召开了村民大会。这正是唯恐天下不乱的哈尔拉姆想看到的。恶贯满盈的他就这么进了城，‘你们知道那村子的人在干吗吗？’他说，‘你们难道就这么坐视不理？我们需要做的是成立贫农委员会啊。只要您发话，我马上就能让那帮人自相残杀。’然后他就跑了，再没露过面。”

“后来的事情就是顺理成章的啦。没有什么人再从中作梗，没有什么人是罪魁祸首啦。从城里派来了红军驻扎。设立了法庭。首当其冲受审的就是我。都是因为哈尔拉姆对他们说了很多我的坏话，他说我是出逃犯，说我逃避劳役，栽赃说我杀害了寡妇，陷害说是我煽动村里人暴动。他们把我锁了起来，幸亏我撬开地板溜走了，就藏在旧采石场的山洞里。村子就是在我上方被大火烧光的，但是我没有亲眼看见。我的生身母亲跳进冰窟窿淹死了，但是我当时也一无所知啊。可这一切就这么发生了。他们分给红军一座单独的宅院，招待他们喝酒，并把他们灌得烂醉。夜里那房子突然着火了，把附近的房子也点燃了，就这么一户连着一户烧了起来。我们自己村里的人，火烧到他们房子的时候，都逃了出来。倒是那些城里来的人，虽然没人故意纵火，他们却都被活活烧死了。没人让韦列坚尼镇的人们逃走，也没人不让他们回自己家烧焦的房子，是他们自己害怕再出什么事就都逃走了。那些居心叵测的富农又散布谣言说，只要是十岁以上的男的就要统统抓去枪毙。所以我从洞里爬出来的时候一个人影儿也没看见，他们还不知流落到了什么地方了呢。”

5

医生和瓦夏在1922年春天到达了莫斯科，时值新经济政策实行的时期。天气晴朗而暖和。阳光照耀在救世主教堂的金色穹顶上，倾洒在铺成石板路的广场上，石缝的罅隙之间长满了小草。

禁止私营企业经营的禁令废除了，尽管限制严格，但政府已经允许自由贸易的进行。一般只是允许在跳蚤市场上进行二手货交易。但是因为这种贸易经营规模极小，所以助长了投机倒把的风气。这种交易没有创造任何实际效益或是缓解城镇物资匮乏的问题，到头来只有那些不停地转手倒卖的商贩大发不义之财。

一些简陋的私人图书馆的所有者，把他们的书从书架上取下来，统一运到了某个地方。他们向地方苏维埃政府申请开设一家合作书店，并申请政府批给他们一块经营场地。他们获准使用一些闲置的鞋店和花店门面，因为这些商店在革命爆发后不久就倒闭了。于是这些图书馆的所有者便在这些有宽敞穹顶的房子里出售他们那些杂乱无章的书籍。

在生计维艰的时候，那些教授的夫人们就曾经违背禁令，偷偷出售烤好的白面包卷。现在，她们则是公开在自行车修理铺里出售这种面包了，这些自行车修理铺很早之前就已经被征用而且废置了很久。她们顺应时势，欣然接受了革命，说话时也不再那么彬彬有礼，变得粗俗。

到了莫斯科之后，尤里·安德烈耶维奇对瓦夏说："瓦夏，你应该学一门手艺。"

"我还想念书呢。"

"这是当然的啦。"

"我想把我记忆中母亲的样子画出来呢。"

"这很好啊，可是你得先学会怎么画画才是。你以前学过画画吗？"

"我在跟叔叔学徒的时候，常常趁他不注意，用木炭画着玩来着。"

"好吧。这有何不可呢？咱们试试看。"

其实瓦夏在绘画上没有显示出卓越的天资，但是要进工艺美术学校倒是绰绰有余了。尤里·安德烈耶维奇通过熟人把他送到了前身是斯特罗甘诺夫斯工艺美术学校的进修班，在那儿他先学习了大类课程，然后又专修学习印刷术、装帧技术和封面设计。

医生和瓦夏通力工作。医生撰写论述各种问题的散文。作为自己专业技能训练的一部分瓦夏把医生写的东西印刷装订成小册子。书印的册数不多，就在朋友们新近开办的二手书店里出售。

小册子里包含尤里·安德烈耶维奇的哲学思想、医学见解、他对健康和疾病所下的定义、对进化论的反思、对作为有机体生理基础的个体的思考、对历史和宗教的看法（这些看法同舅舅和西玛的看法如出一辙），还有关于他到过的布加乔夫村的诗歌、短篇小说和随笔。

他的作品笔触轻松而诙谐，有些偏口语化，因为作者在创作时追求的就是通俗易懂。书中表达的见解别开生面、独树一帜、有些一经发表就引起热议，有些是未经检验的一家之言，总之，尤里的作品新颖别致而又引人入胜。所以在书迷中间销路很好。

在当时很多创作都自成一家。像韵文诗体和文学翻译，五花八门的理论研究如雨后春笋般涌现，各式各样的学术机构遍地开花。这时百家争鸣，各种艺术流派和思潮纷纷涌现。就连尤里·安德烈耶维奇都在半数这样所谓的文化机构中担任医学顾问这一职务。

医生和瓦夏在相当长的一段时间内一直很要好。他们一直住在一起。在这段时间内，他们一直不停地换住所，因为他们住的这些地方不是不宜居住就是很不舒适。

他们刚到莫斯科那会儿，尤里·安德烈耶维奇就马不停蹄地去打听自己家在西夫采夫街上的老房子。打听到的结果是他的家人没有在这座房子里住过。自从他的家人被驱逐出境后，他们家名下的那栋老房子也易主了，那里现在住的都是陌生人。从那栋房子里完全看不出尤里家住过的一点痕迹了。就连尤里·安德烈耶维奇的老邻居一见到他也赶忙躲瘟疫似的躲开他，生怕自己会惹上什么麻烦事。

马克尔的生活已经今非昔比了，他飞黄腾达到面粉镇当房屋管理员去了。按照他现在的职务他完全可以申请住更好的房子，但他情愿住在一栋老旧的门房里，那里没有地板，倒是有自来水供应和一个相当大的俄式炉子。天冷的时候，这栋楼房里所有的自来水和暖气管道都会冻裂，只有门房里是一直那么温暖而干燥，自来水管也不会冻住。

后来尤里·安德烈耶维奇和瓦夏的关系渐渐疏远了。瓦夏可以说是完全改头换面了，不管是思维方式还是说话方式，现在的他和当时佩尔加河边韦列坚尼镇上那个蓬头赤脚、衣衫褴褛的男孩子已经完全判若两人了。革命所宣传的显而易见而又不言自明的真理对他越来越有吸引力了。医生对他所说的那些晦涩难懂、抽象难辨的语言，在瓦夏看来是悲观而且错误的，而且底气不足，有些含糊其辞。

医生到相关政府部门去提出吁求。他想为自己的家人重新争取居住权，使他们获准回国返家；同时他也在给自己申请出国护照，以便获准去巴黎接妻子儿女。

令瓦夏感到奇怪的是，尤里仿佛对这些事情并不是非常上心，甚至有些三心二意。尤里·安德烈耶维奇仿佛早已认定自己的努力是徒劳的，他觉得自己的奔走不会有任何下文，他非常坚信这一点，简直就是深信不疑。

瓦夏越来越看尤里不顺眼了。尽管尤里并没有对瓦夏的横加指责而大动肝火，但他同瓦夏的关系还是不可避免地恶化了。最后他们的友谊终于不复存在，于是两人决定分道扬镳。医生把他们一起住的房子让给了瓦夏，自己搬到了面粉镇去住。权力炙手可热的马克尔安排尤里去住斯文季茨先前住过的坐落在街角的房子。这房子的构造包括：一间废弃的卫生间，那旁边是只有一扇窗户的房间，还有就是破旧不堪的厨房和简陋的后门。尤里·安德烈耶维奇搬到这儿来之后便放弃了行医，也完全不在意自己的生活起居，不再和任何朋友见面，过起了一贫如洗的日子。

6

在一个冬日灰蒙蒙的星期天。屋顶的烟囱里冒着烟，尽管如此，但那烟是从通风口一丝丝溢出去的。尽管禁止用通风口排烟，可大家还是把通风口当作生铁炉子的烟囱。城市温暖舒适的生活还是不复存在。面粉镇的居民依旧蓬头垢面地上街，饱受夏日酷暑和冬日严寒之苦。

每逢星期日，马克尔·夏波夫全家人都会欢聚一堂。

现在，他们一家人正坐在宽敞的餐桌前吃午饭呢。在过去定量分配面包的时期，一大清早他们便把所有房客的面包票在这张桌子上剪开，清点，然后分类，再按类别包进纸包里或卷成纸卷，送往面包店。然后在早上的晚些时候，再把兑换回来的面包在这张桌子上切成碎块，然后按照份额分给本区的居民。如今这一切早已经变成了遥远的回忆。粮食配给制早已被其他的分配办法所代替。现在他们一大家子正围着桌子享受午餐，吃得津津有味。

在屋子里，宽大的俄国炉子差不多占了整个门房的一半，放在了屋子的正中央。高高的床上铺着被子，平整的被角耷拉着。

在门口附近就是自来水龙头，那里的水管是不会冻住的。房间的两侧摆着两排长椅，椅子下面堆满了各种家庭用品。左边摆放着一张餐桌。桌子上方钉着一个放碗碟用的小橱柜。

屋子里相当暖和，因为那炉火烧得正旺。马克尔的妻子阿加夫娜正站在炉前，袖口挽到胳膊肘，用一副长柄的钳子倒腾炉子里的罐子，不时地根据火候挪动罐子的位置。她热得满脸冒汗珠儿，脸庞一会儿被红彤彤的炉子照亮，一会儿又被热腾腾的蒸汽包围。她把罐子挪到了一边，从炉膛里夹出了馅饼，放在一块铁板上，然后把它翻了一个个儿，又放回炉膛里继续烤。这时尤里·安德烈耶维奇提着两只水桶走进了门房。

“祝你们用餐愉快。”

“不要拘束，坐下跟我们一块吃点吧。”

“谢谢。不过我吃过饭了。”

“我们知道你吃的都是些什么。干吗不坐下来吃点热乎乎的饭菜呢？您可别小看我们家的馅饼哦。这里是好东西呢。我们有烤土豆、馅饼和热粥。”

“真的不必客气，谢谢。真不好意思啊，我老是来打水，把你们屋里的热气都放跑了。所以我想一下子多打点水，我把浴盆擦得锃亮啦，用它盛满水，然后再把大桶盛满。这样我打个十几次水，以后就会很久不用来打搅你们啦。真不好意思要这样麻烦你们，可是除了您这儿，别的地方再也打不着水啦。”

“水，你想打多少就打多少啦。糖浆我们没有，可水的话我们有的是。你随便打好啦，我们不收钱。”马克尔说道。

一席话引得一家人都哈哈大笑。

可是当尤里·安德烈耶维奇进来第三次打水，也就是打第五桶和第六桶的时候，马克尔说的话就变了味。

“女婿们问我你是谁。我说了，可他们都不相信。你继续打你的水好了，别管我。只是别那么笨手笨脚的，尽往地上洒水。难道你没看见吗？门口附近洒得都是水。要是水结冰上冻了，你又不会拿撬杠把冰凿下来。笨蛋！你倒是把门关严点啊，冷风直往我们屋里灌呢。真的，我告诉女婿们你是什么样的人，可他们都不相信。想想培养你花了多少钱啊！想想你念了多少书？但是我就想不通了，你念了那么多书有啥用？”

等到尤里·安德烈耶维奇进来打第五趟、第六趟水的时候，马克尔皱起了眉头：“再打一次就不要再来了。凡事都有个限度啊。要不是我小女儿玛琳娜替你求情，我才不管你出身多么高贵呢！早就严严实实地把门锁上了。你还记得玛琳娜吧？就是肤色有点黑坐在桌子最边上的那个。瞧，她羞得脸都通红了。她说，‘爸爸，别伤了人家的感情。’她一直这么跟我说，其实谁愿意伤你的感情呢？玛琳娜在中央电报总局当电报员，她懂外语。‘你看他是多么不幸啊！’她说。她非常同情你，愿意为你赴汤蹈火。就好像你现在落魄潦倒都是我的错似的。你本来就不该在时局危险的时候抛妻弃子一个人跑到西伯利亚去。要怪就怪自己吧。你瞧，我们就待在这儿熬过了饥荒和白军的封锁，我们没像你落荒而逃，所以我们现在丰衣足食，安居乐业。要怪就怪你自己吧。如果你好好照顾东尼娅的话，她现在又怎么会流亡在国外呢。这都是你自己的事，我瞎操什么心啊。我现在只想问你，你没事打那么多水干什么啊？没人雇你用水泼一个溜冰场吧？你这个丧家之犬啊，我连气都懒得跟你生。”

这一席话又引得一家人都哈哈大笑。玛琳娜火冒三丈地瞪着自己的家人，开始指责他们的尖酸刻薄。尤里·安德烈耶维奇听见她为自己出头，感到很意外。但一时半会儿也想不明白这个姑娘的心事。

“因为我家里有很多东西要洗，马克尔。我还得擦地板洗衣服呢。”

听了这话，桌边的一家人惊讶极了。

“你说这话不害臊吗？你要洗的东西真那么多的话，接下来你干脆开家中国洗衣店得了！”

阿加夫娜说道：“让我女儿上您那里去帮忙吧。她上您那儿去的话，可以帮您洗衣服擦地，如果需要的话，她还能帮您缝缝补补的。我的好女儿，你根本不用怕他。你知道他是很有教养的，就连一只苍蝇都不舍得杀。”

“千万别这样，您说的什么呀，阿加夫娜！我可从来没想过要让贵千金玛琳娜为我擦地。我凭什么让贵千金为我弄得满身脏兮兮的啊。这些活我自己都能干。”

玛琳娜突然插话道：“您自己都能弄得满身脏兮兮的，怎么我就不能呢？尤里·安德烈耶维奇，你可真难处啊！要是我去您那儿做客，难道您还会把我轰出来不成？”

玛琳娜绝对有成为女歌唱家的潜质。她的嗓音纯正洪亮，音域广阔，声调很高。玛琳娜说话的声音不高，但她的嗓音听起来比一般人说话要有气力的多，她的嗓音仿佛并不属于她，而是它本身就有生命的。那嗓音仿佛从她背后的另一间屋里传过来的。这嗓音是她的保护神，是守护天使。听了这样动听的声音，谁也不忍伤她的心，令她失望难过。

就是从尤里打水的这个星期天开始，医生和玛琳娜之间建立了友谊。她经常会到医生家里去帮忙做家务。有一天她就留在医生那里过夜，没有回门房。就这样她变成了尤里·安德烈耶维奇第三任妻子，尽管尤里并没有和第一任妻子离婚，也没和玛琳娜办理结婚登记手续。因为尤里·安德烈耶维奇并没同头一个妻子离婚。后来他们有了孩子。玛琳娜的父母不无骄傲地把女儿叫作医生太太。马克尔抱怨尤里·安德烈耶维奇没同玛琳娜在教堂举行恰当的婚礼仪式，也没登记结婚。但是他的妻子立即反驳他：“你发昏了吧？如果东尼娅还活着的话，尤里可就犯了重婚罪啊。”马克尔可不甘示弱地争辩道：“你自己才是傻瓜呢。这和东尼娅有什么关系？她现在的情况跟死了没什么两样。法律根本不会再保护她了。”

尤里·安德烈耶维奇有时开玩笑地说，他们的爱情是二十桶水打出来的，简直就像一部二十章的小说。

玛琳娜原谅了医生的古怪性情和异想天开、不着调的想法，也原谅他把屋里弄得又脏又乱。其实这都是医生自暴自弃而刻意为之。她忍受他的无休无止的唠叨，乱发脾气和错乱神经。

其实她的自我牺牲远不止于此。有时他们因为医生的错误决定而变得一贫如洗时，玛琳娜为了不让医生在这种时刻觉得孤独，竟辞掉了自己在电报局的工作。而电报局非常器重她，在她擅离职守后还愿意请她回去工作。为了实现尤里·安德烈耶维奇的种种不切实际的幻想，她情愿和医生一道儿出去，挨家挨户地上门去做各种稀奇古怪的工作。有时他们给住在各层楼的房客劈柴火。这些房客中的一部分，尤其是那些在新经济政策初期靠投机发财的商人和依傍政府而出名的艺术家和学者们，已经开始给自己建造舒适的房屋了。有一天玛琳娜和尤里·安德烈耶维奇小心翼翼地把锯末抱进房屋主人的书房，生怕毡鞋会弄脏了地毯。房屋主人对进来的这一对夫妇居然毫不理睬，故作高深地全神贯注地沉浸在阅读中。是他妻子指派他们干活，然后支付给他们工钱。

“这头蠢猪专心读的是什么书呢?”医生不由得很好奇，因为这个学者正拼命地在书页的空白处奋笔疾书。当尤里·安德烈耶维奇抱着柴火从那学者跟前走过时，从看书人的背后向桌上瞟了一眼。桌上摆着的不是别的，正是由尤里·安德烈耶维奇创作，由瓦夏印刷装订成册的小册子。

7

尤里·安德烈耶维奇和玛琳娜现在住在斯皮里东大街，戈尔东就在这附近的小布隆纳亚街上租了一间房。玛琳娜和医生有两个女儿，五岁的卡帕卡（卡皮托林娜）和只有六个月大的卡拉夫卡（克拉夫吉娜）。

1929年的初夏天气很炎热。住在这附近的人们互相拜访时都不穿外套，只穿一件衬衫。

戈尔东的房间构造很独特。它原本是远近闻名的裁缝师傅的裁缝店。商店原来有上下两层，中间是旋转的楼梯。从上下两层都能通过一扇巨大的平板玻璃窗望见外面的景色，在这玻璃窗上用金色的字母写明了裁缝师傅的姓名和职业。

现在这个裁缝店隔成了三个房间。房主在两层楼之间用木板隔出一道夹层，就这么隔出了另外一间房。这间房几乎可以称得上是一间名副其实的客厅了。房里有一扇颇为奇特的窗户，窗户大概有一米高，完全是落在地板上的，上面还留着一些金色的字呢。外面的人能从这些金色字母的隙缝中能看到屋里。其中的一间房外面只能从脚看到膝盖，这就是戈尔东的房间。这时日瓦戈、杜多罗夫和玛琳娜正带着两个孩子坐在他的房间里。小孩儿的身形比大人要娇小得多，所以从窗外能完全看见他们。过了没多久，玛琳娜便带着两个女儿离开了。屋里只剩下他们三个男人。

他们正在有一搭没一搭地闲聊。这是那种典型的大人们无所事事时候的谈心。作为老同学，他们之间有几十年的交情，可以说是无话不谈。

为了能让谈话自然巧妙地进行，一个人必须拥有足够的词汇来表达自己。但在他们三个人中，只有日瓦戈能做到这一点。

医生的两个老朋友为了表达自己的意思总是要绞尽脑汁地想半天。他们没有出口成章的才能。因为词汇太匮乏，他们急得在屋子里踱来踱去，一个劲地抽烟，不停地打手势比画，翻来覆去说着同样的话。（“说白了，老兄！就是不诚实，不诚实，对了，对了，就是这个词，不诚实啊”。）

他们没意识到，他们在说话时仿佛唱戏一般絮絮叨叨的，远远不足以表达强烈和热切的情感，这显示了他们语言的贫乏。

其实戈尔东和杜多罗夫也算得上是满腹经纶的艺术家。他们的一生都是在好书、好思想家、好作曲家和好音乐的陶冶熏陶中度过的。事实上这些事物简直可以称得上是永恒的经典之作。但他们不明白，品位平庸比没品位更加不幸。

戈尔东和杜多罗夫都不明白，就连他们对日瓦戈的种种劝诫，不是出于影响其行为的良好愿望，而只不过由于他们没有能力在天马行空之中驾驭自己的谈话。就像一辆偏离预定轨道的马车，他们的谈话与自己的初衷南辕北辙。而且由于他们没法掌控谈话的发展方向，最后肯定会自相矛盾地搬起石头砸自己的脚。所以尽管他们滔滔不绝地说教，还是会一次又一次地离题万里，不知所云。

对日瓦戈而言，他们的动机显而易见，他们的感情矫揉造作，他们的论证也是搜肠刮肚理屈词穷。但是他却不能对他们说：“亲爱的朋友们，你们是多么无可救药的平庸啊！你们和你们的圈子，还有你们总喜欢引经据典的那些所谓专家和权威，你们满心敬仰的那些所谓的艺术和才华都是如此平庸。你们身上唯一生动而闪光的可取之处就是你们是我的同龄人兼好朋友。”但是谁能如此坦率地说出这些咄咄逼人的话呢？为了不让他的朋友难堪，尤里·安德烈耶维奇只好隐忍不发，耐心地听下去。

杜多罗夫不久前刚获准撤销了对他先前被判驱逐出境的惩罚，他的公民权利被恢复了，并且重新获准到大学执教。

现在他向朋友们讲述他流放期间的种种经历。他是开诚布公，毫无保留地同他们谈的。他一点儿也没胆怯，他对自己说的每一句话都深信不疑。

他说起了自己被诉讼的缘由，他在监狱里经历的一切和出狱后的事情，尤其是同侦查法官的单独谈话，简直令他醍醐灌顶，让他在政治思想上接受了再教育，大开了他的眼界，使他认识到许多从前闻所未闻的东西，他因此而变得更加成熟了。

杜多罗夫的议论之所以博得了戈尔东的赞同，仅仅是因为这些话都是老生常谈。他对杜多罗夫满怀同情地点了点头，表示赞成。正是这种因循守旧的思维和表达令他感动不已。他错把杜多罗夫一个人的主观感受当作是共通人性的自然流露。

杜多罗夫的那些陈词滥调和那个时代的精神特质不谋而合。但正是这种循规蹈矩的表达和明显的假仁假义令尤里·安德烈耶维奇大为光火。不自由的人总是喜欢美化备受束缚的生活。在中世纪也是如此，后来的耶稣会教士往往是利用人性的这一弱点。尤里·安德烈耶维奇难以忍受的正是苏维埃知识分子在政治上故弄玄虚的神秘主义。尽管当时的人们把这当作最伟大的成就或者被称作所谓的“时代精神的制高点”。尤里·安德烈耶维奇不愿意伤害自己朋友的思想感情，所以就把自己的这些想法放在心里。

但杜多罗夫讲述的故事真正令他感兴趣的却是杜多罗夫的一个狱友的故事。那人叫作博尼法季·奥尔列佐夫，他是莫斯科的创始人、提康的追随者。他有一个名叫克丽丝提娜的六岁的小女儿。父亲的被捕以及他以后的悲惨命运对她是个莫大的打击。“蒙昧的宗教主义者”“被褫夺公民权的人”等诸如此类的名词对她来说都是不光彩的旧伤疤。杜多罗夫觉得这小姑娘童心未泯时就已经立下重誓，有朝一日一定要将自己家族这个不光彩的污点抹去。在她这么幼小的时候竟然就立下了如此不可动摇的目标，而且迄今为止仍一心想要达成这个目标，这使她成为共产主义运动的狂热的追随者。

“我必须得走了，”尤里·安德烈耶维奇说，“米夏，你可别怪我啊。这屋里又闷又热。我得出去透透气。”

“但是我们开着窗户的啊。你瞧！地板附近的窗户不是开着么。真不好意思，我们抽了太多烟啦。我们老忘记当着你的面不该抽烟。可是屋子里这么呛也不能全怪我啊，都怪这破房子建得不合理，我真应该换房子住。”

“米夏，我必须得走啦。我们今晚已经聊得很尽兴啦。谢谢你们对我的关心。你们知道的啊，我这可不是装出来的。我得了一种病，心血管硬化症。心肌壁磨损而且变薄啦，总有一天这心肌壁非破了不可。可我还不到四十岁呢。就已经像个醉汉要不省人事啦。还有就是我的精力耗损太多了。”

“别瞎说啦。你离坟墓还远着呢。你前面的日子还长着呢。”

“最近不是有很多人出现了心脏细微溢血的病症么。它们并不都是致命的，一些人或许能挺过来。我觉得这是一种典型的现代病。发病的原因应该在于道德秩序。我们绝大多数人不都被要求过一种自相矛盾的二重生活吗？如果我们日复一日地说一些与自身感受相反的违心之言，明明是自己不喜欢的事物却要大肆吹捧，还要假装对那些只会给你带来不幸的事物感恩戴德，这样我们的健康能不受影响吗？我们的神经系统是真实存在的。它是我们人体的一部分。它是我们灵魂的载体，就存在于体内，就好像牙齿在口腔中一样。我们不可能对它造成损害而不受惩罚。杜多罗夫，我听你讲到流放的时候说你受到再教育而成长的经历，就像一匹自由的野马说它是如何被马戏团驯化一样，感觉心痛极了。”

戈尔东立刻说道：“你说这话我可要替杜多罗夫说两句。你只不过是习惯了你自己那些佶屈聱牙的高深表达。对我们说的这些大白话难以适应而已。”

“米夏，也许你说的对。但是不管怎么着，你们还是让我走吧。我都快喘不过来气了，真的，我一点也没夸张。”

“等一下。这完全是你的托词。你不给我们一个诚恳直率的回答，我们就不会让你走的。难道你不觉得是时候改变你的处事方式改过自新了吗？你到底打算怎么做？首先你自己得理清楚你和东尼娜，你和玛琳娜之间的关系吧。她们也都是人，她们也都是有感情会受伤的女人，不是存在于你脑中的幻象。此外，像你这样的人自暴自弃难道不觉得可耻吗？你早该不要整日浑浑噩噩的了！清醒起来！振作精神！不要总是一副不可一世的样子！真是让人难以忍受！就是这样，不要再那么蔑视一切、目中无人了！这样没人能受得了你！你应该重新好好工作，好好写作才是。”

“好好好，我回答你们。最近我也常常这样反思自己的行为，所以我可以向你们保证我会做出改变的。我觉得一切都会很快好起来的。你们等着瞧好了，我说到做到。我会马上付诸实施的。我活下去的渴望很强烈，而活着就意味着不断进步，追求完美，并且实现这一目标。”

“米夏，你能为玛琳娜着想我很开心，就像你先前总是为东尼娜着想一样。但是我没和她们当中的任何一个吵架啊。我也完全没有要和她们对着干的意思，更不用说会针对其他人。你起先责备我，说什么她跟我说话用敬称‘您’或者我的全名，而我跟她说话却只用‘你’或者就是简称玛琳娜。难道她跟我这么见外我不觉得难受吗？但是后来我们把出现这问题的深层次原因解决啦，现在我们彼此完全平等。”

“我还要告诉你们一个好消息。我又收到东尼娜她们在巴黎给我的来信啦。孩子们渐渐长大啦，有很多法国的同龄玩伴儿。沙夏马上就要小学毕业了，玛莎也很快就要上小学啦。我还从来没有见过我的女儿玛莎呢。但是我总是有一种感觉，尽管他们已经变成了法国公民，但他们很快就会回来啦，到那时一切都会以这样或那样的方式得以解决吧。”

“我想我岳父和东尼娜应该是已经知道玛琳娜和我有孩子的事情了。我在信里没有告诉过他们。他们大概是从别人口中得知这个消息的。我岳父，作为一个父亲，好像是又气愤又伤心。这可能就是为什么我们五年没能通信的原因吧。我回到莫斯科之后一直和他们通信的，可是后来他们突然不给我写信了，我们中断了联系。”

“前不久，他们又开始给我写信啦。我收到他们所有的人的信，甚至包括孩子的信。他们的信热情洋溢。不知道为什么他们好像原谅我了。也许东尼娜也有了新的伴侣吧。我衷心希望她能再次找到另一半，谁知道呢。我时常给他们写信。不过说实在的，我真的待不下去了。我得赶紧走了，要不然我的心脏非得犯病不可。再见了。”

第二天早上，玛琳娜神不守舍地跑到戈尔东家里来。家里没有人帮她照看孩子，她把最小的卡拉夫卡用毯子裹起来抱在胸前，另一只手拉着躲在她身后不愿进门怯怯的卡帕卡。

“米夏，尤里在您这儿吗？”她惴惴不安地问道。

“难道他昨天晚上没回家？”

“没有啊。”

“那他就一定是在杜多罗夫家过夜了吧。”

“我已经去过他家了。杜多罗夫到学校上课去了。但周围的邻居认识尤里。他们都说没见尤里上那儿去啊。”

“那他能到哪儿去呢？”

玛琳娜把小卡拉夫卡放在沙发上，歇斯底里地大哭起来。

8

戈尔东和杜多罗夫整整两天没敢离开玛琳娜，不敢让她一个人单独待着，怕她想不开。他们一边轮流看护玛琳娜，一边四处打探医生的下落。他们跑遍了所有他可能去的地方——面粉镇、西夫采夫街上的住宅还有他曾任职的学术机构都找遍了，找遍了尤里曾经提起过的朋友的住处，但是始终没有打探到他的任何下落。

他们没把尤里失踪的事报告给警察局因为尽管他登记了户口而且没有犯罪记录，但最好还是不要引起当局对他的注意。因为按照当下的标准来看，尤里绝非是守法的模范公民。除非到了万不得已的时候，他们是不会向警察求助的。

到了第三天，玛琳娜、戈尔东和杜多罗夫分别收到了尤里·安德烈耶维奇的来信。他在信里说到对自己给他们带来的麻烦和担忧深表歉意。他央求他们不用担心他的安全，并恳求他们不要再寻找他，因为他们找他是徒劳的。

他告诉他们，为了尽快振作精神，重新建立自己的生活，他想单独待一段时间，以便集中精力做事，一旦他找到了新的工作并且安顿下来，并确信自己已经安全转变不会再重蹈覆辙，他就会离开自己的藏身之地，重新回到玛琳娜和孩子们的身边。

他在信中告知戈尔东，麻烦他把寄到他名下的钱转交给玛琳娜。他请戈尔东给孩子们雇个保姆，好让玛琳娜能回到电报局工作。他说之所以没有把钱直接寄给玛琳娜，是因为担心贼人看到汇款单会使她遭到抢劫。

那笔钱不久就汇到了，其金额之大完全超过了医生和他朋友的经济水平。就这样他们给孩子们雇了保姆。玛琳娜也重新回到电报局。尽管她还是很伤心，但已经习惯了尤里·安德烈耶维奇以往的古怪脾气的她，最终还是默默容忍了他这次荒诞不经的行为。尽管尤里让大家不要再找他了，但两个好朋友和玛琳娜却仍然没有放弃寻找他的努力，不过他们终于相信了尤里说的话，他们找他的努力只会是徒劳无功的。

9

其实自始至终他就住在离他们几步远的地方，就在他们眼皮子底下呢。在他们搜寻范围之内最近的那个街区。

尤里失踪的那天，天还没有完全黑下来时，他走出戈尔东的家，来到了布隆纳亚街上，正在他径直往自己家走去的时候，没走出一百步呢，就碰上了迎面走过来的叶夫格拉夫·日瓦戈，他是医生同父异母的弟弟。尤里·安德烈耶维奇已经三年多没见过他了。原来，叶夫格拉夫刚到莫斯科没多久。他像往常那样来得出其不意，对所有的问题他都一笑置之或是用玩笑话把话题支开。倒是他问了尤里·安德烈耶维奇几个问题之后，马上弄清了兄长的问题之所在。于是就在街道狭窄的拐角处，在熙熙攘攘的人群中，叶夫格拉夫给哥哥制定了一套挽救计划。尤里·安德烈耶维奇的失踪和销声匿迹就是他出的主意。

他在一条当时还叫卡梅尔格尔斯的街上给他租了一间房，就在艺术剧院的旁边。他给尤里提供金钱支持，为医生张罗在医院谋个差事，打算做哥哥的赞助人，好让他在医院里能够有机会继续他的医学研究。最后，他还模棱两可地向哥哥保证，他们一家在巴黎的这种状况肯定能得到解决。要么尤里·安德烈耶维奇到他们那儿去，要么他们回到莫斯科来。叶夫格拉夫打包票这些事包在他身上。像往常一样，弟弟的支持使尤里·安德烈耶维奇受到莫大的鼓舞。弟弟的权势仍是一个未知的谜。但尤里·安德烈耶维奇也没有多大兴趣解开这个谜底。

10

尤里住的房间坐北朝南，离对面剧院的屋顶非常近。在剧院屋顶的后面，可以望见太阳高悬在奥霍特内街的上方，街道的地面被屋顶遮住了，所以没有阳光。

对尤里·安德烈耶维奇而言，这房间不仅是工作室，也不仅是他的书房。因为他已经完全沉浸在创作当中了，桌上放的那些笔记本已经容纳不下他的计划和构思。那些记不下的奇思妙想就那么悬浮在空气中，就像画家画室中那些尚未完成的画作面墙而立一般，医生住的房间已经成为他精神的盛宴、奇思妙想的储藏柜和灵感的仓库。

幸而叶夫格拉夫同医院的谈判拖了很长时间，所以尤里·安德烈耶维奇到医院上班的日子被无限期拖延了。所以尤里刚好可以利用这段时间专心写作。

尤里·安德烈耶维奇开始将先前写过的、现在还能记得的诗歌分门别类，还有一些叶夫格拉夫不知从什么地方给他弄来的诗稿（这些诗稿一部分是他自己誊写的，一部分是别人重印的）。但是整理这些杂乱无章的材料使尤里·安德烈耶维奇的精力更加分散了，因为他本来就很难集中精力做事。所以他很快就放弃了这项工作，转而投入到新的创作中。

他首先粗略地写出文章的草稿，就像他在瓦雷金诺时做的笔记那样，先将浮现在脑海里的诗歌片段记下来，不管是开头、中间部分或结尾。有时他的书写速度根本赶不上他的思路，他用速记法只记下首字母的缩写还是嫌慢。

他写得很匆忙。每当他的灵感枯萎的时候，他就在笔记的空白处绘画，以此来激发自己的想象力。他画的画总是一些林间小道或是街道的十字路口，上面竖着这样的路标："莫罗与韦钦金公司。出售播种机和脱谷机。"

尤里所有的文章和诗歌都只有一个主题，就是莫斯科这座城市。

11

后来在他的文稿中发现了这样一则札记：

一九二二年，当我回莫斯科的时候，我发现这座城市荒无人烟，一半已经化为废墟。这座城市在饱经了革命最初年代的沧桑之后依然矗立不倒。它一直幸存，尽管它的人口减少了，没有任何新住宅出现，人们绝望地住在又破又旧的房屋里。

但即使是这样，莫斯科仍然不失为是一座现代大城市，而且城市是现代艺术发端的唯一源泉。

在象征主义作家（如布洛克、维尔哈伦、惠特曼）的作品中，作者把那些看起来毫不相干、杂乱无章的事物放在一起加以描绘，这其实完全不是修辞上的凭空臆想。这是一种表达的新秩序，直接源于现实生活。

"就在他们在创作时加快对诗行中意向的描绘时，我们仿佛看见一座繁忙的城市中的街道飞也似的从我们眼前闪过，我们看见了那里熙熙攘攘的人群，看见了十九世纪末的街上驶过的布鲁姆车和马车，而后又看见了二十世纪初街上驶过的有轨电车和地铁。

在这种环境中不存在田园的淳朴风光。它那造作的朴实无华是文学的赝品，他们创作的灵感不是来自优美的田园风光，而是从书架的卷宗上搬来的。我们这个时代真正有生命力的语言是应运而生的，而且与我们时代的精神气息相契合，这是一种都市化的语言。

“我住在熙熙攘攘的十字路口。在莫斯科，夏日的骄阳似火，炽热的白光炙烤着柏油路面，窗户反射着阳光，莫斯科这座城市就在舒卷的云朵和繁忙的街道中憩息，在我周围旋转，使我的观点发生变化，并促使我创作赞美莫斯科的诗歌，好让其他人也能像我一样观点发生变化。为了这个目的，莫斯科哺育了我，使我成为一名艺术家。”

“墙外日夜喧嚣的街道同当代人的灵魂可以说是密不可分。就好像序曲已经响起，尽管那帷幕被黑暗和神秘笼罩，但脚灯已经照亮，帷幕业已变成了深红色一样。这座在我们的门窗之外不停变化和喧嚣的城市是我们每个人走向生活的宏大前奏。我正想从这种角度描写城市。”

在日瓦戈的现存的诗稿中没有见到诸如此类的诗歌创作。抑或名为《哈姆雷特》的诗歌这种诗篇？

12

在八月底的一天清晨，尤里·安德烈耶维奇在加泽特内街拐角坐上了开往尼塔街方向的电车，终点站是库德林斯卡亚大街。今天是他头一天到博特金医院上班，这所医院那时叫索尔达金科夫医院，在此之前他只到这儿来过那么一两次，为了接洽他在这儿的工作。

尤里·安德烈耶维奇很不走运坐上了这辆电车，这辆电车的发动机有毛病，总是出这样那样的事故。要么就是前面有马车占道，所以大车轮子卡进电车轨道，要么就是车顶或车底的绝缘体出了故障，发生短路，然后噼噼啪啪地冒火花。

电车司机不时停住电车，从前面的站台上下来，手里拿着扳钳围着电车转来转去，然后钻进车底下修理车辆尾部和后轮之间的部件。

倒霉的电车阻塞了整条街的通行。整条街上已经挤满了被它挡住的电车，后面的电车还源源不断地开过来。排起的长队的尾巴已经延伸到了练马场，并且队伍还在不断地加长。乘客从后面的电车车上下来，跑去乘坐前面的那辆电车，仿佛换乘前面的车就能节约多少时间似的，殊不知他们换乘的正是出故障的那辆车。那天的天气本来就很炎热，车厢里因为挤满了人所以又闷又热。在一群奔跑着去乘坐前面一辆车的乘客头上，一片浅紫色的雷雨云越升越高，一场暴风雨马上就要来了。

尤里·安德烈耶维奇坐在车厢左边的单人座位上，被挤得紧贴在窗户上。所以他能看见音乐学院所在的尼塔街的左侧。他漫不经心地望着这一侧步行的和乘车的来来往往的行人，脑子却模模糊糊地在想着另一个人。

一个头发灰白的老太太，头上戴着一顶有雏菊和矢车菊图案的亚麻草帽，身着丁香色的老式紧身连衣裙，正在吃力地在人行道上走着，累得气喘吁吁，不停地用手里拿着的小包给自己扇风。她的紧身胸衣束得太紧了，她热得浑身无力，满脸都汗涔涔的。她只好不停地用一块小小的花边手绢擦着自己湿漉漉的嘴唇和眉毛。

她行走的路线和电车的行进方向一致。每当修好的电车开动起来就会超过她了，所以有好几次她都消失在尤里·安德烈耶维奇的视线中。但是电车再次发生故障停下来的时候，女士又会超过电车，所以她就会再次出现在医生的视野中。

这时尤里·安德烈耶维奇想起了自己在学校里算过的算术题，要求计算在不同时间内以不同速度开动的火车到达终点站的时间和顺序的那种题型。他想试着回忆起通常的演算方法，可是不管他怎么想都什么也想不起来。而且他的思绪不时地从校园的回忆跳到另外的回忆上，然后陷入错综复杂的沉思中。

他试图想象几个共同前进的彼此熟识的人，只是他们以不同的速度前进着，然后他又想到他们因为遭际不同有谁会比谁活得更长。

这使他联想到某种类似人生竞技场的相对论，但他最后还是一塌糊涂，于是放弃了这种类比。

天空中一道闪电划过，之后又响起一声滚雷。倒霉的电车已经是第九次出故障了。现在车子停在了从库德林斯卡亚大街到动物园的下坡上了。穿淡紫色连衣裙的女士又一次出现在了电车的窗外，之后越过了电车，渐渐走远了。第一阵倾盆大雨打在街上、人行道上，当然也落在那个女士身上。一阵狂风呼啸着扫过街上的树木，刮得树叶满天飞舞，吹起了女士的帽子，鼓起了她的衣裙，突然又风平浪静了。

医生突然觉得胸口一阵恶心，尽管四肢无力，他还是勉强挣扎着从座位上站了起来，不停地上下猛拉开窗户的吊带开关，好打开车厢的窗户。但他怎么也拉不开。

有人向医生喊道，那窗户都用螺丝钉钉死了，可他当时正竭力遏制自己胸口的恶心，心里又惊又恐，所以他根本没有意识到人家是在对他说话，当然也没理解人家的意思。他继续开窗子，又拽了三次吊带，一次向上，一次向下，最后一次是猛地往自己身上一拉，医生突然感到胸中一阵前所未有的剧痛，他马上便意识到是自己内脏什么地方被拉伤了。他知道自己犯了致命的无可挽回的错误，这下他的生命要走到尽头了。就在这时电车开动了，但在普列斯纳街上没走几步又停了下来。

尤里·安德烈耶维奇以超强的毅力步履蹒跚地挤开站在电车中间部分满满当当的乘客，好容易挤到车的后门。乘客们挡住了他的去路，怒气冲冲地责骂他。涌入的清新空气一下子使他有了精神，于是他在心里安慰自己说，或许自己还有救，现在他感觉好多了。

他从后门口的人堆里往外挤，又招来一阵踢踹和怒骂。他不顾乘客的恶语相向，终于挤出人群，从静止不动的电车迈到了街上，走了一步、两步、三步，突然一下子栽倒在大街上，从此再也没站起来。

人群中一阵喧哗骚动，人们都在议论纷纷。有几个乘客从电车上走下来，围在了医生的周围。更多好奇的行人也停下来加入围观的人群中，他们有的人说医生是被电车轧死的，有人又说医生的死和电车一点关系都没有。围观的人越来越多了，穿淡紫色连衣裙的女士这时也赶到了事发地点，她稍微停留了一会儿，看了一会儿躺在地上的死者，听了一会儿旁人的议论，不久又继续向前走去。尽管她是个外国人，她还是听明白了：有的人主张把地上的人抬上电车，送到前面的医院去，另外一些人则主张报警。她没等到他们做出决定便继续前进了。

穿紫色连衣裙的女士是从梅留泽耶沃来的瑞士籍弗列里夫人。她现在已经非常衰老了。十二年来，她一直在向莫斯科当局提出书面申请准许她返回祖国。就在不久前她的申请终于被批准了。她到莫斯科来是为了领取她的出境护照。那天她是到本国的大使馆去领取护照的，她在路上用来当扇子扇的东西便是她用绸带扎起来的一卷证件。她继续向前走去，第十次超过了那辆倒霉的电车。但她一点儿都不知道自己超过了日瓦戈，而且比他活得长。

13

从走廊的房门便能看见最里面的房间，那房间的一角有一张桌子。在桌上放着一具棺材，它的形状很像一只做工很粗糙的独木舟，它那倾斜向下的狭窄尾端正对着房门。棺材虽小，却刚好能盛下死者。这张桌子正是尤里·安德烈耶维奇先前的写字桌。屋里没有别的桌子。尤里的手稿过去就放在桌子的一个抽屉里，现在棺材放在桌面上。枕头垫得很高，所以他的头部也被抬高了，尸体躺在棺材里好似放在小山坡上一般。

尤里的周围摆放了许多鲜花，有在这个季节罕见的一大簇丁香，还有那插在瓦罐或摆在花篮里的仙客来和瓜叶菊。鲜花挡住从窗口射进来的光线。只有一小部分光线穿过那堆鲜花照在死者蜡黄的脸上和手上，照在棺材的木板上和内侧。花束的影子倾洒在桌子上，仿佛刚刚还在摇曳一般。

那时火葬已经很普遍了。为了孩子们能领取抚恤金，保证他们今后能接受教育和玛琳娜在电报局的工作不受影响，所以他们决定不去教堂做安魂弥撒，而实行普通的火葬。他们已经向有关当局申报了，正在等待有关审查代表的到来。

在等待他们的时刻，屋子里空荡荡的，仿佛是旧房客已经搬走而新房客尚未入住的出租房屋。只有那些不小心的吊丧者踮着脚走路的声音偶尔打破屋子的寂静。来吊丧的人并不是很多，但已经比预料的多得多了。这位名不见经传的男人的死讯以惊人的速度传遍了当地的大街小巷。很多吊丧的人都是死者在生前不同时期分别认识的人，后来死者因为种种原因与他们失去了联系或是干脆已经将他们遗忘了。他的诗歌和科学著作更是引来了许多素不相识但是对死者心向往之的仰慕者，他们来到了死者的丧礼凭吊，见他第一面也是最后一面。

在这个没有任何仪式的葬礼上，除了静默只有静默，那种几乎能摸得着的静默压抑着每个人的神经，只有鲜花代替了房间里所缺失的安魂仪式和圣歌。

鲜花不仅是含苞怒放而且芬芳馥郁，犹如一个唱诗班，她们轰轰烈烈地竞相释放自己的香气，好像以此使自己尽快回归尘土，她们就这么恣意地散发着浓郁的馨香，仿佛是在代替教堂为死者的祭礼做晚祷。

不难想象，植物王国就像是死亡王国的近邻。也许神秘的进化论和种种令人类百思不得其解的生命之谜都蕴涵在植物王国中，在墓园里生长的花草树木中。圣母马利亚起先根本没认出从墓园中起死回生的耶稣，“误把他当成了墓地的园丁。”

14

当尤里·安德烈耶维奇的尸体被运送到卡梅尔格斯大街的寓所时（因为这是他最后登记的住所），他的朋友们都被这个死讯惊呆了，朋友们陪着玛琳娜跌跌撞撞地冲入敞开的房间。玛琳娜震惊不已、悲痛欲绝，整个人变得疯疯癫癫的，她一下子扑倒在地板上，不停地用头去撞门厅里五斗橱的边缘。在棺材送来（已经订购了）和客厅被收拾停当之前，死者的遗体一直停放在五斗橱上。玛琳娜简直哭成了泪人，一会儿喃喃低语，一会儿嚎啕大哭，一会儿泣不成声，一会儿哭天喊地。她像个村妇一般，滔滔不绝地哭诉自己的悲恸，一点儿也不在乎周围陌生人的存在。她紧紧抱住医生的遗体，人们费了好大的劲才把她拉开，因为是时候把死者抬进屋沐浴换衣，安置到棺木里了。这些都是昨天发生的事了。今天玛琳娜悲痛的情绪和缓了许多，但是整个人变得迷迷瞪瞪的，坐在那儿一言不发，尽管她好像模模糊糊地知道自己和周围的人都在干些什么。

她从昨天起在这儿坐了一整夜，一步也没离开房间。克拉什卡被抱到这儿来喂奶，卡帕卡和年幼的保姆也被带到这儿来，后来又把她们带走了。

伴随她的是亲近的人，同她一样悲痛的杜多罗夫和戈尔东。父亲马克尔在一条长凳上靠着她坐下，轻声啼泣，大声捏鼻涕。她的母亲和姐妹也哭着到她这里来过。

人群中有两个人，他们是一男一女，同所有吊丧的人迥然不同。他们没有表明自己同死者的关系有多么亲近。他们没有和玛琳娜、她的女儿们和死者的朋友竞争谁更悲痛。尽管这两个人什么都没说，但很明显他们和死者有非同寻常的亲密关系。死者的葬礼就是这两个人一手操办的，其他的人都没有质疑或者与他们争辩。看来这两个人明显是把筹办葬礼当作是他们分内的事，他们沉着冷静地办理丧事，仿佛只有这样他们才能安心。他们的这种异乎寻常的沉着和镇静使大家对他们产生了特别深刻的印象。仿佛这两个人不仅和这个葬礼有关，而且还同这次死亡有莫大的关系，但又并非是直接或间接害死医生的那种感觉。他们仿佛是达成协议一起承办葬礼的人，但是他们明显不把这次丧礼当作是日瓦戈医生生平故事里最重要的一笔。认识他们的人寥寥无几，有的人隐隐地猜到了他们的身份，但绝大多数人对他们一无所知。

但是每当这位长着吉尔吉斯人细长眼睛的男人（这种眼睛既表露了来人的好奇心，也引起了他人的好奇），和一位并未精心打扮便很漂亮的女人走进安放着棺材的屋子时，所有的吊丧者，包括玛琳娜在内，都立刻默默地退了出去。仿佛大家商量好了似的，都不约而同地从椅子和凳子上站起来，沿着墙站成一排，然后默默地走出了房间，来到了拥挤不适的走廊和门厅上。只有这位男人和这位女人还留在虚掩着门的屋内，仿佛两个专家，需要在无人打扰的安静的环境中完成同殡葬直接有关并且是至关重要的事。

现在的情形正是如此。只有他们两人留下来，坐在靠墙的两把凳子上，开始谈起正事来：“葬礼安排得怎么样了，叶夫格拉夫·安德烈耶维奇？”

“火葬安排在今天晚上。半小时之内医务工作者工会就会派人来运送遗体，然后去工会俱乐部。四点钟举行追悼会。哥哥的所有证件都不能用了。他的劳动手册早就过期了，他有一张旧的工会会员证，但是没换成新版的，有几年没缴纳会费了。所有这些事都得一件一件办好，所以我才会耽误了半天。在把他抬走之前——顺便提一句，工作人员马上就要到了，我们得做好准备——按照您的请求，我让您单独和哥哥的遗体待一会儿……不好意思，我的电话铃响了。我出去接一下电话。”

叶夫格拉夫走进走廊。走廊里挤满了医生的同事、学校的同学、医院的低级工作人员和出版界的一些人士，当然还有玛琳娜和她的孩子们。她搂着两个孩子，用披在肩上的大衣裹着她们（那天很冷），现在她们娘仨儿正坐在凳子边上等着再回到客厅里去，就像去探监的女人，等待守卫把她放进探监室一般。走廊和门厅里的人实在是太多了，根本盛不下，所以前门被打开了。很多人站在楼梯口过道上抽烟，不时地走来走去。还有一些人站在楼梯的台阶上，那些越靠近大街里房间越远的人，说话的声音就越大越随便。

在一片压低声音的低声细语中，叶夫格拉夫尽量把声音压得很低沉，他一只手拿着听筒，在电话里回答对方的问题，都是一些有关安葬的程序和医生死亡环境的问题。打完了电话他又回到了客厅，继续和那位女士聊了起来。

“遗体火化之后请您别离开，拉里莎·费奥多罗芙娜。我不知道您下榻在什么地方。但是在告知我之前是否请您不要离开呢？我想请您帮我的忙。我想尽快吧，也许是明天或者后天，着手整理哥哥生前的手稿。我非常需要您的帮助。您是那么了解我哥哥，也许比我们其他所有人都了解他。您刚才提到说，您刚从伊尔库茨克到这儿没多久，而且不打算在莫斯科久留，您上这儿来是出于别的什么原因是吗？您并不知道哥哥死前的几个月住在这里，更不知道哥哥到底经历了些什么，对吗？您说的有些话我不明白，但我并不要求您解释，可是您能不能别离开呢？或者告诉我您的住址。如果在整理他的手稿的这几天，您能和我在同一间房里整理就再好不过了。或者是离得很近的两间房间里也行啊。就在这栋房子里好了。我认识房管会的经理，这点应该不难办到。”

“您说我说的话您没听明白。其实这有什么不好明白的。就是我来到了莫斯科，然后寄存了行李，沿着莫斯科那些旧大街信步闲逛，但是因为时间隔得太久了，有将近一半的街道我已经完全认不出来了。我就这么一直走啊，走啊，走下库兹涅茨桥，然后进了库兹涅茨胡同，突然来到了再熟悉不过的卡梅尔格斯街。因为这儿就是我那被枪决的丈夫安季波夫在学生时代住过的房屋所在地啊。其实也正是我们现在坐的这个房间。我想，进去看看吧，说不定以前的那些老房客还在呢。我还可以找找看。你瞧，当时我根本不知道这儿的一切都变了样，这儿的人我根本一个都不认识。直到第二天和今天，我问了别人才慢慢打听出来的。您当时不是也在场吗，我何必还跟您说这些呢？当时这屋子的门大开着，屋里挤满了人，还放着一口棺材，棺材里躺着一位死者。死的人会是谁呢？我这么想着就走进去看了看，当时一看我就仿佛遭到了晴天霹雳一般，我想是我疯了吧，可您也在场啊。您不是也看见我了吗？我干吗还要继续讲下去呢？”

“请允许我稍微打断您一下，拉里莎·费奥多罗芙娜。我已经对您说过了，我和哥哥都不知道这间屋子竟然发生过这么多不寻常的往事。比如，安季波夫居然曾经在这儿住过。可是您刚才无意中说出的一句话却更让我惊讶了。我马上就告诉您，说到安季波夫，当然了，也就是斯特列利尼科夫了，在内战初期我经常听到他的名字，几乎是天天都能听到他的名字吧，其实我还同他见过几次面呢，但我万万没想到，由于家庭原因他和我的关系原来如此密切。可是，请您原谅，也许是我听错了？我好像听见您说——也许您无意中说错了吧——您说安季波夫是被枪决的？难道您还不知道他是自杀的吗？”

“是的，我是听别人这么说起过，可是我不相信啊。像我丈夫这样的人是绝对不会自杀的。”

“但这是千真万确的。听哥哥说，安季波夫自杀的房子就是您去海参崴之前住的那座房子。就发生在您离开后没几天。哥哥发现了他的遗体，把他埋葬了。您怎么可能不知道这个消息呢？”

“是啊。我听说的完全是另外一回事……这么说他真的是自杀的了？很多人都这么说，可我一直不相信。就在那座房子里？这怎么可能呢！这件事发生的细节对我来说实在太重要了！你可能不知道吧，安季波夫是否同日瓦戈见过面呢？他们彼此认识吗？”

“听尤里跟我说，他们好像有过一次长谈。”

“真的是这样吗？太好了！谢天谢地！”安季波娃说着，慢慢在自己胸前画了个十字，“这简直是无巧不成书啊，也许就是命中注定的天意吧！您允许我以后再向您详细打听这件事的所有的细节好吗？每个细节对我来说都非常珍贵。但现在不是问这个的时候？难道不是吗？不能这样，我实在是太沮丧了。我应该自己静一静，什么也不去想，然后整理一下自己混乱的思路。难道不是吗？”

“噢。当然当然。”

“您真的这么觉得吗？”

“真的，千真万确。”

“好吧。哦，对了！我差点忘了。您让我火化后不要离开。没问题的。我答应您。我不离开。我会和您一起回到这幢房子里，您需要我待多久我就待多久好啦，让我待多久我就待多久。咱们一起整理尤里的手稿。我会帮助您的。您说得对，在这方面或许我真的能够帮得上忙。这对我也是莫大的抚慰啊！我对他的文章再熟悉不过了，我知道他的文章里每一处插曲。我真心欣赏他的写作。我身体里流淌的血液热爱他的文字。其实我也有一件事想求您帮忙，我需要您的帮助，我听说您是位律师？无论如何，您对现在的法律法规和条文再熟悉不过了。我是想问您要打听一个人的下落的话应该去咨询哪个政府部门呢？很少有人能答得上来这个问题，难道不是吗？我有一件很麻烦很棘手的事要找您商量。是关于一个孩子的。我们还是从火化场回来后再谈这个问题吧。我这一生都在不停地找寻中度过，难道不是吗？请您告诉我，假设有人一定要找到一个孩子的下落，一个交给陌生人抚养的孩子的下落的话，有没有一份现存全苏联孤儿院的总档案呢？全国是否有流浪儿的统计数字或记录呢？哪怕是类似于这一类的记录也行啊。求求您现在不要告诉我答案吧。我们以后再说吧。唉，我的心里害怕极了。生活是多么可怕啊！难道不是吗？我根本不知道我女儿来了以后我该怎么办，但我现在暂时住在这里也没什么不好的。卡秋莎在音乐和表演方面展现了她卓越的天分。她能够自编自演，惟妙惟肖地模仿自己剧本中的每一个角色。还有呢，她只要能听一遍歌剧中的咏叹调，就能一字不差地把这一大段歌词唱出来。她是个多么出色的孩子啊，难道不是吗？我想让她上戏剧学院或音乐学院的预备班，到时候哪儿录取她就让她上哪儿的学校吧。但是我一定要给她申请一个奖学金，我就是为办这件事而来的。我是想先把学校什么的都安排好，然后再回去把她接来。但是世事就是这么复杂，难道不是吗？很多事情的发生我们是根本控制不了的。但我们还是以后再谈这些吧。现在我要安静一会儿，好好振作我的精神，集中我的精力，设法排除心中的不安。说起来，我们让尤拉的亲人们在走廊里等得太久了。我觉得已经有人敲过两次门了吧。外面好像有什么动静。大概是殡仪馆的人来了吧。我想在这静静地待一会儿，您最好把门打开，让大家进来吧。时间差不多了吧？难道不是吗？稍微等一下，等一下。棺材旁边应该放一个小脚凳才对吧，否则的话大家看不到尤里的脸吧。我要踮起脚尖才行，可这也太费劲了。玛琳娜和那两个孩子也需要垫把椅子才行吧。此外，这样才和合符礼仪吧。‘请给我最后的一吻。’哦，我快受不了了。多么心痛啊。难道不是吗？”

“我马上让大家进来，但在这儿之前我还想对您说些什么。您说了很多让我难以理解的话语，提出了这么多一直让您心痛困扰的问题。可我不知道如何回答是好。我只想对你说明一点。我愿意竭尽全力帮助您解决每一件事。帮您的忙我乐意之至。请记住：在任何情况下都不要绝望。我们应该满怀希望积极苦干，这是我们身处不幸时应尽的义务。碌碌无为和一蹶不振是不负责任的表现。好啦。我现在让吊丧的人进来。我们是该找一把垫脚凳子。我这就去找一把。”

但是拉拉已经听不到他说的话了。她根本没听见叶夫格拉夫·日瓦戈打开了房间的门，也没听见人流从门廊里涌进房间，更没听见叶夫格拉夫吩咐殡仪馆的人员声音和他与主要送葬的人的交谈。同样的，拉拉也没听见人们走动的沙沙脚步声、玛琳娜的啜泣声、男人的咳嗽声和女人的哭喊声。

房间里无休无止单调的噪音让拉拉感到一阵恶心和头晕目眩。她用尽了全身的力气，好容易没有让自己摔倒。她心痛得肝肠寸断，头痛得像要炸开一般。她低下了头，陷入记忆回想和猜测臆想中，一时间她感觉自己仿佛被带到了或许她自己有生之年也看不到的未来之中，那已经是数十年之后了，她看到自己老态龙钟、行将就木的样子。她这么想着，仿佛一下子找到了自己不快乐的根源所在。

“我生命里最重要的两个男人。一个刚刚死了，另一个已经自杀了。倒是只有那个早就该死的人却还活着。我是想杀了他，但是我却差一点没打中，他对我而言只是一个毫不相干的陌生人，是那个卑鄙小人在不知不觉中把我的生活变成一连串的罪恶。现在呢，这个平庸的怪物正在只有集邮者才知道的亚洲的偏僻小镇四处逃窜，而我所需要的知心的亲近之人却一个也不在了。”

“对了，是在圣诞节那天，在我决定开枪杀死那个庸俗的怪物之前，就是在这个房间里，只点着一支蜡烛，就在这昏暗的房间中我还和帕夏谈过话呢。那时帕夏还是个孩子，大家正在吊唁的尤里那时还没在出现在我的生活中呢。”

拉拉试着想要回忆起圣诞节那晚同帕夏的谈话，但除了窗台上的那支蜡烛，还有它周围玻璃上融化了的一圈窗花外，就再也想不起别的来了。

她怎么能想到，尤里生前驱车从街上经过时曾注意到他们的窗户，并且留意到了窗台上的蜡烛呢？谁又能想到从他在外面看到这烛光的时候起——“桌上点着蜡烛，点着蜡烛”——恍若一语成谶，便注定了他一生的命运呢？

她的思绪纷至沓来。她想道：“不管怎么说，不举行安魂弥撒太遗憾了！出殡多么庄严，多么肃穆！大多数死者其实都不配举行这么隆重的仪式！可尤里绝对是当之无愧的！任何隆重的仪式为他举行都不过分，他绝对无愧于‘在墓地前恸哭的哈利路亚’这样的歌词吧。”

现在拉拉的心里涌起一种如释重负的自豪感，就像每当她想起尤里或者同他一起度过短暂而美好的时光时一样。他总是那样自由奔放，无牵无挂，现在这种精神也感染了她。她突然从板凳上站了起来。她身上发生了一种令人难以理解的变化。哪怕只有短短的一瞬间也好，拉拉也想借助尤里的力量从内心满溢的忧伤中解脱出来，去重温那种自由自在的幸福感。这种幸福对她而言，也许只是能够真正向尤里告别，能在尤里的面前毫无保留地倾诉衷肠吧。拉拉急切而仓促地环顾了一下屋里的人，但是噙满泪水的眼睛仿佛被眼科医生滴了刺激性的眼药水，所以拉拉感觉自己什么也看不见了。这时人群开始移动，拖着沉重的脚步走出了房间，最后把她一个人留在虚掩着门的房间里。拉拉走到安放在桌子上的棺材跟前，踏上叶夫格拉夫搬来的凳子，迅速地在胸前画了个十字，而后又慢慢地在遗体上轻轻画了三个大大的十字，并用嘴唇去亲吻尤里那早已冰冷的前额和双手。她丝毫不理会尤里那变冷仿佛变小了的前额，手掌也仿佛握成了拳头。有那么一会儿她就一直默默地站在那里，什么也不去想，甚至也没有哭泣，她只是用整个身体，用头、胸、心和张开的双臂紧紧地抱住了那棺木、那鲜花，还有那冷冰冰的身体。

15

压抑的哭泣使拉拉浑身颤抖。她尽量抑制自己不让眼泪掉下来，但终于泪水还是如决堤一般涌出，泪水从她的双颊滑落，洒在她的衣服上，洒在她的双手上，也洒在她紧紧贴着的棺材上。

拉拉什么也不说，什么也不想。但那些观点、概念和真知灼见，突然一下子涌上了心头，而且犹如天上瞬息万变的浮云在她的脑海中一幕幕飞快地闪现。就像往昔他们夜话时那样。正是这些事物在那些岁月给他们带来了真正的幸福和自由。这是一种自发的、温暖的、本能而直接的彼此理解。

而现在拉拉的心中则充满了对死亡的黑暗模糊的认知，她做好了死亡的心理准备，她觉得现在自己能毫无畏惧地直面死亡。就好像她已经经历了很多次的生死轮回，而且已经无数次承受了失去尤里的痛苦，所以她心里已经积累了丰富的经验，因此她在棺材旁边所感受的和所做的都恰如其分。

噢，这是多么崇高的爱情，超越了生死、独一无二、在世上无与伦比的爱情啊！他们的思想就像别人的歌声那样自在流畅。

尤里和拉拉彼此相爱，但却并非出于必然，也不像煽情的做作描写所言，“一阵熊熊燃烧的爱情烈焰”。他们彼此相爱是因为周围的一切都渴望他们相爱：他们头上的那青天白云和树木，他们脚下的那坚实的土地。也许他们周围的世界：那些他们在街上偶遇的陌生人，那些他们走过的路之外的广漠旷野，那他们居住并邂逅彼此的房屋……所有这些从他们的爱情中收获的喜悦比他们两个人本身还要多。

是啊，这就是使他们彼此合为一体而且亲密无间的真正原因。即使是在他们最美满最自由的幸福时刻，他们也一直没有忘记整个宇宙设计的造化之庄严和崇高的大爱，他们只不过是属于这个整体的一部分，是这个宇宙无言大美的一个组成元素而已。

对他们而言，他们的生命正是源于这种宇宙整体的联结。因此，那些自认为人类是万物灵长、现代人生活的舒适娇惯和对人类的自我崇拜的观念对他们而言毫无吸引力可言。一个建立在如此荒唐前提下的社会和它的那些所谓的政策措施对他们而言也只是可怜的班门弄斧，毫无意义可言。

16

现在拉拉开始用生动形象的日常语言和尤里做告别仪式。她的话尽管生动朴实，但绝非平淡无奇。就像那唱诗班的合唱和悲剧中的独白，就像那深情的诗行和咏叹的歌词，或者就像那其他任何传统的表达形式，有时它的意义不在于表意而在于传情。拉拉那不加藻饰的表达完全是内在悲痛的自然表达。她那简洁深情的话语饱含血泪。

仿佛正是这些血泪将她那温柔而飞快的喃喃低语融合在一起，就像微风伴着暖雨轻轻打在光润圆滑的树叶发出的一阵沙沙声。

“我们终于又在一起了，尤罗奇卡！命运给我们安排的重逢多么残酷！你能想象得到吗？现在我们竟然已是生死两隔！我真的止不住，真的止不住我的泪水。天啊！我除了痛哭只有痛哭！你看吧！这又是我们的风格了。你的离开，我的结束。又是某种无可抗拒的冥冥之中的力量，生命的谜，死亡的谜，天才的勉力，质朴的魅力……是啊，是啊。这些东西或许只属于我们两人。而像重新瓜分地球那样的俗世琐碎的争吵，就算了吧，这些同我们毫不相干。”

“永别了，我伟大的爱！永别了，我的骄傲！永别了，我那湍急深邃的珍贵激流！我是多么深爱你那日夜不息的鸣溅声，我是多么想投入你那寒冷的波涛中啊。”

“还记得那日我们雪地话别的情景吗？你骗得我好苦啊！如果我早知道你不走的话我又怎会离开你？是啊，我知道，我知道你也是逼不得已，你以为这样是为了我好。可是从那时开始一切都完了。天哪！我饱受着苦难，受尽了折磨！但是你却一无所知呢。哦，我都干了什么，尤里，我都干了些什么！你一点都不知道我的罪孽有多么深重。但这并不是我的过错。我那时在医院里躺了三个月，整整一个月昏迷不醒。从那时我的生活就只有痛苦没有欢乐可言了。尤里。我的灵魂没有一天是安宁的，每天我都在悔恨和忧伤中熬过。但是最紧要的事我还没告诉你呢。但我说不出口，我实在没有这种力量。每当我想到生命中的这些经历，都要吓得汗毛倒竖。你知道，我自己都不敢保证我的神经完全正常。可你知道，我不像很多人那样喝酒，我一直让自己远离那种东西，因为女人一旦酗酒就真的万劫不复了。想想觉得很荒唐，难道不是吗？”

她继续诉说并且哭了好久，简直痛不欲生。突然她惊讶地抬起了头，看了看周围的人群。人们早就已经等候在屋里了。她从垫脚凳上下来，跌跌撞撞地离开了棺材，用手捂住了眼睛，仿佛是要擦干自己最后的泪水。

男人们走到棺材跟前，用三块木板把棺材抬起来。葬礼开始了。

17

拉里莎·费奥多罗芙娜在卡梅尔格尔斯街上的房子里住了几天。她开始时帮助叶夫格拉夫·安德烈耶维奇整理日瓦戈的文稿，但是后来整理并且完成的就只有叶夫格拉夫自己了。她还和叶夫格拉夫·安德烈耶维奇进行了一次谈话。叶夫格拉夫从她那儿知道了一件重要的事。

一天，拉里莎·费奥多罗芙娜出去后就再也没有回来过。看来那时她一定是在街上被捕了。她就这么下落不明地销声匿迹了，也许后来死在了某个角落。而后慢慢被人遗忘，成为后来失踪的人员名单上的一个无名无姓的号码，也可能就死在北方不计其数的某个混合集中营或女子集中营里吧。

第十六章　尾声

1

在1943年夏天，红军突破库尔斯克包围，然后解放了奥廖尔之后，不久前刚晋升为少尉的戈尔东和杜多罗夫少校都正往他们部队赶。他们当中一个刚从莫斯科出差回来，另一个则是度完三天假后即将归队。

他们在归途中不期而遇，于是一同在破败的切尔尼小镇过夜。这座小镇，像其他位于“沙漠地带”的许多城镇一样，尽管在敌人撤退时曾经肆意被破坏践踏过，但并没有完全变为废墟。

在一堆残垣断壁和已经化为齑粉的碎石中，他们找到一个幸免于难的干草棚，两人于是在那里过夜。

他们睡不着觉，整整聊了一个通宵。在黎明前一会儿，大约凌晨三点的时候，杜多罗夫刚刚打了个盹儿，就又被戈尔东吵醒了。于是杜多罗夫笨手笨脚地钻进柔软的干草堆里一阵翻腾，就像在水里扑腾一样，把几件衣服打包成一捆，又笨手笨脚地从干草垛上面爬下来，走到门口。

“你这是要去哪儿啊？天还早着呢。”

“我要到河边去一趟，去洗几件衣服。”

“你真是疯了，等晚上我们到达部队以后，洗衣员东尼娜自然会给你换洗的衣服。你干吗着急非得自己动手呢？”

“我等不到那个时候了。这衣服已经被汗渍浸透了，而且臭烘烘脏兮兮的。我很快洗一洗，把水拧干，趁着今天太阳好，衣服肯定一晒就干。我会洗个澡，然后穿上洗干净的衣裳。”

“可这总是有碍观瞻吧。再怎么说你也是个军官啊。”

“天还早，那周围又没什么人，而且大家都在睡觉呢。我会躲在树丛后面，不会让别人看见我的。好了，不说了，你赶紧回去睡觉吧，要不然过会儿想睡也睡不着了。”

“反正我也睡不着了，我跟你一块去吧。”

于是他们穿过一堆白石废墟向小河走去。尽管太阳刚升起来没一会儿，这些白石头就已经被晒热了。在那些已经被毁坏的街道上，人们正躺在地上睡觉呢。只听鼾声四起，他们被太阳晒得满脸通红，汗流浃背。他们大多数是当地无家可归的人、老人、妇女和孩子，还有零零散散的一些掉队了的红军战士。戈尔东和杜多罗夫小心翼翼地看着脚下，从正在酣眠的人群中穿过，生怕一不小心会踩到他们。

“我们轻点声说话，免得把这些城里人吵醒了，那样的话我可就洗不成衣服了。”

于是他们压低了嗓门，静静地开始继续昨晚的谈话。

2

“这条河叫什么？”

“我不知道。也许是祖沙河。”

“不对吧，这不是祖沙河。”

“可是你知道的，一切都发生在祖沙河上。我指的是有关克丽丝提娜的事情。”

“话虽如此，但是那发生在这河流靠近下游的地方。传闻说教堂已经把她奉为圣女啦。”

“那里有一座古老的石头建筑物，被称作‘马厩’。它确实曾经一度被用作苏维埃政府的国营马场，但是现在这个名词已经成为一个历史的代名词了，往往用来描述那种墙壁厚重的旧式建筑。德国人又将其加固，使它成为固若金汤的城池。它依山而建，从那里俯瞰，整个地区一览无余，所以易守难攻，我们若想取得胜利，那马厩就是必争之地。克丽丝提娜凭着过人的勇敢和机智，巧妙地潜入德国人的防线，成功将马厩炸毁了。但是她本人却被敌人活捉后绞死了。”

“为什么她的名字是克丽丝提娜·奥尔列佐娃，而不姓杜多罗娃呢?”

“因为我们只是订婚了，还没正式结婚。一九四一年夏天我们下定决心，等战争一结束我们马上完婚。这之后我便像其他士兵那样随部队转战各地。我所在的部队调动非常频繁，所以在无休止的调动中我同她失去了联系。此后我再没见过她。关于她的英雄事迹和壮烈牺牲，我和别人一样，都是从报纸和团队命令里看到的。听说在这儿附近要为她建立一座纪念碑。我还听说日瓦戈将军，也就是尤里的弟弟，正在这一带搜集她的材料呢。”

“很抱歉！我不该和你提起她的。这对你来说肯定很痛苦吧。”

“唔……我们都聊得忘记时间了，我可不想耽误你洗衣服。赶紧脱衣服下水吧。我就躺在岸上嚼嚼草叶，或许会打个盹儿。”

过了没一会儿他们又谈起来。

“你在哪儿学会洗衣服的?”

“被逼无奈啊。我们挺惨的，我进了一个最可怕的劳改营。能活着出来的屈指可数。从我们到的那天起就开始受罪。我们一下火车，就看到一片茫茫雪原，远处有森林。看守用来复枪口堵着我们，狼狗用尖牙利嘴驱赶我们。与此同时，其他的犯人也被带到这里来了。我们被要求在雪地里排成多角形，脸朝外，免得大家会互相看见。我们被要求跪着点名，因为怕被枪决，没人敢抬头四处张望。然后就开始了无休无止的极尽羞辱之能事的所谓点名。整个点名的过程中大家得一直跪着。点名结束后大家被命令站起来，有的组被带走了，我们组则被告知说：‘这里就是你们的劳改营，你们好好改造吧。’偌大的雪地当中插着一个柱子，柱子上写着‘古拉格92Y. N. 90’，除此之外什么都没有。”

“我们的遭遇其实也没那么糟糕，我们有时挺走运的。我第二次进去改造是顺接头一次的改造。并且，我的罪名不一样了，待遇自然也就没那么差了。等我再次改造完成后出狱，就像头一次那样时，我被再度恢复了名誉，同时获准我上大学讲台。动员我参军的时候我被授予了像你那样的真正的少校军衔，于是我不再是那个戴罪立功的劳改犯啦。”

“是的，那儿什么都没有，除了一根柱子和上面写着‘古拉格92Y. N. 90’的木板。刚开始我们在严冬里空手撅树干，为了搭草棚。信不信由你，最后我们居然就这样盖起了一个劳改营。我们用自己的双手建造了自己的监狱，圈上了栅栏，修了单间的牢房和瞭望塔。所有这些都是我们用双手完成的。之后我们开始伐树，像牲口那样拉木材。八个人拉一辆雪橇，上面堆满了木材，我们就在齐胸深的雪地里拖木材。在相当长的一段时间里，我们对战争的爆发毫不知情，他们严密的封锁了消息，不让我们知道。突然接到通知说我们劳改营的人可以以志愿兵的身份奔赴前线。如果能活着回来就恢复你的自由。在战场上，随之而来的是一次次地进攻，那里电网和地雷密布，迫击炮的响声不绝，一连几个月都要在隆隆的战火硝烟中厮杀。我们被称为敢死队，顾名思义，自然是有去无回。我怎么能活下来呢？我又为什么会活下来了？我也不知道为什么。你肯定不会想到，这个到处流血牺牲的战场同集中营相比简直已经是天堂了。之所以这么说，不是因为物质条件的恶劣，完全是因为别的原因。”

“是啊，可怜的兄弟，你可真吃了不少苦头啊。”

“你在那里可不仅学会洗衣服，什么都能学会。”

“这简直是不可思议啊。不仅相比你的在劳改营的苦难生活，就算是相比过去的三十年的一切，哪怕是相比于我在书香袅袅的大学教书，并且衣食无忧的舒适生活，战争仍然是一股清新舒爽的空气，一场涤荡污浊的暴风雨，一阵自由解脱的轻风。”

“我想，集体化是一个不明智而错误的举措，但是当局绝不可能承认这个事实。为了掩饰这一点，他们无所不用其极地采用一切恐吓手段让人们丧失思考和判断是非的能力，强迫人们接受完全莫须有的东西，扭曲事实指鹿为马。这就是为什么会发生叶若夫时期史无前例的残酷统治，会有明明颁布却形同虚设的宪法，会出现违背自由选举原则的选举的原因吧。”

“当战争爆发后，它那真切的恐怖、现实的危险和真实死亡的威胁和毫无人性可言的谎言独裁相比，给人们带来的反而是解脱，因为它们打破了这些死板谎言的咒语。”

“不仅是和你同在集中营的那些苦难同胞，而是我们每个人，不论在战争后方还是在前线，我们都深吸了一口气，然后满怀喜悦地投入到解放斗争的熔炉中进行殊死搏斗。”

“战争是革命时代链条中特殊的一环。因为直接由革命爆发本身的产生力量不再起作用了。反倒是革命的间接影响，革命成效的后续，革命后果的余波等开始显露出来。不幸和苦难的磨砺使得这些力量变得沉着和缓，同时也使人们做好了破釜沉舟和建功立业的准备。这些英勇卓绝的、震撼人心的意志品质谱写了一代人的道德赞歌。”

“尽管克丽丝提娜不幸殉难，尽管精神上承受着丧失亲人的悲痛，尽管身体上伤痕累累，尽管付出了流血的昂贵代价，但这些闪光的意志品质使我的内心充满了欢乐。这种牺牲小我为大我的光辉照亮了克丽丝提娜死亡的阴霾，因为她死得其所；也照亮我们每个人的生活，使我有勇气承受失去她的悲痛。”

“当可怜的兄弟你遭受无尽的折磨的时候，我得到了解脱。那之后没多久，奥尔列佐娃这时考入了我们大学的历史系，而且我是她的老师。其实很早之前，我第一次从集中营里被释放出来后，便注意到这个超凡脱俗的姑娘了，不过那时她还是个小女孩呢。你还记得吗？那时尤里还在世呢。我跟你们讲过她。现在呢，她居然成了我的学生。”

“在那个时候，学生对教师进行政治觉悟再教育的风气盛行。奥尔列佐娃也满怀激情地投入到这股思潮中。我一点也不明白她为什么那么针锋相对地批评我。她对我的攻击有时是那么言语过激而有失偏颇，以至于连其他同学都纷纷起来替我打抱不平。奥尔列佐娃很有幽默感，她在墙报上写文章时，用绰号和别名极尽嘲讽之能事，而且谁都知道她文中所指就是我。后来，完全出于机缘巧合，我才明白这种根深蒂固的敌意原来是年轻姑娘爱情的伪装形式，这是一种深沉持久的、一直埋在心底的爱情。其实我对她的感情也是如此。”

“一九四一年我们度过了一个美妙的夏天，当时正值战争爆发的前夕。克丽丝提娜在一群大学生和青年男女中间，他们住在莫斯科郊区的民宅里，当时我们的部队也驻扎在那里。我们就在这样的环境下建立了深切的友谊。在民兵部队组建的过程中，克丽丝提娜被训练成为一名伞兵，那会儿德国的轰炸机被我莫斯科的部队侦察到并且击退了。我记得曾经对你提起过，我们就在那时订了婚，但由于我们部队的调动我们很快就被迫分离了，从那之后我再没见过她。”

“后来，战争形势开始好转，成千上万的德国人举手投降，我受过两次伤之后，从高射炮部队被调到第七参谋部，因为那里需要懂外语的人。在我仿佛大海捞针般好不容易找到你之后，就坚持把你也调到这里来。”

“洗衣员塔尼雅和奥尔列佐娃是朋友，她们是在前线认识的。塔尼雅经常会谈到克丽丝提娜。不知你注意到了没，塔尼雅的笑容是那种会心的笑，跟尤里的笑如出一辙呢。笑起来的时候她的塌鼻子和高颧骨就没有那么明显，这时你会觉得她变得十分漂亮迷人了。面部特征是这样的人在我们俄国随处可见吧。”

“我懂你的意思。可能是这样吧，我没留意过。”

“塔尼雅·别佐切列多娃这绰号真是又难听又粗野。不管怎么说，这也不是她的姓啊，她这个名字到底是怎么来的啊？”

“她和我们解释过的啊。她是个不知道父母在哪儿的孤儿。在俄国内陆地区，语言还是那么直白纯正，所以她才被叫作别佐切列多娃，就是“失怙之子”的意思。她住的地方的居民曲解了这个外号的意思，就按着自己方言的发音叫，就这么有了她现在的姓。

3

戈尔东和杜多罗夫谈话过后没多久，他们就来到了被夷为平地的卡恰列沃镇。在那里，他们赶上了正追赶主力部队的后勤部队。

这是一个炎热的秋天，晴朗温暖的天气已经持续一个多月了。在奥廖尔和布良斯克之间的是伏林什内，那里的富饶肥沃的黑土地在万里碧空下泛着介于巧克力和咖啡之间的棕色。

那里的主街道笔直穿过这座城镇，同公路汇合在一起。街道一侧的房屋被地雷炸成一片残垣断壁，荒芜萧条的果园里的树木也被连根拔起，烧焦炸碎了。街道的另一侧也是空空如也，不过受破坏的程度较轻，因为本来就比较空旷，没有什么可以当作打击的目标。

在先前都是房子的那侧，无家可归的居民还在冒烟的灰烬中搜寻，在废墟的各个犄角旮旯里扒拉着残存的零星物品，然后把找到的东西存放在同一个地方。还有一些人正忙着建防空洞，他们把地上的草皮切成一块块的，好用它们来铺屋顶。

街道空旷的那一侧搭起了许多白色的帐篷，到处都是后备服务的卡车啊，马拉的各种车子啊，脱离营部的野战救护车，以及混在一起尚未辨明所属的各种军需给养和供应部门。这里还有从补充连队来的骨瘦如柴的男孩子，他们戴着灰船形帽，背着卷成一捆的大衣。他们蓬头垢面，面容憔悴，因为闹痢疾而虚弱不堪。他们放下行李休息了一会儿，吃点东西，然后继续步履蹒跚地向西前进。

这个将近一半被摧毁的城镇仍在燃烧，远处引爆延时的地雷还在不断爆炸。在园子里劳作的人们不时停下手里的活儿，挺直腰板，扶着铁锨把休息一下，视线也不时会瞥向爆炸发生的地方。

在那里，灰色的、黑色的和砖红色的烟雾、火焰和碎石一起升腾起来，开始像立柱或喷泉那样向上直冲，随后又像尘埃，在空中缓慢无力地弥漫开来，最后又像羽毛那样到处飘飘洒洒地散落到地面上。这时劳作的人们会低下头，继续干起活来。

在废墟对面的街道另一侧，有一块四周长满树篱的林间空地被参天大树的浓荫覆盖着。大树和树篱把这片空地同周围的世界隔离开来，仿佛把它变成了一个私人院落，阴凉而舒适。

洗衣员东尼娜和几个同部队的伙伴，还有其他一些人正一起站在这里，其中就包括戈尔东和杜多罗夫。他们从一大早就开始在这块林间空地上等候来接东尼娜的卡车了。部队委托她顺便将装在几个木箱子里的东西带走，箱子堆在其他行李的上面被放在了地上。东尼娜寸步不离地看守着那些箱子。其余的人也一直站在那里，唯恐错失了搭车的机会。

他们已经等了长达五个多小时了。等车的人无事可干。他们听着这个饱经沧桑的姑娘侃侃而谈。当时她正在给他们描述日瓦戈将军接见她的经过。

“当然记得啦。昨天他们带我去见将军本人，也就是日瓦戈少将。他路过这里，向大家了解克丽丝提娜的情况，寻找那些目击者和见过她的熟人。他们把我推荐给他，说我是她的好朋友。将军让他们把我带来。于是他们就奉命把我带去了。他一点都不可怕，他和大家一样没什么特别的。黑头发，眼睛有点斜。于是我就把我所知道的都告诉了他。他听完之后还答谢我哩。他问我是谁，从哪里来的。我当然很不好意思了。我的身世有什么光彩的？一个无家可归的流浪儿。我不必说你们都知道，无非就是待在感化院，然后四处流浪。可他让我别难为情，一直讲下去。起先我只说了一点，然后又告诉了他一些，他听了直点头。我胆子就大起来了。说了你们也不信的，不过我确实有很多事可讲。你们准会说，她是瞎编的吧。他肯定也是这么觉得的。等我讲完了，他站起来，在屋子里踱来踱去。他说‘你讲的故事可真不一般，真的，非常不一般。只是我现在没有时间，不过你放心，我还会找你的，你放心吧。我从来没听过这样的遭遇，我一定还会找你的。我不会就这么不管你了，只是现在手上有些事情需要处理，谁知道呢，说不定我就是你的叔叔，我会认你作侄女呢。我送你上大学，哪所大学随便你挑。真的，我说的是真话。’他就是这么对我说的，也许他是和我开玩笑的吧。”

这时，一辆货厢四周围起的大车驶入空地，这种车是波兰和俄国西部运干草的那种大车。两匹负轭的马由一名运输队的士兵驾驭着，这种士兵过去被称作马车夫。只见他勒住马，从驾驶座上跳下来，然后开始卸马。除了东尼娜和另外几名士兵外，其他的人把驾车的兵士团团围住，苦苦哀求他把他们拉到想去的地方。他们对他说当然会付钱，而且是丰厚的报酬。驾车的兵士断然拒绝了他们的要求，他说除了执行既定的任务，自己无权擅自动用马和马车。他把马牵走了，然后就不知行踪了。

东尼娜和那些坐在地上的人都站起来，七手八脚地爬上了马车夫留在那儿的空空如也的马车上。大车的到来和大家与马车夫的斡旋打断了东尼娜的话，这会儿东尼娜又继续讲了起来。

“你对将军说了些什么呢？”戈尔东问道，“能否给我们复述一遍呢？”

“当然可以啦！听着……”

就这样，东尼娜向大家讲述了自己那惊心动魄的经历。

4

“事实上，我能说的事情真的有一箩筐呢。尽管到底是别人告诉我的还是我自己有印象记着的，我已经分不清了，不过我好像并非生于贫贱的家庭。我只听说我妈妈，拉莎·科马罗娃是一位俄国内阁部长的妻子。他被称作科马罗夫斯基同志，当时躲藏在白色蒙古。但是我觉得这位科马罗夫不是我生父。当然啦，我没怎么念过书，是个无父无母的孤儿。可能我这么说你们会觉得可笑，可我说的都是我所知道的，你们得设身处地替我想想。”

“好吧。接下来我要告诉你们的故事都发生在克鲁什茨之外，也就是西伯利亚的另一端，但又在哈萨克之外，是靠近中国边界的地方。当我们——也就是红军——向他们白军首都逼近的时候，那个内阁部长科马罗夫便让我妈妈和全家乘坐了一列军用专车，命令手下把她们送走。你们是知道的，我妈妈那时早就吓坏了，离开他自己一步也不敢动。”

“科马罗夫对我一无所知，他甚至可能根本不知道有我的存在。妈妈在和他分开好久之后才怀上了我，她生怕有人会告诉他这件事。因为他十分厌恶小孩，经常大吼大叫，捶胸顿足的。他觉得小孩只会把家里弄得脏乱不堪，鸡犬不宁的。他常常抱怨他受不了这些。”

“就像我说的这样，在红军开始抵达这个城镇的时候，妈妈派人把纳格尔纳亚车站上担任信号员的妇女玛尔法找了来，那儿离我们城镇三站远。我一会儿和你们细说。头一站是尼佐瓦亚站，其次是纳格尔纳亚站，之后便是萨姆松诺夫斯出口。我现在想明白我妈妈是怎么认识那个信号员妇女玛尔法的了。大概是因为玛尔法那时常在我们镇上送牛奶卖蔬菜。肯定就是这么回事儿。”

“有些事我还是不清楚。我觉得那些人大概是欺骗了妈妈，他们没对她说实话。她却那么轻易地相信了他们。大概契约上写的让玛尔法暂时抚养我一阵子，等时局稳定下来了再把我送还给妈妈。妈妈是肯定不会想把我永远送给陌生人或者是让不相干的人把我抚养成人的，妈妈是绝对不会就那么撒手不管自己的亲生骨肉的。”

“你们都知道的，小孩还不好哄吗？‘去找阿姨，阿姨会给你好吃的饼干哦。阿姨很好的，不用害怕哦。’我宁愿不去想，后来我流了多少眼泪，我有多么伤心，我有多么想念我妈妈。我还那么小就差点发疯想自杀了。我那时就经历了这样的事。我觉得玛尔法肯定是得到了一大笔我的赡养费吧。”

“信号员的工作是个肥差，玛尔法大婶家的农场很阔绰，不但有一头牛一匹马，当然还有各种家禽。他们还有一大片菜地，其实在那里地皮应有尽有。房子也是国有的，所以不用出房租。房子就在铁轨旁边，因为是地势陡峭的上坡路，从我们家乡来的火车要费很大劲才能爬上山，可从你们俄罗斯这边来的火车因为是下坡，就开得飞快，还得时常刹车。等秋天叶子落光了，就能看见纳格尔纳亚车站，远远望去，车站小小的就像搁在茶托上的小茶杯似的。”

“至于信号员瓦西里叔叔，我那时习惯于叫他爹。他是一个善良的乐天派，就是心眼太实在，尤其是在喝醉了酒的时候。那儿的每个人几乎都对他的事情知道得一清二楚，因为他对谁都会掏心窝，简直是无话不谈。”

“不知是因为我忘不了自己的生母呢？还是由于别的什么原因。我从来不管玛尔法叫妈妈。事实上玛尔法大婶可怕极了。于是我只管她叫玛尔法大婶。”

“就这么日复一日，年复一年的。不知道究竟过了多久。我也开始能够到车站上去摇旗子了，而且我还能把牛牵回家或是卸马了。玛尔法大婶教我纺织以及各种家务活。所以家务活我样样不在话下。什么拖地啦，收拾屋子啦，做饭啦，对我来说都是小菜一碟。对啦，我忘记说了，我还照看彼坚卡呢。彼坚卡双腿萎缩，都三岁了却还一点儿也不会走路，所以我得背着他走来走去。这也就是为什么都过了这么多年了，只要一想起玛尔法大婶乜斜着眼看我双腿的眼神，我还是会吓得瑟瑟发抖呢。那眼神仿佛在说为什么我的腿是健康的，最好双腿萎缩的是我而不是彼坚卡的，就好像是我把他害成这样似的。你们简直不能想象，世上还有这么恶毒而愚昧的灵魂。”

“但是你们仔细听吧，接下来我要讲的才真正可怕呢！你们听了肯定会汗毛倒竖的。”

“那时正是新经济政策实行的时候，一千卢布才顶一个戈比。瓦西里叔叔在山下卖了一头牛，背回了满满两袋子的钱。那种货币叫作克伦斯，不对，我说错了，应该是叫柠檬票。他又喝醉了，跑到纳格尔纳亚车站上，告诉大家他是多么有钱。”

“记得那是一个寒风凛冽的秋日，阴风怒号，几乎要把屋顶掀翻、把人刮倒了。狂风迎面扑来，火车的发动机怎么使劲都爬不上坡。突然我看见有个要饭的老太太从山上走下来，狂风吹起了她的裙子，吹掉了她的头巾。”

“老太太踉踉跄跄地走来，双手捂着肚子呻吟不已。她乞求我放她进屋，我们扶她坐在长椅上，她喊着‘我肚子疼得受不了，我肚子疼得受不了，我的肚子像火烧一样疼，我快不行了。看在上帝的分上’，她乞求说，‘把我送到医院去吧，你们要多少钱都行。’就这样，我爹急忙套好了马——乌大龙，然后扶着老太太上了马车，把她送到十五俄里以外的县医院去了。”

“过了一会儿，我和玛尔法大婶两个人刚躺下，便听见我们的马乌大龙在外面的嘶叫声，我们的马车进了院子。好像他们回来得也太快了。玛尔法大婶点上灯，披了夹克，没等爹敲门就把插闩拉开了。”

“她开门一看，门外站着的哪是爹呀，分明是个陌生男人。他面色阴沉，狰狞可怖。他说：‘把你们家卖牛的钱统统交出来吧。我在树林里已经把你家的老男人宰了，我可怜你是个老娘儿们，只要说出钱在哪儿我就饶你一命。要是不说的话，你知道会有什么下场。到时可别怪我翻脸不认人。你最好别浪费我的时间，我可没工夫和你在这瞎耗着。’”

“唉，天哪！你们能想象自己要遇到这种事该怎么办吗？我们已经完全蒙了，吓得半死不活，紧张得哑口无言。起先是他亲口说，用斧子把瓦西里叔叔劈死了；现在呢，强盗正和我们同处一室，一个不折不扣的杀人犯就在我们屋子里，我们看得出来，他真是个杀人不眨眼的恶魔。”

“我觉得玛尔法大婶当时肯定是吓得魂飞魄散了。她一听到自己丈夫死了，霎时就感到万念俱灰了。可她还得挺住，不能让强盗看出她的感情。”

“玛尔法大婶先是扑通一下跪倒在他面前，‘发发慈悲吧，’她说，‘别杀我。我根本不知道你在说什么啊，我从没听说家里有什么钱啊，我更不知道你说的钱在哪里了。’可这个杀人犯可不吃这一套，这点伎俩瞒不过他。于是她急中生智，说道：‘好吧，我告诉你，钱在地窖里，我这就给你掀开地窖的门，你自个儿进去找吧。’可那杀人魔一眼就看穿了她的诡计。‘不，’他说，‘我不下去，你下去！你知道路！你去取钱！我才不管你是下地窖还是上屋顶，反正我要的是钱。但是你记好了！要是你敢耍花招，我让你吃不了兜着走！’”

“于是她对他说：‘上帝保佑你，您何必这么多心呢？我倒是很乐意自己下去给您拿钱，可是我腿脚不方便，爬不了梯子。我可以站在最上面的台阶上给您照明。您放心好了！我可以让我女儿陪你下去。’她指的是我。”

“噢，天哪！你们设想一下，我听见这些话当时是什么感觉！我想，这下我完了。我感觉眼前一片漆黑，双腿发软，我觉得自己随时都会摔倒。”

“但是那个恶魔一点儿也不傻。他盯着我们俩看了一会儿，然后冲着玛尔法大婶咧开大嘴狞笑着，好像在说‘我知道你的鬼把戏，你骗不了我。’他看出来她并不心疼我，我可能不是她的亲骨肉。所以他用一只手一把抓起彼坚卡，另一只手拉开了地窖门。他对她说：‘点上灯！’然后带着彼坚卡顺着梯子下到了地窖里。

“我想，玛尔法大婶当时肯定已经神经错乱了，她已经完全失去了理智。恶魔和彼坚卡刚一下去，她便以迅雷不及掩耳之势把地窖的门砰地关上，还上了锁。然后就奋力想把一个重箱子压到地窖门上，她朝我示意让我帮她推箱子，因为箱子太沉了。压好箱子后，这个疯女人就坐在箱子上开始傻笑。她刚坐下，那个强盗就在下面又喊又砸。可是因为地板太厚了，所以听不清楚他在喊些什么，但是从他的嗓音我们不难明白，他在说放他出来，要不然他就要了彼坚卡的命。他的吼叫声比野兽还可怕三分。他喊道，你的彼坚卡在我手上！可她还是不理不睬，只管坐在那儿对我眨眼傻笑。好像在说，你爱怎么喊就怎么喊吧，反正我不会挪动箱子，而且钥匙也在我手里。我想尽一切办法让她明白，必须得打开地窖，把彼坚卡救出来。可是不管我对着她耳朵喊，还是想把她从箱子上推下来都无济于事。我是个孩子，那赶得上她的力气呢？再说她也不听我劝啊！”

“那个恶魔就这么一个劲地敲打着地板，时间一点点过去，玛尔法大婶坐在箱子上，眼珠滴溜溜地乱转，什么也听不进去。”

“又过了一段时间，噢，天哪！老天爷，我这辈子经历了许多大大小小的磨难，可我永远也忘不了这悲惨的一幕，只要我还活着，就依然能听见彼坚卡细弱的呼救声——小天使彼坚卡在地窖里哭喊着，呻吟着。那个杀人魔就这么把他掐死了。”

“我该怎么办呢？我想，我拿这个疯癫的老太太和杀人的强盗怎么办呢？我在那儿束手无策。突然我听见马在窗外嘶叫，因为没有卸马，所以它一直在院子里呢。对啊，马在嘶叫，那声音仿佛是在对我说，‘我们快点动身吧，东尼娜！赶紧去找好心人过来帮忙啊。’我向窗外望去，天已经开始蒙蒙亮了。于是我想：‘你说的没错，乌大龙，这是个好主意。我们赶紧走吧。’我心里正这么想着呢，仿佛树林子里有个声音对我说：‘再等等，别着急，东尼娜，一定还有其他的办法。’我知道现在树林里肯定不止我一个人了，因为那里的公鸡打鸣声亲切而熟悉，山下火车的发动机的隆隆声也充满了友好之意。我听出了车的汽笛声，没错，那一定是纳格尔纳亚车站的机车。因为得需要发动机的动力推火车上山，所以他们管它叫推车。这是一趟混合列车，每天夜里这时候都会雷打不动从这经过。没错，那熟悉的发动机的隆隆声仿佛是在呼唤我一般。我感觉自己的心跳到了嗓子眼。我想，我不会和玛尔法大婶一样神志不清了吧？难道在这俄国的平原上，每个活物，每个喑哑的机器，都会跟我说人话了不成？”

“可是眼下也没有更好的办法了，火车已经渐渐靠近我们了，来不及多想了。于是我一把抓起昏暗的灯笼，没命地冲到铁轨上，站在两条铁轨的正中间，拼命挥舞着灯笼想引起火车上人们的注意力。”

“接下来发生的事就顺理成章啦。我成功地拦住了火车。因为风太大了，火车开得很慢，比蜗牛估计也快不了多少。火车停了，熟识的司机从驾驶室的窗口侧出身子，好像冲着我嘟囔了什么。但是风太大啦，我根本听不见他在说些什么。我冲司机大喊，‘铁路信号室被人抢啦！杀人啦！抢劫啦！杀人犯就在我们屋里呢！叔叔们！同志们！赶紧救救我们吧！’我正说着的时候，红军战士们就一个接一个地从火车上跳了下来。原来这是一辆军用火车，他们跳到了铁轨上，问我出了什么事。他们搞不懂火车为什么夜里会在树林里停下，而且是在这个陡峭的山坡上。”

“我把一切都原原本本地告诉了他们，之后他们从地窖里把那个杀人犯拖了出来。那时他用比彼坚卡还细弱可怜的声音向他们求饶。

‘各位好汉，可怜可怜我吧！’他说，‘别杀我，我再也不敢了。’他们可一点也不为所动，把这个杀人犯处以了私刑。他们把他拖到铁轨上，又把他的手脚绑在了上面，然后就那么让火车从他肚子上轧了过去。”

“我吓得连衣服都不敢回去拿了。我请求红军们把我带走，他们便让我上了火车，于是我离开了那里。这之后哇，我可是几乎走遍了大半个俄国和大半个国外（bezprizornys）的不少地方呢。几乎就没有什么地方是我没去过的啦。我可一点也不带吹牛的啊！经历了童年的痛苦，现在我才懂得什么是幸福，什么是自由。虽然之后我也犯了一些错，遭了不少罪，但那毕竟都是之后的事了，我以后再讲给你们听吧。刚才我说的那天夜里，一个铁路职员下了火车，去玛尔法大婶的院子接收了政府的财产，然后决定了该如何安置玛尔法大婶。有人说她精神一直失常，就死在了疯人院里；但也有人说她恢复后出院了。”

听完了东尼娜讲述的经历后，戈尔东和杜多罗夫就一直默默地在树下来回踱步了良久。后来卡车到了，只见卡车笨拙地从大道上拐进林间空地，箱子等也被运上了卡车。戈尔东说：“你意识到这个洗衣员东尼娜是谁了吗？”

“是啊，当然。”

“叶夫格拉夫会好好照顾她的吧。”他顿了一顿，又说道，“历史上这样的事可谓屡见不鲜啊。高尚的理想沦为了粗鄙的物欲；文明的希腊屈服于野蛮的罗马，光荣的俄国启蒙变味成血腥的俄国革命。这前后两个时代简直就是天壤之别啊！布洛克曾言‘我们是俄国可怕的时代的孩子’。布洛克用婉转隐晦的方式表达了自己的想法。事实上，他所谓的孩子绝不单单只是孩童，而是指祖国的儿女，先辈的继承者和知识分子。同样的，那个时代的恐怖，又岂止是可怕二字而已呢?!而现在呢，一切寓意都变成很直白的字面意义了。孩子就是指孩童，恐怖就是可怕，你知道区别在哪儿的。”

5

就这样，大概十年五载之后，在一个宁静夏夜里，戈尔东和杜多罗夫再次重逢，他们一起坐在高楼大开的窗前，极目远眺，莫斯科的风景一直延伸到暮色的尽头。他们正在欣赏尤里的作品集，是叶夫格拉夫把它们编辑成册的。这本书他们不知读了多少遍了，很多内容都已经烂熟于胸。他们一边翻阅一边交流心得。不知不觉中，书读了一半时天色暗了下来，于是他们点上了灯。

莫斯科，作者生于斯长于斯，半生都在这里蹉跎。这座城市在他们脚下，又绵延到远方。当他们两个在今晚捧着这本书读到末尾时，突然顿悟：莫斯科不是作者所描述事件发生的舞台，而恰恰是这个长篇故事的主角。

尽管战争结束时人们所期待的解放和自由，并没有伴随着战争的胜利而来，但在战后的每个时期，空气中弥漫着已经崭露头角的自由的气息，事实上，这个时代的唯一历史主题就是自由。

对这两位坐在窗前的老朋友而言，仿佛灵魂的自由已经实现。仿佛就在今晚，他们已经能切实地感受到美好的未来已经降临到他们脚下的街道，而他们也已经融入其中，并成为了未来的一部分。想到这座神圣的城市和整个地球，想到幸免于难的故事主角和他们的后代，这两个老朋友内心感到宁静而祥和，这无声的幸福之乐余音袅袅，不绝如缕。老友二人追抚昔人兴感之由，若合一契。正所谓：“所以兴怀，其志一也，后之览者，亦将有感于斯文”。

第十七章　尤里·日瓦戈诗集

哈姆雷特

喧嚣已经过去，我踏上甲板，倚靠在入口处，
竭力倾听远方传来的回音，捕捉历史走过的痕迹。
透过千只望远镜，夜晚和黑暗就像针芒在刺穿我，
天父啊，如果您愿意，请把这杯苦酒从我身边拿走。
我欣赏您严谨的构想，我愿意扮演这个角色；
可另一出戏也正在上映，所以请您把我从现在的舞台上换下。
然而剧目已经编排好了，剧情也已定型，
没有什么可以阻挡拉开的大幕。
我孤身挺立，其他一切都被形式主义所淹没，
将生命进行到底不再是小孩子的儿戏。

三　月

炽热的阳光比蒸汽浴室的屋顶还要滚烫，
癫狂的山谷在烈日下咆哮肆虐。
春天里那个吃着粗茶淡饭，声音沙哑的挤奶姑娘，
日夜操劳干着永远没完没了的家务活。

地上的残雪像患了贫血症的病人一样惨淡，
那些个细小的树枝上看不到一丝的绿色。
然而牛棚里的生活热闹非凡，生机盎然，
长柄草耙的利齿在阳光下熠熠生辉。

日复一日夜复一夜！
屋檐下的冰柱在正午开始融解，
变得越来越细的冰锥挂在三角墙上，
就像潺潺小溪涓涓细流永不停歇。
马厩牛栏四门大开，
鸽群在雪地上争食颗颗燕麦。
所有这一切的承受者和给予者，
都在感受着这粪肥在阳光下发酵后的刺鼻气味。

圣 灵 周

昏暗的夜晚笼罩着四周大地，
黎明的曙光姗姗来迟，
所以天空还在炫耀它数不尽的满天繁星，
颗颗星星如白昼般光彩夺目。
如果大地能够随其所愿，
它定会沉浸在圣歌的安睡曲中长眠不醒，
直到过完整个复活季节。

昏暗的夜晚笼罩着四周大地，
世间万物还在黑夜中长眠。
宽阔的广场一望无边，
从一个角落到另一个角落似乎需要一千年。
直到黎明来临，阳光普照大地。
大地母亲一丝不挂，身上没有一丝的夜装，

悦耳的铃声和钟声伴随着唱诗班的歌声婉转回旋。

从周一到周四直到复活节的前一天，
河水吞噬着河岸，不停地汹涌翻滚，
编织着激流和漩涡。

树木光秃，没有丝毫装扮，
直到复活节的两星期前。
松柏树矗立在人群中，
仿佛祈祷者的行列，整齐归一。

就在不远处的城镇，
成排的树木光秃秃一片，
仿佛即将要进入教堂前，隔栏而望。
它们的眼中充满恐惧，
惊恐之色溢于言表。

山河破碎，道德沦丧，
上帝被埋葬。
他们看到了圣坛上的亮光，
黑纱遮盖棺木，蜡烛流泪成行。
人们悲痛欲绝，肃穆地列队，
手拿十字架，身披黑袍，缓缓前行。

捍卫入口的两名女巫，拨开众人，开辟道路。
队伍紧沿人行道，环绕教堂一周，
在大街上带来了春天及其春天的细语，
空气中弥漫着圣饼余香，和春天的味道。

阳春三月，雪花飞舞，

就像施舍眷顾残疾人群，
仿佛一个圣人开着诺亚方舟，
四处分发着恩惠和施舍。

歌声飘扬直到黎明来临，
啜泣的声音已经减弱，
唱诗班的福音越来越轻，
直到消失在昏暗的孤灯下远处的旷野。
当午夜来临，万物沉寂，
春天的脚步越来越近，
风和日丽，春暖花开，
借着复活节的威力，
死神必将离我们远去。

白　夜

久已远去的时光又在眼前飘荡，
那幢房屋就在圣彼得堡的一方。
你，一位不算太富有的业主的女儿（草原上的一片土地），
出生在库尔斯克，走进了大学堂。
亲爱的，你有无数爱慕崇拜者，
然而，那个晚上，却只有我和你，
相依相偎在你温暖的窗户前，
从摩天大楼向下看。
街头的路灯仿佛纷飞的蝴蝶，
黎明的空气给我们带来清晨的第一丝寒气。
但我要告诉你这就像远处的街景还依然沉浸在暮色中。

你我紧紧相依沉浸在这夜色的神秘之中，
这静谧的夜色使圣彼得堡像打开的全景画卷展现在我们的眼前，
在宏伟的圣彼得堡涅瓦河边依傍。

在一望无际的涅瓦河畔的彼岸，
很远处的树木茂盛的高楼建筑，
在这样的夜色中是如此的美丽洁白。
夜莺在空中飞旋振翅高声欢唱，
它们的歌声在城里的每一个角落徜徉。

夜莺兴奋激动地展翅高飞，
此起彼伏、单调但执着的歌声
令每一位还没有入眠的人兴奋激动，
婉转啼鸣的叫声盘旋在令人陶醉的林海果园。

夜晚就像是那赤脚的朝圣妇人，
不慌不忙一步一趴地沿着篱栅走来，
顺着她偷听到的我们的呢喃细语，
从我们的窗前爬过，消失在暮色中。

夜幕中的喃喃细语，蜜语甜言，
在这茂密的苹果树枝和樱桃树梢回响盘旋，
盛开的白色樱花把用粗制木板围起来的花园，
装点得分外美丽多姿。

茂密的树木身披白装，像白色幽灵般，
你争我抢地簇拥而至，挥手摇曳，
似乎在向白夜挥手告别，
倾诉它们所见证的这多事之秋。

春天的泥泞小路

落日的霞光正在燃尽，
在春天泥泞的小径上，
一个骑马人正在匆匆赶路，

行驶在通往乌拉尔遥远农庄的一片茂密松林中。

马儿急促的喘息声，
像是回应着主人的皮鞭和铁蹄的哒哒声，
可泥泞的水坑减弱了马蹄的回响，
只看见骑马人行色匆匆，低头赶路。

但当骑马人放下缰绳，让马儿放慢脚步，
湍急的河水便朝他涌来，
喧嚣欢唱，喋喋不休。
像是有人在大笑，有人在哭泣，
奔流的河水挟裹着泥土撞击在坚硬的岩石上，
冲垮了河岸，掀起了树墩，
咆哮着翻滚着流向深不可测的激流漩涡。

快要燃尽的晚霞依然闪烁，
夜莺在疯狂地高唱，
仿佛教堂里敲响的警钟，
在恐怖交错的雌猎犬的叫声中回旋。

沟谷旁一株孤单垂柳，
就像一个寡妇在低头埋葬她的配偶。
一只鸟儿在橡树枝头欢唱，
仿佛古时候传说中的强盗夜莺在枝头一声长啸。

这炽热的情怀和操守，
是为了怎样的情仇和怨恨？
这林中的扫射的枪声，
是为谁而发射？

原来是从军营中逃跑的囚犯，
像是树林恶魔，要么骑马要么徒步，
去投奔游击队的前哨兵。

苍天大地丛林和田野，
捕捉着每一种独特的声音，
这些声音中充斥着疯狂、痛苦、幸福和苦闷。

倾　诉

生命的轮回难以捉摸，毫无理由，
就像它会突然夭折一般，莫名其妙。
我走在那条古老的大街上，
就在那年的夏天，同样的日子，同样的时刻，
同样的人们，同样的牵挂。
落日的霞光还没有冷却，
就像当年那个死一般的夜晚瞬间钉到了雪白的墙面。

女人们披上廉价的裙衫，
（就像过去一样）穿着高跟鞋踢踏踢踏走在大街上。
夜幕（就像当时一样）降临，
倦怠的脚步声会被钉死在
阁楼的锡制屋顶下。

就在那里，一个妇人拖着脚步，
缓慢地出现在房门前。
然后爬出半露地面的地下室，
来到庭院的露天餐桌旁。

我仍是准备了种种借口，
可又一次感觉它们的无力。

现如今我的漂亮的邻居不再使用后花园，
它已完全归我们所有。

忍住眼泪，不要撅起你肿胀的嘴唇，
更不要抽搐它们，因为那样会揭开，
因春天的内火而结成的唇裂疤痕。

拿开你的手，不要把它放在我的胸口，
我们就像通了电的电线，
小心，别再次被粘吸在一起，
而这一次不再是因为巧合。

岁月会流失，你会嫁人，
忘记自己曾经经受的一切苦难。
成为女人是一次伟大的冒险，
让男人发疯更是一种英雄行为。

对我来说，我的一生，
就像一个忠贞不二的奴仆，
面对女人迷人的双手，诱人的项背，雕塑般的脖颈毕恭毕敬，
然而，无论那个夜晚多么用力地拴住我的渴望，
也没能遏制住我的满腔激情和欲火。

小城的夏天

举起手臂，她不耐烦地一挥手把头发从脖颈盘起，
低头看着重重的木梳时窃窃细语。
高高的发髻盘在脑后，
看上去就像一个戴了头盔的女妇人。

窗外，闷热的夏夜，

行人拖曳着脚步，行色匆匆往家赶，
因为一场暴风雨即将来临。

雷声隆隆，回声不绝于耳，
狂风袭来，窗帘飞舞。

空气凝重，心情沉闷，
雷鸣电闪，喧嚣天空。

早晨起来，阳光普照，闷热潮湿，
炽热的太阳吸食着昨晚一夜倾盆，
遍布大地的小水坑。

香气扑鼻的菩提树，年轮久远，依然繁花似锦。
看看它们，心情郁闷，
它们居然没有丝毫倦意。

风

我已死去，而你还依然长存，
风儿如泣如诉，
撼动了丛林和房屋。
它摇荡的不是棵棵松树，
却是成片林木，
在看不到尽头的远处天边，
狂风摇曳着帆船无数。
翻卷着小船下那如镜子般明亮的水面。
然而，这场暴风并不是虚张声势，
或者疯狂肆虐，
而是在这荒芜孤寂中，
为你创作了一首摇篮曲。

酒　花

常春藤缠绕着爆竹柳，
树下把避雨的地点寻求。
一件风衣披在你我的肩头，
拥抱着你的是我有力的双手。
原来这并不是常春藤，
却是浓密的酒花一丛丛。
那就更好让我们打开披风，
让它在自己身下宽舒地展平。

初秋艳阳天

醋栗叶子长得粗厚繁茂，
人在家中笑得门窗在叫，
主妇们切碎盐渍加调料，
丁香嫩芽放在卤汁里泡。
树林子像欢快的小丑欢呼雀跃，
这些笑声传遍了整个田野山坡。

榛子树在炙热的阳光中泛着光，
仿佛被架在燃烧的火焰上。
这里一条小路延伸到山谷下，
在这古老的山谷下到处都是河沙。
你会为这衣衫褴褛的秋姑娘感到惋惜，
是谁把她的稀世珍宝都藏在了这里？

世界原本单纯而又清楚，
决非聪明哲学家想象的那样复杂，
就好比水淹了苍翠林木，
一切的一切都有着命中注定的归宿。

如果面前的一切都被这炙热烧光，
眼睛也无须徒然地迷惘，
秋天的细灰在白色的薄纱下
随着到处游荡的微风飘浮在窗户上。

从庭院篱笆墙上的小洞通向花园小径，
消失在一片桦树林深处，
院子里的笑声伴着主妇们的忙碌喧嚣，
传向四面八方，飞向遥远的天边。

婚　礼

宾客走过一侧的庭院，
轻松愉快地参加喜筵，
手风琴伴着笑语欢颜，
早早就来到新娘门前。
一扇扇门窗用毡布镶边，
从子夜到黎明，
听不到门后的片语只言，
可就在黎明前永远睡不醒的时刻，
客人们纷纷离去之时，
手风琴的旋律把人们从睡梦中惊醒。
悠扬的旋律伴着手摇风琴，
人们击掌敲打着珠盘，
伴送远去的笑语欢声。
一次又一次客人们酒后的嬉笑和粗话，
不断传到新人们的婚床边。

一个皮肤细白如雪的姑娘，
像一只雌孔雀，

在人们的欢呼和口哨声中，
摇曳着美丽的屏风翩翩起舞。

她高昂的头颅，挥舞的手臂，
站在鹅卵石上飞速旋转，
活像一只风情万种的雌孔雀！

顷刻间喧嚣欢闹，旋转的舞步，
就像遭到了魔鬼的诅咒，
抑或是洪水吞没了它们，
戛然而止，消失得无影无踪。

锅瓦瓢盆的撞击声，
夹杂着人们的谈笑声，
唤醒了小小的庭院，
开启了它每日的喧嚣生活。

抬头仰视无穷的天空，
一片片灰色的云朵飞速地旋转：
原来是一群鸽子从鸽笼中飞出，
成群结队，直冲云霄。

就好像是一个沉睡的灵魂突然惊醒，
派来他的鸽子向新人们祝福，
白头偕老，永结同心！

生命原本只是短暂的瞬间，
只有融化我们自己，
成为别人的一部分，
也是赐给别人的真正礼物——

就像这婚礼中的喧闹声，
窗外传来的歌声，
天空中翱翔的瓦蓝色的鸽群，
还有这如睡如醒的梦。

秋

家里的仆人已被我遣散回家，
亲朋好友各自生活在海角天涯，
总是那种一个人的孤单，
充满我心中和这孤寂的大自然。

在这荒凉的看林人小屋，
只留下你和我厮守一起，相互看顾。
像是歌中唱的那些小路，
丛生的杂草淹没了半数。

凝望着我们的圆木围墙，
如今也带上满面的忧伤。
我们曾经承诺不要设置任何阻挡，
我们宁愿死得公开坦荡。

我们常常无言对坐到夜深，
你埋头女红、我手捧书本，
直到天明我们竟未发觉，
记不清何时才停止亲吻。

让满树的秋叶尽情喧闹，
无所顾忌地在风中飘摇，
昨日的悲伤还迟迟未了，

却胜不过又添新愁的今朝。

牵挂，渴望，美景……
就像九月飒飒的秋风，
像云烟散布在空中。
亲爱的，我将把你深深地埋葬在这秋日的絮语中，
直到精疲力竭生命告终！

像那丛林一样落叶归根，
你也仿效着卸下了行囊，
就这样投入了我张开的臂膀，
只有一件绸衫遮在身上。

你是我绝处逢生的祝福，
当生命羸弱、精神崩溃，
你的美就是热情奔放，大胆无畏，
正是它把你我紧紧相连、牢牢拴住。

童　话

很久很久以前，
在一个神话般的王国，
一个骑士骑着他的战马，
疾驰在辽阔的大草原上。

他要急切地赶往战场加入战斗，
然而，透过飞扬的尘土，
他看到一片茂密的树木，
挡住了他的去路。

一种不祥的预感，

侵蚀着骑士勇往直前的心，
（不可涉水过河，快把缰绳松脱！）
然而，骑士没有听从心里的警告，
策马加鞭，将马骑到了树木茂密，
山坡陡峭的小山丘。
穿过古坟，
他骑马来到了干涸的河床边。
接着，绕过草地，来到了一座山丘。
沿着森林小径，
驱马来到了一条山谷，
循着野物点点足迹，
来到它们的饮水地。

不去理会别人的告诫，
更不去听从自己的内心召唤，
只顾牵马走下陡岸，
让马儿畅饮在小溪旁。

小溪的旁边有一个山洞，
洞的前方是一片浅滩，
燃烧的硫黄焰火，
照亮了整个洞口山岩。
骑士眼前之所见，
是血色的烟雾一片，
一声呐喊从远处
高耸入云的林海中传来。

骑士急忙挺起腰，
策马越过一个山包，
迎着那个召唤快跑，

你是我绝处逢生的祝福，当生命羸弱，精神崩溃，你的美就是热情奔放，大胆无畏，正是它把你我紧紧相连。

急忙去响应远处的召唤。

他紧握长矛,
原来是他亲眼看到,
一条龙的头和尾,
还有坚硬的鳞爪。

巨龙口腔喷火,
火星四溅像是闪电,
巨龙脊柱受伤,
绕着一个妙龄少女,
整整盘了三圈。

这条巨蛇脖颈像根长鞭,
甩来甩去,
搭在少女双肩。

按照当地的习俗,
凡是美丽的女猎物,
都要当作最好贡祭,
送给林中怪物。

这里的父老乡亲,
情愿做出这样的牺牲,
以博取这条巨虫的欢心
来保全他们的农田房舍。

巨蛇用身体缠住少女的手臂,
又紧紧卡住她的咽喉,
它已习惯这种祭献,

随意折磨它的猎物。

骑士仰望苍穹，
祈求得到上苍的帮助，
紧握长矛，
准备殊死搏斗。
转眼就是几百年，
同样的云同样的山，
同样的溪流河水间，
悠悠岁月依然。

骑士头上的战盔坑坑洼洼，
在厮杀搏斗中被摔下马来。
忠实的战马踩住了巨蛇，
让它死在了铁蹄下。

战马和巨龙的尸体，
并列躺倒在沙滩上，
骑士神志不清，
少女受惊昏迷不醒。

正午晴空万里，艳阳高照，
瓦蓝的天没有一丝云和风。
这姑娘是大地之女？
还是公主王侯？

极度喜悦的泪水，
仿佛涓涓细流在她的脸颊流淌，
然而她的灵魂却在沉睡和遗忘中，
长眠不醒。

他感觉自己在苏醒，
却无力移动四肢——
他的鲜血长流不止，
他的力气完全耗竭殆尽。

可是他们的心脏还在跳动，
他们两人似乎在轮流苏醒，
有时她恢复苏醒，有时是他，
可最终还是又昏睡过去。

紧闭双眼，转眼就是几百年。
高高的山，淡淡的云。
湖泊，浅滩，河流。
岁月如歌，似水流年。

八　月

像是忠实地遵守着诺言，
旭日早早就在天边出现，
一道道红里透黄的光线，
从窗帘直照到长椅跟前。

这赭石色的温热的阳光，
照遍了附近的树木村庄，
潮湿的枕巾和我的卧床，
还有书架后面那一面墙。

我想起是为了什么原因，
才会稍稍沾湿了这枕巾，
就是梦见你们为我送行，

一个跟着一个走在林中。

你们三三两两或是一群，
这当中不知谁忽然想到，
今天按旧历是八月六号，
耶和华变容节恰好在今朝。

那是没有火的普通的光，
来自那耶和华变容的山上，
这秋日就像军旗一样灿烂，
让普天下的人都受到感召。

你们穿越那些低矮、
羸弱、发育不良的白杨、
进入公墓看到那幼小的灌木林，
泛着红光就像充满活力的可爱女郎。

摇动树顶的风已经平静，
仰望着温柔闲适的天庭，
远处的雄鸡一声接一声，
不断地唱出报晓的啼鸣。

死亡就像国土测量员，
站在这片森林里的墓地，
扫视着我死一般的面庞，
仿佛在想最好把我的墓掘出来。
看看是否符合丈量。

你们大家都会亲耳听见，
一个平静的声音在身边，

那是已经预知天意的我，
说话的嗓音丝毫没有变：
“永别了，在耶和华变容节
和救主节这晴朗的日子，
请用那女性温柔的手掌，
最后抚平我命运的创伤。
“永别了，多年的不幸时光：
让我们就此离别，
你，一个饱受了无数磨难和历练的女人，
我就是你遭受磨难的根源。”

“永别了，展翅高飞的翅膀，
永别了，高空翱翔的意愿。
永别了，用语言反映世界的想象。
永别了，世间的创造之神，
永别了，人间奇观！”

冬 之 夜

大雪下啊下，铺天盖地，
覆盖了世界的角角落落，坑坑洼洼。
桌上点燃的蜡烛，
燃烧着，燃烧着，越着越旺。

像那夏日的蚊虫，
一群群地追逐亮光，
团团的雪花扑向门窗。
风雪在窗面凝挂，
结成圈圈道道冰花。
桌上燃起的蜡烛啊，
燃烧着，燃烧着。

被烛光扭曲的影子，
投射在天花板上：
交错的手臂，交错的双腿——
交错的命运。
脱下的两只小鞋，
落到地面发出轻响，
几点烛泪滴落衣裳。
一切消失在这样阴暗的风雪之夜，
白茫茫，灰蒙蒙的天。
桌上的蜡烛在燃烧，
燃烧着永不熄灭。

灯火在风中摇荡，
诱惑的天使在飞翔，
展开那两只爱的翅膀。
投射出十字形的身影。

大雪一直下，纷纷扬扬
一直下完了整个二月份，
桌上的蜡烛在燃烧，
燃烧着，永不熄灭。

分　离

他从门槛上向里张望，
认不出这就是自己的家。
她的离去就像是逃亡，
匆忙离去的凌乱痕迹四处可见。

房间里一片狼藉，

他无法判断当时的惨状，
因为他的眼里充满了泪水，
因为他只觉得头脑发麻，眼前一片漆黑。

直到清晨他双耳共鸣，
是在做噩梦还是头脑清醒？
为什么满脑子想的都是大海？
挥之不去。

因为窗户上厚厚的白霜，
无法看到外面的天空。
这种绝望的悲痛，
如同被茫茫大海遗弃。

他尽力回忆着她的每一个眼神动作，
即使被大海不停地冲刷着他仅存的那点记忆。
滔滔的江水冲击着海岸，
拍打着他痛苦的心。

就像芦苇被大风刮入泥潭，
暴风雪之后大海在咆哮，
她的音容笑貌渐渐离去
消失在他的心灵的最深处。
在那些艰难岁月，
在那个难以想象的日子里，
她被命运驱使，
经受着磨难和历练。

像一艘小船在无数险滩中，
跨越每一个暗礁和浅滩，

随波逐流，顺流而下，
将她一次又一次地推到他的身边。
然而，现在她却逃之夭夭。
也许，她也被逼无奈。
这样的离别令人神伤，
痛彻心扉，刻骨铭心。

举目望去，一切尽收眼底。
离别之时，
她翻箱倒柜，
查看着衣橱的每一个角落。

他漫不经心地在踱步，
不停地将到处散乱的废布碎片和揉皱的样衣
放进抽屉，
直到天黑。

不经意间手指碰到尚未缝完，
依然挂在衣服上的针线，
刹那间，泪流满面，
泣不成声。

相　逢

鹅毛大雪掩埋了道路，
深深覆盖了屋顶。
想要出门伸展腿脚，
居然在门口遇见你。

你，一个人，穿着大衣
没戴帽子也没有穿棉靴；

轻咬住嘴唇，
想要掩藏内心的激动。

远处的杉树和篱笆
在阴暗的天边隐退，
在铺天盖地的大雪中，
只要你孤零零站在墙角边。

雪水打湿了你的披肩，
流进你的衣袖、领口，
雪片在你的发梢
像露珠在闪烁。

一缕淡黄色的发辫，
照亮了你的脸颊和披肩，
还有你那不畏严寒亭亭玉立的身姿，
更有你那已经破旧的大衣。

雪花打湿了你的睫毛，
眼里充满忧伤。
我眼前的你，如此美丽，
仿佛一块天然碧玉。

就在这一刻，
你的形象仿佛用雕刻刀和硫酸，
永远刻在我的心底，
永生难忘。

你善良温柔的性格，
丝毫也不会改变；

即使这个世界变得，
铁石心肠，冷酷无情。

天空阴霾，大雪压顶，
这个雪夜如此之漫长，
我无论如何，
也无法把你我分开。

我们是谁，从哪里来，
多年之后已无人能详。
纵然闲言碎语不断，
可那时我们已无暇顾及。

神　星

那是个冬天。
簌簌寒风从草原刮来，
小山坡上的山洞里，
婴儿冻得啼哭不止。

一只牛用呼吸
来保暖他的身体，
山洞里牛群簇拥在一起，
马槽里散出温暖的气息。

山崖上牧羊人抖动皮衣，
甩掉草屑和谷粒，
睡眼惺忪地坐在简陋的地铺上，
望着午夜的远方。

远处是大雪冰封的田野，

墓地，墓碑，还有栅篱，
一辆马车的车轮深陷风雪中。
墓地的上空繁星点点、星光闪烁。

仿佛近在眼前却似乎又很遥远，
直到它比油脂还要微弱的光，
照到了巡夜人小屋窗台上。
星星照亮了通往伯利恒的路。

仿佛是草垛在燃烧，
照亮了通往天堂与上帝的路；
就像远处有战火在进行，
又好像是打谷场上的农庄在起火。

这星光就像熊熊燃烧的干草堆
直冲云霄，
整个宇宙天庭，
都被这新星的神奇光芒所震慑。

越来越亮的红光就像在预兆着什么
在这新星的上空闪烁。
三位占星师匆匆赶来仔细地观察，
试图回应这神奇之光的召唤。

负载沉重的骆驼艰难地跟随其后，
在骆驼的比照之下，毛驴显得那样矮小，
它们瘦弱的身躯缓慢地朝山下移动。

接下来发生的一切，
就像一种神秘的预兆在远处跳跃：

所有的世界，所有的思想和梦想，
所有未来的博物馆和画廊，
所有巫师的伎俩，所有的天才之作，
世间所有的圣诞树，小孩子的所有梦想，
无数温暖烛光的闪烁，所有锁链，
还有你在星光下熠熠生辉的金属箔……
（尽管冷酷无情的寒风还不断地从平原吹过来。）

……所有像玫瑰般好看的苹果树，和像吹制的玻璃一般好看的金色地球仪。

赤杨林遮住了池塘一角，
只有站在峭壁的边缘，
从树顶的白嘴鸦巢望过去，
才清晰可见池塘另一半。

牧羊人清楚地看到驼队和毛驴，
沿着池塘边缓慢地行走。
“我们也去和别人一样去领受这份神奇。”
他们说着就裹紧羊皮袄起身。

雪地的跋涉使他们浑身发热，
赤裸的双脚踩过雪地的足迹像云母在闪烁。
穿过草地来到这座小屋前，
借着神奇星光，牧羊犬看到这些脚印拼命狂叫。

这个严寒的夜晚就像是一个童话，
来自这个白雪皑皑的山脉的各种生物，
不断地混进羊群，驼队。
牧羊犬惊恐地摇着尾巴，不时地向后张望，

带着不祥的预感，蜷缩在年轻的牧羊人身边。

经过同一个庭院，走在同一条路上，
几名天使行走在人群中。
她们的身影虽然看不见，
可雪地上依然可见她们清晰的足迹。

破晓时分，曙光照亮了雪松突出粗壮的树干，
一群人聚集在山洞口的巨石前。
“你们是些什么人?”马利亚问。
“我们是牧羊人，是上天的使者。
是来为你们唱赞歌的。”
“你们不可以同时进去，稍等一会儿。”

黎明前天空阴沉昏暗如燃尽的冰冷死灰，
赶牲畜的和牧羊的人为了抵御风寒不停跺脚。
步行来的人和骑着马来的人开始斗嘴开玩笑。
在一根木头饮水槽前，
灰烬被踢得到处乱飞，骆驼在嘶叫。

天空开始泛亮。黎明驱散了天空中最后几颗星星，
就如同驱散灰尘微粒一般。
马利亚在众人中只点中了魔法师，
让其进入这神奇的岩洞。

他躺在橡木树做成的马槽中光芒四射，
如同皎洁的月光照在镂空的橡树上。
有驴子和犍牛的嘴唇和呼吸
就如同身上裹着羊皮袄，温暖、安详。

魔法师站在光辉下（牛棚似乎完全被月光照亮），
人们低声耳语，不知说什么。
突然一个站在后面的人触碰了另一个人说：
把他从马槽抱走，放在左边。
那人回身说：就像一个贵宾要临门，
神星正关注着女仆，随时准备恭迎。

黎　明

你本该是我生命中的全部，
可是战争捣毁了这一切。
悠悠岁月，你不见身影，
杳无音信。

然而这么多年之后，
你的声音依然在我耳边回响。
整夜读着你的遗训，
仿佛瞬间从昏厥中苏醒。

我被人群吸引，很想成为他们中的一员，
去加入他们清晨匆忙的脚步。
我已经准备好要打碎曾经的一切
像一个犯了错的小学生跪着向你忏悔，赎罪。

于是我跑下楼梯，
像是一个囚犯第一次获得释放，
一口气跑到大街小巷，
跑向被冰雪深深掩埋的人行道。

跑过的每条小巷我都看到
刚刚睡醒的人们，温馨的灯光，很惬意。

男人们大口地喝着茶，脚步匆匆去赶电车。
可就在几分钟内，
你会完全认不出这个小城镇。

鹅毛般的雪片浓密厚实，
就像暴风雪编织的一张大网顷刻间封锁了道路。
所有的行人想要按时上班，
无法从容地进食早餐，只能疯狂地赶路。

对这些行色匆匆的人来说，
自己就好像是隐形人掩藏在他们之中，
我感觉自己就像冰雪一样在融化，
也像早晨的太阳一样慢慢地在发热。

我已成为这些无名百姓的一部分。
无论是儿童，还是老弱病残，抑或是树木，
他们都已战胜超越了我，
而我的胜利也已融入他们之中。

神　迹

他走在贝瑟尼通往耶路撒冷的路上，
因为预感到即将来临的苦难而备受煎熬。

山坡上的树丛已经被艳阳烤焦了；
周遭的茅草屋没有人烟。
炽热的空气中芦苇纹丝不动，
死海也真是像死一般的安静。

心中的痛苦比大海还要深远，
天空中只有几丝云彩在伴随着他孤独的脚步。

走在尘土飞扬的小路上，
他意图找到一所宗教学校，
因为他要去参加门徒聚会。

他深深沉入自己的思索，
居然闻到一种苦艾的味道。
万籁死一般的寂静，唯独他清醒。
这里所有的地方都已被降服，昏迷不醒。
所有的一切都令人费解：
闷热的天气，荒无人烟的沙漠，
蜥蜴，泉水还有溪流。

不远处有一株挺拔的树棵，
那是只有枝和叶的无花果。
他问树说："你生来有何用？
我又饥又渴，你却无花无果，
光秃的枝干有什么乐趣？
遇上你还不如遇上一块石头。
唉，你无才无学真晦气！
愿你一生永远如此站立。"

这树因受谴责而周身颤抖，
又像是一道闪电穿过树干。
顷刻间无花果树被烧成灰烬。
如果当时那棵树能够自由选择，
大自然也许会阻止这样的结局。
可是奇迹就是奇迹——因为它就是上帝。
每当我们困惑不解或痛苦挣扎之时，
他会来得出其不意，让我们目瞪口呆。

土 地

姗姗来迟的春天终于拖着傲慢的脚步，
来到了豪华庄严的莫斯科豪宅。
打开壁橱飞蛾四处乱飞，
停歇在夏季人们亮丽的衣帽上，
是该把毛皮衣物收进木箱的时候了。

高高突出的木质阁楼壁架上，
可以看到放置在那里的春天的花盆里，
漂亮的紫罗兰和爬墙藤；
满屋子都感受到自由舒适的空气，
还有小阁楼里尘土的味道。

人们友好亲切的问候
穿过大街小巷，飘进每一扇小窗。

莫斯科河边的晚霞和白昼一般的夜色
是任何人都不可错过的迷人景象。

户外发生的一切
在每家的走廊上都可以听见，
随耳听到的尽是关于四月春天的童话。
（四月全人类把千千万万幸福的故事传唱。）
黎明的光辉照耀凝固在栅篱上，
仿佛时间老人也在消极怠工、懒散闲荡。

无论走到哪里，空气中总是掺杂着奇怪的味道。
就像烈火与阴冷混杂的气味
弥漫在户外与舒适的房间。

柔丝柳的嫩芽交错相织，
同样的白色花蕾开始绽放，
无论是在窗台上还是在十字路口，
无论是在大街小巷还是工厂车间。

可为什么听到远方的迷雾中有人在哭泣？
还依然闻到一种刺鼻的腐朽味道？
这就是我为什么要呐喊、召唤——
为了这美丽的景色不单调，
为了这远离城市的土地，
不会因为寂寞而哭泣。

这正是为什么我的朋友，
在早春与我相聚的理由。
也是为什么夜晚我们才道别，
也是我们用小小欢宴来见证，
即使痛苦的暗流在生活中流淌，
也有希望来温暖我们冰冷的灵魂。

邪恶的日子

当他最终来到耶路撒冷，
在这最后的七天里，
人们高呼和撒那，雷鸣般的欢呼声将他包围；
大批的人群高举着橄榄枝向他跑来。

然而接下来的日子不祥的预兆让人不安，
人们心中的爱就像蜡烛一样被凝固了：
他们的眉头紧锁、表情冷酷，
而现在的结束语居然是“死”。

天空低沉，空气凝重，
仿佛要把它全部的重量都压在屋顶上。
那些法利赛伪教徒正暗地里寻找他的罪证，
可当他的面却就像狡猾的狐狸阿谀奉承。

邪恶的势力涌进神殿，
把他交给那些乌贼人渣去审判。
那些曾经的赞颂与欢呼，
一下子变成恶语咒言。
来自近郊的乌合之众，
你推我搡簇拥窥视在殿门前，
前呼后拥等待着审判结果。

不善的耳语在邻里相传，
诋毁的谣言在四面八方蔓延。
他回忆着来到埃及的一路旅途和童年，
可总觉得这一切如梦境一般。

他想起在那个荒无人烟的巨大悬崖边
和那座高耸入云的大山，
就在那里他被撒旦诱惑欺骗，
应许给他全世界。

还有那迦南的喜酒婚宴
和那在神迹面前恭敬崇拜的满桌宾客。
想起那迷雾中的大海，
他走上小船仿佛踏上陆地一般。

还想起穷人们聚集在茅草屋，
他借着微弱的烛光来到地窖。

突然间当有人死里复活站起身来，
烛光也因惊恐霎时熄灭。

忏悔的女人（之一）

夜幕降临，魔鬼跳出地面。
这就是我必须为过去要付出的代价。
这些荒唐放荡的记忆跳出来，
像魔鬼一样吞噬着我的心。
想起那些日子，
我像奴隶一样成为男人们玩弄的工具。
我像是中了邪的傻瓜
在满大街的灯红酒绿中淫荡。

记忆依稀尚存，
坟墓般的寂静降临。
可就在这短暂的清醒即将离去，
我看到了生命的尽头，
我要将这样的生活彻底打碎，
就如同打碎一瓶雪花膏。

啊，我的上帝我的救主，
我到底该向何处去？
如果我没有永生和来世，
夜神像不速之客站在我的床前
布下大网诱惑我就范。

即使在众人眼里我就是邪恶的化身，
我就像被砍下的一根树枝，无法完全与你分开，
因为我非常渴望倾听，
您向我解释：

生与死、罪与罚、地狱之火的意义——

我主耶稣，当我双膝下跪，
把你的双脚拥入我的怀抱，
那是我在学习怎样把十字架紧紧拥抱，
即使失去知觉，我也要用尽全力把您的身体埋葬。

忏悔的女人（之二）

节日前人们都在大扫除，
我离开这嘈杂与喧闹，
端一碗没药树脂油
静心涂搽您完美无瑕的双脚。

我找不到床下的软靴，
只因两眼噙满了泪水，
还因那散开的发束，
遮住了我的双眼。
我把您的双脚放在我的腿上，
主啊，我的眼泪在您的双脚流淌；
我用垂下来的珠子项链将它们缠绕，
我用发丝如斗篷般把它们紧紧围裹。

我如此清晰地看到未来
就像是您让它坚实地站在我的面前。
此时我就像是女巫长了千里眼
可以清楚地预见未来。

教堂的帷幕明天就要落下，
我们都会被抛到一边，
大地将在脚下震颤，

也许是出于对我的可怜。

护卫队将会重组，
骑兵队将会解散，
就像排水口会在暴雨中冲天
我会拜倒在你受难的十字架下。

我会紧咬嘴唇，让心脏停止跳动。
您用双臂拥抱拯救过民众无数
却如今两臂平伸被钉在横梁木的两端。

这个世界为什么有人活得痛苦不堪，
有人权力大得无限？
这个宇宙到底有多少生命和灵魂——
多少的房屋、河流和果园？
然而这样的三天很快就会过去
他们会将我推入地狱深渊。
可我也要在这短暂的生命空间
在再次转世之前将我完整的身躯保全。

客西马尼园

天边遥远游离的星光
无意间将蜿蜒的路途照亮。
小路在橄榄山腰上盘旋，
汲沦溪流在山谷下流淌。

芳草地在半途突然中断；
一条银河架在中间，
银灰色的橄榄树拼力向前
仿佛要伸向无限的天边。

很远处是谁家的一片花园，
他把信徒挡在了石篱边
吩咐说，“我的灵魂已超越痛苦、濒临死亡；
你们留在这里守护我。”

他没有进行任何抵抗就放弃了
所有的权利和他创造神奇的力量。
仿佛是偿还他唯一的欠债
现如今就像我们所有凡人一样难逃劫难。

遥远的夜空
死一般的寂静虚空，
宇宙太空没有任何生命；
这个花园成为唯一的落脚地。

望着漆黑一片无边无际的深渊……
万物虚空，无始无终……
眉头鲜血直流，他向天父祈求，
请求把这死亡的苦酒免除。

祷告祈求减轻了他肉体的痛苦，
他离开这个花园来到他的信徒面前。
由于疲惫倦怠，信徒们已经趴倒在地
酣睡在路边草丛中。

他唤醒他们：“天父让你们与我同在，
你们却睡在这里一动不动。
大难的时刻已到，
他的儿子已被出卖在罪人手中。”

话音刚刚落下，突然间
冒出成群的奴仆和一帮流浪汉，
他们手持刀剑棍棒，
由犹大在前带路，
因为背信弃义，犹大嘴唇抽搐。
彼得拔剑和暴徒对抗，
一人的耳朵被砍落地上。
这时他听到："收起你的剑，
刀剑解决不了分歧争端。"

"难道不能请求我的父，
派来无数的天兵相助？
仇敌那时就会狼狈逃窜，
不会损害我丝毫毛发。"

"这本生命的大书已经翻完，
它比任何东西都要宝贵圣洁。
上面所写的一定都会实现。
到时，一切总将实现。阿门。"

"我将进入坟墓，但第三天必将复活重生。
而且，就像木筏漂流在河面上，
世纪轮回就像跟着旅行车的印迹，
总会走出黑暗重新对我进行审判。"